Os diários secretos de Charlotte Brontë

Os diários secretos de Charlotte Brontë

Syrie James

Tradução de
Flávia Neves

EDITORA RECORD
RIO DE JANEIRO • SÃO PAULO

2014

CIP-BRASIL. CATALOGAÇÃO NA FONTE
SINDICATO NACIONAL DOS EDITORES DE LIVROS, RJ

J29d   James, Syrie
            Os diários secretos de Charlotte Brontë / Syrie James; tradução
de Flávia Villela dos Santos Neves. — Rio de Janeiro: Record, 2014.

            Tradução de: The Secret Diaries of Charlotte Brontë
            ISBN 978-85-01-08860-4

            1. Ficção americana. I. Neves, Flávia Villela dos Santos II. Título

3-1826.   CDD: 813
                                                                       CDU: 821.111(73)-3

Título original em inglês:
The Secret Diaries of Charlotte Brontë

Copyright © 2009 by Syrie James

Texto revisado segundo o novo Acordo Ortográfico da Língua Portuguesa.

Todos os direitos reservados. Proibida a reprodução, no todo ou em parte, através de quaisquer meios. Os direitos morais da autora foram assegurados.

Editoração eletrônica: Ilustrarte Design e Produção Editorial

Direitos exclusivos de publicação em língua portuguesa somente para o Brasil adquiridos pela
EDITORA RECORD LTDA.
Rua Argentina, 171 — Rio de Janeiro, RJ — 20921-380 — Tel.: 2585-2000, que se reserva a propriedade literária desta tradução.

Impresso no Brasil

ISBN 978-85-01-08860-4

Seja um leitor preferencial Record.
Cadastre-se e receba informações sobre nossos lançamentos e nossas promoções.

Atendimento e venda direta ao leitor:
mdireto@record.com.br ou (21) 2585-2002.

Ao meu marido e aos nossos filhos Ryan e Jeff, pelo amor e pelo apoio infinitos.

E em memória à minha mãe, Joann Astrahan — uma mulher sensível, sábia e generosa —, que sempre disse que eu deveria escrever livros.

Agradecimentos

Gostaria de agradecer àqueles cujas contribuições mostraram-se inestimáveis para mim durante a concepção deste livro. Em primeiro lugar, devo muito ao meu marido, Bill, por seu apoio diário à minha escolha profissional, que me mantém trancada e isolada diante do computador por dias e dias, e então envolta em uma névoa criativa por muitas horas até finalmente voltar à realidade. Um obrigado cheio de gratidão aos meus filhos Ryan e Jeff, que ficaram acordados até altas horas da madrugada lendo para darem seus valiosos feedbacks e insights. (Obrigada, Ryan, por apontar a relevância do sobrenome de Emily!) Obrigada a Yvonne Yao, por oferecer sua assistência, à qual sou muito grata, em um momento de necessidade. Obrigada ao meu agente Tamar Rydzinski pelo apoio incansável e por saber exatamente quais parágrafos precisavam ser cortados. Obrigada à minha editora, Lucia Macro, pelo amor compartilhado por Brontë acima de todas as coisas, e por me lembrar de dar o foco necessário ao romance; e a toda a equipe da editora Avon, que sempre realiza um ótimo trabalho em todos os meus livros. Obrigada aos meus revisores com olhos de águia, Sara e Bob Schwager, pelos comentários entusiasmados e por revisarem meticulosamente cada palavra do texto na busca inequívoca pela verossimilhança. Agradeço a Ann Dinsdale, a gerente de Coleções do Museu Brontë Parsonage, em Haworth, por sua amável acolhida durante minha visita e por me permitir um exame individual das cartas, dos manuscritos e documentos originais escritos por Charlotte e todos os membros da família Brontë; e agradeço a Sarah Laycock, responsável pela biblioteca e pela central de informações do museu, por compartilhar todos os maravilhosos detalhes sobre o vestido de casamento, véu, aliança, camisolão, camisola de lua de mel e outras vestimentas de Charlotte, além de me fornecer descrições abrangentes sobre o vasto vestuário da coleção. Gostaria de agradecer a Steven Hughes, chefe executivo do Hollybank Trust, por gentilmente oferecer a mim e ao meu marido um passeio inesquecível, durante uma tarde chuvosa, do porão ao sótão da Hollybank School em Mirfield, West Yorkshire – a antiga Roe Head School, cuja estrutura e ambiente originais parecem ter se mantido, notavelmente, fiéis à época de Charlotte –, e por compartilhar as histórias de sua falecida residente. Devo enormemente ao trabalho de muitos estudiosos de Brontë, incluindo Juliet Barker, Winifred Gérin, Christine Alexander e Margaret Smith, e também a Smith e Clement Shorter por suas edições de cartas de Charlotte Brontë, sem as quais este romance nunca poderia ter sido escrito. Devo muito aos romances e poesias das irmãs de Brontë, por terem aberto uma janela para seu mundo. E finalmente, e talvez o mais importante, meu agradecimento a Charlotte Brontë, cujos talento e espírito extraordinários esforcei-me em retratar com fidelidade. Desejo sinceramente que ela tivesse aprovado.

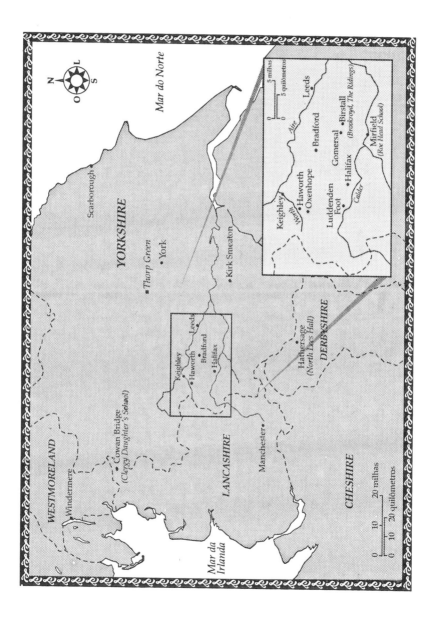

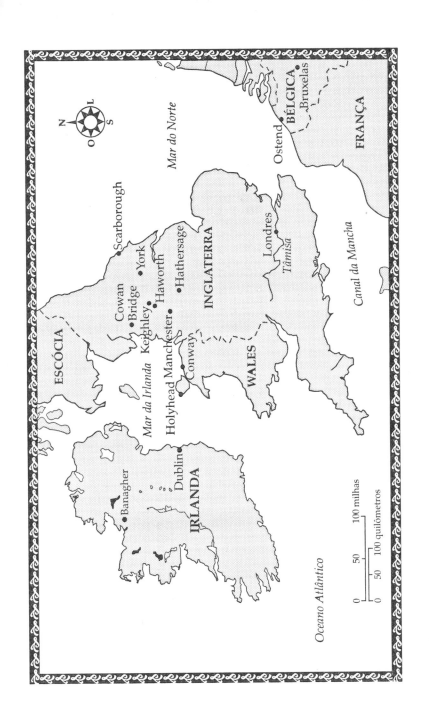

Prefácio

Caro leitor,

Imagine, se puder, que uma incrível descoberta acaba de ser feita, provocando uma enorme agitação no mundo literário: uma série de diários, que haviam ficado enterrados e esquecidos por mais de um século no porão de uma fazenda nas Ilhas Virgens britânicas, foram oficialmente autenticados como sendo os diários de Charlotte Brontë. O que tais diários revelariam?

Todos temos segredos. Charlotte Brontë — uma mulher apaixonada que escreveu uma das ficções mais românticas e duradouras da língua inglesa — não foi uma exceção. Podemos descobrir muito sobre Charlotte por meio de suas biografias e correspondências pessoais; mas assim como todos os membros da família Brontë, Charlotte possuía um lado profundamente particular que não compartilhava nem mesmo com os amigos e familiares mais íntimos.

Que tipo de segredos pessoais Charlotte Brontë nutria em seu peito? Quais eram seus pensamentos e sentimentos mais ocultos, e suas lembranças mais pessoais? Que tipo de relacionamento tinha com o irmão e as irmãs, também artistas talentosos e tenazes? Como uma desconhecida, filha de um pastor anglicano, que passou praticamente a vida toda na obscuridade de um vilarejo remoto de Yorkshire, conseguiu escrever *Jane Eyre*, um dos romances mais adorados do mundo? E, quiçá, o mais importante: Charlotte Brontë teve um verdadeiro amor?

Na busca por respostas para essas perguntas, iniciei um estudo meticuloso sobre a vida de Charlotte. Fiquei particularmente intrigada com uma parte da história de Brontë, muito importante e raramente explorada: a relação duradoura e conflituosa com o curador de seu pai, Arthur Bell Nicholls. É de amplo conhecimento que Charlotte Brontë recebeu quatro propostas de casamento, incluindo — a mais famosa — a oferta do Sr. Nicholls. No entanto, Arthur Bell Nicholls permanece uma figura obscura e vaga nas bibliografias de Brontë, e é geralmente citado de forma breve até a última parte da história, e mesmo assim sem grandes detalhes. Entretanto, é fato que o Sr. Nicholls foi vizinho dos Brontë durante oito anos, mantendo contato diário e frequente com a família, além de ter cultivado uma paixão secreta e profunda por Charlotte bem antes de tomar coragem para pedir sua mão em casamento.

Será que Charlotte alguma vez retribuiu o afeto do Sr. Nicholls? Será que se casou com ele? Ah — como diria a própria Charlotte —, este é o ponto crucial da história, e gosto de pensar que a descoberta de seus sentimentos relacionados a esse dilema específico teriam sido o principal motivo para ela escrever seus romances.

A história que você está prestes a ler é verídica. A vida de Charlotte é tão fascinante que fui capaz de tecer esta narrativa baseada quase inteiramente em fatos, e conjecturei apenas quando avaliei necessário acentuar o conflito dramático ou preencher lacunas na história, além de acrescentar comentários e notas de rodapé para esclarecimentos. Embora alguns possam considerar que o desenrolar desta ficção seja mais semelhante a um dos adorados romances de Charlotte do que a um diário tradicional, pois ela rememora acontecimentos passados, em vez de recordá-los como realmente ocorreram, acredito que Charlotte o teria escrito desta forma por ser de um estilo e de uma estrutura com as quais ela se sentia mais confortável.

Logo — com todo o respeito e toda a admiração pela mulher que os inspirou —, eis aqui *Os diários secretos de Charlotte Brontë*.

Syrie James

VOLUME I

Capítulo Um

*R*ecebi um pedido de casamento.

Diário, este pedido, que me foi feito há alguns meses, provocou em toda a minha família — ou melhor, em todo o vilarejo — verdadeiro alvoroço. Quem é esse homem que ousou pedir minha mão? Por que meu pai está tão completamente contra ele? Por que metade dos moradores de Haworth parece determinada a linchá-lo — ou matá-lo? Desde o momento de seu pedido, tenho passado noite após noite em claro ponderando sobre a turba de eventos que levaram a tal conflagração. Como é possível, pergunto-me, as coisas terem fugido tanto ao controle?

Já escrevi sobre as maravilhas do amor. Secretamente, já sonhei por muito tempo ter uma ligação íntima com um homem; toda Jane, creio, merece seu Rochester — ou não merece? No entanto, há muito desisti de toda e qualquer esperança de ter essa experiência em minha vida. Em vez disso, almejei uma carreira; e após tê-la descoberto tenho de — *devo* — abandoná-la agora? É possível para uma mulher dedicar-se inteiramente a uma ocupação e a um marido? Podem essas duas metades críticas da mente e do espírito de uma mulher coexistirem pacificamente? Assim deve ser; pois a verdadeira felicidade, acredito, não pode ser alcançada de nenhuma outra maneira.

Há muito tenho como hábito, em momentos de grande alegria ou de angústia emocional, refugiar-me no conforto de minha imaginação. Lá, em prosa ou poesia, dou asas aos meus pensamentos e sentimentos mais íntimos, protegidos atrás do véu da ficção. Nestas páginas, porém, desejo tomar uma abordagem completamente diferente. Desejo, neste lugar, livrar a alma — revelar certas verdades que até o momento tenho compartilhado apenas com minhas amizades mais íntimas, e algumas das quais nunca ousei segredar a vivalma —, visto que hoje encontro-me em um momento de crise, diante de um dilema de proporções das mais violentas.

Atrevo-me a desafiar papai, e a incorrer na cólera de todos que conheço, aceitando a proposta? O mais importante, desejo aceitá-la? Será que amo esse homem verdadeiramente e desejo ser sua esposa? Nem ao menos gostei dele quando nos conhecemos; porém muito aconteceu desde então.

Parece-me que toda a experiência vivida, tudo que já pensei ou disse ou fiz, e todas as pessoas que já amei contribuíram de um jeito essencial para o ser humano que sou hoje. Caso um dos traços do pincel houvesse tocado a tela de outra maneira ou salpicado-a com cor mais clara ou escura, hoje deveria ser alguém bem diferente. E por isso me volto à pena e ao papel em busca de respostas; quiçá, desta forma, lograrei descobrir alguma lógica no que me trouxe até aqui e entender como me sinto — e o que Deus, em sua bondade e sabedoria, pretende que eu faça.

Não obstante, apresse-se! Uma história não pode iniciar na metade. Não, para contá-la de forma mais apropriada, preciso voltar — voltar para onde tudo começou: naquele tempestuoso dia, aproximadamente oito anos atrás, quando um visitante inesperado chegou à entrada da casa paroquial.

21 DE ABRIL DE 1845 foi um dia tristonho e frio de doer os ossos.

Fui despertada ao raiar do dia pelo estrondo de um trovão; momentos depois, um aguaceiro torrencial despencou do céu nublado e cinzento. Durante toda a manhã a chuva salpicou as vidraças das janelas da residência paroquial, bombardeou o telhado e as calhas, encharcou as lápides densamente povoadas do cemitério próximo e dançou sobre o piso de lajota da travessa adjacente, fundindo-se em regatos que fluíam em um ritmo constante em frente à igreja, na direção da rua principal do povoado, íngreme e pavimentada.

O interior da cozinha paroquial, no entanto, estava aconchegante, tomado pelo aroma de pão fresco e pelo calor de uma generosa lareira. Era uma segunda-feira — dia de assar pão —, o que minha irmã Emily considerou muito conveniente, pois também era meu aniversário. Sempre havia preferido vivenciar tais ocasiões com o menor alvoroço possível; mas Emily insistiu que, como eu estava completando 29 anos, deveríamos dispor de algum tempo para comemorar.

— É seu último ano de uma década importante — disse Emily, enquanto sovava habilmente uma massa de pão na mesa enfarinhada. Dois pães já estavam no forno, outra tigela com massa crescia sob uma toalha, e eu já estava em meio ao trabalho de preparação de uma torta e um pastelão. — Pelo menos, precisamos marcar a ocasião com um bolo.

— Não vejo propósito nisso — falei, enquanto media a quantidade de farinha para a massa da torta. — Sem a presença de Anne e Branwell aqui, a atmosfera não será de festa.

— Não podemos postergar nossos momentos de prazer durante a ausência dos dois — declarou Emily solenemente. — Devemos prezar a vida e desfrutá-la, enquanto conseguirmos retê-la.

Emily era dois anos mais jovem que eu e a mais alta da família, fora o papai. Possuía uma personalidade complexa, com dois lados alternadamente discordantes como parte de sua natureza: um, taciturno, de introspecção melancólica sobre o significado de vida e morte; e o outro, uma satisfação alegre de contemplação das muitas alegrias e belezas naturais do mundo. Contanto que pudesse ficar em casa, cercada pelo brejo, Emily era feliz e vivia descontraidamente; diferentemente de mim, raramente angustiava-se. Ela preferia perder-se em seus pensamentos ou nas páginas de um livro a realizar qualquer outra atividade na vida — uma preferência com a qual eu estava totalmente de acordo. Emily não tinha nenhuma consideração pela opinião pública ou interesse pela moda; embora havia muito o estilo da época já tivesse se modernizado para vestidos habilmente acinturados e ajustados e anáguas de corpo inteiro, Emily tinha preferência pelos vestidos antiquados e sem corte e por anáguas estreitas penduradas nas pernas, que particularmente não caíam bem em sua figura esguia. Como raramente se aventurava para fora de casa, a não ser para caminhar pelo charco, isso quase não tinha importância.

Seu físico delgado, a pele pálida e o cabelo escuro em um coque preso descuidadamente por um pente espanhol, Emily lembrava-me uma robusta muda de árvore: fina e graciosa, porém inflexível; resistente em sua solidão; imune aos efeitos do vento e da chuva. Na presença de estranhos, Emily recolhia-se em si, pura seriedade e silêncio; mas na companhia da família, sua natureza sensível e efusiva encontravam sua expressão mais perfeita. Eu a amava com a mesma intensidade com que amava a vida em si.

— Há quanto tempo não estamos todos juntos para o seu aniversário? — prosseguiu Emily.

— Não consigo me lembrar da última vez — respondi com pesar.

Na verdade, havia muito tempo que eu e meus irmãos não compartilhávamos o mesmo espaço ao mesmo tempo, além de umas poucas semanas na época do Natal e das férias de verão. Nos últimos cinco anos, nossa irmã caçula, Anne, ficou trabalhando como governanta para a família Robinson em Thorp Green Hall, perto de York. Nosso irmão, Branwell, 14 meses mais jovem que eu, unira-se a Anne havia três meses, como tutor do filho mais velho deles. Nos anos anteriores, eu havia passado a maior parte do tempo no internato, primeiramente como aluna, depois como professora, seguido por um curto período como governanta. Em seguida, passei dois anos na Bélgica: uma estada que provou ser a experiência mais impactante, estimulante, transformadora — e desgostosa — de minha existência.

— Farei um bolo de especiarias para você e ponto final — disse Emily. — Após a ceia, devemos todos sentar diante da lareira e contar histórias. Quem sabe Tabby e papai se juntam a nós.

Tabby era nossa criada mais idosa, uma boa e fiel mulher de Yorkshire que estava conosco desde a infância. Ao longo dos anos, quando acontecia de estar de bom humor, ela trazia sua tábua de passar para a sala de jantar e nos permitia sentar ao redor. Enquanto se ocupava com lençóis, camisolas ou engomava as bordas da touca de dormir, alimentava-nos com suas histórias de amor e aventura tiradas de velhos contos de fadas e canções — ou, como vim a descobrir mais tarde, das páginas de seus romances favoritos, como *Pamela*.* Em outras ocasiões, nossas noites diante da lareira haviam sido alentadas pelas intrigantes interpretações de papai de histórias de fantasmas e de antigas lendas locais.

Nesta noite, entretanto, não era certo se papai decidiria ou não participar.

Olhei através da janela da cozinha para a vegetação pantanosa ao longe. Uma chuvarada caía sobre as colinas, ocultando seus cumes com suas mechas de nuvens baixas e desgrenhadas.

— Que clima maravilhoso para um aniversário. Pelo menos o dia condiz com meu estado de ânimo: escuro e sombrio, com tempestades turbulentas e sem previsão de término.

— Parece comigo falando assim — retorquiu Emily, enquanto misturava os ingredientes para o bolo. — Não perca a

---

* O romance de Samuel Richardson *Pamela, or Virtue Rewarded* (1740) conta a história de uma jovem criada que acaba se casando com o patrão.

esperança. Se vivermos um dia de cada vez, tudo poderá acabar se resolvendo por si só.

— Como? — suspirei. — A visão de papai torna-se cada vez mais opaca com o passar dos dias.

Meu pai era um imigrante irlandês que, por meio da educação e da perseverança, havia ascendido de sua condição familiar de pobreza e analfabetismo. Quando o escrivão no St. John's College, em Cambridge, não conseguiu compreender o sobrenome de papai por causa de seu forte sotaque irlandês, ele o escreveu por conta própria, alterando o original Brunty para o mais interessante Brontë, em homenagem à palavra grega para trovão. Um homem bom, generoso, alegre e inteligente, papai era um leitor voraz, com interesse por literatura, arte, música e ciência, que foi muito além dos conterrâneos de sua província, tornando-se pastor de uma pequena igreja em Yorkshire. Gostava de escrever e tinha vários de seus poemas e histórias religiosas publicados, assim como inúmeros artigos; era profundamente envolvido com as questões políticas da comunidade; além disso, era um presbítero profundamente comprometido. E agora também estava profundamente apreensivo: atualmente, aos 68 anos, após uma vida inteira de serviço leal à Igreja, nosso adorado pai estava ficando cego.

— Agora devo me responsabilizar por toda a leitura e escrita de papai — falei. — Em breve, temo que ele não será capaz de realizar as tarefas mais básicas da igreja, e se perder completamente a visão, o que faremos? Papai não apenas será privado de todos os seus escassos prazeres na vida e se tornar totalmente dependente de nós, uma circunstância que você sabe que ele teme terrivelmente, como sem dúvida será obrigado a desistir de sua incumbência. Perderemos então não apenas toda a sua renda, como também nossa casa.*

---

* Quando um pastor se aposentava, era obrigado a entregar todas as suas fontes de "sobrevivência" ao sucessor, incluindo o salário e a morada provida durante sua incumbência.

— Em qualquer outra família, o filho se responsabilizaria por realizar esse resgate financeiro — observou Emily, balançando a cabeça negativamente, — mas nosso irmão nunca foi capaz de manter-se muito tempo em um emprego.

— De fato, este trabalho temporário como tutor em Thorp Green foi o que ele manteve por mais tempo até então — acrescentei, enquanto abria a massa da torta com o rolo .— Parece que ele está sendo altamente valorizado por lá; ainda assim, sua renda mal consegue cobrir as próprias despesas. Precisamos aceitar os fatos, Emily: se a saúde de papai definhar, todo o encargo de sustentar a casa recairá sobre os nossos ombros.

Acredito que sentia o peso de tal responsabilidade com maior intensidade ainda que o restante de meus irmãos, talvez por ser a filha mais velha — uma posição adquirida pela tragédia e pela omissão, e não por ter sido a primeira a nascer. Minha mãe, de quem tenho apenas vagas lembranças, deu à luz seis bebês ao longo dos anos e morreu quando eu tinha 5 anos. Minhas adoradas irmãs Maria e Elizabeth morreram na infância. Meu irmão, minhas irmãs mais novas e eu, educados por meu pai e por uma rígida e metódica tia materna que veio morar conosco, refugiávamo-nos em um mundo encantador de livros e fantasias; vagávamos pelo pântano; desenhávamos e pintávamos; líamos e escrevíamos obsessivamente; todos sonhávamos em nos tornar autores publicados um dia. Embora nosso sonho de escrever nunca tivesse desaparecido, havia muito tempo fora deixado de lado por necessidade: fomos obrigados a trabalhar para sobreviver.

Apenas duas profissões eram oferecidas a mim e a minhas irmãs — de professora ou governanta —, ambas ocupações com vínculos de servidão que eu menosprezava. Durante algum tempo cheguei a acreditar que nossa melhor opção era criar nossa própria escola. Com esse objetivo em mente — ganhar conhecimentos de francês e alemão, para aumentar nossas chances de atrair alunos —, Emily e eu fomos para Bruxelas três anos atrás, e eu fiquei mais um ano por conta própria. Ao retornar, tentei abrir uma escola na casa paroquial de Haworth; apesar de todos os esforços, no entanto, nem um único pai se dispôs a enviar seu filho para um lugar tão desolador.

Não poderia culpá-los. Haworth não passava de um pequeno vilarejo ao norte de Yorkshire, longe de tudo. Em todo o nosso pantanoso distrito eclesiástico, não havia uma única família letrada além da nossa. A região ficava embranquecida pela neve durante o inverno e acometida por ventos frios e implacáveis durante três estações do ano. Não havia ferrovias; Keighley, a cidade mais próxima, ficava a 6,5 quilômetros vale abaixo. Atrás da residência da igreja, e ao seu redor, ficavam os silenciosos, extensos e infinitos declives tempestuosos do pântano. Não era qualquer um que conseguia discernir a beleza que eu e meus irmãos encontrávamos na vasta paisagem sombria e áspera. Para nós, os urzais sempre foram uma espécie de paraíso, um lugar de refúgio, que permitia a nossas imaginações correr livre e impetuosamente.

A residência da paróquia, no pico de um morro vigorosamente íngreme, era uma construção acinzentada de dois andares de pedra simétrica, construída no fim do século XVIII. Tinha vista para um gramado maltratado que, no outro lado de uma mureta de pedra, unia-se ao cemitério abarrotado e cheio de ervas daninhas e, mais além, à igreja. Não éramos jardineiros dedicados; como o clima não encorajava o crescimento de nada além de urzes que cobriam nossas pedras e solos úmidos, tínhamos pouco além de alguns arbustos com frutas e plantas espinhentas e lilases que cresciam desordenadamente ao longo do passadiço semicircular de cascalho.

Embora o jardim pudesse estar negligenciado, nossa casa não. Tudo era mantido rigorosa e cuidadosamente limpo, desde as janelas de guilhotina brilhantes em estilo georgiano ao piso de arenito imaculado, que se estendia para além da cozinha até todos os cômodos do andar de baixo. As paredes sem papel de parede eram pintadas de um tom branco-perolado; graças ao temor de papai em relação a incêndios (e da perigosa combinação de crianças, velas e cortinas), sempre tivemos persianas internas em vez de cortinas e apenas tapetes pequenos na sala de jantar e no gabinete (escritório de papai). Todos os nossos quartos, em cima e embaixo, eram compactos, embora bem-dimensionados; nossa mobília era escassa, porém maciça: penteadeira e sofá, mesas de mogno e algumas estantes ocupadas pelos clássicos que apreciávamos desde a infância. A residência da paróquia estava longe de ser uma casa magnífica, mas era a maior de Haworth, e como tal possuía certa distinção; não pedíamos ou desejávamos mais; amávamos efusivamente cada canto e rachadura da casa.

— Aqui estamos, sete meses sem um pastor auxiliar para ajudar papai — comentei. — Não podemos contar com o reverendo Joseph Grant de Oxenhope, pois está ocupado demais com sua nova escola para poder ajudar de verdade.

— Papai não terá uma reunião com um candidato para a coadjutoria amanhã?

— Sim. — Como estava responsável pelas correspondências de papai já havia alguns meses, sabia um pouco sobre o cavalheiro em questão. — O Sr. Nicholls, da Irlanda. Ele respondeu ao anúncio de papai na *Gazeta Eclesiástica*.

— Talvez ele sirva.

— Sempre há esperança. Um bom pastor auxiliar poupará boa quantidade de tempo de papai, e então poderemos decidir o que devemos fazer.

— Não se fazem mais bons cura hoje — resmungou Tabby, nossa criada grisalha, com seu sotaque carregado de Yorkshire, que veio da despensa mancando e entrou na cozinha com uma cesta de maçãs. — Esses pastores mais jovens de hoje são uns convencido e arrogante, que pisam em todo mundo. Nesta casa, sou a criada, e nada merecedora da gentileza deles. Vivem falando mal do jeito de ser de Yorkshire e do povo de Yorkshire. E a forma como simplesmente caem do céu pra um chá ou uma refeição na casa de um pastor sem nenhuma desculpa ou razão pra isso. Não é por nenhum outro motivo senão pra perturbar as mulher.

— Eu não me incomodaria tanto — intervim —, se pelo menos se mostrassem satisfeitos com o que lhes servimos; mas sempre se queixam.

— Os velhos pastores valem mais que todos esses jovens de universidade juntos — declarou Tabby com um suspiro, enquanto desabava sobre a cadeira em frente à mesa e começava a descascar maçãs. — Eles sabem o que é ter boas maneiras e são gentis pros de cima e pros de baixo.

— Tabby — exclamei de repente, ao olhar para o relógio sobre a lareira —, o carteiro já passou por aqui?

— Já, e num tem nada pra você, criança.

— Tem certeza?

— Tenho dois olhos, num tenho? Quem você esperava que lhe escrevesse? Não acabou de receber uma carta de sua amiga Ellen dois dias atrás?

— Recebi.

Emily fitou-me com austeridade.

— Não me diga que ainda tem esperanças de receber uma carta de Bruxelas?

Senti meu rosto queimar e a transpiração surgir na testa; disse a mim mesma que devia ser por causa do calor da lareira e que nada tinha a ver com a observação de Emily ou com a intensidade de seu olhar penetrante.

— Não, claro que não — menti. Enxuguei a testa com a beirada do avental. Ao fazer isso, meus óculos ficaram salpicados com farinha; retirei-os rapidamente e lhes dei uma boa polida.

A bem da verdade, tinha cinco preciosas cartas de Bruxelas escondidas na última gaveta do meu armário: cartas de um certo homem que haviam sido lidas e relidas tantas vezes que ameaçavam despedaçar nas margens pelo excesso de manipulação. Não obstante, já ansiava por outra missiva, porém um ano se passara desde a última, e o desejo por outra correspondência nunca se aplacava. Eu sentia os olhos de Emily sobre mim; de todos da família, ela era quem melhor me conhecia — e nunca deixava passar nada. Antes que ela pudesse dizer mais, no entanto, o fio da sineta da porta começou a vibrar; em seguida, a sineta soou.

— Quem pode ser neste tempo horroroso? — perguntou Tabby.

Ao ouvir a sineta, os dois cachorros que estavam confortavelmente deitados diante da lareira puseram-se sobre as patas em um salto. Flossy, nosso cão King Charles Spaniel de bom coração, de pelo aveludado branco e preto, apenas piscou com discreto interesse. O cachorro de Emily, Keeper, um cão de guarda corpulento, com aparência de leão, de cabeça preta, latiu em bom som e correu em direção à porta de saída da cozinha; em um movimento veloz, Emily o agarrou pela coleira e o deteve.

— Keeper, quieto! — exclamou Emily. — Espero sinceramente que não seja o Sr. Grant ou o Sr. Bradley para um chá. Não estou com paciência para servir os religiosos locais hoje.

— É cedo demais para tomar chá — ponderei.

Keeper continuou a latir furiosamente; Emily precisou usar toda a sua força para contê-lo.

— Vou trancá-lo em meu quarto — disse Emily e saiu rapidamente da cozinha, subindo as escadas.

Eu conhecia a aversão que Emily sentia por estranhos o suficiente para saber que ela não retornaria com a mesma pressa. Como Tabby estava velha e manca, e Martha Brown, a criada jovem que geralmente encarregava-se das tarefas mais pesadas, havia ido para casa por uma semana com dor no joelho, era meu dever implícito abrir a porta.

Com calor e cansada após uma manhã inteira na cozinha, não tive tempo de me preocupar com a aparência, a não ser dar uma espiada no espelho da saleta de entrada. Jamais gostei de ver minha imagem; eu era extremamente pequena, de estatura baixa, e causava-me desprazer ver meu rosto pálido e sem graça refletido no espelho. Agora, para piorar minha consternação, após uma breve olhadela, percebi que usava meu vestido mais velho e feio; um lenço cobria minha cabeça; meu avental tinha faixas de farinha e condimentos da torta que preparava; e minhas mãos e testa também estavam sujas de farinha. Rapidamente, passei o avental na testa, o que só fez piorar tudo.

A sineta tocou novamente. Com Flossy aos meus pés batendo as unhas sobre o piso de pedra, apressei-me pelo corredor rumo à porta da frente e a abri.

Chuva e vento adentraram com força trazendo consigo uma rajada gélida. Um homem aparentando aproximadamente 30 anos encontrava-se de pé na escada à minha frente, vestido com um casaco preto e um chapéu, sob um inquieto guarda-chuva preto que, para consternação dele, de repente foi virado do avesso por uma lufada de vento. Agora, com a proteção parcial do guarda-chuva desfeita, ele parecia, à primeira vista, não muito diferente de um rato muito alto molhado. Seus esforços frenéticos e tensos para consertar o guarda-chuva e os olhos semicerrados para se protegerem da chuva forte dificultavam a identificação precisa dos traços de seu rosto, uma circunstância que se agravou quando, ao me perceber de relance, retirou seu chapéu, imediatamente, recebendo em troca ainda mais água e vento.

— Seu patrão está em casa? — o sotaque celta da voz grossa e grave, que anunciou de imediato suas origens irlandesas, foi em seguida intrincado por uma leve pronúncia escocesa.

— Meu patrão? — repeti, indignada, emoção esta que foi substituída pela vergonha. Ele me confundira com uma criada! — Se por acaso se refere ao reverendo Patrick Brontë, ele se encontra em casa, senhor, e ele é meu pai. Por favor, perdoe minha aparência. Não costumo recepcionar visitantes coberta de farinha da cabeça aos pés. Hoje é dia de fornada.

O jovem não pareceu minimamente perturbado por seu engano (talvez porque estivesse sendo acossado por uma chuva congelante), e apenas disse, semicerrando os olhos:

— Perdoe-me. Sou Arthur Bell Nicholls. Tenho me correspondido com seu pai a respeito da posição de pastor auxiliar. Minha presença era aguardada somente amanhã, mas como cheguei a Keighley um dia antes do previsto, pensei que pudesse prestar uma visita.

— Ah, sim, Sr. Nicholls. Por favor, entre — convidei-o educadamente, recuando para que passasse por mim e entrasse na saleta. Após fechar a porta contra o vento uivante e a chuva, sorri para ele e comentei:

— É uma tempestade realmente assustadora, não? Fico na expectativa de ver um desfile de animais passar pela estrada em pares.

Esperei por um sorriso ou uma resposta com similar descontração, mas ele continuou ali parado, encarando-me, como uma estátua, chapéu e guarda-chuva em punho, com água pingando no piso de pedra. Agora que ele estava abrigado, livre da chuva, pude reparar que era um homem fisicamente forte, de pele morena, com rosto atraente, traços marcantes, nariz proeminente, porém bonito, boca bem delineada e cabelos espessos muito pretos que, molhados como estavam, achavam-se grudados na cabeça em torrentes de cachos. Tinha pelo menos 1,83 m — 30 centímetros mais alto que eu. Lembrava de ter lido em sua carta que ele tinha 27 anos — quase dois anos mais jovem que eu; aparentaria ser ainda mais jovem, pensei, não fossem as negras e espessas costeletas esmeradamente aparadas que emolduravam seu rosto barbeado. Os olhos eram reservados e inteligentes; entretanto, agora ele havia desviado o olhar de mim e observava a saleta timidamente, como se estivesse determinado a fitar qualquer coisa que não eu.

— Imagino — fiz nova tentativa — que o senhor esteja acostumado com aguaceiros como este na Irlanda?

Ele assentiu com a cabeça, com olhos fixos no chão, e não respondeu; aparentemente sua declaração à porta seria seu único esforço para falar. Flossy se achava ao pé do recém-chegado e o olhava com curiosidade e expectativa. O Sr. Nicholls, embora molhado e claramente com muito frio, sorriu para o cachorro, curvou-se e afagou-lhe gentilmente a cabeça.

Limpei as mãos cheias de farinha no avental do melhor jeito que pude e disse:

— Posso guardar o seu chapéu e o casaco, senhor?

Ele pareceu hesitante, mas entregou-me seu guarda-chuva encharcado silenciosamente e então retirou os acessórios citados e os confiou a mim. Notei que seus sapatos estavam ensopados e cobertos de lama.

— Não me diga que veio caminhando de Keighley até aqui nesta tempestade, Sr. Nicholls?

Ele fez que sim com a cabeça.

— Sinto muito pelo seu piso. Tentei limpar o máximo possível da lama antes de tocar a sineta.

Ele falou! Duas frases completas, embora breves! Considerei o feito uma pequena vitória.

— Estas pedras estão um tanto acostumadas a marcas de lama, posso lhe garantir. Gostaria de se aquecer na cozinha, Sr. Nicholls, enquanto providencio uma toalha?

Ele se mostrou apreensivo.

— Na cozinha? Não, obrigado.

Fiquei atônita com o tom condescendente e de surpresa em sua voz ao pronunciar a palavra "cozinha". Soou aos meus ouvidos como uma repugnância intrínseca à essência do lugar: como se ele considerasse o ambiente geralmente vinculado às mulheres do povo, local inferior por demais para sua presença. Minha irritação elevou-se.

— Sinto muito, não há lareira na sala de jantar — respondi exasperadamente —, ou eu lhe oferecería tal opção. Mas está bastante quente e aconchegante na cozinha. O senhor é bem-vindo a se secar lá por alguns minutos, sem ninguém para importuná-lo a não ser eu e minha criada, antes de eu guiá-lo ao escritório de meu pai.

— Verei seu pai agora, se me permite — respondeu ele rapidamente. — Certamente ele tem uma lareira. Ficaria grato com uma toalha.

Bem, pensei, enquanto me afastava para providenciar o item solicitado: eis um irlandês muito orgulhoso e arrogante. Nosso cura anterior, o odiado reverendo Smith, parecia uma dádiva comparado a esse. Retornei momentos depois com a toalha. O Sr. Nicholls enxugou o excesso de umidade do rosto e do cabelo silenciosamente, e então a usou para limpar os sapatos; finalmente, entregou o pano imundo e encharcado de volta para mim.

Ansiosa por me livrar daquele homem, fui até a porta do escritório de papai e disse:

— Como ultimamente tenho cuidado da correspondência de meu pai, creio ter lhe avisado: a visão dele está muito debilitada. Ele será capaz de enxergá-lo, mas de maneira nebulosa. Os médicos dizem que cedo ou tarde ele ficará completamente cego.

A única resposta do Sr. Nicholls foi um aceno de cabeça e uma expressão sombria, acompanhados de:

— Sim, recordo-me.

Bati à porta do escritório, esperei pela resposta de papai e então abri a porta e anunciei o Sr. Nicholls. Papai se levantou da cadeira ao lado da lareira e cumprimentou o recém-chegado com um sorriso surpreso. Papai era um homem alto, esbelto porém robusto, e seu rosto que um dia fora belo agora carregava marcas da idade. Usava óculos com moldura metálica, similares aos meus, exibia as vestes pretas de pastor sete dias na semana, e os brancos cabelos desgrenhados e espessos tinham o mesmo tom de neve do grosso cachecol que usava diariamente enrolado ao redor do pescoço. Era tão abundante (para evitar a possibilidade de se resfriar) que seu queixo desaparecia totalmente ali dentro.

O Sr. Nicholls cruzou o ambiente e apertou a mão de papai. Deixei-os a sós e corri para o segundo andar a fim de me assear, humilhada por ter recepcionado um estranho tão desmazelada. Removi o lenço e me certifiquei de que os cabelos castanhos ficassem elaboradamente arrumados, escovados para cima, e bem presos. Então escolhi um vestido cinza-claro limpo — de seda, obviamente. (Desde que nos mudamos para Haworth, papai havia realizado o funeral de tantas crianças cujas roupas haviam pegado fogo por causa da proximidade extrema com a lareira que ele dispensava algodão e linho e insistia que nos vestíssemos apenas com roupas de lã ou de seda, que incendiavam com menos facilidade.) Recém-arrumada ao estilo quacre, sentia-me mais confortável e à vontade. Poderia carecer das vantagens dos atrativos físicos, acreditava, mas pelo menos não mais ficaria constrangida na frente de nosso visitante por estar malvestida.

Emily estava de volta ao trabalho na cozinha quando retornei e reproduzi para ela e para Tabby a breve cena que ocorrera no vão de entrada.

— "A *cozinha*?" — falei na tentativa de imitar o tom e o desdém do Sr. Nicholls. — "Não, *obrigado*." Como se ele nunca se dignasse a pôr os pés em um local tão comumente habitado por *mulheres*.

Emily riu.

— Ele parece ser um bruto irretocável — observou Tabby.

— Vamos torcer para que seja uma entrevista curta e que o vejamos pela última vez — declarei.

Ao me aproximar do escritório com uma bandeja de chá, pude ouvir, pela porta parcialmente aberta, as vozes graves de dois irlandeses conversando. O sotaque do Sr. Nicholls era muito acentuado, temperado por uma intrigante pronúncia escocesa. Papai havia tentado perder o sotaque desde o dia em que iniciou a faculdade, porém uma cadência irlandesa sempre marcava sua fala, e aquilo havia contagiado todos de sua prole, incluindo a mim. Os dois homens falavam a toda velocidade; e em seguida ouviu-se uma repentina e vigorosa gargalhada, o que me surpreendeu, visto que eu havia conseguido arrancar tão poucas sílabas do Sr. Nicholls e nem um sorriso sequer.

Estava prestes a entrar, quando ouvi papai dizer:

— Eu lhes aconselhei: atenham-se à agulha. Aprendam a fazer blusas, vestidos e tortas com cobertura, e um dia serão mulheres habilidosas. Mas não me deram ouvidos.

E o Sr. Nicholls respondeu:

— Concordo. As mulheres têm melhor desempenho nas ocupações que Deus lhes deu, Sr. Brontë — na costura ou na cozinha. O senhor é um felizardo por ter duas filhas solteironas para cuidar de sua casa.

Fúria e indignação invadiram-me de repente; quase deixei cair a bandeja. Conhecia perfeitamente bem os pontos de vista de papai sobre as mulheres; eu e minhas irmãs havíamos passado a vida discutindo com ele sobre este assunto, tentando, sem sucesso, convencê-lo de que as mulheres possuíam tanta proeza intelectual quanto os homens, e que deveriam ter a liberdade de se aventurar para além da porta da cozinha. Ele havia cedido na prática — quando finalmente nos autorizou a estudar História e os clássicos com nosso irmão —, mas não na teoria, firmemente convencido de que nosso aprendizado de Latim, Grego e leituras de Homero e Virgílio eram uma completa perda de nosso tempo.

Eu podia desculpar tamanha intolerância de papai, mesmo que não conseguisse aprová-la; aos 68 anos, era um querido velho cego não apenas de visão como também mentalmente, graças às crenças dos homens de sua geração. Mas de um jovem graduado em universidade como o Sr. Nicholls — que estava sendo contemplado com uma posição que iria lhe requerer trabalhar de perto com pessoas de todos os gêneros e idades de nossa comunidade — era esperada uma mente mais aberta, um espírito livre!

Fervendo de raiva, apoiei-me na porta, empurrei-a para que abrisse completamente e marchei para dentro do escritório. Os dois estavam sentados bem perto da lareira. O calor do fogo havia feito milagres: o Sr. Nicholls parecia confortável e seco, e os cabelos pretos, agora repartidos para o lado sobre a larga testa, pareciam espessos e macios, com um brilho saudável. Em seu colo descansava nosso gato, Tom; o Sr. Nicholls sorria expansivamente e, descontraído, acariciava o animal, que ronronava satisfeito. A aparência agradável no semblante do homem desapareceu, no entanto, quando me aproximei; enrijeceu-se na cadeira, fazendo com que o gato saltasse de seu colo. Obviamente, o cavalheiro não gostava de mim. Pouco me importava, pois com seu último comentário, eu havia perdido todo o respeito que poderia ter por ele.

— Papai, trouxe seu chá. — Deixei a bandeja sobre a pequena mesa ao lado do Sr. Nicholls. — Não pretendo incomodá-los, então o deixarei sob os cuidados do Sr. Nicholls.

— Oh! Charlotte, por favor, fique e nos sirva. Como gosta do seu chá, Sr. Nicholls?

— De qualquer jeito que me sirvam — replicou o Sr. Nicholls. Papai riu. Para mim, o Sr. Nicholls disse abruptamente:
— Dois cubos de açúcar, por favor, e uma fatia de pão com manteiga.

Minha alma feminina revoltou-se com seu comportamento autoritário; houvesse eu obedecido meus instintos, teria cortado a fatia do pão e a arremessado contra seu rosto arrogante. No entanto, contive-me e fiz como me mandou. Ele teve a decência de me agradecer depois que lhe servi. Deixei a bandeja de chá e fugi de volta para a cozinha, onde eu, Emily e Tabby passamos boa parte da hora seguinte a protestar contra as asneiras ditas pelos homens de mentes fechadas.

— Ser chamada de *solteirona* — aos 29 anos — por um homem presunçoso que se considera superior e especial demais

para pôr os pés em nossa cozinha! — exclamei com desdém.
— E então, ao mesmo tempo, esperar que eu o sirva e ponha manteiga em seu pão... é ofensa demais para se suportar!

— Ele também *me* chamou de solteirona — disse Emily, encolhendo os ombros —, e nunca me viu. Não pensei que você fosse se ofender. Sempre diz que nunca se casará.

— Sim, mas por *opção*. Já recebi duas propostas. Recusei as duas. O termo *solteirona* sugere uma velha decrépita, malamada e rejeitada por todos.

— *Agora* ouça quem tá falando com ar de superior? — contestou a viúva Tabby, estalando a língua em sinal de reprovação. — Num acho que duas proposta mandada pelo *correio* sejam algo pra se gabar.

— Prova que tenho padrões. Somente me casarei se houver afeto mútuo, com um homem que não apenas me ame e me respeite, como também respeite as mulheres em geral. — Deixei-me cair sobre a cadeira de balanço ao lado da lareira, tremendamente envergonhada. — Os homens não se cansam de citar a mulher virtuosa de Salomão como se fosse um exemplo a ser seguido pelo "nosso sexo". Pois bem, *ela* era uma artesã: fazia excelentes vestes e cintos de linho e os vendia! Era agricultora e administradora: *adquiriu terras e planou vinhas!*[*] E, no entanto, as mulheres de hoje estão livres para serem minimamente como ela?

— Nós não somos — respondeu Emily.

— Não temos direito a nenhum emprego a não ser para os serviços domésticos e a costura, nenhum tipo de prazer mundano senão esperar por uma "visita" improdutiva, nenhuma esperança de algo melhor em nossas vidas. Os homens acham que devemos ficar estoicamente satisfeitas com esse fardo *não lucrativo*, tedioso e desvantajoso, dia após dia, como se não possuíssemos capacidades para nada além disso. Eu lhes pergunto:

---

[*] Provérbios 31, 10-31.

os homens seriam capazes de sobreviver por conta própria? Não ficariam extremamente desgastados?

— Os homens num têm ideia das dificuldade enfrentada pelas mulheres em suas vidas — disse Tabby, balançando a cabeça negativamente.

— E mesmo que tivessem — concordou Emily —, não fariam nada a respeito.

QUANDO, FINALMENTE, FECHEI A PORTA após a saída do Sr. Nicholls, com um suspiro aliviado, entrei no escritório de papai e disse:

— Espero que esta tenha sido a última vez que veremos *aquele* cavalheiro.

— Pelo contrário — retrucou papai. — Eu o contratei.

— O senhor o contratou? Papai! O senhor não pode estar falando sério.

— Ele é o candidato mais refinado que já entrevistei em anos. Ele me lembra William Weightman!

— Como pode dizer isso? Ele não se parece em nada com William Weightman! — O Sr. Weightman, o primeiro auxiliar de papai, fora adorado por toda a comunidade, e por minha irmã Anne em particular. Infelizmente, contraíra cólera durante uma visita aos enfermos e morrera três anos atrás. — O Sr. Weightman era um homem formoso, charmoso e afável. Possuía um maravilhoso senso de humor.

— O Sr. Nicholls possui excelente senso de humor.

— Não vi nenhuma evidência disso, a não ser para se divertir à custa das mulheres. Ele é um homem de mente fechada, rude e arrogante, papai, e exageradamente reservado.

— Reservado? Que tolice está dizendo? Pois ele falou sem parar na minha presença. Não me recordo da última vez em que tive conversa tão agradável e interessante com outro homem.

— Ele mal proferiu três orações completas para mim.

— Talvez ele se sinta desconfortável em conversar com mulheres com quem não tem intimidade.

— Sendo assim, como se sairá na comunidade?

— Minha expectativa é de que se sairá bem. Ele foi muito bem-recomendado, como você já sabe, e agora entendo por quê. Ele se formou no ano passado pela Trinity College. É um homem bom, com uma cabeça sensata. Temos muito em comum, Charlotte. Dá para imaginar isso? Ele nasceu no condado de Antrim, no norte da Irlanda, a uns setenta quilômetros de onde fui criado. Ambos viemos de famílias com dez filhos. Nossos pais eram camponeses pobres; e ambos fomos assistidos por clérigos locais para irmos para a universidade.

— Todas essas similaridades são muito boas, papai, mas fazem dele um bom pastor? Ele é tão jovem.

— Jovem? Claro que ele é jovem! Minha menina, não se pode esperar conseguir um pastor experiente por noventa libras ao ano. Ele ainda não foi nem ordenado, por isso precisaremos esperar mais um mês ou mais para que inicie suas funções.

— Mais um mês? Há tanto por fazer. Pode se dar ao luxo de esperar tanto, papai?

Papai sorriu.

— Confio que o Sr. Nicholls fará valer a espera.

Capítulo Dois

Na última semana de maio, o Sr. Nicholls se tornou inquilino na casa do sacristão, um edifício de pedras de um andar, anexo à escola da igreja, apenas a um passo da pista pavimentada da residência paroquial e de seu pequeno jardim murado. Era meu dever recepcioná-lo; e foi o que fiz um dia depois de sua chegada, ao preparar a costumeira cesta com itens caseiros.

Era uma bela manhã primaveril. Quando passei pelo portão da casa paroquial com minha oferenda, cumprimentei com um aceno amigável o artífice no galpão de pedra, que, ocupado, lascava, lascava e lascava a pedra com seu cinzel, gravando em uma das grandiosas lápides ali empilhadas inscrições *in memoriam* aos que haviam partido recentemente.

— Sr. Nicholls! — chamei-o, ao ver o cavalheiro sair de sua morada. Ele retornou, subindo a pista para vir ao meu encontro; apresentei-lhe a cesta com um sorriso. — Eu e minha família gostaríamos de dar as boas-vindas ao bairro, senhor. Espero que esteja bem-instalado.

— Estou — respondeu ele com uma reverência espantada. — Obrigado, Srta. Brontë. É muita gentileza.

— Não é muita coisa, senhor, apenas um pão, um pequeno bolo e um pote de geleia de groselha, mas eu e minha irmã os preparamos com nossas mãos. Além disso, devo acrescentar que dobrei o *serviette** de linho pessoalmente. Como sei que o senhor

---

* Guardanapo.

acredita que o melhor desempenho exercido pelas mulheres dá-se nas atribuições que Deus lhes deu, costurando ou na cozinha, creio que considerará este regalo mais que apropriado.

Para minha satisfação, o rosto dele ganhou um tom escarlate, e ele permaneceu em silêncio.

— Preciso ir — acrescentei. — Tenho muito a fazer em casa. Estou profundamente absorta na leitura de *Lays of Ancient Rome* de Macaulay e do *Étude Historique** de François René de Chateaubriand, e estou próxima de terminar a tradução do grego da *Ilíada*, de Homero. Se me der licença.

Só voltei a ver o Sr. Nicholls na igreja, domingo, quando exerceu pela primeira vez sua função de pastor. Enquanto lia as orações em voz alta, a congregação parecia apreciar verdadeiramente o cordial sentimento celta em seus gestos e em seu tom. Após o ofício, no entanto, ele apenas acenou e reverenciou solenemente os membros da congregação que vinham cumprimentá-lo, e praticamente não pronunciou uma palavra.

Quando me queixei sobre isso com Emily, após retornarmos à residência paroquial, ela disse:

— Talvez o Sr. Nicholls seja apenas tímido. Ele deve compartilhar de nossa aversão em conversar com estranhos; afinal, acabou de chegar. E ele *realmente* tem uma voz muito agradável.

— Uma voz agradável não faz um bom orador — repliquei, — se for reservado demais para falar e se, quando *deveras* fala, seus pontos de vista forem arrogantes e tacanhos. Tenho certeza de que não irá aprimorar suas relações.

Algumas semanas após a chegada do Sr. Nicholls a Haworth, recebi uma carta de Anne, que anunciava que ela e Branwell voltariam de Thorp Green para as férias de verão uma semana antes do esperado. Anne não deu nenhuma razão para a súbita mudança de planos; no entanto, como sua carta foi entre-

---

* Estudos Históricos.

gue apenas algumas horas antes da chegada prevista do trem que eles tomariam, Emily e eu fomos obrigadas a partir quase que imediatamente em uma caminhada de seis quilômetros e meio até Keighley para encontrá-los.

Era uma tarde quente de junho, ensolarada e de céu azul; não víamos nossa irmã e nosso irmão desde o Natal, e ambas esperávamos pela visita com grande ansiedade.

— Aí vem ele — exclamou Emily, levantando-se do duro banco de madeira da estação de Keighley, quando um apito estridente anunciou a aproximação do trem das quatro horas. A locomotiva rugiu pelos trilhos e parou, freando brusca e estrepitosamente, expelindo grande quantidade de fumaça. Vários passageiros saíram; por fim, avistei Anne e corremos para ela.

— Que surpresa maravilhosa — disse Emily, abraçando-a — tê-los em casa mais cedo.

Anne tinha 25 anos, era baixa e magra como eu, e fora abençoada com um rosto atraente, adorável, doce e pálido. Seu espírito meigo brilhava em seus olhos azuis-violeta, e ela usava os cabelos castanho-claros presos para trás, com os cachos caídos sobre os ombros em graciosas ondas. Quando criança, Anne sofria de ceceio, problema que felizmente ela superou na maturidade. Tal debilidade, no entanto, contribuiu para sua maior timidez e introspecção. Ao mesmo tempo, Anne possuía um temperamento tranquilo que raramente se alterava, potencializado por sua profunda e pertinaz fé no espírito mais evoluído e crença na bondade inerente à humanidade. Em breve, eu viria a descobrir o quanto suas crenças haviam sido abaladas recentemente.

Ao estudar o semblante de Anne, agora, ela parecia mais pálida que o normal; quando a abracei, parecia leve e pequenina em meus braços, como um passarinho.

— Você está bem? — perguntei, preocupada.

— Estou bem. Adorei seu novo vestido de verão, Charlotte. Quando você o fez?

— Terminei-o na semana passada. — Embora satisfeita com a peça de roupa, que havia costurado com seda azul-clara com estampa de flores brancas, eu não estava com ânimo para conversar sobre roupas; pareceu-me que Anne apenas mencionou o vestido para distrair-me da pergunta que lhe havia feito. Antes que pudesse lhe fazer mais perguntas, meu irmão saltou do vagão do trem, ladrando ordens a dois maleteiros que traziam um velho e familiar baú para a plataforma.

— Anne — exclamei surpresa —, este é seu baú?

Anne assentiu com a cabeça.

— Por que o trouxe? Oh! Estão voltando para casa? — exclamou Emily, exultante.

— Estou. Entreguei minha carta de demissão. Nunca mais retornarei a Thorp Green. — Vi uma expressão de alívio transparecer no semblante de Anne, mas, ao mesmo tempo, seus olhos pareciam tomados por uma preocupação tácita.

— Fico tão feliz — disse Emily, voltando a abraçar Anne. — Não sei como pôde suportar tanto tempo.

Fiquei perplexa com a notícia. Sabia que Anne estava infeliz desde o primeiro dia em que começou a trabalhar como governanta para os Robinson. De todas nós, ela fora a que mais se frustrou quando nossos planos de abrir uma escola fracassaram, visto que tal empenho havia sido a promessa, como bem disse ela, "de alcançar meios legítimos para escapar de Thorp Green". Anne nunca nos havia confidenciado os motivos específicos de seu descontentamento em trabalhar lá, além de admitir sua insatisfação habitual pela posição de governanta, e eu não me achava no direito de me intrometer.

Pode parecer estranho para alguns que irmãs com idades tão próximas, com educação, gostos e opiniões tão similares e tão fortemente unidas por laços de afeição mantivessem uma parte interior inteiramente isolada umas das outras, mas era esse o caso. Na infância, quando sofremos a perda terrível de nossas irmãs Maria e Elizabeth, tornamo-nos especialistas em disfarçar a dor — assim como nossos pensamentos e sentimentos mais íntimos —, mascarada por expressões de coragem e alegria. Quando nos separamos anos depois e tomamos direções distintas, tal inclinação persistiu.

Na realidade, apesar de tudo que sofri no segundo ano em Bruxelas, nunca pronunciei uma única palavra sobre isso com minhas irmãs. Como poderia esperar que Anne fosse mais franca do que eu havia sido com ela? Contudo, agora que estava em casa e certas questões haviam chegado a um ponto crítico, eu simplesmente *precisava* saber o que sucedia.

— Anne — chamei-a —, aplaudo sua coragem de deixar Thorp Green, se estava infeliz; sabe o quanto desprezo a vida de uma governanta. Mas abandonar uma posição tão segura agora, com nosso futuro financeiro tão incerto, é extremamente inesperado. O que aconteceu para forçar essa partida repentina e definitiva? Por que não mencionou nada em sua carta?

Anne corou e olhou instintivamente para Branwell, que se ocupava com a arrumação do baú de Anne e das malas para serem postas em uma carroça à espera, para posteriormente serem entregues em nossa casa.

— Não é nada relevante. Já estava farta de ser governanta, isso é tudo.

Emily a encarou.

— Você *sabe* que sou capaz de ler o seu rosto como se fosse um livro, Anne. Algo a está incomodando... algo *novo*. O que é? O que não está nos contando?

— Não é nada — insistiu Anne. — Ah, como é bom estar em casa! Bem... quase em casa. Como ansiei por este dia.

Branwell, que já havia concluído suas negociações com o cocheiro, virou-se para nós com os braços abertos e o sorriso escancarado.

— Vamos, deem-me um abraço! Como estão minhas irmãs *mais velhas* favoritas?

Eu e Emily sorrimos e o abraçamos.

— Estamos mais saudáveis do que nunca e com os ânimos ainda melhores — respondi —, agora que vocês estão aqui para nos fazer companhia.

Meu irmão tinha 27 anos, estatura mediana, era bonito, com ombros largos, esbelto, com físico atlético; um par de óculos se apoiava em seu nariz romano, e ele usava um chapéu em um ângulo garboso acima dos cabelos ruivos e volumosos na altura do queixo. Branwell era inteligente, passional e talentoso. Agia com um ar de suprema confiança em sua masculinidade atraente. Também possuía uma desafortunada propensão a beber, que havia desenvolvido na última década, e — para nossa vergonha e repulsa infindáveis — a fazer uso de doses ocasionais de ópio. Para meu alívio, notei que seus olhos estavam claros, sóbrios e repletos de bom humor.

— Por que você não me escrevia nunca? — inquiri, cutucando-o com carinho e pretensa irritação. — Devo ter lhe enviado meia dúzia de cartas nos últimos seis meses, e você nunca respondeu.

— Estava sem tempo e paciência para correspondências. Praticamente todos os minutos do meu tempo estavam ocupados.

— Que bom então que veio para casa descansar — comentei.

— Papai está tão ansioso para revê-los — interpôs Emily, pegando no braço de Branwell enquanto saíamos da estação. — Se caminharmos rapidamente, chegaremos em casa a tempo para o chá.

— Está quente demais para caminharmos para casa agora — reclamou Branwell. — Vamos fazer uma parada no Devonshire Arms e esperar refrescar antes de voltarmos.

Eu e minhas irmãs trocamos olhares. Sabíamos perfeitamente que Branwell jamais passaria por uma estalagem sem tomar um trago — e chá não seria a bebida escolhida. E um trago invariavelmente acabaria se transformando em três tragos — ou cinco; e a última coisa que queríamos era ver nosso irmão ébrio na chegada a casa.

— Prometi a papai que iríamos direto para casa — declarei.

— Não está muito calor — acrescentou Anne prontamente.

— Está um dia adorável, perfeito para uma caminhada — insistiu Emily.

Branwell suspirou e revirou os olhos.

— Pois muito bem. Vejo que o voto masculino não tem valor *nesta* companhia.

Prosseguimos pela estrada principal de Keighley, uma cidade próspera, com seu mercado ativo e relativamente novo e um corredor de belos edifícios ao redor. A localização da cidade não era especialmente atraente, pois em um vale cercado de montanhas o céu frequentemente escurecia por causa da fumaça produzida pelas muitas fábricas próximas dali; mas éramos visitantes assíduos mesmo assim, uma vez que suas lojas ofereciam determinados artigos e mercadorias que não eram encontrados em nossa pequenina vila.

— Como está papai? — perguntou Anne.

— Nunca mal-humorado ou impaciente, apenas ansioso e abatido — respondeu Emily.

— Também estou preocupada com ele — disse Anne. — O que será dele e de nós se ele ficar cego? Acham que ele perderá sua incumbência?

— Papai *não* perderá sua incumbência — insistiu Branwell. — Ele é altamente estimado na paróquia... e você não disse em sua última carta, Charlotte, que ele contratou um novo pastor?

— Sim: um tal Sr. Nicholls. Eu o considero extremamente desagradável.

— Por quê?

— É muito reservado e inacessível.

— Mas é competente? Executa bem sua função?

— É cedo demais para dizer. Começou há poucas semanas.

— Este senhor Nicholls deve ser um bom homem, se papai o escolheu — disse Anne.

— Papai também escolheu James Smith — retruquei —, e ele era grosseiro, arrogante e mercenário.

— Papai nunca repetiria *esse* erro — refutou Branwell. — Se este Sr. Nicholls conseguir dar conta de pelo menos metade das tarefas da paróquia no lugar de papai, ele valerá seu peso em ouro.

Havíamos alcançado a periferia do vilarejo e iniciávamos a longa e acidentada subida pelos morros ondulados além das fábricas, que brotavam ao longo da estrada entre muros de pedra das casas campestres.

— Quanto tempo passará em casa, Branwell? — perguntei.

— Pelo menos um mês, espero.

— Preciso voltar na semana que vem.

— Oh — exclamou Emily, desapontada. — Por que uma estada tão curta?

— Precisam de mim em Thorp Green, mas estarei de volta a casa em julho. Usufruirei do restante das minhas férias quando os Robinson estiverem fora, usufruindo das deles em Scarborough.

— O que está lhe mantendo tão ocupado que não lhe permite tirar férias apropriadamente? — perguntei.

Vi Anne lançar um olhar de soslaio silencioso para Branwell; ele corou consideravelmente e se adiantou em dizer:

— Bem, além de ensinar o jovem patrão Robinson, também estou dando aulas de arte a todas as mulheres da casa.

— Aulas de arte? — inquiriu Emily. — Como surgiu isso?

— Foi um tanto inesperado. Um dia, quando comentei com a dona da casa que estudava desenho e pintura quando era mais jovem, e que havia passado um ano em Bradford tentando me estabelecer como pintor de retratos, ela insistiu para que eu pintasse o retrato dela. A Sra. Robinson ficou tão encantada com o resultado que me solicitou que a ensinasse a pintar, bem como a suas três filhas.

— Que ótima oportunidade para aperfeiçoar seu talento — observou Emily.

— Na verdade — prosseguiu Branwell com entusiasmo —, a Sra. Robinson tem uma veia artística. E como está tão ansiosa por continuar seu trabalho antes de viajarem para as férias, pediu-me que retornasse em uma semana.

Diário: admito que senti uma pontada de inveja com o resumo das mais novas diligências artísticas de Branwell. Perdoe-me por nutrir essa espécie de sentimento, que reconheço ser mais que deselegante, e devo esforçar-me para superá-lo; porém, por quantos longos anos compartilhei, em vão, a ambição de meu irmão de se tornar um artista? Na juventude, eu e minhas irmãs estudamos com o mesmo tutor de arte de Branwell; para mim, foi uma intensa paixão. Passei incontáveis horas aninhada sobre papéis para desenho e cartolinas, com giz de calcário, lápis, giz pastel e variedades de cores, criando desenhos a partir da imaginação ou copiando meticulosamente impressões meia-tinta e gravuras de obras famosas reproduzidos em livros e anuários. Aos 18 anos, dois de meus desenhos a lápis foram selecionados para serem expostos em uma prestigiada exposição em Leeds — mas como Branwell era homem, papai decidiu que ele deveria continuar os estudos. Não fiquei ressentida pela oportunidade de Branwell, mas, oh! Como eu desejara intensamente também ter aprendido a pintar com tinta a óleo! Em vez disso, minhas aulas encerraram-se, e com o tempo acabei por desistir da ocupação.*

— Tem escrito coisas novas, Charlotte?

A voz de meu irmão invadiu meus pensamentos; pisquei atordoada e ajustei o olhar, ciente de que certamente perdera parte da conversa. Já havíamos passado pelas fábricas e agora caminhávamos pelos campos abertos sem árvores, divididos como um tabuleiro de xadrez por muros infinitos de pedra. Curioso, pensei com um sorriso, que Branwell perguntasse sobre a escrita

---

* Tem-se conhecimento de aproximadamente duzentos desenhos, esboços e pinturas de Charlotte Brontë que sobreviveram até os dias de hoje, todos com seu charme especial. Refletem o potencial inerente da artista e da minuciosa atenção ao detalhe que ela mais tarde mostrou em sua escrita.

enquanto eu meditava sobre a arte, embora as duas atividades caminhassem, de certa forma, de mãos dadas.

Antes que pudesse responder, Emily disse:

— Charlotte não escreveu nem uma palavra, pelo que sei, em mais de um ano.

— Verdade? — perguntou Branwell, surpreso.

Refleti sobre o que responder. Na verdade, desde meu retorno da Bélgica, 18 meses antes, eu havia escrito poesia e prosa em segredo, tarde da noite, na tentativa de aplacar a angústia que continuava a pesar em meu peito. Notei que tal prática não mais passaria despercebida agora que Anne voltava para casa e dividiria a cama comigo.

— Não tenho escrito nada que valha a pena comentar — respondi; aquilo era o mais próximo da verdade que desejava expor.

— Por que não? — perguntou Branwell. — Escrever está no seu sangue assim como está no meu, Charlotte. Uma vez você me disse que passar um dia sem tocar a pena no papel era pura tortura para sua alma. Admita: deve estar pelo menos *pensando* sobre Angria ou em seu duque de Zamorna.

Angria era o reino imaginário que eu e Branwell havíamos inventado quando crianças: uma amena e agradável paisagem africana, a princípio chamada de "Confederação da Cidade de Vidro", que havíamos habitado com uma lista de personagens brilhantes e abastados que amavam obsessivamente, travavam guerras e viviam grandes aventuras, e eram tão reais para nós quanto nossa própria vida. Meu herói de infância havia sido o famoso duque de Wellington; quando já estava madura demais para ele, lhe dei um filho imaginário, o duque de Zamorna (também conhecido como Arthur Augustus Adrian Wellesley, marquês de Douro e rei de Angria). Zamorna era poeta, soldado, estadista e um mulherengo incorrigível, que capturara minha mente e meu coração durante o curso de inúmeras histórias — histórias eu que ainda escrevia com grande prazer aos 20 e poucos anos, antes de partir para a Bélgica. Desde então não escrevi sequer uma palavra sobre ele ou Angria.

— Creio que nosso professor na Bélgica disse algo que a desencorajou — comentou Emily.

O calor invadiu-me o rosto.

— Não é verdade. Monsieur Héger apoiou muito meu desejo de escrever. Disse que tenho talento e me ajudou a aprimorar e aperfeiçoar meu ofício. Aprendi mais com ele do que com qualquer outro professor; mas ele também me obrigou a reavaliar o tipo de literatura que eu vinha desenvolvendo e seu papel para o meu futuro.

— Que futuro é esse? — perguntou Branwell.

— Estou com 29 anos. Não há sentido em continuar a escrever aquelas histórias bobas e românticas que escrevíamos na nossa juventude. Na minha idade, a imaginação deve ser polida e aparada, o julgamento, cultivado, e as inúmeras ilusões da juventude, desfeitas.

Branwell riu.

— Bom Deus, Charlotte! Fala como se tivesse 129 anos e não 29.

— Não zombe. Preciso ser séria agora. Preciso focar no que é prático e prudente.

— Nós podemos ser práticas e prudentes — interpôs Anne, — sem precisar desistir de escrever.

— Nós? — Fitei-a. — Tem escrito, Anne?

Anne e Emily trocaram olhares. Após alguma hesitação, Anne disse:

— Não de fato... Pelo menos nada que valha a pena comentar.

Minha curiosidade se aguçou. Obviamente, Anne *havia* escrito, mas não estava disposta a falar sobre isso, assim como eu. Já em relação ao seu trabalho, eu poderia arriscar um palpite. Na infância, Emily e Anne criaram um mundo imaginário próprio, que chamavam de Gondal — um mundo nórdico, sombrio e passional governado por mulheres —, e elas haviam registrado as aventuras de suas amadas personagens em verso e prosa. Embora anos tivessem se passado desde que minhas irmãs compartilharam os frutos de seus trabalhos conosco, eu sabia que continuavam a representar com imenso prazer cenas de Gondal em particular, aos sussurros, até hoje.

— Pelo visto, escrever está em nosso sangue — comentei —, e sempre amarei isso; mas sinto que preciso encontrar algo mais útil e válido para fazer com meu tempo. Um dia, talvez tenhamos de nos sustentar, e escrever não gera renda.

— Mas *pode* gerar — disse Branwell, com um sorriso repentino e misterioso, enquanto tirava o chapéu e jogava a cabeça para trás, permitindo que o sol quente brilhasse por todo seu rosto.

— Que sorriso é este? — perguntou Emily. — Vendeu alguma coisa, Branwell?

— Vendi. Acabo de ter quatro sonetos publicados na *Yorkshire Gazette*.

— Quatro sonetos! — exclamei, surpresa e emocionada. — Quando foi isso?

— Mês passado. Eles publicaram *Blackcomb* e *The Shepherd's Chief Mourner*, que escrevi anos trás, e uma parelha mais recente chamada *The Emigrant*. — Imediatamente, Branwell começou a recitar efusivamente seus novos versos para o campo e para o céu. Ouvindo sua voz clara e forte, não pude evitar senão sentir uma onda de afeto e prazer. O estilo animado de Branwell era um dom que possuía desde pequeno; ele conseguia fazer com que o mais singelo poema soasse como uma obra-prima. Ao terminar sua performance, eu e minhas irmãs o aplaudimos. Branwell agradeceu com uma reverência.

Havíamos alcançado a parte baixa da única rua de Haworth, estreita, sinuosa e íngreme. Lançamo-nos morro acima revigorados, os pés atacando o chão de pedras enquanto passávamos pelas casas e lojas geminadas, com telhados de ardósia e paredes de pedra de ambos os lados da via, e contornamos destramente dois cavalos e carroças que ocupavam a parte menos acidentada da estrada. Logo alcançamos o cemitério de Haworth, na colina à frente da igreja. Era dia de lavagem: um grupo de esposas e de lavadeiras encontrava-se reunido no pátio da igreja, tagarelando animadamente enquanto estendiam seus lençóis molhados e roupas lavadas sobre as lápides para que secassem. Visto que a maioria das lápides eram enormes lajes de pedra deitadas sobre pedestais baixos, como uma mesa, era o local perfeito para secar roupas.

— É extremamente desrespeitoso — entoou uma voz grave com pronúncia irlandesa, ao virarmos à esquerda pela rua da Igreja. Avistei o Sr. Nicholls, que saía da casa do sacristão com o Sr. Grant, o vigário de Oxenhope, um jovem já bem conhecido por nós, pois auxiliara papai na paróquia em muitas ocasiões no ano anterior. — O terreno da igreja é um lugar sagrado — prosseguiu o Sr. Nicholls. — É ridículo ver as lápides cobertas por lençóis úmidos, blusas e camisas.

— Não discordo do senhor — respondeu o Sr. Grant, um homem magro com pele rosada, voz nasalada e alta —, mas hábito é hábito, e você não vai querer ir contra todas as mulheres de Haworth, isso lhe garanto.

Ao nos avistar, os dois interromperam a conversa. Eu e o Sr. Nicholls não nos falávamos havia três semanas, desde o dia em que eu entregara a cesta de boas-vindas, e ele se enrijeceu ao me ver. Ambos desceram a rua em nossa direção. O Sr. Nicholls fitou Anne e Branwell com curiosidade, enquanto ambos inclinaram seus chapéus clericais simultaneamente e disseram:

— Boa tarde.

— Boa tarde — respondi. — Sr. Nicholls, deixe-me apresentar meu irmão Branwell e minha irmã, Srta. Anne Brontë. Branwell, Anne: este é o reverendo Artur Bell Nicholls, o novo pastor de Haworth.

O Sr. Nicholls e Branwell trocaram um aperto de mãos e o auxiliar da paróquia fez uma reverência formal para Anne.

— Achei ter percebido uma semelhança familiar. É um prazer conhecê-los.

"Prazer em conhecê-lo, senhor" e "É um prazer, senhor" foram as respostas de Branwell e de Anne. Emily, como de costume, nada disse.

— Que bom revê-los — falou o Sr. Grant, mais animado, entre mais um aperto de mão e uma reverência. Eu achava o Sr. Grant um homem pretensioso e esnobe, desde seu nariz empinado e queixo elevado até suas polainas clericais pretas e seus sapatos com bico quadrado, mas ele realmente parecia ser um vigário ativo e devotado. — Estão em casa para o verão?

— Infelizmente, terei de voltar em breve — respondeu Branwell animadamente —, mas Anne voltou para ficar. Aparentemente, já teve sua cota como governanta.

— Bem — disse o Sr. Grant —, é totalmente compreensível. Ficar trancada em uma remota casa de campo, a quilômetros distante de tudo, sem acesso à parte mais alta da sociedade... deve ter sido mesmo terrivelmente entediante.

— A princípio, também pensava assim — observou Branwell. — Fiquei tão entediado nos primeiros três meses, que pensei que fosse arrancar os cabelos, mas acabei afeiçoando-me ao lugar.

Anne franziu a testa e disse de repente:

— Se me derem licença, estou muito ansiosa para ver papai.

— Vou com você — disse Emily.

Minhas irmãs afastaram-se rapidamente. Eu estava impaciente para me juntar a elas e prestes a me despedir quando Branwell disse:

— Os cavalheiros gostariam de se juntar a nós para o chá? Se não estiver errado, Tabby e Martha farão um banquete para nos aguardar.

O Sr. Grant sorriu efusivamente.

— Obrigado, seria um prazer para nós.

Meu coração encolheu. Estivera desejosa de uma reunião familiar íntima, apenas nós cinco, para celebrar a chegada de Branwell e de Anne; imaginava que papai também sentisse o mesmo. Todas as vezes que compartilhamos a mesa com os pastores locais, eu acabara por achá-los uns presunçosos, oportunistas e vazios — e, em especial, não desejava jantar com o Sr. Nicholls. Meu irmão, entretanto, sempre foi uma pessoa sociável e gregária — e agora o dado tinha sido lançado.

— Vejo os senhores lá dentro — declarei e forcei um sorriso. E então desci a rua rapidamente em direção à residência paroquial, atrás de minhas irmãs.

AO ENTRAR NA CASA PELA porta do quintal, o aroma deleitável de rosbife e de pudim de Yorkshire invadiu minhas narinas. Minhas irmãs estavam agachadas na cozinha, recebendo alegremente beijos caninos entusiasmados de seus respectivos animais. Nosso mastim pertencia a Emily; Flossy fora um presente dos alunos de Anne, os Robinson; para seu sofrimento eles haviam maltratado tanto o lindo spaniel, que ela fora obrigada a trazê-lo para casa, onde ficara sob os excelentes cuidados de Emily.

Tabby (debruçada sobre o fogão, cozinhando batatas) e Martha (que tirava o pudim de Yorkshire do forno) grunhiram de regozijo ao verem Anne, e logo estavam todas abraçadas.

— Como sentimos sua falta, menina! — disse Tabby, secando com a ponta do avental as lágrimas que escorriam de felicidade.

— Que alegria ver você, Srta. Anne — exclamou Martha. Com apenas 17 anos, Martha Brown era uma jovem esbelta e alegre, de cabelos macios e escuros e rosto agradável. Segunda filha mais velha de Mary e John Brown da Casa do Sacristão, a poucas portas de distância, Martha viera para viver conosco em seus tenros 13 anos, assumindo as tarefas mais pesadas da casa.

— Rosbife e os pudins de Yorkshire, os favoritos da senhora e do bom senhorzinho Branwell — disse Martha a Anne —, cuidamos pra que tivesse um jantar digno de domingo, mesmo hoje ainda sendo terça-feira.

— Obrigada às duas — agradeceu Anne, com um sorriso.

— Espero que tenham cozinhado o suficiente para mais duas pessoas — avisei —, porque seu "bom senhorzinho Branwell" acaba de convidar o Sr. Nicholls e o Sr. Grant para jantar conosco.

— Tem comida de sobra — respondeu Tabby com a testa franzida —, mesmo os convidados sendo da pior espécie como os jovens pastores.

— Pastores? — repetiu Emily, consternada, enquanto soltava Keeper. — O quê... estão vindo neste instante? — Ela se levantou como uma mola e correu para a porta da cozinha, como se fosse fechá-la; mas no mesmo instante ouvi a conversa dos homens entrando pela porta da frente. As orelhas de ambos os cachorros ergueram-se e os dois correram imediatamente, passando por Emily rumo ao corredor.

— Não! — gritou Emily, correndo atrás dos cães.

Ouvi uma barulheira; então os cachorros entraram feito furacões pelo hall e seus latidos graves ecoaram extraordinariamente pelo recinto vazio.

— Deite, rapaz! Deite! — exclamou uma voz aguçada e imperiosa, que reconheci como sendo a do Sr. Grant.

Corri em direção ao corredor da entrada com Anne em meu encalço. Keeper rosnava furiosamente e pulava sobre o coitado do Sr. Grant.

— Deite, Keeper! — gritavam Anne e Branwell em uníssono. O cachorro não lhes deu atenção alguma.

O Sr. Grant, sob ataque, ergueu os braços para proteger o rosto e olhou para a porta da frente com olhos arregalados, porém o Sr. Nicholls e papai — que acabara de deixar o escritório para se unir ao grupo — pararam atrás dele, no corredor, bloqueando a passagem para sua fuga. Em vez disso, o Sr. Grant fugiu pelas escadas, subindo de dois em dois degraus. Keeper se lançou atrás do cavalheiro fugitivo. Emily jogou-se na frente da fera cor de caramelo e lhe barrou o acesso às escadas, enquanto lutava para agarrar o cão pela coleira. O animal uivava, grunhia e se jogava contra ela; Emily se manteve firme, porém não conseguiria aguentar muito tempo.

Estava a ponto de correr em auxílio a Emily, quando um assovio suplicante soou na mesma hora, do tipo utilizado com cachorros. Keeper ficou estático; com olhos curiosos e orelhas se contraindo, olhou em volta. O assovio saíra dos lábios do Sr. Nicholls, que estava tranquilo no meio do corredor.

— Aqui, garoto — disse o Sr. Nicholls, olhando Keeper atentamente, enquanto batia com as mãos na coxa. — Venha, rapaz. Venha aqui, agora. Bom garoto.

Capítulo Três

iário, era de pleno conhecimento de todos os habitantes do vilarejo que o mastim da casa paroquial era um animal singular. Na maior parte do tempo, Keeper parecia taciturno e indiferente ao restante do mundo, esquivando-se de qualquer tentativa de afeto, exceto do de suas donas, as quais adorava. De vez em quando a fera tomava aversão feroz por um ou outro indivíduo; mas eu nunca o vira se subjugar a ninguém além de Emily.

Para meu espanto, o fogo nos olhos de buldogue de Keeper dissipou-se instantaneamente. Ele se agachou sobre as quatro patas e, como uma criança que responde ao chamado do Flautista de Hamelin, trotou obedientemente de volta para os pés do pastor e sentou calmamente. O Sr. Nicholls se agachou e acariciou carinhosamente o animal atrás das orelhas, sob a mandíbula e no topo da cabeça, dizendo-lhe palavras suaves e reconfortantes, enquanto todos ali reunidos olhávamos maravilhados e impressionados.

— Obrigada, Sr. Nicholls — disse eu, enquanto Emily, atônita e sem palavras, recuperava-se e ajeitava as saias.

— O senhor é um gênio — observou Branwell. — Este cachorro nunca me permitiu sequer afagar-lhe a cabeça.

— No entanto, é geralmente inofensivo — acrescentei. — Não sei o que o sobressaltou dessa maneira.

— Talvez tenha sido porque o Sr. Grant começou a chutá-lo — disse o Sr. Nicholls.

— Ah! — respondi. — *Isso* ele não tolera. — Dirigi-me até o corrimão e gritei na direção do andar de cima:

— Sr. Grant! Pode descer agora. O caminho está livre!

Ouvi o som de uma porta se abrindo no piso acima, seguido por sons de passos tímidos nas escadas. O rosto do Sr. Grant surgiu na curva da escadaria, enquanto espiava cautelosamente pelo corrimão.

— O cachorro já se foi?

Keeper, que detectou a reaparição do visitante, virou a cabeça na direção dele e emitiu um rosnado baixo, ainda mais horripilante e ameaçador que seu latido.

— *Não* — disse o Sr. Nicholls em voz baixa, porém com firmeza.

O rosnado cessou tão rapidamente quanto começou. O cachorro posicionou sua enorme cabeça arredondada e áspera para ser afagada, e logo estava arfando e salivando animadamente. Eu começava a me questionar se havia julgado mal o Sr. Nicholls; um homem tão bom e gentil com os animais talvez tivesse outras qualidades escondidas, ou não?

— Não há motivo para ter medo — informou Emily, deixando escapar uma risada ao avistar o Sr. Grant no andar de cima. — Keeper não lhe fará mal. Seus latidos são altos e furiosos, mas não significam nada... e ele está bastante calmo agora.

— Não descerei até que esse cachorro esteja preso ou do lado de fora! — foi a resposta do Sr. Grant.

— Emily, leve-o para fora — pediu papai, que havia ficado de pé em silêncio ao lado de Flossy durante o rebuliço.

— Sim, senhor. — Obedientemente, Emily assentiu com a cabeça e tirou o animal do controle do Sr. Nicholls, levando-o para o jardim.

Papai aproveitou a delonga e abraçou Branwell e Anne, além de lhes dar calorosas boas-vindas. Enquanto isso, o Sr. Nicholls voltava a atenção para Flossy, que agora se regozijava com o mesmo tratamento afetuoso que Keeper recebera.

— Qual é o nome deste camarada aqui?

— Flossy — respondi.

— Que lindeza, você — comentou o Sr. Nicholls. — Um dos King Charles spaniels mais magníficos que já vi.

— O *outro* cachorro é uma ameaça! — exclamou o Sr. Grant, enquanto descia as escadas e se reunia aos demais. — Viram como me atacou? Quase arrancou minha cabeça! Temi por minha vida!

— Da próxima vez — disse Branwell —, deixe que o Sr. Nicholls entre antes do senhor. Sem dúvida, ele tem um jeito especial com cachorros.

— Não haverá próxima vez — declarou o Sr. Grant, enquanto entrávamos na sala de jantar, onde Martha acrescentava mais dois pratos à mesa. — Não voltarei a pôr os pés nesta casa sem a certeza de que esse cachorro está preso e longe da minha vista. Pergunto-me, reverendo Brontë — com um olhar severo para mim e para Emily, que acabara de retornar —, como o senhor permite que suas filhas mantenham uma criatura tão perigosa na casa da paróquia.

— Perigosa? — respondeu papai com um sorriso. — Ora, Keeper não faria mal a um gato. Ele come como um cavalo e me custa oito xelins por ano pela taxa de cachorros, mas acredito que valha cada centavo.

— Nós o *mantemos*, senhor — acrescentou Emily —, porque somos muito afeiçoados a ele. Por isso recebeu o nome que tem.*

— Não podem estar falando sério — retorquiu o Sr. Grant. Ele e o Sr. Nicholls sentaram-se de frente para mim e minhas irmãs, enquanto Branwell e meu pai tomaram seus costumeiros lugares, às cabeceiras da mesa. — Não consigo imaginar uma

---

* Keeper em inglês pode significar também que vale a pena guardar – That's a Keeper — "Vale Guardar". (N. da T.)

dama apreciando algo tão bruto e feio assim. Esse é o tipo de cachorro pertencente a um carreteiro.*

— Cachorro pertencente a um carreteiro? — repeti, entretida. — Discordo veementemente. — Martha começou a servir a refeição. O vinho estava conspicuamente ausente da mesa; nunca nos arriscávamos a servir bebidas alcoólicas quando Branwell estava em casa, e todos no recinto sabiam o motivo, exceto talvez o recém-chegado Sr. Nicholls; mas ele nem notou o fato, ou era educado demais para fazer qualquer comentário.

Notei que o Sr. Nicholls me fitava do outro lado da mesa e retribuí o olhar. Ele desviou imediatamente.

— Sr. Nicholls, o senhor ocupou-se muito bem do nosso *bruto e feio*. Por favor, defenda nossa escolha.

— Um mastim é um animal magnífico e um dos mais nobres de sua raça — disse o Sr. Nicholls, fitando-me brevemente. — No entanto, são criados como cães de guarda e cães para o ataque. Em verdade, Srta. Brontë, creio que vocês deveriam dá-lo para um dos camponeses da paróquia para proteger seu rebanho e, em lugar deste cão, adquirir uma raça mais apropriada ao sexo frágil.

Emily soltou um breve arquejo de irritação com a declaração. Para mim, soou apenas divertido.

— Deveras? — perguntei. — Que raça o senhor considera mais *apropriada* para o nosso gênero, Sr. Nicholls?

— As damas, via de regra, costumam preferir cães de colo — respondeu o Sr. Nicholls.

— Algo pequeno e dócil — concordou o Sr. Grant com um gesto de aprovação com a cabeça. — Como um pug ou um poodle.

Soltei uma risada alta.

— Então, por favor, considere a mim e a minhas irmãs uma exceção a essa regra.

---

* Alguém cujo trabalho é dirigir carroças.

— Minhas irmãs são exceção a *todas* as regras — respondeu Branwell com uma risada.

Embora Emily raramente falasse quando tínhamos visitas, ela se pronunciou, indignada:

— Estou confusa. Por que vocês, cavalheiros, consideram as mulheres tão vastamente diferentes a ponto de nos designar uma raça particular de cachorro?

— Não tive a intenção de ofender — respondeu o Sr. Nicholls. — Apenas expressei uma opinião, baseada em minhas próprias observações sobre cachorros... e mulheres.

— Suas observações? — retrucou Emily. — Ah, claro, Charlotte compartilhou conosco algumas de suas *observações* a respeito das mulheres, Sr. Nicholls. Se me lembro bem, ela disse que o senhor aprova apenas duas ocupações para o sexo feminino: costurar e cozinhar, ambas as quais o senhor alega terem sido designadas pessoalmente por Deus.

O Sr. Nicholls pareceu tomado de surpresa pela declaração. Branwell voltou a rir; porém os outros homens ficaram um tanto sérios e se ocuparam em atacar o rosbife e o pudim de Yorkshire. Durante longos minutos, os únicos sons no ambiente foram de mastigadas vigorosas e talheres tilintando nos pratos, além do assoviar de nosso canário, Little Dick, em sua gaiola ao lado da janela. Após um longo intervalo de tempo, o Sr. Nicholls respondeu:

— Apenas quis dizer, Srta. Emily, que as mulheres alcançam sua melhor forma quando desempenham todas as obrigações femininas que nasceram para realizar, e nas quais se destacam: quando administram a casa, como esposas compassivas, filhas dedicadas e mães cuidadosas.

— Muito bem, muito bem — disse o Sr. Grant.

— Não poderia haver palavras mais verdadeiras — opinou papai.

— O senhor deve estar brincando — disse Emily.

Senti um calor repentino de indignação subir até o peito. (Que breve e equivocada ideia fizera-me acreditar que o Sr. Nicholls poderia ser merecedor de uma opinião melhor de minha parte?)

— O senhor tenta insinuar — inquiri — que as mulheres podem apenas se destacar *nestas obrigações femininas, as quais nasceram para realizar*? Que, em resumo, as mulheres nunca deveriam aspirar a nada mais elevado que assar tortas, lavar a louça, remendar meias, tocar piano e bordar bolsas? Acredita verdadeiramente que qualquer outra atividade está acima da compreensão feminina, que as mulheres não possuem a mesma capacidade mental de aprendizado dos homens?

— O senhor corre sérios perigos se responder — alertou-o Branwell.

— Não disse isso — começou o Sr. Nicholls.

Foi interrompido pelo Sr. Grant:

— Esta definitivamente não é uma pergunta cabível de discussão. É uma simples questão científica: há diferenças fisiológicas entre os sexos. Alexander Walker bem disse, creio, ao ressaltar que os homens, pela capacidade de raciocínio, por possuírem músculos poderosos e a coragem para empregá-los, têm as qualidades para serem protetores. Enquanto as mulheres, com pequena capacidade de raciocínio, frágeis e tímidas, necessitam que as protejam. Sob tais circunstâncias, o homem naturalmente governa: a mulher naturalmente obedece.*

— Oh! Oh! — exclamaram Emily e Anne ao mesmo tempo, horrorizadas.

— Concordo que o homem seja naturalmente o protetor — interpôs o Sr. Nicholls —, e que o forte das mulheres seja a delicadeza, a suavidade e a graça. Mas a questão dos homens e mulheres que tanto preocupa nossa sociedade hoje sempre foi abordada claramente na Bíblia, e nada melhor que as doutrinas

---

* Da trilogia do fisiologista escocês Alexander Walker, *Woman,* 1840.

expostas no segundo capítulo da primeira epístola de São Paulo a Timóteo.

— Que doutrinas são essas? — perguntou Branwell (que para a insatisfação e desconsolo de papai havia anos não abria uma Bíblia ou frequentava a igreja).

— Permita que as mulheres aprendam em silêncio, com toda a submissão — citou o Sr. Nicholls. — Não permita, porém, que a mulher ensine, nem use autoridade sobre o marido, mas que fique em silêncio. Porque primeiro foi formado Adão, depois Eva.

Emily grunhiu em alto e bom som e jogou o guardanapo sobre a mesa:

— Senhor: no que concerne à Bíblia, o senhor permite o direito de julgamento particular tanto para as mulheres como para os homens?

— Permito — respondeu o Sr. Nicholls.

— Discordo — disse o Sr. Grant. — As mulheres deveriam seguir as opiniões dos maridos, tanto em matéria de política como de religião.

— Deveria se envergonhar, senhor, de uma opinião tão disparatada! — exclamou Emily.

— Certamente, o senhor também defende que os homens devam aceitar as opiniões de seus *pastores* sem questionamentos! — interpelei.

— Certamente — confirmou o Sr. Nicholls.

— Que valor teria uma religião adotada desta forma? — exclamei, tomada de espanto. — Deve-se permitir que a *Razão* instrua as interpretações e julgamentos teológicos; do contrário, torna-se mera superstição cega e intoxicante! O senhor por acaso é um puseísta, Sr. Nicholls?

— Sim, sou um defensor veemente dos princípios do reverendo Dr. Edward Pusey e dos fundadores do "Movimento de Oxford" — respondeu o Sr. Nicholls cheio de orgulho.

— Pois sou adepta do latitudinarianismo* — respondi, controlando-me para conter a irritação. — E me oponho fortemente ao puseísmo e a cada palavra dos *Tracts for the Times*. Considero seus rígidos princípios perigosamente próximos ao Romanismo, e a maioria de seus seguidores intolerantes e abusivos em relação às seitas protestantes dissidentes. Mas, além disso: li a passagem bíblica que o senhor citou no idioma original grego e descobri que muitas palavras foram equivocadamente interpretadas.

— Equivocadamente interpretadas?

— Sim. Com as mais mínimas alterações, a passagem poderia ser interpretada de forma um tanto diferente: que as mulheres devem e *precisam* expressar-se em voz alta sempre que considerarem necessária uma objeção; que devem ser livremente autorizadas a ensinar e praticar autoridade sobre o homem, e que este deve se manter em silêncio.

Gargalhadas eclodiram de todos os homens presentes.

— Veem, cavalheiros — declarou papai —, o que sou obrigado a aguentar em minha própria casa? Desde a infância, Charlotte e Emily me desafiam sobre cada ponto similar a este na Bíblia. Somente Anne, minha boa e doce Anne, aceita seus preceitos graciosamente e sem questionar. Todas as minhas filhas, no entanto, persuadiram-me a permitir que estudassem assuntos que melhor competem aos homens. E aqui sentaram-se, nesta mesma mesa, durante todos estes anos, debruçando-se sobre páginas bolorentas de literaturas grega e romana, traduzindo obras inteiras do latim, trabalhando vagarosamente e com perseverança sobre problemas matemáticos complexos, até terem se educado a um nível mais elevado que o de qualquer homem daqui a York.

---

* Sistema de crenças defendido por um grupo de anglicanos cristãos que se opunha às posições dogmáticas da Igreja da Inglaterra, e permitia latitude de opinião e conduta.

— Não consigo imaginar o que pensam fazer com tanto conhecimento — comentou o Sr. Grant — enquanto assam bolo e arrumam as camas.

Os homens voltaram a gargalhar. Eu estava enfurecida por dentro. Martha tinha acabado de entrar com uma torta de frutas.

Emily se levantou e disse:

— Não tenho apetite para esta conversa ou para a sobremesa.

— Se nos derem licença — acrescentou Anne, que também se levantou. Ambas saíram apressadas da sala. Cheguei a pensar em me retirar, porém, pelo tom que prevalecia naquela tarde, temi que as mulheres pudessem ser ainda mais humilhadas sem uma voz feminina para defendê-las; e ali permaneci. Depois de Martha servir o café e a sobremesa e sair, Branwell, felizmente, mudou de assunto ao anunciar orgulhosamente a publicação recente de seus dois poemas. Um debate iniciou-se sobre a importância da poesia, que Branwell, eu e papai defendíamos e o Sr. Nicholls e o Sr. Grant renegavam.

— Poesia não passa de uma afetação inútil — afirmou o Sr. Nicholls —, somente uma porção de palavras floreadas que tem a intenção de impressionar, porém que apenas confunde e exaspera.

— Como pode dizer isso? — exclamei, exaltada. — Já existe quantidade suficiente de saber prático e útil neste mundo que nos é imposto, pela necessidade. Precisamos de beleza e arte para suavizar e refinar nossas mentes. Poesia é um meio de se chegar a esse fim. Poesia é mais do que útil, senhor: é um prazer. Ela nos eleva; nos enaltece; é capaz de transformar algo áspero e rude em algo divino!

O Sr. Nicholls me olhava como se estivesse surpreso com a força de meus sentimentos; então ele baixou os olhos e disse:

— Fico feliz que ache isso, Srta. Brontë. Talvez nunca realmente tenha compreendido o que é poesia. Sempre que a estudava, considerava-a muito difícil.

— Por falar em poesia — interpôs o Sr. Grant, com a boca cheia de torta de frutas —, recebi um bilhete ontem, Nicholls, recheado por enorme quantidade de rimas sem sentido, de uma das jovens damas da paróquia... uma tal Srta. Stokes.

— Tem apreço por ela? — perguntou o Sr. Nicholls.

— Não sei dizer. — O Sr. Grant estendeu o prato agora vazio para mim, com as sobrancelhas erguidas que imploravam por mais uma fatia da sobremesa; cumpri com meu dever e voltei a me sentar. — Ela é a *mais bela* das moças de sua família — prosseguiu o Sr. Grant —, das cinco filhas, todas solteiras... e todas com os olhos voltados para mim. Devo dizer que, desde o primeiro dia em que vim para Oxenhope, todas as damas do distrito têm ficado atrás de mim. Vivem espalhando rumores de que me casarei com esta ou aquela senhorita. Deus sabe lá qual a fonte de tantas fofocas. Meu interesse pela sociedade feminina é o mesmo do Sr. Nicholls.

— O senhor apenas menospreza o amor — disse Branwell — porque nunca o sentiu.

Fitei Branwell, intrigada pela afirmação. Ele tampouco havia conhecido o amor, até onde eu sabia.

— Mesmo que já o conhecesse, nunca seria *dominado* por ele — garantiu o Sr. Grant.

— O senhor é muito sábio — observou papai. — Este é sem dúvida o melhor plano para se permanecer solteiro. Milhões de casamentos são infelizes; se todos confessassem a verdade, diriam que todos os casamentos são mais ou menos infelizes.

— O senhor e mamãe eram felizes, não eram, papai? — inquiri.

— Para toda regra há uma exceção — respondeu papai. — Sua mãe era uma mulher especial e rara, e o que sentíamos um pelo outro era igualmente raro. A maioria dos casais se cansa um do outro em um mês e se torna nada mais do que parceiro.

— O casamento pode, creio eu, ser uma união vantajosa — ressaltou o Sr. Nicholls — quando formada em consonância à dignidade de visões e permanência de interesses sólidos.

— Oh! — exclamou o Sr. Grant, enquanto tirava sementes dos dentes com o garfo. — Está procurando por uma esposa, Nicholls?

O Sr. Nicholls ruborizou.

— Dificilmente. Eu não teria condições de manter uma. Meus pensamentos estão ocupados com outras coisas no momento.

— No entanto, as mulheres não parecem perceber isso — entoou o Sr. Grant, irritado. — Apenas conseguem pensar e falar em cortejos e dotes.

Branwell riu.

— O dinheiro pode, em verdade, contribuir bastante para essa equação.

Ouvir isso fez meu coração palpitar e a cabeça esquentar; só me restava permanecer em silêncio. Estes cavalheiros autossuficientes, pelo simples acidente de haverem nascido homens, tinham o mundo à sua disposição! O que lhes dava o direito de achar, que dirá falar, de forma tão depreciativa sobre as mulheres, o amor e o matrimônio?

— O único objetivo da maioria das mulheres solteiras, como já observei, é se casar — declarou o Sr. Grant. — Elas tramam, conspiram, se adornam, exibem-se, tudo para arranjar marido, ainda assim a maioria jamais conseguirá um.

— O mercado matrimonial neste distrito realmente parece abarrotado! — O Sr. Nicholls deu uma risada.

Não pude mais me conter. Então me levantei tão bruscamente que a cadeira quicou no chão.

— O que mais podem esperar que uma mulher solteira faça nos dias e na época de hoje, cavalheiros, senão buscar um marido? A sociedade permite a elas outra ocupação?

Olhares atônitos vieram de todos os quatro semblantes masculinos. Prossegui raivosamente:

— Talvez os senhores considerem inapropriado dar voz às queixas impopulares e às quais a sociedade não tem condições de curar prontamente, porém confrontarei seu deboche e desprezo, ousarei perturbar seu sossego, apontando algumas verdades bem-avaliadas. Notem as numerosas famílias com moças na vizinhança: os Stokes, por exemplo, cujas filhas o Sr. Grant acaba de caluniar ditosamente. Os irmãos dessas moças estão todos no ramo de negócios ou empregados. Suas irmãs, por outro lado, possuem mentes tão dotadas de habilidade quanto a deles e quanto a dos senhores, e no entanto não têm nada para fazer! Esse estado de estagnação faz com que elas adoeçam; não é de surpreender que suas mentes e seus pontos de vista encolham, igualmente, de forma assombrosa. Sem condições de ganhar a vida por conta própria, sabem que estão destinadas a se tornarem nada mais que uma carga para os pais e irmãos, e a viverem uma existência exígua, solitária e pobre. Se o grande desejo, o único objetivo, de cada uma destas moças é se casar, uma condição que ao menos lhes dá *alguma* ocupação como esposas queridas e mães orgulhosas, e a única condição em que são respeitadas pela sociedade, como podem culpá-las?

Meu pulso latejava e meu corpo inteiro tremia com o esforço empreendido para liberar aquela altercação, os homens encaravam-me consternados, como se atônitos. Rapidamente ajeitei minha cadeira e saí apressadamente rumo à porta, pensando: fico *satisfeita* por tê-lo feito; isso precisava ser dito.

No entanto, quando alcancei o corredor, ouvi o Sr. Nicholls contestar, com sua entonação tranquila e seu sotaque irlandês:

— As palavras típicas, cavalheiros, de uma velha solteirona enfeada.

A declaração foi recebida por uma comoção de risos. Minhas bochechas queimaram; virei e encarei meu opressor com total incredulidade, incerta se o tinha ouvido corretamente. Alguém verdadeiramente com alma e coração pronunciaria palavras tão insensíveis? O Sr. Nicholls captou meu olhar; seu sorriso esvaiu-se; ele empalideceu e então seu rosto tornou-se vermelho escarlate.

Fugi, determinada a não dar àqueles homens a satisfação de me ver debulhar em lágrimas.

CORRI PARA O SEGUNDO ANDAR e encontrei Emily ajudando Anne a esvaziar seu baú em meu quarto, que agora eu teria de dividir com Anne. Ao fitarem meu rosto, deixaram de lado o que faziam e me perguntaram o que havia de errado.

Afundei-me sobre a cama, enquanto enxugava as lágrimas apressadamente, a impotência evidente em minha angústia.

— Oh! É terrível demais! Os homens falavam há pouco tão cruelmente das mulheres solteiras que perdi a cabeça. Disse o que me vinha à mente e os deixei atônitos.

— Também desejei me expressar uma ou duas vezes mais cedo — comentou Anne, sentando-se ao meu lado —, mas não tive coragem.

— Tenho certeza de que mereciam — acrescentou Emily.

— Não há motivos para chorar.

— Não estou chorando — neguei, embora estivesse — e não estou arrependida do que disse. Apenas... quando estava de saída, o Sr. Nicholls disse... Oh! Mal consigo reunir forças para repetir suas palavras.

— O que ele disse? — perguntou Emily, sentando-se com as pernas cruzadas no chão de frente para mim, como um turco.

— Ele me chamou... — respirei fundo, esforçando-me para me acalmar — ...de solteirona velha e enfeada.

— Ele não fez isso! — exclamou Anne com incredulidade.

— Tem certeza de que foi o Sr. Nicholls quem disse isso? — perguntou Emily.

— A voz e o sotaque do Sr. Nicholls são inconfundíveis.

— Não consigo acreditar que o Sr. Nicholls diria algo tão cruel — insistiu Anne. — Ele parece ser um jovem educado e bom, apesar de suas visões estreitas, e foi tão maravilhoso com os cachorros. Certamente você deve ter escutado mal... ou ouvido isso de outra pessoa.

— Sei o que ouvi — refutei, enxugando os olhos e o nariz com um lenço. — Não me incomoda tanto o fato de ter me chamado de velha. Posso desprezar o termo em geral, mas sei que é correto, e já sabia que o Sr. Nicholls me enxergava desta forma: referiu-se a mim como solteirona no dia em que nos conhecemos. Mas me chamar de *feia*!

Diário, espero não sofrer do pecado da vaidade; a maior das verdades é que "a beleza está nos olhos de quem a vê". De tal forma que me dei conta de que não deveria levar em consideração a opinião de um único indivíduo; ainda assim, não podia me iludir. O mundo reverenciava a pele perfeita, faces rosadas, nariz retilíneo e boca vermelha e carnuda como uma cereja; admirava mulheres altas e imponentes, com um corpo finamente desenvolvido. Eu não possuía nenhuma destas características.

— Sei que sou pequena e comum — respondi com um suspiro —, mas há um mundo de diferenças entre ser *comum* e ser *feia*. Uma mulher comum pode suportar o fato de que, embora os outros não sintam prazer em fitá-la, pelo menos sua aparência não é ofensiva. Uma mulher feia, por outro lado, é um borrão na face da criação: uma pobre e miserável criatura cuja presença gera desconforto, risos e olhares periféricos de piedade velada. Feia! Acredito piamente que essa é a palavra mais esmagadora do nosso idioma!

— Charlotte: você não é feia — disse Anne gentilmente. — É muito atraente. Eu já lhe disse isso.

— Você tem um rosto doce, agradável e bom, que amamos contemplar — completou Emily.

— Vocês só dizem isso porque são minhas irmãs.

— Digo isso porque é verdade — declarou Emily. — Nenhuma de nós é estonteantemente linda, mas que importância tem isso?

— Às vezes não desejariam terem nascido lindas? — perguntei.

— Sou como Deus me fez — contestou Emily, dando de ombros. — Não tenho vontade de ser diferente.

— Quando esses sentimentos acercam-me — contestou Anne —, eu os afugento, e me concentro em meu ser interior: em me transformar na melhor pessoa que posso ser. Deus não se importa com nossa forma exterior.

— *Ele* talvez não, mas as pessoas sim. Somos julgadas pela aparência; por meio delas formam as primeiras opiniões, que raramente mudam. Quando fitei os olhos do Sr. Nicholls, depois que ele terminou de falar, ele parecia envergonhado; mas isso não justifica o que disse. É verdadeiramente um homem repulsivo, e o Sr. Grant não fica atrás.

— Não são tão ruins — observou Anne, quando todas nos levantamos e começamos a esvaziar seu baú. — As opiniões que expressaram a respeito das mulheres, pelo menos as que escutei, não são em nada diferentes das de papai ou de outros homens que conheço, ou daqueles que lemos nos jornais diários. Os homens simplesmente são educados para acreditar nisso.

— Só porque os homens são geralmente uns tolos não justifica que os dois façam parte da regra — retruquei.

— Talvez não — disse Anne —, mas insisto que você ouviu equivocadamente, Charlotte. Não consigo imaginar o Sr. Nicholls dizendo algo tão cruel. Acho que ele gosta de você.

— Gosta de mim? Não seja ridícula. O Sr. Nicholls não gosta de mim ou de qualquer outra mulher. Ele acredita que todo o nosso gênero é tão inferior e desprovido de inteligência quanto um mosquito. Acho que deixou seu ponto de vista muito claro.

Às 20H30 DAQUELA NOITE, os moradores da casa estavam reunidos no escritório de papai para rezar. A única pessoa que não estava presente era Branwell, que havia muito declinara de participar de qualquer tipo de atividade eclesiástica. Quando papai terminou o serviço, às 21h (em ponto, como sempre), Anne, com total naturalidade, anunciou a novidade sobre sua saída de Thorp Green.

— Não compreendo — exclamou papai, preocupado. — Você tinha uma posição excelente nos Robinson e era bem-remunerada como governanta. Trataram-na mal lá?

— Não, papai — respondeu Anne baixinho.

— Então por que partiu?

— Simplesmente senti ser o momento certo de sair — insistiu Anne.

— Bem, parece-me uma estupidez.

Notei o rubor que invadiu o semblante de Anne, ao contrário de meu pai, que nada reparou com sua visão nebulosa. Papai trancou a porta de casa, deu corda no relógio de pé de mogno que ficava no meio do caminho nas escadas (seu ritual noturno) e subiu para seus aposentos. Quando Emily e os criados já haviam se recolhido aos respectivos quartos, estava determinada a abordar o assunto com Anne mais uma vez.

Eu e Anne vestimos nossas camisolas; enquanto soltávamos os grampos e a trança dos cabelos, que haviam crescido muito ultimamente, e concordamos em escovar as mechas uma da outra em vez de enrolá-las. Sentei-me na cama atrás de Anne e me pus a trabalhar. Escovar os cabelos era uma atividade para a qual Emily não tinha paciência, mas que eu e Anne realizávamos uma na outra com grande prazer desde a infância, e da qual sentíamos muita falta quando não estávamos juntas. Após algum tempo, eu disse:

— Fico tão feliz por estar em casa, Anne. Nunca estive em Thorp Green, e você compartilhou comigo muito pouco sobre como era sua vida; no entanto, compreendo completamente seu desejo de sair de lá.

Anne se sobressaltou.

— Compreende?

— Compreendo. Fui muito infeliz, como bem se lembra, em ambos os meus postos como governanta, sobretudo no primeiro.

— Oh... entendo — foi a resposta dela.

— Ser governanta é semelhante a ser uma escrava — prossegui, enquanto puxava vigorosamente a escova por entre seus cachos castanho-claros. — Mesmo as casas mais enormes, rodeadas pelas mais belas paisagens de florestas, gramas verdes e trilhas brancas e sinuosas, não compensam a falta dos momentos de liberdade ou de despreocupação para desfrutar tais maravilhas.

— Verdade.

— Eu tinha 23 anos quando fui trabalhar para os Sidgwick. A Sra. Sidgwick não fazia nenhuma questão de me conhecer. Seu único propósito era extrair de mim o máximo de trabalho possível. Por um salário miserável, esperavam que eu ensinasse uma dúzia de matérias a crianças que não tinham interesse em aprender. As crianças ficavam comigo do instante em que eu acordava à hora de colocá-las para dormir; então eu tinha que costurar à luz de vela até cair de exaustão, e não apenas as costumeiras bainhas dos guardanapos e das toalhas de mesa, como também todo o guarda-roupa das bonecas.

— Eu também — admitiu Anne. — Além de costurar as roupas das bonecas, era obrigada a fazer crochê e bordado, pintar quadros e escrever composições musicais, e fingir que tudo havia sido feito pelas crianças.

— Oh! Isso faz o meu sangue ferver.

— Você tinha permissão de se juntar à companhia dos adultos, Charlotte?

— Juntar-me a eles? Não. Quando os Sidgwick recebiam convidados, era meu dever manter as crianças longe. Em raras ocasiões, eu era obrigada a apresentá-las enfileiradas em suas melhores roupas, para que fossem exibidas na sala de estar em um êxtase de vaidade e agitação para as damas afagarem-nas e admirá-las, porém eu era instruída a ficar sentada em um canto, ignorada e indesejada.

— Indesejada, porém não *despercebida* — acrescentou Anne, retirando a escova de minha mão e trocando de lugar comigo.

— Exatamente. Por acaso, falavam de você como se não estivesse presente ou como se fosse ignorante demais para compreender o que estavam dizendo?

— O tempo todo.

Suspirei, tentando relaxar enquanto a escova na mão de Anne zunia no meu couro cabeludo e puxava meus cabelos suavemente; mas as lembranças que evocávamos trouxe-me de volta a sensação de frustração e isolamento que experimentara seis anos antes.

— Meus patrões não me consideravam um ser vivo racional, a não ser em relação às tarefas que eu precisava cumprir. Os criados também não tinham nada a ver comigo; por ser uma mulher culta, creio que me achavam superior a eles... logo, eu não pertencia a lugar nenhum.

— Nem eu. Você ficava exilada em um quarto no último andar da casa?

— Ficava.

— Como eram seus alunos?

— Pequenas feras incorrigíveis, na maioria das vezes.

— Davam-lhe permissão para exigir disciplina?

— Nunca, nem mesmo quando Benson Sidgwick atirou uma Bíblia em mim, ou quando arremessou pedras em meu rosto e quase quebrou meu nariz.

— Oh! Charlotte. Sinto muito. Mas eu a entendo. Essa foi uma prova de fogo para mim. Está além do meu entendimento como os Robinson esperavam que eu mantivesse a ordem sem haver disciplina. A filha mais jovem era escandalosa e rude, e as duas mais velhas faziam de tudo para flertar com homens perfeitamente decentes por quem não tinham nenhuma consideração, apenas para ganhar sua estima e partir seus corações... e então vangloriar-se de suas muitas conquistas. Infelizmente, os adultos não eram diferentes de seus filhos! Eles... — Anne se calou e então acrescentou rapidamente; — Não devia ter falado assim. Tudo isso é passado, e é errado falar mal dos outros.

— Anne, você já não trabalha mais para os Robinson. Certamente, depois de todos estes anos, pode ficar à vontade para falar deles *agora* com impunidade... nem que seja apenas para mim. Falar pode lhe fazer bem, e você sabe que não contarei a ninguém.

— Não. — Anne guardou a escova e subiu na cama. — Os Robinson me amavam do jeito deles, e é assim que desejo lembrar-me da família.

Fechei as persianas e me enfiei entre as cobertas ao lado de Anne.

— Pelo menos, diga-me uma coisa — pedi e deitei a cabeça no travesseiro. — Como Branwell pode estar tão satisfeito com sua posição em Thorp Green? Sempre que vem para casa, parece tão ansioso por voltar para lá. Ele não sofre a mesma degradação que eu e você sofremos? Ou é diferente para ele por ser homem e tutor, em vez de uma governanta?

Anne ficou em silêncio; mesmo na penumbra da noite, pude discernir o rubor que surgiu em suas bochechas.

— Ele é muito estimado lá — foi tudo o que disse. Então fechou os olhos, desejou-me boa-noite afetuosamente e se virou de costas.

Evidentemente, pensei, ela não contara tudo; mas pude perceber que teria de me contentar com isso por enquanto.

Naquela noite, sonhei que estava no jardim do pensionato em Bruxelas. Era uma noite enluarada de abril; o ar estava carregado pela fragrância dos botões das pereiras mesclado ao cheiro defumado de charuto. Meu mestre e eu juntos, exatamente como dois anos antes. Mesmo no sonho, meu coração palpitava ferozmente, e acordei trêmula.

Deitada em meio à escuridão da aurora, procurei me acalmar para que Anne, ao meu lado, não ficasse preocupada. Por que, eu me perguntava, continuava a sonhar com meu antigo professor, noite após noite? Por que eu não conseguia esquecer?

Frequentemente, tinha sonhos atormentados no quais sempre o via severo, apático e zangado comigo. Neste sonho, entretanto, ele fora gentil, afetuoso e meigo, do mesmo jeito que fora naquela noite fatídica. Talvez o sonho fosse um presságio então: não um mau sinal, mas sim, bom. Talvez quisesse dizer que hoje meu desejo seria realizado: eu finalmente receberia uma carta de Bruxelas.

Eu conseguia visualizar o formato da carta: o envelope branco esmaltado, com o lacre de cera escarlate como um olho de ciclope no centro. Eu quase conseguia sentir o envelope tão desejado: firme, substancial e satisfatório, com a promessa de pelo menos uma folha de papel em seu interior. Um pequeno calafrio invadiu-me diante daquela ideia. Ainda era mais cedo do que a hora em que normalmente levantava, mas saí animada da cama aconchegante e me vesti silenciosamente.

Não muito depois, ao me sentar para ler um de meus jornais franceses no primeiro andar, os sinos da igreja badalaram as primeiras horas da manhã; instantes depois, ouvi o som cortante e familiar do tiro da pistola de papai no andar de cima. Desde os dias da Revolta Luddite, mais de trinta anos atrás, papai se deitava com uma pistola carregada ao lado da cama, e sua primeira ação ao despertar era dispará-la da janela do quarto, geralmente apontada para a torre da igreja. Esse hábito diário um tanto excêntrico tornara-se um sinal acatado por todos da casa, e sem dúvida por todos do bairro, de que era hora de levantar. Ouvi o burburinho previsível de movimentação no andar de cima; logo Martha apareceu, demonstrando surpresa ao me ver de pé antes dela.

Depois do café da manhã, fui cumprir minhas tarefas domésticas em meio a uma espécie de bruma, com ouvidos atentos e ansiosos para a chegada do carteiro. Que finalmente apareceu. Corri para encontrá-lo à entrada da porta, onde peguei o punhado de correspondências e as olhei de relance. Uma onda de desapontamento dominou-me; a carta não estava lá.

— O que cê tá aprontando? — perguntou Tabby, enquanto vinha mancando pelo corredor até me alcançar e arrancar a correspondência de minha mão. — Eu cuido das cartas, e todos aqui sabem disso. Pode ler pro seu pai mais tarde, depois do chá.

Tabby se arrastou até o escritório de papai; ao abrir a porta, o som de música vibrou pelo corredor. Emily praticava ao piano; pela porta aberta, avistei Anne sentada no banco ao lado dela, virando as páginas das partituras. Sabia que precisava voltar à sala de jantar, onde estivera polindo o guarda-fogo da lareira, porém meu coração estava pesado demais; não tinha vontade de me mover. A carta esperada havia tanto tempo teria sido a resposta de minhas preces, o livramento da devastação de meses de privação; mas não chegara.

Quando Tabby passou por mim, a caminho da cozinha, dei-me uma sacudidela mental.

— Pare de agir como uma idiota. É apenas uma carta — clamava uma voz interior. — Ele escreverá algum dia; certamente. — Outra voz, bem mais doce e aduladora que a primeira, disse rapidamente: — Se não pode ter a satisfação de receber uma *nova* carta, *resta* um consolo. — Meu coração bateu mais depressa; estava atormentada pela indecisão. — Chegou a hora — ralhei comigo mesma em silêncio — de desistir desse prazer cheio de culpa. — Mas eu não conseguia me conter.

Uma olhada de relance para o escritório me convenceu de que Emily e Anne ficariam ocupadas com o piano por pelo menos uma boa meia hora. Rapidamente, subi pelas escadas até o meu quarto, tirei as chaves do bolso e abri a última gaveta de minha escrivaninha. De suas profundezas, removi uma pequena caixa de pau-rosa que um dia fora de minha mãe. Destranquei a caixa e tirei de lá de dentro um pacote embrulhado com papel prateado; abri o pacote, e um maço pequeno de cartas atadas com um laço vermelho se revelou. Apenas cinco cartas: era a soma total de meu tesouro. Sentei-me na cama, desfiz o laço precioso e peguei a primeira carta da pilha: a que chegara apenas algumas semanas depois de meu retorno da Bélgica.

Oh! Que deleite recebê-la, bem como as outras quatro que a sucederam. Cada nova carta fora para mim um alento divino: uma dádiva, doce, pura, vital. Mesmo agora, que conhecia tão intimamente cada palavra em seus conteúdos, a ponto de ser capaz de recitá-las durante o sono, uma mera espiada no endereço de destino, o nome "Srta. Charlotte Brontë" escrito com aquela grafia familiar, limpa e resoluta e o carimbo no verso com a estampa caprichada de suas três adoradas iniciais eram o suficiente para fazer minha emoção correr solta por todas as minhas veias e um calor aquecer-me até o cerne.

Quantas cartas eu já enviara a Bruxelas nos últimos 18 meses?, eu me perguntava. Havia perdido a conta; ainda assim, durante todo esse tempo, tinha recebido apenas cinco preciosas respostas. Algumas li imediatamente após o recebimento; outras — como um pêssego perfeitamente maduro, bom demais para ser saboreado de uma só vez — guardei para devorar depois, quando pudessem ser desfrutadas longe de olhares intrometidos e línguas questionadoras. Abri cada uma com o maior dos cuidados, usando a lâmina da faca gentilmente sob o lacre, para manter intacto o círculo derretido em toda a sua beleza escarlate.

Agora eu pegava o primeiro envelope e, cautelosamente, retirava as brancas páginas translúcidas para não amassar ou rasgar as bordas; com o coração acelerado, desdobrei-as e me entreguei ao regalo. Obviamente, as cartas estavam escritas em francês. Enquanto estava na Bélgica, desenvolvi um certo nível de habilidade para com esse idioma; e desde que saí de tal país, me comprometi a ler meia página de um jornal francês todos os dias para manter a aptidão viva. Agora eu me demorava, saboreando cada uma e todas as palavras, uma missiva por vez, até terminar as cinco cartas. Depois de concluída a leitura, voltei a amarrá-las e as embrulhei como antes, recoloquei-as na caixa e as guardei no esconderijo.

Diário, você talvez se pergunte: o que continha nessas cartas que me fazia aguardá-las com fervorosa expectativa e lê-las repetidas vezes com tanta ansiedade? Eram shakesperianas em força e genialidade? Eram semelhantes às obras de Byron, a efusão de uma alma poética e torturada? Nada disso. Eram simplesmente cartas de natureza bondosa, escritas em tom benigno, compartilhando as novidades de pessoas que ambos conhecíamos e transmitindo sábios conselhos. E, ainda assim, para mim, pareciam elixires de uma colheita divina; um barril que a deusa Hebe talvez provesse, e que todos os deuses aprovariam. Elas nutriam minha alma; consolavam-me de forma essencial. Quando tal consolo me foi tirado — com o passar dos meses, uma estação após a outra, sem uma notícia dele —, fiquei extremamente atormentada, enclausurada como as cartas na gaveta, em um estado de torpor sem escapatória.

O que havia feito para merecer tal silêncio? Depois daquela noite no jardim — depois de tudo que ele dissera, e de tudo que acontecera — era impossível que houvesse me esquecido; e, no entanto, parecia desejar que eu o esquecesse.

Pessoas que sofreram perdas costumam reunir e guardar lembranças de seus queridos falecidos; não é suportável ser apunhalada no coração pelo cortante sentimento de pesar a todo instante. Por essa razão, guardei as cartas dele longe da vista e tentei deixar de lê-las. Durante meses, privei-me do prazer de falar sobre ele, até mesmo para Emily, a única pessoa da casa que o conhecia.

Oh! A insensatez do coração humano! Se ao menos pudéssemos escolher, por meio da prudência e do discernimento, o objeto de nossa admiração. Era diferente com as calamidades corporais, pensei, como a cegueira da qual papai sofria: nesses casos, éramos desgraçadamente forçados a fazer com que todos a nossa volta se tornassem nossos companheiros de angústia. As perturbações da *alma*, no entanto, *deveriam* e *precisavam* manter-se ocultas. Eu não podia falar de meus segredos a ninguém, nem mesmo a minha família. Eles precisam crer que eu sentia — e *sentira* — apenas amizade por meu mestre; que eu simplesmente o tinha sob a mais alta estima, e nada mais.

Pois Monsieur Héger era casado, e casado fora durante todo o período em que mantivemos contato em Bruxelas.

Capítulo Quatro

Durante algum tempo, andei desejosa por mudar de cenário, de Haworth, mesmo que para um breve descanso. Minhas irmãs me convenceram de que, com o retorno de Anne, agora havia mais duas para cuidar de papai; e por isso eu deveria aproveitar e aceitar o convite para uma visita longeva a minha mais antiga e querida amiga, Ellen Nussey.

Eu conhecia Ellen desde os 14 anos. Trocávamos correspondências com frequência e nos visitávamos com regularidade, além de termos compartilhado agradáveis feriados por diversas vezes. Ellen agora morava com a mãe e os irmãos solteiros em uma casa chamada Brookroyd, em Birstall, a cerca de trinta quilômetros de Haworth. No entanto, eu não estava me dirigindo para Brookroyd, mas para Hathersage: um pequeno vilarejo no distrito de Debyshire Peak, perto de Sheffield, lugar onde eu nunca estivera. Ellen havia ido para Hathersage meses antes para supervisionar alterações na casa paroquial de lá, a pedido de seu irmão Henry, um clérigo consciencioso que recentemente havia arranjado uma noiva.

No dia 2 de julho, fechei meu baú e o despachei numa charrete para a estação de trem. Na manhã seguinte, bem cedo, minhas irmãs caminharam comigo até Keighley para se despedirem em minha primeira etapa da viagem, rumo a Leeds. Com grande entusiasmo embarquei na locomotiva, onde tive a sorte de conseguir um assento na janela. Como meu lar era por demais remoto e cada monte, paisagem e vale eram-me tão familiares, quando viajava sempre tinha enorme prazer em contemplar as muitas e variadas cenas que passavam: imaginar quem viveria naquela pitoresca fazenda ou que paisagens fascinantes deviam existir do outro lado daquela montanha distante e pálida.

Nessa excursão, porém, relaxei em meu assento, deixei-me embalar pelo movimento do trem em vez de me concentrar na paisagem que se estendia adiante, e flagrei-me contemplando meu semblante na janela, que se refletia em contraste ao sombrio pano de fundo do dia nebuloso. Vi diante de mim uma boca grande demais, um nariz largo demais, uma testa alta demais, tudo sobre uma pele excessivamente rosada; o único traço com qualidade compensatória eram os olhos castanhos delicados. Enquanto encarava-me, a observação pungente feita recentemente pelo Sr. Nicholls voltou à minha lembrança.

As palavras, cavalheiros, de uma solteirona velha e enfeada.

A declaração me assombrava. Eu tinha sido chamada de feia apenas uma vez antes dessa, muito tempo atrás. Fora, na verdade, no dia em que conheci Ellen Nussey — a mesma amiga a quem estava indo visitar. Agora era capaz de rir do incidente; mas na época não havia sido motivo de risadas. Em meu assento, meus pensamentos viajaram para outro tempo e espaço, cerca de 14 anos antes: quando era uma solitária recém-chegada ao internato Roe Head — um estabelecimento que mudaria minha vida de inesperadas e inúmeras maneiras para sempre.

Era um dia cinzento e inóspito, no início de janeiro de 1831, quando fui informada de que seria mandada para a Roe Head School. Eu era categoricamente contrária à ideia de ir para uma escola — o que já era de se esperar. Durante anos fui responsável por minha instrução, e estudava em casa no ritmo que me convinha; a perspectiva de perder essa deliciosa liberdade e ser separada dos meus entes queridos me enchia de tristeza. Muito mais angustiantes, porém, eram as lembranças atormentadoras da última escola que eu havia frequentado quando tinha 8 anos

— a Clergy Daughters' School em Cowan Bridge —, um lugar verdadeiramente assustador, que resultou em uma tragédia de proporções tão enormes que até hoje amaldiçoava nossa família. Meu pai, que acredito nunca ter se perdoado pela catástrofe, insistiu que na nova escola seria diferente.

— Roe Head é um estabelecimento formidável — garantiu-me, enquanto nos aquecíamos defronte da lareira de seu escritório na presença de tia Elizabeth Branwell, que tricotava um suéter, entretida. — É uma escola novinha em folha, na fronteira de Mirfield, a menos de trinta quilômetros de Haworth. Aceitam apenas dez alunas que vivem juntas numa bela casa antiga, comprada justamente para esse propósito. Tenho condições de enviar apenas uma de vocês por vez. Por ser a mais velha, você será a primeira.

— Mas, papai — respondi, atônita pela notícia inesperada e lutando contra a súbita vontade de chorar. — Desfruto da educação eclética que tenho em casa. Por que devo partir?

— Já está com quase 15 anos, Charlotte. Eu a mantive em casa por tempo demais — insistiu papai.

— Você necessita ser capacitada para conseguir se manter por conta própria como professora ou governanta, para o caso de não se casar — acrescentou tia Branwell. Senhora antiquada e muito pequena, a irmã de minha mãe se mudara com relutância, porém obedientemente, de Penzance para Haworth após a morte de mamãe para cuidar de nós, as crianças. Como sempre, usava franjas postiças com cachos castanho-claros sobre a testa, fixadas debaixo da touca branca com largura suficiente para render meia dúzia das toucas que estavam na moda na época. Sob suas saias de seda preta e brilhante, era possível ver parcialmente as tamancas* que usava quando estava no térreo para

---

* Tamancos grosseiros de madeira com tiras de metal, normalmente usados apenas em ambientes externos; eram colocados sob os delicados sapatos femininos para protegê-los do clima desfavorável.

proteger os pés do piso frio de pedra da residência paroquial. Mulher prática e disciplinada, tia Branwell administrara nossa casa durante anos com habilidade e precisão, se não com grande afeto, supervisionando nossos deveres e tarefas domésticas, e nos ensinando a costurar, enquanto frequentemente relembrava o clima mais ameno de sua amada Cornwall e os prazeres sociais que havia desfrutado lá. Papai gostava das animadas discussões intelectuais que tinha; eu e minhas irmãs a admirávamos e respeitávamos; meu irmão a amava como uma mãe pela qual ansiávamos, mas que não tínhamos.

— Existem conquistas que uma jovem dama deve alcançar, Charlotte — prosseguiu tia Branwell —, como estudos mais aprofundados de idiomas, de música e de etiqueta, por exemplo, além de outros assuntos os quais eu e seu pai não estamos qualificados a ensinar, que serão de importância para um futuro empregador.

Irrompi em lágrimas, sentindo-me infeliz demais para falar.

— Não encare essa experiência como se fosse o fim do mundo, Charlotte — disse tia Branwell. — Você passou praticamente toda a sua vida nesta única casa. Essa escola lhe fará bem.

—Você vai ver: aprenderá coisas novas — disse papai, inclinando-se para a frente e apertando minha mão carinhosamente. — Fará novas amizades. Pode acabar aprendendo a gostar de lá.

Não vi nenhuma chance de a previsão de papai se tornar realidade, duas semanas depois, naquele dia desagradavelmente frio de 17 de janeiro, após uma viagem longa e cheia de solavancos à Roe Head School. Como sairia caro demais alugar uma carruagem de duas rodas, fui transportada ao meu destino na boleia de uma lenta charrete coberta, do tipo que carregava produtos agrícolas para os principais centros em dia de feira. Quando finalmente cheguei, tensa, enjoada e morta de frio, naquela tarde escura e tempestuosa, estava preparada para desaprovar meu novo lar de imediato; para minha surpresa, fiquei impressionada. A grandiosa casa de três andares e pedras acinzentadas possuía a fachada com janelas abauladas nas duas laterais. Estava situada no alto de um morro, com vasto e inclinado gramado na entrada, e era rodeada por jardins que, imaginei, deviam ficar deslumbrantes na primavera; e sua posição elevada oferecia uma vista poderosa dos bosques, do rio que cortava o vale e do vilarejo distante de Huddersfield.

Entretanto, ao ser admitida no hall de entrada com paredes revestidas de carvalho, dizer meu nome e entregar a capa para a criada presente, ouvi a conversa de três meninas (todas vestidas *à la mode* e com cabelos estilosamente penteados) que sussurravam a meu respeito de um corredor próximo — e minhas dúvidas e medos retornaram instantaneamente.

— Ela parece tão velha e enrugada, como uma mulherzinha idosa — disse uma das meninas.

— Olhe seu cabelo, todo encrespado — sussurrou outra.

— Seu vestido é tão antiquado! — exclamou a terceira, e todas riram.

Meu rosto ficou acalorado, abracei-me com força, como se assim conseguisse esconder meu velho e amassado vestido verdeescuro de lã. No entanto, fiquei muito mais mortificada por causa de seus comentários sobre minha aparência. Na época, ainda era pequena como uma criança e extremamente magra, com pequeninos pés e mãos. Era orgulhosa demais para usar óculos (afetação essa que só fui superar muitos anos depois) e era tão míope que precisava semicerrar os olhos para conseguir perceber qualquer coisa que não fosse colocada diretamente diante do meu nariz. Meus cabelos eram secos e uma massa de cachos quebradiços e espigados — consequência, que só fui compreender mais tarde, de uma prática fanática de prendêlos muito apertadamente antes de dormir. Recordando o fato, dei-me conta de que estivera em situação de desvantagem comparada às outras meninas, vinda de uma casa sem mãe, onde pouca ou nenhuma atenção era dada à aparência.

Com o coração acelerado pelo constrangimento, segui a criada — uma menina bem-apessoada de aproximadamente 18 anos, com um sorriso amável — que me dirigiu por uma escadaria de carvalho nobre até o primeiro andar balaustrado. Ao entrarmos no quarto que eu viria a dividir com outras duas garotas, prendi a respiração, maravilhada. Era três vezes o tamanho de minha alcova em casa, mobiliado com uma cômoda e um armário de mogno e duas camas que pareciam muito confortáveis, com amplas janelas com cortinas até o chão, e vista para uma parte do jardim invernal. Papai tinha razão em uma coisa, pensei: o lugar em nada se parecia aos vastos e desoladores dormitórios da Clergy Daughters' School; agora, se conseguiria ou não me sociabilizar com as alunas dali, *essa* seria outra história.

— Ainda falta chegar uma menina. Ela vai ser sua companheira de cama — explicou a servente —, mas ela não é esperada até a semana que vem. A outra cama pertence à Srta. Amelia Walker, cuja família pagou mais para que ela tivesse uma cama sozinha.

Eu já havia ouvido falar de Amelia Walker, embora nunca a tivesse encontrado de fato. Era a sobrinha da Sra. Atkinson, minha madrinha, quem primeiramente sugerira o estabelecimento a papai. Agradeci a criada, declinei sua oferta de comida ou bebida e ela se retirou. Enquanto esvaziava meu baú e pendurava minhas roupas no armário, não pude evitar um desconforto desconcertante ao comparar meus poucos artigos de vestuário feitos em casa aos vestidos lindos e vivamente coloridos, e à refinada capa de veludo escuro pendurada entre eles. Com um suspiro, troquei de roupa e pus meu melhor vestido de domingo — inteiramente ciente de que não causaria uma impressão melhor em minhas críticas em relação ao anterior, visto que este era igualmente simples e velho — e então desci para a sala de estudos, onde me foi dito que me apresentasse.

A sala de estudos era grande, pé-direito alto e completamente revestida de carvalho, com estantes ao longo das paredes e uma janela abaulada com ampla vista para a relva da parte da frente da casa. No centro do salão havia uma longa mesa coberta por um manto vermelho, onde quatro professoras e oito alunas se ocupavam em estudar. Assim que entrei todas as cabeças viraram-se em minha direção e me vi como objeto silencioso e desconfortável de seu escrutínio.

Na dianteira da sala, detrás de uma escrivaninha ornamentada, estava sentada uma mulher baixa e corpulenta, de cerca de 40 anos, usando um vestido bordado de cor creme. Eu a reconheci de imediato pela descrição de papai: devia ser a Srta. Margaret Wooler, a dona e diretora da escola.

— Boa tarde e seja bem-vinda, Srta. Brontë — disse ela, levantando-se graciosamente da cadeira e se apresentando. A Srta. Wooler não poderia ser chamada de bela, mas seus cabelos trançados como coroa ao redor da cabeça e os longos cachos sobre os ombros a faziam projetar a dignidade tranquila e imponente de uma abadessa. Em seguida houve uma breve apresentação das professoras, todas irmãs da Srta. Wooler, e das meninas, que pareciam ter a minha idade, se não um ou dois anos mais jovens. Enquanto esforçava-me para assimilar tanta informação, as meninas retornavam aos estudos e a Srta. Wooler me incitava a sentar-me de frente para ela à mesa.

— É meu dever determinar sua posição na escola, Srta. Brontë — disse a Srta. Wooler em voz baixa —, por meio de um exame oral. Não se preocupe caso não consiga responder a alguma das perguntas. É apenas para que eu tenha uma ideia da amplitude de sua educação.

Ela então começou a fazer uma série de perguntas longas e intimidadoras, e às vezes até desconfortantes, que cobriam uma variedade de assuntos. Parecia que a arguição não teria fim; quando terminou, a Srta. Wooler disse:

— Bem, Srta. Brontë, mostrou extraordinários conhecimento e compreensão de história e de obras literárias, alguma noção de francês e uma excelente aptidão para a matemática.

Entretanto, a senhorita é deficiente em diversas outras matérias, sobre teorias da gramática em particular, e parece possuir muito pouca noção de geografia. Embora sua idade a posicione entre as moças mais velhas, sinto dizer que terei de colocá-la na mesa das alunas mais jovens até que a senhorita tenha condições de alcançar suas contemporâneas.

Essa ferida em meu orgulho, causada em um dia já marcado por tanto desgosto, foi demais para mim; imediatamente, debulhei-me em lágrimas. Enquanto tremia aos soluços, a Srta. Wooler permanecia em silêncio; notei que me observava.

— Ficaria muito desapontada, Srta. Brontë, em se sentar com uma turma mais atrasada?

— Sim. Por favor, *por favor*, Srta. Wooler, permita-me que me sente com as meninas de minha idade.

— Está bem. Deixarei que fique na turma sênior com uma condição: que conclua algumas leituras e estudos adicionais por conta própria durante suas horas livres.

— Oh! Obrigada, Srta. Wooler! Estou bem acostumada a estudar sozinha. Serei diligentemente aplicada, prometo.

— Tenho certeza de que será — respondeu a Srta. Wooler com um sorriso gentil.

Mais tarde, à noitinha, entrei no quarto, fatigada, para me preparar para dormir, quando encontrei minha companheira de quarto pela primeira vez. A Srta. Amelia Walker era alta, linda e loura; também era uma das meninas que haviam zombado de mim quando cheguei; e vestia a camisola mais encantadora, branca como a neve, que eu já havia visto. Pousei minha vela ao lado da sua na cômoda (cada aluna era provida de uma vela e de um castiçal só para si; um luxo e tanto) e me despi em silêncio. Amelia pendurava seu precioso vestido rosa de seda no armário e, com um gesto brusco, empurrou todos os seus vestidos o mais longe que pôde dos meus.

— Não toque em nada meu — avisou ela imperiosamente.

— É tudo novo e não quero que estraguem. Além disso, nunca se sente em minha cama. Sou muito exigente quanto a isso.

— Não entendo como meu contato ou de minhas roupas podem estragar suas coisas — respondi, enquanto pendurava meu vestido.

Ela me fitou.

— Que modo estranho de falar. Você é da Irlanda?

— Não, meu pai veio da Irlanda. Sou de Haworth. Sua tia Atkinson é minha madrinha.

— Oh! *Je comprends. Vous êtes cette Charlotte** — declarou ela afetadamente, como se falar francês fosse o feito mais sublime do mundo. Ela tirou uma caixa com papéis enrolados da cômoda e sentou-se na cama; ambas soltamos os cabelos rapidamente. — Meu pai é proprietário de terras. Ele diz que os irlandeses são de uma raça muito inferior. Você deve ser muito pobre — acrescentou ela, com um olhar de pena para minha camisola, que eu mesma costurara e remendara várias vezes. — Suas *vêtements*** são tão velhas.

— Não somos nem de perto tão pobres quanto os demais de nossa paróquia. Temos o suficiente para comer, combustível para a lareira e uma abundância de bons livros para ler.

— Livros! — troçou Amelia. — Quem se importa com quantos livros tem? Você não pode *vestir* livros! — Pouco depois, ela se meteu debaixo das cobertas e disse: — Pode apagar a luz.

Embora as velas estivessem bem mais próximas da cama dela que da minha, eu as soprei obedientemente e fui tateando pelo escuro de volta para minha cama. Apesar de minha exaustão, no entanto, não encontrei refúgio ali. Era a primeira vez que ocupava uma cama sozinha; Emily fora minha companheira de cama desde que podia me lembrar, e a cama vazia e larga entre as frias cobertas causava uma sensação estranha e assustadora. Consequentemente, fiquei acordada durante horas, tentando

---

* Compreendo. A senhorita é a *tal* Charlotte.

** Vestimentas.

não pensar nos longos meses que teria de esperar até rever minha adorada família e me perguntando o que me aguardaria no dia seguinte.

PARA MINHA SURPRESA, O REGIME da Roe Head School se provou bem agradável. Os métodos das professoras buscavam atender os talentos e habilidades individuais de cada estudante. Após terminarmos nossas tarefas, íamos até a Srta. Wooler para as recitarmos. Ela possuía um jeito excepcional de nos deixar interessadas em qualquer coisa que tivéssemos de aprender; ensinava-nos a pensar, analisar e a valorizar. E ela despertara em mim uma sede ainda maior por conhecimento que aquela que eu já possuía. Diferentemente da minha escola anterior — onde a comida era escassa e intragável —, as refeições em Roe Head eram bem-preparadas e abundantes. A Srta. Wooler demonstrava grande consideração por nosso bem-estar físico em geral, e permitia uma quantidade suficiente de tempo para descansarmos e nos divertirmos, e insistia que caminhadas durante o dia e jogos ao ar livre eram essenciais para nossa saúde.

Infelizmente, eu não tinha experiência com jogos ao ar livre. Na tarde congelante do dia após minha chegada, enquanto as outras garotas divertiam-se com um jogo chamado Francês e Inglês*, retirei-me para a segurança de uma enorme árvore desfolhada na grama congelada, onde me entretinha com a leitura do *English Grammar*, de Lindley Murray. Após algum tempo de entretida, ouvi uma voz atrás de mim.

— Por que segura o livro tão próximo ao nariz? Precisa de óculos?

— Não — respondi indignada, virando-me para encarar a menina que se dirigia a mim. — Enxergo perfeitamente bem.

— Não quis ofendê-la. Seu nome é Charlotte, não é?

---

* Francês e Inglês era um jogo de cabo de guerra popular no século XIX, sem corda, onde duas filas de crianças seguravam-se pela cintura e puxavam em sentidos opostos.

— Sim. Você é Mary Taylor e tem uma irmã mais nova chamada Martha.

— Tem boa memória. — Mary, que descobri ser dez meses mais nova que eu, era deslumbrantemente bela, com olhar inteligente, pele perfeita e cabelos sedosos e escuros. No entanto, não pude deixar de reparar, embora suas roupas fossem mais bonitas que qualquer veste minha, que não estava tão bem-vestida como as outras alunas (consequência, como me inteirei mais tarde, da falência do pai por causa de um contrato com o Exército). O vestido vermelho de Mary tinha mangas curtas e colarinho baixo, um estilo então usado apenas por meninas mais jovens; suas luvas estavam remendadas por todos os lados graças ao longo tempo de uso; e sua capa de tecido azul estava pequena e curta demais. O vestuário lhe atribuía uma aparência um tanto infantil, mas não parecia incomodá-la minimamente, o que serviu de grande alívio para *mim*.

— Venha se juntar a nós, vamos jogar bola — disse Mary.

— Obrigada, mas não jogo bola.

— Como assim? Todo mundo joga bola.

— Eu não. Prefiro ler.

Antes que tivesse tempo de elaborar o argumento, as outras garotas nos chamaram insistentemente para que nos juntássemos a elas em seu novo jogo.

— Venha — encorajou-me Mary, estendendo sua mão enluvada para mim. — Hannah ficou lá dentro, pois está gripada, e precisamos de outra menina em nosso time.

Parecia que não me restava alternativa senão ceder. Deixei o livro de lado, peguei na mão de Mary e corremos pelo gramado para onde estavam as outras seis garotas. Elas informaram o nome de seu jogo predileto; admiti que nunca o havia jogado; deu-se uma apressada explicação, e de repente a atividade começou. Corri com as demais e esforcei-me para participar. Quando a bola foi jogada na minha direção, no entanto, minhas tentativas desastradas de agarrá-la foram em vão.

— *Qual* é o seu problema, irlandesa? — exclamou uma menina de cabelos escuros chamada Leah Brooke, cuja capa de veludo e gorro pretos de pele de castor a proclamavam filha de uma família abastada. — É cega ou apenas idiota?

— Eu disse que não sabia jogar.

— Não jogam bola na Irlanda? — provocou Amelia.

— Não sou da Irlanda! — exclamei.

— Ela precisa de óculos — arriscou Mary —, esse é o problema, ela não consegue ver a bola.

— Fique de fora do jogo, então, irlandesa! — gritou Leah. — Ficaremos em melhor condição sem você.

Humilhada por minha inadequação, embora aliviada por conseguir escapar, fugi do campo e me refugiei em meu local tranquilo ao lado da árvore, onde li meu livro durante a hora restante.

Nunca mais me chamaram para participar de jogos. Pelo restante da semana, dediquei-me aos estudos. As professoras eram solícitas e pacientes, mas um grupo de meninas, liderado por Leah e Amelia, aproveitava cada oportunidade que tinha para zombar de mim, do meu sotaque, de minha aparência e ignorância em sala de aula. Quando não conseguia distinguir a diferença entre artigo e substantivo ou nomear algum rio obscuro na África, um coro de risadas maldosas ecoava pela sala. Oh! Como desejei dizer a elas que, apesar de não ser versada no estudo da Gramática ou de Geografia, eu criara meu próprio reino no coração da África e escrevera inúmeras histórias, ensaios e poemas; mas não ousava revelar isso, por medo de que fossem caçoar ainda mais de mim.

Em uma tarde, oito dias depois de minha chegada, a situação chegou ao seu ápice. As meninas estavam reunidas no corredor da entrada conversando animadamente enquanto apanhavam seus gorros e capas para aproveitar o recreio de uma hora. Passei com um livro a caminho da sala de estudos, quando Amelia anunciou com um sorriso presunçoso:

— Já está sabendo, Charlotte? Você é a *última* da lista!

— Que lista? — perguntei.

— Fizemos uma votação para saber quem é a menina mais bonita da escola. Mary é a primeira. Eu sou a segunda. E *você* é a última.

Congelei, consternada e atônita pela nova evidência da crueldade delas. Mary acrescentou, com toda a naturalidade:

— Não fique chateada, Charlotte. Alguém precisa ser a última. Não é sua culpa ser tão feia.

Feia? Era verdadeiramente *feia*? Era a primeira vez na vida que alguém me descrevia dessa forma; fiquei tão mortificada que desejei morrer. Vi os olhos de Mary se arregalarem, como se surpresa pela minha reação, enquanto fugia de lá.

As risadas das garotas perseguiam-me enquanto entrava como uma flecha no quarto de estudos, onde me atirei no chão ao lado da janela abaulada e chorei. Nunca me sentira tão absolutamente sozinha, tão profundamente humilhada e tão inteiramente inadequada. Minha desolação naquele lugar estranho agora era completa; acredito ter ficado ali, chorando lágrimas das profundezas da alma, por uma boa meia hora.

Em algum momento, percebi que alguém havia entrado na sala. Sequei os olhos e me levantei, encolhendo-me para perto da janela, desejosa por não ser notada ali. Do canto dos olhos, observei uma menina de estatura mediana em um vestido verde-claro diante da estante de livros. Uma recém-chegada. Perguntei-me se seria a aluna com quem compartilharia a cama.

— O que aconteceu? — perguntou a garota gentilmente ao se juntar a mim na janela.

Virei-me de costas em silêncio, constrangida por ter sido flagrada em um momento tão particular.

— Por que estava chorando? — insistiu a menina.

Estava claro que ela não iria embora.

— Estou apenas com saudade de casa — respondi, ressentida.

— Oh, bem, eu acabo de chegar. Na semana que vem será a sua vez de *me* reconfortar, pois certamente estarei com saudade de casa até lá.

A doçura e a compaixão na voz dela tiveram efeito imediato; virei-me e a fitei por inteiro pela primeira vez. Era muito bonita, pele muito branca, dóceis olhos castanhos e cabelo castanho-escuro com suaves cachos um pouco abaixo do queixo. Ela se sentou no banco acolchoado ao lado da janela e me chamou para sentar ao seu lado:

— Meu nome é Ellen Nussey.

Apresentei-me. Descobri em curto espaço de tempo que ela era a mais jovem de 12 filhos; que era praticamente um ano mais nova que eu e que morava a poucos quilômetros de distância dali.

— No ano passado frequentei a Academia Moravian Ladies a pouco mais de um quilômetro de minha casa, mas a escola não tem sido a mesma desde a saída do reverendo Grimes, então mamãe mandou-me para cá.

— Você tem mãe? — perguntei, com inveja.

— Claro, você não? — Fiz que não com a cabeça, e Ellen pegou minhas mãos e disse suavemente: — Sinto muito. Não consigo imaginar como é não ter mãe. Mas sei como é perder um pai. Papai morreu há cinco anos. Sinto terrivelmente a falta dele. — Trocamos sorrisos hesitantes, o olhar de Ellen refletia uma empatia profunda e genuína. Eu ainda não sabia, mas estava dando início a uma das maiores e mais duradouras de minhas amizades.

A princípio, não tinha certeza se chegaria a amar Ellen, visto que éramos tão diferentes em pontos tão essenciais. Ellen era uma calvinista ferrenha, devotada às rígidas doutrinas religiosas que eu aprendera a detestar na Clergy Daughters' School, e não questionava sua resignação às condutas sociais e morais de comportamento. Eu, por outro lado, questionava tudo regularmente e me esforçava para me comportar dentro dos limites esperados para a filha de um clérigo. Além disso, embora Ellen fosse inteligente e conscienciosa, não era uma intelectual; ela lia, mas admitia não compreender e não querer se aprofundar nos estudos, coisa que para mim era tão importante. Era calma por natureza, enquanto eu era passional e romântica. Em várias ocasiões, era obrigada a privá-la de seu livro quando ela tentava ler em voz alta, de forma hesitante e sem nenhum toque dramático, passagens de Shakespeare ou de Wordsworth.

Ellen era, no entanto, uma amiga fiel, sincera e boa e uma ouvinte compreensiva. Rapidamente, tornou-se uma presença bem-vinda em meu quarto, servindo como zona de proteção contra os maneirismos afetados e o temperamento volúvel de Amelia. O carinho que começou como uma semente transformou-se em muda até se tornar uma árvore maciça. Depois que passei a dividir a cama com Ellen — minha querida "Nell", como passei a chamá-la —, voltei a desfrutar de um sono tranquilo todas as noites.

Algumas semanas depois, outra amizade começou de um jeito inesperado. Era crepúsculo; enquanto minhas colegas de turma conversavam animadamente ao redor da lareira na sala de estudos, eu me encontrava ajoelhada próxima à janela com um livro, tratando de aproveitar cada raio restante de sol para continuar meus estudos.

— Quando nos conhecemos, achei que você não conseguisse ver direito — observou Mary Taylor, ao se sentar no chão ao meu lado. — Mas estava enganada. Você não apenas consegue *ver* direito, como também consegue enxergar no escuro.

Mary estava me evitando desde o dia da chegada de Ellen; talvez, pensei, ela sentisse remorso pela forma brusca como me chamou de feia. Virei-me e me deparei com seus olhos brilhantes voltados para mim.

— Ainda resta um pouco de luz para ler... mas muito pouco — admiti. Ambas rimos.

— Temos passado o dia todo estudando, e prosseguiremos com os estudos depois do jantar. Por que não tira um pouco de tempo para descansar, como nós?

— Prefiro não fazer isso. Todos os dias que passo aqui custam caro para os meus em casa. Sinto-me responsável por aprender e utilizar cada oportunidade para adquirir o conhecimento que irá me auxiliar a, um dia, conseguir um emprego.

— Meu pai diz que é importante que todas as mulheres encontrem uma forma de ganhar seu próprio dinheiro — concordou Mary. Ela olhou por detrás dos meus ombros para ver o que eu lia. — É este o poema que precisa memorizar? Oh! Como desgosto deste poema! Não entendo uma palavra do que diz.

O poema era "A balada do velho marinheiro".

— Desde criança, sei de cabeça esta poesia completa. Deram-nos apenas uma parte para estudarmos. Gostaria que eu o explicasse para você?

— Gostaria, sim.

Passei a hora que nos restava explicando o poema para Mary, e recitando as estâncias mais dramáticas e eloquentes. Ao terminar, Mary assentiu com a cabeça, satisfeita, e disse:

— Realmente, soa bem mais interessante quando você explica. Você é uma pessoa das mais intrigantes, Charlotte Brontë. Existe mais aí dentro do que os olhos podem ver.

— Eu *adoraria* que isso fosse verdade, particularmente porque o que os olhos podem ver é tão desagradável.

Mary corou e ficou em silêncio por um instante.

— Sinto muitíssimo, Charlotte, pelo que eu disse semanas atrás. Sempre falo sem pensar; minha irmã Martha é igual a mim. Fomos educadas para falarmos o que vem a nossa cabeça, mas não tive a intenção de ser cruel. Você me perdoa?

Notei que ela não insinuou que sua observação tinha sido uma inverdade ou que estivera apenas me provocando; mas seu pedido de desculpas sincero foi suficiente para aplacar meu orgulho ferido.

— Eu a perdoo.

Mary sorriu.

— Fico feliz. Agora seremos amigas.

NAQUELA NOITE, OCORREU UM EVENTO de considerável magnitude que alterou dramática e permanentemente minha sorte. Uma tempestade teve início ao pôr do sol. Chegada a hora de ir para a cama, a neve já vinha num turbilhão lá fora, do outro lado de nossas janelas, em violentas rajadas, e o vento uivante fazia toda a casa ranger. Eu, Ellen e Amelia havíamos acabado de vestir nossas roupas de dormir e utilizar o *toilette*, quando um som ainda mais horripilante irrompeu no ar: um gemido estridente que concluímos ser de origem humana.

— Alguém está chorando — comentei, com o ouvido na parede —, e parece vir do quarto vizinho.

O choro prolongou-se e em seguida foi acompanhado por uma troca de diálogos que não conseguíamos decifrar. Eu e Ellen decidimos investigar. Apanhei uma vela; Amelia protestou alegando que não queria ser deixada sozinha e se juntou a nós rapidamente. Caminhamos suavemente pelo corredor e batemos à porta ao lado. Pouco depois, uma menina chamada Hannah abriu a porta e olhou para fora, erguendo sua vela.

— Sim? — Hannah era uma garota séria, magra, que estivera doente nos últimos 15 dias e se recuperara recentemente.

— Ouvimos alguém chorando — disse Ellen. — Está tudo bem?

— É a Susan. Acho que está com medo da tempestade de neve.

— Talvez possamos reconfortá-la — ofereci.

— Façam como quiserem — disse Hannah, que deixou a porta entreaberta e retornou para o interior do quarto. — Já tentamos de tudo.

Nós três entramos. O quarto, similar ao nosso, abrigava quatro meninas. Leah Brooke e sua irmã Maria ocupavam uma das camas, de um lado do quarto. Eu, Amelia e Ellen fomos para a outra cama, onde, sob a luz bruxuleante, percebi um volume do tamanho de uma pessoa sob as cobertas.

— Susan — eu disse suavemente.

— Quem é? — perguntou uma voz abafada e baixa.

— Sou eu, Charlotte Brontë. Ouvimos o seu choro. Não precisa ter medo da tempestade. São apenas a neve, o vento e a calha conversando entre si.

A coberta foi arrancada de repente, e a menina ruiva robusta de 13 anos sentou-se na cama, aparentando intensa angústia em seu rosto coberto por lágrimas.

— Não estou com *medo*. Mamãe diz que as tempestades de neve são presentes de Deus, pois assim elas cobrem o mundo com seu carpete branco novo e luminoso. — Com essa declaração, o rosto de Susan enrugou-se mais uma vez, e ela se desmanchou em lágrimas.

— Se não está com medo, então o que há de errado? — inquiriu Ellen.

— Sempre que nevava — explicou Susan em lágrimas —, eu e mamãe ficávamos na janela olhando. Ou, se fosse tarde da noite e a tempestade estivesse muito violenta, ela sentava em minha cama e me contava uma história. Oh! Como estou longe de casa! Como sinto falta de minha mamãe!

— Todas sentimos falta de nossas mães — retrucou Leah Brooke da outra cama. — Mas não faz sentido ficar remoendo isso.

— Eu me ofereci para pegar um livro emprestado na sala de estudos e ler uma história para ela — disse Hannah com uma fungada ofendida —, mas ela não demonstrou nenhum interesse *nesta* proposta.

— Prefiro ouvir uma unha arranhar o quadro-negro — resmungou Susan — a ouvir sua tentativa patética de ler uma história.

Eu já havia ouvido Hannah ler em voz alta na sala de aula e não tinha como discordar de Susan. Sem parar para pensar, deixei escapar:

— Posso lhe contar uma história. — Tão logo pronunciei as palavras, desejei não tê-las dito. Todas se voltaram para mim com súbito interesse. Minhas faces esquentaram. Acrescentei rapidamente: — Eu, minhas irmãs e meu irmão inventamos histórias todo o tempo para nos divertirmos.

— É mesmo? — perguntou Susan, enquanto enxugava as lágrimas. — São boas histórias?

— É você quem vai julgar.

— Pois então, pode começar. — Susan se encostou na cabeceira da cama e afofou a coberta, abrindo espaço para que eu subisse na cama. — Conte-me uma.

Senti um nervoso no estômago ao me sentar. Fitei as demais meninas.

— Devo mesmo?

— Eu não me importo, se conseguir fazê-la parar de se lamuriar — respondeu Leah, que recebeu um aceno de incentivo da irmã.

— Isto é ridículo! — desdenhou Amelia. — Estamos velhas demais para historinhas antes de dormir.

— Pode ir embora se não quiser ouvir — disse Ellen, aconchegando-se ao lado de Maria Brooke.

Amelia hesitou, e então se afundou em uma cadeira próxima, relutante. Ao mesmo tempo, três outras colegas entraram no quarto.

— O que está acontecendo? — perguntou Mary Taylor, embrulhada em um cobertor, seus cabelos presos para cima em um penteado para dormir (assim como a maioria de nós) com os cachos à mostra.

— Charlotte vai nos contar uma história — respondeu Hannah.

— Ah! Que adorável! — Mary esticou o cobertor no chão e se sentou. Juntaram-se a ela Cecilia Allison e sua ruidosa irmã de 12 anos, Martha, que gritou:

— Adoro histórias!

Meu coração disparou de nervoso. O que me encorajara a falar tão impulsivamente? Os contos que eu e meus irmãos inventáramos durante nossas perambulações pelas charnecas ou ao redor da lareira à noitinha eram histórias particulares, criadas para diversão própria; nunca as havíamos compartilhado com mais ninguém. As meninas me olhavam ansiosas, no entanto; se não lhes contasse algo que lhes parecesse interessante, não sobreviveria. Decidi que o melhor seria inventar uma história inédita, que se adequasse aos gostos daquela plateia. Suspirei profundamente para acalmar os nervos e comecei, com voz baixa e dramática:

— Há muitos e muitos anos, em um reino distante, um duque viúvo vivia com sua única filha em um grandioso castelo, repleto de torres, construído no alto de um penhasco acima do mar. A jovem se chamava Emily. Tinha 18 anos e nenhuma flor selvagem desabrochando em sua solidão igualava-se em beleza e graça a essa gentil flor da floresta.

Um silêncio desceu sobre o quarto. Todas escutavam com interesse, exceto Amelia. Continuei:

— Emily não era apenas linda, era muito habilidosa. Sabia tocar harpa, sabia ler e falar três idiomas; era uma artista talentosa e escrevia poesias aprazíveis; e era muito conhecida por ser capaz de caminhar muitos quilômetros, sob qualquer tipo de condição meteorológica, para ajudar uma família necessitada.

— Parece perfeita demais para alguém vivo — comentou Amelia de maneira debochada.

— *Fique* quieta — exclamou Susan. E então disse para mim: — Por favor, continue.

— A bondade, a inteligência e a beleza de Emily chamaram a atenção de um jovem e belo cavalheiro do condado vizinho, o marquês de Belvedere, cujo nome era William. Conheceram-se, apaixonaram-se e a data do casamento foi marcada. Na noite que antecedia o casamento, Emily adormeceu em um sono bem-aventurado, cheio de expectativa, e sonhou com o evento do dia seguinte e com uma vida inteira ao lado do amado William. O restante do castelo e todos os membros da festa de casamento também adormeceram rapidamente, recolhidos em suas respectivas camas. Aparentemente, nada poderia perturbar o sono tranquilo ou a segurança de Emily ou as iminentes núpcias do feliz casal. Mas não era bem assim. A verdade, a terrível verdade, era que Emily era sonâmbula.

— Era o quê? — perguntou Leah.

— Sonâmbula — repeti, e então Mary acrescentou, com voz de suspense:

— É uma pessoa que anda e fala durante o sono!

— Oh, não! — exclamou Susan, fascinada.

A essa altura eu já estava inteiramente à vontade com minha história, e me dei conta de que desfrutava-a imensamente.

— Ciente dessa perigosa propensão da filha, o pai de Emily havia anos deixava uma enfermeira a postos do lado do quarto dela, para garantir que ela nunca vagasse do lado de fora durante a noite. Nessa noite, porém, quando Emily saiu descalça de sua cama e seguiu adormecida até a porta do aposento, a enfermeira, que havia bebido boa quantidade de vinho durante o jantar de comemoração, dormia profundamente. Emily passou pela enfermeira e desceu o corredor, então subiu as escadas até o topo da torre mais alta do castelo, situado à beira do alto penhasco com vista para o mar. Chegou até a porta que dava para o terraço da torre e a abriu.

— No terraço da torre! — clamou Hannah, alarmada, o sangue drenado de seu rosto já pálido.

— Ao sair para o terraço — continuei —, Emily recebeu uma rajada de vento frio vinda do oceano; mesmo assim, ela não despertou. Ela sonhava estar caminhando por uma trilha em seu prado favorito, e sorriu ao sentir o vento no rosto, como se fosse um revigorante sopro de primavera. Emily foi até o muro de pedras que circundava a torre e apoiou as mãos sobre sua extremidade. Seus dedos sentiam a aspereza da pedra, igual à dos rochedos que estava acostumada a escalar no prado com grande facilidade. Mas Emily não estava em um prado; encontrava-se no topo de uma torre da altura das nuvens diante do mar revolto. Além do muro, havia o nada; somente a noite estrelada, e a queda brusca rumo às ondas que se chocavam contra as rochas muitas dezenas de metros abaixo.

Fiz uma pausa; para meu deleite, minha plateia tinha olhos arregalados e estava inclinada para a frente, sem fôlego por causa da expectativa, à espera de minhas próximas palavras.

— O que ela fez? — perguntou Amelia, ansiosa.

— Como se estivesse em transe — prossegui —, Emily subiu na beirada estreita do muro de pedra.

Um coro de arfadas alarmadas formou-se no grupo de meninas.

— Emily ficou imóvel no alto do parapeito por um longo momento, o vento açoitando sua camisola fina e seus longos cabelos dourados. Em sua imaginação, ela via o amado William parado, a poucos metros de distância, esperando por ela com os braços estendidos. "William!", sussurrou ela suavemente. "Estou indo até você!"

Levantei-me e me pus a interpretar a cena:

— Emily então começou a caminhar, um passo comedido de cada vez, cada pisada pousando com precisão milagrosa sobre a superfície pontiaguda do parapeito, sem saber que um passo em falso, um leve fraquejo, a levaria para a morte certa.

— Oh! — gritou Hannah aterrorizada, e levou a mão à boca.

— No exato momento em que Emily realizava essa aventura perigosa, William, que dormia em um quarto distante, além do pátio do castelo, acordou, certo de ter escutado sua amada chamando-o. De onde teria ecoado a voz dela? Seguido por um impulso inexplicável, William foi para a janela. A visão que recepcionou seus olhos o fez prender a respiração de pavor. Emily, vestida de branco como um espectro, caminhava sobre o parapeito circular da torre mais alta. E para piorar, ele viu que logo à frente de Emily havia uma beirada mortal, danificada pelos severos ventos marítimos, que estava quebrada e em decomposição.

Outro coro de clamores alarmados reagiu ao meu pronunciamento.

— O pé de Emily tocou a superfície — prossegui em tom sinistro. — De repente a parede estremeceu. A argamassa cedeu. "Emily!", gritou William. A jovem dama perdeu o equilíbrio, cambaleando para a frente e para trás, prestes a cair sobre o nada, os braços em busca de algum suporte no qual se agarrar, mas não havia nenhum!

Um grito agudo subitamente irrompeu no ar; sorri, satisfeita por minha história produzir efeito tão estimulante. Mas quando olhei para as meninas na direção de onde viera o grito, meu sorriso desapareceu: minhas ouvintes estavam todas com a atenção voltada para Hannah, que se encontrava deitada, tremendo e arquejando violentamente na cama, os olhos revirados, as mãos no coração.

— Ela está tendo um ataque! — exclamou Mary.

— Chame a Srta. Wooler! — pedi, extremamente aflita.

A Srta. Wooler foi chamada imediatamente; um médico foi convocado; Hannah fora diagnosticada com violentas palpitações e tomara sedativos; nosso grupo levou um severo sermão sobre passar da hora de dormir e fomos sumariamente despachadas para nossas respectivas camas.

Cheia de remorso por ter sido a causadora do ataque de Hannah, mal consegui dormir à noite. Não conseguia deixar de pensar nas terríveis consequências que poderiam ter ocorrido caso o ataque tivesse sido fatal, e eu esperava receber uma série de reprimendas angustiantes por parte de minhas colegas de escola e das professoras no desjejum. Entretanto, no dia seguinte, quando sentei-me à mesa de café da manhã em estado de exaustão (Hannah permanecia confinada, e as professoras ainda não haviam se unido a nós), para minha surpresa, a reação que recebi foi oposta à que imaginava.

— Foi uma performance e *tanto* ontem à noite — sorriu Mary, enquanto se sentava ao meu lado.

— Nunca ouvi uma história tão emocionante! — exclamou Susan, sorridente. — Esqueci completamente que estava com saudades de casa.

— Achei que fosse morrer de medo, só de ouvi-la! — exclamou Mary Taylor, entusiasmada.

— Hannah quase morreu *mesmo* de medo — observou Amelia acidamente.

— Não foi culpa da Charlotte — disse Ellen.

— Da próxima vez — interpôs Leah, sorrindo para mim (era a primeira vez que ela sorria para mim, e este era de fato um sorriso de aprovação e respeito) —, podemos nos reunir no quarto da *Charlotte*, e Hannah não precisa ir.

— Não haverá próxima vez — insisti. — A Srta. Wooler ficou bastante aborrecida. Não queremos ser punidas por conversar tarde da noite.

— Então teremos que realizar nossa conversa *mais cedo* — opinou Martha.

— Ou tomar cuidado para não sermos flagradas — acrescentou Mary, declaração essa que foi acompanhada por risadas e por um coro animado e uníssono.

Susan olhou de relance e cautelosamente para a porta de entrada; ainda não havia sinal das professoras. Em tom conspiratório, disse:

— Conte-nos como termina a história.

— Charlotte — arfou Ellen, preocupada —, *não ouse* responder que não.

— A Srta. Wooler não disse nada contra conversar no *café da manhã* — insistiu Martha.

— Sim, sim! — exclamou Leah. — Como termina?

Uma rodada de perguntas se seguiu: "Emily caiu?", "William a salvou?", "Ela se casou?". Não pude fazer nada, senão sorrir. Considerei seguro responder.

— O que aconteceu foi: quando William viu Emily no alto da torre, ele chamou por ela. Embora estivesse muito distante para que sua a voz a alcançasse, sobretudo por causa da forte ventania, de alguma forma Emily o escutou claramente e despertou de imediato. Ao ver onde se encontrava, Emily recuperou o equilíbrio, desceu com segurança do muro e correu para onde estava William, que já corria para ela. Os dois se casaram no dia seguinte e viveram uma vida longa e feliz juntos, tiveram cinco filhos, todos perfeitos e lindos e extremamente inteligentes.

Susan suspirou satisfeita.

— Este é o final perfeito.*

DESSE DIA EM DIANTE, MINHA convivência com as meninas da Roe Head School melhorou de forma imensurável e permanente. Nunca mais voltaram a implicar comigo por causa de minha aparência, minhas roupas ou meu sotaque. Acabei sendo aceita pelo que era, mesmo por Amelia. Ellen e Mary tornaram-se minhas amigas mais íntimas, e as garotas que primeiramente haviam me tratado com desdém agora pareciam me ver com

---

* Esse místico tema de "chamado e resposta" entre amantes aparece com frequência nas obras escritas por Charlotte na juventude e foi conhecidamente empregado em uma cena crucial entre Jane e o Sr. Rochester em *Jane Eyre*.

respeito e me procuravam com frequência para pedir ajuda e conselhos sobre seus estudos.

Ao longo do período, fui persuadida em muitas ocasiões — apesar do perigo que isso representava para nosso futuro e reputação — a contar histórias tarde da noite. Em um esforço para evitar sermos descobertas, ficávamos reunidas em um canto do meu quarto sob a luz de uma única vela e falávamos sussurrando. Hannah superou sua timidez e se uniu a nós. De vez em quando contava histórias em voz alta, às vezes trocávamos segredos, compartilhávamos lembranças preciosas ou falávamos de nossas expectativas e sonhos. Em uma única ocasião na qual fomos punidas por "conversar tarde da noite", eu e minhas conspiradoras admitimos em particular que o fato de termos sido flagradas não nos incomodava. Valera a pena; e fora emocionante ter feito algo contra as regras uma vez na vida.

Apliquei-me com tanta devoção aos meus estudos em Roe Head que terminei o curso em apenas 18 meses. Só houve uma disciplina na qual não me destaquei, apesar de adorá-la: música. Meus dedos eram tão pequenos que eu não conseguia perpassar as teclas do piano, e era tão míope que tinha grande dificuldade de ler as escrituras. E por isso era permanentemente liberada das aulas. Em todas as outras matérias, no entanto, era uma das primeiras da turma, na disputa por uma bolsa de estudos com Mary e Ellen. Ao término do curso, no fim de maio de 1832, fui premiada com o mais alto título de graduação — a Medalha de Prata por mérito — ao fim de cada período. Parti de Roe Head orgulhosa de meus feitos, com fé revigorada em minhas habilidades artísticas e três amizades que durariam uma vida inteira: Mary Taylor, Margaret Wooler e Ellen Nussey.

Quando o ônibus de Leeds estacionou em Sheffield em uma tarde de julho, muitos anos depois, avistei Ellen Nussey à minha espera na calçada. Ao ver seu rosto familiar e tão amado, fui invadida por uma onda de pura afeição. Embora Ellen tivesse crescido alguns centímetros desde a época da escola e seu corpo estivesse bem mais desenvolvido, continuava tão pálida e linda como no dia em que a conheci; saltei do veículo e corri para seu abraço, e ela me fitou com o mesmo carinho em seus dóceis olhos.

— Minha queridíssima Charlotte!

— Nell! Que bom ver você.

— Rezei toda a manhã para que nada impedisse sua vinda. Como foi a viagem?

— Nada de mais, embora a paisagem estivesse magnífica. Fiquei tentada a saltar do trem e então da carruagem e sair caminhando pelos verdejantes campos sinuosos.

— Fico feliz por ter se controlado; mas Derbyshire é uma área rural adorável, não acha? — Ellen usava um elegante vestido de seda amarela, modestamente cortado na última moda; uma laçarote combinando com o vestido adornava seu chapéu e, debaixo dele, estavam os cabelos castanho-claros primorosamente arrumados.

— Senti tanta saudade de você, Nell, e ansiava por umas boas fofocas — exclamei enquanto subíamos no cabriolé que Ellen alugara, e então demos as mãos.

— Eu também. Que novidades tem de Haworth? Como está Anne?

— Bem, acho, e feliz por estar em casa.

— O que acha do novo pastor?

— Oh! Não vamos desperdiçar nosso tempo falando sobre o Sr. Nicholls.

— Por quê? Não gosta dele?

— Não, e jamais gostarei. Queria que papai nunca o tivesse contratado.

— O que o Sr. Nicholls fez para detestá-lo com tanta intensidade?

Eu sabia que, ao contar sobre a rude observação do Sr. Nicholls a meu respeito, eu receberia a mesma resposta que minhas irmãs me deram sobre a importância da beleza interior versus a beleza externa. Como estava sem ânimo para esse tipo de conversa, apenas respondi.

— O Sr. Nicholls é um *puseísta* e de mente muito limitada para o meu gosto. Mas chega de falar sobre ele! Conte-me de você, Nell. Desejo saber tudo que aconteceu com você desde que chegou aqui.

Capítulo Cinco

Tagarelando como papagaios, percorremos alguns quilômetros até a nova casa do irmão de Ellen. Hathersage era uma pequena aldeia cercada por fazendas e habitada pelos trabalhadores das fábricas locais de agulhas. Assim como Haworth, Hathersage consistia em aglomerados de chalés de pedra ao longo de uma estrada íngreme que terminava na igreja e na residência do pároco: uma bela casa de pedra de dois andares, similar à nossa, também situada no alto de um monte.

— Por favor, perdoe a poeira e a desordem — disse Ellen enquanto mostrava a casa, que passava por uma enorme reforma, com a adição de uma sala com uma imensa janela com vista para o mar e de um quarto no andar de cima. — Todos os dias há uma nova complicação. Os estucadores ainda terão muito trabalho a fazer, e a nova mobília ainda está para chegar. Mas Henry disse que ele e sua mulher virão em quatro semanas, com as obras concluídas ou não.

— Tudo me parece magnífico. Tenho certeza de que os recém-casados ficarão encantados com a casa e muito gratos a você por assumir essa pesada responsabilidade.

Depois do chá, Ellen sugeriu um descanso, mas admiti que após um longo dia sentada estava ansiosa para explorar as belezas naturais da região. Colocamos os chapéus e as luvas e partimos para uma caminhada sob o frio fim de tarde. Saímos da casa e descemos por um caminho que nos levava a um imenso campo verde. Recuperei o fôlego, impressionada e maravilhada com a beleza do lugar à minha volta, muito mais magnífico que as paisagens de Haworth, repleto de colinas poeticamente sinuosas e vales cobertos por pastos e bosques, criando um contraste dramático com as distantes encostas do pântano.

— É muito lindo aqui! — exclamei. — Fico feliz por Henry ter abandonado a ideia de ser missionário. Ele não sobreviveria nem dois meses ao clima indiano. Fez muito bem em escolher este local.

— Fez mesmo. Espero apenas que tenha tomado uma decisão igualmente sábia ao escolher a esposa.

— Pelas suas cartas, essa tal Srta. Prescott, digo, Sra. Nussey — pois já estavam casados havia algumas semanas — parece ser uma boa moça. Deve ter se adequado às especificidades de Henry, pois todos sabemos que era muito exigente em sua busca por uma esposa.

Ellen olhou para mim, percebeu que eu estava brincando e caímos na risada. Na verdade, Henry, homem maçante e diligente, fizera grande quantidade de propostas de casamento a inúmeras mulheres durante os últimos seis anos, e em todas as vezes fora sumariamente rejeitado. Eu fui a primeira a receber uma proposta dele.

— Sabe — disse Ellen, de forma subitamente melancólica —, sempre penso como teria sido se você tivesse aceitado a proposta de Henry tantos anos atrás. Seríamos irmãs agora. Eu a visitaria regularmente. Talvez até teríamos morado na mesma casa.

— Você teria se cansado de mim rapidamente, Nell, se tivéssemos vivido tão próximas — respondi.

— Jamais conseguiria me cansar de você.

— Nem tampouco eu de você — declarei sinceramente, enquanto apertava a mão de Ellen —, mas Henry e eu não combinávamos. Eu mal o conhecia. Não tinha como amá-lo. E quanta ousadia pedir minha mão por correspondência! A carta basicamente informava, sem palavras galanteadoras ou rodeios, que a residência onde morava era grande demais para apenas uma pessoa e perguntava se eu cuidaria dela como sua esposa.* Você deve concordar que esta não é a forma como uma mulher sonha receber uma proposta de casamento. E pensar que me aconteceu duas vezes!

— É verdade! Você não recebeu uma proposta de casamento de um completo desconhecido?

— Recebi: um jovem visitante clérigo irlandês chamado Sr. Pryce. Ele veio para tomar chá uma tarde, passou provavelmente apenas duas horas comigo, e no dia seguinte escreveu-me uma proposta de casamento. Já ouvi falar de amor à primeira vista, mas esse passou dos limites! Como o pedido do irlandês ocorreu apenas cinco meses depois da proposta feita por seu irmão, meus irmãos caçoaram muito de mim.

Rimos e em seguida caminhamos em silêncio por alguns momentos, absorvendo a paisagem de tirar o fôlego da área rural de Derbyshire. Os insetos zuniam; as ovelhas baliam; as aves arrulhavam; as flores silvestres desabrochavam em glória abundante; e tudo à nossa volta era fragrante, verde, exuberante, banhado pela luz dourada do pôr do sol de verão, no céu róseo e âmbar.

Quando olhei para Ellen, surpreendi-me com a expressão de tristeza dela.

— Há algo errado, Nell?

— Não. Sim — suspirou Ellen. — Estava pensando no Sr. Vincent.

— Oh. — O Sr. Vincent era um jovem que no passado fora profundamente apaixonado por Ellen, e cuja proposta de casamento *ela* declinara. — Você não se arrepende de sua decisão, não é?

---

* Charlotte atribuiu muitas das características de Henry Nussey ao zeloso e taciturno ministro St. John Rivers em *Jane Eyre*, inclusive uma proposta de casamento feita por ele, das mais antirromânticas.

— Às vezes, sim. Minha família o considerava completamente adequado para mim.

— Foi o que me disseram em várias ocasiões. Como o Sr. Vincent era clérigo e o filho mais velho de um cirurgião notável e rico, parecia ser seu companheiro ideal.

— Talvez na teoria; mas ele demorou quase uma *eternidade* para efetivamente me fazer uma proposta. Oh! Charlotte, se você o tivesse visto. Era tão excêntrico, tímido e desajeitado; quase não conseguia pronunciar uma sílaba coerente na minha presença. Quando tentei imaginar como seria passar o restante da vida com ele, e compartilhar minha *cama* com ele, fiquei enjoada e nervosa.

— Então tomou a decisão certa — falei. — Se algum dia resolver me casar, preciso estar completamente apaixonada por meu marido. Preciso admirá-lo e reverenciar tanto seu caráter como sua inteligência. Ele deve ter alma de poeta e senso de juiz; precisa ser bom e generoso, estimado por todos que o conhecem; um homem que aprecia as mulheres e as veja como iguais; e deve ser mais velho que eu.

— Quantos anos mais velho? Deseja um pretendente de cabelo branco ou calvo? — perguntou Ellen.

— Não, obrigada. Mas que tenha pelo menos 35 anos e maturidade de um homem de 40.

— O cavalheiro que você acabou de descrever é um pedido difícil. Você o inventou ou essa descrição é baseada em alguém na vida real?

Senti o rubor se espalhar por meu rosto. Dei-me conta de que, inconscientemente, descrevera meu professor belga — um homem que Ellen conhecia muito pouco, e um relacionamento que eu nunca mencionara. — É inteiramente produto de minha imaginação — respondi rapidamente.

— Talvez ambas tenhamos sorte e encontremos um pastor ou pároco auxiliar adequado dentre nossos conhecidos que caiba nessa descrição.

— Oh! Estou convencida de que nunca poderia ser esposa de um *clérigo*. Meu coração é quente demais, e minhas ideias, ariscas, românticas e divagadoras demais para que se adequem às de um homem do clero.

— A maioria dos homens elegíveis que conhecemos *são* clérigos. Com quem mais pode se casar, Charlotte, se não for com um membro da Igreja?

— Com ninguém, talvez. Para ser honesta, na nossa idade, considero altamente improvável que um homem exemplar e perfeito apareça para pedir minha mão. Mesmo que tal homem exista, e mesmo que apareça *de fato*, provavelmente não vou desejá-lo. Eu e você simplesmente seremos duas solteironas, Nell, e viveremos felizes da vida sozinhas.

— Mas se não se casar, o que vai fazer? Se eu continuar solteira, tenho meus irmãos para me sustentarem; enquanto você... — Ellen interrompeu sua fala.

— Enquanto meu irmão é um completo inútil — completei a frase por ela. — Não tenha medo de dizer, Nell; não é segredo. Branwell é um rapaz encantador quando está sóbrio, mas não é confiável e é incapaz de garantir nosso ganha-pão. É um mistério para mim como tem conseguido se manter no emprego em Thorp Green por tanto tempo — suspirei. — Papai, que Deus o abençoe, não vai durar para sempre. Quando olhar para o futuro, devo olhar por conta própria. Mary disse uma vez que toda mulher deve e precisa ser capaz de ganhar o próprio dinheiro, e tinha razão.

Mary Taylor nos assombrava um pouco. Com o mesmo espírito vibrante e independente dos tempos da escola, Mary estudara na Bélgica na mesma época que eu, porém em uma escola diferente, e viajara bastante pelo continente. Quando ficou claro para ela que não se casaria, decidiu juntar-se ao irmão Waring na Nova Zelândia, para ajudá-lo a administrar seu armazém de secos e molhados. Tinha zarpado para lá havia poucos meses.

— Teve mais notícias de Mary? — perguntou Ellen.

— Nada desde sua última carta. Imagine, escrever estando a quatro graus ao norte da linha do equador e morar a bordo de um navio por tantos meses, com todo o calor, as doenças, as dificuldades e os perigos que isso implica! Ainda assim, o humor de Mary parecia excelente.

— Nova Zelândia. Consegue imaginar? Viajar para um novo país...

— ...para um novo *hemisfério*! Que aventura grandiosa! Tentar algo inteiramente novo e desconhecido... não seria emocionante?

Ellen discordou com a cabeça.

— Não. Acho que Mary é muito corajosa, mas deixar a Inglaterra permanentemente, escolher passar o restante da vida entre estrangeiros em uma terra estranha... nunca desejaria isso para mim.

— Talvez tenha razão — refleti com mais sobriedade. — Mas... oh! Eu almejo tanto por uma *possibilidade* de mudança, Nell. Tenho 29 anos e ainda não fiz nada com minha vida. Preciso descobrir uma ocupação para me tornar melhor do que sou hoje. Deve haver um jeito de uma mulher inglesa decente ganhar a vida, sem precisar sair de casa... ou do país! Tenho a intenção de descobrir esse jeito um dia, ou perecer tentando.

Durante minha estada em Hathersage, Ellen — sempre muito gregária — ocupou nossos dias com diversas e variadas aventuras e muitos eventos sociais, incluindo tardes de chá com as famílias mais proeminentes da região. Uma dessas visitas, que causou em mim profunda e duradoura impressão, foi a que fizemos a North Lees Hall — uma antiga casa senhorial do século XV em Outseats, habitada pela família Eyre.

North Lees Hall era uma imensa mansão de pedra, de três pavimentos, com bastiões e ameias ao longo do telhado que lhe brindavam com uma atmosfera pitoresca. Mais além, havia serenas e solitárias montanhas, criando uma ilusão tamanha de reclusão que parecia inacreditável que a vila de Hathersage estivesse tão próxima. A mansão se situava em uma propriedade bem espaçosa, com vasto gramado verde na frente e viveiros de gralhas na parte de trás, cujos inquilinos estridentes circulavam no céu sobre nós, enquanto nos dirigíamos para lá no cabriolé.

— Não é maravilhosa essa casa ancestral? — declarou Ellen.

— Recorda-me Rydings — respondi.

Rydings era a casa onde Ellen passara a infância: uma ampla residência georgiana que pertencia ao seu tio, com telhado similar adornado de bastiões e ameias e também um viveiro de gralhas; também se localizava em um espaçoso terreno, com paisagem verdejante de árvores centenárias, dentre elas algumas castanheiras. Contemplei longamente a casa e seus espaços durante as várias visitas que fiz ao lugar.

Quando saímos do veículo em North Lees Hall, fiquei atônita com o aspecto grandioso e sinistro do lugar, que parecia esconder algum grande segredo por detrás daquelas paredes. Seu interior era ainda mais impressionante que a fachada ancestral. Desde o momento em que nos recepcionaram dentro da residência, fiquei sem ar, maravilhada, exclamando ao ver o reluzente revestimento de carvalho das paredes, as cortinas de veludo suntuosas, os esplêndidos móveis de antiguidade e a escadaria maciça de carvalho que dava para as galerias acima.

A sala de estar era particularmente elegante, com paredes em estuque cor de neve e desenhos de uvas de mesa e folhas de videira, piso de mármore coberto por tapetes turcos brilhantemente urdidos e tramados com grinaldas de flores. Foi naquela sala que a formidável Sra. Mary Eyre, uma viúva de cabelos grisalhos esplendidamente trajada com um vestido preto de cetim, recebeu-nos graciosamente com bolos e chá, acompanhada de suas três filhas, adultas e solteiras. Cada uma sentou-se em um dos sofás e otomanas escarlate, nossas imagens refletidas por amplos espelhos entre as janelas, que faziam com que o já imenso salão parecesse duas vezes maior.

— Os Eyre são de uma família muito antiga — explicava a Sra. Eyre enquanto bebericava seu chá. — Na igreja de St. Michael, vocês encontrarão ornamentos de metal decorando túmulos de muitos Eyre, datados desde o século XV. Alguns móveis desta casa também são muito antigos.

Fiquei especialmente encantada com o enorme armário preto que estampava uma pintura com os bustos dos apóstolos. Quando perguntei sobre ele, a Sra. Eyre disse, orgulhosa:

— Nós o chamamos de armário dos apóstolos. Está na família há quase quatrocentos anos.*

Depois do chá, o filho da Sra. Eyre, George, um rapaz de cabelos enrolados, de talvez 19 anos, nos levou para uma visita abrangente pela casa, que terminou em estreitas escadas até o terraço, de onde desfrutamos uma vista privilegiada das colinas e vales ao longe. Eu estava tão deslumbrada com a paisagem que foi necessário um bom tempo até ser convencida a descer. Durante a descida, passamos por uma porta maciça de madeira que, explicou nosso guia, dava para os quartos dos criados, no último andar.

— Diz a lenda que a primeira senhora a morar em North Lees Hall, de nome Agnes Ashurst, ficava trancada neste andar, em um quarto com isolamento acústico.

— Por que trancada? — perguntei.

— Por que ficou doida de pedra. Dizem que a senhora enlouquecida morreu em um incêndio.

— Incêndio? — repeti, com grande curiosidade. — Ela ateou fogo em si?

— Ninguém sabe, foi há tanto tempo. Mas dizem que o marido escapou e que a maior parte da casa veio abaixo e precisou ser reconstruída.

---

* O singular Armário dos Apóstolos, que foi descrito por Charlotte em *Jane Eyre*, agora se encontra exposto no Museu Brontë Parsonage.

— Que história assustadora — observou Ellen, estremecendo.

Que história *fantástica*, pensei. Não era a primeira vez que ouvia sobre uma mulher ensandecida, confinada em um sótão; essa prática não era incomum em Yorkshire, pois, na verdade, que outro recurso tinha uma família quando um ente querido sucumbia a distúrbios mentais?

A Roe Head School também tinha sua própria lenda, sobre uma ocupante no último andar desabitado da casa. Nesse caso, era um espírito feminino — a primeira esposa do senhor da propriedade que construíra a casa — e que, tragicamente, caiu das escadas na noite do casamento e quebrou o pescoço. Eu e minhas colegas estudantes passamos muitas noites sussurrando teorias sobre o misterioso fantasma de Roe Head, cujas vestes de seda arrastando-se pelo piso do sótão podiam ser ouvidas na calada da noite.

Também dizia a lenda que o último morador de Roe Head antes de a casa ser ocupada pela Srta. Wooler era um senhor bem-disposto e animado, que ouviu uma risada estridente e então viu o espírito flutuando pelas galerias do primeiro andar. Ficou tão descontroladamente amedrontado que deixou a casa e jurou nunca mais retornar. Embora eu nunca tenha encontrado evidências da existência do fantasma de Roe Head, jamais conseguira tirar a história da cabeça; e esse novo conto — ocorrido no cenário sombrio da antiga North Lees Hall, com rumores de incêndio — capturou especialmente minha atenção.

Prometi a mim mesma que um dia escreveria sobre isso.

Na segunda semana de minha estada em Hathersage, acordei no meio da noite tremendo de pavor, por causa de um vívido pesadelo premonitório.

Sempre acreditei nos sonhos, sinais e pressentimentos. Quando jovem, Tabby nos dizia que sonhar com crianças pequenas era certamente um presságio de problemas ou para quem tinha sonhado ou para um parente mais próximo. Ela dera vários exemplos de experiências pessoais como prova dessa crença, que reportara com solenidade tão grave que nunca mais me esqueci. Ao longo dos anos, notei que me lembrava dos sonhos com muito mais frequência que qualquer outra pessoa, exceto talvez Emily. Aos 8 anos, na véspera de minha partida para a Clergy Daughter's School, tive uma visão horrorosa, na qual eu me encontrava ao pé de uma cama de uma menina enferma. Quando contei a papai, ele apenas acariciou meus cabelos e disse que por ser criança era natural que sonhasse com crianças, e que não deveria me preocupar com superstições sem fundamento. Voltei a sonhar com uma criança pequena antes de embarcar para a Bélgica pela segunda vez; ignorei o alerta. Mais tarde, desejei ardentemente ter feito caso do sinal.

Agora, eu havia tido outra visão, que me encheu de maus pressentimentos. Diário: era 17 de julho de 1845, uma quinta-feira. Menciono a data porque este dado provou ter significância. Ellen e eu havíamos nos recolhido mais cedo nesse dia. Como de costume, dividíamos a cama em nossas muitas visitas, mesmo quando a necessidade não o exigia. Desfrutávamos desse tempo juntas como na época da escola; normalmente conversávamos por algum tempo, até cairmos em sono tranquilo.

Naquela noite foi diferente. Algum tempo depois de termos ido para a cama, eu continuava sem conseguir dormir. Era uma noite de verão e tardou a escurecer. Quando a luz do sol se foi, o vento aumentou e começou a soprar com som baixo e sombrio; mais sombrio que qualquer vendaval. Sombras brincavam pela parede, originadas do sacudir dos galhos das árvores que batiam na janela, iluminados pelo luar. Esse efeito, acompanhado pelo gemido pesaroso do vento, parecia ser a manifestação de uma força poderosa, sobrenatural e terrível. Eu me senti dominada por uma sensação repentina e inexplicável de morte.

Quando finalmente adormeci, tive um pesadelo. Seguia ansiosamente a pé pela sinuosa estrada rumo a Haworth em uma noite escura e tempestuosa. Senti que precisavam de mim desesperadamente em casa e que devia chegar lá sem demora. Enquanto me esforçava para subir o morro, carregava um bebê embrulhado em um xale; a pequenina criatura retorcia-se em meus braços e gemia lastimosamente em meus ouvidos; eu tentava sussurrar-lhe algo — entoar uma cantiga — para reconfortá-lo e tranquilizá-lo, mas seu sofrimento era tão intenso que minhas palavras não chegavam a ele. Meus braços estavam cansados, e o peso da criança impedia meu progresso. Ele parecia querer qualquer pessoa exceto a mim, mas eu não podia deixá-lo ali; precisava fazer o possível para mantê-lo seguro e aquecido.

Com grande esforço, cheguei ao topo da colina. Para minha consternação, a casa da paróquia não estava lá. Minha casa, em vez disso, era uma residência estranha, mais parecida a North Lees Hall em tamanho, fachada e escopo; e, no entanto, não era mais a North Lees Hall; era sua ruína melancólica. Da fachada imponente, restara apenas uma estrutura frágil sem teto, paredes com aspecto de cascas vazias e um buraco no lugar onde antes havia a porta maciça. Onde estava minha família?, eu me perguntava, horrorizada. O que tinha acontecido?

O vento continuava seu pranto; de repente, percebi que o som não vinha do vento; era a voz de meu pai, de Anne, de Emily e de Branwell, todos em tremenda cacofonia angustiada; e o som vinha de dentro da estrutura destruída.

— Onde estão vocês? — gritei, trêmula. — Estou indo já! Estou indo!

Ainda com a criança no colo, corri para dentro da casa. As paredes internas continuavam de pé, mas o corredor estava sujo com cascalhos do telhado, da cornija e do reboco. Vaguei freneticamente pelas ruínas, de quarto em quarto, até finalmente encontrá-los. Todos os membros de minha família estavam reunidos em um quadro de vívido desespero, aos prantos — exceto Branwell, embora soubesse que ele também sofria. Seu lamento, de algum lugar desconhecido, era o mais alto de todos

— e em perfeita sintonia com o choro angustiante do bebê em meus braços.

Senti o coração se contorcer subitamente, como se este órgão estivesse atado ao de Branwell por um fio invisível e vivo. E através de tal conexão eu era capaz de sentir o choro convulsivo oriundo do sofrimento que o consumia.

— O que aconteceu? — tentei gritar, mas nenhuma palavra saiu de minha boca. De repente, as paredes à nossa volta começaram a desmoronar e cederam completamente; pedras soltas e emboço caíam tempestuosamente sobre mim e meus entes queridos. Cobri a criança para protegê-la do violento ataque e perdi o equilíbrio. Senti meu corpo caindo; acordei com um forte arquejo.

— Charlotte, o que foi isto? — perguntou Ellen, remexendo-se ao meu lado.

Agarrei as cobertas até o queixo, trêmula, e tentei controlar as batidas frenéticas do coração.

— Oh! Ellen! Tive um pesadelo tão horroroso.

Quando terminei de contar a história a Ellen, ela pegou minha mão no escuro para me reconfortar e disse:

— Foi só um sonho, Charlotte querida. Não se aflija.

— Foi um sonho com uma *criança* — insisti, ainda tomada pela ansiedade. — Você sabe o que isso significa. Alguma grande calamidade cairá sobre mim ou sobre alguém que amo.

— São apenas velhas superstições. Tenho certeza de que sua casa e sua família estão bem.

— Não estou preocupada com a casa. É apenas o símbolo de algo que desconheço agora: algum evento desastroso que está prestes a acontecer, ou que já ocorreu em minha ausência. A essa altura Branwell já deve estar em casa para as férias de verão. Oh! Estou com tanto medo, Ellen. Preciso ir para casa ao amanhecer.

— Ir para casa? Mas suas duas semanas não terminaram, e você disse que ficaria mais uma semana.

— Mudei de ideia. Minha família precisa de mim. Não sei por quê, eu só sei que precisam de mim.

— Temi que você pudesse ter esse tipo de reação, Charlotte, por causa dos seus serviços anuais na escola dominical que estão por vir, por isso escrevi para Emily pedindo permissão para que você fique. Pelo menos, espere até que ela mande notícias antes de tomar sua decisão.

A resposta de Emily chegou no dia seguinte.

16 de julho de 1845 – Haworth
Cara Srta. Ellen,

Seu desejo de todo o coração pela permanência de Charlotte por mais uma semana tem, pois, nosso total consentimento; encarregar-me-ei de cuidar de tudo no domingo — fico feliz em saber que ela está se divertindo: faça com que aproveite ao máximo os próximos sete dias para que retorne forte e saudável. Envio meu carinho a ela e à senhorita da minha parte e de Anne, e diga a ela que está tudo bem em casa.
Com carinho,
EF Brontë

— Vê? — disse Ellen, depois de lermos a carta de Emily. — Está tudo bem em casa. Eu lhe disse. Pare de se afligir por causa de seu pesadelo e siga os conselhos de sua irmã. Aproveite ao máximo a próxima semana.

Continuei reticente, pois ainda sentia até a medula que algo não estava bem em casa; mas o tom entusiasmado e reconfortante de Emily era incontestável.

Respondi a minha irmã, anunciando minha intenção de permanecer em Hathersage até o dia 28 de julho. Eu e Ellen nos divertimos, recebendo uma variedade de visitantes, administrando a chegada da mobília de Henry e fazendo uma última visita a North Lees Hall, onde fiquei aliviada por ver a mansão ainda de pé e não servindo de refúgio para corujas e morcegos.

No entanto, acabei cedendo aos meus instintos. No sábado, 26 de julho, decidi voltar para casa sem mais postergações.

Como decidi partir de Hathersage de última hora, e mais cedo que o previsto, não tive como avisar à minha família sobre meu retorno, e sabia que não haveria ninguém para me receber na estação.

Já a bordo do trem que saía de Sheffield para Leeds, me esqueci das preocupações por um instante ao perceber o cavalheiro sentado de frente para mim. Fui tomada por uma breve perturbação causada pela sensação de reconhecimento: devido aos traços faciais, às proporções do corpo e ao estilo de se vestir (por experiência, sabia que o corte e a costura de um terno feito por um costureiro francês eram incomparáveis), ele se assemelhava, em muitos aspectos, ao meu professor belga, Monsieur Héger.

Eu tinha tanta certeza de que o cavalheiro era francês que me aventurei a lhe dizer:

— *Monsieur est français, n'est-ce pas?**

O homem olhou-me surpreendido e respondeu imediatamente em sua língua nativa:

— *Oui, mademoiselle. Parlez-vous français?***

Senti um frio na espinha. Embora tentasse ler um pouco de francês todos os dias, não escutara o idioma sequer uma única vez desde meu retorno de Bruxelas; ao ouvi-lo lembrei-me da saudade que sentira da língua. Eu e o cavalheiro demos prosseguimento a uma conversa agradável por alguns minutos e em dado momento inquiri — para sua surpresa e assombro — se ele não passara parte de sua vida na Alemanha. Ele respondeu que minha suposição estava correta e se disse curioso para sa-

---

* O senhor é francês, não é?

** Sim, madame. Fala francês?

ber de onde eu havia tirado tal conclusão. Disse-lhe que havia detectado um leve sotaque alemão em sua fala, ele sorriu e comentou:

— *Vous êtes un magicien avec des langues, mademoiselle.**

Gostei de nossa conversa e lamentei ser obrigada a dar *au revoir* ao deixar o trem em Leeds. Durante o restante da viagem, fiquei imersa nas lembranças de Bruxelas.

Na chegada a Keighley, no entanto, minha agonia oriunda da preocupação com o destino de minha família retornou com força total. Já era muito tarde, e eu estava com tanta pressa para chegar em casa que paguei um cabriolé para que me levasse até lá.

Era uma noite desanuviada de verão. Normalmente eu teria relaxado em meu assento e observaria os últimos raios do sol poente de uma perspectiva artística, deixando-me invadir por uma onda de prazer na contemplação do brilho dourado sobre a extensão familiar do prado e do urzal, visto que não importava o quanto gostasse de ver novas paisagens, voltar para casa era sempre um agradável alívio. Entretanto, naquela noite, mal conseguia me manter quieta no assento, de tão perturbada que estava pelos presságios e sensações agourentas, e por um pressentimento inexplicável de que voltava para casa para sofrer.

Já estava praticamente escuro quando o veículo virou na travessa Church, passou pela casa do sacristão, pela escola e estacionou ao lado do muro baixo que dava para o jardim da frente da residência paroquial. Paguei ao condutor, que deixou meu baú sobre o piso de pedra e partiu. Encaminhava-me para o portão, quando avistei alguém se aproximar nas sombras: era o Sr. Nicholls — a última pessoa que desejava encontrar! —, que aparentemente realizava um passeio de fim de tarde. Ele se deteve a alguns metros de distância e me olhou com expressão grave e preocupada.

---

* A senhorita é uma feiticeira com idiomas.

— Srta. Brontë.

— Sr. Nicholls. Há algo de errado?

Ele não respondeu de imediato. De repente, um vento frio soprou, tão feroz que quase fez voar meu gorro, se não estivesse firmemente preso. Fui invadida por um calafrio inquietante, que nada tinha a ver com a temperatura do vento.

— Não ficou sabendo? — perguntou ele.

— De quê? — disse eu, cada vez mais alarmada. Olhei para a casa. Luzes fracas tremeluziam das janelas do andar térreo, indicando que alguém ainda estava acordado. De repente ouvi gritos de dentro da residência paroquial. Meu coração disparou, alarmado e temeroso, pois reconheci a voz: era Branwell, porém não aquele que eu conhecia e adorava, mas o Branwell que tinha abusado da bebida.

— Oh, não.

— Está assim há mais de uma semana. — disse o Sr. Nicholls enquanto apanhava meu baú. — Permita-me que a ajude com isto. — Antes que tivesse tempo de emitir algum protesto, ele rumou para minha casa.

Apressei-me na frente dele rumo à porta de entrada. Estava trancada, e então bati; alguns momentos tensos se passaram enquanto esperava do lado de fora, desconfortável pela presença do Sr. Nicholls, e ouvia reações de ira ecoarem lá de dentro. Finalmente, a porta foi aberta e meus olhos encontram os de Anne; seu rosto estampava tristeza. Nosso breve e mudo cumprimento confirmou uma angústia mútua.

Entrei rapidamente. O Sr. Nicholls me seguiu e deixou o baú no corredor de entrada.

— Diga àquele vira-lata estúpido que fique longe de mim! — ouvi meu irmão gritar furioso da sala de jantar. Meu rosto ruborizou ao dar-me conta de que o Sr. Nicholls estava testemunhando o comportamento dissoluto de meu irmão.

— Posso ajudá-la em mais alguma coisa, Srta. Brontë? Gostaria que eu conversasse com ele?

— Não! Não, obrigada, Sr. Nicholls. Tenho certeza de que podemos cuidar disso. Obrigada mais uma vez. Boa noite, senhor.

Com o cenho franzido, o Sr. Nicholls se foi com relutância. Anne trancou a porta. Vi papai de pijamas descendo exaustivamente as escadas no fim do corredor. Eu e Anne corremos na mesma hora para a sala de jantar. Restavam apenas algumas brasas na lareira, mas o brilho de uma vela solitária acompanhado pelos últimos pálidos raios do sol revelaram a cena diante de meus olhos horrorizados.

Branwell caminhava a passos vacilantes ao lado do sofá preto de crina de cavalo, de costas para a porta, os cabelos ruivos e as roupas desalinhadas. Erguia o punho para Emily, esta confusa e consternada, cujas saias serviam de esconderijo para Flossy.

— Será possível que um homem não possa tirar uma soneca neste lugar — gritou Branwell em tom intoxicado — sem que um vira-lata sarnento do quinto dos infernos lhe suba em cima e lhe babe toda a maldita cara!

— Branwell, acalme-se! — disse Emily em voz baixa; seus olhos focaram brevemente em mim e transmitiram sua agonia.

— Flossy não tinha a intenção de incomodar. Apenas estava sendo afetuoso.

— Maldito seja o afeto! — vociferou Branwell, que agarrou um livro da mesa e atirou na cabeça do cão. Flossy se esquivou a tempo de se desviar do golpe, mas emitiu um desesperado protesto e saiu em disparada, passando por mim e cruzando a porta para o corredor.

— Branwell! — eu e Anne gritamos horrorizadas. Nesse instante, papai entrou; eu sabia que sua cegueira parcial ficaria ainda mais prejudicada pela penumbra da sala.

— Basta! — exclamou papai em tom severo. — Controle-se, filho.

— Cale-se, velho! — Branwell deu um passo cambaleante na direção de Emily e se apoiou na mesa para manter o equilíbrio. — Isto é entre mim e minha irmã e aquele maldito cão estúpido!

— Branwell, por favor, pare com isto — pedi, enquanto avançava com cautela em direção a ele, o coração palpitante. Não sabia ao certo o que fazer, visto que ele era mais alto e mais forte. E sabia, por experiências anteriores, que sua força simplesmente aumentava quando ele estava ébrio.

Branwell se virou, encarando-me com surpresa em seus olhos avermelhados.

— Charlotte, por onde andava?

— Em Hathersage, visitando Ellen. — Tinha a esperança de que, ao conversar calmamente, eu conseguiria distraí-lo e tranquilizá-lo.

— Por um minuto, pensei que tivesse voltado para a Bélgica — disse ele embolando a voz, enquanto sua raiva se dissipava e uma aparência abobalhada surgia no semblante febril. — Curioso... comentei com Anne outro dia. O que foi mesmo? Ah, sim. "Percebeu como Charlotte anda triste desde que voltou da Bélgica?" Anne disse que era imaginação minha. Mas eu disse: "Não, não, nossa Charlotte está deveras triste. Lembre-se de minhas palavras: ela esconde alguma coisa por detrás de sua fisionomia plácida e formal."

— Não estou triste e não estou escondendo nada — neguei, mas minhas faces esquentaram e notei o olhar questionador de Emily para mim.

— Você *está* triste — disse ele, grogue. — Vejo nos seus olhos. Eu sei. Sei tudo sobre a tristeza. — Para minha consternação, Branwell contraiu o rosto e se esvaiu em lágrimas. — Oh, Deus! O que farei? A tristeza... a angústia... o desespero! — Caiu no chão de joelhos e clamou: — Como posso viver sem minha vida? Como posso suportar isso?

Fiquei tão perplexa com o comportamento imprevisível de meu irmão que fui tomada por uma paralisia desoladora. Emily foi até ele. Logo o convenceu a se levantar, aos prantos, e o levou até o quarto. Eu sabia que ela o levaria para cima e o colocaria na cama, como já havia feito em muitas ocasiões anteriores. Durante o silêncio aterrador que se seguiu, papai deixou escapar um pequeno soluço. Estava na soleira da porta, seu rosto abatido assolado pela tristeza e decepção. Envolvi sua figura franzina em um abraço e o segurei com força, sem palavras.

— Estou aqui agora, papai — foi tudo o que me ocorreu dizer.

— Fico feliz, filha — foi sua resposta embargada.

— Deixe-me ajudá-lo a voltar para a cama — ofereci, mas ele negou fazendo um gesto firme com a mão e se retirou da sala.

Tão logo papai saiu, Anne pôs-se a chorar. Minha angústia, reprimida por quase uma semana, agora ganhava força, como um calor incandescente em meu peito, e transbordava em uma torrente de lágrimas.

Anteriormente, quando Branwell ficava alcoolizado, eu e minhas irmãs tentávamos manter uma aparência forte e composta, fingindo que tudo estava bem, já que o pior havia passado, mesmo quando parecia evidente que não era verdade. Desta vez, porém, estava atormentada demais para me manter firme. Vi no olhar de Anne que ela era igualmente incapaz de cumprir tal tarefa. Em consonância, abraçamos uma à outra com força e assim ficamos, deixando as lágrimas caírem por alguns minutos. Finalmente, enxugamos os olhos e sentamos no sofá, onde recobrei a compostura.

— Mas o que aconteceu afinal? — perguntei, enquanto tirava o gorro e as luvas. — Por que Branwell está tão abalado?

— Foi demitido.

— Demitido? Mas por quê? Você disse que a Sra. Robinson o estimava muito!

— Estimava mesmo. Oh, Charlotte! Sinto-me tão ingênua... tão tola. Praticamente desde o primeiro dia em que

Branwell chegou a Thorp Green Hall vi que era o favorito de todos na casa. Fiquei orgulhosa e feliz por ele. A Sra. Robinson estava sempre comentando que ele era um jovem excepcional. Achei que o admirasse por seus talentos como tutor e artista. Até o mês passado, nunca tinha pensado... nunca havia imaginado que *ela*, que *eles* pudessem fazer algo tão... tão... — A voz de Anne estremeceu, enquanto lágrimas escorriam por seu rosto.

— O quê? O que Branwell fez?

— Durante estes últimos três anos ele estava tendo um caso amoroso com a Sra. Robinson!

Capítulo Seis

Encarei Anne, chocada e consternada.

— Um caso amoroso? Não pode estar falando sério. Ela é uma mulher casada e muito mais velha. Certamente, eles não...

— Sim, eles *fizeram*. Imagine o pior e mais sórdido comportamento possível, Charlotte: é disso que eles são culpados. Semana passada, na quinta-feira, Branwell recebeu uma carta do reverendo Edmund Robinson, que expressou sua indignação e o informou de forma furiosa que havia descoberto as ações de Branwell. Ele exigiu que Branwell interrompesse imediatamente e para sempre qualquer tipo de comunicação com todos os membros da família dele, sob pena de passar pela dor da exposição pública!

— Você disse há uma semana, na quinta, dia 17?

— Sim.

Diário, foi nesta mesma quinta-feira à noite que tive meu terrível pesadelo. Uma dormência invadiu-me por inteiro. Por alguns instantes, meu estado de perplexidade era tão grande que não consegui pensar ou falar.

— É possível que o Sr. Robinson esteja equivocado? Tem certeza de que a acusação é verídica?

— Quem me dera. É tudo verdade, Charlotte. Branwell admitiu tudo. Alega que a Sra. Robinson tomou as rédeas do caso desde o início.

— Você acredita em Branwell?

— Acredito. Ambas conhecemos Branwell bem demais, com todas as suas fantasias de Northangerland, para sabermos que não mentiria sobre o fato de ter sido seduzido.

Northangerland era o personagem principal da ficção inventada por Branwell, um amálgama de Bonaparte, Satã e da quintessência do herói byroniano — uma figura dissoluta com quem meu irmão se identificava tanto que o usava como pseudônimo na maioria de seus poemas publicados

— Suponho que tenha razão. Para ele, gabar-se de ter arrebatado a dama da casa e a levado para a cama seria de longe um feito e tanto.

— Ele disse que a Sra. Robinson foi à sua procura poucos meses depois de sua chegada a Thorp Green. Branwell a admirava e em várias ocasiões entristeceu-se ao ver a indiferença com que o marido a tratava. Sabe que nosso irmão nunca foi capaz de esconder seus sentimentos.

— É verdade.

— Acabou expressando seus sentimentos por ela aberta e impetuosamente, e para sua surpresa ela declarou sentir o mesmo por ele. Ao fim desse primeiro verão, ela o encorajou a... a... ir longe demais. Encontravam-se em segredo na residência ou quando o Sr. Robinson estava ausente. Branwell se diz profundamente apaixonado. A forma como fala... é como se ela fosse tudo para ele na vida.

— Oh! Isso é horrível demais. Porém, explica o comportamento estranho e irritável de Branwell nestes últimos anos. Parecia odiar voltar para casa nas férias e, quando *estava* aqui, exibia uma variedade tão disparatada de sentimentos, desde o melhor dos humores até as depressões mais tenebrosas... eu não conseguia entender. Em mais de uma ocasião, imaginei ter captado uma expressão de culpa escondida em seus olhos, mas ele sempre negava.

— Eu pensava o mesmo.

— Ele desmaiou na cama — anunciou Emily, entrando na sala e sentando-se pesadamente na poltrona ao nosso lado. — Se tivermos sorte, não ouviremos nem um pio da parte dele até amanhã de manhã.

— Anne — falei —, como e quando descobriu a verdade sobre tudo isso?

— Mês passado. Caminhava pelo bosque nos fundos de Thorp Green, durante a tarde, quando encontrei Branwell sentado atrás de uma árvore, escrevendo em um caderno de anotações. Quando perguntei o que escrevia, ele corou. Não quis insistir, mas ele me atirou o caderno e pediu que o lesse. Estava repleto de poemas de amor sobre a Sra. Robinson. Fiquei perplexa e horrorizada. Ele apenas riu e disse: "Não seja puritana." E então me contou toda a história. Quis morrer de vergonha. Sabia que não poderia permanecer naquela casa nem mais um instante.

— Não a culpo por ter ido embora — comentei. — Eu faria o mesmo.

— Oh, Charlotte! Você falou em culpa. De certa forma, não consigo evitar senão me culpar pelo ocorrido.

— O que quer dizer?

Anne hesitou. Nos últimos poucos minutos ela já havia falado e expressado mais emoções do que em qualquer outra conversa realizada nos últimos cinco anos; temi que fosse se fechar novamente em sua concha. Mas não o fez.

— Eu fiquei infeliz em Thorp Green durante muito tempo, mas não apenas por causa de minha insatisfação com minhas obrigações de governanta. Já tivera muitas outras experiências desagradáveis e inimagináveis sobre a natureza humana, as quais... as quais me deixaram enormemente atormentada. E sabendo... suspeitando... o inevitável, nunca deveria ter recomendado Branwell para o posto naquela casa.

Emily se endireitou na cadeira e encarou Anne.

— Que experiências, Anne? O que não nos contou?

Anne desviou os olhos e o rubor invadiu suas bochechas.

— Não tenho coragem sequer de comentar o assunto, mas como vocês já sabem praticamente de tudo... — Ela respirou fundo e prosseguiu: — Já vi a Sra. Robinson flertar com outros cavalheiros abertamente, hóspedes e visitantes. Suspeito que era *exageradamente amistosa* com muitos... e não apenas minha patroa tinha esse tipo de comportamento. Nos anos que se passaram até a chegada de Branwell, testemunhei um grande número de experiências de desprezível imoralidade entre adultos casados, porém não casados entre si, enquanto seus parceiros estavam dentro da casa ou nas proximidades; em algumas ocasiões, no cômodo ao lado. Fiquei enojada e angustiada por ter testemunhado comportamentos tão imorais, e ao mesmo tempo senti-me tão impotente para pôr fim àquilo... pois como poderia levar minhas suspeitas adiante? Certamente, teria sido demitida na mesma hora. Ruborizo de vergonha só de pensar que, por ter ficado calada, tornei-me cúmplice destas indiscrições, mesmo que a contragosto. O pior é lembrar que, em uma ocasião, há um ano, um dos convidados, após ingerir licor em excesso, tratou-me com enorme atrevimento.

— Oh, Anne! — exclamou Emily. — O que você fez?

— Eu o rechacei. Ele nunca voltou a tocar no assunto; creio que estava embriagado demais para se lembrar do ocorrido.

— Anne, sinto tanto. — Lágrimas arderam em meus olhos, enquanto eu envolvia as mãos dela nas minhas. De súbito, dei-me conta de que todas as minhas experiências como governanta, que imaginava serem tão opressivas, na verdade foram um tanto inofensivas e irrelevantes se comparadas às de Anne. — Todo esse tempo, não tinha ideia do quanto estava sofrendo. Se pelo menos houvesse me contado, teria insistido para que você saísse de Thorp Green há muito tempo.

— Precisamente por esse motivo não mencionei nada. Só lhes causaria dor desnecessária. Se tivesse saído, como poderia ter certeza de que seria diferente em outro lugar? — Anne deu um longo suspiro. — É humilhante pensar que enquanto tudo isso sucedia, a Sra. Robinson estava tendo relações impróprias com *Branwell...* e eu nem desconfiei! Deve ter lhe atiçado a vaidade que, aos 40 anos, tivesse conseguido seduzir um jovem, 17 anos mais novo... sobretudo, com três lindas filhas vivendo sob o mesmo teto.

— Pergunto-me como conseguiram se safar por tanto tempo — questionei.

— Aparentemente, a Sra. Robinson tinha a cumplicidade de sua dama de companhia e do médico da família — explicou Emily.

— Devo admitir — acrescentou Anne — que a Sra. Robinson era especialista na arte de enganar. Na frente do marido, mostrava-se sempre recatada e decente. Pelas costas do Sr. Robinson, vivia reclamando que ele era velho, doente e que não conseguia... não conseguia atender às suas necessidades.

— O que você considera ser verdade? — inquiri.

— Não sei. Ele não tinha ficado doente até recentemente e nem tampouco é muito velho. Na verdade, o Sr. e a Sra. Robinson têm exatamente a mesma idade. Ele é um homem severo e intratável, mas apesar de todos os seus defeitos, eu o considero bem melhor e mais respeitável que a esposa.

— Como *ele* descobriu a infidelidade da esposa?

— Só ficamos sabendo ontem — respondeu Emily —, quando Branwell recebeu a carta do médico dos Robinson, com quem fez amizade. Como se as atitudes de Branwell não tivessem sido suficientemente depravadas, ele fez outra sandice inacreditavelmente absurda. Incapaz de ficar longe daquela mulher, mesmo que por algumas semanas, seguiu a família Robinson até Scarborough.

— Não!

— O jardineiro dos Robinson os acompanhava na viagem para auxiliar o cavalariço com os cavalos e a bagagem — prosseguiu Emily. — Ele viu Branwell e a Sra. Robinson juntos em uma marina, logo abaixo das acomodações do hotel The Cliff. Parece que o jardineiro disse que sua lealdade pelo patrão era muito maior do que pela senhora, e por isso, após voltar para a residência, escreveu uma carta para o Sr. Robinson, revelando tudo.

— E o Sr. Robinson escreveu ameaçando matar Branwell caso ele voltasse a pôr os pés em Thorp Green Hall! — exclamou Anne. — Branwell está totalmente arrasado. Desde quinta-feira, não faz nada além de beber, vociferar e fazer escândalos pela casa, com uma mágoa delirante. Desde então, não temos tido um instante de paz, exceto quando ele está na taverna ou desmaiado.

— Nunca presenciei tantos desvarios — comentou Emily. — Ele parece uma alma ardendo no inferno.

— Oh — disse eu —, e pensar que estava desfrutando de meu tempo em Hathersage, enquanto todos vocês sofriam. Eu quis voltar para casa há uma semana, na terça-feira; *sabia* que deveria tê-lo feito.

— Fico satisfeita por você ter ficado um pouco mais, caso tenha se divertido — disse Emily. — Deus sabe que durante um bom tempo a situação *aqui* não será nada agradável.

— Charlotte, o que faremos? — perguntou Anne.

— Não sei.

Em um ponto, eu sentia compaixão por Branwell e compreendia sua desgraça: o fato de haver se sentido atraído e se apaixonado por uma mulher casada. Era uma situação desesperadora, repleta de agonias, desgosto e tormentos, que (eu reconhecia apenas nos mais obscuros recantos de minha mente e do coração) eu já havia vivenciado e cuja experiência era humilhante.

— Estou totalmente consternada — falei, finalmente, escolhendo as palavras com cuidado. — Não podemos escolher o objeto de nossa afeição, assim como não podemos escolher nossos pais. Se, no entanto, por infortúnio, nossos sentimentos nos fazem tomar um rumo que não é aprovado por Deus ou pela sociedade, precisamos — *devemos* — exercer o autocontrole. Não devemos agir *em conformidade* com estes sentimentos proibidos. O fato de Branwell tê-lo feito, ter sucumbido à tentação com a Sra. Robinson, é verdadeiramente perverso.

Emily encarou-me subitamente; seu olhar sagaz me dizia que ela captara uma verdade pessoal escondida nas entrelinhas de minha declaração. No entanto, ela apenas disse:

— Concordo com você. Branwell tentou pôr toda a culpa na Sra. Robinson; porém, não importa o quão descarada a mulher tivesse sido ao cortejá-lo, ele estava em condições iguais no jogo. Seus atos são injustificáveis.

BRANWELL MANTEVE TODOS OS MORADORES da casa reféns de seu tormento durante os dez dias seguintes, alternadamente afundando suas aflições com bebida ou entorpecendo-as com ópio. Bastava cruzar a rua da igreja Haworth para comprar um punhado de ópio por seis *centavos*, disponível a qualquer hora na drogaria de Betty Hardacre; e para nosso grande desespero, nada do que dizíamos ou fazíamos era capaz de dissuadi-lo da prática. Quando já não conseguíamos mais suportar a situação, eu e minhas irmãs o mandamos para Liverpool por uma semana na companhia de seu amigo John Brown, e então fizeram uma viagem agradável a bordo de um navio pela costa norte de Gales. Creio que a breve trégua lhe fez bem.

— Sei o que você pensa de mim, Charlotte — disse Branwell em uma tarde quente de agosto, pouco depois de seu retorno. — Sei que sou responsável por todas as penúrias que afligem minha mente, mas estou determinado a me reparar.

Eu estava sentada em uma cerca no pasto atrás da residência paroquial, apreciando a paisagem do urzal, exuberantemente acarpetado sob o brilhante tom púrpura do verão. Refugiara-me para desfrutar de um pouco de ar fresco e ler sob a luz pálida dos últimos raios de sol, quando Branwell apareceu. Fechei o livro e disse:

— Aplaudo sua determinação. Aguardo ansiosamente pelo novo e melhorado Branwell.

— Pode tirar essa expressão cética do rosto. Veja quanto já progredi: estou aqui diante de você falando animadamente, sem o estímulo de seis copos de uísque!

— Uma conquista admirável... mas ocasionada, conforme ambos sabemos, apenas pela total falta de recursos, já que papai se recusa terminantemente a lhe dar dinheiro.

— Estou lhe dizendo, Charlotte, vou mudar. — Ele se pendurou na cerca, ao meu lado, e se pôs a olhar o urzal, pensativo. — Nada jamais me fará ir tão baixo como os pesadelos do passado, anos atrás, em Luddenden Foot. Preferiria cortar a própria mão a voltar a viver na negligência humilhante e na libertinagem maligna que marcaram minha conduta enquanto lá estive.

— Por quê, Branwell? Por que agiu assim? Vivia dizendo que gostava daquele emprego.

— E gostava. A ferrovia foi uma aventura nova e estimulante e me permitia ganhar meu sustento. Mas você deve entender que ter sido criado sob a influência de Virgílio e Byron estimulou-me a aspirar a ambições superiores às de um simples cobrador de trem de uma estação medíocre, no fim do mundo, enfiado dentro de uma cabine medíocre. Não havia nada para fazer! Meus únicos amigos estavam em Halifax, e eu não podia ir lá na frequência que desejava. Que outra opção eu tinha senão beber?

— Certamente você não espera que eu responda a essa pergunta indigna de resposta, espera?

— Pelo menos não fiquei totalmente alheio a *tudo* enquanto estive lá. Escrevi, ou reescrevi, muita poesia.

— Eu me lembro — suspirei. — Sinto um pouco de inveja de você, sabia?

— Inveja de mim? Por quê?

— Porque seus poemas foram publicados. Há muito tempo sonho em publicar algo meu.

— Bem, *sonhar* não fará com que isso aconteça, querida irmã. Você tem talento e sabe disso... mas é como dizem: quem não arrisca não petisca. Para publicar, primeiramente é necessário escrever algo que valha a pena ser publicado, e então você deve ser audaz o suficiente para enviá-lo.

— É verdade. — Fitei-o nos olhos. O carinho ali era tão genuíno e ele estava tão formoso e elegante, sentado com os raios do sol poente lustrando de dourado seus cabelos alaranjados, que, por um instante, eu parecia defronte do bom e velho Branwell. Quando crianças, havíamos sido almas gêmeas, inseparáveis, em perfeita sintonia; éramos capazes de completar as frases um do outro, adivinhar todos os pensamentos e prever os movimentos um do outro; e ambos nos deliciávamos com uma rivalidade criativa contínua que durou quase duas décadas. Seria possível resgatar um pouco do que restara de nossa amizade? Branwell realmente tentaria "reparar-se"? Eu disse a ele: — Senti uma tremenda falta sua nos últimos tempos.

— Não tem mais motivo para sentir minha falta. Estou aqui... e aqui permanecerei até o dia em que Lydia Robinson for livre. E então ela se casará comigo, serei dono de suas terras e viverei com refinado esplendor até o fim da vida.

Meu coração encolheu.

— Branwell, por favor, diga-me que não está falando sério.

— Sobre o quê?

— Não espera realmente *casar-se* com a Sra. Robinson!

— É claro que espero. O marido dela está muito doente. Não tardará muito a morrer.

— Que declaração mais mórbida e doentia, e é ainda mais doentio dizer isso com esperança nos olhos.

— Não sou a única pessoa que anseia e espera por isso. Lydia não ama o marido. Ela me ama.

— Oh, Branwell. Mesmo que isso seja verdade... Você realmente acha que uma mulher de sua classe e com sua fortuna casar-se-ia com um homem 17 anos mais jovem, com quem ela teve um caso indecoroso?

— Sei que ela se casará comigo. Ela disse que ficaríamos juntos para sempre. Preciso apenas esperar. E enquanto espero, não ficarei ocioso. Pretendo encontrar uma ocupação e, prometo a você, ficarei completamente sóbrio.

Cumprir a promessa mostrou-se ser algo além das capacidades de Branwell. Na tarde do dia seguinte, meu pai estava fora resolvendo questões relacionadas à igreja com o auxílio de Anne, Emily estava em seu quarto fazendo sabe-se lá o quê e eu lia na sala de jantar, quando ouvi gritos do lado de fora da casa, seguidos de uma pancada na porta da frente.

Para meu desgosto, encontrei meu irmão no degrau da porta proferindo obscenidades de beberrão e sendo fisicamente controlado e sustentado pelo Sr. Nicholls.

Desde meu retorno de Hathersage, em todas as vezes que o Sr. Nicholls esteve lá em casa para encontrar-se com papai, eu subi para o meu quarto ou me isolei na sala de jantar com a porta fechada. Agora, porém, não tinha como evitá-lo.

— Eu estava passando pelo Black Bull — informou o Sr. Nicholls, enquanto se empenhava para controlar meu combativo irmão — quando ele e outro cavalheiro emergiram da porta da saída, praguejando e trocando socos. Senti que uma briga séria estava a ponto de começar e achei melhor trazê-lo para casa.

— Solte-me, seu maldito rústico miserável — trovejou Branwell, com selvagem veemência, enquanto tentava vigorosa e inutilmente desvencilhar-se do Sr. Nicholls —, ou soltarei os cachorros em cima de você, juro por Deus que o farei! — Embora meu irmão tivesse praticado boxe com os valentões da cidade durante anos na juventude, já estava havia muito fora de forma; e apesar da raiva abastecida pelo álcool, ele não era páreo em altura e força para o Sr. Nicholls, muito mais alto e robusto.

— Não tenho medo de cachorros — retorquiu o cavalheiro —, na verdade, tenho grande apreço por eles. — E se virou para mim em um tom que parecia de desculpas. — Onde gostaria que o deixasse?

— Na sala de jantar — respondi, com as bochechas ardendo de vergonha, enquanto eu dava espaço para ele entrar. Todos no vilarejo, eu não tinha dúvidas, ficaram sabendo da dispensa de meu irmão do emprego apenas um dia após o ocorrido. Em consequência dos repetidos porres e rompantes de Branwell, todos agora estavam a par também dos mínimos e sórdidos detalhes sobre sua conduta humilhante, e sobre suas expectativas absurdas para o futuro. Eu me encolhia de constrangimento quando via o sentimento de pena nos olhos dos comerciantes da rua principal; meu coração afligia-se com o desviar de olhares na congregação aos domingos, quando papai assumia seu lugar no púlpito da igreja; mas minha vergonha maior era o fato de o novo pastor estar observando de perto o declínio de Branwell.

Eu já sabia que o Sr. Nicholls me considerava uma solteirona amarga e enrugada, repulsiva demais para ser olhada. Meu pai era um senhor praticamente cego; para piorar, tinha um filho bêbado, que arranjava briga no meio da tarde; o Sr. Nicholls devia sentir uma enorme pena de mim e de toda a minha família! Devia rir de nós pelas costas! Ainda assim, eu pensava, não posso deixar que meu orgulho ferido tire o melhor de mim. Enquanto o pastor arrastava Branwell, que ainda praguejava e se contorcia, até a sala de jantar, aprumei os ombros e os segui, determinada a nunca deixar que o Sr. Nicholls soubesse o quanto havia me magoado com seu comentário cruel naquela noite durante o chá; na realidade, caso eu conseguisse, ele nunca perceberia sequer um segundo de fraqueza em mim.

O Sr. Nicholls deixou meu irmão sobre uma poltrona, ainda segurando-o com força, e insistiu que seu cativo prometesse que se sentaria quieto e calado antes de ser liberado. Branwell proferiu outra blasfêmia antes de concordar relutantemente.

— Miserável! — vociferou Branwell quando o Sr. Nicholls o soltou. — Como se *atreve*! Sou o filho do pároco, por Deus! Eu lhe estou alertando, Nicholls: se voltar a me tocar assim, vou lhe dar um tiro ou lhe mandar de volta para a Irlanda!

— Vamos rezar, então, para que uma ocasião similar a esta nunca mais ocorra — foi a resposta do pastor enquanto desamassava seu casaco preto e ajeitava o colarinho.

— Branwell, por favor, não se dirija ao Sr. Nicholls desse jeito tão insolente — pedi.

— Dirijo-me a ele do jeito que bem entender — rosnou Branwell. — Agora saia, Nicholls! Já realizou sua boa ação cristã. Já bancou o bom samaritano e trouxe o filho pródigo a casa. Agora vá para a igreja, que é o seu lugar.

Emily entrou na sala de repente, com expressão preocupada. Martha, logo atrás, apareceu à soleira da porta.

— Ora veja, mas o que temos aqui, Sr. Branwell? Três horas da tarde e o senhorzinho já tá de pileque?

— Martha — exclamou Branwell, com um sorriso repentino e a voz cheia de charme —, seja uma boa menina e me traga aquele vinho que eu sei que você guarda no armário com cadeado.

— Não farei isso, senhorzinho — disse Martha.

— Emily? Certamente não negará um trago ao seu irmão neste momento de necessidade?

— Creio que você já bebeu o suficiente — comentou Emily em voz baixa.

Branwell se afundou ainda mais na poltrona, com semblante amuado e sombrio.

— Todos parasitas, são o que vocês são! Estão determinados a arrancar-me a vida fora.

Virei-me para o Sr. Nicholls e disse, fria e formalmente:

— Eu lhe sou muito grata, senhor, por ter trazido meu irmão até em casa. — Quando o fitei, entretanto, não encontrei lástima ou escárnio em seu olhar, conforme esperava; em vez disso, vi compaixão e preocupação, temperadas com humildade e... firmeza de atitude.

— Ficará bem, Srta. Brontë? — perguntou o Sr. Nicholls em voz baixa.

Um pouco confusa, respondi:

— Ficarei, obrigada. Martha e Emily estão aqui.

Ele assentiu com a cabeça e olhou para a porta da saída. Desejei que se retirasse de imediato, mas ele não fez isso; permaneceu durante alguns instantes no centro da sala, absorto nos pensamentos, como se tentasse reunir coragem para perguntar algo. Fiquei perplexa e um pouco irritada: por que aquele homem alto e forte, que minutos antes havia domado e arrastado sozinho meu irmão indócil, agora se encontrava diante de mim como uma tímida estátua?

Um súbito ronco invadiu o ambiente, e vi aliviada que Branwell tinha adormecido na poltrona. O som parecia um cômico e apropriado desfecho para tanto drama; e a alternância entre leves sopros nasais e bufos vibrantes e violentos era tão naturalmente cômica que precisei me esforçar para recolher um sorriso fujão. O som pareceu ter reavivado o Sr. Nicholls, pois ele também sorriu, e então deixou escapar uma risada. Emily e Martha foram igualmente contagiadas, e pouco depois não me aguentei e me uni a eles na gargalhada. Por alguns minutos nos permitimos dar boas risadas, com cuidado para que não acordassem nosso errante dorminhoco.

Emily se virou e esbarrou na mesa, deixando cair acidentalmente um castiçal, que causou um ruído estrepitoso. Ela prendeu a respiração, alarmada; todos os olhares se voltaram para a poltrona. Mas seu ocupante continuava a roncar incessantemente, causando um novo acesso de risos.

Martha saiu da sala, ainda rindo à socapa. O Sr. Nicholls pigarreou. Olhou-me e então fitou Emily e disse:

— Srta. Brontë, Srta. Emily: há algo que venho querendo perguntar faz algum tempo. Gostaria de saber se as senhoritas considerariam permitir-me levar um de seus cães ou os dois para um passeio pelos urzais agora e em outras ocasiões? Gosto de fazer passeios diários, e ficaria grato com a companhia dos cães.

O pedido me pegou de surpresa.

— Não cabe a mim decidir, senhor — respondi, com um olhar para Emily.

Após certa hesitação, Emily respondeu:

— Estou certa de que Flossy adoraria lhe acompanhar, mas devo perguntar a Anne primeiro. Apenas cuido de Flossy, o cão é dela, na verdade. Quanto a Keeper, tem minha permissão, mas deixarei que ele tome a decisão final.

— Virei amanhã de manhã, então — respondeu o Sr. Nicholls, aparentando satisfação. Fez uma reverência e, com um olhar de despedida para Branwell, acrescentou:

— Se precisarem de qualquer outra ajuda, Srta. Brontë, hoje ou a qualquer hora, por favor, não hesite em me chamar.

— Obrigada, mais uma vez, Sr. Nicholls — respondi.

Ele acenou com a cabeça e se foi.

O VERÃO PASSOU. EU, PAPAI e minhas irmãs assistimos em impotente consternação a Branwell ficando gradualmente mais fraco e destroçado. A Sra. Robinson lhe enviava dinheiro e, acredito, até mesmo chegou a se encontrar com ele secretamente uma ou duas vezes em uma estalagem em Harrogate; ele se informava sobre ela por meio de cartas enviadas pela dama de companhia e pelo médico, e nunca tentou romper os laços.

Quando o dinheiro chegava — enviado por "sua querida Lydia" ou quem quer que Branwell persuadisse a lhe dar alguns xelins, como papai ou seu amigo John Brown —, ele se dirigia à Betty Hardacre para comprar uma dose de esquecimento ou se encaminhava sorrateiramente ao Black Bull. Após várias horas de bebedeira, ele cambaleava de volta para casa, cantarolando ou às gargalhadas como um lunático, ou (em mais ocasiões do que gostaria de me recordar) era trazido para casa, zangado e irascível, pelo sempre paciente Sr. Nicholls.

Quando Branwell não tinha dinheiro para sustentar seus vícios, ficava atirado pelos cantos da casa, dia e noite, irado e frustrado, gritava conosco por motivo algum e nos fazia chorar. Quando lhe recordei que ele prometera buscar emprego, Branwell escreveu então a seu amigo Francis Grundy, importunando-o para que lhe desse um trabalho na ferrovia, mas não recebeu nenhuma palavra encorajadora. Recusava-se a ir à igreja; recusava-se a ajudar com qualquer tarefa doméstica; recusava-se a fazer qualquer coisa, exceto desgraçar-nos a vida.

— Sou uma alma atormentada. Estou no inferno! — Branwell gritava com semblante consternado, enquanto caminhava de um lado para o outro em frente à lareira, como uma fera enjaulada, enquanto eu e minhas irmãs nos ocupávamos com a tarefa noturna de costurar, tricotar ou passar. — Lydia! Lydia! Oh! Querida do meu coração! Eu a terei em meus braços novamente! Não posso viver sem minha alma!

— Se isso é amor verdadeiro — observou Emily com o cenho franzido —, então desejo e rezo para que *eu* nunca o experimente.

Nosso desespero com o declínio de Branwell, no entanto, logo foi eclipsado por um evento assombroso — e quase fatal —, que transformaria nosso destino de forma inteiramente nova e promissora.

Era 9 de outubro de 1845. Naquela manhã, fui ao quarto de Emily no topo das escadas, com a intenção de trocar sua roupa de cama por um jogo de lençóis limpos, quando me deparei com sua escrivaninha portátil aberta sobre a cama, o que era mais do que incomum. Emily sempre mantinha a escrivaninha fechada e trancada. No passado, tive algumas oportunidades (nas raras ocasiões em que Emily deixara sua porta aberta) de vê-la escrever sobre a cama, com Keeper aos seus pés e a mesinha sobre o colo. Eu sabia que Emily raramente escrevia cartas; não tinha amigos com quem se corresponder; mas era uma pessoa tão impetuosamente reservada que eu nunca ousava perguntar-lhe o que escrevia.

Hoje, não apenas a mesinha estava aberta sobre a cama, como também o caderno de anotações. A pena de Emily encontrava-se ao lado, e o tinteiro no pequeno compartimento no topo da escrivaninha estava destapado, como se ela tivesse sido interrompida no meio de sua produção literária. A cama ficava bem defronte da janela, que agora estava aberta; e o céu adiante, nublado e cinzento, ameaçava com chuva, e a brisa que entrava no quarto enrugava as folhas do caderno. Na mesma hora, temi que as páginas pudessem acabar avariadas.

Rapidamente deixei de lado o jogo de lençóis dobrados, tampei o tinteiro e guardei o caderno dentro da pequena escrivaninha. Foi quando as linhas poéticas no topo da página — pois se tratava de um poema (que se revelou longo; aquela era a última página) — chamaram minha atenção:

Este amor egoísta e angustiante, resiliente e de dilacerar.
O coração, mais novo aprendiz a instigar e adorar;
Caso rompa a corrente, sinto que meu pássaro irá para
outro paradeiro;
Nò entanto, devo romper a corrente ou selar o tormento do
prisioneiro.
Breve contenda, o que o repouso poderia apaziguar — que
paz poderia me visitar
Enquanto ela lá está presa para a Morte a libertar?
Rochelle, o calabouço ferve de inimigos para devorar nosso
horror —
Embora seja jovem demais para morrer de um destino com
tanto amargor!

Inexplicavelmente, meu coração acelerou; eu sabia que deveria parar de ler. Emily não iria gostar que eu continuasse.

Mas as duas últimas breves estâncias atiçaram minha curiosidade. Continham vibração e musicalidade tão maravilhosas; não conseguia parar de pensar sobre o tema do poema. Quem era Rochelle? Por que e onde ela estava presa? Quem era o narrador? Será que o restante do poema era tão bom quanto aquelas poucas linhas?

Apanhei o caderno. Era um volume de capa mole, de cor vinho, parecido com alguns que eu tinha, e não muito mais elegante que um caderno de receitas; estava escrito na capa: "Emily Jane Brontë. Poemas de Gondal". Folheei-o. As linhas fracas das páginas estavam ocupadas pela grafia pequenina e tremida de Emily com uma grande quantidade de poemas — poemas que aparentemente haviam sido rascunhados em outro lugar e transcritos ali em sua forma final por precaução. Embora a minúscula letra de Emily fosse difícil para alguns decifrarem, para mim era familiar. Muitos dos poemas estavam datados; a maioria não tinha títulos, mas no topo de alguns aparecia o nome de uma ou duas pessoas, ou simplesmente iniciais, que (supus) serem os *dramatis personae* expostos nos poemas.

Então era *isso* que Emily andava fazendo sempre que se trancava no quarto! Estivera escrevendo poesia sobre seu mundo ficcional de Gondal!

Eu não estava inteiramente surpresa com a descoberta; sempre soube que Emily sabia e era capaz de escrever versos. Quando crianças, costumávamos compartilhar tudo o que escrevíamos, e pedíamos conselhos e opiniões uma à outra. Nos últimos anos, graças aos períodos prolongados de separação, esse hábito fora interrompido. Eu percebia agora que estava completamente alheia ao progresso de Emily.

Sabia que Emily e Anne haviam saído recentemente com os cães para um longo passeio. Branwell ainda estava na cama, após ter retornado tarde da noite da taverna; Tabby também dormia; papai estava lá embaixo no escritório e Martha, na cozinha. A consciência me dizia para seguir com minhas obrigações, arrumar a cama de Emily e sair; mas a consciência travava uma breve e silenciosa batalha contra a curiosidade.

A curiosidade venceu.

Fechei a janela, sentei-me na cama e comecei a ler. Comecei pelo último poema do caderno — aquele que inicialmente chamou minha atenção. A data era daquele mesmo dia; aparentemente, Emily havia passado aquela parte a limpo naquela mesma manhã, logo após acordar. Com o simples título de "Julian M. e A. G. Rochelle", tratava-se de uma balada dramática sobre uma jovem aprisionada durante uma guerra (a dura guerra entre republicanos e monarcas de Gondal, sobre a qual eu viria a conhecer mais tarde) e um homem atormentado entre o amor e o dever, sem saber se deveria libertá-la ou não. O esforço era lírico e emocionante; deixou-me sem fôlego.*

Fui para o início do caderno e devorei seu conteúdo; meu entusiasmo aumentava conforme a leitura. Aquelas não eram efusões comuns, não eram nada similares às poesias que as mulheres costumavam escrever. Os versos de Emily eram vigorosos e genuínos; havia um sentimento de urgência em sua voz lírica e nas baladas narrativas que nunca vira antes. O argumento também era incomum. Seus personagens e situações fictícias (neste caderno, todos inspirados pelos habitantes de Gondal) haviam possibilitado a Emily examinar repetidamente os temas que a preocupavam: a continuidade cíclica e a mutabilidade da natureza, a vulnerabilidade do tempo e os extremos do isolamento, do exílio e da morte.

---

* A balada longa é uma das características mais conhecidas da obra de Emily; possui uma estrutura narrativa complexa, na qual o narrador apresenta fragmentos de situações de um evento ocorrido anteriormente, técnica que Emily utilizaria mais tarde em *O Morro dos Ventos Uivantes*. Este tema é um prenúncio do citado livro, bem como a bela prisioneira que experimenta repetidas visões, oferecendo uma prova da morte e da liberação do além: "uma mensagem de esperança aparece todas as noites para mim/e oferece, por curto tempo, a liberdade eterna".

Meu sangue pulsava pelas veias; sabia ter descoberto algo de imenso valor. E estava tão compenetrada na leitura que não ouvi os passos que se aproximaram pelas escadas; tive tempo apenas de ficar de pé, o rosto ruborizado, o caderno na mão, quando Emily entrou no quarto.

Ela ficou imóvel e me olhou em estado de choque; então disse:

— Onde pegou isso?

— Perdoe-me, eu...

Emily avançou e arrancou o caderno de minha mão:

— Isto é meu. Ninguém pode vê-lo além de mim. Você sabia disso. — Por natureza, Emily não era loquaz; raramente demonstrava quando ficava profundamente emocionada com alegrias ou medos severos, e quando o fazia, era por meio de furtivos e descontínuos movimentos dos olhos ou da língua. Naquele momento, porém, seu semblante estava tomado pela fúria, e sua voz estava alta e estridente: — O que você fez? Roubou a chave de minha escrivaninha? Ou forçou-a para abri-la?

— Não! Sua escrivaninha estava aberta sobre a cama. Seu caderno e o tinteiro também, estava tudo aberto. — Vi os olhos de Emily semicerrarem brevemente, como se recordasse da negligência acidental. Prossegui rapidamente: — A janela estava aberta. Ventava. Eu apenas pretendia tampar o tinteiro e fechar o caderno para...

— Então por que não o fez? — Os olhos de Emily brilhavam fulminantes para mim. Nunca a tinha visto tão zangada. — Você leu isto?

— Eu... sim, eu...

— Não tinha esse direito! *Quanto* leu?

— Praticamente tudo.

— Praticamente *tudo*? Como se atreveu? — E com um movimento firme da mão, ela me esbofeteou em cheio no rosto.

O choque foi seguido por lágrimas em meus olhos, e me fez dar um passo atrás e cair sobre a cama. Em toda a minha vida, nunca havia visto Emily esbofetear alguém, além de seu amado Keeper, quando se comportava mal. Raramente a via com raiva, e mesmo quando isso acontecia, a raiva nunca era direcionada a mim. Ainda assim, sabia que havia merecido o tapa. Ajeitei-me, sentada na cama, com a mão sobre a face ardente, que agora também estava molhada pelas lágrimas.

— Sinto muito, Emily. Temia que fosse ficar zangada, mas, oh, espero tanto que me perdoe! Sua escrita é linda, maravilhosa, incrível! Ao ler seu texto, senti como se tivesse recebido um presente.

Olhei para ela, na esperança de encontrar um vestígio de perdão em seus olhos, mas vi apenas fúria. Pela porta aberta, percebi que Anne estava no corredor, observando-nos consternada em silêncio.

— *Saia do meu quarto* — exclamou Emily, em um tom tão severo e exaltado que me causou calafrios.

Não me mexi; sabia que, se fugisse, ela fecharia a porta e não sairia do quarto ou falaria comigo durante o restante do dia. Quiçá, o restante da semana. Eu ficaria firme, enfrentaria sua ira e mesmo sua violência caso ela a demonstrasse novamente, só para ter a chance de lhe dizer o que se passava em minha cabeça.

— Por favor, Emily, escute. Eu apenas pretendia proteger seu caderno e evitar que fosse danificado, nada mais. Mas algumas linhas atraíram meus olhos e... depois que comecei a leitura, não consegui parar.

— Mentirosa! Poderia ter parado. Escolheu não parar!

— Estava além da minha força de vontade. Sua poesia é tão boa, tão original, é como energia condensada, repleta de *páthos*, com uma musicalidade selvagem e peculiar... melancólica, enaltecedora.

— Não me importam seus elogios; está tentando camuflar sua vergonha. Você *sabia* o que eu sentia a respeito disso e ainda assim violou minha privacidade. Você é uma traidora; e a quero longe deste quarto agora.

Capítulo Sete

Emily bateu a porta tão logo me retirei do seu quarto e reapareceu duas horas depois, quando foi obrigada a descer para ajudar a preparar o jantar.

Tentei justificar-me enquanto trabalhávamos lado a lado na cozinha, mas Emily me calou com um olhar de forte reprovação:

— Já foi suficientemente ruim que tenha lido um poema, Charlotte. Mas, ter lido todos... *todos*! Isso é imperdoável.

Emily se dirigiu a mim uma única vez à mesa do jantar — em uma refeição tensa e constrangedora que fez com que papai comentasse:

— Meninas, estão muito silenciosas hoje e, por favor, não batam seus pratos na mesa; o barulho é desagradável e irritante.

Imediatamente após o episódio, vi Emily se sentar nas escadas da frente de casa, distraída, fazendo carinho em Keeper, que se encontrava deitado aos pés dela. Peguei meu cachecol e sentei ao lado dela.

O sol havia acabado de se pôr, levando com ele o pouco de calor que dera durante o dia, e o vento ainda insistia em não se acalmar; um arrepio percorreu meu corpo quando sentei ao lado de minha irmã nas escadas frias de pedra. A luz dissipava-se rapidamente; havia apenas uma nuvem no céu da tarde de outono, e esta se mostrava uma cortina estendida de ponta a ponta, acobertando a igreja diante de nós com neblina cinzenta. Ficamos ali sentadas durante algum tempo em silêncio, pensando em alguma coisa para dizer. Finalmente, falei:

— Moramos na mesma casa, Emily. Trabalhamos na mesma cozinha. Comemos na mesma mesa. A porta do meu quarto fica a um metro da sua. Não pode ficar zangada comigo para sempre.

— Espere e verá.

As curtas palavras penetraram-me como flechas. Vacilei, porém me recusava a ser magoada:

— Permita-me apresentar um cenário sobre o qual você possa refletir.

— Não perca seu tempo.

— Imagine, por um instante, que eu tenha um conjunto de desenhos feitos em segredo, desenhos que considero de propriedade privada, os quais optei por não compartilhar com ninguém.

— Por favor, abandone este discurso absurdo.

— Imagine que você entrou no meu quarto e viu a janela aberta, minha pasta aberta em cima da cama e os desenhos espalhados pelo chão. Você os deixaria ali, ou recolheria todos?

Emily revirou os olhos. Finalmente, disse de má vontade:

— Está ventando?

— Está.

— Há ameaça de chuva?

— Estamos em Yorkshire.

— Flossy e Keeper estão dentro de casa?

— Eles podem entrar a qualquer momento.

— Então *suponho* que deveria recolhê-los.

— Mesmo que *eu houvesse proibido expressamente* qualquer pessoa de tocá-los?

— Mesmo assim. Teria medo de que acabassem danificados. Mas, sabendo que eram desenhos *secretos*, tomaria *muito cuidado para não olhá-los.*

— Um plano admirável. Mas, não seria possível, a despeito de suas melhores intenções, que seu olhar pudesse inadvertidamente passar por um dos desenhos?

— Uma rápida olhada, nada mais.

— E se, nessa rápida olhada, você vislumbrasse um desenho de tamanho esplendor e de beleza tão requintada, como nunca tivesse visto? Conseguiria desviar os olhos? Fecharia seus olhos com força? Ou se sentiria compelida a observá-lo por inteiro; primeiramente, banquetear os olhos, e depois todo o restante, tamanho seu poder aprazível, grata pela oportunidade de poder admirar a genialidade contida nas obras?

Emily suspirou e jogou as mãos ao ar.

— Está bem, está bem! Você daria um ótimo advogado, Charlotte! *Eu a perdoo*. Pronto! Sente-se melhor agora?

Deixei escapar um suspiro como resposta.

— Sinto. — Uma lufada de vento bateu com força revigorada. Diminuí a distância entre nós na escada, pus o braço ao redor dela e cobri a nós duas com meu cachecol, trazendo-a para mais perto de mim. — Onde estava com a cabeça, quando saiu sem cachecol?

Ela inclinou a cabeça na minha.

— Desculpe-me por ter lhe dado um tapa.

— Desculpe-me por ter lido seus poemas sem sua permissão.

Ficamos lá sentadas mais um pouco, tremendo de frio nos braços uma da outra, observando o céu sem lua e sem estrelas escurecendo do cinza ao preto. Com a harmonia restaurada, permiti que meus pensamentos divagassem sobre outros assuntos que haviam povoado as fronteiras de minha consciência durante todo o dia, desde a descoberta das páginas. Seria cedo demais, perguntei-me? Ousaria fazer menção a isso?

Ousei:

— Eles deveriam ser publicados.

— O quê?

— Seus poemas. Merecem ser publicados.

Emily me empurrou e se levantou, indignada.

— Você é um ser humano desprezível e exasperante, Charlotte Brontë. Se considerei meus poemas pessoais demais para os *seus* olhos, por que *raios* iria querer que fossem vistos por outras pessoas?

— Certamente você deve ter uma faísca de ambição — falei, levantando-me de um salto e seguindo a ela e a Keeper para dentro da casa — de ver suas obras impressas.

— Não tenho.

— Então por que tomou tanto cuidado em transcrevê-las para o seu caderno?

— Para preservá-las para minhas próprias revisões, não para outra pessoa!

— Eles merecem ser publicados, clamam por isso!

— Nunca! — gritou Emily, enquanto fugia pelas escadas com Keeper ao lado. Segundos depois, escutei a porta bater.

NA MANHÃ SEGUINTE, FUI ACORDADA pelo barulho de uma gaveta sendo aberta. Abri os olhos e vi a imagem vaga de uma mulher magra, vestida de branco, retirando algo do armário. Levantei, coloquei os óculos e consegui pôr a imagem em foco, certificando-me de ser Anne de fato. Ao me ver acordada, ela se aproximou da cama e sentou ao meu lado, insegura, agarrada a um objeto.

— O que foi, Anne?

— Já que os versos de Emily lhe deram tanto prazer — sussurrou —, achei que talvez fosse gostar de ver estes. — Anne estendeu os braços e me entregou dois cadernos, quase iguais aos de Emily.

Recebi a valiosa oferenda com surpresa e olhei seu conteúdo.

— Há quanto tempo escreve poesia?

— Há muitos anos: durante todo o tempo em que estive em Thorp Green e muito antes disso. Completei mais três cadernos como esses.

— Por que nunca falou a respeito?

— Pensava como Emily: que eram contemplações pessoais, apenas para os meus olhos. Mas quando ouvi você dizer que os poemas dela deveriam ser publicados, fiquei pensando, e suponho que sempre quis saber se meus poemas têm algum mérito. Você estaria disposta a ler meu trabalho e me dizer sua opinião?

Emocionada pela modéstia dela e animada com sua disposição em compartilhar seus poemas comigo, pus-me a lê-los imediatamente. Passei o dia inteiro dedicada a isso e fiquei surpresa e impressionada com o que encontrei. Amando Anne como a amava, seria impossível ser uma crítica imparcial; não obstante, achei sim que seus versos possuíam um *páthos* doce e sincero peculiar. Embora não fossem tão geniais como os de Emily, eram igualmente merecedores de serem publicados.

Enquanto refletia sobre o que minhas irmãs haviam criado — escrevendo poesia de excelente qualidade em segredo —, senti uma repentina onda de entusiasmo, mesclada a uma pitada de vergonha. Eu havia escrito alguns poemas um tempo atrás. Estavam junto às inúmeras histórias e folhetins, dentro de umas caixas velhas escondidas em meu armário. Escrever fora minha fonte de prazer, satisfação e conforto por quase toda a vida: quando expressava meus sentimentos mais felizes e me consolava nos momentos de desespero. Embora sonhasse em ver meus trabalhos publicados havia muito tempo, não tinha ideia de como tornar tal sonho realidade; e desde a volta de Anne em junho, eu não escrevia uma única linha criativa.

Agora, uma ambição repentina e revigorada queimava dentro de mim: um desejo desesperado que não podia ignorar. Esperei até o anoitecer, quando eu e minhas irmãs estávamos juntas na sala de jantar, para trazer o assunto à tona. Eu tricotava um par de meias-calças; Anne remendava seu vestido cinza de seda, recentemente tingido em Keighley; Emily passava roupa.

— Anne mostrou-me uns poemas que escreveu — falei casualmente, com os olhos fixados no tricô. — São muito bons.

— Eu sei — respondeu Emily, trabalhando habilmente com o ferro quente sobre uma camisola.

— Há alguns anos eu escrevi poemas — acrescentei.

— Eu li os poemas de Charlotte — exclamou Anne. — São adoráveis!

— Não acho de forma alguma que meus poemas estejam à altura dos seus — continuei —, mas pensei que nós três poderíamos publicar nossas obras juntas em uma pequena coleção.

Emily soltou um suspiro descontente.

— Será que esta história *nunca* terá fim?

— Não nutrimos, desde a infância, a esperança de um dia sermos autoras com obras publicadas?

— Eu, sim — admitiu Anne.

O rubor invadiu o rosto de Emily, denunciando o que não conseguia esconder, mas ela contorceu os lábios numa linha rígida.

— Não.

— Nós abandonamos esse sonho anos atrás quando a necessidade de ganhar dinheiro para sobreviver se interpôs no caminho. Agora que estamos todas juntas em casa, talvez seja possível, se nos dedicarmos, que sonho e necessidade sejam compatíveis. Se escolhermos nossas melhores obras, acredito que poderemos reunir um volume substancial de poemas e vendê-los por um bom preço.

— Uma ideia ridícula — retorquiu Emily. — Meus melhores poemas são sobre Gondal. Não teria nenhum significado para o público.

— Discordo. São criações universais no tema e na execução. Teria apenas que dar um título a eles e fazer alguns pequenos ajustes no texto, talvez mudar alguns nomes aqui e ali, para torná-los inteiramente acessíveis para todos.

— É verdade — disse Anne, pois havia convencido Emily a deixá-la ler o caderno de Gondal e ficara igualmente tocada.

— Duvido que consigamos algum dinheiro com um livro de poesias — argumentou Emily. — Seria nada mais do que uma atividade para alimentar sua vaidade. Por que vocês duas não conseguem se contentar, como sempre nos contentamos, com o fato de escrevermos apenas por prazer? Por que essa avidez repentina pela notabilidade?

— Não busco notabilidade — retruquei. — Na verdade, não me importa se meu *nome* será ou não impresso. Estou falando do *trabalho em si*, que desejo compartilhar... não apenas o meu, mas o de todas nós.

— Por quê? — inquiriu Emily.

Percebi que nunca me fizera tal pergunta.

— Suponho que, depois de ler e admirar o trabalho de outros durante toda a minha vida, e de me sentir compelida durante tantos anos a produzir obras próprias, gostaria de saber, como bem disse Anne nesta manhã, se elas têm algum mérito.

— Então busca encontrar uma espécie de validação — retorquiu Emily. — Do mundo? Quer saber se os outros, *desconhecidos*, acham que nossos textos têm algum valor?

— Sim.

Anne admitiu compartilhar do mesmo desejo que eu.

— Seria emocionante — acrescentei — pensar em pessoas que não conhecemos lendo textos que saíram de nossa imaginação; que por meio de mínimas marcas de tinta em uma página, as ideias e as imagens de nossa invenção seriam transmitidas de nossas mentes para as destas pessoas. Se ao lerem minha obra sentirem um pouco do prazer que tenho em escrever, isso já seria uma enorme recompensa.

Vi uma centelha de aprovação nos olhos de Emily; sabia que lá no fundo ela se sentia exatamente como eu, embora não fosse capaz de admitir. Se pelo menos, pensei com meus botões, conseguisse atiçar essa chispa e transformá-la em chama!

— E se os outros não se interessarem por seu trabalho? Já levou isso em consideração? — perguntou Emily. — E se desprezarem seus maiores esforços e a chamarem de tola? Como você se sentirá então?

— Caso concorde com essa avaliação — respondeu Anne, —, serei refinada e educada e me esforçarei para me aperfeiçoar. Caso discorde, saberei que não compreenderam o que escrevi e vou desconsiderar o que disseram.

— É mais fácil falar do que fazer — questionou Emily com um franzir de testa. — Críticos podem ser duros e cruéis. Acredito que mais de um autor de merecimento deixou-se abater pelo desgosto por uma crítica negativa. É especialmente difícil para as mulheres, me parece; pelo que já li, as autoras são vistas com enorme preconceito.

— Já reparei também — falei. — Os críticos, às vezes, usam realmente a arma do sexo ou da personalidade em suas críticas para censurar ou elogiar, uma lisonja que não é deveras um elogio.

— Pois bem, recuso-me a me sujeitar a tal escrutínio — declarou Emily.

— Se Emily não deseja participar, eu e você ainda podemos publicar nosso livro de poemas, Charlotte. Não precisamos pôr nossos nomes.

Minha pulsação acelerou diante da hipótese.

— Boa ideia. Ficaria mais do que grata pela sombra protetora de um incógnito.

— Não precisamos nem mesmo revelar nosso gênero — acrescentou Anne. — Podíamos adotar cada uma um *nom de plume*. É isso, se você não considerar que nosso estilo é decididamente feminino.

— Não vejo como é possível descobrirem nosso sexo, seja pelo estilo, seja pelo conteúdo de nosso trabalho. Frequentemente, homens escrevem se passando por mulheres e vice-versa.

— Que nome escolheria? — perguntou Anne.

— Não tenho ideia — respondi, com entusiasmo alarmante —, mas...

— Estão escolhendo *pseudônimos* agora? — interrompeu Emily, exasperada. — O que vocês duas sabem sobre publicar um livro? Nada! Como nós vamos sequer levar isto adiante?

Minha mente fixou-se na palavra *nós* da última frase de Emily e então sorri.

— Não sei. Suponho que eu deva pedir conselhos.

Embora por vários dias Emily não tivesse se reconciliado com a ideia de fazer parte de nosso livro de poesias, ela ouvia atentamente minhas conversas com Anne sobre o assunto e proferia um ou outro comentário. Por fim, em uma tarde fria e úmida de outubro, quando já estavam todos na cama, exceto eu e Anne, que líamos nossos poemas à mesa da sala de jantar, Emily entrou, decidida.

— Está bem — disse ela, puxando uma cadeira e pondo dois cadernos sobre a mesa estridentemente —, vou participar desta loucura... sob uma condição.

— Oh, Emily! — exclamou Anne; seus olhos brilhavam. — Fico tão contente.

— Que condição? — perguntei, desconfiada.

— Que mantenhamos o projeto em segredo. Papai já enfrenta tantas dificuldades, não desejo molestá-lo ainda mais ou criar-lhe esperanças, visto que essa aventura certamente será um fracasso. Se por acaso o livro for um sucesso, o segredo será crucial para mantermos nosso anonimato.

— Concordo — respondi.

— E quanto a Branwell? — perguntou Anne. — Podemos contar para ele pelo menos? Ele já escreveu alguns poemas maravilhosos ao longo dos anos. Talvez queira fazer alguma contribuição.

— Acredita realmente que nosso irmão seria capaz de manter um segredo como este? — perguntei, arrepiando-me. — E quando contaríamos a ele? Quando estiver vociferando pela casa, furioso, porque ninguém quer lhe dar um xelim? Quando estiver com olhos turvos no sofá, fraco demais para falar? Ou quando estiver de joelhos, chorando como um menino de 3 anos de idade por causa de sua amada Sra. Robinson?

— Ele tem estado desprezível ultimamente, sem dúvida — concordou Anne com um suspiro —, mas é o único de nós que *já* publicou algo.

— É — concordei —, mas este livro vai nos exigir trabalho árduo. Depois de revisarmos e copiarmos nossos poemas, teremos muitas cartas para escrever; se tivermos sorte de conseguir que algum editor se interesse, teremos que tomar algumas decisões e ler documentos. Duvido que Branwell consiga se manter sóbrio por tempo suficiente para nos ser útil nesse processo.

— Mesmo que conseguisse — acrescentou Emily —, conhecendo bem Branwell, ele pode tentar tirar o projeto de nós e insistir que, como ele é o *homem*, sabe fazer tudo melhor.

— O que, em seu momento atual, se mostraria desastroso — argumentei. — Pelo menos uma vez, eu gostaria de fazer algo só *nosso*; provar que três mulheres, trabalhando juntas, podem alcançar algo valoroso e maravilhoso sem o envolvimento de nenhum homem. O que acham?

— Eu concordo — exclamaram Anne e Emily ao mesmo tempo.

Com imenso entusiasmo, começamos a preparar nosso pequeno volume. Escolhemos 19 poemas meus, 21 de Emily e outros 21 de Anne. Concordamos desde o início que deveríamos submeter o manuscrito com três pseudônimos, e refletimos muito sobre a escolha dos nomes fictícios.

— Se não podemos ser Brontë, pelo menos vamos ter um nome que *comece* com a letra *B* — disse Anne.

Levamos isso em conta e rejeitamos "Baker" por ser provinciano demais, "Byron" por ser grandioso demais, "Bennett" por ser galego demais, "Buchanan" por ser escocês demais e "Brown" por ser simplório demais. Anne sugeriu "Bewly", mas Emily achou que soava mais como o balido de um animal ferido, e os nomes "Bolster", "Bigler" e "Blenkinsop" só nos fizeram chorar de rir.

Pensamos seriamente em nomes de batismo também. Não queríamos que soubessem que éramos mulheres, mas ao mesmo tempo não desejávamos assumir nomes exageradamente masculinos, visto que seria uma completa mentira.

— Há muitos nomes que não têm gênero — explanei.

— Pretendo escolher um nome que comece com a mesma letra de meu nome de batismo — declarou Anne.

— Vamos todas fazer isso — propus. — Vamos ser perfeita e engenhosamente literárias.

Examinamos com cuidado todos os nomes de batismo que nos viessem à mente com som ambíguo e que começassem com as letras *C, E* e *A*. Em algum momento, acabamos nos tornando "Cameron, Elliot e Aubrey Brook", "Cassidy, Eustace e Ashton Beech" ou "Chase, Emery e Andrian Bristol".

No fim, decidimo-nos por Currer, Ellis e Acton para substituírem nossos nomes de batismo. Ao fim de outubro, ainda nos encontrávamos em um debate intenso sobre qual seria nosso sobrenome, quando todos os membros mais proeminentes de nossa comunidade se reuniram para celebrar a instalação dos novos sinos.

Os sinos originais de nossa igreja eram velhos e comparativamente menores, sendo que um datava de 1664 e o outro de 1740. Desejoso por incrementar o som e o status das campanas, e de possibilitar que os sinos de Haworth participassem das novas competições de repique de sino de última geração, papai havia organizado naquela primavera um comitê para angariar fundos para substituir os três velhos sinos por um conjunto de seis sinos. Em dois meses o dinheiro foi arrecadado, o que permitiu que ele encomendasse a fundição dos sinos ao Sr. Mears, de Londres. Os novos sinos haviam acabado de ser instalados nas torres, e todos os que contribuíram foram convidados para um jantar na pensão Black Bull Inn, que seria seguido de uma cerimônia de repiques de sinos.

Felizmente, meu irmão chegou sóbrio ao jantar e assim se manteve por uma boa hora pelo menos, antes de ser carregado para casa. Papai fez um breve discurso de boas-vindas para o grupo reunido e lhes agradeceu pelo apoio. John Brown, o sacristão, um homem robusto de 40 e poucos anos, continuou com uma ladainha cheia de elogios às contribuições de papai à comunidade, com especial gratidão ao seu último feito. Enquanto eu e minhas irmãs desfrutávamos da abundante refeição com presunto frio, batatas com salsinha e vários vegetais, ouvíamos, orgulhosas, os comentários entusiasmados de nossos vizinhos.

— O senhor fez algo maravilhoso, Sr. Brontë — declarou o Sr. Malone, o irlandês que administrava uma das quatro cervejarias do vilarejo, enquanto vinha da mesa ao lado para cumprimentar papai com um aperto de mãos. — Podemos andar com a cabeça erguida agora defronte da gente de Keighley e Bradford, pois realmente temos o melhor conjunto de sinos de Yorkshire.

— Sim, nós temos, Sr. Malone — respondeu papai orgulhosamente.

O Sr. Malone se inclinou para perto de mim e murmurou:

— Pergunto-me como seu pai, apesar de sua debilidade, continua a trabalhar tão incansavelmente pela comunidade.

— Meu pai é um homem extraordinário — concordei.

— Nosso novo pastor também é um bom homem — disse sua filha, Sylvia, uma jovem de 25 anos rechonchuda, alegre, de cachos ruivos e rosto sardento. Durante todos esses anos eu tinha tentado iniciar uma conversa com Sylvia nos chás anuais da igreja, mas como ela nunca havia frequentado a escola, não tinha apreço pela leitura e majoritariamente gostava de conversar apenas sobre seu interesse ou sua insatisfação em relação aos solteiros elegíveis da comunidade, portanto nunca encontrei interesses comuns entre nós. Seus olhos agora estavam fixados em uma mesa do outro lado do salão, onde o Sr. Nicholls se encontrava sentado, em uma conversa animada com seus amigos, o Sr. Grant e o Sr. Bradley, o cura da cidade vizinha, Oakworth.

— Vejo o Sr. Nicholls de vez em quando, passeando com seus

cachorros pelas charnecas — continuou Sylvia com um sorriso afetado. — Ele é tão alto e bonito.

— O Sr. Nicholls é um bom orador na igreja — observou a Sra. Malone.

— As crianças do internato e da escola dominical parecem gostar muito dele — comentou o Sr. Malone.

— Ouvi dizer que o Sr. Nicholls assumiu as obrigações do reverendo na paróquia de forma muito competente — acrescentou a Sra. Malone. — É verdade que ele está cuidando de quase tudo agora, com exceção do sermão aos domingos?

— É — respondi friamente. Eu sabia que todas as manhãs o Sr. Nicholls dava aulas de religião na Escola Nacional; todas as tardes visitava os pobres e os enfermos. E agora sacramentava a maioria dos casamentos, batizados e enterros na comunidade; o número de inscrições para a escola dominical havia crescido incrivelmente sob sua influência. Ele conduzia todos os três cultos e ajudava papai a subir as escadas até o alto púlpito para o sermão semanal, uma das poucas obrigações ainda não prejudicadas pela cegueira quase total de papai, visto que ele sempre tinha o hábito de falar de improviso com uma extraordinária noção de tempo, que lhe permitia terminar seu sermão em exatos trinta minutos. — O Sr. Nicholls desempenha bem suas obrigações — acrescentei.

— Deve ser um grande alívio para o Sr. Brontë ter alguém em quem pode confiar tão completamente — disse Sylvia.

— Decerto que sim — concordei. Quando os Malone retornaram para comer, suspirei e disse a minhas irmãs em voz baixa: — Adoraria que as pessoas não saíssem por aí comentando sobre as virtudes do Sr. Nicholls.

— Tudo o que disseram é verdade — contestou Anne. — Com a indisposição de Branwell e a invalidez de papai, não sei o que seria de nós sem o Sr. Nicholls. Temos sorte por tê-lo conosco.

— Eu sei; e admito, estou começando a ter uma impressão um pouco melhor do Sr. Nicholls do que a que possuía anteriormente. Ele tem sido prestativo conosco nos momentos de necessidade; sou grata a ele por isso... mas ao mesmo tempo, é frustrante ser *obrigada* a ser grata a um homem como ele.

— Um homem como ele? — perguntou Anne. — Ele é sempre muito educado comigo.

— Não viu a forma como o Sr. Nicholls perdeu a paciência no domingo passado, apenas porque o pobre quacre usava seu chapéu na igreja? O Sr. Nicholls lançou um olhar tão sombrio e enérgico para o paroquiano e se dirigiu a ele tão rispidamente que acredito que o homem nunca mais volte à missa.

— Depois da missa — interpôs Emily —, ouvi o Sr. Nicholls falar sobre os dissidentes da maneira mais insultuosa possível. Ele não tem paciência ou respeito por quem não concorda com suas visões do alto clero.

— O Sr. Nicholls é um tanto insensato ao falar sobre este assunto — admitiu Anne —, e é capaz de ser bastante ríspido e insensível às vezes, mas ainda assim sinto apreço por ele, e tenho certeza de que ele gosta de você, Charlotte.

— Por que insiste em dizer isso? Ele já deixou muito claro o que pensa de mim naquela noite no chá.

— Isso foi há meses, Charlotte — disse Anne, suavemente. — Você precisa descobrir em seu coração uma forma de perdoá-lo. Nunca notou no olhar do Sr. Nicholls, sempre que ele traz Branwell para casa? E a forma como ele a tem encarado durante todo o jantar?

Olhei para o outro lado do salão; para meu desgosto, o Sr. Nicholls *estava* olhando em minha direção. Inexplicavelmente, ruborizei e desviei os olhos.

— Ele não está me olhando; está olhando para todas nós.

Após servirem as tortas e bolos e grande quantidade de chá e café serem consumidos, papai anunciou que deveríamos nos reunir no pátio da igreja para o repique dos sinos. Tagarelando animadamente, o grupo apanhou os chapéus, casacos, xales e luvas, então saiu aos poucos do estabelecimento e rodeou a igreja adjacente. Sob a brisa fria do anoitecer, lá ficamos todos com olhares fixados na torre, esperando em fervorosa ansiedade a hora que se aproximava.

E então começou: o som súbito e alegre dos seis novos sinos, soando lá de cima. O silêncio tomou conta da multidão, quando os sinos tocaram quatro vezes em rápida sucessão; e então, como presente especial da noite, os sineiros iniciaram o programa que haviam ensaiado a semana toda: uma atuação musical entusiástica que durou 15 minutos, com notas poderosas e variadas invadindo o ambiente com uma agradável musicalidade. Quando terminou, aplausos e elogios exaltados eclodiram da plateia.

— Não são magníficos? — disse com admiração.

— São tão mais sonoros que os sinos anteriores — disse Emily com um sorriso.

— Que conforto e deleite será ouvir seus avisos regulares das horas passando — comentou Anne.

As pessoas começaram a ir embora. Conforme a multidão dissipava, notei o Sr. Nicholls um pouco distante do outro lado do pátio. Nossos olhos se encontraram. Ele inclinou o chapéu como forma de cumprimento; acenei a cabeça. Ele hesitou, como se cogitasse se aproximar; então aparentemente mudou de ideia e se dirigiu para sua morada.

Eu e minhas irmãs estávamos na metade do caminho da porta da residência paroquial, quando Emily disse de repente:

— E quanto a Bell?*

— E *quanto a* Bell? — repeti.

— Para nosso sobrenome literário — explicou Emily. — É o nome do meio do Sr. Nicholls, o nome de solteira da mãe dele, creio. O fato de ter acabado de vê-lo, após ouvir o som dos sinos, me fez pensar sobre isso. Poderíamos ser os anônimos "Irmãos Bell".

---

* Bell em inglês significa sino. (N. da T.)

— Oh! — respondeu Anne. — Gosto da ideia. É boa, nome simples, e é fácil de lembrar, pronunciar e soletrar.

— Preferiria não usar um nome associado ao do Sr. Nicholls — falei, hesitantemente.

— Por que não? — perguntou Emily.

— Caso ele descubra que roubamos seu nome, pode achar que é uma espécie de tributo, o que não poderia estar mais longe de ser verdade.

— Se *realmente* publicarmos o livro, ficaremos no anonimato — insistiu Emily. — O Sr. Nicholls nunca saberá nada a respeito.

Um breve silêncio se seguiu.

— Bem — declarei, em voz baixa, enquanto entrávamos em casa. — Suponho que Bell realmente tenha um *tom* agradável. — Nós três explodimos em gargalhadas.

Antes que pudéssemos avançar para nosso primeiro e tênue passo rumo à publicação, necessitávamos de muito mais tinta e papel para copiar nossas poesias e fazer as correspondências necessárias. Os papéis de carta eram dispendiosos, mas cada uma de nós tinha uma parte da herança de tia Branwell no valor de £300 (ela não deixara nada a nosso irmão, na certeza de que, como homem, ele saberia manter-se por conta própria), e os lucros oriundos dos investimentos deram-nos os meios financeiros para lograrmos rendimentos do capital investido. Como já havíamos comprado o último recipiente de tinta e o último pacote de papel estocados na papelaria e no livreiro do vilarejo, fomos forçadas a ir a Keighley para comprar mais.

Alguns dias depois da cerimônia dos sinos, eu e Anne deixamos Emily auxiliando papai, Branwell definhando na cama como de costume, e rumamos para Keighley. Após uma revigorante caminhada, chegamos à cidade a tempo de ouvir os sinos da igreja de Keighley badalarem à uma da tarde.

— Como é mais harmonioso o som dos sinos de nossa igreja — comentei com um sorriso alegre enquanto abríamos a porta da papelaria, acompanhadas por badaladas subsequentes de *outro* conjunto de pequenos sinos. A loja estava desprovida de clientes. O proprietário, um homem diminuto, de óculos, vastas costeletas, bochechas rosadas, era nosso conhecido, visto que lhe havíamos solicitado materiais de papelaria em várias ocasiões nos últimos vinte anos.

— Ora, se não são as senhoritas Brontë! — exclamou ele, olhando-nos de trás do balcão. Notei apreensão em seu sorriso, e me perguntei se seria consequência de informações que ele pudesse ter ouvido sobre a indisposição de Branwell; porém, logo descobri que não era o caso. — Faz muito tempo mesmo que as duas senhoritas não passam pela loja! Ora, quase não as reconheci! Como têm passado?

— Muito bem, obrigada, senhor — respondi.

— Bem! Que prazer em vê-las. Pois, Srta. Anne, lembro-me da senhorita quando ainda tinha o tamanho de um gafanhoto. Como vai sua irmã... como se chama mesmo?

— Emily.

— Sim, Emily. Não consigo me recordar da última vez que vi Emily. Ela é a tímida, não é?

— Emily é muito caseira — respondi —, mas se mantém ocupada como uma abelha, e é muito alegre.

— Por muitos anos, eu costumava ter um pacote de papel em uma prateleira especial lá nos fundos para o caso de algum membro da família Brontë fazer uma visita súbita e inesperada. Minha esposa costumava me dizer: "Para quem essas jovens escrevem para precisarem de tanta tinta e tanto papel? Deveras devem ter muitos amigos!" — O sino da porta da loja tocou, e o proprietário olhou nessa direção com uma risada antes de prosseguir: — Bem, em que posso lhes ajudar hoje?

— Precisamente com o de sempre, senhor — respondi.

— Precisamos de dois recipientes da melhor tinta indiana que houver, meia dúzia de penas de aço novas e três grandes pacotes de papel de carta.

— Ah! Temia por isso. Posso lhes prover agora mesmo de tinta e penas, senhoritas, mas sinto em lhes informar que estou completamente sem provisão de papel de carta na atual conjuntura.

— Sem papel de carta? — repetiu Anne, desolada.

— Sinto muito; mas estou aguardando um carregamento para a próxima semana.

— Isto é realmente inquietante — comentei, ciente de que não havia outro ponto de venda similar nos arredores onde talvez pudéssemos conseguir o artigo necessário. — Deveremos simplesmente ter de encontrar uma maneira de sobrevivermos sem papel por um pouco mais de tempo. Creio que é melhor comprarmos logo a tinta e as penas, e retornar quando os papéis chegarem.

— Muito bem. — Enquanto o vendedor reunia os itens já mencionados e preenchia a conta, uma voz grave e familiar com sotaque irlandês falou atrás de mim:

— Srta. Brontë, Srta. Anne?

Virei-me e, para minha surpresa, deparei-me com o Sr. Nicholls atrás de mim.

— Que prazer em vê-lo, Sr. Nicholls — disse Anne, enquanto nos curvávamos levemente em resposta à sua reverência.

— O que o traz a Keighley, senhor? — perguntei.

— Assuntos da igreja, representando seu pai. Acabo de me encontrar com o vigário de Keighley. Vi quando as senhoritas entraram no estabelecimento e pensei em vir até aqui cumprimentá-las.

— Fico feliz que tenha feito isto, senhor — respondi educadamente.

— Não tenho a intenção de me intrometer — disse o Sr. Nicholls —, mas não pude deixar de ouvi-las falando de seu apuro. Três pacotes é uma enorme quantidade de papéis. Permitem que lhes pergunte para que vão usá-los?

Minhas faces ficaram quentes. Meus olhos fixaram-se em Anne; ela parecia igualmente incomodada.

— É um assunto pessoal, Sr. Nicholls — respondi —, sobre o qual prometi guardar segredo. Sei que não gostaria que eu rompesse minha promessa ao comentar uma mera insinuação que seja sobre o tema com o senhor.

— Entendo. Perdoe-me, Srta. Brontë. Não insistirei.

Eu e Anne concluímos a compra e saímos da loja. Enquanto nos acompanhava até a rua, o Sr. Nicholls disse:

— As senhoritas têm mais algum afazer em Keighley?

— Vamos diretamente para casa, senhor — informei-o.

— Posso acompanhá-las?

Não encontrei nenhuma desculpa elegante para recusar a oferta; porém, antes que tivesse tido tempo de lhe responder, a decisão deixou de ser minha graças aos eventos que se seguiram. Anne tocou meu braço e disse:

— Não é a Srta. Malone?

Seguindo o olhar de Anne, vi duas jovens cruzando a rua em nossa direção, de braços dados. Reconheci uma delas: era Sylvia Malone, a jovem que elogiara o Sr. Nicholls com tanto entusiasmo durante o jantar de solenidade dos sinos algumas noites atrás. Sua acompanhante era uma jovem ruiva de rosto agradável, de 20 e poucos anos, que se assemelhava a Sylvia tanto na forma como nas feições, embora chamasse mais atenção em termos de indumentária. Enquanto Sylvia vestia um capote de carneiro sem graça e gorro campestre, a outra jovem estava com uma capa de lã primorosa e um belo vestido de seda, com um laçarote combinando em seu elegante gorro.

— Srta. Brontë, Srta. Anne! — exclamou Sylvia, vindo rapidamente em nossa direção, de braço dado com sua companhia. Recatadamente, ela acrescentou: — Olá, Sr. Nicholls.

Quando as jovens moças pararam defronte a nós, a desconhecida e o Sr. Nicholls se mostraram assustados ao se reconhecerem, ruborizaram e então desviaram os olhos.

— Deixem-me apresentar minha prima, Srta. Bridget Malone, que veio de Dublin para uma visita de algumas semanas — disse Sylvia, sorridente, indiferente ao desconforto da prima ou ao fato (óbvio para mim) de que já conhecia o cavalheiro presente, e claramente em circunstâncias nada agradáveis. — Bridget: estas são Charlotte e Anne Brontë, as filhas do pároco, e este é nosso cura de Haworth, Sr. Nicholls.

— Que surpresa encontrá-los todos aqui em Keighley! — exclamou Sylvia.

— Na verdade, trata-se de um acontecimento mais do que inesperado — murmurou o Sr. Nicholls, que acrescentou abruptamente: — Sinto muito, mas preciso ir. Estou sendo aguardado em Haworth em breve. Um bom dia para as senhoritas. Tenham uma ótima tarde. — Ele acenou com o chapéu, virou-se e se afastou subindo a rua.

— Certamente ele estava com muita pressa — comentou Sylvia com o cenho franzido, enquanto observava o Sr. Nicholls se afastar. — Esperava por uma oportunidade de conversar com ele. É um homem tão bem-apessoado, não é? Tão alto e forte, e possui olhos tão belos.

— Seus olhos podem ser belos — declarou Bridget com tom severo e forte sotaque irlandês —, mas não se deixem enganar por eles. Esse homem tem coração de granito.

— Por que diz isto, Bridget? — perguntou Sylvia, surpreendida.

— Conhece o Sr. Nicholls? — perguntei.

— Conheço — respondeu Bridget. — Nós nos conhecemos em Dublin, alguns anos atrás. Ele... oh! É uma longa história. — De repente, Bridget contorceu o rosto e caiu em prantos.

— Bridget! Por Deus! — exclamou Sylvia, alarmada. — Não tinha ideia de que o conhecia. Precisa contar-me tudo e mais um pouco. — Ela se virou para nós e disse: — O Devonshire Arms está logo adiante, rua acima. Gostariam de se juntar a nós para uma cerveja ou uma xícara de chá?

Eu e Anne trocamos olhares. Vi em sua expressão que ela estava profundamente interessada, assim como eu, naquela reviravolta de eventos.

— Teremos grande prazer em acompanhá-las para um chá — disse eu. E lá fomos nós rapidamente para o Devonshire Arms.

VOLUME II

Capítulo Oito

A Devonshire Arms era uma hospedaria movimentada com um charme tradicional, que havíamos frequentado em muitas ocasiões. Quando já estávamos confortavelmente acomodadas em uma mesa próxima à lareira, com um bule de chá fumegante e um prato de *sconcs* e geleia, a Srta. Malone nos contou sua história.

— Nasci em Dublin — contou Bridget com seu forte sotaque irlandês, enquanto bebericava o chá. — Morei lá toda a minha vida. Meu pai é comerciante. É dono de várias lojas, e vivemos em uma ótima casa.

— Nunca vi — comentou Sylvia —, mas meu pai já, e disse que é realmente muito bonita.

— Desde o dia em que completei 16 anos — prosseguiu Bridget —, tive muitos pretendentes, todos muito ricos e elegíveis, que minha mãe e meu pai gostariam que se casassem comigo, mas recusei, não quero me casar por dinheiro. Esperarei até encontrar o Amor Verdadeiro. Então, um dia, meu irmão trouxe um jovem à nossa casa: o conhecido de vocês, Arthur Bell Nicholls. Ele e meu irmão eram colegas de turma na Trinity College. Durante aproximadamente seis meses, o Sr. Nicholls ia à nossa casa em praticamente todos os fins de semana. Em meus olhos, a lua surgiu e raiou sobre esse cavalheiro, que também se mostrou igualmente apaixonado por mim; mas tivemos que manter nosso amor em segredo, porque o Sr. Nicholls, vocês sabem, vem de uma família muito pobre... acho que tem nove irmãos.

— Já ouvi falar — comentei.

Bridget fez uma pausa, passou um pouco de manteiga e geleia no pãozinho e deu uma delicada mordida.

— Bem, mais tarde, o Sr. Nicholls acabou pedindo minha mão em casamento. Disse que não tinha nenhum tostão e que o noivado seria longo, pois ainda faltariam alguns anos até se graduar na faculdade e ser ordenado. Mas eu esperaria por ele? Respondi que sim, que o esperaria! Achei que fosse morrer de felicidade! Mas quando o Sr. Nicholls foi pedir a bênção de meu pai, ele zombou e disse que eu era livre para me casar com quem quisesse. Contudo, comunicou que não daria nem um centavo de dote para uma filha que se casasse com o filho de um camponês pobre, destinado a ser nada mais que um pobre cura.

— Quanta frieza e insensibilidade da parte dele! — exclamei; meu coração parecia querer saltar pela boca.

— O que você fez? — perguntou Anne.

— Certamente, se vocês se amavam — comentou Sylvia —, poderiam ter se casado, mesmo sem o dinheiro e a permissão de seu pai.

— Foi o que disse ao Sr. Nicholls — disse Bridget. — Estava perfeitamente disposta a desistir de tudo e esperar por ele. Mas no dia seguinte, ele não veio me ver. Nem na semana seguinte, e nunca mais tive notícias dele.

— Oh! — exclamei; a consternação era tanta que minha mão começou a tremer e metade do chá derramou no pires. — Abandoná-la dessa forma, desaparecer tão friamente, sem uma palavra, é indesculpável.

— Foi como se meu coração tivesse partido ao meio — disse Bridget, com lágrimas nos olhos. — Senti tanta vergonha por ter me apaixonado por ele. Somente anos depois meu irmão veio me contar que o Sr. Nicholls havia vindo para a Inglaterra. Ele é o pior tipo de homem degenerado, pois obviamente só estava atrás do meu dinheiro.

Uma salva de censuras similares foi proferida da boca de Sylvia, enquanto Anne permaneceu sentada em estado de consternação silenciosa. Logo terminamos o chá e deixamos o estabelecimento, dando prosseguimento à nossa conversa enquanto caminhávamos de volta para Haworth. Durante os primeiros quatro quilômetros, Sylvia nos confidenciou sobre os numerosos desapontamentos do coração; ao longo do quilômetro restante, Bridget nos contou como tentava superar ao longo desses últimos anos a traição do Sr. Nicholls, e sobre os muitos pretendentes que haviam tentado em vão obter sua mão em casamento.

— Acho que meu coração está arruinado — declarou Bridget com um suspiro. — Tento gostar de um homem, mas não importa o quão decente e bom ele pareça ser, morro de medo de ser enganada. Hoje enxergo apenas traição e falsidade.

Quando chegamos à cervejaria dos Malone na fronteira do vilarejo de Haworth, Anne e eu nos despedimos de nossas companheiras com um abraço, e eu as convidei para passar pela residência paroquial qualquer tarde para um chá. Bridget declinou o convite educadamente, insistindo que preferia ficar perto de casa, pois não queria correr o risco de se deparar novamente com *aquele cavalheiro* durante sua visita.

— Oh! — exclamei, enquanto eu e Anne começávamos a subida da rua principal. — Já não gostava do Sr. Nicholls, e minha impressão sobre ele despencou ainda mais.

— Eu não seria tão precipitada em julgar o Sr. Nicholls — respondeu Anne. — Talvez haja outra explicação para tudo isso... algum mal-entendido entre ele e a Srta. Malone.

— Que tipo de mal-entendido?

— Não sei... mas é difícil de acreditar que o Sr. Nicholls se comportaria conscientemente de forma tão fria e insensível. No fundo, ele é um bom homem.

— Não consigo ver essa bondade que imagina que o Sr. Nicholls possua, Anne. Se o Sr. Nicholls vir uma jovem e um cão de caça sangrando no meio da rua, creio que primeiro socorreria o cão antes de pensar em ajudar um ser humano. Da *minha* parte, ficaria feliz se nunca mais o visse.

Duas noites depois, Emily, Anne e eu estávamos reunidas na sala de jantar com a porta fechada, com todo o nosso acervo de poesias espalhado na mesa, quando a campainha tocou. Como sabia que Martha atenderia a porta, não prestei muita atenção.

— Acho que seu melhor poema é "Frio na Terra, e a neve empilhada sobre ti" — comentei com Emily, citando a primeira linha da obra. — Parte meu coração pensar que o poeta viveu 15 anos longe de seu amor. Mas falta um título.

— Já escolhi chamá-lo de "Remembrance" — respondeu Emily. — Tenho título para todos os poemas, e terminei de editá-los, mas não posso progredir sem mais papéis.

Uma batida súbita soou à porta da sala. Eu a abri parcialmente e olhei pela fresta, onde Martha estava parada aguardando.

— Sim?

— O Sr. Nicholls está aqui, dona Charlotte. — Havia muitos anos Martha me chamava de *dona* em vez de *senhorita*; imaginava que fosse um sinal de respeito por eu ser a filha mais velha na casa.

— Por favor, leve o Sr. Nicholls ao escritório de papai — respondi abruptamente. Estava a ponto de fechar a porta quando do Martha interpôs:

— Ele diz estar aqui pra ver você, dona Charlotte.

— Para me ver? Pois eu não desejo vê-lo. Diga que não estou em casa.

— Já chamei ele pra entrar, dona Charlotte — sussurrou Martha, um pouco aflita e com os olhos voltados para a saleta. — Disse que você tava aqui. Ele alega ter algo pra dar pra você.

— O que ele pode ter para mim?

— Num sei, mas ele insiste em entregar pessoalmente. Está esperando bem aqui, na saleta.

— Oh... está bem. Peça-o para esperar. Sairei em um minuto. — Fechei a porta e respirei profundamente, fortalecendo-me para o encontro, determinada a manter a compostura.

— Quem é? — perguntou Anne, desviando o olhar do trabalho sobre a mesa.

— O Sr. Nicholls. Aparentemente, trouxe-me algo.

— Que gentileza — disse Anne.

— Você acha que tudo e todos no mundo são *gentis* — observou Emily. E voltando-se para mim, acrescentou: — Devemos guardar tudo?

— Não. Já me livro dele.

Avancei pelo corredor e fechei a porta com firmeza. O Sr. Nicholls estava na entrada da saleta e segurava um pacote amarrado com barbante, do tamanho e formato de um grande livro. Ele me fitou nos olhos quando parei à sua frente.

— Srta. Brontë, senti a sua aflição no outro dia por causa da falta de papel na papelaria de Keighley. Estive em Bradford ontem e tomei a liberdade de obter alguns. Espero que a senhorita e suas irmãs possam tirar algum proveito destes. — Ele me ofereceu o pacote.

Soltei uma exclamação de espanto. Então aquele era o misterioso "algo" para me dar: papel de carta! O papel de que tanto precisávamos! Por um breve e confuso instante, a razão me abandonou. O Sr. Nicholls me oferecia um presente — um presente que claramente lhe custara bastante esforço para conseguir, pois Bradford ficava a cerca de 30 quilômetros de distância. Talvez aquela fosse uma espécie de proposta de paz, pelo comentário de tantos meses atrás? Mas então pensei: *Não! Não!* Tal homem havia me insultado cruelmente pelas costas e sequer se desculpado. Pior que isso, anos antes, havia desrespeitado uma jovem donzela irlandesa da forma mais vil e insensível. Não queria nada que viesse daquele cavalheiro.

— Sinto muito, mas não posso aceitar.

O Sr. Nicholls empalideceu; seus olhos estamparam perplexidade.

— Perdão?

— Não posso aceitar o papel.

— Mas por quê?

— Acho que sabe por quê.

— Sr. Nicholls. — Ouvi a voz de Anne atrás de mim, que veio rapidamente em nossa direção e parou ao meu lado. — Meus ouvidos atraiçoaram-me? Este pacote contém papel para escrever?

— Sim — respondeu ele, seu rosto agora vermelho intenso.

— Onde o encontrou, senhor?

— Em Bradford.

— Que gentileza a sua lembrar-se de nós, senhor. Peço desculpas pela minha irmã; ela é orgulhosa demais e nunca se permite aceitar ajuda de ninguém. Emily e eu ficaremos honradas em aceitar o papel em nome de Charlotte, e, obviamente, pagaremos por ele.

— É um presente — informou o Sr. Nicholls, ainda mortificado, enquanto entregava o pacote para Anne.

— Obrigada, senhor — disse Anne —, por sua gentileza e generosidade. Somos muito gratas.

O Sr. Nicholls me lançou um breve e confuso olhar e, ao não encontrar cordialidade de minha parte, curvou-se e se retirou rapidamente.

— Onde estava com a cabeça? — exclamou Anne, depois que ele partiu. — Suspeito que ele tenha ido a Bradford somente por nossa causa, e precisamos deste papel desesperadamente!

— Aceitar significaria ficar em dívida com ele, e a ideia de ter qualquer tipo de dívida para com o Sr. Nicholls é completamente desprezível para mim.

— Oh! Você é impossível! — Anne adentrou a sala de jantar com o pacote e foi recebida com enorme entusiasmo por Emily.

Recusei-me veementemente a usar uma única folha de papel do Sr. Nicholls, e esperei até um novo carregamento com nosso papel chegar para que eu pudesse copiar meus poemas e escrever cartas para possíveis editores.

BRANWELL FEZ UM ESFORÇO HERCÚLEO para se aprumar; um esforço que acabou provando ter consequências valiosas e de longo alcance, de um jeito que ele nunca imaginaria. Em uma tarde tempestuosa de fim de novembro, eu estava sentada à lareira da sala de jantar, costurando uma roupa para os pobres, quando Branwell adentrou o recinto e fez um anúncio inesperado.

— Você ficará feliz em saber que iniciei um novo projeto — disse, enquanto sentava-se com vontade no sofá.

— Iniciou? Que projeto é esse?

— Estou escrevendo um romance.

— Um romance? — respondi, desconfiada.

— Sim, e esse romance será diferente e melhor que tudo que já escrevi. Este, desejo que o mundo inteiro conheça. E pretendo publicá-lo.

— Publicá-lo? — Eu agora havia tirado os olhos da costura, curiosa.

Os olhos de Branwell brilhavam de entusiasmo.

— Cheguei a acreditar um dia que publicar um livro, um verdadeiro romance, longo, era um objetivo inalcançável para alguém como eu; e minha única esperança de ver uma obra minha impressa era nos poemas que publicava em revistas e jornais. Mas agora sei que é diferente. Andei investigando. Aparentemente, um romance é o artigo mais vendável no mundo da leitura e da edição de hoje.

— Verdade?

— Sim! Se fosse escrever uma obra das mais eruditas, o que deve demorar anos e anos e mais anos, e fizesse um esforço intelectual de um homem brilhante, com sorte, eu ganharia umas dez libras pelo trabalho. Mas por um romance, dois volumes leves, cuja composição exigiria uma mera baforada de cachimbo .e o cantarolar de uma canção, por um *romance* podem oferecer até 200 libras, bem como recusá-lo facilmente!

Meu coração começou a bater mais depressa.

— Os romances são realmente tão populares e procurados assim?

— São. Gostaria de ler o que escrevi até agora?

Respondi que sim. Branwell saiu às pressas da sala e retornou rapidamente, trazendo-me as primeiras quarenta páginas ou mais de seu romance em progresso, cujo título era *And The Weary are at Rest*. Comecei a ler o texto de imediato. Era a história de uma jovem virtuosa chamada Maria Thurston, uma esposa negligenciada que ansiava pelo amor verdadeiro e que, apesar de sua relutância, acabava caindo nos braços de seu amante, Alexander Percy, o conde de Northangerland.

— É envolvente e dramático — eu disse a Branwell quando devolvi o manuscrito naquela noite. — Sempre gostei do conto angariano que você escreveu anos atrás. Notei que o adaptou para sua experiência com a Sra. Robinson, com um final ligeiramente diferente.

Seu semblante corou, enquanto recebia as páginas.

— E se tiver feito isso?

— Eu quis fazer um elogio. A história torna-se muito melhor, na minha opinião, com uma pitada de experiência pessoal. Chateaubriand não chegou a dizer que "os grandes escritores colocaram a *própria* história nas suas obras", que "pinta-se bem apenas o próprio coração, atribuindo-o a um outro"?

Branwell assentiu com a cabeça.

— Ele disse: "A genialidade é composta, sobretudo, de lembranças."

— Exatamente. Eu não entendia isso quando escrevíamos na infância; nem você. Escrevíamos sobre o que quer que nossa imaginação desejasse no momento. Sou mais sábia hoje. Passei a acreditar que, em qualquer obra de arte, seja poema, prosa, pintura ou escultura, é sempre melhor ter a vida real como inspiração.

— Talvez você tenha razão.

— Se conseguir terminar o romance, Branwell, se conseguir traduzir as dores de seu coração em uma ficção, creio que conseguirá escrever algo verdadeiramente digno de ser publicado.

Foi uma esperança que nunca se materializou. Branwell logrou ter mais dois de seus poemas publicados no *Halifax Guardian*, porém abandonou o livro após o primeiro volume.

Sua ambição, no entanto, juntamente a suas afirmações, acenderam uma chama dentro de mim.

Durante dois meses, utilizei todo o tempo livre compilando o livro de poesias minhas e de minhas irmãs, que a essa altura já estava completo e pronto para ser submetido à prova, caso conseguisse algum editor interessado. Entretanto, sem conseguir dormir na noite posterior à de minha conversa com Branwell, fui tomada por uma súbita e chocante percepção que deixou meus nervos à flor da pele. O livro de poesias fora apenas um exercício: meios para um fim. Faria de tudo para conseguir publicá-lo. Mas o que eu *realmente* queria — o que sempre desejara mais que tudo no mundo desde sempre — não era meramente ter algo publicado, mas ser uma *autora* com publicações.

Ansiava por escrever um romance.

Estaria Branwell com a razão?, eu me perguntava com crescente entusiasmo. Conseguiria um romance, mesmo que de um autor novo e desconhecido, ser um artigo cobiçado? Se assim o fosse, talvez eu — a filha de um clérigo, habitante de um vilarejo remoto nas montanhas, sem conexões com o mundo literário — tivesse a chance de galgar um pouco de reconhecimento, mesmo que modesto. Não dormi a noite toda só de pensar nas possibilidades diante de mim. Estava ansiosa por olhar meus trabalhos anteriores e analisar se algum teria mérito. Nunca havia escrito um romance completo. Meus textos mais longos eram as histórias de Angria; mas eu também tinha um novo trabalho em andamento, que nunca mostrara a ninguém. Quem sabe, pensei, poderia escolher um destes trabalhos, como fizera Branwell, revisá-lo e estendê-lo.

A manhã seguinte estava cinzenta e fria, mas abençoadamente iluminada. Após o café da manhã, após Anne e Emily se retirarem para sua caminhada costumeira, eu disse que ficaria em casa para escrever uma carta. Assim que elas deixaram a residência, corri para meu quarto e destranquei a última gaveta de meu armário: a mesma que guardava a caixa de pau-rosa com as cartas do Monsieur Héger. Lá também ficava uma série de caixas de diferentes tamanhos e formatos, cuja existência breve e descartável havia sido para carregar entregas de produtos diversos e variados. E agora serviam como robustos depósitos para minhas criações antigas.

Retirei uma caixa e a abri. Dentro, havia uma montanha de livretos costurados à mão, com cerca de três centímetros de largura por cinco centímetros de altura, proporcional em tamanho aos soldadinhos de batalha com os quais brincávamos quando éramos crianças. Fui invadida por uma onda nostálgica enquanto os examinava delicadamente. O papel havia sido um artigo tão escasso em nossa casa que eu e Branwell montamos os pequenos livrinhos de rascunhos com papéis de desenho, de publicidade, de embalagens de açúcar e similares. Para que coubesse a maior quantidade de palavras em cada página, aperfeiçoamos uma letra infinitesimalmente miúda, criada para se assemelhar a um livro impresso. Posávamos de historiadores fictícios, poetas e políticos — todos do gênero masculino, como imitação daqueles que havíamos lido (geralmente eu interpretava Lorde Charles Wellesley) — e escrevíamos peças de teatro, contos, revistas e jornais, bem como revisões difamatórias sobre o trabalho de cada um. Enquanto examinava as páginas, fiquei impressionada por ainda conseguir ler a impressão microscópica — apenas se posicionada diretamente à frente dos óculos.

Guardei aquela caixa e inspecionei outra. Continha vários pacotes com folhas soltas e maiores, presas por laço ou barbante. Alguns eram diários, outros eram "melodramas" do fim da adolescência até meus 20 e poucos anos, todos escritos com a mesma caligrafia em miniatura. Folheando-os agora, eu sorria afetuosamente diante de alguns títulos como *The Duke of Zamorna, Henry Hastings, Caroline Vernon, Mina Laury, Albion and Marina, Stancliffe's Hotel, O segredo, The Rivals* e *The Spell.*

Eu me lembrava claramente de algumas histórias, como se as houvesse escrito no dia anterior; outras eram um verdadeiro enigma para mim. Li trechos e fragmentos de cada uma, ansiosa por descobrir uma que merecesse uma leitura mais demorada. Para meu desapontamento, considerei a maioria do conteúdo bobo, meramente decorativo e redundante. Oh! Como os temas que escolhia eram sensacionalistas! E os textos, inundados de erros de grafia e sem pontuação! Por que privilegiara com tanta frequência os amores espetaculosos, impulsivos e ilícitos e filhos ilegítimos? Ainda assim, não conseguia esquecer a quantidade de horas de puro prazer que aquelas histórias propiciaram-me durante sua composição. Com um sorriso, voltei a guardar meus manuscritos cuidadosamente, certa de que deveriam continuar a ser — relíquias do meu passado — expressões passionais e imaginativas do que eu fora um dia.

Hesitei antes de pegar uma terceira caixa; a pulsação agitou-se subitamente. Ali se encontravam os livros de exercícios dos dois anos de estudos em Bruxelas: os incontáveis ensaios que eu havia escrito em francês, com os comentários extensos, enfáticos e instrutivos do Monsieur escritos nas margens das páginas. Em quantas ocasiões meus olhos se encheram de lágrimas durante os últimos dois anos ao ler tais documentos, incapaz de me esquecer que as mãos de meu mentor um dia estiveram em contato com cada uma destas páginas?

Não, pensei: não era o momento para esse tipo de reflexão; aquilo apenas me traria dor.

Pus a caixa de lado sem abri-la e voltei minha atenção para o último recipiente. Continha uma pilha organizada de páginas escritas a lápis, que compreendia meus mais recentes esforços literários: 12 capítulos que havia chamado provisoriamente de *The Master*. Tinha esboçado uma trama para o conto ainda em Bruxelas, mas só voltei a escrevê-lo no outono anterior, depois de meu retorno. Desenvolvi a história em vaivéns até a chegada de Anne e Branwell, quando decidi guardá-la a chave.

Naquele instante, ouvi os latidos dos cachorros e a porta da cozinha bater. Minhas irmãs haviam retornado do passeio. Rapidamente guardei minhas páginas no esconderijo e desci. Passei o restante do dia tão distraída que deixei queimar um pano de limpeza em perfeito estado e despejei café no bule em vez de chá. Emily me acusou de estar ficando prematuramente senil. Anne sugeriu que estivesse precisando de um novo par de óculos. Mas eu só conseguia pensar em minha história.

Os capítulos feitos em Bruxelas — os poucos completos — provaram-se particularmente prazerosos de se escrever, e eu sentira pesar por ter de deixá-los de lado. O ato de colocar minhas memórias no papel, de descrever pessoas e lugares que conhecia e amava — e odiava — mesmo que sob o fino véu da ficção, fora revigorante e reconfortante. Fizera-me sentir mais próxima das pessoas que eu não conseguia tirar de meus pensamentos. Ajudara-me a passar as noites longas e solitárias, quando todos da casa já estavam dormindo e o sono não aparecia.

Na época, havia considerado o projeto mais uma das muitas histórias que acabariam em uma caixa. Agora eu via a composição sob um novo prisma. Terminá-la, mesmo que tivesse apenas um volume, requereria enorme esforço e dedicação. E mesmo que eu a finalizasse *de fato*: seria um romance vendável e interessante? A ideia me enchia de entusiasmo e trepidação. Se fosse trabalhar a história novamente, Anne e Emily certamente acabariam descobrindo. Na verdade, eu receberia de bom grado seus conselhos e opiniões. O cenário, porém, era minha escola na Bélgica; o herói, embora idealizado, era inspirado em Monsieur Héger. Certamente minhas irmãs reconheceriam isso. Logo, seriam capazes de ver por meio de minhas palavras o desejo escondido nas entrelinhas? Ao compartilhar essa história, também não estaria compartilhando os segredos do meu coração, que tratara de esconder com tanto sacrifício e cuidado? E renegado tão veementemente?

Naquela noite, quando já estavam todos dormindo, fui em silêncio para a sala de jantar e reli o manuscrito que havia produzido até o momento. Estava muito tacanho; ainda assim, pensei com crescente entusiasmo, o texto parecia ter algum mérito. Mais importante que isso, não revelava nenhum sentimento declarado a respeito de meu herói. Com o coração acelerado, voltei silenciosamente para o andar de cima, escondi as páginas em minha cômoda e subi na cama ao lado de Anne. Meu segredo estava a salvo, ponderei, enquanto olhava a escuridão; eu *poderia* trabalhar na história, mesmo com o conhecimento de minhas irmãs. Já tomada a decisão, mal podia esperar para lhes contar sobre minhas intenções.

Choveu a manhã toda. No início da tarde, a tempestade acabou, e nós três saímos para caminhar — com grande risco de prejuízo para os nossos sapatos — pelo amplo e solitário pântano alagado, com Flossy e Keeper brincando alegremente ao nosso lado. Um grosso e cinzento toldo de nuvens ainda pairava sobre nossas cabeças, mas felizmente o sol ensaiava uma espiada, surgindo entre uma fresta e outra, e um brilho branco de céu podia ser visto nas fronteiras do horizonte nebuloso.

— Branwell contou-me algo muito interessante ontem — comentei, enquanto caminhávamos.

— Branwell? — perguntou Emily, com tom de surpresa e zombaria. — Conseguiu dizer algo de lúcido?

— Sim. — Parei e inspirei profundamente o ar revigorante de novembro, carregado de umidade, regozijando-me com a brisa fria nas faces e admirando a paisagem: quilômetros e quilômetros de urzes verde-gris, cortados aqui e ali por baixos muros de pedras, sem nenhuma outra criatura viva à vista a não ser cordeiros selvagens, e nenhum som exceto o de seus constantes balidos, do vento e do canto dos pássaros selvagens.

— E? — perguntou Emily, olhando para trás e me fitando, pois ela e Anne já estavam a uns dez passos à minha frente. — Vai nos contar ou quer que adivinhemos?

Ri e corri para alcançá-las.

— Branwell alega que atualmente, no mundo das publicações e leituras, um romance é o artigo mais vendável.

— Romance? — repetiu Anne, expressando estranheza.

— Ele disse que um autor pode chegar a receber 200 libras por tal obra.

— Quem pode acreditar em *qualquer coisa* que Branwell diz — comentou Emily, cética. — Ele mente com tanta frequência agora. Temo que cada palavra proferida por sua boca seja uma invenção para esconder uma transgressão ou para inflamar sua vaidade.

— Ele pode estar certo a respeito disso — falei. — Admito, não sei nada sobre o mundo editorial, mas a leitura de romances parece *realmente* aumentar, bem como a popularidade e o gosto por eles. Fiquei particularmente satisfeita em ouvir isso, porque... — hesitei, e então avancei: — ...agora que nosso livro de poesias está pronto para ser submetido a um editor, pensei em tentar escrever um romance.

— Oh? — disse Emily. — Achei que tivesse desistido desse tipo de escrita para focar no que é *prático* e *prudente*. "A imaginação deve ser polida e aparada", você disse. "As inúmeras ilusões da adolescência devem ser desfeitas"... Creio que estas foram suas palavras.

— Realmente eu disse isso, e estava falando seriamente. Em vez de um romance amoroso ou uma aventura, quero escrever sobre algo real, comum, verdadeiro e rústico. Meu herói não seria o duque de Zamorna, mas um professor: um homem que se esforça para progredir na vida, assim como os homens reais que já vi fazendo isto.

— Soa promissor — comentou Anne.

— Soa *tedioso* — retrucou Emily. — Incrivelmente tedioso. No entanto, se é o que deseja escrever, Charlotte, não pense ou fale sobre isto; *aja*.

— Já comecei! — deixei escapar. — Comecei a escrever a história no outono passado. Com aplicado esforço, espero poder transformá-la em um romance de um volume.

— Que bom — disse Emily. Deu-se um curto silêncio enquanto seguimos nossa caminhada.

E então Anne murmurou tranquila e simplesmente:

— Também estou escrevendo um romance.

— Está? Desde quando? — perguntei.

A coragem de Anne pareceu fraquejar, suas faces ganharam cor escarlate, quando desviou o olhar e disse:

— Comecei há alguns anos em Thorp Green. Escrevia sempre que encontrava tempo. Queria lhes contar, mas tinha medo que fossem rir de mim. Disseram que esse tipo de texto era frívolo.

— Tenho certeza de que você nunca escreveria nada frívolo, Anne. Qual é o tema do livro?

— Eu o chamo de *Passages in the Life of an Individual*. É sobre os percalços e atribulações de uma jovem governanta e do jovem pastor que ela ama a distância.

Mal tive tempo de processar essa informação, quando Emily disse:

— Também estou escrevendo um romance.

Olhei minhas irmãs, totalmente surpreendida: Anne, com sua modéstia que a fazia corar e sua graça sutil; e Emily, que mencionara o feito tão naturalmente como se fosse uma atividade das mais corriqueiras.

— Vocês *duas* estão escrevendo romances?

— Começou com a edição de várias histórias de Gondal — explicou Emily —, mas parece que ganhou a forma de um romance.

— Quanto já escreveram? — perguntei.

— Difícil dizer; talvez dois terços já estejam prontos. Já escrevi vinte capítulos até agora.

— Vinte capítulos! — exclamei, atônita. — Emily, isto é maravilhoso! E você, Anne?

— Já terminei minha primeira tentativa — admitiu Anne. — Mas não estou nada satisfeita. Pretendo trabalhar extensivamente no manuscrito.

Ri com vontade. Era motivo de certo desgosto a descoberta de que minhas irmãs — que pensei só possuírem a poesia como ambição literária — tinham me ultrapassado neste quesito; ao mesmo tempo, fui invadida por um prazer puro e energizante. Era como se um desafio houvesse recaído sobre mim, revelando uma tarefa árdua e irresistível.

Paramos no topo do espinhaço e contemplamos a vasta paisagem do pântano e dos morros ao longe, que pareciam envoltos em uma névoa soturna. Um raio iluminou o céu e em seguida o repique súbito de um trovão soou; como um presságio sob medida, pensei, sobre o futuro incerto diante de nós; pois parecia que nesse momento estávamos diante de uma aventura tão impetuosa e imprevisível quanto a ameaçadora tempestade que se aproximava.

— Talvez nós três consigamos publicar nossos livros juntas — comentei, cheia de entusiasmo e determinação. — Mas antes que isso possa acontecer, vejo que tenho muito trabalho a fazer se quiser alcançá-las.

Agora que a verdade fora revelada, eu e minhas irmãs já não precisávamos mais escrever sigilosamente, pelo menos uma da outra. Continuamos a rotina que havíamos empregado na produção de nosso livro de poesias: apressamos nossas obrigações domésticas e encurtamos nossas caminhadas diárias; quando tínhamos uma ou duas horas de sossego, fosse de manhã ou à tarde, nós nos trancávamos na sala de jantar ou em nossos quartos e aplicávamos nossas energias diligentemente na feição de nossas respectivas histórias. Todas as noites, imediatamente após as orações, quando o restante da casa já estava dormindo, voltávamos para a sala de jantar a fim de continuar nosso trabalho até meia-noite.

Não nos preocupávamos caso nossa atividade levantasse surpresa na casa. Tabby e Martha já nos consideravam suficientemente excêntricas; papai e Branwell não achavam nada a respeito, visto que escrevíamos histórias de forma similar desde a infância. Emily e Anne já haviam feito enorme progresso nos rascunhos a lápis de seus livros. Para mim ainda faltava muito o que fazer. Mas todas decidimos editar tudo desde o início, assim poderíamos ficar igualmente inteiradas do trabalho uma das outras.

Uma ou duas vezes por semana, à medida que certos pontos em nossas narrativas eram alcançados, fazíamos uma pausa na escrita para ler os trechos em voz alta — uma atividade de grande e estimulante interesse para todas. Uma discussão sempre acontecia, ou, melhor diria, uma argumentação: compartilhávamos nossas opiniões e desafiávamos e avaliávamos nossos trabalhos em andamento, em clima de absoluta igualdade e franqueza — sem poupar críticas, o que acabava eclodindo em discussões acaloradas sobre estilo e conteúdo. Cansadas de ficarmos sentadas, costumávamos travar estas batalhas verbais de pé, avançando em círculos pela mesa de jantar — um hábito que eu havia adquirido em meus dias na Roe Head School, quando a Srta. Wooler conduzia nós meninas por caminhadas similares dentro da residência, que ela alegava "melhorar a circulação e elevar as faculdades mentais".

— Adoro o seu Sr. Weston — comentei com Anne certa noite, depois de ler sua história tranquila e honesta sobre uma governanta, que, sob minha sugestão, ganhou o novo título de *Agnes Grey*. — Ele é um homem tão sensível, sincero, tão afável e gentil com os pobres; um pastor verdadeiramente dedicado, bem diferente da maioria dos jovens nesta função que conhecemos.

— Ele se parece muito com William Weightman — observou Emily, referindo-se ao nosso muito estimado pastor que morrera jovem e tragicamente de cólera havia alguns anos.

— Realmente, pensei no Sr. Weightman quando comecei a escrevê-lo — admitiu Anne, enquanto andávamos em volta da mesa —, mas agora esse personagem lembra-me o Sr. Nicholls.

— O Sr. Nicholls? — perguntei. — Não seja ridícula. O Sr. Nicholls não tem nenhuma das qualidades admiráveis do seu Sr. Weston.

— Tem, sim — replicou Anne.

— Martha disse que a mãe dela é muito grata a ele — comentou Emily. — Ele é um inquilino bom e atencioso e a ajudou muito na casa quando o Sr. Brown ficou doente.

— Todos no vilarejo gostam do Sr. Nicholls — disse Anne.

— Todos no vilarejo, *exceto* os Malone — argumentei —, e se não fossem tão discretos e tivessem compartilhado a *história* sobre o cavalheiro com outras pessoas, talvez o vilarejo todo tivesse uma opinião bem diferente a respeito do Sr. Nicholls.

— Ainda acho que há mais a escutar sobre a história da Srta. Malone — disse Anne.

— Pois *eu* já escutei tudo o que tinha para escutar sobre o Sr. Nicholls! — exclamei, exasperada. — *Deveríamos* falar de nossos livros.

— O que eu ia dizer, Anne — comentou Emily, trazendo-nos de volta ao ponto —, é que embora ache o Sr. Weston bonzinho demais para o meu gosto, adoro verdadeiramente seus outros personagens. Os alunos e os patrões de Agnes são todos tão maravilhosamente autocentrados, e exibem características de crueldade tão interessantes.

— Estas são exatamente as partes das quais *não gosto* — falei. — Acredito que os leitores vão se sentir desanimados com o trecho em que o menino tortura e mata os pássaros. É inquietante. Não consigo imaginar um menino de 6 anos de idade fazendo isso.

— Mas ele *fez* — insistiu Anne. — Cuncliffe Ingham, que estava sob meus cuidados, cometeu exatamente estes atos. Na verdade, todos os incidentes que descrevi são sobre experiências pessoais, exceto — ela corou —, exceto o final, o qual ainda não conheço.

Na noite seguinte, discutimos o complexo romance de Emily, que se passava nos pântanos de nossa Yorkshire. Ela o chamou de *O Morro dos Ventos Uivantes*, nome da casa que aparece proeminentemente na história — derivado da atmosfera tumultuosa que tomava conta do lugar quando exposto a um temporal.

— Não tive certeza se gostava da estrutura do texto a princípio — comentei, depois que Emily terminou de ler um capítulo particularmente sombrio e fascinante. — A maneira como você vai e volta no tempo e a escolha de diferentes narradores, sendo que nenhum é muito confiável... mas agora penso que é um tanto brilhante.

— Concordo — disse Anne. — A mudança de pontos de vista nos dá uma perspectiva inteiramente nova. Acho que vou tentar isso em meu próximo romance.

— Estava pensando em *Rob Roy* quando escreveu a história, Emily? — perguntei. — Seu livro me lembra de alguma forma os temas e personagens de Scott.

— Talvez um pouco — refletiu Emily. — Esse sempre foi um de meus romances favoritos.

— Cathy é parecida em muitos aspectos com Diana Vernon — comentou Anne. — Ambas são inadaptadas às suas famílias grosseiras e rudes.

— E Heathcliff, com sua determinação diabólica de solapar os Earnshaw e Linton ao tomar suas heranças, lembra-me

Rashleigh Osbaldistone — disse eu. — Mas, Emily: sua história é tão mais furiosa e obscura. Eu verdadeiramente *desprezo* Heathcliff. Ele é tão selvagem, atormentado e implacável. Eu o considero inteiramente irrecuperável.

— Será mesmo? — foi a resposta de Emily, com as sobrancelhas erguidas de forma irreverente. — Ou a paixão avassaladora dele por Catherine lhe serve como redenção?

— A paixão dele não justifica a forma sistemática de sua vingança contra Hindley Earnshaw e os Linton — insisti — ou a forma como ele humilha e brutaliza Isabella Linton e Hareton. Ele é odioso!

— Não me incomoda que ele seja odioso — interveio Anne. — Toda história precisa de um vilão.

— Mas é ele o vilão? — argumentou Emily. — Ou é mais parecido com o Manfred de Byron, com o Castruccio de Mary Shelley ou com o Satã de Milton... um herói gótico, um personagem que age com o princípio da maldade?

Discordei, meneando a cabeça.

— Ele é um demônio, uma peste. Espírito maligno. Não tenho certeza se é certo ou aconselhável criar seres como Heathcliff.

— Escuto a voz de Branwell em cada um dos desvarios atormentados de Heathcliff — comentou Anne.

— Exatamente! — exclamei. — A forma como ele fala incessantemente sobre sua preciosa Cathy: "Oh! Minha amada! Não posso viver sem minha alma!" E como ele quer segui-la até o túmulo... é Branwell, da cabeça aos pés. Mas Branwell nos desgraçou a todas, Emily. Quem vai querer ler isto? Por que escolheu escrever um livro tão rigorosamente lúgubre?

— É a história que desejo contar — respondeu Emily simplesmente.

— Os capítulos que você leu na semana passada eram tão violentos e assustadores que mal consegui dormir — acrescentei com um calafrio. — As imagens que se criaram em minha mente afetaram minha paz interior durante todo o restante do dia seguinte.

— Isto é absurdo — zombou Emily. — Não acredito em você.

— Não consegue dar a *alguns* de seus personagens uns parcos momentos de felicidade? — perguntou Anne.

— Pretendo fazer isso — argumentou Emily. — Mas vocês terão de esperar até o final.

Emily foi inequívoca em sua avaliação sobre meu romance, assim como eu fora com o dela. Não gostou do título ("*O mestre* soa como se a história falasse de um amo e de sua criada!"). Por isso mudei para *O professor*. Ela então insistiu que minha história tinha um início lento, que carecia de efervescência em geral, e que meu protagonista masculino era particularmente superficial. Eu discordei. Gostava de minha história e de meus personagens como eram (depois vim a descobrir que não era bem assim); mas nessa ocasião, não conseguia enxergar as falhas. É que estava tão emocionada por escrever novamente — e por estar diariamente envolvida em uma comunhão livre e animada com outros dois espíritos afins, interessantes e inteligentes, com quem podia compartilhar as criações mais íntimas de minha mente.

Eu recebia cada novo dia repleta de animação e ansiedade, ávida por pegar o lápis e começar a trabalhar para descobrir o que meus personagens diriam e fariam em seguida. Estava feliz; sentia-me revigorada; era como se tivesse dormido por meia década e houvesse acabado de despertar. Como se tivesse vivido à beira da inanição durante anos e finalmente agora me sentasse diante de um banquete.

Enquanto escrevíamos, os meses voavam. O Natal chegou e se foi; 1846 começou; o campo estava coberto de neve. No fim de janeiro, ainda não tínhamos recebido uma única resposta às cartas que havíamos escrito indagando sobre um possível interesse em nosso livro de poemas. Recebi, no entanto, um conselho muito sensato de William e Robert Chambers, editores de um de meus jornais favoritos, *Chambers's Edinburgh Journal*. Eles explicaram que um livro de poesias de um autor desconhecido muito provavelmente não seria atraente para o grande público; logo, seria raro que algum editor assumisse esse risco — a não ser que o dito autor estivesse disposto a pagar pela publicação de seu livro.

Eu e minhas irmãs nos desesperamos a princípio. Mas depois de uma reflexão mais aprofundada, recuperamos o ânimo.

— Poderíamos usar uma pequena parte da herança da tia Branwell — sugeri —, se não for muito caro.

— Não me incomodo em pagar — disse Emily —, mas vamos torcer para que o livro receba boas críticas, e quem sabe assim possamos receber *algum* retorno de nosso investimento.

— Se for pavimentar o caminho para a publicação de nossos romances, terá valido a pena — concordou Anne.

Iniciei uma nova rodada de cartas, que enviei para uma grande quantidade de editoras.

28 de janeiro de 1846

Cavalheiros,

Gostaria de solicitar ser informada se acaso os senhores se interessariam na publicação de uma coleção de breves poemas em 1 vol. in-oitavo —
Caso se oponham a publicar a obra por sua conta e risco — aceitariam publicá-la à custa do autor?
Atenciosamente,
    C. Brontë

Para nossa satisfação, a firma Aylott&Jones, uma pequena editora de Londres, logo concordou em empreender a impressão do livro "à custa do autor". Com grande entusiasmo, embrulhamos nosso manuscrito concluído em dois pacotes e os postamos para eles. Expliquei que os autores eram os "Bell" e acrescentei somente que eram "três pessoas com parentesco", e que as futuras correspondências deveriam ser escritas aos cuidados da "Srta. C. Brontë".

Após breves e formais trocas de correspondências, ficamos sabendo — para nosso espanto — que o custo requerido para a impressão do livro de poemas seria muito mais alto do que havíamos previsto.

— Trinta e uma libras! — exclamei, quando recebi a notícia. — É duas vezes o que ganhei em um ano em Bruxelas.

— É mais de três quartos do meu salário anual em Thorp Green — disse Anne.

— Talvez devêssemos reconsiderar — opinou Emily.

Sentei pesadamente na cadeira e balancei a cabeça.

— Não. Trabalhamos duro demais nesse projeto para desistirmos agora. Há meses estou com esse livro na cabeça. Anseio por vê-lo impresso e por tê-lo nas mãos. Não podemos deixar que uma mera soma de dinheiro interponha-se em nosso caminho. Providenciarei um saque bancário a Aylott e Jones com a quantia estipulada.

Enquanto esperávamos que nosso livro de poesias fosse impresso e trabalhávamos diligentemente em nossos romances, a invalidez de papai pesava dolorosamente em minha mente e meu coração. Insatisfeita com o prognóstico de nosso médico local sobre a condição de papai, decidi fazer uma breve viagem a Brookroyd para visitar Ellen, onde consultei-me com o marido da prima dela, um cirurgião que trabalhava em Gomersal. A visita se provou das mais esclarecedoras.

— Existe, sim, uma cirurgia para catarata — explicou o Sr. Carr, um médico pragmático com rosto gentil.

— Recomendaria a cirurgia para um homem de quase 69 anos de idade?

— Recomendaria. Embora haja algum risco... uma pequena porcentagem dos pacientes acaba cega após a cirurgia. Se o seu pai já está ficando cego, o risco é insignificante. A maioria dos pacientes apresenta um resultado excelente: a visão é inteiramente recuperada.

— Onde recomendaria fazer essa cirurgia, Sr. Carr?

— Há uma instituição em Manchester especializada em curar doenças oculares. Estou certo de que pode encontrar o médico apropriado lá. Talvez tenha de esperar um pouco, no entanto. Eles não podem operar até que a catarata esteja suficientemente madura, e pela sua descrição não tenho como saber se os olhos do seu pai estão prontos ou não.

Retornei a Haworth no dia 2 de março com uma esperança recém-descoberta. Talvez a cegueira de papai tivesse cura! Minhas irmãs haviam escrito que me encontrariam na estação de trem, mas caminhei até em casa sem ver nenhum sinal das duas.

— Devem ter tomado a nova estrada para Keighley — ponderou papai, que encontrei no escritório acompanhado do Sr. Nicholls. — Certamente vocês se desencontraram.

Eu e o Sr. Nicholls trocamos cumprimentos frios, porém civilizados. Apesar de o Sr. Nicholls frequentar a casa paroquial diariamente para discutir as atividades da paróquia com papai, e apesar de eu encontrá-lo regularmente na igreja e na escola dominical onde eu lecionava sob sua direção, eu conseguira evitar qualquer conversa prolongada com ele pelos últimos três meses, desde o dia em que me entregara o pacote com os papéis de carta. Estava a ponto de me retirar, mas papai parecia ansioso em escutar o que o Sr. Carr havia me contado, então avancei escritório adentro com um breve resumo.

— São notícias animadoras — disse o Sr. Nicholls, entusiasmado. — Se conseguir encontrar um cirurgião em Manchester que saiba o que está fazendo, Sr. Brontë, creio que valerá a pena tentar.

Papai concordou e pareceu incrivelmente animado. Fui à procura de meu irmão, ansiosa por lhe contar sobre minha descoberta. Para meu desgosto, encontrei-o na sala de jantar, deitado no chão ao lado do sofá, a roupa e os cabelos em tremenda desordem, os olhos fechados enquanto ele murmurava tolices a si mesmo.

— Branwell! — exclamei com severidade, sacudindo-o pelos ombros, após curvar-me sobre ele. — Acorde! Tenho algo para lhe dizer! — Ele não me deu atenção. — Branwell, pode me escutar? Falei com um cirurgião. Descobri algo animador sobre a condição de papai.

Devia ter me poupado o transtorno. Branwell apenas deu risadinhas, indiferente à minha presença na sala. Como, perguntei-me, ele havia conseguido dinheiro para beber? Havia meses papai lhe negava fundos.

Ouvi a porta da frente abrir e, em seguida, as risadas e conversas de Anne e de Emily, que entravam apressadas, fugindo dos efeitos de uma súbita tempestade. Nós nos abraçamos no corredor e lamentamos o desencontro na estrada. Contei-lhes sobre a condição atual de Branwell e perguntei o que havia acontecido.

— Branwell conseguiu arrancar uma moeda de ouro de papai nesta manhã com a desculpa de que tinha uma dívida urgente para quitar — contou Emily, desgostosa, enquanto ela e Anne retiravam as capas e as boinas encharcadas. — Ele se dirigiu imediatamente para uma taberna e gastou o dinheiro com aquilo que já se esperava.

Suspirei.

— Temi que algo assim pudesse acontecer quando me ausentasse.

— Não teria muito como evitar isso, Charlotte — disse Anne.

Emily concordou.

— Papai se apega à esperança de que seu "menino" vai melhorar... mas Branwell é traiçoeiro e interesseiro. Ele toca no ponto fraco de papai; sabe como se sente sobre dívidas não pagas.

— Isto é atroz demais — comentei.

Emily balançou a cabeça tristemente.

— Branwell tornou-se verdadeiramente um ser irremediável.

Nesse instante ouvi um barulho atrás de mim e deparei-me com Branwell à soleira da porta da sala de jantar, como se tivesse ressuscitado do além, fitando-me com olhos surpreendidos e vermelhos.

— Ora, ora, veja quem está em casa — disse ele com tom debochado. — Se não é Charlotte, a rameira.

Congelei, atônita pela apelação humilhante e inesperada. Branwell era capaz de dizer e fazer coisas terríveis quando estava alcoolizado, mas nunca havia se dirigido a mim nestes termos.

— Ouvi a mais interessante das notícias sobre você enquanto estava fora — prosseguiu ele. — Pelo visto, não sou o único nesta casa a sofrer por um amor ausente.

Tal pronunciamento deixou-me totalmente sem palavras. Anne prendeu a respiração, consternada.

— Branwell, não — disse Emily.

— Não o quê? Não fale do grande segredo de Charlotte? — E para mim, ele disse: — Emily me contou tudo a respeito. Você tem escrito cartas ao seu professor em Bruxelas e chorado pelos cantos.

— Branwell — pediu Emily, lançando-me um olhar de desculpas. — Você não entendeu o que eu estava tentando dizer.

— Oh, entendi muito bem — falou ele arrastadamente. — O que não entendi, *querida Charlotte*, foi por que condenou tão severamente minha relação com a casada Lydia Robinson, quando teve algo exatamente igual com um *homem casado* durante o tempo em que esteve na Bélgica!

Minhas faces queimaram; a pulsação latejava em meus ouvidos.

— Esta é uma mentira completa.

— Não foi o que Emily Jane me contou — declarou ele, enquanto passava por mim e escancarava a porta da frente, deixando uma rajada de vento e de chuva entrar. — Charlotte, a rameira! — voltou a dizer com uma risada estridente, e então saiu de casa, sem proteção em meio à chuvarada. — Sabe o que dizem: a carapuça lhe serviu! — dito isto, ele bateu a porta e partiu.

Um silêncio ensurdecedor invadiu o corredor. Eu e minhas irmãs ficamos ali em estado de choque, enquanto eu buscava recuperar os sentidos. Com voz trêmula, falei:

— O que disse a ele, Emily?

— Nunca disse que *teve algo* com alguém — respondeu Emily, balançando a cabeça, irritada. — Apenas disse que você acabou nutrindo *sentimentos* por nosso professor e que... bem, que as coisas talvez tivessem fugido do controle.

— Fugido do controle? — exclamei. — O que isso significa exatamente?

— Não me venha com superioridade e arrogância, Charlotte! Apenas contei a ele o que acredito ser a verdade. Estava tentando reconfortá-lo... Ele parecia tão deprimido, chorando e falando do quanto sentia falta da Sra. Robinson... Eu disse a ele que deveria seguir seu exemplo e aprender a suportar a infelicidade com mais coragem.

— Como ousa ao menos *pensar* em comparar minha situação à de Branwell? — revidei com uma fúria que só fazia crescer. — Branwell teve um caso amoroso durante *três* anos! Ele violou todas as regras de moralidade e decência! Não fiz nada disso!

— Talvez não — disse Emily —, mas estava apaixonada, enfeitiçada, enamorada. Sei disso!

Eu a encarei.

— Como pode saber o que eu sentia ou o que aconteceu? Você voltou para casa depois de um ano em Bruxelas, Emily! Você não estava lá!

— Charlotte, acha que sou cega ou estúpida? Ou você é completamente ignorante acerca de seu próprio coração? Li seus poemas: "Não amada — Amo. Impassível — choro". E "Gilbert's Garden!" Seu desejo está evidente naquela página! Só falou de Monsieur Héger durante um ano inteiro depois de voltar para casa. Mesmo agora, verifica o correio todos os dias, desesperada por uma carta dele que nunca chega!

Lágrimas quentes brotaram de meus olhos; não poderia continuar ouvindo aquilo. Virei-me e — para meu abjeto horror — vi que a porta do escritório de papai, a menos de três passos de distância, estava entreaberta. Lá dentro, estava sentado o Sr. Nicholls. Vi seus olhos; pela sua expressão, ficou evidente que ele ouvira cada palavra da discussão que sucedera.

Sem ar, tamanha era minha humilhação, corri pelas escadas. Implacável, Emily me seguiu. Corri para o meu quarto e me joguei na cama; ela entrou atrás de mim e bateu a porta com força.

— Acabo de me dar conta — exclamou Emily, enquanto avançava em minha direção, a voz atenuada por uma surpresa recém-descoberta —, é por *isso* que seu livro é tão desapaixonado, tão sem alma. Por isso seus personagens são como gravetos!

— O quê? — refutei, magoada e indignada, fitando-a entre lágrimas. — O que o meu *livro* tem a ver com isso?

— Tem tudo a ver. É sobre seu período em Bruxelas, mas é apenas a superfície da história, sem profundidade. Você investiu mais emoção na descrição da cena em que William chega à Bélgica do que em uma única cena entre ele e Frances. Não sentimos nada por seu professor e sua tediosa dama, *porque você teme que nós sintamos o que você sente*. Admita, Charlotte: algo aconteceu na Bélgica, algo que você não nos contou! E ainda lhe afeta muito para que consiga escrever sobre *isso*, ou qualquer outra coisa, sem nenhum sentimento forte. Você sequer *se permite* sentir! Construiu muralhas em torno de seu coração!

Debulhei-me em lágrimas. Enfiei a cabeça entre os braços e gritei:

— Saia daqui! Deixe-me sozinha!

Emily se foi. Eu chorei. Desencadeei, em uma enorme corrente, toda a ira e a humilhação que invadiam minha alma. Branwell havia me chamado de rameira. *Uma rameira!* Acusaram-me de ter um caso com um homem casado e Emily corroborou-o — tudo isso ouvido por papai e o Sr. Nicholls! Oh, desgraça! Oh, angústia! O que pensariam de mim após terem escutado acusações tão sórdidas e equivocadas a meu respeito? Enquanto chorava, torturava-me com a lembrança de todas as crueldades que meu irmão e minha irmã haviam proferido:

Pelo visto, não sou o único nesta casa a sofrer por um amor ausente.

As coisas talvez tenham fugido do controle.

Algo aconteceu na Bélgica, algo que você não nos contou!

Você nutriu sentimentos, estava apaixonada, enfeitiçada, enamorada.

As acusações eram verdadeiras — cada palavra. À medida que a escuridão descia sobre o quarto, as lembranças me inundavam: lembranças que eu havia tentado banir da minha mente, de uma viagem que havia se iniciado com tanta expectativa quatro anos antes, rumo a um país longe de casa: à Bélgica.

Capítulo Nove

Bélgica! Que complexa miríade de emoções cresce em meu peito ao ouvir esta única palavra. Bélgica! Em minha imaginação, este nome tornou-se sinônimo de uma pessoa, um lugar, ambos combinados para exercer uma profunda influência em mim, como se para mudar minha vida permanentemente.

Era uma manhã fria e úmida, no dia 13 de fevereiro de 1842, quando Emily e eu vislumbramos as primeiras paisagens do interior da Bélgica, determinadas — aos 23 e 25 anos, respectivamente — a nos tornarmos estudantes novamente por seis meses, a fim de adquirir proficiência necessária em francês e alemão e assim abrirmos nossa própria escola. Àquela época, Anne estava em seu segundo ano em Thorp Green; Branwell ainda trabalhava na rodovia; e tia Branwell, que generosamente provera os fundos para nossa aventura educacional, ainda era viva e administrava eficientemente a residência paroquial.

Fomos acompanhadas por papai em nossa viagem e guiadas por nossa amiga Mary Taylor e seu irmão Joe, que já haviam feito a travessia desde Londres várias vezes. Como a nova linha de trem entre o porto de Ostend e Bruxelas ainda não estava completa, fomos obrigados a tomar uma diligência,* em uma viagem de aproximadamente 110 quilômetros, que levou um dia inteiro.

---

* Carruagem pública.

— Que paisagem deprimente! — reclamou Joe Taylor (um jovem prático e muito viajado que ajudava a administrar a fábrica de algodão da família) durante a travessia. — Uma inexistência plana e tediosa.

— Não vejo nada de tediosa — discordei, olhando para fora da janela com um sorriso. — É adorável em seu aspecto invernal. — Na verdade, não avistamos nenhum objeto pitoresco ao longo de toda a estrada, no entanto, para mim, tão feliz por estar em um país estrangeiro, tudo aquilo era lindo, tudo era mais que pitoresco. Quando o sol se pôs, começou a chover com força; e foi através da chuvarada e da noite sem estrelas que meus olhos captaram as primeiras luzes de Bruxelas.

Passamos a noite em um confortável hotel. Na manhã seguinte, Mary e Joe Taylor se despediram de nós, pois ela iria se encontrar com a irmã Martha no Château de Koekleberg, uma seleta escola alemã.

O Pensionatt Héger, uma "Maison d'education pour les Jeunes Demoiselles",* ficava situada no bairro antigo da cidade, na rue d'Isabelle, uma ruazinha estreita da época da ocupação espanhola. A rua ficava no pé de uma escadaria que dava no parque central, muito próximo às igrejas de Saint Michael e Saint Gudule, cujas torres pareciam tomar conta dos céus e cujos notáveis e melodiosos sinos pontuavam as horas solene e reconfortantemente.

— A rue d'Isabelle — explicou o Sr. Jenkins (o capelão inglês da Embaixada Britânica em Londres que, na companhia da esposa, amavelmente levou a mim, papai e Emily em sua carruagem do hotel à escola) — constitui o meio do caminho entre a parte baixa e medieval da cidade e o moderno bairro de cima, do século XVIII.

— Temos um belo parque e um adorável palácio aqui — acrescentou o Sr. Jenkins — e grande quantidade de casas aristocráticas e hotéis esplendorosos.

---

* Escola para Jovens Damas.

Demorou um pouco, contudo, até que eu e Emily pudéssemos explorar a fascinante cidade na qual fomos morar. Quando contemplei o pensionato pela primeira vez naquela cinzenta manhã de fevereiro, achei o edifício árido e inóspito. Com apenas quarenta anos, o prédio, que com seus dois andares era muito mais largo e mais alto que os demais ao seu redor, tinha uma fileira de janelas retangulares, amplas e gradeadas, de frente para a rua. A aparência externa desoladora contrastava com os encantos da parte interna.

Fomos recebidos pela senhora que cuidava da entrada e que levou nosso pequeno grupo de cinco pessoas por um corredor de acesso com piso de mármore preto e branco. O longo hall estava pintado para imitar mármore também, e na parede havia uma fileira de cabides de madeira onde estavam pendurados capotes, boinas e cabas.*

— Vejam! — exclamou Emily, surpresa e exibindo um indício de sorriso. — Um jardim! — Ela apontou para a porta de vidro ao final do corredor, por onde avistei uma hera dependurada e outros arbustos invernais. Mas não tive muito tempo para observar o jardim com mais cuidado, pois fomos conduzidos para uma sala à esquerda, e lá fomos solicitados a aguardar.

Estávamos em um salão brilhante, com piso impecavelmente encerado, sofás e poltronas com estofados coloridos, pinturas com molduras douradas e ornamentos também dourados, uma mesa de centro muito bonita e um fogão de porcelana verde. Aquele tipo de fogão, com o qual eu me tornaria muito familiar, era a versão belga de nossa lareira; embora carecesse da beleza das labaredas flamejantes, aquecia o ambiente de forma muito eficiente e efetiva.

— *Monsieur Brontë, n'est-ce pás?*** — entoou uma voz atrás de nós, com um sotaque dos mais distintos entre os nascidos em Bruxelas.

---

* Cestas; pastas escolares.

** Sr. Brontë, não é?

Quase tive um sobressalto, pois não vira ou ouvira ninguém entrar. Virei-me e me deparei, com certa surpresa, com a diretora. Digo surpresa porque inconscientemente esperava encontrar uma mulher mais velha e com aspecto de solteirona — alguém mais parecida com a minha antiga diretora, a Srta. Wooler. Em vez disso, a mulher diante de mim aparentava não mais que 30 anos (na verdade, tinha 38 anos). Era baixa e um pouco robusta, mas se comportava com graça e elegância. Seus traços eram irregulares — não era bela, mas também não era sem graça; havia certa serenidade em seus olhos azuis e um frescor em sua pele alva, além de um brilho em seus abundantes cabelos castanhos (com cachos formalmente arrumados), que eram agradáveis aos olhos. Seu vestido escuro de seda lhe caía bem, como prova precisa do talento das mãos da costureira francesa que o fizera, realçando os melhores detalhes dela de um jeito doce e maternal — pois ela estava então no seu sétimo mês de gravidez.

— *Je m'appelle* Madame Héger — disse ela, com um breve sorriso e tom formal de boas-vindas, enquanto estendia a mão, primeiramente para papai, então para o Sr. Jenkins, a Sra. Jenkins, Emily e para mim. Ela era a personificação da mulher continental bem-vestida. Sandálias leves apareciam debaixo da bainha de seu vestido. Sandálias essas que permitiram, dei-me conta em seguida, entrar silenciosamente por uma pequena porta atrás de nós — método de perambulação silenciosa que provou ser, como eu viria a descobrir mais tarde, um êxito inestimável na forma como administrava seu estabelecimento.

Quando papai lhe informou que praticamente não falava nada de francês e ela admitiu "meu *inglêss* não é bom", uma rápida conversa se seguiu entre ela e os Jenkins, da qual entendi muito pouco. Percebi, com um pouco de pânico, que meu domínio do francês, que havia presumido ser pelo menos toleravelmente satisfatório antes de chegar até ali, era na verdade insignificante; falar uma língua estrangeira em uma sala de aula tinha muito pouca semelhança com a experiência vital e realista de conversar com estrangeiros em sua língua nativa.

Os Jenkins serviram de tradutores, informando-nos que estávamos autorizadas a nos acomodar e que conheceríamos o Monsieur Héger naquela mesma tarde — pois no momento ele estava dando aulas no Athénée Royal, a primeira escola para rapazes em Bruxelas, vizinha ao pensionato. Por sorte não precisaríamos começar nossos estudos até o dia seguinte.

O prédio principal era composto de duas metades distintas: os alojamentos privados dos Héger à esquerda e as instalações da escola à direita. Fomos levadas por um breve passeio pela escola e nos permitiram dar uma espiada em duas grandes e simpáticas salas de aula, repletas de jovens ocupadas com seus *devoirs*,* e o enorme refeitório onde, segundo Madame Héger explicou, iríamos comer e também preparar nossas aulas de fim de tarde.

— Bem — disse papai com uma expressão de contentamento quando o passeio foi concluído —, estou satisfeito com as acomodações. Acho que vão ficar bem aqui, meninas.

Agradecemos aos Jenkins pelas orientações e assistência, despedimo-nos de papai com abraços e observamos com olhos lacrimejantes a partida da carruagem, pois sabíamos que não veríamos papai por pelo menos seis meses, e estávamos apreensivas pela saúde e segurança dele na viagem de volta. Ficamos aliviadas quando recebemos a carta que ele postou uma semana depois, contando-nos o quanto havia desfrutado viajar pelas paisagens de Bruxelas, Lillee e Dunkirk, antes de seu retorno para casa de navio desde Calais.

Tão logo nosso pai se foi, uma campainha estrondosa soou lá fora no jardim. Ao mesmo tempo, um relógio em algum lugar badalou meio-dia. O corredor encheu-se de repente de uma horda de estudantes — cerca de cem ao todo — saindo das

---

* Deveres, obrigações, tarefas.

salas de aula tumultuosamente. As meninas, que tinham idades entre 12 e 18 anos, estavam bem-vestidas e conversavam animadamente; mais da metade apanhou seus capotes, boinas e bolsas e saiu para o jardim dos fundos. Essas, pensei, deviam ser as alunas do horário diurno, que haviam trazido seus próprios lanches. Duas *maitresses** apareceram, e com vozes estridentes esforçavam-se em vão para reforçar algum tipo de ordem sobre as alunas restantes, ou internas, mas seus protestos e comandos não obtiveram resultado. Disciplina parecia ser uma impossibilidade, embora aquela escola fosse considerada a mais bem-conduzida de Bruxelas.

Não precisei esperar muito para descobrir o motivo desta reputação bem-merecida.

Madame Héger (que estava de pé nas sombras à soleira da porta de seu salão) surgiu deliberadamente no corredor e, com as sobrancelhas inalteradas, de um jeito muito tranquilo, pronunciou uma palavra, calma e vigorosamente:

— *Silêncio!*

Na mesma hora, o grupo de jovens se calou; ordem cumprida, as moças começaram a fluir em massa para a *salle-a-manger.*** Madame Héger observou-as com satisfação, porém com expressão crítica, como um general talvez observasse o movimento de sua tropa. Estava claro pelas reações das pessoas à sua volta que tanto as alunas como as professoras a tratavam com deferência, senão com afeto.

Madame Héger trocou rapidamente algumas palavras com uma das professoras (uma mulher de meia-idade e rosto enrugado, que eu viria a descobrir se chamar Mademoiselle Blanche) e então se retirou. Mademoiselle Blanche levou minha irmã e a mim para jantar, uma refeição deliciosa que consistia em um tipo de carne, de natureza desconhecida, servida com um molho estra-

---

* Professoras, feminino de mestres.

** Refeitório.

nho, porém aprazível; batatas picadas saborosas com um tempero que eu desconhecia; uma "tartine" ou fatia de pão com manteiga; e peras assadas. As demais garotas papeavam sem nos notar.

Quando as outras alunas voltaram para as salas de aula, Emily e eu fomos levadas ao dormitório no andar de cima, um longo quarto iluminado por cinco enormes batentes amplos como portas. Dez camas estreitas se alinhavam em cada um dos lados do aposento, cada uma encoberta por uma cortina branca pregada no teto. Debaixo de cada cama havia uma longa gaveta que, como explicou Mademoiselle Blanche, servia como armário; entre cada cama havia uma pequena cômoda com gavetas adicionais, sobre a qual jazia uma bacia individual, um jarro e um espelho. Tudo era limpo, organizado e ordeiro, notei com aprovação.

— Madame Héger reservou o canto para vocês — informou Mademoiselle Blanche em francês, enquanto nos mostrava as camas no extremo do quarto, cujas cortinas separavam-nas das demais. — Ela deixou estas cortinas penduradas especialmente em deferência à sua idade, por acreditar que vocês desejariam um pouco mais de privacidade.

— Que delicadeza a dela — respondi em seu idioma, enquanto observava nosso espaço com um sorriso. Sentia que seríamos muito felizes ali. A princípio, talvez fosse estranho voltar a ser uma estudante aos quase 26 anos e ser obrigada a, após dez anos como governanta e professora, obedecer a ordens ao invés de dá-las. Mas eu tinha confiança de que gostaria desse período. Sempre fora de longe mais natural para mim obedecer, em situações que envolviam a aquisição de conhecimento, do que comandar.

Eu e Emily passamos o restante da tarde desfazendo a bagagem e nos acomodando. Naquela noite, recebemos o convite para que nos juntássemos à família Héger em sua sala de estar.

Sabia que a Madame e o Monsieur Héger estavam casados havia seis anos e que tinham, à época de nossa chegada, três filhas entre 1 e 4 anos de idade. No entanto, não estava preparada para a cena com a qual eu e Emily nos deparamos ao entrar na sala: Madame estava levemente inclinada no sofá, ao lado do fogão de porcelana, embalando a caçula junto ao peito, com um dos braços robustos; segurava um livro com a outra mão e lia uma história em voz alta, que a filha mais velha ouvia atentamente, sentada ao seu lado; a filha do meio brincava em silêncio sobre o carpete, aos pés da mãe. Era uma imagem de felicidade completamente casual e maternal, como eu nunca vira no período em que trabalhei como governanta.

Foi quando compreendi o que fazia aquela escola parecer tão incomum: o fato de ser administrada por um casal, cuja família vivia nas dependências do estabelecimento de ensino, infundindo uma atmosfera familiar ao lugar — e assim tornando-se notavelmente diferente de todo local educacional que eu já conhecera. Essa diferença se tornaria em muito pouco tempo ainda mais evidente.

Madame Héger sorriu quando entramos e fez sinal com a cabeça para o sofá do outro lado do seu.

— *Bon soir. Asseyez-vous, s'il vous plaît. Monsieur approche dans un instant.* *

Nós nos sentamos. Conforme prometido, logo ouvimos o som de passos se aproximando no corredor, mas — bem diferente de um som suave — assemelhava-se ao estalido rápido e retumbante de um trovão, anunciando uma espécie de fúria preeminente. Meu coração acelerou alarmado mesmo antes de a porta se abrir, e com um estalido veemente de abertura do trinco. Como uma aparição severa, um homem pequeno e moreno entrou como um furacão, deixando para trás uma nuvem de fumaça de charuto. Ele vestia um deselegante paletó preto-fuligem e um *bonnet-grec*** com as borlas em um ângulo

---

* Boa noite. Por favor, sentem-se. Monsieur chegará em um instante.

** Boné comumente usado por camponeses.

desordenado sobre seus cabelos muito pretos e tosquiados. Terrivelmente irado, ele marchou até a mulher no sofá, balançando seu charuto furiosamente e despejando uma bronca em francês, cujo conteúdo pouco entendi, embora a frequência das palavras "*étudiant*" e "*Athénée*" sugerisse ter relação com um aluno na escola de rapazes vizinha à nossa.

Quem é esse homenzinho horrível?, perguntei-me, enquanto eu e Emily compartilhávamos olhares assustados, imersas na esperança pouco provável de aquele *não* ser o Monsieur Héger. Madame ouviu a tudo calmamente, silenciosamente e pacientemente. As crianças mal piscavam para ele.

— *Mon Cher* — disse a Madame, quando seu marido (pois ele era, realmente, Monsieur Héger) fez uma pequena pausa em sua diatribe para dar uma longa tragada no charuto —, *les pupilles Anglaises sont arrivées.** Ela apontou para nós com um aceno de cabeça.

O pequeno homem se virou e nos fitou. Sob a suave luz de velas que iluminava o ambiente, fui capaz de averiguar sua forma e seus traços. Ele era menor que a estatura média; embora ainda jovem (tinha 33 anos, cinco anos mais jovem que a esposa, apenas sete anos mais velho que eu), não era um homem de grande beleza. Sua pele parecia tão escura quanto a expressão que (embora estivesse desaparecendo lentamente) assolara seu rosto, e as faixas grossas e escuras das costeletas que lhe emolduravam a face e o queixo eriçavam como a pelagem de um gato encolerizado.

— *Ainsi je vois*** — meditou ele, estudando-nos através de suas *lunettes*.***

Como se em um passe de mágica, seu comportamento raivoso se dissolveu; naquelas três palavras, ditas em um francês

---

* Meu querido, nossas alunas inglesas chegaram.

** Estou vendo.

*** Óculos.

gentil, melodioso e claro, estavam incorporadas surpresa, afabilidade, hospitalidade e simpatia. Esse novo tom era tão completamente contrário ao que havíamos testemunhado apenas segundos antes que parecia ter sido pronunciado por uma pessoa completamente diferente. Ele se virou para a esposa e lhe deu um beijo afetuoso, seguido de um abraço caloroso em cada uma das crianças. Só então cruzou a sala e veio nos cumprimentar com um aperto de mão. Falou em francês; na verdade, *toda* a conversação ocorrida durante o período em que estivemos no pensionato fora em francês. Mas em consideração a este diário e para facilitar a transcrição, relatarei os fatos preponderantemente em inglês.

— Bem-vindas a Bruxelas, ao nosso humilde lar — disse ele; os olhos azuis brilhavam quando nos levantamos e retribuímos o aperto de mãos. — Sentem-se! Sentem-se! Mademoiselle Charlotte e Mademoiselle Emily, certo? Espero que tenham tido uma viagem agradável.

Emily confirmou com apenas um movimento de cabeça, enquanto voltávamos a nos sentar. Eu respondi, satisfeita por tê-lo compreendido:

— *Oui, monsieur.* — Mas minha satisfação acabou ali mesmo.

Monsieur Héger sentou-se na poltrona ampla e confortável ao nosso lado e continuou a falar rapidamente em sua língua nativa. O que dissera naquela conjuntura foi escassamente inteligível para mim e para minha irmã, e incompletamente apreendido até ele finalmente traduzir retrospectivamente, alguns meses depois:

— Quando me escreveu, Mademoiselle Charlotte, eu e minha esposa ficamos tão impressionados com o tom simples e sincero de sua carta, na qual a senhorita explicava sobre suas ambições, bem como suas limitações financeiras, que dissemos: eis duas filhas de um pastor inglês, com recursos financeiros moderados, ansiosas por aprender, com intuito de lecionar aos demais. Vamos aceitá-las imediatamente e lhes oferecer condições vantajosas. — Ele sorriu ao fazer uma pausa, aparentemente à espera de uma resposta cheia de gratidão. Como não recebeu nenhuma, suas sobrancelhas escuras eriçaram-se. — Concluo que acharam nossos termos financeiros aceitáveis, visto que estão aqui?

Como eu e Emily continuamos mudas e inseguras, ele disse, em tom exasperado:

— A senhorita escreveu-me em francês. Devo supor que tenham pelo menos um emprego moderado do idioma. De que outra forma esperam prosseguir? Alguma das duas tem a mais vaga ideia do que estou dizendo?

Sua enxurrada verbal deixou-me tão atônita que, mesmo havendo entendido tudo o que dissera, não fui capaz de suscitar uma resposta inteligente. Enquanto ele nos encarava, tive um lampejo: quão pior Emily estaria se sentindo! Pois, à parte os seis meses de aulas de francês que tivera durante sua breve permanência na Roe Head School, durante parte do período em que estive lá como professora, o único conhecimento de Emily do idioma fora adquirido com o que eu lhe ensinara em casa e com suas leituras.

— *Monsieur* — eu disse, hesitante, com as faces queimando —, *je suis désolé, mais vous parlez trop rapidement.**

— *Nous ne comprenons pas*** — acrescentou Emily em tom simples e firme.

Ele fez uma careta evidente; percebi que nossos sotaques do norte de Yorkshire na tentativa de falar francês soaram execráveis aos ouvidos dele.

— Bah! — exclamou ele, saltando da poltrona com uma carranca e se voltando para a esposa na velocidade de um raio. — Estas meninas são completamente ignorantes em nosso idioma! Vão fracassar nas aulas com o restante da população. Se

---

* Monsieur, sinto muito, mas o senhor fala rápido demais.

** Nós não compreendemos.

quiserem ter alguma chance que seja, terei que, pessoalmente, dar-lhes aulas particulares! – Após um balanço veemente com a cabeça de madeixas escuras, ele escancarou a porta e se retirou ligeiro da sala.

Naquela noite, enquanto eu e Emily nos preparávamos para dormir em nosso canto privado, indagamos em voz alta onde havíamos nos metido. E a verdade foi que nas semanas seguintes de aula ficamos perdidas na maioria das vezes. Havia três professoras residentes e sete tutores visitantes que ensinavam diferentes ramos da educação — francês, desenho, música, canto, redação, aritmética e alemão — além de escritura e "toda prática de bordado e costura que uma dama bem-educada deveria conhecer". Éramos, conforme esperado, compelidas a falarmos, lermos e escrevermos em francês o dia inteiro, todos os dias; todas as aulas (exceto alemão, obviamente) eram lecionadas exclusivamente em francês, e nenhuma concessão era esperada ou dada por nossa causa. Apesar de haver esperado ansiosamente por aquela circunstância, como forma de aperfeiçoar minhas habilidades linguísticas (e de fato não há melhor maneira de melhorar do que pela imersão), o esforço requerido para conseguirmos acompanhar as aulas nas matérias em geral foi bem maior do que eu havia imaginado. Como desejei intensamente que tivesse me preparado mais antes de navegar até a Bélgica!

Nós nos dedicamos aos estudos diligentemente, no entanto, e logo colhemos os frutos, graças em grande parte a Monsieur Héger, aquela personificação tanto de calmaria como de tempestade, que nos dava lições de francês particulares semanalmente, encaixando-as entre as aulas que lecionava na escola vizinha, o Athénée. Emily e eu costumávamos nos sentar na biblioteca em tensa expectativa, à espera do som de sua aproximação, que indicava como estaria o humor dele.

Se seus passos fossem leves e compassados, significava que estaria muito espirituoso, que elogiaria nosso progresso com bom humor e encontraria vários motivos para se admirar. Se, por outro lado, escutássemos passos de trovão pelo corredor, estremecíamos, pois significava que ele havia passado por um mau dia. Eu e Emily então serviríamos de bode expiatório para suas frustrações, em uma aula que se mostraria exigente e brutal. Ele nos repreendia pela forma como usávamos nossas línguas quando falávamos em francês e nos acusava de moer as palavras entre os dentes como se temêssemos abrir a boca. Frequentemente ele me reduzia às lágrimas. Nunca a Emily. Mas uma qualidade dele era que, se as lágrimas caíssem, ele sempre se desculpava rapidamente e amaciava o tom de voz.

Eu e Emily não tínhamos o perfil ideal do Pensionatt Héger. Éramos muito mais velhas que nossas colegas de classe, e todas na escola eram católicas com língua nativa em francês, exceto nós, uma outra aluna e a governanta dos filhos de Madame, uma inglesa que servia como ama-seca e acompanhante. Essas diferenças de idade, país, idioma e religião criaram uma imensa linha de demarcação entre nós e o restante, um abismo que, acentuado pelas aulas particulares com Monsieur Héger, incitava o ressentimento e a inveja entre as outras alunas. Sentíamo-nos inteiramente isoladas no meio das outras.

Emily, sempre quieta e reservada na presença de qualquer um que não fosse diretamente da família, a princípio pareceu se afundar diante de todas estas dificuldades; mas então ela se revigorou.

— Vou superar as dúvidas e os medos — disse resolutamente em uma noite. — Estou determinada a não falhar. — Nos meses que se seguiram, Emily não falou com ninguém, exceto comigo, a não ser que se dirigissem a ela. Tirou forças do desejo que tinha de criarmos nossa sociedade particular; e fez seu trabalho, estudou sem descanso.

Diferentemente de minha irmã, eu estava feliz desde o início. Achava minha nova vida prazerosa, e muito mais de acordo com minha natureza do que aquela que havia suportado como governanta. Voltei a aprender com a mesma avidez de uma vaca que encontra grama fresca após muito tempo em pasto seco. Meu tempo, constantemente ocupado, passou rapidamente.

Fizemos algumas visitas aos Jenkins aos domingos, mas eles foram ficando visivelmente frustrados com suas tentativas fracassadas de nos envolver em conversas sobre amenidades e atividades para as quais eu e Emily tínhamos pouco talento, então estes encontros eram rapidamente concluídos. Desfrutamos enormemente os dias animados e alegres com nossas amigas Mary e Martha Taylor no Château de Koekelberg, um internato caro para moças, que ficava no campo, ao noroeste de Bruxelas. Como vivíamos entre estranhos, era sempre reconfortante estar com amigas de vez em quando.

— Vim para cá para aprender francês, como vocês — disse Mary, em nossa primeira visita ao Château de Koekelberg, em março, enquanto caminhávamos pelas instalações impressionantes da escola —, mas a maioria das alunas aqui é alemã ou inglesa, e o pouco de francês falado é muito ruim.

— Deixe de ser resmungona — retrucou Martha, puxando de forma brincalhona os cabelos escuros e cacheados da irmã. Martha, astuta e encantadora menina que nos havia divertido em Roe Head, havia se transformado em uma jovem igualmente vivaz e divertida. — Nossa professora de francês chega depois de amanhã, e em breve faremos o progresso que desejamos.

— Notamos algo estranho em nossas caminhadas pela cidade — comentei. — É nossa imaginação ou alguns homens aqui se pintam?*

— É verdade! — exclamou Mary, com uma risada.

— Está na moda! — acrescentou Martha. — Não é engraçado? Cheguei a cogitar a ideia de mandar um pouco de pintura para Ellen dar ao seu irmão, George. Ah, tem outra coisa que

---

* Usam maquiagem.

está na moda atualmente: enviar uma grande quantidade de papel em branco aos amigos em terra estrangeira, em vez de cartas! Será que devemos mandar alguns para Ellen, de brincadeira?

Eu e Mary rimos com a ideia, mas Emily franziu a testa e disse:

— Isso seria um grande desperdício de papel e de selos. — E, no final das contas, todas acabamos concordando. Bem-humoradas, fomos para a biblioteca para acrescentarmos comentários à carta que Mary já havia começado a escrever para Ellen.

EM BRUXELAS, APRENDI COMO ADAPTAR minhas roupas à minha forma pequenina. Tia Branwell havia nos provido generosamente com uma pequena soma para qualquer incidente, e, após testemunhar as habilidades precisas das costureiras belgas e me informar sobre seus preços razoáveis, gastei uma parcela de meu dinheiro em um novo vestido. Fiquei contentíssima quando chegou! Escolhi um de seda cinza-claro, cuidadosamente acinturado, em um estilo simples e ajustado, com uma saia-balão, mangas curtas e colarinho branco bordado. Também encomendei uma anágua volumosa. Era apenas um vestido, e eu era obrigada a usá-lo frequentemente, a não ser no dia de lavar roupa, remendando-o quando necessário. Mas vestida daquele jeito, eu não mais me sobressaía de forma tão conspícua.

Emily, por outro lado, insistia em usar os vestidos antiquados de sempre, com anáguas sem volume, suas prediletas desde a infância. Quando as outras meninas zombavam das roupas de estilo estranho de Emily, ela repetia impassivelmente:

— Desejo ser como Deus me fez — uma resposta que era recebida com olhares descrentes e apenas servia para mantê-las ainda mais distantes.

Seis semanas depois de nossa chegada, Madame Héger deu à luz seu primeiro filho homem, Prospère. Por essa razão, pouco a vimos nos primeiros meses que passamos no pensionato; geralmente estava descansando ou ocupada com suas tarefas maternas. Mais tarde, naquele mesmo semestre, quando tive mais contato com ela, achei-a uma mulher digna e uma diretora capaz. No seio daquele lar bem-estruturado, florescia uma centena de meninas bem-vestidas, saudáveis e vivazes, aprendendo sem esforços dolorosos ou perdas inúteis de ânimo. As lições eram bem distribuídas e simples de compreender, havia uma liberdade para a descontração e provisão de saudáveis exercícios, além de comida abundante e muito boa. Na minha opinião, muitas diretoras austeras de escolas inglesas fariam muito bem em copiar os métodos de Madame Héger.

Pelo menos, estas foram minhas primeiras impressões — que não mudaram até muito tempo depois.

Em contraste, Emily e eu víamos Monsieur Héger todos os dias desde o início, em nossas aulas de redação, e uma vez por semana para nossas lições particulares. Era rigoroso, porém excelente professor, e o extremo oposto da esposa em temperamento e personalidade: irascível, tempestuoso, volátil e frequentemente insensato. Não obstante, ocasionalmente, ele revelava um traço de sua personalidade surpreendentemente diferente: bem mais leve e mais brincalhão. Era costume de Monsieur Héger, em algumas ocasiões, surgir sem avisar durante o horário de estudo de fim de tarde, que sempre acontecia no refeitório, e transformar aquele momento silencioso como uma reunião de freiras em uma efervescente *affaire dramatique*.

— *Mademoiselles!* — gritava ele, batendo palmas, e assumindo o comando como um pequeno Napoleão. — Deixem seus livros de lado, suas canetas e papéis, e peguem suas pastas de trabalho. É hora de um pouco de diversão.

Professoras e alunas, sentadas ao longo de duas mesas compridas sob abajures centrais, reagiam com entusiasmo. De pé defronte da entrada da sala, Monsieur Héger tirava um espesso volume de uma série de folhetos e nos presenteava com interpretações de passagens de algum conto ou de alguma história em série engraçada. Ele atuava com talento e entusiasmo, tomando cuidado para omitir trechos que pudessem ser inapropriados para jovens damas, e geralmente os substituía por prosas e diálogos improvisados e hilários. Tais tardes muito infrequentes deixavam a todo o grupo muito animado, e eu passei a desejá-las com grande expectativa.

O homenzinho continuava sendo um paradoxo, no entanto, oscilando entre a escuridão e a luz, com códigos impossíveis de serem previstos. Acredito que ele gostava de observar as emoções que causava, com suas expressões faciais em constante mudança e viradas incríveis de humor e opinião. Era capaz de fazer uma aluna murchar com um sutil movimento de lábio ou narinas ou exaltá-la com um fraco piscar de um dos olhos. Estávamos no pensionato havia cerca de dois meses, quando, em uma de nossas aulas particulares, Monsieur Héger atirou meu caderno em mim, desgostoso com minha última tradução de uma redação do inglês para o francês.

— Você escreve francês como um autômato! — vociferou. — Cada palavra parece ser uma reprodução obsessiva de um dicionário ou de um livro de gramática, mas sem nenhuma semelhança com o verdadeiro discurso! Sua irmã mais nova, a que tem menos experiência, escreve traduções muito melhores e mais concisas!

— Sinto muito, monsieur — respondi, profundamente humilhada.

— De agora em diante, mademoiselle, eu a proíbo de usar o dicionário ou consultar a gramática em suas traduções.

— Mas, monsieur! Como posso traduzir sem um dicionário ou livro de gramática?

— Use o cérebro! — exclamou ele, batendo na própria cabeça e encarando-me com um olhar fulminante através dos óculos. — Ouça o que ocorre ao seu redor! Escute a forma como o francês é falado! E o que escutar, deixe que se transfira para seus dedos ao escrever!

— Tentarei fazer isso, monsieur. — Havia algo em sua ira, uma paixão veemente, que costumava me levar às lágrimas. Eu não estava infeliz nem com medo e, no entanto, não conseguia me controlar: caí em pranto.

Emily disse, seriamente:

— Monsieur, o senhor foi longe demais. Minha irmã e eu trabalhamos muito arduamente. É indelicado fazê-la chorar.

Monsieur Héger olhou-me, aparentemente viu a profunda dor que me infligira e soltou um longo suspiro:

— *Allons, allons* — disse ele em seguida, a voz agora suavemente humilde. — Decididamente, sou um monstro e um rufião. Por favor, aceite minhas desculpas, e pegue meu lenço. — Ele tirou o objeto do bolso do paletó e estendeu-o para mim. Recebi-o com decoro e enxuguei as lágrimas.

— Creio que tenho uma solução para este enigma — refletiu ele. Monsieur Héger leu os títulos em sua estante de livros, uma coleção extensa que ocupava as prateleiras de sua biblioteca do piso ao teto. — Ambas são capazes de fazer mais do que estas traduções tolas e estudo de palavras. Vamos tentar um trabalho mais avançado. — Ele escolheu um volume. — Toda semana, lerei em voz alta uma passagem específica do melhor da literatura francesa. Vamos analisar cada parte juntos; então as senhoritas terão de produzir uma redação original de sua autoria, em um estilo similar.

Emily franziu o cenho:

— Qual é o benefício disso, monsieur? Se copiarmos de outros, vamos perder nossa originalidade de ideias e expressões.

— Eu não disse "copiar"! — interpôs Monsieur Héger nervosamente. — Disse que deverão escrever em estilo similar, mas sobre um assunto completamente diferente e sobre um personagem suficientemente diferente, para que seja impossível que criem uma imitação tola. Ao fazerem isso, consequentemente vão criar um estilo próprio. Já tentei este método antes, garanto a vocês, com alunos dos mais avançados e capazes, e os resultados produzidos são sempre excelentes.

— Sobre que assunto teremos de escrever, monsieur? — perguntei.

— Sobre um tema de sua escolha. É necessário que, antes de escreverem sobre determinado assunto, já tenham opiniões e sentimentos a respeito do tema. Não tenho como saber os motivos que movem seus corações e mentes. Devo deixar isso a seu critério.

Dediquei muito tempo àquela primeira redação e a entreguei, orgulhosa, crente de que meu verdadeiro talento estava na prosa, e desejosa que tamanho esforço — mesmo que expresso em um francês imperfeito — fosse, finalmente, render elogios por parte de Monsieur Héger. Para minha desgraça, meu trabalho produziu o efeito contrário.

— O que é este pedaço de tolice insossa que chama de redação? — rosnou Monsieur Héger uma tarde após a aula de redação, quando soltou a composição ofensiva sobre minha carteira. — Uma enxurrada de sentimentalismo! Um dilúvio de metáforas e adjetivos desnecessários! Permitiu que sua imaginação lhe fugisse ao controle, mademoiselle, como se o objetivo da escrita fosse acumular o maior número possível de palavras!

Minhas bochechas queimaram diante da crítica ríspida, minha humilhação ainda mais completa por causa dos murmurinhos divertidos de algumas meninas que saíam da sala.

— Sinto muito que considere meu trabalho tão tedioso e ofensivo, monsieur. Simplesmente dou o melhor de mim.

— Isso não é o seu melhor. — Ele me encarou defronte de minha carteira, e a borla de seu *bonnet-grec* criava uma sombra acentuada sobre a têmpora direita. — Vejo que a senhorita tem grande imaginação, Mademoiselle Charlotte. A senhorita tem visão! Tem talento! Mas também tem total desconsideração pelo estilo. Teremos de trabalhar nisto e com bastante assiduidade.

— Estou ansiosa por evoluir, monsieur. Apenas me diga: o que deseja que eu faça?

— Leia meus comentários, mademoiselle. Leve-os a sério. — Com isso, ele deixou a sala.

Abri o caderno contendo meu mais recente esforço para ler os comentários que Monsieur Héger escrevera na margem. Pobrezinha de minha redação, parecia ter sido atacada! Monsieur havia feito mais do que meros comentários e corrigido mais do que erros técnicos. Palavras inapropriadas estavam ferozmente sublinhadas, com a crítica: "*Ne soyez pas paresseux! Trouvez le mot juste!*"* Orações estavam implacavelmente encurtadas. "Está balbuciando!", escreveu aqui, e "Por que esta expressão?", escreveu ali. Quando me afastei do assunto para elaborar uma metáfora, ele riscou o trecho e disse: "Você está no meio do assunto, vá diretamente à conclusão."

A princípio, fiquei devastada. Mas quando parei para pensar no tempo que ele havia empregado com meu pequeno exercício, meu coração encheu-se de gratidão. Ninguém havia criticado minha escrita daquela forma antes. Percebi que sob a tutela de Monsieur Héger eu seria submetida a uma disciplina totalmente nova e dura — porém bem-vinda.

Nas redações das demais alunas, como viria a perceber, ele fazia apenas um comentário ou uma correção aqui e ali, quiçá acrescentava uma ou outra sábia observação; mas nas minhas, ele não deixava passar nenhuma omissão ou imperfeição. "Ao desenvolver seu tema, deve sacrificar sem pena tudo que não contribui para a clareza e a verossimilhança", disse ele.

— É isso que dá valor à prosa, assim como dá a uma pintura unidade, perspectiva e efeito.

Suas palavras eram para mim pérolas inestimáveis de sabedoria, e também eram profundas; eu as absorvia, sempre sedenta por mais.

Em um fim de tarde, em meados de julho, eu lia em um banco no jardim dos fundos. Aquele refúgio agradável era uma longa faixa de terra cultivada, bem atrás do edifício da escola, e

---

* Não seja preguiçosa! Encontre a palavra certa!

completamente murada. Havia uma espécie de gramado, um canteiro de roseiras bem-aparadas e flores desabrochando, e, no centro, uma alameda cercada por antigas e enormes árvores frutíferas. De um lado, um pequeno bosque denso de lilases, cássias-imperiais e acácias; do outro, um muro e arbustos separavam o local do Athénée Royal. Como havia uma única janela no alto do dormitório com vista para o jardim, o caminho sombreado por árvores abaixo da janela era considerado "zona proibida" para as alunas: "*l'allée défendue*".*

O jardim — talvez raro em uma escola que ficava no centro de uma cidade — provou ser um paraíso, isolado da vida agitada e barulhenta da escola. Era um local prazeroso para passar uma ou duas horas, sobretudo em um fim tarde de verão encantador como aquele. Eu estava concentrada em um livro, quando senti cheiro de charuto e, em seguida, ouvi uma voz grossa dizer por sobre meus ombros:

— O que está lendo, mademoiselle?

Mostrei meu livro a Monsieur Héger: era um de meus textos de francês da escola.

— Uma obra excelente, mas talvez não incrivelmente fascinante. Quem sabe não gostaria de pegar este emprestado? — De sob as dobras do paletó, ele retirou um livro e me entregou. Era um belo volume, macio e adoçado pela idade: *Génie du Christianisme*, de Chateaubriand.

— Monsieur! Muito obrigada.

— O jovem Victor Hugo disse uma vez: "Ser Chateaubriand ou nada." Já leu alguma de suas obras?

— Nunca, monsieur. Mas vi este livro na biblioteca. O título me intrigou.

— Creio que achará o conteúdo intrigante também. Chateaubriand escreveu este livro como tentativa de entender as

---

* "Caminho proibido". Daquela janela solitária, William Crimsworth espiava o jardim de Mademoiselle Reuter, em *O professor*, e um admirador jogou cartas de amor para Ginevra Fanshawe em *Villette*.

222

causas da Revolução Francesa, e como defesa da sabedoria e da beleza da religião cristã.

— Não vejo a hora de começar a lê-lo.

— Quando terminar, iremos discuti-lo juntos, sim?

— Sim.

Ele se sentou ao meu lado no banco. Sua proximidade fez meu coração disparar. Movi-me para o lado para dar mais espaço a ele.

— Foge de mim, mademoiselle? — perguntou, ofendido.

— Não, monsieur. Apenas desejava dar-lhe mais espaço.

— Espaço? Não chamo isto de espaço. Deixou entre nós um golfo, um oceano. A senhorita trata-me como um pária.

— De maneira alguma, monsieur. Movi-me menos de uns 60 centímeros. Considerei minha posição original central demais. Temi que o senhor fosse achar que eu estava ocupando mais do que o espaço a que tinha direito no banco.

— Ah. Argumenta então que o motivo foi a preocupação com meu conforto, em vez de uma aversão em compartilhar o banco comigo?

— Precisamente, monsieur.

— Bem, então, aceito este motivo, embora não o sancione. Eu estava muito confortável antes. Sou um homem pequeno, e a senhorita é uma mulher pequena, e este é um banco longo. No futuro, não haverá necessidade de a senhorita mudar de lugar.

— Tentarei me lembrar disso, monsieur.

Ele ficou em silêncio, fumando seu charuto, com a atenção em um passarinho que cantava em um galho de uma pereira próxima. Então disse:

— Sinto que devo felicitá-la, mademoiselle.

— Felicitar-me? Pelo quê, monsieur?

— Sua escrita tem mostrado enorme progresso. A senhorita tem, suponho, algum potencial, afinal.

O tom dele era sincero, porém o brilho em seus olhos azuis pareceu atenuar-se. Seu efeito foi sentido. A felicidade espalhouse por todo o meu ser. Baixei a cabeça para encobrir o sorriso.

— Obrigada, monsieur.

— Imagino que tenha grandes ambições em relação à sua escrita, não? Deseja ficar conhecida um dia? Publicar uma obra?

— Oh, não, monsieur! O que lhe deu essa impressão?

— Vejo isso em suas palavras, na folha de papel. Vejo isso em seus olhos, quando discutimos as obras de terceiros: um fogo apaixonado, que queima felicidade, ou ira, dependendo da qualidade dos textos e de seu humor.

Senti o rubor invadir meu rosto; senti-me nua; como se ele tivesse enxergado emoções que eu nunca pretendera mostrar.

— Realmente, amo escrever, monsieur. Sempre amei, desde criança. Mas tenho a intenção de fundar uma escola. É por isto que estou aqui: para me educar e poder ser uma professora melhor e mais valorizada.

— Um objetivo digno. Mas dar aulas não exclui o ato de escrever.

— Se algum dia tive ambições de ter uma carreira como escritora, já não as tenho.

— E por que isso?

— Fui aconselhada por cavalheiros cujas opiniões admiro.

— E quem seriam esses cavalheiros que a senhorita admira, que conselhos são esses em que confia tanto?

— O primeiro é meu pai.

— Bem, claro, deve acatar a palavra de seu pai. Os pais *sempre* sabem o que é melhor para seus filhos, não é verdade? — O leve tique nos lábios dele, enquanto me fitava, desmentia-o.

— Meu pai é um homem muito bom e sábio, e os outros... são magníficos escritores ingleses e poetas: Robert Southey e Hartley Coleridge.

— Já ouvi falar destes. A senhorita os conhece?

— Não. Mas escrevi para eles. Enviei-os uma amostra de meu trabalho. Ambos deram a mesma resposta: que embora minha obra possuísse algum mérito e talento, não merecia ser publicada. E no caso de Southey, para quem revelei ser mulher, ele disse que escrever não era a atividade apropriada para uma mulher e que eu deveria desistir.

Ele riu.

— Não culpo estes cavalheiros, se o trabalho que a senhorita lhes enviou foi escrito no mesmo estilo execrável e exagerado que me apresentou em suas primeiras composições em francês.

Nesse momento, fiquei incomodada.

— O senhor me magoa, monsieur. Se considera meu texto tão horrendo, por que se deu ao trabalho de me felicitar?

— Eu a felicitei porque a senhorita progrediu! Vi, desde o início, que tinha talento, enorme talento, o qual necessitava apenas de direção e prática. A senhorita correspondeu exatamente às minhas expectativas. Amadureceu. Escreve com mais confiança. Aprendeu a impor disciplina à sua pena. Agora, fico satisfeito que esteja no caminho certo: no caminho de uma prosa mais elegante e concisa.

Como ele conseguia, pensei, passar com tanta rapidez da crítica mais vil às palavras elogiosas restauradoras? Meu orgulho ferido cicatrizou com a mesma rapidez.

— Verdadeiramente, melhorei tanto assim, monsieur?

— Melhorou. Quanto ao seus Sr. Southey e Sr. Coleridge, eu lhe direi o que penso sobre eles. Creio que a senhorita deveria ser muito cautelosa, no que concerne à sua literatura, ao pedir conselhos a outras pessoas, particularmente a homens que jamais conheceu. Como esses estranhos saberão sobre as paixões que lhe ardem por dentro? Que direito eles têm de debelar este fogo, com seus conselhos distantes? Não os leve em consideração, mademoiselle, não por mim, sobretudo se a senhorita discordar fortemente do que digo. Sou apenas seu professor: posso apenas instruí-la sobre o que sei. No fim, a senhorita deve ouvir a voz em seu interior. Esta voz será seu guia mais poderoso. Ela lhe ajudará a ir muito mais além do que eu possa lhe ensinar.

Com a aproximação de julho, o fim de nossa estada de seis meses, conforme programado, aproximava-se rapidamente. Quando eu e Emily nos preparávamos para dormir uma noite, comentei:

— Será uma pena deixar este lugar, não acha, quando ainda há tanto o que aprender?

Emily fitou-me, surpresa:

— Como poderíamos pagar para continuar aqui? O empréstimo de tia Branwell já foi gasto. Não gostaria de pedir mais.

— Nem eu tampouco, mas talvez consigamos *conquistar* nosso sustento. Poderíamos dar aulas de inglês e continuar nossas aulas nos horários livres.

— Lecionar não é uma atividade na qual me sinto à vontade — respondeu Emily. Ela realmente havia detestado os breves seis meses em que trabalhou como professora na escola Law Hill em Halifax. — Porém admito que gostaria de progredir mais no francês e no alemão, e creio que nunca mais teremos uma chance como esta.

O entusiasmo tomou meu coração.

— Devo perguntar aos Héger se poderíamos ficar até o Natal? Caso eles digam que sim, você estaria disposta a ficar?

— Suponho que sim. Mas o que faríamos durante "*les grandes vacances*"?*

— Pensarei em algo. — Sorri e a abracei.

Consultei Madame Héger, que falou com seu marido. Garanti a eles que havia ensinado durante anos — embora, na verdade, uma aula com 40 meninas fosse muito mais do que eu já tivera de administrar. Por fim, eles acabaram aceitando minha proposta. Madame demitiu a professora de inglês da Primeira Divisão, que ultimamente havia se tornado pouco confiável, e me contratou. Ficou decidido que Emily, que havia estudado com o melhor professor de música da Bélgica, daria aulas de piano para determinado número de alunas. Por tais serviços, poderíamos continuar nossas aulas de francês e alemão, com direito à estada. Não foram oferecidos salários,

---

* Férias longas de cinco a oito semanas ou férias de verão.

mas nós consideramos o acordo justo e o aceitamos prontamente.

No dia 15 de agosto, a escola fechou para as férias de verão. Os Héger partiram para seu retiro anual no balneário de Blankenberg, e todos os professores deixaram a cidade. Aproximadamente 12 estudantes internos, além de mim e de Emily, permanecemos no pensionato. Durante aqueles meses gloriosos de agosto e setembro, experimentamos pela primeira vez um verão tipicamente quente. E tivemos tempo livre, finalmente, para explorar Bruxelas de maneira mais profunda. Adorei os belos parques, o enorme e impressionante Palácio Real e as ruas espaçosas e limpas. Fizemos passeios pelas galerias de arte da cidade, igrejas e museus, encantadas.

Rapidamente o verão se foi, a casa encheu-se outra vez e as aulas começaram. Minhas experiências como professora de inglês confirmaram minhas piores e melhores expectativas. Cheguei a pensar um dia que as alunas inglesas eram difíceis de administrar, porém, as piores inglesas seriam as ratinhas de sacristia na Bélgica. As meninas belgas eram verdadeiramente umas rebeldes vigorosas e insolentes, criadas para serem cheias de soberba, com pouco respeito pelos mais velhos. A Primeira Divisão reconheceu-me pelo que eu era: uma aluna antiga que se tornara professora para se manter e que agora deveria ser chamada de "Mademoiselle Charlotte". Nos primeiros meses de trabalho, elas me testaram muitas vezes. Mas aceitei o desafio, determinada a provar para elas — e aos Héger — que era capaz de me defender. Achei o ambiente estimulante, eletrizante e continuei a prosperar.

Diário: até este momento guardei na memória muitas lembranças ternas, doces como mel retirado das flores. Porém devo agora sair destas prazerosas contemplações. Ocorreu que enquanto a vida tomava um rumo tranquilo e gracioso na Bélgica, em

Haworth não andava um mar de rosas. Em setembro, ficamos sabendo através de uma carta de papai que o cólera havia tomado o vilarejo. Muitas pessoas faleceram vitimadas pela doença. Entre elas estava o jovem e encantador cura, William Weightman. Após visitar os pobres e enfermos, ele adoecera e morrera.

As más notícias, viria eu a descobrir, nunca vêm sozinhas, e naquele outono não foi diferente. No fim de outubro, Martha Taylor morreu — também de cólera. Era impensável que Martha houvesse morrido em um estabelecimento educacional como o Château de Koekelberg na Bélgica! Eu nunca havia tido uma amiga tão descontraída como Martha. Ela fora a bem-amada da família e uma companhia preciosa para sua irmã Mary. Agora, para meu espanto e tristeza, ela partira aos 23 anos, antes que sua vida houvesse verdadeiramente começado.

O terceiro golpe veio alguns dias depois. Papai escreveu para nos informar que tia Branwell morrera, após sofrer de uma obstrução intestinal. Devastadas pela súbita sucessão de eventos pesarosos, eu e Emily rapidamente reunimos nossos pertences e arrumamos as malas. Embora fosse tarde demais para chegarmos a tempo para o funeral, sabíamos que precisávamos voltar imediatamente para a Inglaterra. Papai e Branwell estavam sozinhos; não teriam como cuidar da casa sem a presença de uma mulher.

Na noite anterior ao nosso retorno, estava sozinha no dormitório, arrumando meu baú. Realizava tal tarefa anuviada em lágrimas — sofrendo não apenas por minha tia falecida e por Martha e William Weightman, mas pela brutal brusquidão de nossa partida, que me arrancava de uma vida que eu aprendera a amar. Ouvi a porta se abrir no outro extremo do dormitório. Passos se aproximaram; passos de homem, facilmente reconhecíveis, que cessaram defronte da cortina branca, sendo substituídos pelo som da voz de Monsieur Héger:

— Mademoiselle Charlotte? Posso entrar?

Respondi afirmativamente, ainda entre lágrimas.

Ele abriu a cortina e veio até mim.

— Sinto tanto por sua perda — disse ele, com a mais pura gentileza e sinceridade.

Agradeci. Ele deu um passo para mais perto e pôs um livro em minhas mãos. Vi através das lágrimas que era um livro alemão belamente encapado.

— O que é?

Ele tirou seu lenço do bolso — um ritual realizado inúmeras vezes em várias altercações em aula entre nós durante os nove meses recém-transcorridos — e, como sempre, eu o usei para enxugar as lágrimas.

— O livro é um presente. Espero que a ajude a continuar seus estudos nesse idioma que, creio, a senhorita apenas começou a apreciar verdadeiramente.

— Obrigada — falei novamente, tocada por ele ter tido tal consideração. Devolvi seu lenço. Ao apanhá-lo, ele apertou minha mão delicada e brevemente; o calor daquele precioso toque humano me fez estremecer.

— Entendo como é perder alguém a quem se ama muito.

Assenti em silêncio, incapaz de falar por conta da garganta engasgada pela emoção. Imaginei que ele se referia à lembrança do pai ou da mãe. Mas não. Ele prosseguiu suavemente:

— Já fui casado antes. Sabia?

A surpresa encontrou minha voz.

— Não sabia, monsieur.

— O nome dela era Marie-Josephine Noyer. — Ele pronunciou o nome em tom de reverência. Os olhos azuis brilharam lacrimejantes, mas ele logo se recuperou. — Havíamos acabado de nos casar, quando a revolução eclodiu em 1830. Eu me juntei aos nacionalistas nas barricadas. O irmão mais jovem de minha esposa foi morto ao meu lado, um dos muitos mártires que morreram pela liberdade da Bélgica. Três anos depois, naquela mesma manhã, minha esposa e nosso bebê adoeceram. Ambos morreram de cólera.

Lágrimas quentes verteram dos meus olhos.

— Sinto muito, monsieur. — Imaginei que isso explicava o porquê de um exterior tão sombrio, como uma tempestade engarrafada. Ninguém era capaz de emergir de tanto sofrimento e sair ileso.

— Foi há muito tempo. Apenas lhe conto para que entenda: não está só. Sinto sua dor.

— Não compararia minha dor à sua, monsieur. Perdi dois amigos e uma tia adorada; mas não a esposa e o filho.

— Ainda assim, sua dor é enorme. Tudo o que a senhorita sente, sente profundamente, mademoiselle; mas fique certa: a dor irá esmorecer com o tempo. Um dia vai olhar para trás e, em vez de tristeza, seu coração será aquecido por estimadas lembranças.

— Concordei emotivamente, e ele voltou a me entregar o lenço. — Fique com ele, mademoiselle. Terá mais serventia para a senhorita do que para mim. — Acrescentou: — Por favor, saiba que a senhorita e sua irmã serão sempre bem-vindas aqui. Eu e madame estamos pesarosos com sua partida. Sentimos como se fizessem parte de nossa família. Uma vez que as coisas estiverem arrumadas em sua casa, após prestarem as últimas homenagens a sua tia, podem retornar, se assim o desejarem.

— Podemos? — Os acontecimentos surgiram com uma rapidez tão assustadora que eu não havia parado para pensar no futuro. — Não terão de contratar outra professora de inglês durante minha ausência?

— Podemos providenciar alguém temporariamente até o Natal. Seu posto, se o quiser, continuará aqui quando retornar. Gostaria de voltar para a Bélgica e para nós, mademoiselle?

Encaramo-nos, meus olhos agora vertiam lágrimas de gratidão.

— *Oui*, monsieur. Eu gostaria muito.

No momento em que meus pés tocaram o piso de casa, eu já ansiava voltar para a Bélgica. Havia levado uma preciosa carta de Monsieur Héger para meu pai, contendo uma descrição brilhante de nosso progresso no pensionato e um apelo eloquente para que eu e Emily fôssemos autorizadas a retornar por mais um ano para concluirmos nossos estudos — desta vez com salário em troca dos serviços como professoras. Dois assuntos de peso precisavam ser resolvidos, no entanto, antes que papai pudesse sancionar nossa volta: quem cuidaria da casa, agora que tia Branwell partira? E o que seria de nosso irmão? Branwell, que havia sido dispensado de seu posto na companhia de trem no início do ano, após uma controvérsia sobre dinheiro desaparecido, continuava desempregado e frequentando assiduamente a taverna Black Bull. As mortes de nossa tia e de William Weightman o haviam afetado enormemente.

— Willie não pensava em si — disse Branwell, com olhos úmidos e ébrios pelo álcool, quando nos sentamos defronte da lareira da casa paroquial em uma tarde tempestuosa de novembro. — Sua única preocupação era com os pobres, doentes e frágeis. "Quem vai cuidar deles?", perguntava ele. "Quem irá me substituir?" Ainda está para nascer um homem melhor que ele, eu lhes garanto! E a tia... meu Deus! Sentei na beirada de sua cama, dia e noite. Testemunhei seu sofrimento agonizante que não desejaria ao meu pior inimigo. Ela foi minha mãe durante 20 anos, minha guia e responsável por todos os dias felizes de minha infância... e agora a perdi. Como conseguirei seguir adiante? O que faremos?

Pousei a mão sobre a dele afetuosamente.

— A única coisa que podemos fazer. Honrar a memória dela em nossos corações, e na forma como escolhermos viver nossas vidas. Precisamos nos esforçar para deixá-la orgulhosa de nós. — Ele me fitou, confuso, incapaz de captar o que eu tentava dizer. — Não deve beber tanto, Branwell. Isso precisa acabar!

— O que mais me resta fazer? Não há ocupação neste maldito vilarejo.

Em dezembro, Anne escreveu de Thorp Green com uma solução para o problema: os Robinson haviam oferecido contratar Branwell como tutor do filho, Edmund Junior. Nosso problema doméstico também foi solucionado quando Emily declarou sua intenção de ficar em casa para cuidar de papai. Não me surpreendeu. Sabia o quanto ela sentia falta de nossos urzais. Dias depois, recebi uma carta de Madame Héger, reiterando a oferta explicitada na carta de seu marido.

— Tem certeza absoluta de que quer voltar para Bruxelas? — perguntou Emily, depois que papai deu seu consentimento.

— Não consigo pensar em outra coisa. Sinto-me inútil e ociosa aqui.

— Não precisamos ficar ociosas. Atingimos os objetivos que havíamos buscado em Bruxelas. Acredito que nosso francês agora seja tão bom ou superior ao de qualquer professor na Inglaterra. Podemos dar os primeiros passos para abrir nossa escola, como planejado.

— Ainda não me sinto pronta para começar uma escola. Desejo estar mais bem-preparada.

Emily me encarou.

— Estas são suas razões verdadeiras para querer voltar?

— O que quer dizer? — Senti meu rosto esquentar. — Sim, estas são minhas razões! Mas não minhas *únicas* razões. Gosto de Bruxelas. Foi emocionante viver em uma cidade grande, longe deste fim de mundo, e ambos os Héger desejam sinceramente meu retorno. Não pretendo desapontá-los.

Havia outro motivo também, mas era um que, naquele momento, eu não era capaz de entender ou de explicar: uma força irresistível me atraía de volta para Bruxelas. Embora uma voz de alerta soasse bem baixinho nos confins de minha consciência, eu a ignorei, concentrando todos os meus pensamentos em uma única certeza: *preciso voltar. Preciso.*

Capítulo Dez

Caso ainda estivesse viva, tia Branwell teria desaprovado severamente minha viagem sozinha da Inglaterra à Bélgica, em janeiro de 1843. Mas como não encontrei companhia, fui obrigada a viajar por conta própria. Meu trem atrasou tanto que cheguei a Londres somente às dez da noite. Como já visitara a cidade na viagem anterior, fui diretamente ao cais, onde o cocheiro me deixou, sem a menor cerimônia, no meio de uma multidão de rudes barqueiros que disputavam a mim e a minha bagagem. A princípio recusaram-se a me deixar embarcar àquela hora da noite; mas, finalmente, alguém teve pena de mim. Partimos na manhã seguinte. Desta vez, depois de chegar ao continente, pude pegar o trem do dia seguinte ao meio-dia com destino a Bruxelas.

Com alegria e alívio, cheguei ao pensionato naquela noite. Estávamos em pleno inverno: as árvores estavam nuas e a noite muito fria. Mas que bela sensação atravessar aquela familiar entrada de pedra abaulada e adentrar o corredor de mármore preto e branco! Como era maravilhoso retornar a um ambiente tão adorado! Tão logo cheguei à porta, com a bagagem aos meus pés, e tirei minha capa, Monsieur Héger saiu da recepção, encolhendo os ombros dentro de seu *surtout*.* Olhou-me de relance, e seu rosto se iluminou.

— Mademoiselle Charlotte! Está de volta!

---

* Sobretudo.

— Estou, monsieur. — Fiquei radiante de prazer ante o olhar dele. O som de sua voz era como música para meus ouvidos. Não percebi quantas saudades senti enquanto estivera fora.

— Onde estão seus companheiros de viagem? Certamente a senhorita não viajou sozinha?

— Viajei, monsieur. Como está sem pároco auxiliar, meu pai teve de assumir todas as atribuições da paróquia sozinho. Não podia sair, pois não havia ninguém mais para pregar.

— Bem! Felizmente, a senhorita chegou sã e salva. — Ele deu um passo curto de volta à recepção, chamou madame, depois virou-se novamente para mim. — Preciso ir. Estou dando uma aula na sala ao lado. Boa noite, mademoiselle, e bem-vinda. — Ele fez uma reverência e saiu.

Madame me recebeu amavelmente.

— *Le maître Anglais qui nous avons employé pendant votre absence était absolument incompetent, et les jeunes filles ne cessent pas de demander de vos nouvelles. J'espère que vous resterez longtemps.**

Garanti-lhe que pretendia ficar por longo tempo — contanto que me hospedassem.

— A senhorita é como se fosse nossa filha — acrescentou madame, com um sorriso incomum. — Por favor, faça da nossa sala de estar a sua, e sinta-se à vontade para se juntar a nós a qualquer hora ou para lá repousar, sempre que suas tarefas de classe estiverem concluídas.

Passei a lecionar em uma nova sala de aula, no pátio ao lado da casa. Além de ensinar inglês e de continuar meus estudos em letras e francês, agora eu trabalhava como *surveillante*** da Primeira Classe em tempo integral. Meu salário — £16 por

---

* "O professor de inglês que contratamos em sua ausência era absolutamente incompetente, e as moças não paravam de perguntar sobre a senhorita. Espero que fique conosco por um longo tempo."

** Inspetora.

ano — era modesto e não durava muito. No entanto, uma nova função logo foi acrescentada ao meu programa. Monsieur Héger perguntou se eu consideraria dar aulas de inglês para ele e para Monsieur Chapelle, o cunhado de sua falecida esposa. Fiquei muito feliz em poder ajudar.

Nós nos reuníamos em minha sala de aula duas vezes por semana. Monsieur Chapelle era educado e inteligente, e ambos demonstraram um desejo sincero de aprender. Tais encontros, que provocaram uma inversão de papéis entre mim e Monsieur Héger, também expuseram sua efervescência natural. Ali ele podia livrar-se da máscara de homem rígido que usava todos os dias e se mostrar encantador.

Estas aulas transformaram-se em uma de minhas obrigações favoritas. Flagrei-me aguardando ansiosamente a semana inteira pelo dia e instante em que Monsieur Héger (e Monsieur Chapelle, geralmente alguns minutos depois) entrava, com passos largos, em minha sala de aula, sentava-se em uma carteira vazia e anunciava estrondosamente:

— Cheguei! Vamos começar a conversação em inglês. — Tendo aprendido nos últimos meses a arte de administrar uma sala cheia de alunos difíceis, eu era capaz de aplicar energia, imaginação e confiança às aulas com precisão e minúcia.

— *It is eight hours* — dizia Monsieur Héger, enquanto olhava o relógio em minhas mãos.

— *Eight o'clock* — corrigi.

— *How many years have you?* — perguntou ele.

— *How old are you?* — ensinei.

— *My parents were all the two from Brussels* — comentou Monsieur Chapelle.

— Diga *both* em vez de *all the two*, monsieur.

Começamos com o básico, mas Monsieur Héger — que provou ter uma aptidão natural para idiomas — progrediu com uma rapidez impressionante. Em um mês, já falava inglês de modo bastante razoável. Logo estruturei nossas aulas para que se adequassem aos seus mais sofisticados gostos e aptidões. No entanto, suas tentativas insistentes de me imitar, enquanto tentava ensiná-los a pronunciar as palavras como os ingleses, eram um espetáculo divertido para todos. A pronúncia de Monsieur Héger de uma breve passagem de "Weelleeams Shackspire" ("*le faux dieu de ces païens ridicule, les Anglais*" * provocava ele) fez-me chorar de tanto rir.

Às vezes, quando a redação de Monsieur Héger demandava correção imediata, eu lhe acenava de forma brincalhona para que ele se levantasse de sua carteira e me sentava em seu lugar, como ele tantas vezes fizera comigo em sua sala de aula.

— Um lápis, por favor — eu disse, com um sorriso imperioso, estendo-lhe a mão, imitando o pedido que tantas vezes ele me fizera. Ele me entregou o lápis; no entanto, enquanto sublinhava os erros no exercício, ele não se contentou em aguardar com deferência ao meu lado, como esperava que eu fizesse enquanto sua aluna. Em vez disso, rondou-me e por trás esticou o braço por cima de meu ombro, a mão apoiada na mesa, com a cabeça próxima à minha, enquanto observava meu progresso e lia em voz alta minhas anotações, como se estivesse determinado a memorizar cada palavra.

Ao sentir o calor da respiração de encontro ao meu rosto a cada elocução, meu coração disparou e não consegui raciocinar. Disse a mim mesma que as reações físicas eram ocasionadas pelo horário avançado e pelo calor na sala, que provinha de uma estufa exageradamente ativa; mas meu coração sabia a verdade: o motivo de tais reações eram a proximidade e a visão da mão de Monsieur Héger tão perto da minha.

DE MANHÃ CEDO, NA PRIMEIRA semana após meu retorno, levei um susto. Ao abrir minha escrivaninha, na sala de aula ainda deserta, um aroma inesperado tomou minhas narinas de assal-

---

* O falso Deus dos ridículos pagãos, os ingleses.

to: era o aroma seco e pungente da fumaça azulada dos indianos preferidos de Monsieur Héger. Um cheiro de charuto. Juntamente à surpresa olfativa, veio uma visual: alguém havia reorganizado o conteúdo de minha mesa. Não desorganizado — estava tudo asseadamente no lugar, embora em lugares distintos dos originais, como se mãos invisíveis e divinas houvessem ali aterrissado e realizado uma pequena e gentil revista.

Além disso, encontrei mais duas novidades. A redação que eu havia deixado inacabada, ainda cheia de erros, sobre meus papéis, agora estava cuidadosamente comentada e corrigida. Melhor ainda: sobre meu gasto livro de gramática e do dicionário amarelado, encontrava-se um livro novinho em folha, de um autor francês que eu havia declarado ter interesse em ler. Juntamente ao livro, um bilhete simplesmente dizia: "Um empréstimo. Divirta-se."

Meu coração me golpeou. Ao pensar que, com todas as muitas responsabilidades que ocupavam seus dias e noites, monsieur teria tirado um instante para pensar em mim! E mais: ao pensar que, enquanto eu dormia, ele havia entrado às escondidas na sala e ido até minha mesa. A mão suave e morena levantara a tampa da mesa; e ali, sentado, com o nariz entre meus livros e papéis, examinara cada item e, em seguida, guardara tudo cuidadosamente, sem sequer tentar disfarçar suas maquinações. Algumas pessoas, pensei, poderiam considerar o ato uma invasão de privacidade, mas compreendi a intenção dele. Desejava apenas me fazer bem e mostrar que se importava comigo.

Nada de bom, no entanto, poderia vir daquele cheiro. Levantei a tampa da minha mesa, abri a janela mais próxima e, cuidadosamente, sacudi o livro do lado de fora na tentativa de purificá-lo com a brisa da madrugada. Ai de mim! A porta da sala de aula abriu violentamente, e o próprio monsieur apareceu. Ao ver o que eu fazia, e tirando suas próprias conclusões, fez uma careta e me lançou um olhar zangado. Ele avançou em minha direção em disparada.

— Vejo que minhas ofertas lhe ofendem

Rapidamente recolhi o livro da janela.

— Não, monsieur...

Antes que pudesse dizer algo mais, ele arrancou o volume de minha mão sobressaltada.

— Não mais lhe incomodarei com isto. — Ele caminhou diretamente para a incandescente estufa e destravou a porta. Para meu espanto, percebi que ele pretendia jogar o livro lá dentro.

— Não! — gritei. Corri e agarrei o livro. Uma contenda se seguiu. Se ele verdadeiramente quisesse ganhar, não teria havido disputa, pois minha força, mesmo quando instigada pela fúria, não poderia ser comparada à dele. Finalmente, ele desistiu e arranquei os despojos de sua mão. Aliviada e com o coração acelerado, disse:

— É um livro novo e lindo! Como ousa sequer pensar em destruí-lo?

— Está muito sujo, tem um cheiro forte demais para sua delicada sensibilidade. O que quer com isto?

— Gostaria de lê-lo! E... — acrescentei, com um sorriso disfarçado — sou grata ao gênio que o emprestou a mim, e que corrigiu meu trabalho.

Percebi um sorriso de interrogação nos olhos de monsieur.

— Neste caso, não está ofendida com o cheiro do fumo?

— Não gosto do cheiro, admito. O livro não merece isso, nem o senhor. Mas aceitarei os defeitos e as qualidades, monsieur, e lhe sou grata.

Ele então sorriu; ou melhor, riu, quando se virou e saiu da sala rapidamente.

Continuei encontrando tesouros semelhantes nas semanas seguintes. Embora vigilante, nunca peguei o fantasma amante de charutos em flagrante. Na maioria das vezes, era uma obra clássica que aparecia como passe de mágica em cima de meus papéis; uma ou duas vezes encontrei um romance para leitura leve, sem complicações. Com o tempo, tão logo os descobria, passei a levar os volumes às narinas e inalar o aroma penetrante. Agradava-me imensamente pensar que Monsieur Héger mantinha relações íntimas com minha mesa.

Eu estava contente naquele primeiro mês, apesar do clima ainda muito frio que se manteve durante todo o mês de fevereiro até março. Eu tremia sob minha capa enquanto caminhava sozinha, todos os domingos, até uma das capelas protestantes da cidade. Não tinha amigos em Bruxelas, já que Mary Taylor partira após a morte da irmã, e eu não gostava das outras professoras, todas falsas, solteironas amargas, que não faziam nada além de se queixar da falta de sorte na vida. Tentei aceitar a gentil oferta de madame para compartilhar a sala de estar à noite, mas não me pareceu razoável. Madame e monsieur estavam sempre ocupados com suas crianças ou engajados em uma conversa que, na maioria das vezes, soava muito particular aos meus ouvidos. Desse modo, me vi sozinha na maioria das vezes, fora do horário escolar. Sentia muitas saudades de Emily e percebi que sua companhia tinha exercido um papel importante em tornar meu primeiro ano em Bruxelas tão agradável.

O dia 11 de março era a data de comemoração do padroeiro de Monsieur Héger: a festa de são Constantino.* Era costume, em um dia tão festivo, que os alunos levassem flores aos seus mestres. No entanto, não lhe dei buquê. Em vez disso, planejei dar um presente mais pessoal e duradouro. Naquela noite, após nossa lição de inglês, quando Monsieur Chapelle saiu da sala de aula, senti que era hora de fazer minha pequena surpresa. No entanto, antes que pudesse fazê-lo, monsieur — sentado à própria mesa — deixou escapar um pequeno suspiro e disse:

---

* De acordo com a fé católica, um dia no qual se prestam homenagens a um santo padroeiro, este celebrado por M. Héger em 11 de março, porque Constantin era o seu primeiro nome.

— A senhorita não me trouxe flor alguma hoje, mademoiselle.

— Não, monsieur.

— Nem tampouco tem um buquê escondido em sua mesa. Se tivesse, eu teria detectado sua fragrância há muito tempo.

Escondi um sorriso.

— Está correto, monsieur. Não tenho flores.

— Por que isso? É o meu dia de festa. Ainda não é minha aluna?

— Certamente não pode lamentar a falta de um buquê meu, senhor, quando recebeu tantos outros no dia de hoje.

— Não é a quantidade que importa, mas a identidade do portador e a intenção por trás do presente. Mas espere, acho que me lembro... a senhorita tampouco me deu flores no ano passado!

— Não lhe dei.

— Não pensa suficientemente em mim, é isso? Não sou digno de tal presente?

Agora eu estava com vontade de rir. Quase lhe contei o que havia preparado.

— O senhor é muito digno, monsieur, e sabe disso perfeitamente. Mas no ano passado, em seu dia de festa, minha irmã e eu estávamos na Bélgica havia apenas poucas semanas. Não estávamos familiarizadas com a tradição. Ainda que estivéssemos, não teria como ter lhe comprado flores.

— Ah! — Ele assentiu, com as sobrancelhas erguidas. — Entendo... por causa do custo. Flores são bastante caras, e poucas podem ser encontradas no jardim nesta época do ano.

— Não é o custo, monsieur. É algo totalmente diferente. Embora adore ver as flores crescendo, não me agrada vê-las sendo arrancadas da terra. Elas, então, me parecem por demais perecíveis; sua semelhança com a vida e esse ataque à sua breve mortalidade entristecem-me. Nunca ofereci flores àqueles que amo, e nunca desejei recebê-las.

— Curiosa filosofia. Pergunto-me: pensa da mesma forma sobre comida? Uma cenoura ou uma batata também são arrancadas, com raiz e tudo, da terra. Todos os vegetais e frutas são arrancados do seu talo ou ramo. E o cordeiro, que dá a vida à sua alimentação? Mademoiselle treme ao comer?

— Não. Gosto de pera, de batata, de uma verdura, como qualquer um. Admito, sinto remorso pelo cordeiro ou pela vaca. Mas faz parte da natureza, monsieur: devemos comer ou morrer. No entanto, não precisamos de flores para decorar nossas mesas, para existir.

Ele riu e balançou a cabeça.

— É um excelente argumento; e defendido com a mesma clareza de pensamento e firmeza de convicção que a senhorita demonstra em suas composições. Admito, a senhorita me convenceu.

— Ótimo. Por acaso, monsieur, tenho um presente para o senhor... não do tipo que cresce na terra.

— Tem? — Ele ameaçou levantar-se da mesa, mas rapidamente sentou-se. A expressão em seu rosto, de ânsia e deleite, era quase infantil.

— Mas talvez prefira continuar nossa discussão sobre flores?

Cabisbaixo, ele disse humildemente:

— Esse assunto está encerrado. Não farei mais nenhuma recriminação.

Rapidamente retirei uma pequena caixa de minha mesa e lhe entreguei.

— Para o senhor, monsieur. — Havia comprado a caixa especialmente para a ocasião: era feita de conchas dos trópicos, adornada com uma pequena fita circular de pedras azuis cintilantes.

— É linda. — Ele a abriu. Na parte interna da tampa, esmeradamente gravado com a ponta da tesoura, as iniciais C.G.R.H., que representavam seu nome completo: Constantin Georges Romain Héger. Um sorriso iluminou o rosto dele.

— Como sabia todas as minhas iniciais?

— Sei de muitas coisas, monsieur.

Uma corrente trançada estava enrodilhada na caixa, feita por mim com seda de cores vivas e adornada com contas cintilantes; para o fecho, retirei o fecho dourado de meu único colar e afixei-o na caixa.

— Vi a senhorita trabalhando nela nas últimas noites, nos horários de estudo. Não suspeitava de que fosse para mim. É... uma corrente de relógio, presumo?

— É, monsieur.

— Muito bom! Gostei muito. Obrigado. — Radiante, ele parou, abriu o paletó e fixou a corrente do relógio, tomando um cuidado especial ao arrumá-la em seu peito. — Está exibido da melhor forma possível? Não tenho intenção alguma de esconder algo tão decorativo.

A feição amigável no rosto dele deixou meu coração radiante.

— Está muito bonito, monsieur.

— A caixa será uma esplêndida *bonbonnière* — comentou, o que muito me agradou, pois eu sabia que ele gostava muito de doces e gostava de compartilhá-los com outras pessoas. — Agradeço-lhe novamente. Seu presente, *mon amie*, provou ser um final perfeito para um dia muitíssimo agradável.

Sorri. Repetidas vezes, no passado, ele havia se dirigido a mim com uma expressão insípida, um olhar irritado ou de desdém. Agora, me chamava de *mon amie*, uma expressão que, eu viria a entender mais tarde, carregava um sentido muito mais íntimo de afeto do que a palavra inglesa *friend*. Naquele momento, senti-me completamente feliz e leve como um balão capaz de subir ao céu.

Algumas semanas depois, fui chamada a comparecer à biblioteca de monsieur. Sentado à mesa, ele corrigia testes quando entrei.

— Ah, Mademoiselle Charlotte. Aí está a senhorita. Por favor, feche a porta e sente-se.

Fiz o que me pediu e posicionei minha cadeira em frente à mesa dele. Observei a corrente do relógio que fizera, bem à vista no paletó preto, e sorri.

— Tenho algo para a senhorita. Tive a oportunidade de lê-los. — Ele tirou três manuscritos pequenos e encadernados de uma gaveta e os colocou sobre a mesa. Eu os reconheci e o pânico invadiu minha garganta. Eram meus manuscritos: alguns exemplos de meus antigos textos, que trouxera de casa e tinha dado a Monsieur Héger na semana anterior. Agora que seu inglês já estava apurado o suficiente para que os mesmos lhe fizessem algum sentido, quis compartilhar aquelas criações espontâneas de minha juventude. Ao ver a expressão no rosto dele, entretanto, desejei não tê-lo feito.

— O senhor não gostou, não é? Achou-os tolos e simplórios.

— Longe disso. Meu inglês ainda não é muito avançado, por isso não entendi tudo. Mas me parecem bastante charmosos, joviais, animados. *The Spell* é, particularmente, destemido e fantástico, e ao mesmo tempo irritantemente inacessível e extremamente divertido.*

— Inacessível? Divertido? — Fiquei desanimada. A história era para ser emocionante, dramática, e não engraçada. — E... joviais?

— Sim. Mas é compreensível. A senhorita era jovem quando os escreveu, não era? Estava sem rumo, sem orientação. Possuía apenas o impulso de escrever e um amor pelas palavras. Escreveu o que estava então em sua mente e em seu coração.

— Houve uma pausa, na qual ele preparou um charuto de uma caixa na mesa. — Importa-se se eu fumar, mademoiselle?

---

* Sem que Charlotte tivesse conhecimento, Monsieur Héger guardou estes exemplares de sua juvenília (*The Spell, High Life in Verdopolis* e *The Scrap Book*, escritos sob o pseudônimo de Lord Charles Florian Wellesley), e, mais tarde, eles foram reunidos em um volume intitulado "Manuscritos da Srta. Charlotte Brontë" (Currer Bell). Eles foram encontrados em um sebo em Bruxelas, após a morte de Héger, por um professor universitário que os vendeu ao Museu Britânico.

Fiz que não com a cabeça, tomada pelo sofrimento.

Ele acendeu o charuto, colocou-o nos lábios e o inalou, então soprou um rastro de fumaça no cômodo.

— Esclareça-me: o que passa por sua mente e seu coração agora, mademoiselle? Além das composições que escreve para mim, que outros assuntos gostaria de explorar em poesia e prosa? Que histórias ambiciona contar?

— Nenhuma, senhor.

— Não acredito nisso. Tal paixão pela escrita na juventude não se esgota e desaparece por si só.

— Era uma distração, monsieur; um passatempo que deixei para trás.

— Então por que me mostrou estes textos?

— Não sei.

Ele fez um som que denotava impaciência.

— A senhorita não está sendo honesta comigo ou consigo, mademoiselle. Quis minha opinião e, agora que lhe dei, não gosta do que eu lhe disse, seu rosto ruboriza-se e a senhorita acovarda-se e desiste de seu propósito, como um rato que se encolhe em seu buraco.

Ele dizia a verdade, mas eu não podia admitir.

— Meu propósito é administrar uma escola. É a melhor, e única, ocupação disponível para mim.

— Pelo que ouvi, a senhorita é boa professora, mas, como já lhe disse, o magistério não exclui a escrita, nem deveria fazê-lo. Uma pessoa organizada pode realizar ambas as atividades. — Ele se recostou na cadeira e me fitou. — Sabe o que eu desejava ser na juventude, mademoiselle?

— Não, monsieur.

— Eu queria ser advogado.

— Advogado? Verdade? — Fiquei espantada.

— Cresci na riqueza e na prosperidade, com perspectivas muito promissoras, sabendo que poderia ir para qualquer universidade que quisesse e me tornar o que desejasse ser. Então, um dia, meu pai, que era joalheiro e o homem mais caridoso e generoso, emprestou uma grande quantia em dinheiro a um amigo em dificuldades e perdeu tudo.

— *Tudo*, monsieur?

— Tudo. De um dia para o outro, minhas perspectivas futuras sofreram uma reviravolta. Passei a adolescência sem profissão e despreparado para a vida. Meu pai me mandou a Paris para tentar a sorte. Meu primeiro emprego foi como secretário de um advogado, uma iniciação ao mundo jurídico, o que muito me atraiu. Porém, já não tinha mais tempo nem dinheiro para considerar tal profissão. Então comecei a lecionar. O único prazer que me permitia na época era ir à Comédie Française, como aplaudidor contratado. Fui obrigado a substituir meu amor pelos tribunais e pelo palco pelo amor às salas de aula e de estudo.

Acredito que uma resposta solidária havia sido por mim formulada, no entanto deixei escapar sem pensar:

— Talvez seja egoísta de minha parte, monsieur... mas não posso lamentar sua perda, pois ela foi um ganho para mim.

Ele riu.

— Então esta é sua resposta à minha dolorosa história?

— Sinto muito. Sinto-me mal pelo senhor. Arrepende-se, monsieur? Por ter desistido de seu sonho?

— Não. Estou muito feliz com tudo o que tenho. De que serve olhar para trás e querer saber como teria sido? Mas minha verdade não necessariamente é a sua verdade, mademoiselle. A senhorita mal iniciou sua carreira. É o que realmente deseja para si? Uma vida dedicada ao magistério?

— Eu... Eu não sei, monsieur.

Ele se levantou e deu a volta até a frente da escrivaninha e parou diante de mim, apoiando-se na mesa; seus sapatos quase tocavam os meus, as pregas opacas do paletó comprido esbarravam e se confundiam com as abas de meu vestido preto. Lá estava ele, fumando e pensando, a poucos centímetros de mim.

Por um momento, o único som na sala era o constante tique-taque do relógio sobre a cornija da lareira que não era capaz de acompanhar as batidas velozes do meu coração. Finalmente, ele disse:

— Li seus textos iniciais. Estou bem familiarizado com seu trabalho atual. Posso ser honesto, mademoiselle? Posso compartilhar com a senhorita minhas impressões sinceras?

— Por favor, monsieur.

— Acho seu trabalho notável. Acho que a senhorita possui elementos de genialidade.

Fiquei sem ar.

— Genialidade, monsieur?

— Sim. E acredito que, com mais prática, este talento possa ser aprimorado para se tornar algo valioso.

Minha mente banqueteou-se com aquela única palavra: *genialidade*. Durante toda a minha vida, acreditei que possuía algum tipo de dom, um dom que compartilhava com os demais membros da família, mas até então desconhecido e ignorado. O forte entusiasmo da ambição retornou com força total e latejou em todas as minhas veias. Contudo, algo também me amargurava.

— Se eu realmente possuir genialidade, monsieur, *se* possuir, então todo esse treinamento e prática são realmente necessários? Por que todas essas composições infindáveis, nas quais fui obrigada a imitar a forma de outros escritores? Por que não posso simplesmente escrever o que desejo escrever?

— É imprescindível estudar a forma. Sem a forma, não há poeta; com ela, seu trabalho será mais poderoso.

— Mas a poesia... não é a expressão fiel de algo que sucede ou que sucedeu na alma?

— Pode-se dizer que sim.

— E a genialidade não é algo inato, um dom enviado a nós por Deus?

— O homem recebe esse presente do céu, sem dúvida.

— Então acredito que a genialidade, por sua própria natureza, deve ser arrojada e ousada — comentei — e deve agir instintivamente, sem estudo ou pausa para reflexão.

— A genialidade sem estudo é como uma força sem alavanca, mademoiselle. É como a alma que não consegue expressar sua melodia interior, a não ser por uma voz áspera e rouca. É como o músico com um piano desafinado que não pode oferecer ao mundo as doces melodias que ouve dentro de si. É como as obras de sua juventude, mademoiselle. — Ele se inclinou para a frente, baixou seu rosto perto de mim e encarou meus olhos diretamente. — A natureza deu-lhe uma voz, mademoiselle; mas só agora está aprendendo a utilizá-la... para transformá-la em arte. A senhorita deve se tornar uma artista. Estude, persista e será verdadeiramente virtuosa. Suas obras vão perdurar.

Meu coração batia forte, em parte por causa da proximidade dele, porém, ainda mais, pelo impacto daquelas palavras. Era como se um mundo totalmente novo houvesse se aberto para mim. Senti um calor jovial espalhar-se por dentro, saturando meu peito e subindo até meu rosto, como o calor do sol.

Naquele momento, a porta da biblioteca se abriu e Madame Héger entrou na sala. Seu olhar lançou-se sobre o marido e sobre mim, naquela situação, e ela congelou.

Monsieur Héger se aprumou e, despreocupadamente, baforou seu charuto.

— Madame?

Os olhares de ambos se encontraram:

— Não sabia que estava dando aula — disse ela friamente.

— Eu estava apenas dando a Mademoiselle Charlotte alguns sábios conselhos sobre seu futuro, e sua literatura. — E, para mim, acrescentou: — Terminamos, mademoiselle. Pode ir.

Saí imediatamente da sala, meu coração ainda palpitando. Madame desviou o olhar e recuou para me dar passagem.

Saí da biblioteca de Monsieur Héger tremendo de emoção. Precisava afastar-me, nutrir a mente com tudo o que ele me dissera. Corri escadaria acima, peguei a capa e me dirigi rapidamente para o jardim.

A escuridão já se instalara havia muito tempo; tudo estava tranquilo e silencioso. Com os pés sobre o gramado, aspirei o refrescante ar da noite. Senti o aroma de uma chuva recente de abril, fresca e limpa. Um dossel de estrelas brilhava acima, ao lado de uma lua incandescente cujo reflexo resplandecia sobre as pequenas e brancas flores emergentes que salpicavam os ramos escuros das árvores do pomar. Enquanto passeava pelo caminho principal, meu coração alegrou-se com a cadência animada e penetrante dos grilos e com a mistura de sons da cidade ao redor, que soava como o sussurrar suave de um oceano ao longe.

Ouvi o som de um trinco e vi a porta dos fundos do pensionato se abrir com suas silenciosas dobradiças. Alguém surgiu, parou, e então se aproximou. Eu sabia que era ele. Esperei. Ele me alcançou e acompanhou meu passo.

— Uma bela noite, não?

— Sim, monsieur. — Continuamos caminhando. Um cheiro de charuto emanava de sua roupa. — Onde está seu charuto, monsieur?

— Apaguei. Não queria que nada prejudicasse a fragrância das flores da primavera. — Ele respirou profundamente e sorriu. — Agora que tenho a senhorita como companheira de caminhada, fico mais contente ainda pela ausência do charuto, pois sei que não lhe agrada.

— Acostumei-me ao seu charuto, monsieur. Chego até a apreciar o aroma, pois me lembra o senhor.

— Então a senhorita não sacode mais à janela os livros que lhe empresto?

— Não ousaria, monsieur, por medo que o senhor se arremeta contra mim como um anjo vingador e tente arrebatar minha recompensa.

— Recompensa? Fico satisfeito em saber que considera assim meus pequenos empréstimos.

— Os livros que compartilhou comigo... significam tudo para mim. Só de pensar que o senhor dedicou seu tempo para pensar em mim, uma mera aluna de sua escola e uma professora que trabalha para o senhor... sinto-me honrada, monsieur.

— Uma mera aluna em minha escola e uma professora que trabalha para mim? — protestou ele, e balançou a cabeça surpreendido. Ele então se virou e me encarou, obrigando-me a parar na sua frente enquanto me fitava carinhosamente. — Temos sido tanto alunos quanto professores um do outro, mademoiselle. Mas a senhorita deve saber que representa muito mais para mim. A senhorita é uma amiga, mademoiselle; uma amiga para a vida toda.

Meu coração inflou-se de tanta alegria, como nunca sentira. As palavras dele ressoaram em meus ouvidos. *Uma amiga para a vida toda.* Ele se pronunciou com um carinho espontâneo nos olhos. Sentindo uma afobação repentina e descontrolada, descobri ali que nutria sentimentos profundos por aquele homem. Outrora, eu o havia temido; com o tempo aprendera a estimá-lo e respeitá-lo; mais tarde passei a considerá-lo um amigo. Agora, dava-me conta de que meus sentimentos haviam crescido e se transformado em algo muito mais profundo: eu o amava. *Eu o amava.*

Oh! Enquanto desviava o olhar, imóvel, fui tomada pela confusão. Como pode ser? Como poderia amar Monsieur Héger? Ele tinha uma esposa, uma família à qual se dedicava, do jeito que deveria ser. Uma vida familiar da qual eu nunca poderia fazer parte. Amar Monsieur Héger era errado — *errado* —, uma violação de tudo o que era correto, moral e decente! Como pude permitir que meus sentimentos me arrebatassem?

Com o coração palpitando com força, tentei desesperadamente entender aquela revelação profunda. Se eu amava Monsieur Héger, havia apenas uma forma de justificar esse amor: eu o amava *não* como uma noiva ama o noivo ou como uma mulher ama seu marido, *não*! Amava monsieur apenas como um aluno ama seu mestre. Eu o transformara em ídolo. E como ser inferior que adora o ídolo, não tinha necessidade de que meu amor fosse retribuído na mesma proporção. Estava — *deveria estar* — totalmente satisfeita com o que ele poderia dar: aquela amizade pura e simples que ele me oferecia tão espontaneamente. Essa ponderação silenciosa tranquilizou-me e aliviou minha consciência até que outra súbita percepção me acometeu; com ela, veio um pesar tão grande que trouxe lágrimas aos meus olhos.

— Por que chora, mademoiselle? Acabo de dizer que a senhorita é uma amiga para a vida toda.

— Assim como o senhor é para mim, monsieur — respondi, em voz baixa e entrecortada.

— E isso a deixa triste?

— Não, monsieur. É outra coisa que me angustia.

— O que é?

— É saber que um dia devo deixar Bruxelas, monsieur.

— Mas a Inglaterra é o seu lar. Sua família está lá. Certamente você ficará feliz em voltar para eles.

— Sim. Mas Bruxelas, este pensionato, por mais de um ano vem sendo meu lar. Vivi uma vida maravilhosa aqui. Convivi com o que respeito e o que me dá prazer, com uma mente original, vigorosa e aberta. Vim a conhecer *você*, monsieur; e me enche de tristeza pensar que um dia devo deixá-lo... que não poderemos mais ter este tipo de conversa.

— Mesmo separados, mademoiselle, ainda podemos nos comunicar um com o outro.

— Como, monsieur? Uma carta pode ser algo precioso. Frequentemente releio as cartas dos meus amigos e da minha família, e elas significam tudo para mim. No entanto, mesmo que eu lhe escreva todos os dias e o senhor responda na mesma frequência, eu não teria o mesmo prazer de uma conversa frente a frente.

— Que sorte, então, que não sejamos obrigados a confiar em letras e nos correios para mantermos contato frequente, não é mesmo?

O carinho exposto nos olhos dele me desarmou.

— O que quer dizer, monsieur?

— Outra forma de contato pode existir entre duas pessoas que estão separadas, mas que realmente se gostam, um meio instantâneo de comunicação entre corações distantes. — Ele tocou o próprio peito, depois estendeu a mão e gentilmente colocou os dedos contra o meu peito. — É uma forma de comunicação que não precisa de papel ou caneta, de palavras proferidas ou de mensageiros.

O toque intimista me alegrou. Eu mal conseguia raciocinar.

— Qual é essa mágica forma de comunicação? — perguntei, minha voz agora como um sussurro.

Ele afastou as mãos.

— Não é nada de mais. A senhorita já passou por isso uma centena de vezes, mas talvez não tenha percebido. Deve apenas ter um momento privado, tranquilo, sentar-se e fechar os olhos; e então pense na outra pessoa. Ela vai aparecer em sua mente, exatamente como a conhece. Você vai ouvir a voz dela e poderá conversar com ela pelo tempo que desejar.

— Tais meditações silenciosas podem fazer sentido, monsieur, mas nunca serão suficientes para satisfazer meu coração.

— A lembrança pode ser algo bom. Ela pode fazer com que aqueles que estão distantes pareçam ainda melhores do que são. — Ele levou a mão ao meu rosto, enxugou minhas lágrimas e depois se deteve na delicada suavidade de uma carícia. — Se o oceano vier a ficar entre nós, farei o seguinte: ao fim do dia, terminadas as minhas obrigações, quando a noite cair, sentarei em minha biblioteca e fecharei os olhos. Evocarei sua imagem e a senhorita virá até mim, mesmo que não queira. Será como se estivesse aqui, diante de mim; e nos encontraremos novamente, em pensamento.

O timbre profundo da voz dele parecia ecoar dentro de mim. Minha pulsação martelava em meus ouvidos. Eu não conseguia falar. A lua estava cheia, e ele não era cego: certamente conseguia ler por completo a profundidade do sentimento que meu rosto não conseguia esconder.

E então aconteceu: a mão dele virou meu rosto de encontro ao seu, ele inclinou a cabeça na direção da minha e carinhosamente beijou uma de minhas faces primeiro, depois a outra, como os franceses costumavam fazer. Então senti o suave toque de seus lábios nos meus. O beijo foi breve e delicado, ainda que seu contato tivesse sacudido meu corpo, eletrizando-me até meu âmago.

Ele recuou levemente, a mão ainda em meu queixo, o rosto a meros centímetros de distância, os olhos penetrantes fixados aos meus. Fui tomada pelo calor; parecia que ia derreter. Não conseguia respirar. Desviei os olhos. Meu olhar deteve-se em um brilho minúsculo e distante que vinha da porta de vidro do pensionato. Uma vela cintilava de lá. De costas para o edifício, Monsieur Héger não tinha como vê-la. Estaria alguém nos observando? Se assim o fosse, quem? De repente senti um calafrio, e estremeci.

— Você está com frio, mademoiselle. Ficou muito tempo no sereno. A senhorita deve entrar.

Incapaz de falar, assenti com a cabeça e corri de volta para o prédio; meu rosto ainda queimava. Quando abri a porta e retornei ao salão, não havia ninguém, nenhuma vela à vista.

FIQUEI ACORDADA ATÉ O AMANHECER, lançada em um mar flutuante, porém inquieto. Eu revivia a cena no jardim várias vezes na minha cabeça, recordando cada palavra que monsieur havia falado, o jeito como me olhou e o modo como seus lábios tocaram os meus. Esforcei-me para me convencer de que não havia feito nada errado, tampouco ele. Monsieur era um homem de fama imaculada, de notável integridade e princípio. Era também

252

um homem impetuoso, carinhoso. Já o vira beijar outras amigas e alunas de modo similar e não me pareceu nada de mais. Era o jeito francês. O beijo foi apenas um sinal de respeito: benigno e insignificante. Ele já devia ter até se esquecido a essa altura — e eu deveria fazer o mesmo. Tudo continuaria como antes; seríamos amigos, como antes; como se nada tivesse acontecido.

Na manhã seguinte, entretanto, um bilhete de madame me foi entregue:

10 de abril de 1843

Mademoiselle Charlotte:

Meu marido e Monsieur Chapelle pediram-me para lhe informar que, com pesar, suas agendas cada vez mais ocupadas já não lhes permitem fazer uso de seus serviços como professora de inglês. Eles agradecem seus esforços, dos quais os dois se beneficiaram. Além disso, meu marido crê não ter mais tempo para lhe ensinar francês individualmente, embora a senhorita possa, naturalmente, continuar com suas aulas de redação e todos os seus deveres de magistério.

Atenciosamente,
Mme. Claire Zoë Héger

Fiquei indignada e desconcertada. Aquilo era realmente necessário — essa suspensão abrupta das aulas de inglês, que haviam provado ser tão aprazíveis e satisfatórias para ambas as partes? Não podia acreditar ser este o desejo de monsieur. Depois de tudo o que disse e fez na noite anterior, por que escolheria este momento para abandonar nossas aulas particulares? Certamente, a iniciativa fora de madame. Ela estava à janela, observando-nos. Talvez tivesse percebido, mesmo antes de mim, a exatidão de meus sentimentos por seu marido; talvez estivesse com ciúme. Ciúme, *de mim*! Era absurdo!

Daquele dia em diante, raramente, ou quase nunca, eu encontrava Monsieur Héger sozinho. No final da aula, quando ouvia seus passos se aproximarem no corredor e corria para cumprimentá-lo, ele magicamente desaparecia, como uma baforada de charuto. Quando eu passeava no jardim e sentia o cheiro deste perfume pungente e tentava encontrar sua origem, ele novamente desapareceria por completo. Se ele entrasse na sala de jantar na hora do estudo e eu o olhasse de relance com expectativa, *ela* sempre surgia, dois passos atrás de monsieur, e o sequestrava para longe.

Banida de seu convívio, qualquer olhadela por parte de Monsieur Héger tornou-se ainda mais preciosa para mim. Ainda que agora meu único contato com ele fosse através das redações corrigidas que eu encontrava em minha mesa e dos livros que ele ainda gentilmente deixava para mim à noite — mas agora sem nenhum bilhete. Estes livros proporcionavam o único prazer ou diversão que eu tinha. Nunca mais vi a corrente do relógio que tanto me custou fazer. A caixa de concha que lhe tinha dado também desapareceu. Os doces que repartia entre as alunas agora estavam de volta à velha bomboneira.

Uma vez, quando encontrei Monsieur Héger inesperadamente sozinho na sala de aula, ele franziu a testa e disse, com grande contrariedade evidenciada por suas sobrancelhas escuras e eriçadas:

— Vejo que não é muito sociável, mademoiselle. Madame acha que a senhorita deveria fazer amizade com os outros professores. Creio que um pouco de benevolência universal e boa vontade de sua parte seria de grande proveito — dito isto, ele saiu.

Eu não tinha vontade de fazer amizade com os outros professores. Já havia tentado e fracassado. O comportamento irritado de monsieur em nada ajudou para lançar luz sobre a minha situação. Quando me beijou no jardim, ele demonstrou afeto por mim — Eu senti! Eu vi! —, ainda que o tivesse feito de forma amigável. Para onde, então, tal carinho havia fugido? Monsieur estaria zangado — e me evitando — porque sentia-se culpado por ter me beijado? Temeria que, com um breve beijo, tivesse ultrapassado os limites ou tivesse me dado uma impressão errada sobre seus sentimentos? Será que ele reconhecia *meus* sentimentos e temia que estes pudessem ser encorajados pelo mínimo contato com ele? Ou estaria simplesmente obedecendo a uma ordem da esposa para que não mais se relacionasse comigo?

Madame dobrou o número de minhas atribuições, encarregando-me de todas as aulas de inglês da escola, pelas quais recebi um pequeno aumento de salário, deixando-me também pouco tempo livre para qualquer outra atividade. Estava condenada a respirar o ar sufocante da sala de aula durante todo o dia, onde eu me exauria semeando os preceitos da língua inglesa nas mentes das meninas belgas. À noite, ficava mergulhada em papéis para ler e corrigir.

Será que este aumento de responsabilidade foi uma "recompensa", como alegou madame, ou um castigo? Através do relato de outras pessoas, eu sabia que madame exaltava bastante meu trabalho. Ela continuou a ser gentil comigo, mas muitas vezes a flagrei fitando-me fixamente no corredor ou do outro lado da mesa, no refeitório, com uma expressão em seus olhos azulescuros que me congelava o sangue, como se tentasse ler minha alma silenciosamente. Quando ela não estava presente, eu suspeitava ser objeto de escrutínio de Mademoiselle Blanche, que parecia observar cuidadosamente cada movimento meu.

Em uma tarde, quando dispensei minha turma mais cedo por conta de uma dor de cabeça e voltei ao dormitório para descansar, avistei um vulto do outro lado das cortinas que separavam meus aposentos do restante do ambiente. O som de uma gaveta sendo cautelosamente aberta chegou aos meus ouvidos. Alarmada, aproximei-me em silêncio. Posicionada em uma das extremidades das cortinas, fui capaz de observar por uma brecha.

Vi que o visitante — ou, devo dizer, o *espião* — era Madame Héger. Ela estava diante de minha pequena cômoda, examinando fria e meticulosamente o conteúdo de minha gaveta e da caixinha de costura. A cada gaveta sucessivamente aberta, fui ficando fascinada e horrorizada. Ela bisbilhotou as páginas de cada livro; destampou cada pequena caixa. Deu particular atenção a cada bilhete e carta, que cuidadosamente voltou a dobrar e devolveu ao lugar. Fui tomada por indignação e fúria. No entanto, não tive coragem de revelar minha presença. Não seria nada mais além de uma cena, um choque súbito e violento no qual eu diria coisas das quais viria a me arrepender, e que apenas teriam minha demissão como consequência.

Seu ato seguinte realmente me surpreendeu: ela tirou um molho de chaves do bolso e começou a abrir a gaveta comprida abaixo da minha cama! Tirou dali um vestido e examinou seu bolso, virando-o completamente pelo avesso. Comecei a compreender: certa noite, quando estava dormindo, madame deve ter entrado na ponta dos pés e se apropriado das minhas chaves para fazer uma cópia. Há quanto tempo, me pergunto, tal vigilância vinha acontecendo?

Ela colocou o vestido de volta e passou os olhos pelas outras roupas. Os dedos agarraram o lenço que Monsieur Héger havia me dado, um tesouro que eu passara e dobrara cuidadosamente. Aquilo era demais! Precisava colocar um ponto final naquilo! Pigarreei, dei um instante para que ela se recompusesse e, em seguida, puxei a cortina. Que mulher incrível! A gaveta estava fechada; a caixinha de costura, vedada e em seu lugar. Madame me cumprimentou com um frio e tranquilo aceno de cabeça.

— Substituí seu jarro e bacia por um conjunto novo, mademoiselle. Vi que estes estavam rachados. Boa tarde — tendo dito isto, ela passou por mim e saiu rapidamente do cômodo.

Diário: quando escrevi para Ellen e minha família, deixei transparecer meu sofrimento e isolamento, e admiti que madame parecia não mais gostar de mim. Disse que não poderia imaginar por que, inexplicavelmente, havia perdido a consideração daquela mulher que, com tanta gentil afeição, convidara-me a retornar a Bruxelas. O que mais eu poderia dizer? Logicamente, não poderia admitir para *eles* a verdadeira razão para a mudança de comportamento de madame. Assim como, certamente, não podia esconder isso de mim. Eu sabia. *Eu sabia!* Minha patroa desconfiava de mim, e talvez de seu marido, de atos e sentimentos de natureza bastante traiçoeira, degenerada e poluidora da alma — suspeita totalmente infundada.

Eu amava Monsieur Héger *verdadeiramente*. Não podia negar. Entretanto, não nutria expectativas para com ele. Eu não o queria para mim. Apenas desejava um prazer renovado de uma ligação entre nossas mentes. Minha consideração por ele, simples e complacente, não poderia prejudicar madame! Com certeza, pensei, se pudesse esperar um pouco mais, se pudesse provar a ela que não representava ameaça alguma, ela veria que estava equivocada, e tudo voltaria alegremente a ser o que era antes.

O tempo passou, entretanto, sem progresso algum. Agosto chegou. Os exames foram realizados; notas distribuídas. No dia 17, a escola entrou em recesso. Os alunos foram para casa, e as longas férias começaram.

À véspera da sua partida, Monsieur Héger (suponho que sem o conhecimento ou a aprovação da esposa) me presenteou com outro livro, uma edição em dois volumes da obra de Bernardin de Saint-Pierre, que ele esperava "ajudar a ocupar os dias solitários que estavam por vir". Aceitei o precioso presente com enorme gratidão; porém, que profecia havia naquelas palavras!

Oh! Como estremeço ao lembrar daquelas terríveis e longas férias!

Nenhuma estudante permaneceu no pensionato naquele ano. O prédio escolar estava vazio, com exceção de mim e da cozinheira. Eu queria desesperadamente ir para casa, mas não fazia sentido realizar uma viagem tão longa e cara para uma visita tão curta. Cinco semanas, entretanto, nunca haviam parecido ser tamanha eternidade.

Aquele verão foi tão diferente do ano anterior, quando Emily e eu aproveitamos juntas cada momento do nosso tempo livre. Desta vez, os corredores da escola ecoavam silêncio e desolação. As duas fileiras de camas cobertas de branco no dormitório zombavam de mim, em seu vazio, como insultuosos fantasmas. Meu ânimo, que vinha gradualmente decaindo desde abril, agora despencara. Sem ocupação e companhia alguma, o coração parecia morrer dentro de mim. Eu fazia as refeições sozinha. Tentava ler ou escrever, mas sentia a solidão demasiadamente opressiva. Nas visitas aos museus, as obras não me interessavam.

As primeiras semanas foram quentes e secas; depois o clima mudou. Uma tormenta equinocial rugiu por uma semana. Fiquei impressionada como as janelas chacoalhavam e a tempestade rugia naquela imensa casa vazia. Tarde da noite, quando não podia mais tolerar os furiosos sons, abri violentamente a janela ao lado de minha cama e fui engatinhando até o telhado. De lá, encharcada e acometida pelo vento, senti e vi o espetáculo em toda a sua glória. O céu estava negro, enfurecido, cheio de trovões e perfurado por raios brancos ofuscantes e intermitentes.

Enquanto assistia, rezava para que Deus me libertasse de minha penúria e isolamento vigentes. Ou, se não, que pelo menos me iluminasse; que me mostrasse Sua vontade. Mas nada aconteceu. Não houve mão gigante de Deus caindo. Nenhuma preciosa palavra de orientação foi confidenciada em meu ouvido. Escalei de volta aos meus aposentos, molhada e tremendo, e me deitei. Quando finalmente dormi, sonhei.

No sonho, era mantida prisioneira na torre de um castelo por uma bruxa cruel e intrigante. Uma tempestade rugia do lado de fora. Do lado de dentro, eu apodrecia, faminta e esquecida, à espera de meu amor para me salvar. Estava quase perdendo as forças. Certamente ele ainda se importava. Certamente ele viria antes de ser tarde demais! Uma batida soou à janela. Corri para lá e a abri com força. Alguém moreno e elegante, luxuosamente vestido, saltou para dentro, tomou-me em seus braços e me beijou profundamente. Era ele! Era o meu querido duque de Zamorna! Mas quando ele recuou e me presenteou com seu olhar fixo adorável, suspirei, confusa. Não era o duque. *Era Monsieur Héger.*

O sonho durou apenas um ou dois minutos, mas foi suficiente para contorcer meu corpo inteiro de consternação quando acordei. Custara tanto para me convencer de que não pensava no professor de um modo romântico, de que meu amor por ele era inocente e totalmente respeitável. Oh, desesperada, desesperada Charlotte! O que deveria fazer com tantos pensamentos e imagens indesejáveis?

A cozinheira trouxe-me chá na cama na manhã seguinte. Ao notar meu semblante desolado, disse, preocupada:

— *Vous avez besoin d'un docteur, mademoiselle. J'appelle un.**

— *Non, merci* — respondi. Sabia que nenhum médico poderia me curar.

A tempestade finalmente diminuiu. O tempo serenou. Vesti-me e me atrevi a sair para espairecer. Durante muitas horas, atravessei os bulevares e ruas de Bruxelas. Caminhei até bem longe, até o cemitério, além das colinas e campos. Enquanto andava, meus pensamentos se voltavam para casa. Tentava imaginar o que Emily estaria fazendo naquele momento: certamente estaria na cozinha preparando o guisado, enquanto Tabby acendia o fogo para cozinhar as batatas para fazer uma espécie de grude de legumes. Papai estaria em seu escritório, escrevendo uma carta de reclamação para os *Leeds Intelligencer* sobre alguma questão de importância regional. Anne estaria em Thorp Green, brincando com os filhos dos Robinson, enquanto Branwell estaria recitando algum poema clássico ao seu aluno. Essas divagações eram sublimes para mim! Que saudade de todos!

---

* Precisa de um médico, senhorita. Vou chamar um.

Quando ergui os olhos, encontrava-me novamente no coração da cidade, em frente à Catedral de Saint Gudule. Era uma igreja católica, uma religião desprezada por meu pai e contrária à minha natureza, mas que, após a convivência com seus seguidores no pensionato, tornara-se cada vez mais familiar para mim.

Os sinos anunciavam a noite de *salut*; pareciam convidar-me para entrar. Indo contra todos os precedentes, entrei. Lá dentro, algumas idosas faziam suas orações. Fiquei na parte de trás da catedral até as orações terminarem. Vi seis ou sete pessoas ajoelhadas sobre os degraus de pedra, nos nichos abertos que serviam de confessionários. Aproximei-me, atraída por uma força inominável. Os confessores sussurravam, através de uma grade, para um padre do outro lado. Uma senhora ajoelhada ali perto pediu-me, com voz amável, para passar à sua frente, pois ela não estava pronta.

Hesitei. Porém, naquele momento, qualquer abertura para um sincero apelo a Deus seria uma acolhida, como um copo de água aos sedentos e moribundos. Fui para um nicho e me ajoelhei. Depois de um tempo, uma pequena porta de madeira na grade se abriu e vi o padre inclinar seus ouvidos em minha direção. De repente, dei-me conta de minha ignorância sobre o ritual de confissão. O que deveria dizer? Como começar?

Contei-lhe a verdade.

— *Mon père, je suis Protestante.**

O padre virou-se em minha direção, surpreso. Embora seu rosto estivesse obscuro, vi que era idoso.

— *Une Protestante? En ce cas, pourquoi avez-vouz approché moi?* **

Respondi que havia bastante tempo vinha perecendo sozinha e que por isso precisava de conforto. Ele disse com voz suave que, como protestante, eu não poderia desfrutar das ver-

---

* Padre, sou uma protestante.

** Uma protestante? Neste caso, por que veio até mim?

dadeiras bênçãos de uma confissão. Mas que teria o prazer de me ouvir e oferecer seus conselhos se pudesse.

Comecei a falar. No início, as palavras surgiam hesitantemente. Depois ganharam força e paixão rapidamente, até se transformarem em um dilúvio. Contei-lhe tudo — uma expansão vital da longa e reprimida dor que me arrebatava o coração — e terminei meu discurso com uma pergunta que me preocupava profundamente: "Padre, se nossos pensamentos e intenções são nobres e puros, seremos responsabilizados por Deus pelos sonhos pecaminosos que invadem nosso sono?"

O semblante do padre, ou o que eu conseguia vislumbrar através da grade, pareceu perplexo. Finalmente, ele disse com compaixão:

— Minha filha, se fosse da nossa religião, eu poderia saber melhor como orientá-la. Mas acredito que, no seu coração, já sabe que rumo deve tomar. Acredito também que estes sentimentos e aflições pelos quais sofre são mensagens de Deus para lhe trazer de volta à verdadeira igreja. Gostaria de ajudá-la. Mas precisaria de mais tempo do que posso lhe conceder aqui. Venha à minha casa e conversaremos novamente. — Ele me deu seu endereço e me instruiu que fosse lá na manhã seguinte às dez horas.

Agradeci ao padre. Levantei-me. Afastei-me, grata por sua bondade, mas ciente de que não tinha intenção de voltar a visitá-lo. Parecia um homem digno, mas no meu enfraquecido estado de espírito eu temia que, caso fosse vê-lo, seu poder de persuasão seria tão grande que em breve eu estaria rezando o terço na cela de um convento carmelita.

Retornei ao pensionato e relatei fielmente esse incidente (que, querido diário, mais tarde concedi a Lucy Snowe em *Villette*) em uma carta para Emily, embora tivesse omitido cuidadosamente o conteúdo de minha confissão. O ato de comunicar meu sofrimento à minha irmã, entretanto, assim como ao padre — um ser humano tão inteligente, tão digno e consagrado —, me fez bem. Já sentia algum consolo e alívio.

"Acredito que, no seu coração, já sabe que rumo deve tomar." Estas foram as palavras do padre. O primeiro e único conselho verdadeiro que me tinha dado. Assim que deitei na cama naquela noite, a escuridão envolveu-me como um redemoinho, e as ideias surgiram em correntes igualmente obscuras e confusas. Clamei em voz alta para o absoluto vazio:

— O que devo fazer?

A resposta veio prontamente em minha mente, e as palavras pronunciadas — "Você deve ir embora da Bélgica!" — foram tão terríveis que tapei os ouvidos. Odiaria ter de voltar para casa, para o nada — pois nenhuma ocupação me aguardava lá — e, decididamente, odiaria mais ainda ter de deixar Monsieur Héger, sabendo que, muito provavelmente, jamais o veria novamente. Ainda assim, a ideia de ficar era igualmente um suplício. Como poderia continuar naquela casa, vivendo de nada além da esperança de um mero vislumbre dele dia após dia? Como poderia continuar lá, sabendo que meu afeto por ele jamais poderia ser externado abertamente?

— Se tiver de ir, então permita que eu seja arrancada daqui — gritei. — Deixe que outra pessoa tome essa decisão por mim!

— Não! — proclamou a Consciência tiranicamente. — Ninguém deverá lhe ajudar, Charlotte. Deve se afastar à força. Terá de arrancar o próprio coração.

— Não! — proclamava a Paixão. — Pense nos longos e solitários dias em casa, faminta por uma carta ou palavra, todo contato com ele reduzido a lembranças e devaneios!

Durante semanas fiquei dominada pela agonia de uma indecisão torturante. Não tinha vontade de ficar; não tinha forças para fugir. Por fim, uma voz dentro de mim afirmava que eu deveria agir: deveria abandonar o Sentimento e seguir a Consciência. O amor secreto que ardia dentro de mim, não correspondido e ignorado, só poderia devorar a vida que o alimentava. Uma triste palavra encerrava minha intolerável tarefa:

— Partir!

Não muito depois de as aulas recomeçarem, reuni coragem. Esperei um momento em que Madame Héger estivesse sozinha em sua sala e — desculpando-me — dei o meu aviso prévio. Por um instante, surpresa e alívio encheram o rosto normalmente passivo de madame. Em seguida, a máscara caiu de volta em seu lugar.

— Não se preocupe conosco, mademoiselle — disse ela friamente. — Nós concordamos. A senhorita pode partir imediatamente, se desejar.

No dia seguinte, Monsieur Héger mandou me chamar. Quando apareci na biblioteca dele e me sentei na cadeira que ele me ofereceu, fiz um enorme esforço para reprimir minhas lágrimas e me preparei para o que acreditava estar por vir: tranquilas e medidas palavras de despedida. Em vez disso, para minha surpresa, ele olhou para mim com as sobrancelhas erguidas e levantou as mãos, com olhos ardentes de dor e confusão.

— Que loucura é esta? Está indo embora? O que a influenciou? Não está feliz aqui?

— Monsieur, *tenho sido* feliz. Entristece-me deixar este lugar, e deixar o senhor. Mas é o que devo fazer.

— Por quê? Ofereceram-lhe outro emprego?

— Não.

— Então para o quê volta?

— Nada importante, monsieur; mas devo voltar.

— Eu repito: por quê?

Como poderia lhe dizer? Até mesmo a esposa dele, aparentemente, não ousara abordar a verdade.

— Eu... Eu estou fora de casa há muito tempo, monsieur. Estou com saudade do lar e da família.

— Compreendo que esteja com saudade, mademoiselle. A senhorita deveria ter ido para casa para as longas férias. Eu lhe disse isso. Mas partir agora, deste jeito... o ano letivo está apenas começando! Não é tão fácil achar uma boa professora de inglês. O que faremos?

— Encontrarão outra professora, monsieur. O senhor se esquecerá de mim muito antes que eu lhe esqueça.

— Como pode dizer isto, mademoiselle? Depois de todo esse tempo, depois de todas as conversas que tivemos, nunca poderia lhe esquecer. A senhorita é uma das alunas mais brilhantes que já tive. — A doçura na voz dele despedaçou-me de tristeza e, ao mesmo tempo, deixou-me fria de temor, pois era também o arquejo de um leão que apenas começava. — Não somos bons amigos, mademoiselle?

Reprimi o choro. Os trejeitos linguísticos dele me torturavam.

— Somos bons amigos, monsieur.

— Quando chegou, a senhorita tinha medo de mim, creio. Veja o quanto progredimos. Acredito que agora me entende, a senhorita é capaz de perceber meu estado de humor, e acredito que eu a compreenda. (Diário: ele não compreendia.)

— Monsieur — declarei, lutando para manter a voz firme enquanto afugentava as lágrimas. — Alcancei os objetivos que me trouxeram até aqui. É hora de ir embora.

— Não! A senhorita progrediu bastante, mas ainda há muito a ser feito. Digo-lhe, é muito cedo. Não deve ir. Não quero mais ouvir falar sobre isso!

A dor nos olhos e na voz dele me feriu até o íntimo. Oh! Por que ele precisava tornar aquilo ainda mais difícil do que já era? Estava claro que ainda gostava de mim, mas ao seu modo; que nossa separação o afligia; que ele me via como uma amiga que o desapontava. A Consciência e a Razão me traíram e se voltaram contra mim. Naquele momento as chances de perseverar em meu propósito eram as mesmas que eu teria caso saltasse de um despenhadeiro. Ao mesmo tempo, caso cedesse, a consequência funesta teria sido a mesma.

Permaneci lá até o fim de dezembro. Cada dia era um sofrimento. Quando finalmente anunciei minha decisão final, fiquei comovida com o grau de tristeza demonstrado por minhas alunas. Monsieur Héger acatou-a, embora contrariado. Na manhã em que parti, fui chamada na sala de estar de Héger, onde me entregou um presente de despedida — uma antologia de um poeta francês — juntamente a um diploma que atestava minhas qualificações para administrar uma empresa.

— A senhorita deve nos avisar quando sua escola estiver estabelecida, certo? — pediu Monsieur Héger com grande emoção durante a despedida, e prometeu sinceramente trocar cartas. — Mandaremos uma de nossas filhas para estudar com a senhorita.

Madame insistiu em me acompanhar até o barco em Ostend, naquele 1º de janeiro de 1844, como se quisesse garantir que eu não fosse ter oportunidade para mudar de ideia. Debulhada em lágrimas amargas, eu disse adeus à Bélgica, com a esperança no coração de que, algum dia, voltaria.

Nunca mais voltei.

Capítulo Onze

Dois anos depois, deitada a sós, em meio à escuridão de minha alcova na residência da paróquia, a dor e a aflição que queimavam meu peito permaneciam vigorosas e agonizantes desde meu retorno da Bélgica. Dois anos depois, eu continuava apaixonada em segredo por um homem que residia do outro lado do oceano; um homem que sabia ser inacessível; um homem que, ao cessar a troca de correspondências por mais de um ano (fosse por vontade própria ou pela insistência da esposa), demonstrara a impossibilidade de manter sequer uma amizade à distância. Quanto tempo, indaguei, era necessário para se deixar de amar alguém? Seria possível, de forma proposital e permanente, arrancá-lo de meu coração? Caso fosse possível, como fazê-lo?

A porta do meu quarto foi aberta, e Emily apareceu com uma vela na mão. Sentei-me, enxuguei os olhos e me esforcei para recuperar o controle de minhas emoções, enquanto minha irmã se sentava ao meu lado, na beirada da cama.

— Charlotte, sinto muito pelo que eu contei ao Branwell sobre o Monsieur Héger. Minhas intenções eram boas. Mas agora vejo que minha tentativa de reconfortá-lo foi uma grande traição à sua privacidade. Arrependo-me verdadeiramente pelo que disse. Falei sem pensar. Eu a amo tanto; você é minha irmã tão querida, significa tudo para mim. Estou profundamente entristecida por ver a dor que minhas palavras lhe causaram. Nunca tive a intenção de lhe magoar.

— Eu sei disso. — Alcancei a mão estendida de Emily na escuridão. As bochechas dela, eu notei, estavam banhadas por lágrimas. Emily envolveu-me com os braços e ficamos ali fortemente enlaçadas durante algum tempo, reconfortando-nos uma na outra.

Com o abraço findo, Emily disse suavemente:

— Charlotte, vai me contar agora? Vai me contar o que aconteceu entre você e o Sr. Héger?

Fiz que não com a cabeça.

— Ainda não. Um dia, talvez, contarei.

Somente no dia seguinte, quando papai juntou-se a mim e às minhas irmãs para o café da manhã, foi que me lembrei, subitamente mortificada, de que ele e o Sr. Nicholls estiveram presentes durante o violento ataque verbal de Branwell e Emily contra mim na noite anterior.

Depois de papai terminar seu mingau de aveia e sair apressado para seu escritório sem pronunciar quase nenhuma palavra, perguntei:

— Papai ou o Sr. Nicholls comentaram algo sobre... sobre o que ouviram ontem à noite?

— Estavam chocados demais para falar alguma coisa — disse Anne, com uma olhar de compaixão.

— Oh! — exclamei, extremamente constrangida.

— Não se preocupe — disse Emily. — Eu lhes expliquei que houve um enorme mal-entendido, que Branwell havia deturpado minhas palavras e que nada daquilo tinha relação com a verdade. Tenho certeza de que eles se esquecerão de tudo.

A explicação dela pareceu-me por demais otimista. Em minha experiência, as pessoas não se esqueciam rapidamente de acusações do tipo que Branwell fizera, mesmo depois que fossem provadas ser mentirosas. Com as faces ruborizadas, imaginei o que o Sr. Nicholls deveria estar pensando de mim. Durante vários dias, andei humilhada demais para conseguir fitá-lo nos olhos. E então, um dia, mudei meu comportamento.

Havia acabado de terminar minha aula na escola dominical e dispensava meus alunos com um sorriso, quando praticamente esbarrei no Sr. Nicholls e em John Brown no corredor.

— Vai ao concerto da igreja amanhã à noite? — John Brown perguntava ao Sr. Nicholls. — Poderemos ouvir o renomado tenor Thomas Parker cantar com a Sra. Sunderland de Halifax, além de uma enorme variedade de instrumentos musicais e coristas.

— Nunca ouviria um *batista* cantar — desdenhou o Sr. Nicholls bruscamente, enquanto recuava para o lado para eu passar.

Apenas balancei a cabeça para o que ouvi. De fato, os pastores puseístas recusavam-se a assistir a esse concerto, um evento que abarrotava o templo a ponto de faltar ar lá dentro, e que provava ser um dos acontecimentos mais importantes do ano. Enquanto ouvia a gloriosa música que ecoava pela igreja naquela noite, eu me lembrava de quão intolerante e preconceituoso era o Sr. Nicholls. Por que deveria preocupar-me com o que ele pensava de mim? Eu era inocente de qualquer ato real de desonestidade. Ele, não. Lembrei-me de Bridget Malone e disse a mim: o Sr. Nicholls é que deveria ter vergonha de manter a cabeça erguida, não você!

Fiquei satisfeita com essa percepção. Se o Sr. Nicholls não mais me respeitava, não era culpa minha ou problema meu, pois eu nunca tivera mesmo apreço ou respeito por ele. Simplesmente continuaria a evitá-lo.

Evitar o Sr. Nicholls, no entanto, era mais fácil na teoria do que na prática. Ele morava ao lado de casa, encontrava-se com papai todos os dias, conduzia as três missas de domingo e supervisionava as escolas. Ele estava em todo lugar. Na verdade, as frequentes visitas do Sr. Nicholls à residência paroquial originaram rumores aviltantes, sobre os quais tive conhecimento em uma carta de Ellen. Ela me informou que alguém havia lhe perguntado, com grande cerimônia e interesse, se era verdade que eu e o Sr. Nicholls estávamos secretamente noivos! Respondi imediatamente negando, mas a carta dela deixou-me aflita durante semanas.

Minha determinação em desgostar do Sr. Nicholls foi severamente testada em uma tarde, em meados de março. Estava um dia frio e claro. O inverno já havia terminado, mas a primavera ainda não chegara. Eu e Anne realizávamos visitas aos pobres para entregar aos necessitados as roupas de crianças que havíamos costurado durante os meses precedentes.

Nossas primeiras paradas foram nas pequeninas casas superhabitadas, grudadas umas nas outras, ao longo da rua principal no vilarejo, uma tarefa que em nada nos entusiasmava, pois embora seus moradores fossem bastante gentis, suas casas eram apertadas e geralmente muito sujas, e tão impregnadas de maus odores que não conseguíamos permanecer lá por mais de um minuto. As visitas aos paroquianos que viviam mais afastados, no campo — os operários nos vales e os camponeses pobres que tiravam do solo meios para garantir sua precária existência —, eram mais agradáveis.

Quando eu e Anne rumávamos nessa direção, sob um límpido e glorioso céu azul, o vento soava por entre os galhos desnudados de umas poucas árvores dispersas; amontoados de neve, ainda remanescentes nas clareiras e várzeas, derretiam rapidamente debaixo de sol. Logo chegamos à casa dos Ainley, uma habitação minúscula de palha desbotada, localizada bem atrás da estrada.

Dos oito filhos dos Ainley, três, que eram jovens demais para frequentar a escola, brincavam do lado de fora, vestidos com roupas esfarrapadas, velhas e mal-ajambradas. Quando eu e Anne nos encaminhamos para a porta da frente, os pequeninos nos rodearam, com estardalhaço e alvoroço, puxando as barras de nossas saias e as cestas e perguntando o que lhes havíamos trazido. Afagamos gentilmente suas cabeleiras cacheadas e lhes explicamos que deveriam ter paciência, pois a encomenda deveria ser entregue primeiramente às mãos de sua mãe.

— Ah! As senhoritas são mesmo uns anjos em trazer roupas pra minhas criança — disse a Sra. Ainley, que nos cumprimentou e nos fez entrar na mesma hora, carregando uma criança de um ano pendurada em sua cintura. Era uma mulher alta e de expressão amável, porém cansada, em um vestido marrom surrado, tinha 40 anos, embora parecesse ter uma década a mais. — Só Deus sabe que, com só duas mão e oito filho, mal consigo dar de comer pra eles, muito menos costurar as roupa que precisam, ainda mais nesse tempo frio. E estou tão ruim do reumatismo nos dedo e tudo mais.

As crianças tentaram nos seguir, mas a mãe os colocou para fora.

— Vão brincar lá fora, todos vocês! Não tem espaço pra muitos corpos nesta casinha, e não vejo a hora de ter uma prosinha de adultos com nossas visita.

Estremeci ao entrar na pequena moradia: era escura, apertada e fria, e cheirava a fumaça, porém era limpa e arrumada na medida do possível pela Sra. Ainley. Ela nos ofereceu suco de cevada, que recusamos, cientes de que ela mal poderia dar-se ao luxo de compartilhar a bebida. Ainda com o bebê no colo (uma criança muito magra e sorridente, com a cabeça tomada de cachos louros), a Sra. Ainley tirou a poeira de suas duas melhores cadeiras para nós, ao lado da lareira. Como eu sabia que uma delas era sua favorita, expressei minha preferência por me sentar em um duro banquinho em um canto próximo da janela.

— Desculpa por tá tão frio aqui dentro — disse a Sra. Ainley, enquanto misturava o pouco que restava na lareira, nada mais do que algumas brasas e um pouco de gravetos. — Nosso estoque de carvão e turfa acabou, e não temos como arranjar mais. Desde que baixaram os salário na fábrica temos passado um aperto desesperador. Com os preço da batata e do pão tão caros, meu marido mal consegue ganhar o suficiente pra gente viver, e ele trabalha da aurora ao escurecer. Minha menina mais velha trabalha de criada e nos manda um pouco de dinheiro de vez em quando, mas é uma ninharia.

Eu e Anne expressamos nossas sinceras consternações a respeito das condições de trabalho deprimentes na municipalidade, que sabíamos ser fonte de miséria e privação para muitos.

— Ai, ai, mas não dá pra fazer nada, já que a crise no comércio é que tá causando isso, ouvi falar. — A Sra. Ainley colocou o afável bebê sobre um cobertor no chão aos seus pés, e a criança ali ficou, quietinha, chupando dedo. A mulher então sentou-se à nossa frente e, com entusiasmo, pôs-se a soltar exclamações entusiasmadas a cada peça de roupa que lhe apresentávamos, agradecendo-nos profusamente.

— É difícil achar um trabalho tão bem-feito como o das senhorita. Como gostaria de poder costurar como vocês. Ainda consigo tricotar, graças a Deus, quando acho tempo, mas ultimamente meus dedo mal consegue segurar a agulha de costura. Tem uma roupa de domingo que tô tentando fazer pro meu filho John faz uns quatro meses. Ele precisa dela terrivelmente, mas Deus sabe que conseguirei terminar ela.

— Ficarei feliz em poder terminá-la para a senhora — ofereci.

— Eu posso ajudar — acrescentou Anne. — Podemos começar o trabalho enquanto estivermos aqui, se desejar.

— Oh! As senhoritas são boa demais; nunca terei como retribuir tanta bondade.

— Não há por que retribuir, Sra. Ainley — respondi. — Para nós será um enorme prazer se pudermos fazer algo para minorar seus problemas.

Grata, a Sra. Ainley trouxe os retalhos da roupa ainda por ser concluída juntamente à caixa de costura. Encontrei dois dedais de latão dentro da caixa, que se encaixaram em meu pequenino dedo e no de minha irmã com o auxílio de um rolinho de papel. Pouco depois, eu e Anne já estávamos a trabalhar, costurando a camisa enquanto a Sra. Ainley tricotava um par de meias. Momentos depois, um grande gato malhado surgiu do quarto ao lado e se deitou defronte da lareira, lambendo preguiçosamente a pata aveludada, com os olhos semicerrados, enquanto observava as brasas em decomposição no suporte gradeado torto.

— Esse gato tem quase 12 anos — comentou a Sra. Ainley, olhando o animal com carinho. — É como se fosse mais um da família, é sim. Não sei o que nós ia fazer sem ele. E tem muita sorte também. Pois no outro dia mesmo, o Sr. Nicholls salvou a vida dele.

— O Sr. Nicholls? — perguntei, surpreendida.

— Isso mesmo. Tem mais ou menos uma semana que o gato andou sumido. Durante quatro dias não vimo nem sombra dele. As crianças estavam todas preocupada e choravam como se não existisse o dia de amanhã. Eu também derramei algumas lágrima, certa de que nunca mais a gente ia ver a criatura. Até que me aparece o Sr. Nicholls com o gato nos braços. Tinha ficado preso na despensa da escola dominical, ele explicou. Quando passava perto ouviu o miado. Deus sabe que teria morrido se não fosse pelo Sr. Nicholls. Devemos muito a ele. E não só por causa do gato. Agradeço o dia em que o cavalheiro pisou por essas banda, eu lhes digo isso.

— Oh? — indagou Anne, com surpresa. — Por que isso, Sra. Ainley?

— O Sr. Nicholls tem sido tão bom pra nós. Ele é tão diferente do último pastor, o Sr. Smith, que a gente raramente via, a não ser na igreja, e ele num se importava com ninguém, só com ele mesmo. Pois o Sr. Nicholls passa por aqui quase todo dia e lê pra mim minhas passagem favorita da Bíblia, pois como as senhoritas sabem, não consigo ler muito bem, e sempre temos uma conversa boa sobre Deus e a vida e coisas assim. Ele fala comigo com a maior das gentileza e se senta ao meu lado como um filho ou um irmão. Suas visitas são muito reconfortante.

Enquanto ouvia o discurso dela, eu atacava o tecido que costurava com uma irritação que mal conseguia controlar. Será que não podia ir a lugar algum, perguntava-me, sem ter de ouvir elogios ao Sr. Nicholls? Minha irritação transformou-se em alarme quando, minutos depois, ouvi uma carroça ruidosa estacionar defronte da casa, e em seguida uma batida à porta da frente. A Sra. Ainley abriu a porta para dar de cara com o dito cavalheiro em pessoa, com chapéu na mão.

— Boa tarde, Sra. Ainley — disse o Sr. Nicholls, afagando as cabeças das risonhas crianças ao seu lado, enquanto elas tentavam enfiar a cabeça pela fresta da porta. — Não pude deixar de notar no outro dia que o estoque de carvão de sua casa estava muito baixo. Imaginei que tardaria até que a senhora conseguisse mais. Por isso, reuni uma pequena quantidade com meus paroquianos e vim lhe trazer um pouco, e espero que dure até a chegada do verão.

Aquele surgimento repentino do Sr. Nicholls deixou-me tão atônita que distraidamente furei o dedo com a agulha. Sufoquei um grito e encolhi-me no canto da parede, amaldiçoando a delonga da visita e esperando que ele não me visse.

— Sr. Nicholls, o senhor é a bondade em pessoa! — exclamou a Sra. Ainley, que parecia prestes a chorar de alegria. — Isto é uma verdadeira bênção!

— A senhora tem um carrinho de mão para que eu possa colocar o carvão em seu cesto? — perguntou ele, e então, ao avistar a mim e a Anne, ele congelou em surpresa.

— O carrinho de mão tá lá fora, senhor — respondeu a Sra. Ainley. — Deixe-me lhe mostrar.

Ouvimos o Sr. Nicholls ajudar o carroceiro a transferir o carvão para o cesto, e logo depois o cavalo e a carroça partirem. Quando a Sra. Ainley e o Sr. Nicholls retornaram para a entrada da casa, eu o ouvi dizer:

— Posso encher seu balde de carvão, senhora, antes de ir embora? Está frio hoje, e sua lareira me pareceu carecer de mais carvão.

— Deus lhe abençoe, senhor — exclamou a grata senhora, enquanto o Sr. Nicholls seguia a mulher para dentro da casa.

Ao passar por mim e por Anne, cumprimentou-nos com um aceno altivo e sério, que retribuí com a mesma frieza. Ele então pegou o balde de carvão, foi enchê-lo e voltou para dentro. Com passos cuidadosos ao redor da criança adormecida e do gato, ele acrescentou alguns pedaços do combustível no fogo. Baixei a cabeça e me concentrei no trabalho. Após pequena pausa, quando senti os olhos do Sr. Nicholls fixados em mim, ele disse:

— As damas formaram um grupo de costura?

— Não — respondeu a Sra. Ainley. — As Brontë só vieram trazer lindas roupinhas novas pras minhas crianças. Ficaram mais um pouco pra me fazer companhia e pra costurar a camisa do meu filho John.

— É mesmo? — disse ele, em tom mais ameno. Agachou para acariciar o gato, que ronronou satisfeito, e acrescentou: — Bem, não desejo interromper a visita das damas. Um bom dia para as senhoritas, Srta. Brontë, Srta. Anne.

Minha irmã e eu respondemos com gentileza.

— Vejo a senhora na igreja no domingo, Sra. Ainley.

— Com certeza, Sr. Nicholls. O senhor sabe que a gente nunca perde as missas de domingo.

— Se desejar, posso vir na próxima segunda ler para a senhora. Devo?

— Oh! Se o senhor puder, vou esperar ansiosa. E agradeço de novo pelo presente tão generoso e atencioso.

— Não fiz mais que trazer um pouco de carvão, Sra. Ainley. Essas boas mulheres são as pessoas que merecem seu agradecimento. As roupas que produziram demandaram muitas horas para serem feitas, o que torna seus presentes muito mais atenciosos e generosos que o meu.

Com uma reverência, o Sr. Nicholls se retirou. Pela janela pude vê-lo pegar uma das filhas da Sra. Ainley no colo. Conversava e ria com ela enquanto seguia para ir embora, e as demais crianças saltavam alegremente ao lado dele.

Quando eu e Anne fomos embora da casa, meia hora depois, com os pedaços da camisa de John na cesta para terminá-la em casa, Anne falou:

— Viu? Eu lhe disse que o Sr. Nicholls era um homem bom e amável. Acredita em mim, agora?

— Não sei o que pensar. Esse homem apresenta lados de sua personalidade tão radicalmente contrastantes! Um dia, expressa as mais intolerantes opiniões ou repreende cruelmente alguns pobres fiéis por infligirem uma norma, e no dia seguinte está lendo para eles e lhes trazendo carvão! Não ficou enfurecida pelo Sr. Nicholls não haver comparecido ao concerto na semana passada?

— Em que lhe diz respeito o fato de alguém decidir ou não ir a um concerto?

— É o *motivo por trás* da decisão que nos diz algo sobre o homem. É reflexo de seu preconceito.

— É verdade; mas todos temos preconceitos. É uma medida de nossa complexidade como seres humanos, e as pessoas mais especiais que conheço são as mais complexas — disse Anne, com um olhar em minha direção.

Suspirei, frustrada.

— Como reconciliar o homem que a Sra. Ainley acaba de descrever com tanta reverência com o homem que se comportou com tamanha crueldade há poucos anos com Bridget Malone?

— O Sr. Nicholls era muito jovem naquela época. Devíamos julgá-lo pelo homem que é hoje, e não por seus erros do passado.

— Vou *tentar* enxergá-lo com melhores olhos. Mas a verdade é que, mesmo que o Sr. Nicholls tivesse levado carvão para todas as famílias pobres da cidade, para mim, ele sempre será o homem que me chamou de solteirona velha e feia.

A PRIMAVERA DE 1846 FOI um período de intensa produção criativa — embora secreta — enquanto eu e minhas irmãs trabalhávamos em nossos respectivos romances. Apesar da crítica contundente de Emily a *O professor*, eu não estava inclinada a alterá-lo ou revê-lo. Era o que era; e caso se mostrasse imperfeito, eu culparia apenas a mim.

No início de maio, houve enorme agitação quando as três primeiras cópias de nosso livro publicado chegaram à casa paroquial. No momento em que vi o pacote discretamente endereçado à "Srta. Brontë", imaginei seu conteúdo. Atordoada de tanto entusiasmo, interrompi a prática de piano de Emily e Anne e abrimos o embrulho na privacidade do meu quarto.

— Oh! — exclamamos em consonância, quando pusemos os olhos no livro pela primeira vez. Era magnificamente produzido com uma capa de pano verde-escuro em relevo, com título e nome do autor — *Poemas, por Currer, Ellis e Acton Bell* — apresentados em letras douradas proeminentes. O prazer que senti só de tocar o volume em minhas mãos é indescritível.

— É tão lindo — exclamou Anne.

— Foi *publicado*! — enfatizei com entusiasmo.

— Tinha razão, Charlotte — disse Emily. — É muito satisfatório ver nosso trabalho publicado em um volume tão bemfeito.

Gargalhando de satisfação, nos abraçamos repetidas vezes. Foi a realização de um sonho. Tardaram dois longos meses, no entanto, para que nosso pequeno livro recebesse uma nota que fosse de críticos. Nesse período, nossa casa foi assolada por uma catástrofe de proporções tão enormes que banimos de nossas mentes qualquer pensamento a respeito de conquistas literárias.

O reverendo Edmund Robinson morreu. Soubemos da notícia durante a primeira semana de junho, logo após o Whitsuntide,* quando Branwell recebeu uma carta de um de seus informantes na residência dos Robinson.

---

* A semana que começa no Domingo de Pentecostes, o sétimo domingo depois da Páscoa.

— Finalmente! — gritou ele, descontrolado de felicidade, com a epístola colada ao peito quando adentrou a sala de jantar, onde eu e minhas irmãs estávamos todas ocupadas fazendo a cópia final de nossos manuscritos com tinta. Rapidamente cobrimos nossos livros, mas Branwell estava absorto demais em seu frenesi emocional para reparar em nossos atos.

— O velho se foi! — prosseguiu ele, cheio de alegria e triunfo. — Morto e enterrado! Minha Lydia está livre! Agora é só uma questão de tempo. Em breve, minhas esperanças e sonhos vão se realizar. Serei o marido da dama que mais amo neste mundo! Nunca mais serei incomodado por pequenas perturbações incontáveis que, como mosquitos, nos picam no mundo das labutas banais. Viverei a vida de um cavalheiro, livre e desocupado, e terei permissão para fazer meu nome no mundo da prosperidade!

Mal sabíamos o que responder. No entanto, qualquer coisa que disséssemos teria sido ignorada. Branwell foi invadido por um abalo febril de tamanha ansiedade que ficou sem comer ou dormir durante três dias e quatro noites, desnorteado, mergulhado em um estado de comoção e confusão enquanto aguardava ansiosamente por uma resposta de "minha Lydia".

Quando a resposta chegou, foi para arruinar com todos os preciosos sonhos de Branwell. A Sra. Robinson enviou seu cocheiro, o Sr. Allison, para explicar os fatos do caso, que eram os seguintes: o Sr. Robinson alterara recentemente seu testamento. De acordo com a nova cláusula, sua viúva estava proibida de manter qualquer tipo de contato com Branwell ou perderia todos os seus bens. Além disso, por remorso por sua conduta para com o falecido marido e dor por sua perda, a Sra. Robinson se encontrava completamente devastada e — segundo o Sr. Allison — cogitava refugiar-se em um convento.

Não tínhamos como saber o que era verdade, particularmente no que dizia respeito à herança. Nunca nos pareceu plausível que uma mulher rica e mimada como a Sra. Robinson, que nas férias gastava dinheiro como se fosse água em produtos frívolos (de acordo com relatos de Anne), arriscaria perder seu estilo de vida confortável e incorrer no desprezo da alta sociedade casando-se com um pobretão e ex-tutor desempregado como Branwell. A senhora havia lançado um feitiço tão poderoso em meu irmão, que ele nunca chegou a considerar tal ideia.*

Após o golpe, Branwell ficou tão arruinado física e emocionalmente que chegou à beira da insanidade. E nós, que pensávamos que ele não tinha como piorar ainda mais a condição a que se reduzira, rapidamente descobrimos que estávamos equivocadas. Durante o restante do dia, ele se manteve prostrado no chão da casa, balindo durante horas seguidas, como um bezerro recém-nascido, gritando que seu coração havia sido irremediavelmente ferido. À noite, quando os integrantes da casa estavam reunidos no escritório de papai para a oração, Branwell entrou de ímpeto na sala, com olhos arregalados, e vociferou:

— Dê-me algum dinheiro, velho, dê-me agora.

Ele empunhava a pistola de papai. Martha, Tabby e minhas irmãs gritaram, horrorizadas.

— Branwell — exclamei, e meu coração palpitava de medo —, o que está fazendo? Abaixe essa arma!

O rosto de papai empalideceu.

— Filho, você pegou minha arma?

— Peguei e está carregada, e apontada diretamente para o seu coração. Dê-me seis xelins ou juro que estouro seus miolos e os de minhas irmãs também.

---

* Na verdade, o Sr. Robinson *não* alterou o testamento. Ele deixou sua propriedade para o filho, com sua esposa como administradora legal e executora testamentária. Ela recebia uma renda do Estado, contanto que não voltasse a se casar – uma cláusula usual na época. O nome de Branwell sequer é mencionado no testamento. Nada impedia que Lydia Robinson reatasse a comunicação com ele; e ela também não ingressou em um convento; pelo contrário, dois anos depois, casou-se com um homem rico, Sir Edward Scott

— Charlotte — disse papai em voz baixa —, sabe onde fica minha moedeira. Dê a ele o dinheiro.

— Sim, papai. — Levantei-me lentamente, com os olhos grudados em Branwell. — Pegarei seu dinheiro sórdido, Branwell, mas somente depois que baixar essa arma.

Ele baixou a pistola. Passei por ele e saí do escritório. Martha e Anne choravam muito. Só depois que retornei com as exigidas moedas é que Branwell entregou-me a arma, juntamente às chaves roubadas da escrivaninha de papai, onde a pistola era guardada. Ele então agarrou seu chapéu e saiu de casa. Deixei-me cair sobre o piso de pedra do corredor da entrada, tremendo como nunca por causa do nervosismo, com aquele elemento destrutivo de metal frio entre meus dedos, sentindo medo e desprezo. Pouco depois, Emily surgiu no corredor e gentilmente tirou a pistola e as chaves de mim e guardou-as em seus devidos lugares.

Na manhã seguinte, Branwell ajoelhou-se diante de papai e implorou por seu perdão em uma torrente de lágrimas angustiadas. Meu coração parecia chorar dentro mim ao observar a vergonha, a pena e o desespero estampados no semblante de papai, quando se levantou e docemente tomou Branwell nos braços.

Naquela mesma noite, enquanto eu estava deitada na cama quase adormecida, uma lembrança da infância me veio à memória.

Tinha 15 anos, em meu primeiro ano na Roe Head School. Foi na manhã de um fim de semana de maio, e eu já estava longe de casa e de minha família havia quatro longos meses. Fui chamada a comparecer à sala de estar da Srta. Wooler e, para minha surpresa, encontrei Branwell lá, sentando em uma das melhores cadeiras, à minha espera.

— Branni? — exclamei, encantada e atônita. — É você mesmo?

Ele se levantou, boné na mão, sorriso cansado.

— Olá, Charlotte.

Era apenas um rapazola, a um mês de completar 14 anos, mas o rosto, com seu nariz romano e queixo saliente, já era de um homem de 25 anos. Estava mais alto que da última vez em que eu o vira. Sua melhor camisa estava marcada pela transpiração, e seus cabelos na altura do queixo, crespos e alaranjados, estavam projetados para os lados como duas mãos esticadas. De fato, ele estava muito ruborizado e parecia fatigado. Ainda assim, eu nunca havia tido uma visão tão bem-vinda.

— Oh! Não consigo expressar o quanto senti sua falta! — Joguei-me nos braços dele, onde desfrutei de seu abraço apertado e caloroso. — Como pode ser, você aqui? — falei com perplexidade, pois sabia que Branwell mal saía de casa.

— Vim caminhando.

— Caminhou *32 quilômetros*?

— São 32 quilômetros pela estrada, mas andei estudando o mapa desde que você partiu. Peguei um atalho pelos prados e ao longo dos topos das colinas, por onde devem passar os pássaros. Devia ter me visto, Charlotte, cruzando o campo, pelos pastos, terras desocupadas, matos e sendas, saltando cercas vivas, valetas e obstáculos durante todo o trajeto. Tenho certeza de que cortei metade da distância, ou pelo menos um terço, mas a sensação foi de que andei 32 quilômetros assim mesmo. — Ele deu um passo para trás e me observou, de cima a baixo, com um sorriso provocador. — Agora que estou aqui e já a vi, e estou satisfeito porque não mudou nada, devo me despedir e voltar para casa.

— Você não vai fazer isso! — Ri e lhe golpeei o ombro. — Oh! Uma caminhada tão longa! Deve estar exausto!

— Nem um pouco! — disse ele estoicamente.

Sabendo que ele precisava retornar antes do anoitecer — e que nosso tempo juntos teria de ser curto —, eu estava determinada a aproveitar ao máximo cada momento. Primeiramente, levei-o à cozinha, onde a cozinheira lhe ofereceu algo para beber; então lhe mostrei o lugar, por dentro e por fora; em seguida, fomos nos esticar sobre o amplo gramado, à sombra de minha árvore preferida, onde tivemos uma agradável conversa durante duas preciosas horas.

Ele me contou sobre o progresso em seu mais recente trabalho literário. Eu lhe contei que havia estado muito ocupada com a escola e que não tivera um minuto sequer para pensar em Glasstown. Ele me prometeu continuar a saga até meu retorno. Informou-me das novidades corriqueiras de casa e de todos que me eram tão queridos e de quem eu sentia tanta saudade. E quando me dei conta, já era hora de Branwell partir.

— Você vai voltar para casa logo, não vai? — perguntou ele, quando nos despedimos à entrada da casa.

— Vou. O semestre termina em cinco semanas. — Lágrimas escorreram por minhas faces e vi lágrimas também no rosto dele. Nós nos abraçamos com força. — Muito obrigada por ter vindo — murmurei ao ouvido de meu irmão. — Significou muito para mim.

Agora — 15 anos depois —, a lembrança daquele dia excelente de maio causava-me grande dor, então chorei compulsivamente. Aqueles dias inocentes e felizes nunca retornariam. Parecia que meu querido irmão — o menino que um dia fora nosso motivo de orgulho e alegria, que fora tão belo e promissor — havia se perdido de nós para sempre.

Por sorte, eu e minhas irmãs tínhamos nossos empreendimentos literários para nos distrair da sombria atmosfera que impregnava a residência paroquial! No dia 4 de julho de 1846, duas críticas sobre nosso livro *Poemas* finalmente saíram na imprensa. Para nosso desgosto, porém, a primeira dedicou enorme espaço para abordar a misteriosa identidade dos "Bell".

— "Quem são Currer, Ellis e Acton Bell?" — li o comentário que saiu no *Critic* em voz alta para minhas irmãs enquanto relaxávamos estiradas sobre o prado além da casa paroquial, sob uma árvore verde e farfalhante. Um vento do oeste estava soprando, e nuvens brancas e brilhantes movimentavam-se rapidamente acima de nós. Os urzais estendiam-se ao longe, interrompidos por vales pardos e frios; mas ao nosso redor a longa grama ondulava em sintonia com a brisa, cotovias, tordos, melrospretos, pintarroxos e cucos emitiam música de todos os lados em um glorioso júbilo. — "Se os poetas são da geração passada ou presente, vivos ou mortos, se são ingleses ou americanos, onde nasceram, onde vivem, suas idades e domicílios, com exceção de seus nomes de batismo, os editores não consideraram apropriado revelar ao curioso leitor." — Baixei o jornal, desconcertada de certa forma. — Pelo visto, em nosso esforço em esconder nosso gênero, terminamos por criar um enigma sem querer.

— Ele não diz nada a respeito da qualidade dos poemas? — perguntou Emily.

— Diz mais abaixo. — Continuei a ler: — "Há muito tempo não desfrutava de um volume de poesia tão genuína como este. Entre as pilhas de dejetos e quinquilharias em forma de versos que entopem a mesa deste jornalista literário, este pequeno livro de cerca de 170 páginas surgiu como um raio de sol, para alegrar os olhos com presente glória e o coração com a promessa de luminosas horas por vir..."

Emily arrancou o jornal de minhas mãos e continuou a leitura ansiosa:

— "Aqueles em cujos corações existem acordes naturalmente simpáticos à beleza e à verdade do mundo reconhecerão nessas composições de Currer, Ellis e Acton Bell a presença de mais genialidade do que esta época utilitária deveria ter encontrado no exercício mais elevado do intelecto." — Com uma expressão de perplexidade ela repetiu a palavra "genialidade".

— A segunda crítica é tão boa quanto esta? — perguntou Anne em voz baixa.

— Não tanto — respondi, pegando o *Athenaeum*, que já havia lido. — Ele acusa Acton e Currer de "indulgências de afetação", mas faz muitos elogios a Ellis, que ele diz possuir "um poder evidente de voo capaz de alcançar alturas nunca antes experimentadas".

— Bem — comentou Emily, deitando-se na grama com um sorriso de satisfação —, *isto* é relevante.

— Certamente que sim —— concordei, triunfante. — Parece que os gastos que tivemos na publicação foram justificados.

As aparências enganam, no entanto, como logo descobrimos. Apesar de outra crítica positiva ter saído em outubro e de termos investido mais £10 com anúncios, nosso livro de poesias não vingou. Um ano após sua publicação, apenas dois exemplares haviam sido vendidos! Naquele quente dia de julho de 1846, porém, eu e minhas irmãs não tínhamos como saber o destino de nosso pequeno livro. Mesmo que algum adivinho tivesse sabiamente nos alertado de que nossa primeira incursão no mundo da publicação provaria ser, afinal, um retumbante fracasso, creio que ainda assim teríamos nos recusado a permitir que isso nos desanimasse, pois havíamos progredido para algo maior e mais relevante; cada uma de nós tinha um romance, agora completo e com edição finalizada, pronto para ser publicado.

Capítulo Doze

Desta vez não tínhamos a intenção de custear a publicação de nosso trabalho. No início de julho, embrulhei nosso manuscrito e o enviei ao primeiro nome de uma lista de editores de Londres que eu havia compilado, explicando que os autores já haviam sido apresentados ao público. Como o conjunto de três volumes era o método padrão de publicar um trabalho de ficção, descrevi que a obra consistia em "três contos, cada um com um volume, podendo ser publicados juntos ou separadamente, como lhes for mais conveniente".

Enquanto esperávamos por notícias sobre nossos livros, minha atenção focava-se em meu pai. Havia tempos papai requeria assistência em todas as atividades mais básicas do dia a dia, e sua visão agora estava inteiramente obscura.

Em agosto de 1846, acompanhei papai a Manchester para realizar uma cirurgia ocular com o Sr. Wilson, um oftalmologista de certo renome, com quem eu e Emily havíamos nos consultado no início daquele mês. Fomos para uma habitação alugada, e no dia 25 de agosto o Sr. Wilson realizou a operação com dois cirurgiões assistentes. Ele decidiu operar apenas um olho, para o caso de alguma infecção se instalar. Papai demonstrou uma paciência extraordinária e firmeza durante a terrível experiência. Depois disso, ficou confinado à cama em um quarto escuro com vendas nos olhos e uma enfermeira contratada para auxiliá-lo, com instruções para que o fizesse sangrar com oito sanguessugas de cada vez, localizadas em suas têmporas, a fim de evitar inflamação. Ele não poderia se mover durante quatro dias ou deixar a habitação durante cinco semanas — e devíamos conversar com ele o mínimo possível.

A longa espera começara.

Mais cedo na mesma manhã, chegara uma carta de Emily informando, de forma corriqueira, que nossos três manuscritos haviam sido devolvidos, acompanhados por algumas palavras de rejeição curtas e secas de Henry Colburn, o primeiro editor para quem eu os havia enviado. Embora desalentada, dediquei pouco tempo do dia pensando na carta de Emily, pois estava inteiramente concentrada em prover o conforto e apoio de que papai necessitava. No entanto, após a conclusão da cirurgia, sozinha no terraço estreito e rarefeito de tijolos da casa geminada em Manchester, em meio ao calor de um fim de tarde de agosto, não pude evitar ponderar sobre nosso futuro.

Não poderia aceitar — *não iria aceitar* — a derrota. Retirei de meu baú a escrivaninha portátil que costumava levar comigo quando viajava e a abri sobre uma mesinha de madeira riscada ao lado da janela. Escrevi uma breve carta para Emily, instruindo-a a submeter nossos livros à apreciação de outro editor. Inquieta, comecei a caminhar de um lado para o outro na pequena sala de estar.

Que estranho era viver em um lugar desconhecido, sob isolamento tão severo! O que eu iria fazer, eu me perguntava, durante as próximas cinco semanas? Para meu desapontamento, não estava nem ao menos autorizada a animar papai com conversas. Sabia que meus dias seriam longos, repletos de ansiedade e ócio. Para piorar tudo, eu estava sofrendo com uma forte dor de dente — uma dor física tão atroz quanto a solidão onipresente. Precisava desesperadamente fazer algo para me distrair.

A solução para meu dilema veio na forma de uma voz interior inesperadamente aguda e seca, e tão distinta que me fez ficar imóvel.

— Há um lugar — disse a voz em minha mente — onde você sempre encontrou consolo e refúgio em momentos de necessidade.

— Sim! *É* verdade — respondi mentalmente. Em seguida, disse em voz alta: — *Aí* está minha resposta. Não basta depender apenas dos manuscritos que já finalizamos como nosso único ingresso para o sucesso. Minhas irmãs devem fazer o que desejarem; mas se eu desejo realmente ter algo meu publicado, *devo continuar escrevendo.* Devo começar outro livro, o quanto antes, e que melhor momento e melhor lugar senão agora?

Sobre o que escreveria?, eu me perguntava.

Emily insistira que meu romance *O professor* era desprovido de emoção, uma história superficial, sem profundidade. Ela me criticara por utilizar um narrador masculino e dissera que a obra não possuía paixão ou alma. Talvez Emily tivesse razão. Talvez o autocontrole que eu tentava manter com tanta determinação desde minha partida de Bruxelas provara *de fato* ter sido prejudicial à minha escrita. Talvez os editores e leitores desejassem algo um pouco mais ousado, mais apaixonado, e mais fascinante e emocionante que o conto sem graça que eu havia escrito.

Continuei a andar de um lado para o outro, imersa em pensamentos, esforçando-me para criar um tema fresco para um novo livro, mas nada que me vinha à cabeça parecia-me atraente. Finalmente, o sol se pôs e me dei conta de que estava com muita fome. Com enorme frustração, desisti da tentativa. Fui à cozinha, acendi uma vela e procurei algo para me alimentar, mas a dor no dente era tão severa que consegui dar apenas algumas mordidas no pão e no pedaço de carne fria que eu tinha comprado no dia de nossa chegada. Fui verificar como meu pai estava, e a enfermeira garantiu-me que ele dormia; então me recolhi às minhas meditações solitárias.

Aproximava-se da meia-noite. Faminta, sozinha e desanimada, parei para observar pela janela da sala de estar a lua brilhante e as poucas estrelas distribuídas pelo céu. De repente, uma sensação estranha e inquietante me dominou e prendi a respiração. Era como se já tivesse contemplado a paisagem daquela janela. Sabia que isso era impossível; nunca havia estado naquela casa antes. De onde, então, vinha tal sensação peculiar? O que dessas atuais circunstâncias desagradáveis parecia ser tão assombrosamente familiar?

Subitamente, a resposta chegou a mim. De fato, um dia eu havia sido trancafiada em um lugar similarmente estranho e desolador, onde me senti igualmente voraz e infeliz. Estivera defronte de uma janela exatamente como essa agora, olhando para o céu noturno com um anseio veemente, desejando que a lua me levasse em um de seus raios de volta para casa, em Haworth. Lembrei-me desse episódio como se tivesse sido ontem:

Ocorreu quando eu tinha 8 anos e fui encarcerada na Clergy Daughters' School.

Quando nos acompanhou à Clergy Daughter's em Cowan Bridge, em agosto de 1824, papai não tinha como saber dos horrores que lá aguardavam por mim e por minhas irmãs — ou dos efeitos devastadores que tal estada teria em toda a nossa família. Na verdade, ele considerava providencial finalmente ter encontrado um estabelecimento onde todas as filhas pudessem estudar por um preço razoável, pois a nova escola fundada por filhas de um clérigo evangélico era patrocinada por algumas das personalidades mais proeminentes do país, e as taxas eram baixas e feitas por meio de assinaturas.

Minha irmã Maria tinha dez anos na época — apenas dois anos mais velha que eu. Com uma pele alva e preciosa, uma cabeleira longa e preta, sua devoção ao estudo e à família e sua mente brilhante (era capaz de argumentar com papai sobre os assuntos mais relevantes da atualidade), Maria sempre me parecera muito adulta e sábia e servira de modelo de bom comportamento para o restante de nós. Aos 7 anos de idade, foi Maria quem me carregou no colo quando nossa mãe faleceu;

foi Maria quem me reconfortou em minhas dúvidas quanto ao futuro. Apesar de nossa tia Branwell ter deixado abnegadamente sua cidade natal, Cornwall, para cuidar de nós, era uma mulher severa e exigente. Foi nossa irmã Maria quem se tornou nossa mãe substituta nos carinhos e afetos, e eu a adorava.

Elizabeth, um ano mais velha que eu, também era uma irmã doce e uma criança obediente, que eu adorava e admirava igualmente. Diferentemente de Maria, Elizabeth era mais extrovertida: amava brincadeiras mais ativas, gostava de ajudar na cozinha, e seu maior sonho na época era um dia ganhar um belo vestido.

Todas as seis crianças contraímos sarampo e coqueluche naquele verão. Como Maria e Elizabeth foram as primeiras a se recuperar, foram as primeiras matriculadas na escola. Um mês depois, papai me levou para me juntar a elas. Eu não sabia nada sobre escola até então, das coisas boas ou ruins. Sabia apenas que tinha 8 anos e que finalmente iria conhecer algo além de minha vizinhança, e tal possibilidade entusiasmava-me!

A Clergy Daughters' School ficava a cerca de 70 quilômetros de Haworth, na isolada e minúscula aldeia de Cowan Bridge. O amplo edifício de dois andares de pedra e tijolos, localizado ao lado de uma ponte, com vista para um rio e uma paisagem panorâmica de morros baixos e arborizados, havia sido um antigo engenho, convertido agora em escola. Seu interior frio e triste abrigava uma ampla sala de aula de pé-direito alto, no andar térreo, com um espaçoso dormitório acima, onde mais de cinquenta alunas dormiam em pares nos leitos distribuídos em fileiras próximas de camas dobráveis estreitas.

O fundador e diretor da escola, o célebre reverendo Carus Wilson, era um elevado bloco de mármore preto, com olhos cinzentos perfurantes sob sobrancelhas espessas. Ele surgia na escola sem avisar, fazendo professoras e alunas levantarem de um salto em silenciosa deferência, enquanto ele pronunciava majestosamente uma enxurrada de críticas às aparências e às performances tanto das professoras como das alunas. Para meu horror e desgraça, e sofrimento de minhas irmãs, ele mandou chamar um barbeiro e picotou os longos e lindos cabelos delas poucas semanas após minha chegada. O principal objetivo das visitas do reverendo era impor ferozmente qualquer lição religiosa ou moral que ele acreditasse ser mais apropriada para a ocasião.

— O propósito desta instituição — proclamou o Sr. Wilson de maneira inflexível em uma tarde — não é cuidar do corpo ou acostumá-las a hábitos de luxo e indulgência; a escola está inteiramente devotada à edificação espiritual, pois esse é o caminho para a salvação de sua alma imortal.

Nunca havia parado para pensar muito sobre o céu e o inferno antes. Mas a abordagem severa do Sr. Wilson, com suas ameaças assustadoras de castigo eterno, causou em mim efeito oposto ao que ele pretendia: gerou um ressentimento passional e duradouro contra qualquer tipo de doutrina religiosa que proibia a liberdade de pensamento e expressão individual.

Nossa rotina diária na escola era arregimentada de forma estrita. Levantávamos todas as manhãs quando ainda estava escuro, ao soar estridente de sinos; nos vestíamos sob a luz fraca de uma vela de sebo, todas com saias idênticas de nanquim* e aventais marrons de holanda,** ambos desconfortáveis e inconvenientes. A hora e meia de tediosas orações era seguida por um café da manhã intragável, e então as aulas começavam. Os métodos de ensino eram rudimentares: as alunas eram divididas em grupos de acordo com a idade ao redor de uma professora que apresentava um conceito oralmente, o qual deveríamos memorizar e repetir em voz alta como papagaios. A princípio encontrei dificuldade, por causa de minha pouca experiência com

---

* Pano resistente que se tecia à mão, na China, feito de certos tipos locais de algodão com tom amarelado puxado para o ocre.

** Holanda era um tipo de tecido de linho.

memorizações e à cacofonia de repetições dos outros grupos naquela imensa sala, o que causava eco e distraía enormemente a atenção. Por fim, acabei conseguindo realizar com destreza as tarefas a mim incumbidas. Descobri que era boa com os exercícios; aquela se mostrou a menor de minhas preocupações.

Eu sempre achava uma pena papai não ter ficado um pouco mais quando foi nos levar, para ter a oportunidade de compreender perfeitamente as condições de vida deprimentes, as práticas de disciplina rigorosas e as muitas ofensas que tínhamos de engolir juntamente à comida a que éramos diariamente sujeitadas.

De fato, a comida era muito ruim e em muito pouca quantidade; éramos mantidas em um estado constante de quase inanição. A cozinheira era extremamente suja; nem sempre limpava as panelas antes de reutilizá-las. A refeição diária típica era um ensopado aguado chamado de guisado, com batatas cozidas e carne magra e de má qualidade, de cheiro e gosto tão detestáveis que não eu conseguia comer nada, e fui incapaz de comer carne durante muitos anos depois disso. O mingau do café da manhã não vinha apenas queimado com frequência, como também continha elementos de outras substâncias, gordurosas e indefiníveis. O leite estava quase sempre azedo; e para o chá, destinavam-nos apenas uma pequena xícara de café e meia fatia de pão preto — quantidade que geralmente era furtada por uma das vorazes meninas mais velhas. Além disso, proviam-nos apenas um copo de água e um pedaço de bolo de aveia horroroso antes das orações.

Quanto às orações — embora eu creia com convicção que a religião é o elemento vital de toda a existência e que deveria ser a base de toda a educação —, as insensatas longas horas dedicadas à devoção e a sermões e leituras da Bíblia na Clergy Daughters' School, especialmente com o estômago vazio, serviam mais para impedir do que para promover a salvação das almas imortais.

Em minha segunda semana na escola, eu estava observando as meninas correrem no jardim durante o recreio do meio-dia, quando avistei Maria se refugiar do sol em um canto isolado debaixo da varanda coberta. Havia um livro aberto em seu colo, mas ela não o lia; em vez disso, olhava para o infinito, para um ponto além dos fechados muros altos e cercados de farpas. Sentei-me no banco de pedra ao seu lado e disse:

— Uma moeda por seus pensamentos.

Maria me olhou com um sorriso assustado e envergonhado.

— Eu estava pensando em nossa casa.

— Oh! Como adoraria estar em casa neste momento. Desejei gostar deste lugar, mas agora não creio que gostarei.

— Não importa se gostamos ou não daqui, Charlotte. O importante é que tenhamos um bom desempenho e uma educação apropriada, pois esta é a única escola que papai pode pagar. Sabia que ele pagou uma taxa extra para mim e para você recebermos aulas para sermos governantas?

— Governantas? — Fiz uma careta. — E quanto a Elizabeth? Ela também deverá ser governanta?

— Não. Papai disse que Elizabeth é a mais adequada para cuidar da casa quando crescer. Você e eu temos sorte, Charlotte. Vamos aprender muito mais que as outras garotas. Devemos fazer o melhor que pudermos, aprender tudo que nos for ensinado, seremos organizadas, limpas e pontuais sempre, e tomaremos cuidado para não ofender a Srta. Pilcher.

A Srta. Pilcher, que ensinava história e gramática para a terceira série, era uma mulher baixa e magra, cujo rosto curtido e a permanente expressão de exaustão a faziam parecer uma década mais velha do que seus 26 anos. Ela dormia em uma câmara adjacente ao dormitório. Era sua responsabilidade garantir que nós estivéssemos todas vestidas e prontas em nossa chegada às orações matinais, obrigação essa que ela parecia detestar. Ela também parecia ter uma implicância especial com Maria, que, para minha tristeza, era perseguida com frequência pelos motivos mais irrelevantes.

Quando Maria se distraía em sala de aula, a Srta. Pilcher a fazia ficar sobre uma cadeira no centro da sala o dia inteiro; caso o armário estivesse desarrumado, ela alfinetava um monte de roupas íntimas à saia de Maria e prendia uma cartolina com os dizeres "porcalhona" ao redor da cabeça de minha irmã. Meu coração ardia de dor e raiva por tais injustiças; mas o pior ainda estava por vir. Por duas vezes, vi Maria ser açoitada com "a vara": uma ferramenta aterrorizante feita com um monte de gravetos amarrados juntos em uma das extremidades. O medo do açoite daquela ferramenta era um enorme estímulo para todas as alunas terem um comportamento obediente; ainda assim, a Srta. Pilcher parecia sentir prazer em utilizá-la, mesmo nos casos mais superficiais de transgressões. Observei impotente e apavorada e me encolhi a cada um dos 12 severos látegos no pescoço de Maria; mas ela se manteve calma e estoica durante o sacrifício, sem derramar uma lágrima até algum tempo depois, após guardar, em silêncio, a odiada vara no seu lugar de origem.

Todos os dias, eu rezava para que papai viesse nos libertar daquela prisão. Em vez disso, quando papai retornou no fim de novembro, trouxe a pequena Emily de seis anos para se unir a nós. Sua estada foi breve, e nos foram permitidos alguns minutos com ele. Havia tanto que eu lhe queria contar, mas Maria me fez prometer que não diria uma palavra.

À essa altura, o Sr. Wilson havia contratado uma nova superintendente para administrar a escola. A Srta. Ann Evans tinha 30 anos, era alta e adorável, e estava sempre impecavelmente vestida; também tinha uma natureza sensível. Quando lhe pedi permissão para que Emily fosse minha companheira de cama, para que pudesse cuidar melhor dela, meu pedido foi acatado.

Dezembro chegou. O clima ficou mais severo e frio; tremíamos de frio em nossas camas e a água nos jarros congelava, sendo impossível nos lavarmos. Uma precipitação de neve intensa chegou antes da hora e deixou a estrada interditada, mas ainda assim éramos obrigadas a passar uma hora todos os dias do lado de fora no jardim congelado, e todos os domingos tínhamos de caminhar mais de três quilômetros pelo caminho íngreme desprotegido e coberto de neve até a igreja. Sem luvas, chegávamos à igreja paralisadas de frio, as mãos dormentes e cheias de frieira; nossos pés também ficavam no mesmo estado, pois como não tínhamos botas, a neve entrava em nossos sapatos e derretia lá dentro.

Passávamos a missa inteira sentadas e congeladas, com pés úmidos. No fim da tarde, quando eu minhas irmãs caminhávamos penosamente na longa fila de alunas e professoras abatidas, fechávamos bem nossa capa e espremíamos os olhos para nos proteger do congelante vento invernal que atravessava nossas roupas e deixava nossas faces em carne viva. Logo após retornarmos, ainda tínhamos de estudar a Bíblia e ouvir um longo sermão da Srta. Pilcher, durante o qual Emily e eu, e muitas outras alunas mais jovens, frequentemente caíamos do banco, exaustas.

Maria começou uma pequena tosse naquele outono, a qual ela insistia ser remanescente da coqueluche. No fim de janeiro, porém, sua tosse piorou, e ela foi ficando cada vez mais fraca e pálida. Então Elizabeth pegou uma forte friagem em uma de nossas caminhadas de domingo e também começou uma tosse intensa. Várias outras alunas estavam sofrendo do mesmo mal-estar, que as professoras atribuíam às típicas gripes de inverno. Em uma tarde, após uma das crises de tosse de Maria, fiquei alarmada ao ver seu lenço manchado de sangue. Informei o ocorrido à Srta. Evans; ela chamou o Dr. Batty, que examinou minha irmã.

Dias depois, quando me levantei para me vestir ao primeiro chamado do sino, notei que Maria não estava em sua cama. Procurei a Srta. Pilcher, que informou que Maria havia sido removida para o alojamento da Srta. Evans durante a noite.

— Por quê? — perguntei, tomada por uma súbita e inexplicável sensação de pavor.

— Acreditamos que ela esteja com tísica — disse a Srta. Pilcher abruptamente, antes de fechar a porta na minha cara.

Nunca tinha ouvido falar de tísica. A apreensão que vi no semblante da Srta. Pilcher indicava que não se tratava de uma doença simples da infância, de fácil recuperação. Pela primeira vez na vida, fui amaldiçoada pela ideia de que minha irmã poderia morrer e senti um choque de horror e tristeza.

— *Preciso* ver Maria — disse a minhas irmãs, quando nos encaminhávamos para o refeitório naquela manhã.

— Como vai conseguir fazer isso? — perguntou Elizabeth.

— Ela está com a Srta. Evans.

— Então é lá que vou encontrá-la.

Quando as professoras estavam olhando para o outro lado, eu saí da fila disfarçadamente e atravessei a porta. Com o coração palpitando de nervoso, corri ao longo do caminho de pedras que dava no chalé que eu sabia pertencer à Srta. Evans. Ela me recebeu com uma palavra hesitante e me explicou que eu encontraria minha irmã no quarto dela. Fui até o quarto contíguo, onde, ao lado da cama mais larga, vi uma forma curvada, deitada sobre uma estreita cama dobrável. Avancei, aterrorizada. Era Maria? Estava viva ou morta?

— Charlotte — disse Maria com sua voz gentil, quando me aproximei —, por que está aqui? Não deveria estar no café da manhã?

Aliviada, sentei-me no banco ao lado da cama de Maria. Embora pálida e com olhos febris, não parecia muito diferente do dia anterior.

— Disseram-me que estava doente. Fiquei preocupada com você.

— Não se preocupe, Charlotte. A Srta. Evans escreveu a papai e lhe pediu que me levasse para casa.

— Fico contente com isso. Sentirei sua falta, mas o ar fresco das charnecas vai curá-la. — Uma crise de tosse a assomou; contraí-me ao ver seu esforço para resistir aos longos espasmos. — Queria tanto poder fazer algo para apaziguar seu sofrimento.

— Você pode. Quero que me prometa uma coisa.

— O quê?

— Se ouvir sobre minha morte, prometa que não vai sofrer.

Uma pontada ardente atingiu meu peito e garganta.

— Maria, você *não* vai morrer!

— Não desejo morrer. Mas se essa for a vontade do Senhor, devo aceitá-la e ser grata pelo tempo que passei na Terra.

— Como pode ser grata? Você é jovem demais para morrer!

— Todos morreremos um dia. Meu único arrependimento é que não terei mais tempo para passar com papai, com você e com toda a família.

As lágrimas brotaram em meus olhos.

— Está com muito medo? — sussurrei.

Os olhos de Maria brilharam corajosos e inteligentes, e ela disse suavemente:

— Não, não tenho medo. Se eu morrer, irei me encontrar com Deus. Ele se revelará para mim no Paraíso. Ele é nosso Pai e nosso amigo, e eu O amo.

Alguns dias depois, papai veio buscar Maria. Durante os três meses seguintes, enquanto eu ficava agarrada à esperança de que Maria estava contente em casa e se recuperando, as condições na escola ficavam de mal a pior. Com a chegada da primavera, uma nova ameaça chegou a Cowan Bridge. O estabelecimento localizava-se em um vale florestal ao lado de um rio que às vezes ficava rodeado por uma neblina densa, que trazia umidade para a escola e os dormitórios abarrotados, transformando-o em um local propício para o tifo. No início de abril, praticamente um terço das estudantes, já enfraquecidas pela semi-inanição, estava doente. Um médico foi chamado. Ele condenou a preparação da comida, e a cozinheira foi mandada embora. Dez outras garotas deixaram a escola com a saúde debilitada; descobri que seis morreram logo depois de chegarem às suas casas.

De algum modo, Emily e eu conseguimos escapar dos estragos da febre tifoide, mas Elizabeth, não. Ela foi enviada para uma enfermaria lotada no hospital do seminário, que eu visitava sempre que tinha oportunidade.

Na segunda semana de maio, eu e Emily fomos chamadas para uma reunião particular com a Srta. Evans em seu escritório. Ainda me recordo do que ela vestia: uma adorável saia de seda violeta-escuro, com um colarinho preto de renda e um laçarote preto ao redor do pescoço.

— Meninas — disse a Srta. Evans, com voz solene. — Recebi uma carta de seu pai hoje. E sinto muito em lhes dizer isso, mas sua irmã Maria faleceu.

Emily e eu choramos até adormecer naquela noite, uma nos braços da outra. Nunca mais ouviríamos a doce voz de Maria? Nunca mais veríamos seu sorriso gentil ou sentiríamos o calor de seu abraço maternal? Obviamente, não poderíamos ir ao funeral; nossa casa estava longe demais.

Duas semanas depois, após examinar Elizabeth novamente, o médico determinou que ela nunca tivera tifo afinal. Na verdade, estava no último estágio da tísica, a mesma doença que matara Maria. Eu e Emily observamos, impotentes, uma criada levar Elizabeth para a carruagem pública rumo a Keighley, que partiu rapidamente. Papai ficou perplexo quando um cabriolé particular apareceu inesperadamente com Elizabeth a bordo. Após uma espiada no rosto exaurido da filha, o reflexo de Maria poucas semanas antes, ele a deixou aos cuidados de tia Branwell e foi resgatar a mim e a Emily imediatamente.

— Vocês nunca mais voltarão àquela escola — proclamou papai, choroso, enquanto retornávamos para casa. — Basta.

Como descrever meu alívio e o de Emily quando deixamos para trás, de uma vez por todas, as desventuras na Clergy

Daughters' School, para irmos para nosso amado lar? No entanto, foi um alívio temperado com enorme infelicidade: voltávamos para uma casa sem Maria e, em breve, sem Elizabeth, pois a doença de Elizabeth estava tão avançada que ela morreu duas semanas depois de voltar para Haworth.

As lágrimas feriam meus olhos — vinte anos depois — enquanto eu estava ali de pé, diante da janela de nossa casa alugada em Manchester e pensava na morte de minhas amadas irmãs. Minha tristeza e meu ressentimento eram vívidos e intensos, como se os eventos penosos tivessem acabado de ocorrer. Se naquele momento um gênio houvesse me concedido meu desejo estimado, eu teria lhe pedido voltar no tempo, quando minhas irmãs ainda estavam vivas, para que pudesse abraçá-las uma vez mais. Teria pedido também para ter um momento privado com minha figura mais jovem, para lhe oferecer esperança, consolo e conforto.

Enquanto processava pesarosamente tais pensamentos e lembranças, uma ideia me ocorreu; fui invadida por um calafrio que arrepiou os pelos de minha nuca. Foi seguido por uma onda de calor e pelo palpitar veloz de meu coração.

De repente, eu sabia sobre o quê escreveria.

Aquela estudante solitária e angustiada, extremamente infeliz, faminta e carente — cujos pensamentos e sensações vinham-me à memória de maneira tão vívida, até o cerne de meu ser —, *eu poderia escrever sobre ela.*

Ao retratar minha própria experiência, poderia destemidamente oferecer a essa menina toda a emoção que desejasse, e oferecer o tipo de história apaixonada que eu tanto havia apreciado escrever. A ideia me fez estremecer inteira, e a mente continuou a trabalhar, tumultuosamente. Decidi que minha personagem principal seria órfã — *aquilo* era algo que eu conhecia de perto — e rejeitada pela família que a criava. Talvez pudesse crescer e se tornar uma governanta; também era algo que eu conhecia bem.

Precisava haver um romance, claro; poderia acrescentar elementos de estranheza, assombro e angústia, similares aos contos que eu escrevera na juventude. Mas decidi que não seria um romance típico sobre uma mulher de enorme beleza — não! Desta vez, tentaria algo bem diferente das histórias que escrevera e dos livros que lera: criaria uma heroína pequena e simples, como eu. Poderia escolher o nome de uma de minhas irmãs para ela; mas não, ficaria óbvio demais; em vez disso, usaria o nome do meio de Emily: Jane.

Se a história receberia ou não a aprovação de um editor ou do público leitor, não tinha como saber; sabia apenas que deveria prosseguir. *Este* era um livro que eu iria conceber.

Sentei à minha escrivaninha. Peguei uma folha de papel. Sob a luz tremeluzente de uma única vela, mergulhei minha pena no tinteiro.

E comecei a escrever *Jane Eyre*.

Capítulo Treze

Os primeiros capítulos de *Jane Eyre* fluíram de maneira frenética. Durante as cinco semanas seguintes, enquanto aguardava meu pai se recuperar da cirurgia, eu escrevia todos os dias, o dia inteiro, e a maioria das noites também. Era a primeira vez que escrevia a partir do ponto de vista de uma mulher, o que me parecia incrivelmente *adequado*.

A sensação de isolamento e solidão extremos que tive de suportar como governanta ajudou-me na descrição de Jane quando criança em Gateshead, abandonada e rejeitada pelos Reed. Recriei minha vida na Clergy Daughters' School e evoquei a memória de minha doce e paciente irmã Maria para caracterizar a amiga angelical porém condenada de Jane, Helen Burns. Talvez fosse a natureza intensamente pessoal dessas lembranças, amarradas por minha terrível raiva e mágoa causadas pela morte de minhas irmãs, que me motivou a escrever *Jane Eyre* com um zelo que nunca tivera com meus trabalhos literários anteriores. Eu escrevia com enorme emoção; escrevia como se minha vida dependesse disso; escrevia com uma articulação ardente de todas as emoções contidas que haviam ficado fermentando em minha alma durante anos. Cada palavra escrita no papel fazia-se tão real e verdadeira — como deveras era, pois fora inspirada em fatos — que parecia que eu meramente ditava de alguma fonte sobrenatural mágica.

Enquanto escrevia, para minha alegria e alívio, a saúde e a visão de meu pai melhoravam diariamente. O cirurgião continuou a expressar sua satisfação com o sucesso da operação e nos assegurou que a visão de papai seria perfeitamente restaurada naquele olho; logo, ele seria capaz de ler e escrever.

Voltamos para casa no fim de setembro com grandes esperanças. Dois meses depois, papai estava reabilitado o suficiente para voltar a assumir suas obrigações. Enquanto isso, eu continuava a escrever obsessivamente. Outras lembranças e incidentes de minha vida, passada e presente, encontraram lugar em meu romance. Thornfield Hall tornou-se uma fusão de North Lees Hall e da casa de infância de Ellen, The Ridings. Meu fascínio com sótãos e seus ocupantes misteriosos tornou-se um tema central, adornado por histórias das Índias Ocidentais contadas por uma amiga da Clergy Daughters' School, Mellany Hane, que já havia morado naquela terra exótica.

A vida modesta e tranquila da qual eu e minhas irmãs desfrutávamos foi representada por Diana, Mary Rivers e Jane na Moor House. A boa criada dos River, Hannah, era a personificação de Tabby. Muitos dos conflitos internos das heroínas explorados nas histórias de minha infância encontraram novo lar no romance de Jane Eyre — e um acidente alarmante que ocorreu em casa naquele mesmo outono em que eu compunha a história inspirou um contratempo similar, que permitiu a Jane salvar o Sr. Rochester de um grave perigo.

O contratempo aconteceu no meio de uma tarde no início de novembro. Papai estava fora. Eu e minhas irmãs havíamos acabado de entrar na residência paroquial após um passeio com os cachorros pela charneca. Momentos depois de Anne subir para o segundo andar, ouvimos um grito e o som de algo se quebrando. Enormemente assustadas, eu e Emily corremos atrás de Anne, imediatamente cientes do cheiro de queimado. Ao alcançarmos o andar de cima, vi espirais de fumaça saírem do quarto de Branwell.

— As roupas de cama de Branwell estão pegando fogo! — gritou Anne desesperadamente da soleira da porta. — Ele não quer acordar!

Em poucos segundos estávamos todas no quarto, que estava obstruído e escuro. Grandes chamas lambiam as cortinas penduradas ao redor da cama de Branwell e já começavam a incinerar a coberta e os lençóis. Em meio ao calor e às labaredas, Branwell se achava esticado e imóvel, em seu típico estupor diário. Sua jarra de água estava espatifada em pedaços no chão; imaginei que Anne havia jogado seu conteúdo sobre as chamas, mas não obteve o efeito esperado.

— Branwell! Branwell! Acorde! Acorde! — gritei, sacudindo-o, mas ele apenas resmungou adormecido e se virou, indiferente.

— Pegue mais água! — gritou Emily. Anne saiu correndo. Enquanto Emily arrastava Branwell para fora da cama e o jogava sem cerimônia no canto do quarto (onde ele acordou e se encolheu contra a parede, gritando de susto e pavor), joguei os lençóis da cama em chamas no centro do quarto e comecei a bater neles com o cobertor. Emily apanhou o sobretudo de meu irmão que estava pendurado em uma cadeira e atacou o fogo que envolvia as cortinas. Anne retornou com Martha trazendo latas de águas da cozinha; entraram na batalha contra o inferno e finalmente tivemos sucesso em extingui-lo. O sibilar dos objetos debelados nos rodeava no pequeno quarto, enquanto tossíamos e afugentávamos a fumaça com as mãos. Abri a janela. Branwell continuava a gritar como um idiota de um dos cantos.

— Seu tolo estúpido! — exclamou Emily, rodeando-o. — Sabe muito bem que não deve dormir com vela acesa! Poderia ter queimado a casa inteira!

Levamos o restante da tarde e parte da noite para limpar a bagunça, e mais alguns meses para providenciarmos novas cortinas e cobertas para a cama. Daquele dia em diante, Branwell ficou proibido de ter luz quando estivesse sozinho. Sendo assim, escondemos todas as velas, mudando seu lugar de armazenagem regularmente para que ele nunca as encontrasse. Além disso, papai — que sempre foi extremamente preocupado com os perigos de incêndios — insistiu para que futuramente Branwell dormisse com ele em seu quarto, a fim de evitar que o filho causasse mais danos. Os dois homens passaram a compartilhar a mesma cama a partir dali, até o último dia de vida de Branwell.

ENQUANTO EU ESCREVIA, UM ANO se passou rapidamente. Nesse período, nosso lastimável pacote com nossos três manuscritos passou por uma sucessão de editores, sofrendo uma recusa atrás da outra. Emily parecia perder as esperanças com a falta de interesse em nosso trabalho, mas Anne não; ela começou um novo livro só seu. Assim como antes, todas as noites nos reuníamos para compartilhar o que estávamos produzindo.

Em uma noite de inverno de 1847, após ler em voz alta o mais novo capítulo de meu manuscrito que já continha a meta de um livro completo, Emily disse com um entusiasmo pouco característico:

— Está muito bom, Charlotte. Acredito que é o melhor que já escreveu até hoje. O mistério é tão envolvente que mal posso esperar para ouvir o próximo capítulo.

— Também adorei — comentou Anne baixinho. — Jane é tão real; meu coração torce por ela. Preocupa-me um pouco, no entanto, a maneira como você retrata a religião no romance. Às vezes parece que desejaria se livrar da moralidade.

— Não me preocupo com a moralidade aqui. É apenas uma história.

— Mas ao tornar o Sr. Rochester seu herói — insistiu Anne —, você parece glorificar algumas características baixas. Trata-se de um homem muito dominador, com tantas amantes no passado, e tem um filho ilegítimo.

— Não seja tão pudica, Anne — interpôs Emily. — Adoro Rochester. Não vê que ele é, em todos os sentidos, a personificação do amado duque de Zamorna de Charlotte? São essas características *baixas* que tornaram o duque tão vital e interessante antes, e que continuam fascinantes de se ler atualmente. Para mim — acrescentou ela. — Impressiona-me, porém, que tenha optado por criar um Sr. Rochester baixinho, moreno, irascível e longe de ser bonito. Isso, e seu hábito de fumar charutos, o assemelham muito mais ao Monsieur Héger do que ao nosso duque.

Corei com a observação.

— Creio que tenha adaptado um pouco a aparência *física* do Sr. Rochester para se assemelhar à de Monsieur Héger.

Todas as histórias que eu havia escrito em minha juventude contribuíram, de alguma forma, para meu novo trabalho, e minhas irmãs reconheciam cada uma e todas as referências com entusiasmo.

Quando revelei a verdade sobre Bertha Mason, Anne chorou.

— Faz-me recordar *The Fairy Gift*, porém é tão mais emocionante. — Quase tinha me esquecido desse conto, que eu escrevera aos 13 anos, sobre um herói que fizera quatro pedidos. Embora houvesse pedido para se casar com uma bela mulher, lhe fora dada uma esposa terrivelmente feia e malevolamente forte, que o assombrava pelos corredores e escadarias da mansão e tentava estrangulá-lo.

Ao ler a cena em que o Sr. Rochester põe o amor de Jane à prova no jardim, Emily disse:

— Essa parte foi muito bem-feita. A forma como ele a tortura, passo a passo, antes de finalmente revelar seu amor... é exatamente como o julgamento cheio de ciúme que o duque de Zamorna fez de Mina Laury, assim como aquela outra história que você escreveu... na qual Sir William Percy implora a Elizabeth Hastings para ser sua amante.*

— É — concordei —, e Anne, como sempre, deveria estar satisfeita com o final, visto que Jane, assim como Elizabeth Hastings, toma o caminho da moralidade e foge da tentação.

---

* Emily se refere a cenas das curtas novelas de Charlotte, *Mina Laury*, 1838, e *Henry Hastings*, 1839.

FINALIZEI *Jane Eyre* NO INÍCIO do verão de 1847, e havia iniciado uma versão final do manuscrito, mas fui obrigada a adiar o trabalho quando Ellen veio nos visitar por algumas semanas. Minhas irmãs e eu sempre aguardávamos as visitas de Ellen com ansiedade. Durante os 16 anos desde que eu e Ellen nos conhecemos na escola, uma afeição calorosa desenvolvera-se entre ela, Emily e Anne, e ela passara a ser considerada quase um membro da família.

— Não vejo motivo para não comentar com Nell sobre o livro — comentei com Emily antes de Ellen chegar. — Será muito mais fácil para todas nós se pudermos continuar a trabalhar em nossos livros durante a noite, enquanto Nell estiver aqui.

— Não — insistiu Emily. — Não quero que ela nem ninguém tome conhecimento de nossa literatura. Nossos livros foram rejeitados por todos os editores a quem você os enviou, e nosso livro de poesia teve um desempenho tão medíocre... é humilhante demais!

— Nós *vamos* vender nossos romances — falei para Emily, apesar da dúvida que só fazia crescer e que me consumia por dentro a cada rejeição. — Apenas precisamos perseverar e ser pacientes.

Papai havia muito recuperara sua saúde e a visão em uma proporção tão extensa que foi capaz de reassumir suas obrigações usuais como pároco. O Sr. Nicholls, que por tanto tempo carregara todas as responsabilidades de papai no cargo, senão também em título, foi novamente relegado a assumir seu cargo menos importante de pastor. Para seu crédito, o Sr. Nicholls aceitou o rebaixamento com humildade e elegância, professando alívio e satisfação contínuos pela recuperação de meu pai. No entanto, todos os dias, esperávamos que o Sr. Nicholls aceitasse um novo posto em algum outro lugar, onde ele pudesse ter a própria paróquia — uma promoção que, apesar de minhas apreensões pessoais a seu respeito, eu tinha de admitir: ele certamente merecia. Para minha surpresa, isso nunca ocorreu.

— Sei por que o Sr. Nicholls nunca vai embora — disse Ellen um dia, durante uma visita no início de julho.

Eu, Ellen e minhas irmãs relaxávamos preguiçosamente em um de nossos lugares favoritos, longe no urzal tingido de púrpura, escondido em uma barragem ao longo de Sladen Beck, um lugar que chamávamos "O Encontro das Águas". Esse oásis recluso com relva verde-esmeralda era salpicado por pequenos e límpidos mananciais que convergiam em um riacho e, nessa estação, ficava adornado por enorme quantidade de flores vividamente coloridas. Desde a infância, passávamos incontáveis dias de verão nesse idílico paraíso, isoladas do restante do mundo, deleitando-nos na pura alegria da amizade, sob um céu azul glorioso e sem nuvens.

As quatro agora estávamos sem gorros, sentadas ou reclinadas sobre uma das rochas cinzentas planas que se espalhavam aqui e ali, dentro e ao lado do lago, como se houvessem sido jogadas pela mão de um gigante. Nossas saias estavam indecorosamente erguidas até os joelhos, e nossos pés balançavam na água fria e borbulhante.

— Vi o Sr. Nicholls de relance no corredor da casa paroquial nesta manhã, quando ele veio ver seu pai — prosseguiu Ellen. — Creio que ele permanece em Haworth, apesar da falta de perspectiva para sua carreira, porque gosta de *você*, Charlotte.

— Isto é absurdo — retruquei.

— Não é, não — respondeu Ellen.

— Vivo dizendo isto a Charlotte — comentou Anne, batendo os pés alegremente na água. — Mas ela não me dá ouvidos.

— Notou a maneira como ele olhou para você ao entrar na casa? — perguntou Ellen.

— Não.

— Ele tinha a mesma expressão do semblante do Sr. Vincent, quando vinha me cortejar: constrangida e tímida e de disfarçada admiração, tudo isso misturado a reserva e medo. Ele estava esperando um olhar ou uma palavra sua; e, no entanto, você sequer olhou na direção do homem.

Achei que Ellen devia estar delirando, e lhe disse isso.

— Eu notei, *sim*, que ele se demorou no corredor, olhando-a de rabo de olho — interpôs Emily, deitada de bruços sobre uma rocha ampla, balançando uma das mãos dentro da água límpida e rasa e fazendo os girinos saltarem.

— O Sr. Nicholls sempre é agradável comigo — observou Ellen. — Ele tem sido bom para o seu pai e tão prestativo na paróquia. Por que o detesta tanto?

Olhei de relance para minhas irmãs, que também me fitaram, mas se mantiveram caladas. Nunca havia contado a Ellen sobre a história de Bridget Malone, pois acreditava que não era certo espalhar fofocas maliciosas que poderiam acabar prejudicando a carreira do Sr. Nicholls. Nem tampouco tinha mencionado o comentário maldoso e cruel que ele fizera sobre mim, pelas costas, assim que chegou a Haworth, aproximadamente dois anos antes.

— Infelizmente, o Sr. Nicholls não é a visão da perfeição que você imagina ser, Nell — respondi, enquanto me deitava na pedra, girando o rosto para receber o calor do sol. — Seria indiscreto de minha parte dizer o motivo, mas não são todos em Haworth que o amam como você.

Uma semana depois, Ellen teve a oportunidade de testemunhar em primeira mão um exemplo do comportamento impopular do Sr. Nicholls. Desde o dia em que pôs os pés em Haworth, o Sr. Nicholls protestava contra a prática semanal das lavadeiras de secar suas roupas sobre as lápides do cemitério do pátio da igreja. Dois anos depois, continuava a reclamar disso.

— O pátio de uma igreja deveria ser um lugar reverenciado de quietude e respeito, em memória aos falecidos — ouvira o Sr. Nicholls dizer a papai alguns meses antes, enquanto servia chá para os dois. — Esse espetáculo é uma gozação, como se fizessem um piquenique em solo sagrado.

— Acho um tanto charmoso — interpus. — Todas as mulheres reunidas no pátio da igreja com suas cestas de roupa, conversando animadamente ao ar livre em meio à brisa. Faz com que o cemitério tenha alguma função prática e o deixa menos lúgubre. É um lugar de encontro semanal para elas.

— Faz com que elas saiam de seus quintais — concordou papai. — Foi-me dito que aguardam esse momento com expectativa.

— Pois eu pretendo pôr um fim nisto — declarou o Sr. Nicholls.

E assim ele fez. Travou uma longa batalha contra os membros do conselho diretor da igreja e, no final, alcançou seu objetivo. Durante a missa em um domingo de julho, o Sr. Nicholls fez um anúncio impactante:

— Deste dia em diante, está proibido pendurar roupas no pátio da igreja de Haworth. Damas, por favor, encontrem um lugar mais apropriado e adequado para secar suas vestimentas.

Uma onda de protestos formou-se entre os membros da congregação, tanto por parte das mulheres como dos homens. O Sr. Nicholls saiu do pódio em meio a vaias e assovios. Após o culto, as pessoas se agruparam no pátio da igreja e na rua, expressando suas queixas em voz alta. Eu, Ellen e minhas irmãs nos preparávamos para voltar para casa, quando Silvia Malone veio em nossa direção a passos largos, com expressão feroz em seu semblante.

— Oh! Esse Sr. Nicholls! — vociferou Sylvia. — Se já não gostava desse homem, a partir de hoje, com certeza, devo detestar vê-lo na minha frente!

— Eu compreendo o argumento do Sr. Nicholls sobre as roupas — comentou Anne. — Essa prática sempre me pareceu desrespeitosa.

— Nunca verão roupas secando no pátio da igreja de Birstall — concordou Ellen.

— Vocês têm árvores em Bristall? — perguntou Sylvia.

— Temos — respondeu Ellen.

— Bem, *neste* vilarejo quase não há árvores para contar história — declarou Sylvia acaloradamente. — Não temos como pendurar varais, temos? Onde poremos nossas roupas para secar agora, eu lhes pergunto? Oh! Como desejaria que o Sr. Nicholls retornasse para a Irlanda, de onde veio, e nunca mais voltasse!

Quando o Sr. Nicholls viajou para a Irlanda em suas férias anuais de um mês, muitos fiéis ecoaram a mesma opinião e expressaram seu desejo de que ele não se preocupasse em voltar a cruzar o canal.

— Esse tipo de sentimento não deveria existir entre o pároco e seu rebanho — comentei com Anne com um suspiro irritado, logo após a partida do Sr. Nicholls.

— Tudo isso vai se dissipar com o tempo — respondeu Anne com convicção tranquila.

As palavras de Anne se provaram verdadeiras. As mulheres da comunidade logo deixaram de estender suas roupas nas lápides e nos muros de pedra ao longo da rua da Igreja, que não deixou de ser um lugar agradável de reuniões.

Naquele mesmo verão, chegaram boas notícias do front editorial. Thomas Newby, o diretor de uma pequena firma em Londres, expressou seu desejo de publicar *Agnes Grey,* de Anne, e *O Morro dos Ventos Uivantes,* de Emily, juntos em três volumes — visto que *O Morro dos Ventos Uivantes* era uma obra de tamanha extensão, disseram, que requereria dois volumes somente para ela. Para minha frustração, não houve interesse por meu romance *O professor,* que declararam ser "deficiente de episódios surpreendentes e emoções envolventes".

Minhas irmãs não se continham de tanta alegria. Fiquei encantada por elas, mas ao mesmo tempo cautelosa, pois a oferta determinava a condição de que os autores pagassem pela publicação com um adiantamento de £50. Já havíamos sofrido uma experiência mais do que decepcionante ao custearmos nossa própria publicação, e eu temia que nada melhor viesse desse empreendimento, particularmente porque apenas 350 cópias seriam impressas, por um valor que iria praticamente depauperar minhas irmãs. Após tantas rejeições, no entanto, Emily e Anne estavam tão aliviadas por receber qualquer tipo de oferta que aceitaram imediatamente.

A rejeição de *O professor* foi um duro golpe. Eu estava prestes a jogar o estimado embora desprezado manuscrito no fundo da gaveta, quando me lembrei que ainda restava uma última editora de minha lista para quem eu ainda não havia enviado os textos: a firma Smith, Elder & Co, de Cornhill, Londres. Embora soubesse que meu trabalho tinha poucas chances de ser aceito por si só, sendo curto demais para ser publicado em um volumes, decidi enviá-lo assim mesmo. Ruborizo ao admiti-lo agora, mas em minha ingenuidade — com o papel tão caro, e não tendo nada mais à mão para tal — embrulhei o manuscrito no mesmo papel no qual os outros livros haviam sido submetidos e retornados, simplesmente riscando os endereços dos editores anteriores e acrescentando o novo.

Então voltei a passar *Jane Eyre* a limpo de maneira inquebrantável. Em seu devido tempo, recebi uma resposta da Smith, Elder & Co. Abri o envelope com amedrontada expectativa de encontrar duas linhas duras e desesperançosas, agradecendo meu envio e informando que os ditos editores não estavam dispostos a publicar meu manuscrito. Em vez disso, para minha surpresa, encontrei uma carta com duas páginas.

A carta era de um tal Sr. William Smith Williams, o orientador literário da Smith, Elder & Co. O Sr. Williams se recusou, deveras, a publicar *O professor* por "razões profissionais", embora insistisse que a obra possuía "enorme poder literário". Ele então discutiu seus méritos e deméritos de forma tão cortês e com tanta consideração, com um espírito tão racional, discernimento tão esclarecido, que a recusa deixou-me mais animada do que uma aceitação expressa grosseiramente. Ele acrescentou que um trabalho com três volumes seria analisado com cuidadosa atenção.

Reli a carta quatro vezes, os dedos tremiam.

Com enorme entusiasmo, escrevi novamente para a Smith & Elder e expliquei que possuía "uma obra em três volumes" praticamente pronta à qual me aplicara com interesse muito mais vívido do que à primeira obra.

Escrevi com a rapidez do vento. Ao final de agosto, enviei a Cornhill o manuscrito completo de *Jane Eyre* — e aguardei uma resposta. Não precisei esperar muito, embora, na época, aquelas duas semanas tivessem parecido ser as mais longas de minha vida.

Todos os dias, como um falcão, eu observava a chegada do carteiro da janela da sala de jantar. Visto que Tabby agora estava surda e manca demais para cuidar de algo mais além de tarefas simples na cozinha, um de seus prazeres mais preciosos na vida continuava a ser receber e separar a correspondência. Eu não lhe tiraria esse prazer; por isso ficava ali, com a respiração ofegante, ouvindo-a caminhar com seus passos mancos da porta da frente até o escritório de papai, na esperança de que ela desse a volta e viesse à sala de jantar com uma carta para mim.

Quando ela finalmente chegou — quando Tabby pôs o envelope em minhas mãos, de Smith & Elder para "O Sr. Currer Bell, aos cuidados da Srta. Brontë, Haworth" —, meu coração quase parou de bater.

— Qual o problema, senhorita? — exclamou Tabby, alarmada. — De quem é a carta? Ora, está branca como fantasma!

— Não é nada — respondi rapidamente (em alto e bom som para que ela escutasse). A visão de Tabby piorou tanto que ela mal conseguia identificar o nome do destinatário, muito menos tentar decifrar a identidade do remetente. — É apenas a resposta de uma indagação que fiz. Lerei a carta lá em cima. — Corri então para o meu quarto, onde abri o envelope ansiosa-

310

mente e, com a pulsação palpitante, li rapidamente as palavras ali contidas:

Caro senhor: estamos de posse de seu excelente manuscrito, Jane Eyre, *e gostaríamos de lhe fazer uma oferta pelo exemplar e pelos direitos autorais; como remuneração, estamos dispostos a oferecer a soma de £100...*

Deixei escapar um grito de entusiasmo. Oh! Era bom demais para ser verdade!

Com uma força súbita, minha porta foi aberta, e Emily surgiu.

— Qual é o problema? O que aconteceu? — Bastou uma olhadela para a carta em minha mão, a alegria estampada por todo o meu rosto, e Emily adivinhou em seguida qual era o conteúdo da carta. — Querem o seu livro?

— Vão pagar para publicá-lo! Cem libras!

Emily — normalmente tão séria, plácida, tão prática quando confrontada com qualquer situação na vida, fosse crise ou celebração — deixou escapar um grito e abraçou-me efusivamente. Um instante depois, Anne adentrou o quarto, com olhos arregalados de medo, expressão essa que se transformou em júbilo quando ficou sabendo da novidade.

— Charlotte, isso é maravilhoso demais!

— Cem libras! — exclamou Emily.

— Receber algo por mérito próprio: é tudo que sempre sonhei... e vejam! — exclamei e lhes mostrei a carta. — Eles querem preferência em relação a meus dois próximos livros, pelos quais receberei mais cem libras, por cada um.*

---

* Pelas edições seguintes e direitos no exterior, Charlotte recebeu, na verdade, pagamentos da ordem de £500 por romance. Ainda assim, a quantia era baixa se comparada a somas recebidas por muitos romancistas populares na época.

Gritamos com tanta exultação que Martha enfiou a cabeça pela porta do quarto, preocupada, e até mesmo Branwell saiu cambaleando de seu quarto, aturdido, imaginando que algo na casa havia pegado fogo novamente. Fomos forçadas a pegar nossos gorros e correr para os urzais, onde nos comportamos como adolescentes durante horas, correndo e saltando, abraçando-nos e emitindo risadas estridentes, e qualquer um que nos visse nesse momento pensaria que havíamos enlouquecido.

— Imaginem só! — exclamei, esticando os braços para cima e observando com deleite a infinitude do céu azul. — Depois de todo o nosso trabalho árduo, de todo o sacrifício e sonhos, todas teremos, finalmente, nossos livros publicados, e ao mesmo tempo!

Somente alguns anos depois, após conhecer e me tornar amiga do editor, fiquei sabendo, não sem corar, das circunstâncias que envolveram a aceitação de meu romance. William Smith Williams, o primeiro a ler a história, contou-me que madrugou até a metade de uma noite para terminar meu manuscrito e que ficou encantado; ele então insistiu para que o diretor da firma — o jovem e inteligente Sr. George Smith — o lesse também. Aos risos, o Sr. Smith admitiu que seu colega fez elogios tão exaltados ao manuscrito que não sabia se deveria ou não acreditar; mas também devorou o romance em um único domingo, iniciando a leitura no café da manhã, tendo cancelado um encontro com um amigo para andar a cavalo no campo, jantado rapidamente, e não conseguindo dormir até finalizar a leitura.

Eu não sabia de nada disso na época, obviamente. Mal conseguira assimilar que teria meu romance *publicado*, antes de isso realmente acontecer. *Jane Eyre* foi impresso às pressas. Da aceitação à publicação foi um pulo, breves e vertiginosas seis semanas — tão rapidamente que veio a público dois meses antes de os livros de Anne e Emily, mesmo com estes tendo sido aceitos por Thomas Newby bem antes do meu.

312

Antes disso, porém, recebi uma carta da Smith & Elder sugerindo algumas "pequenas revisões" em *Jane Eyre*.

— Querem que modifique toda a primeira parte sobre a infância de Jane em Gateshead — contei às minhas irmãs, consternada — e que revise, diminua ou retire todos os capítulos sobre a Lowood School.

— Isto é um absurdo. São partes importantes da história — alegou Emily —, e muito interessantes.

— Estabelecem a personalidade e a história de Jane — concordou Anne. — Evocam a compaixão do leitor.

— O editor parece crer que essas cenas podem ser dolorosas demais para alguns leitores, além de deixarem o livro excessivamente longo. — Pus a carta de lado, angustiada. — Por que compraram o romance se não gostam dele? Não consigo nem imaginar ter de voltar ao texto para reduzi-lo ou modificá-lo. Se fizer alguma alteração, temo que acabarei apenas prejudicando sua narrativa. Cada palavra que escrevi contribui para o todo. E todas são verdadeiras.

— Na verdade, devo acreditar, possui um charme único — disse Anne.

— E, no entanto, após contar toda a verdade de minha experiência na Clergy Daughters' School, talvez tenha, de fato, tornado a história bem mais dolorosa. Se bem que suavizei muitos detalhes para tornar o romance mais agradável.

— Eu não mudaria nada — insistiu Emily. — Confie em seus instintos. Seu livro irá agradar ao gosto do público muito mais do que o editor prevê. Simplesmente escreva e diga isso a eles.

Fiz exatamente isso. A Smith & Elder acatou meu pedido. Então, sem entender a rapidez do procedimento de meu editor, viajei imediatamente a Brookroyde para desfrutar de um breve descanso com Ellen. Para meu espanto, no dia seguinte de minha chegada a Birstall, Emily me reencaminhou o primeiro lote da prova de páginas de *Jane Eyre*, que precisei revisar e devolver o quanto antes. Graças à necessidade, fui obrigada a conduzir tal operação na presença de Ellen, sentada diante dela no mesmo quarto. Que enorme esforço para conseguir manter segredo! Fiel à promessa que fizera às minhas irmãs, fui forçada a fingir que trabalhava em um projeto pessoal de pouca importância. Ellen era astuta o suficiente para perceber que havia algo mais acontecendo; porém, respeitosamente, não fez perguntas ou procurou ver para onde a correspondência foi enviada quando a postei de volta a Londres.

Meu romance foi publicado no dia 16 de outubro. Meus primeiros lindos exemplares de *Jane Eyre, uma autobiografia, por Currer Bell*, vieram a público no dia 19. Se antes achara ter sido invadida por enorme prazer ao ver nosso livro de poesias publicado, este prazer não era nada se comparado ao júbilo que senti ao ver a publicação de *Jane Eyre*. Finalmente, meu sonho tornara-se realidade; tinha nas mãos uma obra inteiramente minha: uma história inspirada diretamente em minha experiência pessoal e imaginação e que, agora, pela graça de Deus, pelo milagre da língua e pelo uso da imprensa, estava disponível para que outras pessoas a lessem!

Capítulo Catorze

Eu tinha poucas expectativas em relação a um potencial sucesso de *Jane Eyre*. Sabia que os críticos eram caprichosos e que boa popularidade era algo difícil de se obter, e mais ainda de se manter. O público não estava interessado em autores desconhecidos e poderia ser inconstante. Ainda assim, eu desejava com muito ímpeto que o livro fosse bem-aceito, mesmo que apenas para não desapontar as expectativas otimistas de meus gentis editores, que haviam assumido tantos riscos por conta da obra.

Escondida em Haworth, li com grande interesse as críticas nas revistas e jornais que o Sr. Williams me encaminhava. Muitos nada encontravam para criticar.

— "Uma história de interesse incomparável" — li em voz alta para minhas irmãs um trecho do *Critic* naquele outubro, — "que recomendamos cordialmente e que certamente terá demanda."

— Ah! — exclamou Emily. — Eu poderia ter lhe dito isso.

— "Trata-se de um livro extraordinário" — li, emocionada, no *Era*, algumas semanas depois. — "Embora seja uma obra de ficção, não se trata de um mero romance, pois não há nada senão essência e verdade nela. Desconhecemos um rival à altura entre as produções modernas. Todos os escritores sérios da atualidade perdem em comparação a Currer Bell." Oh! Tão elevado elogio. Certamente não o mereço.

— Merece, sim — disse Anne.

Fiquei atordoada com a litania de elogios enviada a mim nos meses que se seguiram. Mas nem todos os comentários foram favoráveis; alguns críticos chamaram *Jane Eyre* de grosseiro e imoral, crítica esta que jamais compreendi e que me aferroava cruelmente; outros criticavam a conduta do Sr. Rochester como sendo "pouco decoroso" e consideravam alguns incidentes inacreditáveis ou improváveis. Para meu alívio, entretanto, as opiniões predominantes eram rotundamente positivas. Um crítico chegou a chamar a obra de "decididamente o melhor romance da temporada". O Sr. Smith escreveu para informar que a demanda era quase sem precedentes: em três meses, desde sua publicação, todos os 2.500 exemplares haviam sido vendidos, e *Jane Eyre* foi para a segunda edição.

A dúvida sobre minha identidade causou o sobressalto de mais do que apenas um par de sobrancelhas. Vários artigos na imprensa, alegando representar os interesses de todos os leitores da Inglaterra, clamavam saber: *Quem era Currer Bell?* Era um nome real ou fictício? O livro fora escrito por um homem ou uma mulher? Muito pequenos incidentes foram verbalmente esmiuçados na tentativa de responder à pergunta sobre o verdadeiro gênero do autor — tudo em vão. As conjecturas causavam-me boas risadas, e eu me divertia em meu anonimato.

Muito rapidamente, estabeleci correspondência com o Sr. Smith e o Sr. Williams, que, embora ainda não me conhecessem pessoalmente nessa ocasião (e que achavam até então que eu fosse do sexo masculino), tratavam-me com educação e gentileza, perspicácia intelectual, e expressavam sentimento de respeito por minhas habilidades, o que contribuiu em muito para minha autoconfiança e satisfação pessoal. Como sabiam de minha carência por uma biblioteca com boa circulação de livros, meus editores começaram a me enviar caixas com os melhores e mais recentes livros, os quais eu e minhas irmãs devorávamos, um atrás do outro. Nessa expansão de conhecimento literário, e em minha troca contínua e emocionante de opiniões e ideias com meus editores, senti como se uma nova janela tivesse sido aberta e introduzido luz ao retiro letárgico em que vivia, proporcionando-me uma espiada em um mundo inteiramente novo e desconhecido.

Uma nova correspondência também teve início de forma inteiramente inesperada. Após publicar uma crítica generosa sobre *Jane Eyre*, o jornalista, romancista e dramaturgo George Henry Lewes escreveu para Currer Bell (por meio de cartas reencaminhadas pela Smith & Elder), exortando-me a "ter cuidado com o melodrama" em meu próximo livro. Este conselho, embora claramente bem-intencionado, conflitava diretamente com o que eu havia experimentado em minhas tentativas frustradas de vender meu romance menos emocionante, *O professor*. O Sr. Lewes mais tarde aconselhou-me também a "seguir as recomendações que brilham dos olhos brandos da Srta. Austen", uma escritora que ele considerava "uma das maiores que já existiram". Eu sabia que Jane Austen havia morrido um ano após o meu nascimento, mas embora suas obras tivessem recuperado popularidade recentemente, eu não tinha familiaridade com seu texto. Intrigada, consegui um exemplar de *Orgulho e preconceito*, que eu e minhas irmãs lemos de uma só vez.

— Você simplesmente não *ama* este livro? — disse Anne, enquanto realizávamos nossas obrigações na cozinha no dia destinado a assar bolos e tortas.

— Tem charme — respondi. — Considero a Srta. Austen astuta e observadora. Ao mesmo tempo, porém, acho seu texto contido e tênue. É impossível acusá-la de prolixidade vazia. O romance é, como posso dizer, carente de sentimento.

— Uma descrição incompleta! — exclamou Emily, enquanto amassava com vontade a massa do pão. — A Srta. Austen não descreve quase *nada*. Não existe afeto físico entre os amantes e sequer uma faísca de paixão em todo o romance! Ela não é uma poetisa!

— Pode *existir* um grande artista sem poesia? — ponderei.
— O livro é como um jardim cultivado em alto grau: com delimitações arrumadas e flores delicadas, mas sem sinal de uma fisionomia vívida: nenhum campo aberto, nenhum ar fresco, nenhum monte azul, nenhum riacho formoso.

— Detestaria ter de viver com aquelas damas e cavalheiros em suas mansões elegantes porém confinadas — disse Emily.

— Pois *eu* achei os personagens primorosos — contrapôs Anne — e a história prazerosa e extremamente inteligente.

— Concordo com a última parte — comentei, decidida. — A Srta. Austen consegue ser extremamente irônica e divertida e emprega a noção de que os fins justificam os meios deliciosamente, de um jeito que eu nunca havia lido.

NÃO CONTEI AO MEU IRMÃO que meu livro tinha sido publicado; de qualquer forma, ele estava ausente havia muito tempo para notar ou se importar. No entanto, após obter algum sucesso, eu e minhas irmãs concordamos em dar a notícia a papai.

Em uma tarde, na primeira semana de dezembro, levei um exemplar de *Jane Eyre* ao escritório de papai, juntamente a várias resenhas a respeito, incluindo, para se fazer justiça, uma nota não muito louvável sobre o livro. Papai estava sentado em sua poltrona defronte da lareira, e descansava os olhos após o almoço, que geralmente preferia comer sozinho. Parei ao seu lado.

— Papai, escrevi um livro.

— É mesmo, minha querida?

— É, e gostaria que o senhor o lesse.

— Melhor não. — Seus olhos permaneciam fechados. — Sua caligrafia é muito complicada para eu entender. Temo que forçará demais minha vista.

— Mas não está escrito à mão, papai. Está impresso.

— Minha querida! — Papai agora me fitava, alarmado. — Nunca deveria ter se aventurado com esse tipo de despesa! Certamente lhe trará prejuízos, pois como conseguirá vender um livro? Ninguém a conhece!

— Não paguei pela publicação, papai, e não creio que me trará prejuízos. E o senhor também não se arrependerá, se me permitir ler uma ou duas resenhas e lhe contar mais a respeito. — Sentei-me com ele e li algumas críticas em voz alta. Ele demonstrou enorme surpresa e interesse.

— Mas quem é esse Currer Bell? Por que não colocou seu próprio nome no livro?

— Papai, o senhor sabe que é uma prática comum autores adotarem pseudônimos, e eu acredito que escritoras costumam ser vistas com mais preconceito do que escritores do sexo masculino.

Entreguei um exemplar de *Jane Eyre* para ele ler. Mais tarde, papai apareceu na sala de jantar, onde eu e minhas irmãs tomávamos chá, e disse:

— Meninas, sabiam que Charlotte escreveu um livro...? E é melhor do que eu imaginava.

Eu e minhas irmãs trocamos olhares e nos esforçamos para nos mantermos sérias.

— Deveras? — disse Emily. — Um *livro*?

— Sim — respondeu papai entusiasticamente. — Vejam: já foi publicado, três volumes com capa refinada, papel da mais alta qualidade e tipografia muito clara.

— Fico feliz que tenha aprovado seus atributos físicos, papai — contestei.

— Não apenas isso — prosseguiu papai —, a história cativou minha atenção. Estive lendo-a durante toda esta tarde. Agora entendo todo esse burburinho por parte dos críticos.

— Terá de me mostrar esse livro maravilhoso, Charlotte — disse Anne, com um olhar de soslaio para mim.

— Talvez lhe mostre — respondi, sorrindo para as duas ante a expressão cômica no semblante de Anne e a de orgulho no de papai. — Mas, papai — acrescentei —, tenho me esforçado muito para manter o anonimato de minha obra e prefiro que continue assim. Por favor, prometa que manterá segredo sobre minha autoria.

— Por que deveria fazer isso? Estamos falando de uma conquista e tanto, um livro publicado e com toda a Inglaterra enaltecendo-o! Não está orgulhosa?

— Estou, papai... mas não tenho interesse em me tornar uma figura pública. Desejo que minha autoria seja mantida em segredo, principalmente em Yorkshire. Morrerei de vergonha se algum estranho vier bater à nossa porta, sem aviso prévio, intrometendo-se em minha vida particular. Ainda pior: imaginar que, enquanto escrevo, minha literatura será lida por conhecidos seria intoleravelmente limitador para mim.

— Bem, como quiser — concordou papai, com um longo suspiro. — Mas acho isso uma grande lástima. Como adoraria poder compartilhar essa notícia com meus colegas. O Sr. Nicholls, tenho certeza, ficaria emocionado se soubesse!

— O Sr. Nicholls? — perguntei, sentindo um calor súbito invadir meu rosto. — O Sr. Nicholls não tem interesse pela literatura, papai. Posso lhe garantir que ele não daria a mínima importância para isso. Por favor, *prometa-me* que não vai contar para ele.

Com grande relutância, papai deu-me sua palavra.

O EDITOR DE MINHAS IRMÃS, Sr. Thomas Newby, infelizmente não agia com a competência e o cavalheirismo dos editores da Smith & Elder. Anne e Emily tiveram de aguentar exaustivos atrasos, delongas e promessas descumpridas; ainda assim, elas se recusaram a entregar suas obras para a Smith & Elder, insistindo que não desejavam interpor-se em meu sucesso.

Para agravar ainda mais a angústia de minhas irmãs, em meados de dezembro, quando seus romances finalmente foram publicados — juntos, em três volumes, com seus pseudônimos, sendo que *O Morro dos Ventos Uivantes* ocupava os primeiros dois volumes e *Agnes Grey*, o terceiro —, os livros haviam recebido encadernação de baixa qualidade com cartolina cinza, os títulos e os nomes dos autores estavam pobremente impressos com tinta preta em um mínimo espaço em branco, colados na lombada do livro, sendo esta a única parte encapada com tecido. O título impresso na página anunciava erroneamente "*O Morro dos Ventos Uivantes, um romance de Ellis Bell, em três volumes*" como se a obra de Anne não existisse; e os livros possuíam abundantes erros de impressão. Praticamente todos os erros que Anne e Emily haviam corrigido com tanto esforço na prova de páginas permaneceram na edição final.

Ainda mais preocupante, entretanto, foram as críticas a respeito das obras. A resenha sobre *O Morro dos Ventos Uivantes* publicada no *Atlas* em janeiro foi tão depreciativa que temi mostrá-la a Emily, mas esta apenas lhe provocou uma risada desdenhosa.

— "Não há, em toda a *dramatis personae*, um único personagem que não seja completamente detestável e profundamente desprezível" — leu Emily em voz alta em uma tarde de muita neve, deitada sobre o tapete diante da lareira, com Keeper preguiçosamente esticado ao seu lado. — Oh! *Sabia* que nunca deveria ter submetido meu livro para publicação. — E então me atirou o jornal, desgostosa.

— O *Britannia* fez elogios a *O Morro dos Ventos Uivantes* — comentei. — Disseram que sua escrita demonstra uma "energia original".

— Também disseram que impressiona a história ter sido escrita "por uma mente com experiência limitada" — retorquiu Emily.

— Deve admitir que essa parte é verdadeira — declarou Anne, que estava sentada, costurando disciplinadamente no sofá, com Flossy adormecido ao seu lado. — Nenhuma de nós possui muita experiência de vida.

— Que importância tem a experiência ante a imaginação? — clamou Emily. — E por que continuam a reclamar que não há propósito ou moral para a história? Todo livro deve ter uma moral? Não existe valor na análise do poder brutalizante e do efeito da paixão desmedida?

— Existe, sim, e outros disseram isso — respondi. — Esqueceu-se da resenha do *Douglas Jerrold's Weekly*?

— Ele chamou o livro de estranho, desconcertando qualquer tipo de crítica — retrucou Emily, azeda.

— Ele *também* disse — parafraseei-o: — "É impossível começá-lo e não terminá-lo. Recomendamos fortemente a todos os leitores que amam inovação a adquirir a obra, pois podemos prometer que nunca leram algo parecido."

— Nem posso considerar isso um elogio — desdenhou Emily.

— Deveria ficar satisfeita, Emily, pois, pelo menos, seu livro foi notado — comentou Anne baixinho.

Olhei para Anne com uma pontada de pena. Seu livro foi praticamente ignorado pela imprensa. As poucas críticas que chegaram a mencionar *Agnes Grey* ressaltavam apenas que a história carecia do poder de *O Morro dos Ventos Uivantes*, embora possuísse tema e tratamento "mais agradáveis".

— Pensando bem — prossegui, com o intuito de consolar, —, talvez não tenha sido boa ideia apresentar suas obras em conjunto, visto que são de naturezas muito distintas.

— Os críticos não exercem nenhum poder sobre mim — declarou Anne, resoluta. — Escrevi com o coração. É isso o que importa. E já estou com a cabeça em outro livro.

— Mas insisto em dizer que se *Agnes Grey* houvesse sido publicado separadamente, teria sido mais plenamente apreciado por sua história doce e gentil. Sinto que foi ofuscado pela história mais violenta e dramática de Emily.

— *Ambas* ficamos sob a sombra de seu livro, Charlotte — disse Emily simplesmente. — *Jane Eyre* é a menina dos olhos dos críticos e leitores. Não tem como não ser um sucesso.

— Não é verdade — respondi, mas antes que pudesse prosseguir, Emily se pôs de joelhos, deslizou na minha frente e pegou em minhas mãos, olhando-me com profunda afeição.

— Por favor, não deixe que a má recepção de nossos romances prejudique a alegria pelo *seu* triunfo, Charlotte. *Jane Eyre* é um livro maravilhoso, e ambas estamos muito orgulhosas de você.

DIFERENTEMENTE DOS CRÍTICOS, PAPAI — após se inteirar que todas as três filhas haviam tido um livro publicado — ficou absolutamente entusiasmado, tomado de orgulho e satisfação.

— Sempre suspeitei que havia *alguma coisa* — disse ele com uma risada quando soube da notícia —, mas minhas suspeitas não poderiam ter ganhado formas tão exatas. Minha certeza era apenas de que vocês, meninas, estavam perpetuamente escrevendo... e não eram cartas.

Apesar de nossas objeções, papai insistiu em manter os seis volumes das obras dos "Bell" expostos em uma mesinha em seu escritório. Cheio de orgulho, reuniu um pacote com recortes dos jornais e revistas contendo resenhas sobre nossos livros, todos cuidadosamente marcados com as datas das publicações. Em mais de uma ocasião, ao entrar no escritório para anunciar a chegada do Sr. Nicholls, flagrei papai relendo um destes extratos. Rapidamente, ele era obrigado a guardar seus preciosos recortes no envelope e colocá-los em seu esconderijo.

Ao longo do ano, entretanto, apesar de ter tido algum tipo de contato diário com o Sr. Nicholls, nossos encontros haviam sido breves, com o intercâmbio de poucas palavras. Não obstante, diferentemente de nosso dissoluto irmão e das criadas simples e diligentes em nossa casa, o Sr. Nicholls era inteligente, questionador e observador; por isso para nós era um desafio conseguir guardar nosso segredo. Em várias ocasiões, o Sr. Nicholls chegou à residência paroquial no mesmo instante em que o carteiro, quando correspondências e encomendas de nossos editores em Londres eram entregues. Aqueles misteriosos pacotes aguçavam a curiosidade do Sr. Nicholls, mas eu e minhas irmãs sempre desaparecíamos com nossos valiosos embrulhos.

Em uma dada manhã, em fins de janeiro, quando ouvi Tabby anunciar "Outro pacote para a senhorita, Srta. Charlotte!", fui correndo para a porta de entrada e encontrei o Sr. Nicholls, que retornava de um passeio com os cachorros. Para meu constrangimento, Tabby entregou a correspondência na presença do Sr. Nicholls.

— A dona é mesmo uma dama popular! Quem é esse que lhe manda livros de Londres?

— Um amigo — respondi rapidamente, corando enquanto tentava esconder a identidade do remetente do Sr. Nicholls.

Uma semana depois, quando levava chá a papai e ao Sr. Nicholls, o pastor perguntou ao meu pai por que ele reservava lugar tão privilegiado aos livros dos Bell. Sem equívocos, papai meramente respondeu que os admirava, e fiquei grata a ele por tal discrição, visto que Emily continuou a insistir, *sine qua non*, no anonimato. Pude ver, pela reação do Sr. Nicholls, que ele não questionou a resposta; nem tampouco demonstrou qualquer interesse em ler as obras em questão. Na época, eu estava certa de que a ideia de uma mulher escrevendo um romance teria sido impactante para o Sr. Nicholls — e a ideia de que os Bell eram na verdade *três mulheres*, e as filhas do pároco, seria demais para sua cabeça.

DURANTE MUITO TEMPO FUI FÃ ardorosa do trabalho de William Makepeace Thackeray, e seu mais novo romance, *A feira das vaidades*, era meu favorito. Quando, não muito depois da publicação de *Jane Eyre*, este cavalheiro escreveu fazendo elogios sobre meu romance, fiquei tão estupefata e tão grata por seus generosos tributos que dediquei a segunda edição de *Jane Eyre* a ele — um ato que ocasionou inesperado furor.

— Oh, não! — exclamei ao entrar apressadamente na sala de jantar, onde Anne e Emily escovavam vigorosamente os longos pelos sedosos de Flossy. — Acabo de descobrir por meio do Sr. Thackeray sobre as circunstâncias das mais surpreendentes e angustiantes. Aparentemente, é de conhecimento público, embora me fosse totalmente desconhecido, que o Sr. Thackeray, assim como o Sr. Rochester, tinha uma esposa louca que ele foi obrigado a trancafiar.

— Está brincando — disse Emily, deixando de lado a escova do cachorro.

— Gostaria de estar brincando. Há um artigo circulando na imprensa dizendo que *Jane Eyre* foi escrito por uma governanta da família Thackeray, e que é por *esse motivo* que Currer Bell dedicou seu livro a ele.

— Minha nossa — murmurou Anne. — Que coincidência infeliz.

— Pode-se dizer que a realidade é geralmente mais estranha que a ficção — respondi e deixei-me cair no sofá, com um suspiro. — A carta do Sr. Thackeray é tão nobre e resignada; mas imaginar que minha tolice inadvertida o fez ser objeto de fofoca... Oh! É terrível!

O incidente provocou uma enxurrada de comentários na imprensa, chamando mais atenção para os três misteriosos Bell. A curiosidade foi aguçada não apenas sobre o gênero indeterminado e sobre o conteúdo de seus romances — as "excentricidades das fantasias femininas", queixou-se uma crítica; as pessoas agora começavam a questionar se os Bell na verdade eram, de fato, uma única pessoa! *Agnes Grey* e *O Morro dos Ventos Uivantes*, indagavam, eram na verdade romances anteriores e menos bem-sucedidos do autor de *Jane Eyre*?

A princípio, Anne, Emily e eu apenas achamos graça da especulação. Mas à medida que o tempo passava e a tagarelice da imprensa continuava, a graça foi gradualmente se perdendo. Emily tentava disfarçar com uma resistente máscara de resoluta indiferença a profunda mágoa que sentia pelas críticas cruéis sobre sua obra; no entanto, eu sabia como ela se sentia verdadeiramente e minimizava minha conquista de todo jeito possível. Ao mesmo tempo, sempre que ouvia um elogio sobre o meu livro, sentia-me refreada por uma mescla de dúvida e medo. Havia investido o melhor de mim em *Jane Eyre*. Seria capaz de escrever outro livro que fosse tão bem-recebido?

O INVERNO DE 1848 FOI particularmente severo, com um vento leste cruel vindo dos urzais. Eu e meus irmãos contraímos uma gripe ou um resfriado muito forte por duas vezes no curto espaço de poucas semanas. Anne foi a única que ficou doente por mais tempo ou que sentiu mais seus efeitos. Teve febre e tosses perturbadoras, o que deixou seu peito fraco e lhe causou a recorrência de crises graves de asma, doença que já a havia atormentado na infância. Durante dois dias e duas noites, a dificuldade de Anne em respirar foi tão dolorosa e forte que temi por sua vida. Ela suportou a doença como suportava todo tipo de sofrimento: com resistência heroica, sem nenhuma queixa, apenas suspirando ocasionalmente quando ficava praticamente exaurida.

O inverno transformou-se em primavera, e, durante todo esse tempo, esforcei-me para encontrar um tema para meu novo romance. Meus editores sugeriram que eu adotasse a mesma técnica de fascículos utilizada por Dickens e Thackeray, no entanto recusei, insistindo que não era capaz de enviar uma obra para publicação até ter escrito a última palavra do último capítulo, estando inteiramente satisfeita com o todo que a precedia. Desse modo, ater-me-ia firmemente ao formato de três volumes. Submeti um planejamento de talvez reescrever *O professor*, abandonando toda a primeira parte e revisando e expandindo a última, mas tal sugestão foi recusada de maneira educada, porém firme. Criei três inícios diferentes para o novo romance, mas todos me desagradavam. Durante algum tempo, senti-me imensamente bloqueada.

Em minha juventude, eu era possuída pela *necessidade* de gravar minhas vívidas imaginações. E então, assim como em *Jane Eyre*, escrever havia sido minha tônica e minha alegria; semanas inteiras transcorriam em um piscar de olhos enquanto eu estava escrevendo; eu escrevia porque não conseguia parar. Agora — para minha frustração —, o sucesso com o qual sonhara e a expectativa profissional orientada que adveio do sucesso tinham abstraído um pouco da alegria do ato de escrever. Minha impressão era que os atuais escritores eminentes possuíam conhecimento do mundo, algo do qual eu carecia. Na minha visão, aquilo lhes concedia aos escritos uma importância e variedade bem além do que eu poderia oferecer. Eu sentia uma enorme responsabilidade de escrever outro excelente livro. Acreditava realmente ter o *dom* de escrever, mas descobri que não era todos os dias ou toda semana que poderia criar algo que valia a pena ser lido.

Finalmente, escolhi um tema. Apesar do sucesso de *Jane Eyre*, estava ansiosa por evitar novas acusações que alguns críticos haviam feito, de que meu livro abusava do melodrama e de improbabilidades. O lugar das mulheres solteiras na sociedade era um assunto que não me saía da cabeça e que me interessava cada vez mais. Ao mesmo tempo, intrigava-me o desafio de escrever um romance histórico, e papai havia me contado muitas histórias fascinantes sobre as várias situações imprevisíveis durante as Revoltas Luditas nas fábricas de algodão e de lã de Yorkshire, durante o período regencial. Com estas ideias em mente, comecei a pesquisar e a escrever *Shirley*.

Emily também começou a escrever um novo livro, mas se recusou a contar sobre o que era.

— Ainda não sei se quero publicar outra vez — explicou Emily, quando nos sentamos ao redor da mesa de jantar para nossas discussões noturnas durante a primavera. — Mesmo que queira, trabalho melhor sozinha. Foi assim que escrevi a melhor parte do primeiro rascunho de *O Morro dos Ventos Uivantes*.

Tenho um novo livro em curso, isso é tudo que estou disposta a dizer no momento. Mostrarei a vocês se e quando estiver satisfeita com ele.

Apesar da saúde debilitada, Anne havia passado dia e noite sentada sobre sua escrivaninha durante mais de um ano, trabalhando arduamente em seu segundo romance: *A moradora de Wildfell Hall*. Estava tão dedicada ao projeto que eu e Emily raramente conseguíamos convencê-la a sair para uma caminhada ou iniciar uma conversa com ela.

— Não é bom levar uma vida tão sedentária — aconselhei-a em um dia particularmente lindo em maio. — Precisa exercitar-se, Anne. Venha conosco!

— Estou quase terminando de passar meu romance a limpo — insistiu Anne. — O Sr. Newby o está aguardando. Preciso terminá-lo.

A moradora de Wildfell Hall era um romance audaz, que falava de uma mulher corajosa que largava seu marido alcoólatra e dissoluto para ganhar o próprio sustento e salvar o filho da má influência do pai. Aplaudi o esforço e o talento de Anne e achei o livro poderoso e bem-escrito. No entanto, achei a escolha do tema um erro.

— Seu querido alcoólatra não é Branwell — disse a ela —, mesmo que a bebedeira seja claramente a de Branwell. Essa representação detalhada de sua decadência é perturbadora de ler, e a amoralidade presente em muitos dos personagens principais... — que se envolviam em casos de infidelidade conjugal, como as que ela presenciara em Thorp Green — temo que seja algo que o público não irá digerir facilmente. Pense em como me criticaram por ter criado um personagem como o Sr. Rochester... mesmo apresentando todos os casos *dele* como parte do passado e tendo-o mostrado arrependido em relação a eles.

— Sim... mas Charlotte, se tivesse de fazer tudo de novo, teria escrito de forma diferente?

Hesitei.

— Não, suponho que não.

— Seus editores disseram que partes de *Jane Eyre* eram dolorosas demais e que alienariam os leitores... e eles estavam equivocados. Acredito que o mesmo ocorrerá com meu livro. Sinto que é meu dever contar essa história. Se, em minha escrita, puder fazer algo de bom, se puder ajudar uma jovem mulher a evitar os mesmos erros que Helen comete na história, terei alcançado meu objetivo.

Anne enviou fielmente o manuscrito completo ao seu editor inescrupuloso, o Sr. Newby, com quem assegurou melhores condições do que havia negociado para o primeiro livro: ela deveria receber £25 com a publicação e mais £25 após a venda de 250 cópias, com os pagamentos futuros atrelados ao volume das vendas. No entanto, quando o Sr. Newby publicou *A moradora de Wildfell Hall* em junho de 1848, ele o anunciou com um jogo de palavras ardiloso, insinuando que o livro era do mesmo autor (no singular) de *Jane Eyre* e de *O Morro dos Ventos Uivantes*. Pior ainda, ofereceu-o à Harper's, a empresa americana que havia publicado *Jane Eyre* em janeiro (com ótima acolhida) e com a qual meu editor já havia acordado publicar o romance seguinte de Currer Bell.

— Isso é intolerável! — exclamei quando recebi uma carta da Smith & Elder, notificando-me sobre tal procedimento traiçoeiro. — O Sr. Smith está sob puro alarme, desconfiança e cólera! Ele pergunta: estava eu ciente do ocorrido? Enviei uma cópia de meu romance seguinte à Harper's sem o conhecimento dele? Claro que não! Como ele poderia sequer sonhar que eu faria isso? Como o Sr. Newby pôde perpetrar tamanha *farsa*?

— Escrevi repetidas vezes ao Sr. Newby abordando este assunto — comentou Anne, completamente constrangida, enquanto se encolhia na cadeira de balanço da sala de jantar, onde eu compartilhava a notícia. — Insisti que as obras dos Bell eram produções de três pessoas diferentes.

— E, no entanto, o Sr. Newby escreveu à Harper's — exclamei com incredulidade —, afirmando que, pelo que sabia, os autores de *Jane Eyre, O Morro dos Ventos Uivantes, Agnes Grey* e de *A moradora de Wildfell Hall* eram a mesma pessoa!

— Ele quer que o público e o mercado acreditem que ele tem os direitos de Currer Bell — declarou Emily com desdém. — Está tentando trapacear a Smith & Elder assegurando uma oferta da editora americana. Você estava com a razão, Charlotte. Ele é um homem desprezível! Arrependo-me de ter-lhe entregado meu livro.

— Agora a Smith & Elder está questionando minha lealdade e honestidade, bem como minha própria identidade — comentei, caminhando de um lado para o outro defronte da lareira. — Precisamos fazer algo com urgência para provar ao meu editor que somos três pessoas diferentes, e precisamos confrontar o Sr. Newby por sua falsidade.

— Como? — indagou Anne.

— Só existe um jeito. Precisam nos ver em carne e osso. Precisamos ir a Londres, nós três, sem mais delongas.

— Londres! — exclamou Anne, com uma expressão emocionada e aterrorizada.

— Se formos pessoalmente — argumentou Emily —, todos os nossos esforços por manter nosso anonimato terão fracassado. Descobrirão que somos mulheres.

— E que vergonha há em revelar a verdade? — repliquei acaloradamente. — Nossos livros já foram publicados há tempos e comentados exaustivamente. Deixemos que o público saiba que pertencemos ao sexo frágil!

— Não! — bradou Emily. — Não posso permitir isso. Nunca teria deixado que publicassem meu livro, em primeiro lugar, se imaginasse que haveria qualquer chance de perder minha privacidade.

— Então contaremos apenas aos nossos editores — respondi — e garantiremos que eles não revelem nosso segredo para ninguém. O que acham?

Emily soltou um suspiro.

— Se *precisam* ir a Londres, então *vão*, mas não quero fazer parte disto. Essa história envolve o seu livro, Anne, e o seu nome, Charlotte. Duas autoras vão provar seus argumentos tão bem quanto três; mas Ellis Bell permanecerá homem e *ele* ficará em casa.

A viagem se mostrou uma aventura e tanto. Era a primeira visita de Anne a Londres (nunca havia saído de Yorkshire) e minha segunda visita. Seis anos antes, havia passado três dias emocionantes lá, passeando pelos lugares mais famosos da cidade, juntamente a papai e Emily quando estávamos a caminho da Bélgica, mas não tive tempo de lá passar antes da minha última viagem.

Imediatamente, Emily e eu enchemos um pequeno baú e o enviamos a Keighley, informamos a papai sobre nossos planos e partimos, determinadas, naquela mesma tarde, após o chá. Era 7 de julho. Caminhamos até a estação de trem debaixo de uma tempestade. Chegamos a Leeds e nos encaminhamos rapidamente para o trem noturno para Londres. Chegamos — após uma noite de insônia — às 8h à pensão Chapter Coffee-House na rua Paternoster Row, onde eu já havia me hospedado em outra ocasião. Nós nos lavamos, fizemos o desjejum e saímos, com uma excitação introspectiva e estranha em busca do endereço Cornhill, número 65.

Para Anne, que ficara com a saúde debilitada durante todo o ano, a longa jornada e a caminhada pela cidade foram empolgantes, porém exaustivas. Achei-a muito pálida quando chegamos, embora ela insistisse estar bem. A Smith & Elder localizava-se em uma enorme livraria, e em uma rua quase tão movimentada como a Strand. Entramos e nos dirigimos para o balcão. Era sábado — um dia cheio de trabalho —, e havia um grande número de jovens e rapazes espalhados pelo pequeno espaço. Abordei o que estava mais próximo:

— Poderia ver o Sr. Smith?

Ele hesitou, demonstrando certa surpresa, e perguntou nossos nomes. Não os forneci e declarei que estávamos ali para tratar de um assunto pessoal com o editor. Ele sugeriu que nos sentássemos e esperássemos. Enquanto aguardávamos, minha apreensão aumentava. O que o Sr. George Smith pensaria de nós? Ele não fazia ideia de nossa vinda. Durante os últimos 11 meses, ele imaginara que Currer Bell era um homem. Além disso, eu sabia que nós não apresentávamos uma imagem das mais atraentes, ambas éramos muito pequenas e estávamos trajando nossos vestidos e boinas provincianos feitos à mão.

Finalmente, um jovem alto, bonito e educado veio nos ver.

— Desejava ter comigo, madame? — perguntou ele, confuso.

Eu e Anne levantamos.

— Sr. Smith? — perguntei, surpreendida, fitando através dos óculos aquele jovem de olhos e cabelos escuros, de uns 24 anos, com pele alva e corpo atlético, que me pareceu jovem e belo demais para ser o diretor de uma editora.

— Sim.

Coloquei nas mãos dele a carta que ele havia me enviado, endereçada a Currer Bell. O Sr. Smith olhou-a e então me fitou.

— Onde conseguiu isto? — perguntou.

Ri diante da perplexidade dele; após um instante, uma centelha de atônito reconhecimento surgiu em seu semblante, e então:

— Sou a Srta. Brontë. Também sou Currer Bell, o autor de *Jane Eyre*. Esta é minha irmã, Srta. Anne Brontë, também conhecida como Acton Bell. Viemos de Yorkshire para acabar com qualquer dúvida sobre nossas identidades e autorias.

Capítulo Quinze

— As senhoritas são os Bell? — exclamou o Sr. Smith, absolutamente atônito. — Mas achei... presumi que fossem três irmãos!

— Somos três irmãs! — respondi, e me arrependi em seguida, pois, naquelas três palavras proferidas de maneira afoita, inadvertidamente quebrara minha promessa a Emily. — Fico satisfeita que tenha pensado assim, senhor — prossegui rapidamente —, pois essa é exatamente a impressão que desejávamos passar.

O Sr. Smith soltou uma forte risada, uma mescla de surpresa e aparente deleite.

— E quanto a Ellis Bell?

— *Ele* não pôde vir conosco. — Rapidamente iniciei uma breve explanação da situação com o Sr. Newby, amaldiçoando Newby com excessiva veemência.

— Suas acusações são bem-fundadas — disse o Sr. Smith. — Chamamos o estabelecimento do Sr. Newby de "O Deserto Núbio". Manuscritos e correspondências podem ficar lá pela eternidade. Poderiam fazer-me a gentileza de esperarem um minuto? Há uma pessoa que preciso lhes apresentar. — Ele saiu apressadamente da sala e retornou prontamente com um cavalheiro pálido, baixo e afável, de uns 50 anos: o Sr. William Smith Williams. Foi um enorme prazer finalmente conhecer o outro homem com quem eu havia me correspondido com regularidade tão íntima por quase um ano.

Em seguida, houve apertos de mãos entusiasmados, e uma hora ou mais de conversa sentados no pequeno escritório iluminado (apenas grande o suficiente para abrigar três cadeiras e uma mesa, mas com um teto envidraçado e uma esplêndida luz natural). O jovem Sr. Smith foi o mais loquaz, enquanto o Sr. Williams e Anne praticamente nada disseram. O Sr. Williams possuía uma nervosa hesitação em sua fala e parecia ter dificuldade em encontrar uma linguagem apropriada para se expressar, fato que o deixava apagado nas conversas. Mas eu sabia da destreza de sua escrita, por isso não o subestimei.

Também gostei do Sr. Smith imediatamente. Vi que era um homem de negócios, agradável, prático, inteligente e astuto; também era gracioso e generoso. Uma vez recuperado do choque inicial por saber da verdade sobre as identidades de Currer e Acton Bell, reagiu com elegância e nos convidou para ficarmos em sua casa, convite que declinei.

— Pretendemos ficar apenas uma noite na cidade, Sr. Smith. Retornaremos para casa amanhã.

— Oh, não; isto é impossível, Srta. Brontë — replicou o Sr. Smith, de sua cadeira atrás da escrivaninha. — As senhoritas vieram de tão longe até aqui, devem permanecer alguns dias pelo menos. É sua primeira vez em Londres? Já conheceram as atrações?

— Já estive aqui uma vez e conheci muitos locais. Minha irmã nunca havia vindo.

— Permitam-me que lhes mostre a cidade. Precisam aproveitar ao máximo o tempo que lhes resta! Eu as levarei à Ópera Italiana; precisam ver a Exposição. Sei que o Sr. Thackeray adoraria conhecê-las. Se o Sr. Lewes soubesse que Currer Bell está na cidade, teriam de calá-lo! Convidarei os dois para jantarem em minha casa, e as senhoritas poderão conhecê-los.

Respondi com firmeza:

— Sr. Smith, o senhor deixou-me zonza com todos estes convites. Mas, infelizmente, terei de decliná-los. Eu e minha irmã viemos aqui com um único propósito: apresentar-nos discretamente e prestar nossas "condolências" ao Sr. Newby. Não desejamos encontrar mais ninguém. Na verdade — prossegui com ar grave —, pedimos encarecidamente que o senhor não conte a mais ninguém que estamos aqui e que não permita que uma única pessoa sequer saiba do segredo sobre nossa identidade. Desejamos permanecer cavalheiros para o restante do mundo, os mesmos e elusivos irmãos Bell.

A expressão do Sr. Smith desanimou.

— Mas certamente que não. Devo dizer, as senhoritas perderão uma oportunidade tremenda! Têm ideia da sensação que causarão, Srta. Brontë, se me permitirem que as apresente para a sociedade londrina? As pessoas vão se debater para conhecerem o autor de *Jane Eyre*!

— É precisamente esse tipo de espetáculo, senhor, que desejo evitar.

— Eu a compreendo perfeitamente, Srta. Brontë — interpôs o Sr. Williams, com um olhar doce e compassivo.

— Obrigada, Sr. Williams.

— Não podem realmente desejar viver de forma tão recatada — insistiu o Sr. Smith, insatisfeito. — Certamente poderão ir a pelo menos um jantar. Eu as apresentarei como "minhas primas do interior". Convidarei o Sr. Thackeray, Harriet Martineau e Charles Dickens. Desejam conhecê-los, não?

À menção daqueles nomes — meus ídolos —, fui invadida por uma excitação súbita; o desejo de conhecê-los apossou-se de mim com grande força.

— É uma oferta tentadora. Mas... poderemos realmente manter nosso anonimato?

— Farei o que for possível... embora admita, não posso convidar homens como Thackeray sem uma *dica* sobre quem vão conhecer.

Olhei de relance para Anne; ela fez que não com a cabeça. Uma noite assim apenas nos transformaria em uma peça de exposição, sem efeitos positivos.

— Sinto muito, Sr. Smith. Adoraria conhecer esses gigantes literários; mas é bem melhor que o mundo nos imagine como os "brutos irmãos Bell" do que duas caipiras tímidas de Yorkshire, encolhidas em um canto, nervosas demais para dizer uma palavra sequer, pois eu lhes asseguro que é isso o que aconteceria. — Levantei-me. — Agora, precisamos realmente ir. Temo ter tomado tempo demais dos senhores.

— Srta. Brontë — disse o Sr. Smith, enquanto rodeava sua mesa rapidamente em nossa direção. — Se insiste em declinar todos os meus convites, pelo menos permita-me que as apresente às minhas irmãs. Prometo que não revelarão sua identidade para ninguém. Digam-me, onde estão hospedadas?

Não tive coragem de refutar mais um pedido e lhe dei a informação que desejava. Para meu espanto, quando o Sr. Smith veio nos encontrar naquela noite na hospedagem, estava vestido com traje de noite, acompanhado por duas damas elegantes com vestidos de gala, preparados para a ópera. Eu e Anne não imaginávamos sair, não tínhamos vestidos refinados, mas rapidamente colocamos as melhores roupas que havíamos trazido e fomos com eles. Fiquei mais impactada pela excelência arquitetônica da Casa de Ópera e pela multidão exuberante ali reunida (testemunhara tamanho esplendor e espetáculo uma única vez, em Bruxelas) do que com a apresentação de *Barbeiro de Sevilha*, de Rossini (já havia assistido a histórias similares que apreciava mais). Mas a noite foi de pura emoção, da qual eu e minha irmã nunca mais nos esqueceríamos.

Na terça-feira pela manhã, antes de deixarmos a cidade — após termos visitado as galerias de arte durante o dia anterior e jantado com o Sr. Smith e o Sr. Williams —, fomos nos encontrar com o Sr. Thomas Newby. A entrevista começou com a mesma recepção de perplexa descrença com que nos recepcionaram na Smith & Elder. As semelhanças, porém, cessaram ali. O que o escritório do Sr. Smith tinha de claro e organizado o estabelecimento do Sr. Newby, na rua Mortimer 72, Cavendish

Square, tinha de escuro e abarrotado, e o homem combinava com os seus arredores: pequeno, sombrio, altivo, inquieto, descabelado e desarrumado. Além disso, a descoberta de que seu cliente Acton Bell era uma mulher induziu o editor a um comportamento novo e de evidente condescendência e desprezo.

— Perdoe-me sinceramente — disse o Sr. Newby com arrogância detrás do balcão empoeirado (ele não nos convidou para entrar no escritório dos fundos, o que me deixou incrivelmente grata) — se compreendi mal a situação, mas me baseei em informações sobre o Sr. Bell que considerei válidas. Retirarei minha oferta à Harper's, claro, e vamos torcer pelo melhor para o seu livro atual, *Srta. Anne*. — O brilho ardiloso em seus olhos traiçoeiros e seu tom condescendente e enganoso comprovaram minhas suspeitas a seu respeito.

— Não quero mais nenhuma relação com o Sr. Newby — decidiu Anne naquela manhã, quando nos sentamos no assento do trem de volta a casa, carregadas de livros que o Sr. Smith nos dera. — Nunca mais o terei como editor.

— Vamos torcer para que ele pelo menos cumpra o que prometeu — comentei.

De fato, Newby se retratou com a Harper's, mas pouco depois começou a espalhar o segredo sobre nossa verdadeira identidade e nosso gênero; e passaram-se anos até que pagasse parte do dinheiro que devia a minhas irmãs.

Sentadas no trem, relemos as primeiras críticas a respeito de *A moradora de Wildfell Hall*, que haviam sido publicadas no mesmo dia de nossa chegada a Londres. As resenhas eram variadas: elogiavam seu estilo, mas criticavam a descrição gráfica dos vícios humanos do romance e do "amor mórbido pelo tosco, para não dizer pelo brutal" por parte do autor.

Senti-me mal por Anne. Embora não tivesse comentado muito a respeito e fosse naturalmente taciturna, discreta e reservada, pude notar que ela ficou profundamente abalada pelos comentários desfavoráveis. Entretanto, apesar das críticas (ou talvez por causa delas), o romance de Anne vendeu muito bem, e Newby publicou a segunda edição apenas seis semanas depois da primeira.

Tão logo entramos pela porta da residência paroquial, Emily nos fez sentar defronte da lareira do escritório e dar a ela e a papai uma descrição detalhada de tudo o que vimos e fizemos nos últimos cinco dias. Apesar de haver demonstrado desinteresse em ir a Londres, o brilho nos olhos de Emily enquanto eu contava a história animadamente (com Anne acrescentando comentários aqui e ali) revelava seu contentamento por viver, mesmo que indiretamente, tais experiências. Eu lhes contei tudo, ocultando apenas que a havia traído inadvertidamente ao revelar sua verdadeira identidade ao Sr. Smith e ao Sr. Williams. No entanto, a verdade veio à tona duas semanas depois, quando Emily lia uma carta do Sr. Williams para mim, na qual ele fazia uma alusão às minhas "irmãs".

— Como ousou fazer isso? — vociferou Emily, sacudindo a carta diante do meu rosto com a mesma ira com que me atacou quando descobriu que eu havia lido seus poemas. — Fui clara ao expor meus sentimentos sobre esse assunto!

— Sinto muito — respondi, constrangida. — As palavras "somos três irmãs" escaparam-me antes que houvesse me dado conta. Arrependi-me da menção no momento em que a fiz.

— Escreva imediatamente para o Sr. Williams e o informe que daqui por diante o *Sr. Ellis Bell* não deverá ser mencionado por nenhum outro nome que seu pseudônimo.

Fiz o que Emily me mandou. Não sei se um dia ela chegou a me perdoar.

Seis semanas depois de meu retorno de Londres, um incidente alterou dramaticamente meu relacionamento com o Sr. Nicholls. Tudo começou quando Martha me contou a triste notícia sobre a família Ainley, que após ter sido assolada por uma doença durante todo o verão, havia acabado de perder o bebê recém-nascido. Fora um mês trágico e extremamente quente, com meu pai de cama durante toda a semana anterior ante um quadro severo de bronquite. O Sr. Nicholls havia assumido todas as obrigações de papai em sua ausência. Queria prestar minhas condolências aos Ainley. Visto que Emily nunca fazia esse tipo de visita e Anne estava ocupada com outros afazeres, decidi ir só.

Era uma quente manhã de fim de agosto. Ao chegar à casa dos Ainley, as crianças de todas as idades vagavam sem rumo do lado de fora. Apenas os mais novos brincavam, mas sem o entusiasmo de sempre. Tampouco se agruparam ao meu redor enquanto eu caminhava até a porta de entrada. Do interior da casa era possível escutar um murmúrio e som de pessoas chorando. Com o coração apertado, bati à porta. Foi aberta pelo Sr. Ainley. Um homem alto e robusto, com cabelos ralos e claros e o rosto prematuramente enrugado.

— Srta. Brontë — disse ele, com um aceno de cabeça, enquanto enxugava os olhos vermelhos e cheios de lágrimas na manga da camisa, gesticulando para que eu entrasse.

Dentro da pequena sala escura havia um escasso grupo de pessoas com semblante taciturno, todos vestidos de preto ou com qualquer outra peça de roupa escura que possuíssem. Algumas mulheres pranteavam. Sentada na cadeira de balanço, a Sra. Ainley choramingava suavemente. O filho mais velho, John, com a camisa que eu e Anne havíamos costurado para ele um ano antes, achava-se ao lado do pequenino caixão defronte da lareira.

— Sinto muito por sua perda, Sr. Ainley — falei, e fui para o lado da Sra. Ainley. Providenciaram uma cadeira para mim. Sentei e peguei a mão da Sra. Ainley. — Meus pêsames, senhora. Nem posso imaginar como deve ser difícil perder um filho tão novinho.

— Nosso Albert era um menino tão bom — disse a Sra. Ainley, arrasada. — Ele nunca deu trabalho pra gente. Então depois de duas noite ele ficou com febre e antes de eu me dar conta ele morreu. — Ela irrompeu em lágrimas.

— Sua perda foi um choque pra nós — disse o Sr. Ainley —, mas temos que nos resignar, pois, claramente, essa foi a vontade de Deus. No entanto, estamos amargamente apenado, porque o Sr. Nicholls se recusou a enterrar nosso bebê.

— Recusou-se a enterrá-lo? — repeti, perplexa. — Como pode ser?

— O Sr. Nicholls falou que, como o bebê não foi batizado, é contra a vontade de Deus e contra todos os princípios dele enterrar a criança — explicou o Sr. Ainley.

— Contra seus princípios? — bradei. — Enterrar um bebê?

— Com certeza a gente tinha a intenção de batizar nosso bebê! — anunciou a Sra. Ainley. — Mas fiquei mal de saúde nos primeiros dois meses depois de parir, e depois o Sr. Ainley e todas as outras criança ficaram doente e aí já foi tarde demais. Perguntamos pro Sr. Nicholls se o pároco podia fazer o enterro, mas ele disse que o Sr. Brontë estava confinado na cama e que pensava igual a ele sobre esse assunto.

Era verdade, pensei, irritada. Havia discutido com papai muitas vezes sobre essa mesma obstinação clerical exasperante. Era uma das poucas rígidas lições dos puseístas que papai seguia teimosamente.

— O Sr. Nicholls diz que o bebê não pode ser enterrado no cemitério da igreja — prosseguiu a Sra. Ainley. — Agora nosso pobre Albert está condenado a uma vida eterna desgraçada, pois vamo ter que enterrar ele por conta própria. Sem a bênção de um homem de Deus!

Mal consegui conter minha raiva e consternação diante da notícia. Despedi-me dos Ainley, após oferecer minhas sinceras condolências e prometer buscar uma forma de ajudá-los. Então segui para casa imediatamente, disposta a descontar toda a minha raiva em papai. No entanto, ao entrar na rua da Igreja, avistei o Sr. Nicholls saindo da escola. Avancei na direção dele, com o coração em disparada.

— Senhor! Acabo de visitar os Ainley. Eles me contaram sobre seu comportamento injusto, que o senhor recusou-se a enterrar o filho morto! Como consegue considerar-se um cristão, senhor, e tratá-los com tanta crueldade?

— Srta. Brontë — respondeu o Sr. Nicholls, claramente atônito. — Sinto muito se a ofendi por isso, mas estava apenas cumprindo minha obrigação.

— Sua obrigação? Como pode ser sua obrigação ignorar as necessidades de uma criança pobre e inocente? Já é suficientemente triste que o bebê tenha tido um destino como esse tão prematuramente... mas ser banida do cemitério da igreja? Agora seus pais acreditam que ele sofrerá a condenação eterna!

— Talvez sofra, independentemente de qualquer ação minha. O bebê dos Ainley não foi batizado. Os pais cumpriram seu dever secular de registrar o nascimento do bebê no cartório, mas falharam em seus deveres *divinos* de realizar o rito religioso.

— Oh! Suponho que já deveria ter esperado uma resposta egoísta, moralista e pragmática do *senhor*! — vociferei; meu sangue fervia. — O senhor não é um sacerdote, Sr. Nicholls, o senhor é uma máquina! Um autômato irrefletido, que faz seu trabalho sem um pingo de cuidado ou compaixão pelas pessoas a quem deveria servir!

— Srta. Brontë — começou ele, alarmado.

— Meu coração sofre pelos Ainley, mas o senhor! O senhor não sente nada pela difícil situação na qual se encontram. O senhor os despreza por uma questão de *princípios*! — Balancei minha cabeça negativamente, e minha mente se transportou para outro episódio no qual ele mais uma vez causou-me indignação. — Esse "desprezo" por aqueles que não atendem às suas expectativas parece ser um hábito seu, Sr. Nicholls. Como consegue viver em paz consigo, é um mistério para mim, pois de forma igualmente indiscriminada, o senhor rejeita cruelmente as mulheres que não servem aos seus propósitos!

O Sr. Nicholls agora me encarava, perplexo e indignado.

— Perdão? Mulheres?

— As *mulheres* são meros objetos para o senhor, e são descartadas quando já não lhe têm mais serventia!

— Por que diz isto?

— O senhor não suspeitou, quando conheceu a Srta. Bridget Malone anos atrás, que ela contaria tudo o que ocorreu entre os dois, na Irlanda? — repliquei bruscamente.

O Sr. Nicholls empalideceu terrivelmente; por um instante, ele me pareceu incapaz de falar. Então, perguntou em voz baixa:

— O que a Srta. Malone disse?

— Ela contou a história toda: como o senhor a ludibriou e prometeu se casar com ela, e então a abandonou friamente quando o pai lhe recusou o dote.

— Ela disse isso?

— Disse! O senhor é um grosseirão, Sr. Nicholls! Um grosseirão desprezível! No entanto, o relato da Srta. Malone não me surpreendeu nem um pouco, pois eu já havia sido alvo de suas opiniões sobre as mulheres em geral, e sobre as solteiras, em particular, em muitas ocasiões anteriores. Pois permita-me ser a primeira pessoa a lhe informar, senhor, que nem todas as mulheres solteiras são velhas solteironas à caça de marido, por mais que essa falsa impressão esteja profundamente arraigada em sua mente e nas de seus colegas! Muitas de nós estamos bem satisfeitas em não nos casar. Não trocaríamos nossa valiosa liberdade por uma vida de servidão a um tolo autocentrado como o senhor, não importando quão destituídas de fortuna estejamos! Ter de suportá-lo como pastor, com seu comportamento presunçoso e retrógrado, já é suficientemente árduo! O que me traz de volta ao assunto original: os Ainley. Eles são fiéis praticantes, senhor! Sempre falaram tão bem do senhor, e, no entanto, o senhor os desapontou no momento em que mais necessitavam! Quão difícil seria fazer umas poucas preces sobre a sepultura da pobre criança? — dito isto, afastei-me furiosamente, sem olhar para trás, escancarei a porta da residência paroquial e a bati com força.

Subi imediatamente para o quarto de papai, com a intenção de expor minha opinião sobre tragédia dos Ainley, mas por causa da aparência fraca e debilitada e da tosse tão terrível dele, não tive coragem de angustiá-lo ainda mais.

Naquela noite, abri meu coração para minhas irmãs. Emily ficou horrorizada com a atitude cruel do Sr. Nicholls ante a dificuldade dos Ainley. Anne, sempre devota, foi tomada por emoções conflitantes; por fim, apesar de todos os argumentos dados por mim e por Emily, declarou que o Sr. Nicholls apenas agira de acordo com os preceitos da Igreja e que sua decisão fora acertada e apropriada.

— Não deveria ter criticado o Sr. Nicholls tão severamente — insistiu Anne.

— Falei o que me veio à cabeça e não me arrependo. Jamais conseguirei perdoar o Sr. Nicholls.

Na manhã seguinte, ao sair de casa rumo ao vilarejo, vi um pequeno grupo de pessoas de luto nos fundos do cemitério da igreja. Ao olhar com mais atenção, reconheci o Sr. e a Sra. Ainley e seus oito filhos, acompanhados por alguns vizinhos. Estavam ao redor de uma sepultura. Um dos presentes moveu-se levemente, e pude ver que o oficiante que realizava o funeral era o Sr. Nicholls em pessoa.

Meu coração deu um leve salto. Evidentemente, meu descontrole no dia anterior produzira um bom resultado. O Sr. Nicholls me escutara e considerara meu conselho! Apesar dos demais defeitos, era louvável de sua parte não ser orgulhoso demais para admitir um erro e corrigi-lo. Apressei-me e me juntei ao grupo a tempo de ouvir o Sr. Nicholls proferir as últimas palavras sobre o caixão do pequeno Albert Ainley. Ao terminar, o Sr. Nicholls olhou para os presentes e, ao me ver, desviou o olhar, e seu semblante ganhou uma expressão tão amarga e irada que me deixou surpresa. Aquela raiva toda era direcionada para mim?, perguntei-me, perplexa.

Prestei minhas condolências ao Sr. e à Sra. Ainley, que me contaram quão gratos ficaram quando o Sr. Nicholls passou para vê-los pela manhã para lhes dizer que havia mudado de ideia sobre a disposição final do bebê, com a condição de que eles deveriam realizar um funeral discreto com poucas pessoas. Meu coração alegrou-se, porque pelo menos uma parte do sofrimento da família fora apaziguado. Quando olhei em volta novamente, disposta a enfrentar o mau humor do Sr. Nicholls e lhe agradecer, ele já havia ido embora.

Meia hora depois, recém-saída do sapateiro, após tomar as medidas para um novo sapato, me deparei com Sylvia Malone, que saía do correio.

— Boa tarde, Srta. Malone — cumprimentei-a com um sorriso.

— Srta. Brontë! — O semblante de Sylvia ganhou uma expressão curiosa, mas ela logo recompôs as feições originais e caminhou em minha direção com passos firmes e um sorriso. — Como vai? Parece que se passou muito tempo desde a última vez em que a vi.

— É verdade. — Há várias semanas eu não via Sylvia na igreja. Mas ela não era uma frequentadora regular. — Espero que esteja tudo bem com a senhorita e sua família.

— Estamos bem. — Sylvia prosseguiu e me deu um breve resumo de uma série de novos eventos que haviam ocorrido em sua vida desde nosso último encontro. E eu fiz o mesmo e lhe contei sobre minha família. Estava prestes a dizer adeus, quando, com o incidente do Sr. Nicholls ainda vívido em minha mente, ocorreu-me perguntar: — Alguma notícia de sua prima, a Srta. Bridget? Ela tem um novo admirador?

— De fato tem, Srta. Brontë. Recebi uma carta dela há poucas semanas. Pelo visto está noiva, prestes a se casar.

— Noiva? Que bom. Espero que seja um bom rapaz.

— Não tenho certeza, pois não o conheci. Mas aparentemente tem dinheiro. Ele está no ramo de comércio, assim como meu tio... e Bridget parece bastante satisfeita.

— Então fico feliz por ela.

Sylvia hesitou, então disse:

— Bridget me contou outra coisa na carta, Srta. Brontë. Ela me disse que eu poderia lhe contar se quisesse, caso você ainda não soubesse. Mas... aconteceu há tanto tempo, talvez a senhorita já tenha se esquecido.

— Esqueci-me de quê?

— Lembra-se de todo o rancor que minha prima despejou sobre o Sr. Nicholls, quando esteve aqui, três anos atrás? Quando ela disse como ele a cortejou e depois a abandonou, e toda aquela história?

— Lembro-me perfeitamente.

— Bem, parece que Bridget não foi inteiramente sincera.

Encarei-a.

— O que quer dizer?

— Agora que Bridget está noiva e a ponto de se casar na igreja, ela disse que quer limpar sua alma de qualquer má conduta que possa haver cometido no passado. Ela disse que se envergonha de admitir isso agora, mas tudo o que contou sobre o Sr. Nicholls não aconteceu de verdade.

— Não aconteceu?

— Não. Pelo que entendi, o Sr. Nicholls não fez nada de errado. O único erro foi cometido pela própria Bridget. O Sr. Nicholls frequentava muito sua casa, mas para ver o irmão, e não ela. O Sr. Nicholls era tão alto e bonito e gentil que Bridget se apaixonou por ele à primeira vista. Um dia, ela revelou seus sentimentos para ele, mas o Sr. Nicholls argumentou que a recíproca não era verdadeira. Não lhe deu nenhum tipo de esperança. Isso a deixou tão furiosa que ela inventou algumas mentiras a respeito do Sr. Nicholls, insistindo que ele tomara liberdades indesejáveis com ela... nada contra a lei, pois ela já era maior de idade, mas acusações suficientes para causar a suspensão temporária do Sr. Nicholls da Trinity College, enquanto ele recorria contra as acusações, e aparentemente isso lhe provocou uma mágoa inenarrável.

Fiquei ali, petrificada. Como explicar o que senti ao ouvir tal relato: perplexidade! Assombro! Mortificação! Decepção!

— Bridget sabe que sua conduta foi malévola. Arrependeu-se e desmentiu tudo dois anos depois. Quando Bridget viu o Sr. Nicholls em Keighley, foi tomada de surpresa. Teve tanto medo de que ele falasse mal de sua pessoa e que eu pensasse mal dela que contou aquela história para envenenar-me contra ele. Se me perguntar, eu a considero uma pessoa horrível demais e deveria ter vergonha de chamá-la de prima. Mas graças a Deus não parece ter causado nenhum dano permanente ao Sr. Nicholls. Estava certa de que a senhorita já havia se esquecido disso e por pouco não lhe contei nada.

— Fico feliz que tenha me contado.

— Preciso ir agora. Tenho um novo jovem admirador, e ele está à minha espera. Tenha um bom-dia, Srta. Brontë!

— Tenha um bom-dia, Srta. Malone.

Enquanto observava Sylvia descer a rua apressadamente, cada fibra de meu corpo parecia querer gritar de vergonha e assombro. Essa nova informação, de fato, colocava o Sr. Nicholls sob nova perspectiva! Punha fim ao motivo original que me fazia nutrir uma opinião negativa a respeito dele ao longo de quase três anos.

Anne insistira, desde o início, que havia algo mais detrás da história de Bridget Malone — mas nunca me ocorrera que ela havia inventado a história. A expressão de Bridget enquanto nos contava sua versão e seu tom e jeito choroso haviam evocado compaixão em mim. Tudo fingimento, eu agora sabia, para minha mais completa indignação: um fingimento que a jovem dama havia aperfeiçoado após muitas outras ocasiões, aparentemente, causando prejuízos muito mais graves ao Sr. Nicholls do que a perda de minha estima.

Oh! Como fui imprudente! Que tola fui ao acreditar na palavra de alguém que conhecia tão pouco! Bridget Malone era uma conhecida de algumas horas, já o Sr. Nicholls, eu o conhecera meses antes de ouvir a história. Até então, vira evidências da bondade inata no Sr. Nicholls. Testemunhara todo tipo de boas ações feitas por ele. E ainda assim, ignorei-as todas. Por causa do meu orgulho ferido provocado por algo que ele me dissera um dia, e pelo meu desgosto por seus severos princípios religiosos, pensei o pior sobre ele, acreditando cegamente nas palavras de uma estranha falsa e teimosa. Durante todo esse tempo, o Sr. Nicholls era inocente! Totalmente inocente!

Continuei a recordar todas as acusações raivosas que fizera contra ele no dia anterior. O que dissera sobre os Ainley, embora dito de forma estridente, pelo menos era baseado na verdade, e o Sr. Nicholls a reconhecera em seu coração. Minha crítica sobre as mulheres solteiras também se fundamentou em fatos; eu o ouvira proferir tais opiniões muitas vezes. Mas o que dissera sobre Bridget Malone: oh! Como gostaria de não ter pronunciado tais palavras!

Virei a esquina da rua, determinada a bater à porta do sacristão e pedir para chamarem o Sr. Nicholls para poder lhe pedir desculpas; para minha surpresa vi esse cavalheiro logo adiante, passando ao longe pelo portão que dava no pasto e nas charnecas.

— Sr. Nicholls! — chamei-o. Ele parou e se virou. Não levava os cães consigo. Certamente havia evitado passar pela residência paroquial, com medo de me encontrar. Com o coração palpitando, apressei-me na direção dele. — Posso lhe falar um momento?

Ele tinha o mesmo semblante amargo e zangado que eu vira mais cedo no cemitério. Ainda assim, olhou-me calmamente e proclamou em voz baixa:

— Claro.

— Gostaria de me desculpar, senhor, por algo que lhe disse ontem.

— Não precisa se desculpar, Srta. Brontë. Admito que as palavras ditas pela senhorita magoaram-me, mas agradeço pela honestidade. Passei a noite em claro pensando sobre isso e... — após uma breve hesitação — no que diz respeito aos Ainley, percebi que posso abrir exceções nas regras da Igreja nesse único caso, porque eles haviam batizado fielmente todos os outros oito filhos e teriam feito isso novamente, caso a doença não houvesse recaído sobre toda a família. Eu lhes disse, porém, que não pretendo ser leniente no futuro em relação a eles ou a qualquer outro paroquiano.

Oh! Que homem irritante!, pensei, com minha fúria a emergir novamente, quando meu respeito por ele, que já era frágil, sumiu instantaneamente.

— Entendo. Devia ter notado que suas ações não representaram uma mudança significativa de bondade, senhor. Suas crenças estão exageradamente enraizadas para uma mudança tão radical.

Ele franziu o cenho.

— Talvez estejam. Bom dia, Srta. Brontë. — Estava a ponto de se virar para o portão, mas fez uma pausa quando o chamei.

— Espere, por favor, espere, senhor. — Respirei profundamente, repreendendo-me em seguida por haver perdido a paciência e fugido de meu objetivo. — Desculpe-me. Geralmente, sou uma pessoa muito reticente, eu lhe garanto; e, no entanto, por algum motivo, com o senhor, pareço falar o que me vem à mente. Por favor, quero que saiba, senhor, que lhe sou muito grata pelo que fez pelos Ainley e que me arrependo da *forma* como falei com o senhor sobre o assunto. Mas este não é o motivo principal de meu pesar. Gostaria de me desculpar por outra acusação que fiz, tão cruel e equivocadamente. Sabe, acabo de conversar com a Srta. Sylvia Malone.

— Conversou?

— Sim. A prima dela, Bridget, lhe escreveu da Irlanda, com algumas revelações sobre... sobre a verdade da associação do senhor a ela no passado. Agora sei que tudo o que a Srta. Bridget Malone nos contou era mentira... que seu comportamento foi impecável, senhor, e que qualquer culpa nesse caso pertence exclusivamente àquela jovem dama.

O alívio estampou o rosto do Sr. Nicholls.

— Fico tão satisfeito porque sabe a verdade agora, Srta. Brontë. Apesar de todos os problemas que tive de enfrentar por causa da Srta. Malone, fiquei perplexo ao ouvir que ela ousou inventar uma nova mentira a meu respeito para a prima e para a senhorita. E pensar que em todos esses anos a senhorita achava-me culpado de comportamento tão vil! Eu não fazia ideia, e essa noção aflige-me de maneira indescritível.

— Aflige-me pensar que acreditei na mentira, senhor. Nunca deveria ter levado as palavras daquela senhorita em consideração. Arrependo-me verdadeiramente das palavras que escolhi para lhe falar ontem. Eu lhe chamei de um nome... oh! Coro só de pensar agora.

— Por favor, não se repreenda, Srta. Brontë. A senhorita foi influenciada por uma informação que acreditava ser verdadeira, assim como o fez com respeito aos Ainley. Falou com seu coração, e falar a verdade é sempre bom.

— Sempre acreditei que sim, até agora — comentei com um sorriso arrependido.

Houve uma pequena pausa. Ele me fitou com hesitação, então olhou para trás, para o urzal, e disse:

— Eu estava prestes a sair para uma caminhada, Srta. Brontë. Posso lhe fazer uma pergunta... está livre neste momento? Gostaria de me acompanhar?

Nunca, sequer uma única vez, eu havia caminhado com o Sr. Nicholls; um dia antes, jamais teria considerado tal hipótese. E, no entanto, para minha surpresa, ouvi-me dizer:

— Aonde vai?

— A qualquer lugar que meus pés conseguirem me levar. Está um lindo dia, e não consigo pensar em lugar melhor que as charnecas.

Hesitei.

— Não poderia estar mais de acordo. Ficaria muito satisfeita em lhe acompanhar, senhor.

Com um lampejo de sorriso, o Sr. Nicholls destrancou o portão e abriu caminho para eu passar.

VOLUME III

Capítulo Dezesseis

O dia estava quente e agradável. Eu e o Sr. Nicholls seguimos o caminho de pedras, na saída do portão, que descia entre os pastos agrestes, passamos pelos rebanhos de carneiros acinzentados das charnecas e cordeirinhos de faces enrugadas, ouvindo seus constantes balidos. A brisa vinha do oeste, das montanhas, adocicada pelos aromas dos urzais e juncos. O céu estava imaculadamente azul, e o ar tomado pelo zumbido dos insetos e pelos cantos intermitentes dos pássaros.

Apesar da beleza do dia, a princípio senti-me incomodada em caminhar ao lado do Sr. Nicholls. Depois de tantos anos de distância entre nós, e de minha duradoura animosidade para com ele, era difícil saber como iniciar uma conversa. Temia falar alguma besteira que mais uma vez pudesse nos levar a caminhos perigosos; ele se mostrava igualmente hesitante e, por algum tempo, caminhamos em desconcertante silêncio. No entanto, quando deixamos o pasto e adentramos na vastidão púrpura da charneca, tomei coragem e comentei:

— Senhor, mais uma vez gostaria de expressar minha aflição quando soube de todo o sofrimento que passou nas mãos da Srta. Malone. É verdade que foi forçado a deixar a Trinity College por causa das acusações?

— Sim. Voltei para casa e me tornei professor em uma escola durante dois anos, enquanto lutava para limpar meu nome.

— O senhor lecionou em uma escola? — perguntei, surpresa. — Eu também.

— Eu sei. Seu pai me contou. Pelo que soube, eu gostava mais da ocupação do que a senhorita. Mas nunca foi meu verdadeiro objetivo. Quando, finalmente, a Srta. Malone viu o erro que cometera e se retratou, fui reintegrado à universidade.

— Graças a Deus. Espero que a instituição tenha aceitado sua completa inocência nesse caso e feito um pedido formal de desculpas.

— Fizeram, sim. Também prometeram que o incidente seria permanentemente expurgado de meu histórico e nunca mais mencionado. No entanto, por esse motivo levei sete anos para graduar-me na Trinity com o diploma de Teologia, em vez dos usuais cinco anos.

— Oh... entendo. Quando o senhor veio para Haworth, eu sabia que tinha 27 anos e tinha acabado de receber o sacramento, mas apenas supus que houvesse iniciado a universidade mais tarde que a maioria.

— Não foi assim.

— O que o trouxe à Inglaterra, Sr. Nicholls, após se graduar?

— Há cada vez menos coadjutorias nas igrejas da Irlanda hoje. Fui obrigado a cruzar o mar da Irlanda para ir atrás de meu destino.

— Deve ter sido difícil deixar seu país de origem e sua família, senhor.

— Foi. Mas acabou valendo a pena, creio. — Ele me fitou com um sorriso reservado enquanto caminhávamos. — Mas chega desse assunto. Prefiro muito mais falar da senhorita. Seu pai contou que frequentou a escola.

— Sim, três vezes, na verdade.

— Ele me falou da primeira escola, que as senhoritas sofreram grandes privações, e contou sobre o que ocorreu com suas irmãs Maria e Elizabeth. Desde que tomei conhecimento da história, desejava lhe dizer o quanto sinto por suas perdas.

— Obrigada, Sr. Nicholls.

— Também perdi uma irmã muito jovem.

— Perdeu? Sinto muito. Como se chamava? Quantos anos tinha?

— Chamava-se Susan. Tinha 4 anos quando adoeceu e morreu. Era uma menina tão bonita, de olhos brilhantes, cheia de vida e entusiasmo. Eu tinha apenas 7 anos à época e fiquei muito revoltado. Não conseguia entender como Deus poderia tirar minha irmã tão amada e perfeita de mim.

— Eu tinha acabado de completar 9 anos quando minhas irmãs morreram — comentei, olhando-o com compaixão e sentindo uma identificação inesperada com a descoberta de que compartilhávamos dramas similares. — Seria difícil perder um irmão em qualquer idade, imagino, mas creio que é particularmente mais duro quando são muitos jovens. De certa forma, nunca superei essas perdas.

— Concordo. Creio que foi a perda de Susan que me levou a seguir a carreira eclesiástica: eu estava lutando para conseguir uma compreensão mais profunda dos preceitos de Deus e nosso lugar no mundo, e queria ser capaz de prover conforto e consolo àqueles que sofriam como eu sofri.

— Temos sorte aqui em Haworth por ter seguido essa vocação, senhor, e por seu caminho tê-lo guiado até nós.

— Imagino que a senhorita não teria dito o mesmo ontem. Mas fico feliz que pense assim agora. — Havia um indício de provocação na voz dele. Era a primeira vez que eu o ouvia falar dessa forma comigo: com um regozijo gentil, deixando para trás seu jeito sério e grave, e isso me surpreendeu. Sorri instantaneamente e respondi com tom igualmente provocador:

— Posso concluir com segurança então, senhor, que não guarda rancor sobre esse tema?

— Perfeitamente.

— Fico feliz.

Estávamos trilhando o caminho silvestre do vale agora. Descemos a ravina do riacho, cheio por causa das águas das chuvas da primavera anterior, que fluía abundante e transparente, captando reflexos dourados do sol e matizes cor de safira do firmamento. Saímos da trilha e pisamos sobre a relva agradavelmente musgosa e verde-esmeralda que ganhava minuciosos salpicados de botões de flores brancas e amarelas em formato de estrelas. Enquanto isso, os morros acima pareciam nos confinar.

— O que acha de descansarmos aqui? — perguntou o Sr. Nicholls quando alcançamos as primeiras de um batalhão de rochas, que guardavam uma espécie de passagem, de onde era possível ouvir o som de uma cascata mais adiante.

Assenti com a cabeça e me sentei sobre uma das rochas amplas. O Sr. Nicholls se sentou em outra pedra a poucos passos de distância e tirou o chapéu. Pela primeira vez, impressionei-me com a beleza dele, sentado ali, a brisa agitando seus cabelos grossos e escuros, beijando sua fronte e seu semblante de maneira agradável sob a luz da tarde.

— Não seria grandioso, Srta. Brontë, se pudéssemos apagar tudo e começar do zero, como se tivéssemos acabado de nos conhecer?

— Seria — concordei. Pensei, mas não falei em voz alta, que havia uma lembrança do Sr. Nicholls que eu adoraria borrar: as palavras falsas e obscenas que ele ouvira meu irmão pronunciar sobre minha ligação com certa pessoa na Bélgica. Mas não ousei abordar o assunto. Em vez disso, acrescentei: — Com isso em mente, ficaria muito grata se o senhor tentasse se esquecer dos comentários ofensivos que fiz ontem à noite.

O Sr. Nicholls me fitou.

— Isso quer dizer que, na sua opinião, posso merecer ser chamado de cristão, afinal?

— Pode sim, senhor.

— E clérigo?

— Sim.

— Não me considera um autômato?

Torci os lábios.

— Não. O senhor tem, sim, opiniões muito rígidas, com as quais jamais concordei, mas isso significa que o senhor possui princípios e que é fiel a eles. Isso o torna apenas um homem pensante, não uma máquina.

— Um homem pensante... posso viver com *isso*, mas não sou, eu espero, um grosseirão desprezível?

— Não. Pelo menos não neste momento. — Dei uma risada.

O Sr. Nicholls também riu: uma risada grave, alta e alegre, que parecia brotar de seu âmago. Então, de repente, um leve rubor surgiu em seu rosto, o sorriso dele esvaiu-se e ele desviou os olhos de mim, fixando sua atenção em um ponto distante do riacho.

— Por falar em começar do zero, Srta. Brontë, existe algo dito por mim que eu gostaria muito de retirar, um comentário feito assim que nos conhecemos, que me deixou profundamente arrependido e, creio, a magoou.

— Oh? — respondi com forçada naturalidade, certa do comentário ao qual ele se referia. — Que comentário foi esse, senhor?

— Talvez não se lembre. Espero que tenha se esquecido. Mas eu não consigo me esquecer. Foi há três anos, quando Branwell e Anne chegaram de Thorp Green e eu e o Sr. Grant fomos a sua casa para o chá. Ficamos nos enaltecendo e depreciando as mulheres de forma lamentável, e a senhorita, enérgica e corretamente, falou o que pensava. Eu era jovem e tolo demais, então, para perceber como havíamos sido insensíveis, e quando a senhorita saiu da sala, e eu acreditava verdadeiramente que já não nos ouvia, falei algo que me traz arrependimento e vergonha sempre que me vem à mente. — Em voz baixa, completou: — Eu a chamei de solteirona enfezada.

Encarei o Sr. Nicholls.

— Solteirona *enfezada*?

— Então *já* havia se esquecido?

— Não! Sr. Nicholls, *não,* não havia me esquecido — respondi, incapaz de disfarçar meu assombro. — Suas palavras ficaram marcadas em minha mente e, admito, foram motivo de muitas horas de angústia, mas... *enfezada?* O senhor tem certeza de que foi disso que me chamou? Uma solteirona *enfezada?*

— Oh! Por favor, pare de repetir isso — clamou ele, corando até a raiz dos cabelos negros enquanto se virava para me fitar novamente. — Vi o olhar que a senhorita me lançou quando pronunciei tais palavras; uma expressão tão sombria, raivosa, mortificada e angustiada como nunca testemunhei antes ou depois. Estremeço só de lembrar e pensar que fui o causador dessa expressão... e de pensar que *essa* tolice tenha talvez sido parte do motivo pelo qual, durante todos estes anos, a senhorita não gostava de mim.

Minha cabeça era um turbilhão de ideias; por pouco não o contradisse nesse caso específico, apenas para aliviar sua consciência. Mas estávamos falando francamente, e cada palavra era verdadeira.

— E estou convencido, *agora* — prosseguiu ele —, de que a senhorita está inteiramente confortável com seu status de solteira. Talvez não o estivesse naquele momento. De qualquer forma, a escolha de minhas palavras foi claramente muito insultuosa, e me arrependo por elas.

Não consegui mais me conter. Pus-me a gargalhar.

O Sr. Nicholls me encarou, completamente confuso.

— Minha confissão a diverte?

Fiz que sim, com lágrimas nos olhos de tanto rir, tão inebriada que, durante alguns instantes, fui incapaz de falar. Ao me ver em tal estado, o Sr. Nicholls acabou contagiado e, bem-humorado, começou a rir sem entender por quê.

— Sinto muito, senhor — desculpei-me e tirei os óculos para enxugar os olhos com um pano, quando finalmente recuperei o fôlego e consegui falar. — Não rio do *senhor* ou desdenho de sua confissão, de maneira alguma. Rio de mim mesma e de minha própria tolice.

— Sua própria tolice? O que quer dizer?

Será que eu poderia contar a ele? Minhas faces queimavam só de pensar em pronunciar as ideias que passaram por minha mente: *Não foi o termo "solteirona" que me ofendeu. Foi a palavra que veio depois. Não entendi o senhor dizer "enfezada". Ouvi-o dizer "enfeada". Achei que o senhor tivesse me chamado de solteirona enfeada.*

— Basta dizer, Sr. Nicholls, que o ouvi mal. Talvez tenha sido seu sotaque. Talvez o tenha entendido equivocadamente por predisposição para escutar apenas hostilidades do senhor. *O que* entendi não importa. Fico feliz, porém, em saber que o que senhor acaba de revelar não foi pior do que o imaginado por mim. Acredite quando lhe digo que está inteiramente perdoado e, por favor, não sinta qualquer remorso sobre este caso.

— Sinceramente, não está mais zangada comigo? — perguntou ele, incerto. — Não está ofendida pelo que eu disse?

— Não. Caso tivesse entendido *corretamente a construção de suas palavras,* não teria ficado tão zangada, para começar. O senhor expressou outras ideias desde então, as quais refutei e critiquei, mas admitiu ter agido insensivelmente naquele dia, senhor, e isso é suficiente para mim. Agora vamos mudar de assunto, por favor, e nunca mais voltar a mencioná-lo.

Algum tempo depois, quando já havíamos retornado do passeio e nos despedíamos defronte da entrada da residência paroquial, ele disse com um sorriso:

— Obrigado por me fazer companhia hoje. Diverti-me muito.

— Eu também. — Nas últimas duas horas eu havia aprendido mais sobre o Sr. Nicholls do que em todos os três anos de nossa convivência. Apesar das diferenças, agora eu sabia que tínhamos algumas características em comum. Além disso, ele fizera um pedido de desculpas muito satisfatório. Ao retribuir o sorriso e lhe dizer adeus, dei-me conta de que não me incomodaria em realizar outros passeios com ele no futuro.

No entanto, essa perspectiva — e qualquer possibilidade de realizá-la — durou pouco e teve um terrível fim, ocasionado pela sucessão de eventos que devastou nossa família nas semanas e meses que viriam.

A RESISTÊNCIA DE BRANWELL DECAÍRA rapidamente durante todo o verão. De fato, sua saúde piorara consideravelmente ao longo dos 18 meses anteriores, mas como estava frequentemente alcoolizado ou enfermo por causa dos efeitos da intoxicação, não percebemos verdadeiramente o quão perigosamente estava debilitado. Os desmaios e o *delirium tremens* que Branwell estivera sofrendo, combinados às constantes gripes que afligiram toda a nossa família, serviram para mascarar os sintomas de uma doença mais devastadora, que havia tomado conta de seu alquebrado corpo: a tuberculose.

Naquele mês de setembro, meu irmão ficou confinado em sua cama durante três semanas. Conseguiu ficar de pé, com muito custo, apenas duas vezes: uma, quando foi cambaleando até o vilarejo; e a segunda, quando lhe levei uma mensagem de Francis Grundy, um amigo da época em que trabalhava na ferrovia de Luddenden Foot. O Sr. Grundy apareceu na cidade inesperadamente e desejava encontrar-se com Branwell para jantar em um quarto que ele reservara na estalagem Black Bull.

— Não pode ser Grundy — esbravejou Branwell alarmado e, com grande esforço, levantou-se trêmulo da cama e vestiu uma camisa sobre o corpo enfraquecido. Os olhos afundados reluziam com um brilho insano, e sua massa de cabelos ruivos desgrenhados, que ele não nos deixava cortar havia meses, pairava rebelde sobre a testa enorme e pálida. — Grundy cortou relações comigo. Nunca viria me ver. Deve ser um chamado do diabo! Satã está à minha caça!

— Calma, Branwell — pedi a ele com tom tranquilizador. — Não é uma mensagem de Satã. É seu amigo, o Sr. Grundy, que apenas deseja jantar com você... mas você não está bem. Direi isso a ele e pedirei que venha até nossa casa mais tarde. Volte para a cama. — Peguei-o gentilmente pelo braço, mas ele se desvencilhou bruscamente.

— Saia do caminho! Devo confrontá-lo pessoalmente! — exclamou e reuniu forças, sabe-se lá como, para descer.

Somente mais tarde vim a saber que Branwell tinha furtado uma faca da cozinha e a escondido na manga da camisa, pronto para esfaquear o "visitante do mundo das trevas" à primeira vista. Felizmente, quando Branwell adentrou a sala onde o Sr. Grundy estava, a voz do amigo o fez cair em si e Branwell desabou em uma cadeira e se pôs a chorar.

No dia 22 de setembro, uma mudança das mais propícias ocorreu em meu irmão: uma mudança que, ouvi dizer, sempre precede a morte. Seu comportamento, sua forma de falar e seus sentimentos estavam admiravelmente suavizados, e a tranquilidade trazida por sentimentos agradáveis invadiu-lhe a mente.

Branwell havia, durante a maior parte da vida, rejeitado o consolo de sua religião e se recusado a se arrepender dos muitos pecados. Causara um sofrimento indescritível a papai e a toda a família. Mas em seu momento mais obscuro — para nosso alívio — Branwell finalmente mostrou-se arrependido: durante dois dias seguidos falou de sua culpa pela vida que desperdiçara, pela juventude perdida e pela vergonha que provocara.

— Em toda a minha vida, não consegui realizar nada grandioso ou bom — refletiu ele com enorme arrependimento, durante meu turno à beira de sua cama —, nada que mereça a afeição que minha família tão querida tem demonstrado por mim. — Agarrando minha mão, ele rogou: — Charlotte, se pudesse corrigir o que fiz, eu o faria. Mas se o amor e a gratidão pudessem ser medidos pelos batimentos de um coração moribundo, você saberia que meu coração bate apenas por você, por nosso pai e minhas irmãs. Vocês têm sido meus únicos motivos de felicidade.

Quando estávamos todos reunidos ao pé da cama de Branwell naquela manhã de domingo de 24 de setembro, ouvi com dolorosa e pesarosa alegria meu irmão rezar baixinho. E ao fim da última oração, oferecida por papai, Branwell acrescentou "amém". Que incomum escutar tal palavra dos lábios de meu irmão — e ainda assim que conforto nos deu em ouvi-la! Somente posso esperar que ela também tivesse oferecido conforto similar ao meu falecido irmão, pois, vinte minutos depois, ele partiu.

Até chegada a hora, nunca sabemos quanto podemos perdoar, sentir dó e arrependimento. Após as circunstâncias que tivemos de suportar, muitos talvez tivessem recebido a morte de meu irmão com sentimento de gratidão, mais do que de sofrimento; houve momentos em que eu e minhas irmãs também tivemos essa sensação; no entanto, ao ver o último sopro de vida de Branwell — era a primeira vez que eu presenciava a morte diante dos meus olhos —, quando vi os traços do semblante dele suavizarem, antes de seu último momento de pavorosa agonia, tive um sentimento de perda que nunca seria mitigado, não importasse qual fosse a quantidade de lágrimas derramadas.

Chorei pela destruição de um talento, pela ruína de uma promessa, pela extinção prematura e deprimente de uma luz que poderia ter sido brilhante e abrasadora. Chorei pelo irmão que um dia amei com todo o meu coração e que nunca mais veria. Todos os seus erros, todos os seus vícios não me importaram naquele momento; tudo o que ele fizera de errado pareceu desaparecer. Lembrei-me apenas de seus sofrimentos. Rezei para que houvesse paz e perdão para ele no Paraíso.

Papai ficou profundamente atormentado durante dias; repetia várias vezes:

— Meu filho! Meu filho! — No entanto, não se abateu fisicamente e, pouco a pouco, recobrou a serenidade mental.

Choveu no dia do funeral de Branwell. O outono acomodou-se impiedoso. Todos ficamos doentes e passamos as semanas seguintes em silêncio defronte da lareira, tremendo com o frígido vento leste que dominava vorazmente nossas colinas e charnecas.

O resfriado de Emily transformou-se em uma tosse persistente, que piorava dia após dia, e que em seguida veio acompanhada de dor no peito e nas laterais do corpo, além de dificuldade para respirar. Sempre com comportamento estoico quando o assunto era doença, Emily nunca esperou ou aceitou piedade. Porém ela definhava diante de nossos olhos, cada vez mais magra e pálida. Tomada por um pavor inenarrável, implorei a Emily diversas vezes que me permitisse chamar um médico, mas ela não acatou.

— Não quero nenhum médico daninho — insistia obstinadamente — tentando me drogar com seus remédios e placebos que só me farão ficar mais doente. Ficarei boa por conta própria.

Mas Emily não ficou boa.

Piorou.

Os detalhes da doença de Emily estão profundamente marcados em minha memória: as tosses fortes e intensas que ecoavam pela casa, dia e noite; a respiração ofegante sob o menor esforço, a febre intermitente, as mãos trêmulas, a falta de apetite e o aspecto esgotado e apagado de sua figura e de seu semblante: todos os sinais de tuberculose. Enquanto a observava realizar teimosamente as tarefas diárias de casa com esforço, mesmo quando estava óbvio que não tinha condições de fazê-las, eu quase enlouquecia de preocupação. A ligação entre irmãs é um laço notório, e minhas irmãs eram tão caras para mim quanto minha própria vida. Não suportava a ideia de perdê-la. Durante três meses, pedi conselhos de todos; sugeri remédios, esforcei-me em aplacar o fardo de Emily e a encorajei a descansar. Minha irmã reagiu com irritação e repulsa a todos estes esforços.

Emily possuía um temperamento simples e primitivo. Assim como os ciganos e o povo do campo, a quem se assemelhava tanto, e as criaturas selvagens que adorava e defendia, ela se atinha tenazmente às ações instintivas e ao seu habitat. Em minha opinião, enfrentou sua doença como um animal enfermo: preferia recolher-se em um canto onde se sentisse à vontade, para se recuperar ou não, a ser cuidada por estranhos ou por métodos desconhecidos. Emily sempre criava a própria lei e era uma heroína em se ater a ela. Não desejava morrer, mas tinha uma crença supersticiosa nas forças sobrenaturais, e ela agora entregava sua vida a tais forças.

Nunca na vida Emily se delongou em realizar algo com que se deparasse, e desta vez também não se demorou. Decaiu rapidamente. Apressou-se em nos deixar. No entanto, enquanto perecia fisicamente, fortalecia-se mentalmente como eu nunca vira. Dia após dia, observava a obstinação com que ela enfrentava a dor, e sentia uma angústia tomada de amor e admiração. Nunca testemunhara nada parecido. Mas também jamais conhecera ninguém como ela.

Na noite de 18 de dezembro, vi Emily sair da cozinha aquecida rumo ao corredor frio e úmido para alimentar os cães. De repente, cambaleou e quase colidiu contra a parede, esforçando-se para não deixar cair a ração com pedaços de pão e carne. Eu e Anne soltamos um grito, alarmadas, e corremos para acudi-la.

— Estou bem — insistiu Emily, afastando-nos, prosseguindo com sua tarefa e dando o jantar de Flossy e Keeper. Seria a última vez que os alimentaria.

Graças ao inverno rigoroso e ao fato de o quarto de Emily não possuir lareira, havia algumas semanas ela se mudara para o quarto que muito antes Branwell deixara vago por conta da desventura com a vela. Naquela noite, quando passei pela dita alcova, observei Emily agachada defronte da lareira, desta vez alimentando outra coisa bem diferente dos cães: estava colocando folhas de um pequeno monte de papel no fogo chamejante.

Curiosa, entrei no quarto. A lareira estava repleta de uma grossa camada de cinzas. Olhei para as poucas páginas que restavam nas mãos de Emily e reconheci sua caligrafia nas folhas. Ela acrescentou rapidamente as últimas páginas às chamas.

— O que está queimando? — perguntei, subitamente alarmada.

— Nada importante.

— Se foi algo que escreveu, é importante para mim. O que é?

— Apenas meus antigos textos de Gondal e meu livro.

— Seu livro? Não! Que livro? — Desesperadamente, tentei tirar o atiçador da mão de Emily a fim de tentar resgatar do fogo o pouco que restara de seus manuscritos, mas ela segurou a ferramenta com surpreendente tenacidade enquanto eu observava, impotente, o restante das páginas enroscadas que murchavam entre cinzas de esquecimento. — Que livro? — repeti calmamente, embora já suspeitasse de qual seria a terrível resposta. — Certamente... não é o que vinha escrevendo há mais de dois anos?

— É.

— Oh, Emily! — Um gemido de desgosto saiu das profundezas de minha alma. As lágrimas brotaram só de pensar na perda de tão precioso documento, e desmoronei sobre a cama de minha irmã, sem forças. — Nunca sequer nos deixou ler seu livro, Emily! Já era duro o suficiente que nunca tenha compartilhado tantas histórias suas de Gondal, e agora elas se foram, *se foram*! Mas o livro novo! Por que queimou seu livro?

— Não estava satisfeita com ele. Vi o que as pessoas acharam de meu trabalho quando *estava* satisfeita. Não suportaria ter algo tão incompleto e imaturo escrutinado depois de minha morte.

— Emily — falei, mais com esperança do que convicção, repetindo sinistramente as mesmas palavras angustiadas que dissera à minha irmã Maria. — Você *não* vai morrer.

Ela suspirou e deixou-se afundar na cadeira, o atiçador chocando-se ruidosamente contra o chão.

— Não desejo morrer, acredite; mas cabe a Deus decidir.

Na manhã seguinte, levantei ao raiar do dia, abriguei-me com a minha capa e luvas e saí sem rumo pelos urzais, chorando muito em total desespero, enquanto buscava em cada pequeno buraco e fenda protegida por um raminho de urze resistente para levar para Emily. Ela amava as charnecas. Flores mais brilhantes que a rosa brotavam nas profundezas do urzedo para ela. E a urze era sua flor preferida em todo o mundo. Houve épocas em que ela passava o dia inteiro deitada na charneca, sonhando acordada. Certamente ver aquela flor tão familiar lhe traria prazer, pensei.

Finalmente, com um grito de alegria, encontrei o que procurava: um pequenino ramo, rígido e murcho, mas ainda assim reconhecível. Corri de volta para a residência paroquial, com o coração batendo fortemente, pois aquele pequeno e resistente pedaço de urze parecia simbolizar minha esperança de vida futura, de promessa renovada. Voei para dentro de casa e pelas escadas e encontrei Emily em sua cama, já acordada e sentada defronte da lareira, com os longos cabelos castanhos soltos sobre os ombros, enquanto fitava o fogo. O odor pungente de osso queimado impregnava o quarto.

— Charlotte — disse ela, desanimada, quando entrei —, meu pente está ali embaixo. Caiu de minha mão. Estou fraca demais para me abaixar e pegar.

Preocupada, tirei rapidamente o pente das brasas. Boa parte havia derretido. As lágrimas invadiram meus olhos. A cena daquele pente destruído era a mais triste e dolorosa que já testemunhara. No entanto, apenas respondi:

— Não se preocupe, Emily. Pode usar meu pente ou, se preferir, posso lhe comprar um novo. — Enxuguei os olhos e disse: — Veja o que encontrei para você. — E lhe ofereci o pequenino ramo de urze.

Para minha tristeza e perturbação, Emily fitou-o com olhos turvos e indiferentes.

— O que é isto?

Jamais conseguirei apagar aquele terrível dia da memória. Emily definhou de forma gradual. Recusando qualquer tipo de ajuda, cambaleou até o andar de baixo, onde se sentou no sofá e lutou para alcançar a cesta de costura. Mas sua respiração tornou-se tão penosa que eu e Anne ficamos cada vez mais alarmadas. À uma da tarde, Emily finalmente sussurrou:

— Gostaria que chamassem um médico.

Fui atrás de um. O médico veio, mas já era tarde. Uma hora depois — com o fiel Keeper ao seu lado em seu leito de morte, eu e Anne segurando suas mãos e nos debulhando em lágrimas —, Emily, consciente, arfante e relutante, foi arrancada de sua vida feliz.

Emily — a luz de minha existência, agora extinta para sempre — foi tirada de nós no auge da vida. Tinha apenas 30 anos.

Perder Emily foi como perder uma parte de mim. Sua morte, sobretudo por ter vindo tão duramente logo após a morte de Branwell, foi um golpe tão doloroso para todos em casa que passamos muitos dias em estado de perplexidade e paralisia. Keeper manteve sua vigília na porta do quarto de Emily, de onde uivava de forma lamentável. Anne, Martha e Tabby ficavam sentadas na cozinha, chorosas. Papai, arrasado pela dor, dizia-me quase de hora em hora:

— Charlotte, precisa ser forte. Afundarei se você me falhar.

De fato, eu lhe falhei. Fiquei tão doente que durante uma semana mal conseguia me levantar da cama. Alguém precisava se manter forte, eu sabia, para tentar animar os demais. O que não sabia era de onde viria essa força.

Ela, enfim, veio do Sr. Nicholls.

Nosso pastor foi a primeira pessoa a nos visitar para prestar condolências, menos de uma hora depois da morte de Emily. Durante os meses anteriores, eu notara a compaixão e a preocupação com que o Sr. Nicholls acompanhou o rápido declínio de meu irmão e de minha irmã. E em um momento de maior necessidade, ele então interveio com bondade, consideração e competência: ofereceu-se para ajudar nos preparativos do funeral de Emily e para realizar a cerimônia. Demasiadamente assomado pela dor para considerar outra opção, papai aceitou a oferta agradecidamente.

No dia marcado, papai e o Sr. Nicholls guiaram nossa pequena procissão em luto da casa para a igreja, em meio a uma severa geada de dezembro que cobria toda a paisagem e a um vento leste violento que soprava cruelmente. Eu e minha agora diminuta família sentamos no banco, com Keeper aos nossos pés, enquanto o Sr. Nicholls falava vigorosamente do púlpito à nossa considerável congregação, com seu nítido sotaque irlandês.

Quando ele terminou as orações funerárias e o caixão de Emily foi enterrado para que ela repousasse no jazigo da família debaixo da igreja, todos nos reunimos do lado de fora, e nossos vizinhos manifestaram seus pêsames com gentil e honesta compaixão, apesar da gélida temperatura e do frio cortante. Quando a maioria dos moradores do vilarejo já havia partido, fui até o Sr. Nicholls, cheia de gratidão no coração, e lhe ofereci minha mão enluvada.

— Obrigada, senhor, por tudo que tem feito e por tudo que disse a respeito de minha irmã. Suas palavras tiveram um enorme significado para mim e sei que trouxeram consolo para minha sofrida família.

O Sr. Nicholls pegou a minha mão, apertou-a calorosamente e soltou-a com aparente relutância.

— Foi uma honra ter feito o pouco que pude. Mas a senhorita é a verdadeira força de sua família, Srta. Brontë. É sua rocha e seu alicerce. Será o consolo de seus entes agora, e eles têm muita sorte em ter a senhorita.

— Obrigada, Sr. Nicholls. — Ao retornar para o lado de minha irmã e de meu pai, lágrimas brotaram-me dos olhos. Prometi que, de alguma forma, dali por diante, eu me esforçaria para ganhar a confiança do Sr. Nicholls. Naquele momento de enorme necessidade, porém, sentia que não seria capaz de seguir adiante sem o conforto de uma amiga.

Escrevi para Ellen. Ela veio me ver depois do Natal e ficou conosco durante 15 dias. Enviei um cabriolé para buscá-la na estação de trem em Keighley; tão logo ela pisou na entrada de nossa casa, abraçamo-nos efusivamente.

— Sinto tanto, Charlotte. Eu amava muito Emily.

— Eu sei.

— Pelo menos podemos ficar gratas pelo fim do sofrimento dela.

Concordei com a cabeça, incapaz de responder.

Ellen era a personificação da serenidade e do conforto. A constância de seu coração generoso era uma enorme dádiva para mim. Alguns dias após sua chegada, estávamos sentadas ao redor da lareira na sala de jantar com Anne, todos reunidos para celebrarmos o último dia do ano. Ellen estava acomodada na antiga poltrona de Emily, e o brilho do fogo reluzia em seus cabelos castanhos e cacheados enquanto ela bordava. Eu e Anne estávamos lado a lado no sofá, lendo o jornal. Notei um súbito sorriso surgir no rosto gentil de Anne.

— Por que sorri, Anne? — perguntei.

— Porque vi que o *Leeds Intelligencer* publicou um de meus poemas — respondeu Anne, animadamente. Ao dizer isso, Anne prendeu a respiração e me fitou, alarmada com o que deixara escapar.

Olhei o jornal na mão de Anne e vi o conteúdo a que ela se referia. "The Narrow Way" — uma declaração sincera e adorável da devoção e das crenças de Anne — tinha sido impresso pela primeira vez em agosto na *Fraser's Magazine* sob seu pseudônimo Acton Bell, e agora fora publicado mais uma vez ali. Antes que tivesse tempo de comentar, Ellen desviou a atenção de seu intricado trabalho, olhou-nos e disse:

— Não sabia que escrevia poesias, Anne. Seu poema foi mesmo publicado?

— Foi.

— Concede-me a honra de lê-lo?

Anne se virou para mim com sobrancelhas arqueadas e um aceno positivo, cujo significado compreendi perfeitamente. Levantei-me e disse:

— Pode, Nell, mas antes tenho um presente para você.

— Um presente? Por quê? O Natal já passou, e entendi que havíamos concordado em não trocarmos presentes.

— Não é um presente de Natal. É um presente em homenagem à memória de Emily. — Apanhei um conjunto de livros da estante e o entreguei a ela. Eram os três volumes da edição de *O Morro dos Ventos Uivantes* e de *Agnes Grey*.

Ellen estudou os volumes, surpresa.

— Obrigada. Ouvi falar deste livro. Era o favorito de Emily?

Eu e Anne trocamos um sorriso discreto — o primeiro a surgir em *meus* lábios em muito meses, creio eu.

— Acredito que sim — respondeu Anne.

— Emily seria a última pessoa a admitir abertamente — acrescentei —, mas ela amava muito este livro, pois os primeiros dois volumes foram escritos de seu próprio punho. Na verdade, o nome que ela deu à personagem Nelly Dean foi uma homenagem a você, Nell.

— Em minha homenagem? — Ellen olhou fixamente para o primeiro volume e então para mim. — Quer dizer que Emily escreveu *O Morro dos Ventos Uivantes?*

— Escreveu — respondi.

— *Emily* era *Ellis Bell?*

— Era.

Ellen arregalou os olhos, assombrada com a súbita compreensão. Olhou rapidamente para o terceiro volume, e então olhou para mim e minha irmã.

— Então quem é Acton Bell?

— Eu — admitiu Anne.

— Oh! — exclamou Ellen, a perplexidade e profunda admiração contidas naquela única palavra. — Oh, Anne! — Agora, Ellen se virava lentamente para mim, encarando-me, boquiaberta: — Então, certamente, *você*, Charlotte... você deve ser...

— Sim! — confirmei, corando, enquanto me esforçava para conter outro sorriso. — Sou eu.

Ellen saltou da cadeira, entusiasmada.

— Eu sabia! Eu sabia! Nunca me esqueci, Charlotte, de como você se destacava ao contar histórias quando estávamos na escola! Eu a vi trabalhando naquele manuscrito em minha casa! Quantas vezes lhe perguntei "publicou um livro"? Você sempre me repreendia dizendo que não! Quando visitei meu irmão John em Londres no verão passado, a casa toda estava em polvorosa para conseguir um exemplar de *Jane Eyre*, e quando o livro chegou e a primeira metade foi lida em voz alta, tive o pressentimento de que o livro era seu. Era como se *você* estivesse presente em todas as palavras, sua voz e seu espírito emocionando-me dos pés à cabeça a cada sentimento expressado. Oh! Como desejava saber a verdade. Eu lhe escrevi e lhe implorei para que me contasse a verdade, e ainda assim você negou!

— Sinto muito, Ellen, minha queridíssima. Não desejava mentir, mas Emily me proibiu de contar para quem quer que fosse. Afinal escolhemos pseudônimos com o mesmo sobrenome, e se eu revelasse minha identidade, revelaria as de minhas irmãs. Agora que Emily partiu, embora eu e Anne ainda queiramos preservar nosso anonimato, não víamos mais razão para guardar este segredo de *você*.

— O que posso dizer, a não ser: estou *tão* orgulhosa de vocês. — Ellen envolveu-me em seu caloroso abraço, e então abraçou Anne. Balançando a cabeça, maravilhada, disse: — Vocês são tão inteligentes. Não consigo nem mesmo me *imaginar* escrevendo um romance. Agora vocês precisam me contar cada detalhe de como tudo aconteceu.

Durante os meses minguantes de 1848, toda a nossa atenção estivera focada na doença de Emily e em seu declínio; porém, ao mesmo tempo, eu não conseguia ignorar meu crescente temor em relação à saúde de Anne. Todos os dias e noites, a tosse seca e intensa de Anne ecoava pela residência paroquial. Com o nascer do novo ano, determinado a ouvir o melhor conselho possível, papai chamou à casa um médico respeitado de Leeds, que havia se especializado em casos de tuberculose, para examinar Anne com o estetoscópio.

— Infelizmente, é um caso de tísica tubercular com congestionamento dos pulmões — disse naturalmente o Sr. Teale a mim e a papai, na privacidade do escritório, após concluir o exame.

Fiquei engasgada de medo e não consegui falar. Papai perguntou, titubeante:

— Não há nada que possamos fazer?

— Acredito que sim — disse o Sr. Teale. — A doença ainda não alcançou seu estágio avançado. Podemos esperar uma trégua ou mesmo a cura se sua filha tomar os remédios que eu prescrever, adotar uma rotina estrita de descanso e evitar o frio.

A esperança me invadiu. Voltei a respirar. Anne poderia ser salva? Oh! Se fosse verdade!

— Diga-nos exatamente o que devemos fazer. Nós nos colocamos em suas mãos.

Por causa das recomendações do Sr. Teale, parei de compartilhar a cama com Anne e me mudei para o antigo quarto de Branwell. Tomamos todo cuidado para garantir que a temperatura no quarto de Anne estivesse constantemente agradável. Ciente das aflições e do sentimento de impotência que sofremos ao observar Emily rejeitar todo tipo de tratamento e conselho médico, Anne foi muito paciente enquanto esteve doente e seguiu disciplinadamente as orientações do médico pelo tempo que pôde. Ela não saiu de casa durante todo o inverno, mesmo tendo sido obrigada a abrir mão de seus adorados cultos de domingo na igreja. Em vez disso, eu e papai rezávamos com ela todas as tardes de domingo e ele repetia o conteúdo do sermão para agradá-la. Entretanto, o blister* que o Sr. Teale insistira que aplicássemos nas laterais do corpo de Anne causava apenas dor e nenhum alívio, e a dose diária de óleo de fígado de bacalhau, que Anne dizia ter cheiro e gosto de óleo de trem, apenas a deixava sem apetite; finalmente, fomos obrigados a abandonar tais tratamentos. Nosso médico local recomendou veementemente hidropatia,** que foi experimentada sem êxito.

Procuramos uma segunda opinião com o Sr. George Smith, renomado médico da família real, e com a autoridade máxima em tísica na Inglaterra, o Dr. John Forbes. Para minha decepção, entretanto, apesar de responder minha carta com prontidão e gentileza, o Sr. Forbes apenas expressou sua confiança no Sr. Teale e reiterou os conselhos que já havíamos recebido, além de me alertar contra esperanças entusiasmadas a respeito da recuperação de Anne.

Os dias de inverno passaram sombrios e angustiantes como um trem funerário, e cada nova semana nos lembrava que o mesmo mensageiro que levara Emily tão bruscamente iniciava seu trabalho maligno mais uma vez. No fim de março, o rosto pálido e os olhos de Anne evidenciavam esgotamento e prostração — uma aparência horrorosa demais para ser testemunhada ou descrita.

— Desejaria realmente que Deus me poupasse — disse Anne em uma manhã, enquanto olhava melancolicamente pela janela a revoada de pássaros sobre o campanário da igreja —, não apenas por você, Charlotte, ou papai, mas porque anseio fazer algo de bom no mundo antes de partir. Tenho muitos planos na cabeça para ações futuras, ideias de histórias e livros que

---

* Compressa quente que costumava conter várias substâncias tóxicas que causavam bolhas na pele intencionalmente, na esperança de drenar a doença até a superfície do corpo.

** Cura de doenças pelo uso interno e externo de água.

gostaria de escrever. Por mais simples e limitadas que possam ser, queria que se concretizassem, e não gostaria de ter vivido com um propósito tão reduzido.

— Você viveu com grande propósito, Anne — retruquei, debelando as lágrimas, enquanto apertava sua mão com profundo carinho —, e você vai ficar boa. É preciosa demais para desistir sem lutar.

Nos seis meses que se seguiram desde minha caminhada pela charneca com o Sr. Nicholls, nossa família estivera tão aturdida por mortes e doenças implacáveis que eu e ele trocamos não mais que poucas frases apressadas aqui e ali. No último domingo de março, porém, o Sr. Nicholls veio atrás de mim propositadamente após o culto para perguntar por Anne.

— O seu pai tem me dado notícias regulares, mas não tenho certeza sobre sua veracidade. Gostaria de ouvir da *senhorita* como ela está passando.

Abri a boca para responder, mas, de repente, inesperadamente, comecei a chorar. O Sr. Nicholls ficou sério e em silêncio diante de mim, e seu semblante estampava extrema compaixão e preocupação. Tirou um lenço do bolso e o ofereceu a mim. Tive um lampejo de lembrança de outro homem, anos antes em Bruxelas, que me oferecia um lenço em um momento de angústia. Como minha vida mudara desde os anos na Bélgica! Sentia-me uma pessoa completamente diferente agora. Embora tivesse um bom lenço no bolso, aceitei o que o Sr. Nicholls me ofereceu e me esforcei para recuperar o controle de minhas emoções enquanto enxugava meus olhos chorosos.

— Então ela está muito doente? — perguntou o Sr. Nicholls suavemente.

Assenti com a cabeça.

— Quando perdemos Emily, achava que havíamos pagado por todos os nossos pecados, mas agora temo enormemente que ainda tenhamos uma requintada amargura para provar. Anne tem apenas 29 anos, senhor. No entanto, está mais fraca e esquálida do que Emily em seus últimos dias.

— Sinto muito. Existe algo que eu possa fazer pela Srta. Anne, por você ou por seu pai? Qualquer coisa?

— Obrigada, Sr. Nicholls, mas já estamos fazendo tudo que é humanamente possível. Suponho que esse seja nosso único consolo.

Ele então se despediu. Mas, para minha surpresa, foi à nossa casa no dia seguinte à tarde.

— Eu lhe trouxe uma coisa, Srta. Anne — anunciou o Sr. Nicholls depois de Martha o apresentar na sala de jantar, onde Anne repousava e eu arrumava a mesa.

— Trouxe, Sr. Nicholls? — perguntou Anne, e começou lentamente a se levantar do assento onde estava diante da lareira.

— Por favor, não se levante. — O Sr. Nicholls se aproximou rapidamente. — Um dos fiéis me disse que bálsamo vegetal de Gobold é excelente para o tipo de enfermidade de que a senhorita sofre. Achei que talvez valesse a pena tentar. Tomei a liberdade de lhe providenciar um de Keighley, para o caso de trazer algum benefício. — Ele entregou nas mãos de Anne um pequeno frasco.

— Que gentileza a sua. Certamente o experimentarei. — O Sr. Nicholls fez uma reverência e já se preparava para sair quando Anne acrescentou: — O senhor aceitaria tomar o chá conosco, Sr. Nicholls?

— Oh, não! Não desejo intrometer-me na refeição de sua família.

— Não é intromissão de maneira alguma, dar-me-ia grande satisfação.

O Sr. Nicholls se mostrou desconfortável. Sentindo uma pontada de culpa, notei que, em todos esses anos em que o Sr. Nicholls residira na casa ao lado, ele se sentara à nossa mesa para comer poucas vezes, geralmente durante a visita de um clérigo à cidade ou, quando convidado, na companhia de um ou outro cura local. Em todas essas ocasiões eu o tratei com pouca cortesia, ainda influenciada pelos preconceitos que nutria por ele.

— Por favor, fique para o chá, Sr. Nicholls. Ficaríamos muito felizes em tê-lo conosco.

Ele me encarou, surpreso e agradecido.

— Obrigado. Ficarei.

A refeição com cordeiro assado e nabos transcorreu em silêncio a princípio. Tentei iniciar uma conversa com papai e o Sr. Nicholls, mas a falta de apetite de Anne e suas tosses frequentes e intensas eram uma lembrança constante de seu frágil estado para todos à mesa.

— Papai, Charlotte, estive pensando — comentou Anne, baixando o garfo. — Sabem a herança que a Srta. Outhwaite me deixou?

Fiz que sim com a cabeça, oferecendo uma breve explicação ao Sr. Nicholls:

— A madrinha de Anne morreu no mês passado. Deixou £200 para ela.

— Gostaria de usar parte desse dinheiro para fazer um passeio — declarou Anne.

— Passeio? — foi a réplica cheia de surpresa de papai.

— Gostaria que todos fizéssemos uma viagem por alguns dias. Li que a mudança de ares e um clima mais ameno são quase sempre sucesso garantido na cura de casos de tísica, se realizados a tempo.

— Meu primeiro impulso foi carregá-la para um lugar de clima mais quente — admiti —, mas o médico proibiu veementemente, disse que você *não deve* viajar.

— Disse que não devia sair de casa até que acabasse o inverno — corrigiu Anne. — E já estamos na primavera. Sinto que não há tempo a perder.

— Talvez devessem ir para a costa — sugeriu o Sr. Nicholls.
— Diz-se que o ar marítimo é particularmente benéfico.

— Sim! — exclamou Anne, e seus olhos brilharam com um entusiasmo que eu não via em meses. — Oh! Como adoraria ver o mar! Se pelo menos pudesse visitar Scarborough novamente. Desfrutei tanto os verões lá com os Robinson. O senhor adoraria Scarborough, papai. E, Charlotte, vi como tem estado exaurida com tantos cuidados para comigo. O ar marítimo faria bem para nós duas.

— Tenho 72 anos — disse papai. — Meus dias de viagem acabaram. Mas vocês duas podem ir, se assim desejarem.

Dei minha palavra a Anne de que a levaria a Scarborough se o médico permitisse; mas, depois do jantar, quando acompanhei o Sr. Nicholls até a porta da saída, expressei meus graves temores:

— Eu faria qualquer coisa por Anne. Mas o senhor acredita verdadeiramente que ela tenha forças para realizar essa viagem?

— A viagem pode ajudá-la a recuperar suas forças — respondeu o Sr. Nicholls.

Assenti. Mas ao inclinar a cabeça e estudar minha expressão, ele adivinhou os medos que eu não conseguia expressar em palavras. Gentilmente, ele disse:

— Se o Senhor desejar levá-la, Srta. Brontë, ele o fará, esteja Anne aqui ou em Scarborough. Está claro que ela anseia muito fazer essa viagem. Ela merece esse último deleite, não acha?

Concordei, com lágrimas nos olhos.

— Não se preocupe por ter de deixar seu pai — acrescentou e, astutamente, mencionou meu segundo temor enquanto cruzava a porta. — Cuidarei dele durante sua ausência.

Capítulo Dezessete

Anne conhecia uma estalagem na rua Cliff, número 2, onde se hospedara uma vez com os Robinson, e que descreveu como sendo uma das melhores localizações de Scarborough. Portanto, reservei um quarto lá e insisti para que fosse com vista para o mar, pois queria que Anne tivesse a melhor acomodação. Decidida de que eu deveria ter uma companhia para a possibilidade de algo terrível acontecer a ela, Anne convidou Ellen para nos acompanhar, que prontamente aceitou.

Fomos de trem até a costa de Yorkshire, com uma pausa para dormirmos em York. Anne conseguiu sair em uma cadeira de Bath.* Ao ver a imponente Catedral de York, que admirara tanto, Anne chorou, comovida.

— Se os poderes *finitos* podem construir uma catedral como esta — comentou, muito emocionada —, o que podemos esperar do infinito? — Ellen e eu, diante da expressão arrebatada de Anne, ficamos tão emocionadas que perdemos a fala.

A felicidade da Anne aumentou quando chegamos a Scarborough, pois estava ansiosa por compartilhar conosco os prazeres da cidade. Levou-nos ao longo da ponte acima da ravina no meio da baía, de onde, em dado ponto, tínhamos uma vista espetacular dos rochedos e da areia da praia. Ela insistiu que Ellen e eu seguíssemos o passeio sozinhas enquanto descansava. Anne chegou a ir até a praia por uma hora em uma carreta pu-

---

* Uma cadeira com rodas e capa, usada principalmente pelos inválidos.

xada por um burro e tomou as rédeas ao sentir que o menino que dirigia a carreta não estava tratando bem o animal.

No domingo à noite, 27 de maio, viramos a cadeira de Anne para a janela da sala de estar, de onde assistimos a um dos mais gloriosos poentes que eu já havia testemunhado. O céu estava pintado com tons de rosa, violeta, azul e dourado. O castelo no cume do rochedo jazia em altiva glória, adornado por uma iluminação diminuta. Os barcos ao longe brilhavam como ouro polido, e os barcos pequenos ancorados próximos da costa iam e vinham no suave e agradável balanço da maré.

— Oh! — foi a única palavra dita por Anne. Seu rosto doce e angelical iluminou-se quase que com o mesmo brilho da paisagem que observávamos.

Na manhã seguinte, muito mais fraca, Anne perguntou se poderia ver um médico para averiguar se ainda teria tempo de voltar para casa. O doutor foi chamado — um desconhecido — e a informou com cruel honestidade que sua morte estava próxima. Fiquei em estado de choque. Não imaginava que faleceria tão brevemente. Anne agradeceu ao doutor e lhe pediu para deixá-la sob nossos cuidados. Deitou-se no sofá e rezou em voz baixa, enquanto eu e Ellen permanecíamos ao seu lado, silenciosas, incapazes de conter a torrente de lágrimas.

— Não chorem por mim — pediu Anne calmamente. — Não tenho medo de morrer. — Entre intervalos de arfadas laboriosas, prosseguiu: — Lembre-se, Charlotte, antes de virmos para cá, quando eu disse o quanto você adoraria Scarborough e descrevi seus vários esplendores? Fiz uma pintura mental deste mesmo alojamento e falei da linda vista. Você precisou acreditar em minhas palavras, pois ainda não o conhecia. É exatamente como o descrevi?

— Sim — respondi com a voz embargada.

— E assim será no reino dos céus. Precisamos ter fé, sermos gratas por termos tido uma vida livre de sofrimento, e confiar em Deus que uma existência melhor nos aguarda.

Se por acaso eu nunca houvesse acreditado em uma vida futura, teria começado a acreditar agora, vendo o rosto radiante e tranquilo de minha irmã e ouvindo suas palavras serenas e bem-escolhidas.

Para Ellen, ela disse:

— Tome meu lugar de irmã. Faça companhia a Charlotte o máximo que puder.

— Farei — respondeu Ellen, com os olhos cheios de lágrimas.

Peguei a mão de Ellen, tremendo com o esforço em reprimir a tristeza.

— Amo você, Anne.

— Amo você também. Seja corajosa, Charlotte. Seja corajosa — foram as últimas palavras que Anne sussurrou.

Um ano antes, se um profeta tivesse me alertado sobre o sofrimento que eu experimentaria nos longos meses pela frente — caso houvesse me orientado sobre como reagir naquele junho de 1849, dito o quão miserável e desolada eu me sentiria —, eu teria pensado: não serei capaz de suportar isso. E então todos haviam partido: Branwell, Emily e Anne. Partiram como sonhos em um período de oito meses. Assim como Maria e Elizabeth haviam partido mais de vinte anos antes. Eu não conseguia compreender por que essas almas mais jovens e melhores que a minha tiveram suas vidas roubadas, enquanto Deus escolhera me poupar. Não conseguia compreender, porém acreditava na sabedoria do Senhor, perfeito e misericordioso. Fiz um juramento de me manter firme e digna de suas bênçãos.

A fim de poupar papai de mais um enterro de um de seus filhos, sepultamos Anne em Scarborough, dentro do cemitério da Igreja de St. Mary, no topo da cidade. Apesar da tristeza por ela não ter sido sepultada com o restante da família, na nossa igreja, senti-me reconfortada pela ideia de ter sido enterrada em seu lugar favorito, com a emocionante vista do litoral que amava tanto.

Quanto voltei para Haworth, papai e as criadas me receberem com tanto afeto que eu deveria ter me sentido consolada, mas conforto algum bastava para tanta tristeza. Os cachorros me receberam em estranho êxtase. Tenho certeza de que me consideraram um prenúncio de que os outros moradores estavam por vir. Pensaram que, comigo em casa, os outros que estavam longe por tanto tempo também chegariam. O Sr. Nicholls assumiu várias obrigações adicionais da paróquia para ajudar meu pai, envelhecido e agoniado, e prestou condolências a mim; contudo, eu estava imersa demais em meu suplício para perceber suas tentativas de consolo.

Ai! Quanto silêncio na residência paroquial. Os quartos, antes tão repletos de drama e vida, achavam-se vazios e calados. Durante todo o dia, o único som presente era o tique-taque do relógio. Quando ousei sair, o som repetitivo do cinzel do marmorista a lascar incessantemente as lápides para a paróquia de Haworth foi uma lembrança tão dolorosa de minha dor ainda vívida e angustiante que corri de volta para casa. Sentia-me prisioneira em uma cela solitária, com apenas a igreja e um melancólico cemitério como panorama. Comecei a ansiar por um ambiente de coletividade, mas, ao mesmo tempo, duvidava ser capaz de dar ou sentir prazer em tal ambiente. Durante uma semana inteira fui incapaz de realizar qualquer atividade útil e não consegui erguer uma pena, a não ser para escrever algumas linhas para um ou outro amigo querido.

Finalmente, após uma batalha interna, melhorei. O desafio apareceu em uma sombria manhã em junho. O primeiro pensamento que me veio à mente ao despertar foi a sorumbática repetição das mesmas palavras cruéis que me haviam perseguido a semana toda:

— Sua juventude já passou. Nunca se casará. As únicas duas pessoas que a entendiam e às quais você compreendia se foram. Solidão, Lembranças e Saudade serão praticamente suas únicas companhias durante todo o dia. Com elas deitar-se-á à noite; e lhe causarão insônia. No dia seguinte, você acordará novamente com elas, e nos dias subsequentes, pelo restante da vida.

Passei alguns instantes chorosos em estado de autocomiseração, quando escutei uma voz que me falou com súbita veemência — uma voz mais gentil e mais pura —, a voz de um anjo, que parecia (achei) a voz de Anne: "Sofredora solitária, certamente esses são dias sombrios, mas existem milhares que sofrem mais que você. Sim, sente-se solitária, mas não está sozinha. Sim, perdeu a maioria daqueles que amava, mas ainda tem um parente vivo muito querido por você. Sim, você mora em uma residência paroquial no meio de uma charneca isolada, mas não é uma solteirona velha desesperada, sem esperança ou objetivos. Tampouco é como o corvo cansado de observar o dilúvio, sem uma arca para onde voltar. Não! Você *tem* esperança. Tem objetivos! *Trabalhar* deve ser a cura, não a autopiedade! A labuta é o único remédio radical para a tristeza enraizada!"

Levantei e me sentei na cama, com o coração acelerado, saí de baixo dos lençóis e enxuguei os olhos. Minha nova trajetória estava clara. Para aplacar meu estado de tristeza e solidão, precisava voltar a escrever.

Quase dois terços de meu romance *Shirley* estavam completos quando meu irmão morreu e minhas irmãs adoeceram. Praticamente não havia mais voltado a ele desde então. Era difícil agora tentar escrever sob um estado de isolamento incomum. Parecia inútil criar algo que já não mais seria lido por Ellis e Acton Bell. Sentia muita falta desse apoio amigável e descontraído. E, no início, o livro carregado de esperança parecia ter desvanecido e dado lugar à vaidade e ao mau humor.

Porém, com o passar do tempo, a escrita tornou-se uma dádiva. Tirou-me da realidade obscura e desoladora rumo a uma região surreal, porém mais feliz. Eu podia deixar meus sentimentos transbordarem na página, com palavras que brotavam diretamente da dor no fundo de meu coração partido. Porém pude ser mais gentil com meus personagens do que Deus fora comigo. Pude abater minha fictícia Caroline com uma febre, levá-la aos limites da sobrevivência no vale das sombras da morte, e então — tal como o poderoso Genius Tallii* de minha infância — restaurar sua saúde, reencontrar um parente querido havia muito perdido para ela e casá-la com o homem amado.

Não é possível escrever nada de valor sem que o autor se entregue inteiramente ao tema, e quando isso corre, perde-se o apetite e o sono — não há nada que possa ser feito. E assim o foi com *Shirley*. Dediquei-me enormemente ao romance e o terminei no fim de agosto de 1849. Novamente, o livro foi impresso rapidamente e lançado em fins de outubro. Foi bem recebido pela maioria da imprensa e do público, embora não com a mesma aclamação que recebera *Jane Eyre*. Aqueles que haviam falado de *Jane Eyre* de forma depreciativa consideraram *Shirley* um pouco melhor que seu antecessor; enquanto os que mais haviam se encantado com *Jane Eyre* — ironicamente — (apesar das duras admoestações de certos críticos de se evitar o melodrama no futuro) ficaram desapontados por não encontrarem o mesmo grau de emoção e estímulo. O que não pude prever foi a maneira como esse novo livro mudaria minha vida:

Shirley despiu, de uma vez por todas e para sempre, o precioso véu de meu anonimato.

QUANDO ESCREVI *Jane Eyre*, EMBORA houvesse me baseado em fatos reais para narrar os eventos na Lowood School e de seus habitantes, os acontecimentos haviam se dado tanto tempo

---

* Os quatro irmãos Brontë adotavam pseudônimos que usavam entre si, relacionados às suas brincadeiras e suas criações literárias ficcionais. Inspirado em *Arabian Nights* e em *Tales of the Genii*, de James Ridley, os irmãos imaginavam-se como "gênios" poderosos. O nome adotado por Charlotte era "Genius Tallii".

atrás que não havia como fazer uma conexão com a vida do autor. Meu novo livro mudou toda essa perspectiva.

Shirley ocorria no passado, em um cenário de intranquilidade social e econômica, durante as Revoltas Luditas em West Riding de Yorkshire em 1811-12. No entanto, muitos dos personagens eram representações de pessoas que ainda viviam nas comunidades de Birstall, Gomersal e em distritos vizinhos ao nosso. Talvez tivesse sido ingenuidade minha, mas eu não temia ser descoberta. Era tão pouco conhecida que me pareceu inimaginável ser identificada através da obra. Parecia-me impossível que alguém fosse suspeitar que a tímida filha solteira do pároco de Haworth tivesse escrito um romance! Como eu estava enganada!

A revelação de meu segredo começou lentamente. Ocasionalmente, as correspondências da Smith & Elder chegavam abertas; suspeitei de que tivessem sido abertas e examinadas no correio de Keighley. Joe Taylor, a quem eu havia pedido conselhos na produção de *Shirley*, contara a tantas pessoas em Gomersal sobre minha atividade de escritora que, quando lá estive para uma visita a Ellen, fui recebida por moradores de todo o distrito com uma deferência inédita e uma gentileza adicional.

O crítico George Lewes, após ouvir de uma antiga colega minha que reconheceu a escola em *Jane Eyre* como sendo a Clergy Daughter's, e Currer Bell como Charlotte Brontë, anunciou que o autor de *Shirley* era uma solteirona e filha de um pastor que vivia em Yorkshire! A notícia espalhou-se pelos jornais de Londres. O Sr. Smith aconselhou que o melhor seria combater o fogo com fogo e, por isso, em dezembro de 1849, fui a Londres e fiquei hospedada com ele e sua mãe, onde fui formalmente apresentada em um jantar aos Radamantos* literários: os cinco críticos mais respeitados e temidos no mundo das Letras.

---

* Na mitologia grega, Radamanto era um sábio rei, filho de Zeus e Europa, que governava Creta antes de Minos, e criou para a ilha um excelente código de leis.

Apesar do tremor inicial ao conhecê-los, descobri que pessoalmente eram extraordinariamente educados; e, ao perceber seus defeitos e me dar conta de que eram mortais afinal de contas, perdi meu assombro por eles.

O Sr. Nicholls foi uma das primeiras pessoas em Haworth a saber de minha carreira de escritora. Era um belo e iluminado dia em janeiro, logo depois do início de uma nova década. Uma gripe de inverno havia me mantido dentro de casa desde meu retorno de Londres. Agora, já recuperada e envolta em uma capa, chapéu e regalo, eu aproveitava uma trégua do mau tempo para caminhar pela estrada bem-marcada do jardim coberto de neve da igreja, agora vazio. Após alguns minutos, ouvi o som de passos atrás de mim. O Sr. Nicholls se aproximou e parou na minha frente, com as mãos enfiadas nos bolsos do casaco, as faces bem vermelhas por causa do frio, um sorriso peculiar de soslaio e expressão de certo aturdimento.

— Srta. Brontë.

— Sr. Nicholls.

Ele me fitou e então desviou o olhar, voltou a me olhar com uma expressão que demonstrava assombro, timidez e incredulidade atordoada.

— Tinha a esperança de encontrá-la. Queria parabenizá-la. Soube por seu pai da mais surpreendente novidade: que a senhorita teve dois livros publicados.

— Papai lhe contou? Terei de repreendê-lo, Sr. Nicholls, pois foi muito errado da parte dele. Deveria ser segredo.

— Por que manter segredo sobre tamanha conquista, Srta. Brontë? Dois livros! Deveria estar muito orgulhosa. Assim que ele me contou, fui providenciar uma cópia de *Jane Eyre*.

Senti um frio estranho na boca do estômago.

— O senhor leu o livro?

— Li de uma só vez. Não consegui deixá-lo de lado.

Um calor subiu-me pelo rosto e desviei os olhos. Fiquei satisfeita com a resposta dele e, no entanto, ao mesmo tempo alarmada. Uma coisa era expor sua alma sob o disfarce de um pseudônimo. Outra bem diferente era ter essa segura armadura retirada, deixando-me em evidência, desnuda e indefesa para o mundo. *Jane Eyre* revelava meus mais íntimos pensamentos a respeito do amor, da moralidade e do lugar da mulher na sociedade; revelava um lado de minha natureza que (como mulher solteira, uma que o próprio Sr. Nicholls chamou reconhecidamente de solteirona velha) poderia ser interpretado como desvario de uma solteirona apaixonada cujo amor não foi correspondido. O Sr. Nicholls me enxergava assim? Não teria como saber.

— Nunca imaginaria que o senhor teria interesse em ler um romance como esse — foi minha tímida resposta.

— Admito que fui educado com os clássicos e que nunca havia lido esse estilo de literatura; tampouco nunca tinha lido um livro escrito por alguém que conhecesse. Foi uma experiência nova e emocionante, Srta. Brontë. Foi... é um livro muito bom.

— Obrigada.

Ele balançou a cabeça em estado de assombro.

— Soube que suas irmãs também publicaram livros.

— É verdade.

— Toda a família Brontë, um grupo de escritores! Adoraria ter sabido disso enquanto elas eram vivas. E pensar que tudo isso sucedia bem debaixo do meu nariz e nunca suspeitei. Pelo menos agora o mistério sobre aquela enorme quantidade de papéis de escrever que vocês devoravam está desvendado.

Os olhos dele brilhavam tão alegremente que não pude evitar um sorriso. Então ele deu uma risada e eu também acabei rindo com ele.

— Ainda sinto-me terrível por causa desse dia — comentei entre risadas. — Foi tão gentil de sua parte percorrer o longo caminho até Bradford para procurar papel para nós em um momento de necessidade. Entretanto, fui tão turrona e incapaz de lhe ser grata.

— Não há por que se sentir mal. Foi há tanto tempo. Aliás, estou ansioso para ler seu outro livro, mas não consigo encontrá-lo em lugar nenhum. A senhorita poderia emprestar-me um exemplar?

O pedido encheu-me de uma ansiedade nova e fez minhas faces corarem novamente. Muitas cenas em *Shirley* eram frutos de experiências pessoais, e eu incluíra um trio de pastores bufões e cheios de si, inspirados nos clérigos de minhas cercanias — sendo que dois eram amigos pessoais do Sr. Nicholls. Também introduzira brevemente um personagem que era o espelho do Sr. Nicholls. Visto que meus sentimentos por ele haviam suavizado de forma considerável ultimamente, eu o retratara sob uma luz bem mais favorável que a de seus colegas; ainda assim, a reação dele me preocupava.

— Ficaria feliz em lhe emprestar o livro, senhor, mas devo alertá-lo: quando escrevi *Shirley*, nunca imaginei que alguém na região o leria. Pelo visto, fui muito ingênua a respeito disso. O senhor talvez ache os personagens e os acontecimentos no livro um pouco... familiares. Espero que não fique ofendido.

— Devidamente entendido. Agora, quando posso tomá-lo emprestado?

Dei o livro a ele. No dia seguinte, a criada do Sr. Nicholls, Sra. Brown, me contou que pensava seriamente que o patrão estivesse mal da cabeça, pois o ouviu dar ruidosas gargalhadas a sós no quarto, batendo palmas e os pés no chão. Na noite seguinte a *essa*, quando o Sr. Nicholls veio ver papai, eu o escutei ler em voz alta todas as cenas sobre os pastores; leu o trecho sobre o cachorro voluntarioso e o cura amedrontado duas vezes, sem parar de gargalhar.

Mais tarde, ele bateu à porta da sala de jantar onde eu me encontrava lendo. Eu o convidei para entrar. Ele entrou e me cumprimentou.

— O senhor gostaria de se sentar?

— Infelizmente, não posso ficar. Queria lhe devolver o romance e agradecer-lhe pelo empréstimo. — Ele pôs o livro na mesa de jantar. — É um livro encantador, Srta. Brontë.

Eu lhe agradeci. Quando se movimentava para ir embora, parecia desejar falar algo mais, e então me apressei em dizer:

— Fique à vontade para compartilhar qualquer opinião a respeito do livro, senhor. Nem todos os críticos o apreciaram. Não tenho mais ninguém, a não ser papai e meus editores, com quem discutir estes assuntos, e estou muito interessada em sua opinião.

Ele ficou em silêncio por um instante e então disse:

— Bem, não sou um especialista no assunto, mas não sei o que os críticos teriam para reclamar sobre o livro. Eu o achei muito bem-feito. Gostei de suas descrições sobre os camponeses de Yorkshire. Reconheço Keeper em seu "Tartar". Você captou o Sr. Grant e o Sr. Bradley com perfeição. Nunca ri tanto em toda a minha vida! Pretendo encomendar um exemplar para mim.

— Não poderia ter pedido melhor opinião.

Após alguma hesitação, ele acrescentou:

— Seria pretensão de minha parte, Srta. Brontë, pressupor que, por um acaso, eu talvez seja o Sr. Macarthey?

Meu rosto enrubesceu.

— Admito que tinha o senhor em mente, senhor, quando escrevi essa pequena parte sobre ele no final. — Ele riu e então acrescentei: — Acredite, nunca teria escrito isso se soubesse que o senhor o leria.

— Pois eu estou honrado — disse ele, triunfante — por me ver em um livro da senhorita, por menor que seja minha participação.

Alguns dias depois, eu estava escrevendo uma carta quando Martha veio correndo da cozinha, arquejante e afobada, e muito alterada.

— Ai, dona, ouvi uma notícia daquelas!

— Qual? — perguntei, mas já podia imaginar o que estaria por vir.

— Por favor, dona, diga que já escreveu dois livro, os mais grandiosos livros já visto! Meu pai ouviu falar em Halifax e o Sr. George Taylor e o Sr. Greenwood e o Sr. Merral em Bradford... eles vão se reunir no Liceu de Artes e Ofícios pra programar a encomenda dos livro!

Acalmei Martha e a dispensei, em seguida comecei a suar frio. *Jane Eyre* e *Shirley* seriam lidos por John Brown, nosso sacristão — e sem dúvida por todos os homens e mulheres em Haworth. Que Deus me ajudasse e resguardasse!

A notícia se espalhou como um incêndio descontrolado. Eu já não era capaz de me manter invisível. Rapidamente, todo o vilarejo queria ler meus livros, sendo ludibriados em relação a *Shirley*, particularmente: no Liceu de Artes e Ofícios, cobravam uma exorbitância pelo empréstimo dos três volumes e multavam com um xelim por dia os mutuários que permanecessem com os livros por mais de dois dias. Ellen escreveu contando que *Shirley* causava interesse similar em seu distrito, muitos habitantes reconheciam-se na história e estavam emocionados em ver o povo de Yorkshire e do campo retratado em um livro escrito por alguém da região. Até mesmo os pastores locais — pobres sujeitos! — não demonstraram ressentimentos, e cada um encontrou consolo para as próprias feridas caçoando dos defeitos do confrade.

Seria insensato e presunçoso repetir aqui mais episódios que ouvi na época, sobretudo porque os comentários positivos da imprensa foram contrabalanceados com igual quantidade de comentários negativos. No entanto, fiquei grata com o entusiasmo de meus vizinhos, visto que meu livro fora fonte renovada de prazer ao meu velho pai, cujo orgulho por meu trabalho agora já não conhecia mais limites.

Em uma manhã, um incidente tocou-me de forma curiosa. Papai pôs em minhas mãos um pacote com cartas velhas e amareladas.

— Charlotte — disse ele, gentil e sério —, imaginei que talvez gostasse de ver estas cartas. Eram de sua mãe.

— Cartas de minha mãe? — repeti, muito surpreendida.

— Escreveu-me antes de nos casarmos. Sempre as guardei como um tesouro. Pode lê-las se desejar. — Dito isso, ele se retirou do quarto.

As cartas de minha mãe! Eu não fazia ideia de que tais cartas existiam. Entendi imediatamente o que havia inspirado papai a fazer isso depois de todos esses anos: ao ler sobre a personagem de Caroline, que ansiava pela mãe em *Shirley*, certamente ele compreendeu a intensidade da perda que suportei quando mamãe morreu tão jovem. Senti um frio no estômago ao abrir a primeira frágil epístola. O coração palpitou levemente ao ver a caligrafia delicada e desconhecida nas páginas. Quão estranho foi examinar, pela primeira vez, as lembranças de uma mente de quem eu nasceria! Quão triste e doce foi descobrir que essa mente possuía uma natureza verdadeiramente boa, pura e elevada. Havia nas cartas uma retidão e um refinamento, uma constância, uma modéstia e uma gentileza indescritíveis — e senso de humor também —, ela chamava meu pai de "querido Pat atrevido". Oh!, pensei, enquanto as lágrimas escorriam pelo rosto, como desejei que ela houvesse sobrevivido, e que eu a tivesse conhecido melhor!

Quando devolvi os valiosos documentos para papai, agradeci a ele por sua generosidade e sensibilidade ao compartilhá-los comigo.

— Ela era uma mulher querida e maravilhosa, e você se parece muito com ela, Charlotte — disse ele, apertando minha mão carinhosamente. — Você é meu consolo e meu conforto agora; não sei como sobreviveria sem você.

— Nunca terá de se preocupar com isso, papai — prometi a ele.

Minha vida nos três anos seguintes foi uma estranha mescla de solidão e sociabilidade. Utilizei parte de minha renda em uma pequena reforma interior na residência paroquial, ampliando a sala de estar e um dos quartos no andar de cima, acrescentando algumas cortinas aqui e ali e trocando o estofado de alguns móveis. Apreensiva e incapaz de vislumbrar um tema para o novo livro, viajei várias vezes a Londres, onde fui recepcionada e acolhida na residência do Sr. Smith, e conheci diversos escritores proeminentes, incluindo William Makepeace Thackeray. Visitei as muitas atrações da cidade e assisti à celebrada atuação de Macready em *Otelo* e *Macbeth*.

Satisfazendo aos apelos do Sr. Smith ("a senhorita agora é uma autora famosa", disse ele, "é *de rigueur* que alguém como a senhorita seja pintada"), aceitei com relutância que meu retrato fosse feito pelo pintor da moda, George Richmond — um desenho suave em pastel que o Sr. Smith enviou para nossa casa, juntamente a um retrato emoldurado de meu herói da infância, o duque de Wellington, de presente para mim. Achei meu retrato pouco fiel e favorecedor, mais parecido com minha irmã Anne do que comigo mesma. Tabby insistiu que a imagem deixou-me envelhecida demais; assim como também, com igual tenacidade, afirmou que o duque de Wellington era "o retrato do patrão" (referindo-se a papai), não era possível levar sua opinião muito a sério.

— Os olhos são muito semelhantes. Parece que a senhorita está me encarando, madame, formando uma opinião, e olhando através de mim, vendo minh'alma.

Papai pendurou a pintura orgulhosamente sobre a lareira da sala de jantar e achou que me retratava corretamente.

— Captura-a inteiramente — disse ele com um sorriso inusitado. — Uma expressão tão maravilhosamente boa e natural! É um sucesso, inclusive, como uma representação gráfica da mente e da matéria física. Creio ver na pintura indicações fortes da autora e de sua genialidade.

— Creio *ver* fortes indicações de parcialidade em sua opinião — respondi com uma risada.

Quando o Sr. Nicholls viu o retrato, ficou ali parado olhando-o em silêncio durante um bom tempo, com olhos brilhantes e um sorriso que ele parecia determinado a esconder. Quando papai perguntou o que achava da obra, o Sr. Nicholls apenas respondeu que a achava muito boa.

No verão de 1850, fiquei em Edimburgo durante vários dias para me encontrar com George Smith e suas irmãs, uma viagem que provocou uma série de comentários indignados de Ellen sobre decoro e afins. Ela logo veio levantar hipóteses sobre uma possível união entre nós. Achei graça da ideia. Desfrutava da correspondência regular que trocava com meu jovem, lindo, inteligente e charmoso editor, mas a verdade era que apenas sentia amizade pelo Sr. Smith, e ele por mim. O Sr. Smith casar-se-ia com uma mulher bela — eu sabia disso instintivamente —, e, de qualquer forma, com a disparidade entre nossas idades e nossas posições na sociedade, era praticamente impossível existir tal união.

De Edimburgo, segui para Windermere, em Lake District, para ficar com meus novos amigos, Sir James e Lady Kay-Shuttleworth (entusiastas literários que haviam me procurado e deliberadamente me colocado sob suas asas), em uma casa que eles haviam escolhido para passar o verão. Lá, tive um encontro memorável com a Sra. Elizabeth Gaskell* — uma mulher seis anos mais velha e escritora de talento genuíno, cujo trabalho eu admirava. Ela me havia escrito (por meio de meu editor) com tantos elogios e afeto sobre *Shirley*, que me senti compelida a lhe responder para expressar minha gratidão. Pessoalmente, achei a Sra. Gaskell extremamente inteligente, sábia, alegre, agradável, com modos cordiais e um coração bom e generoso. Ambas des-

---

* Elizabeth Gaskell — que se tornou uma das romancistas mais admiradas e amplamente lidas de sua época — escreveria mais tarde uma famosa e inovadora biografia de Charlotte Brontë.

cobrimos afinidades em comum e nos tornamos muito íntimas, iniciando uma amizade que foi ficando mais forte a cada ano.

Um de meus maiores consolos ao retornar para casa foi a leitura. Enormes caixas contendo os lançamentos mais recentes eram-me enviadas regularmente de Cornhill, e eu passava longas horas todos os dias devorando-os desmedidamente. Outra atividade que realizava avidamente era escrever correspondências. Trocava cartas cheias de novidades com Ellen, o Sr. George Smith, o Sr. Smith Williams e minha amiga e ex-professora Srta. Wooler (com quem me correspondia desde meus tempos de docência na Roe Head School) — tais correspondências eram os acontecimentos estimulantes da minha semana e proviam um alívio bem-vindo de meu isolamento em Haworth. As raras cartas que chegavam de Mary Taylor, da Nova Zelândia, eram igualmente animadoras. Ela parecia feliz e satisfeita com sua nova vida naquela colônia distante, apesar da solidão ocasional e do trabalho duro na administração de sua venda.

Ocasionalmente, quando as lembranças golpeavam-me com muita força ou quando a solidão parecia difícil demais de suportar, eu tirava as cartas de Monsieur Héger da caixa de pau-rosa e as relia. Sabia que era um ato tolo: não havia mais lugar na mente ou no coração para meu antigo professor. Já me resignara tempos atrás. No entanto, por algum motivo que eu não conseguia descrever, sempre que relia os frágeis documentos sob a luz de vela bruxuleante, as palavras e ideias de Monsieur Héger me traziam conforto.

Uma calorosa amizade havia se desenvolvido por meio de trocas de cartas entre mim e o Sr. James Taylor, o administrador de meu editor. Eu tinha estado com o sujeito em várias ocasiões, e senti que o Sr. Taylor enamorara-se de mim. Em abril de 1851, quando o Sr. Taylor escreveu para me informar que desejava vir me visitar em Haworth, tive um pressentimento de qual seria a natureza da visita, e eu estava predisposta a aceitar. Como suspeitava, o Sr. Taylor pediu-me em casamento; no entanto, havia um porém: ele pretendia partir imediatamente para a Índia e lá permanecer por cinco anos para dirigir uma filial da Smith, Elder & Co, e me pedia que prometesse me casar com ele quando retornasse.

Uma ausência de cinco anos — uma distância de três oceanos entre nós —, para mim, era o equivalente a uma separação eterna! Além disso, havia uma barreira ainda mais difícil de ser ultrapassada: durante a visita dele, não importava o quanto tentasse, não consegui encontrar no Sr. Taylor nenhum traço de um cavalheiro — sequer um lampejo de genuína boa educação. Mais ainda, sua semelhança com meu irmão Branwell (tinha estatura pequena, era ruivo, com um nariz enorme e proeminente) era muito acentuada. Enquanto ele me observava e semicerrava os olhos para mim, minhas veias ficavam gélidas. Papai parecia considerar que uma futura união, adiada por cinco anos, com um homem honrado e confiável como o Sr. Taylor, seria muito apropriada e aconselhável. Mas eu não poderia me casar com ele, mesmo que minha recusa fosse condenar-me à solteirice e a uma vida de solidão.

Em Londres, por pura diversão, George Smith e eu — com nomes fictícios de Sr. e Sra. Fraser — visitamos um frenologista* em Strand, um tal Sr. Browne, que nos proveu análises por escrito de nossas naturezas e habilidades. O Sr. Smith foi considerado "um admirador do sexo frágil, afetuoso e amigo, apreciador do ideal e do romântico, e nada propenso a procrastinar" — uma leitura fiel como a própria vida. Eu fui declarada "possuir o dom da palavra", alguém capaz de "expressar seus sentimentos com clareza, precisão e força", e "dotada de um elevado senso de beleza e harmonia". Meus laços de amizade eram "fortes e duradouros" e "se não fosse uma poetisa, meus senti-

---

* Frenologia era uma teoria popular do século XIX (e entusiasticamente acolhida pelos Brontë) que se baseava na crença de que o formato e as configurações do crânio revelavam o caráter e a capacidade mental do indivíduo.

mentos seriam poéticos, ou pelo menos imbuídos de um brilho entusiástico que é característico dos sentimentos poéticos". Essa leitura deixou-me encantada, pois os pontos mais lisonjeiros descreviam a mulher que eu aspirava ser.

Creio que me estendi em Londres por mais tempo do que deveria, simplesmente para evitar a volta para casa, para um vazio que eu encontrava dificuldade para suportar. Então passei sete prazerosos dias com a Sra. Gaskell e sua família em sua alegre e arejada casa em Manchester. Ao retornar para Haworth, Ellen veio me visitar, mas, após sua partida, minha vida solitária em Haworth mais uma vez mostrou-se insuportável. A falta que eu sentia de minhas irmãs causava uma dor física que — embora apaziguada de alguma forma com o tempo — ainda me assombrava todos os dias e me tirava o sono até tarde da noite.

Quando caminhava na charneca, tudo me lembrava minhas irmãs e os momentos em que elas haviam estado ali comigo. Não havia colina de urzes, ramo de planta, sequer uma jovem baga de mirtilo, uma cotovia ou pintarroxo esvoaçante que não me recordasse Emily, que tanto os amava. As paisagens distantes haviam sido o prazer de Anne e, quando eu olhava em volta, ela estava nos matizes azulados, na névoa pálida e nas ondulações e sombras do horizonte. Se ao menos, eu divagava, pudesse experimentar um instante de falta de memória e me esquecesse de boa parte do que minha mente retinha. Mas não conseguia esquecer.

Também estava exaurida por saber que meus editores aguardavam um novo romance. Todos os meus vaivéns de tentativa criativa haviam se mostrado decepcionantes até o momento. Mas eu já não podia postergar o inevitável.

Visto que a Smith & Elder havia deixado evidente que não queria *O professor*, guardei o manuscrito martirizado em um armário e decidi começar um novo livro — um livro que examinaria minhas experiências no pensionato em Bruxelas sob um outro ponto de vista, do ponto de vista feminino. Eu o intitulei *Villette*. Meu charmoso Dr. John Graham Bretton e sua mãe, a Sra. Bretton, foram abertamente inspirados pelo Sr. George Smith e sua mãe. As lembranças que tinha de Madame e Monsieur Héger derramei sobre os personagens de Madame Beck e o professor, Paul Emanuel, que acabaria conquistando o coração de minha heroína, Lucy Snowe.

Meu progresso com o romance foi dolorosamente lento, interrompido por acessos de doença e solidão. Houve ocasiões em que me desesperei, ansiosa por uma opinião além da minha, mas não havia ninguém para quem ler uma linha ou pedir um conselho. Além disso, Currer Bell não podia dedicar-se apenas a escrever, pois também era uma "dona de casa do interior", com diversos afazeres ligados à costura e à cozinha, que ocupavam metade do dia, especialmente agora, quando, ai de mim, havia apenas um par de mãos para auxiliar Martha, em um lugar onde antes houvera três.

Os meses passaram lentamente. Keeper morreu e o enterramos no jardim. Flossy ficou velho e gordo. O silêncio na residência paroquial era ensurdecedor, interrompido apenas pelas visitas regulares do Sr. Nicholls para ver papai. Quando Anne chamou o Sr. Nicholls para o chá naquela noite, tanto tempo atrás, apenas dois meses antes de sua morte, plantara uma ideia em minha cabeça sem perceber (ou o fizera com intenção?). Como a mesa de jantar era grande e vazia demais para mim e papai apenas, passamos a comer nossas refeições no escritório. Em uma ocasião, depois que o assunto entre o Sr. Nicholls e papai já havia sido concluído, eu o convidei para que ficasse para o chá.

O Sr. Nicholls já não era mais o jovem imaturo de quando chegara a Haworth. Os anos o haviam mudado, suavizando-o. Eu o achava agora mais bonito e mais encorpado com seus 30 e poucos anos do que antes: seu rosto e torso haviam engrossado um pouco, e as costeletas pretas grossas porém bem- aparadas que emolduravam seu rosto e queixo lhe conferiam uma aparência mais madura. Além disso, quando ficava para o chá, o Sr. Nicholls apresentava um comportamento que eu considerava bem mais agradável, amável e tranquilo do que no passado. Raramente fazia comentários intolerantes ou defendia algum princípio religioso puseísta que me fazia estremecer, e nunca mais ouvi declarações desdenhosas sobre as mulheres sendo proferidas de seus lábios. De fato, ele admitiu que mudara de ideia sobre algumas opiniões que tinha sobre as mulheres.

— Fui criado para acreditar em uma hierarquia particular entre os sexos — explicou o Sr. Nicholls uma noite —, mas a senhorita fez-me repensar tudo isso, Srta. Brontë... ou deveria dizer, Sr. Bell.

— Então não acha mais — perguntei com um sorriso — que lugar de mulher é na cozinha?

— Contanto que ela tenha condições de contratar uma cozinheira — declarou ele, e ambos demos risadas.

Durante tais visitas frequentes, geralmente o Sr. Nicholls e papai passavam uma hora discutindo as necessidades dos fiéis, o que poderia ser feito para aplacar as dificuldades dos pobres, como resolver os problemas que surgiam nas escolas diária e dominical e o tema infindável sobre as aflições por conta da saúde e do saneamento de Haworth. Nós três também conversávamos sobre meu irmão e minhas irmãs, compartilhando lembranças ternas e agradáveis. O Sr. Nicholls perguntava ocasionalmente com interesse sobre o novo romance; eu achava que não se tratava de um assunto que pudéssemos aprofundar, mas sentia que ele tinha orgulho de mim e de minhas conquistas. Parecia igualmente interessado pelas mudanças que haviam ocorrido em minha vida, como consequência de minha escrita.

— Seu pai contou que a senhorita encontrou uma enormidade de pessoas famosas, Srta. Brontë — disse o Sr. Nicholls uma noite.

— Não diria uma enormidade, senhor, mas tive muita sorte por ter feito algumas novas amizades.

— De quem gosta mais entre eles?

Respondi sem hesitar:

— A Sra. Gaskell. Ela não apenas é uma escritora muito boa, como também uma pessoa bondosa e genuína. Conhece o trabalho dela?

— Não.

— Ela contribui regularmente para a revista de Dickens, *Household Words*. Seu romance *Mary Barton* é excelente. Se desejar, posso emprestá-lo ao senhor.

— Ficaria grato — respondeu o Sr. Nicholls, e acrescentou: — Soube que a senhorita também tem grande estima pelo Sr. Thackeray. Como ele é?

— Bem, ele é muito alto.

O Sr. Nicholls riu.

Papai disse:

— *Todos* são altos em comparação a você, minha querida.

— Apesar da altura do Sr. Thackeray — disse o Sr. Nicholls —, a senhorita desfrutou da companhia dele?

— Não muito, senhor.

— Não?

— Não. Quando o conheci estava tão nervosa e tremia tanto, vendo-o como um verdadeiro titã da mente, que apenas o cumprimentei e mal disse uma palavra. E o pouco que falei, pelo que me lembro, foi incrivelmente estúpido. Na segunda vez que nos encontramos foi em um jantar na casa dele na rua Young. O Sr. Thackeray havia convidado um grupo de mulheres para me conhecerem, que pareciam esperar de mim uma espécie de leoa literária brilhante. Sinto que as decepcionei terrivelmente. Não conhecia ninguém. Estava tímida e incomodada. Não tinha condições de oferecer o tipo de conversa empolgante que elas pareciam aguardar. Quando as damas deixaram os cavalheiros com seus vinhos e retornaram para a sala de estar, recolhi-me em um canto e passei boa parte da noite trocando umas poucas palavras com a única pessoa com quem me sentia à vontade: a governanta.

O Sr. Nicholls voltou a rir.

— Soa um pouco atroz.

— E foi. Infelizmente, não tenho a desenvoltura e a confiança requeridas para me adequar à sociedade londrina, senhor, e temo que nunca vá possuí-las.

Minha resposta pareceu agradá-lo. Apenas meses depois, entendi o motivo.

O Sr. Nicholls partiu para passar suas férias de um mês na Irlanda. Se antes eu não havia dedicado mais do que um pensamento passageiro às suas ausências anuais, agora eu descobria que sentia falta de seu sorriso e da risada simpática durante o chá. Com o tempo, passei a considerá-lo um membro valioso no círculo familiar, como um irmão ou primo favorito. Com o tempo, ele não mais esperava para que o convidássemos para o chá; passou a se convidar.

No meu aniversário de 1852, o Sr. Nicholls me surpreendeu com um presente: a primeira oferta desde o papel de escrever que ele havia infamemente comprado sete anos antes.

— Notei que seu exemplar do *Livro de Oração Comum* está um tanto gasto — disse ele, pouco antes de se sentar para comer naquela tarde de abril.

— É verdade, Sr. Nicholls. Meu livro de orações é tão velho e foi lido em tantos cultos dominicais que está praticamente soltando da capa. Creio que é a fé que mantém as páginas unidas.

Ele apresentou uma edição nova, com uma linda capa, e a colocou em minhas mãos.

— Espero que este sirva como substituto.

Fiquei surpresa e grata.

— Obrigada, Sr. Nicholls. Que gentileza a sua.

— Feliz aniversário, Srta. Brontë — disse ele com um sorriso tímido.

Nos meses seguintes, enquanto trabalhava arduamente em *Villette*, notei uma mudança no comportamento do Sr. Nicholls para comigo. Sentia seus olhos focados em mim na igreja, quando se sentava à minha frente para o chá, quando espiava a sala de aula na escola dominical em que eu lecionava ou quando me encontrava na rua. Agora ficava frequentemente cabisbaixo quando estávamos juntos e falava de expatriação, e eu via que muitas vezes continha-se durante nossas conversas por causa de algum impedimento estranho e impaciente.

Durante um bom tempo não ousei interpretar e muito menos insinuar a ninguém o motivo por trás da mudança no comportamento dele. Emily, Anne e Ellen certa vez haviam insistido que o Sr. Nicholls sentia algo por mim e que desejava reciprocidade. Em meu rancor por ele durante tantos anos, não vira nenhuma verdade em tais afirmações. Agora, eu dizia a mim que estava errada ou que devia estar imaginando coisas.

Naquele outono o Sr. Nicholls inquiriu repetidas vezes sobre o progresso em meu romance. Parecia frustrá-lo, tanto quanto ao Sr. Williams e ao Sr. Smith, que a obra estivesse demorando mais que o previsto para ser finalizada. Finalmente, terminei o terceiro volume de *Villette* e enviei o manuscrito ao meu editor, com instruções para que sua publicação fosse adiada até que saísse o novo romance da Sra. Gaskell, *Ruth*, que os dois livros não competissem entre si. Então viajei para Brookroyd para visitar Ellen, rumo a um descanso merecido de duas semanas. Tinha acabado de retornar para Haworth, ainda muito envolvida com minhas preocupações sobre como o romance seria recebido, quando um acontecimento causou uma devastação em minha vida, tão completa e efetivamente como a mais cataclísmica das tempestades ou um terremoto:

O Sr. Nicholls me pediu em casamento.

Capítulo Dezoito

Era uma tarde de segunda-feira, em 13 de dezembro de 1852. O Sr. Nicholls veio para o chá. Como de costume, estávamos os três reunidos no escritório de papai, sentados em nossos habituais assentos defronte da lareira, com os pratos no colo. Flossy, agora já muito velho, e gentil e doce como sempre, estava deitado no chão ao nosso lado.

Enquanto comíamos, não pude deixar de notar que o Sr. Nicholls aparentava uma inquietude em seu comportamento de uma forma pronunciada como eu nunca testemunhara. Mal tocou na comida ou tomou seu chá, e respondia às minhas perguntas com monossílabos.

— Seu pai me disse — comentou ele, finalmente, com estranha ansiedade e apreensão no tom de voz — que a senhorita terminou seu novo livro.

— Sim, terminei. Enviei o manuscrito para a editora pouco antes de partir para visitar Ellen. É quase um alívio tê-lo longe de meu alcance, eu lhe digo isso. Passei do meu limite de escrever. Pretendo tirar uma longa folga.

Minha resposta pareceu tê-lo deixado feliz e preocupado.

— Está satisfeita com o livro, espero?

— Estou contente por ter dado o melhor de mim. Infelizmente, meu editor não está *muito* satisfeito. Embora o Sr. Smith tenha aceitado o manuscrito sem revisá-lo, deixou claro que teria preferido um final romântico diferente.

— Não discordo do Sr. Smith — comentou papai. — Também tenho implicância com o final desse romance.

Papai estava insatisfeito, eu sabia, porque seu personagem favorito, o Dr. John, saía de cena no terceiro volume, quando a história concentrava-se na relação entre a heroína e seu professor, Monsieur Paul Emanuel.

— Eu não poderia unir personagens totalmente diferentes um do outro, papai. — Após fazer esse comentário, vi o rosto do Sr. Nicholls ficar abatido. Acrescentei rapidamente: — Perdoe-me, Sr. Nicholls. Não deveríamos discutir sobre o final de um livro que o senhor ainda não leu.

Ele apenas assentiu e então ficou calado pelos 15 minutos seguintes, quando me despedi e me retirei do escritório.

Fui, como de hábito, para a sala de jantar, sentei-me em minha poltrona e me pus a ler defronte da lareira. Ouvi um murmúrio de conversa ser retomado do outro lado da porta fechada do escritório. Às 20h30 ouvi a porta se abrir, quando o Sr. Nicholls estava indo embora. Esperava escutar o som da porta da saída fechar-se, visto que eu e o Sr. Nicholls já havíamos nos despedido. No entanto, para minha surpresa, ele parou no corredor e bateu de leve à porta da sala, que estava aberta.

— Posso entrar? — Sua voz grossa, normalmente tão segura e constante, tremia levemente.

Tirei os olhos do livro e o fitei, notando uma expressão agitada e peculiar em seu semblante, terrivelmente pálido. Como se atingida por um raio, percebi o que estava por vir, e meu coração disparou, alarmado.

— Pode. Por favor, sente-se.

O Sr. Nicholls entrou, mas não se sentou. Parou diante de mim, a alguns passos de distância, com olhar cabisbaixo e mãos fechadas, como se estivesse criando coragem. Quando finalmente ergueu os olhos para mim, disse em voz baixa e veemente, embora com dificuldade:

— Srta. Brontë. Desde que cheguei a Haworth, praticamente no instante em que nos conhecemos, senti enorme respeito e consideração pela senhorita, por sua inteligência extraordinária, força e entusiasmo, e seu bom e generoso coração. Durante estes muitos anos, essa admiração transformou-se em algo mais profundo e poderoso. A senhorita é, e tem sido durante um bom tempo, a pessoa mais importante e valiosa em minha vida.

Meu coração ribombava no peito. Ver aquele homem, normalmente estoico, agora tão tomado pela emoção afetou-me profundamente. Mas antes que tivesse tempo de organizar meus pensamentos para me pronunciar, ele prosseguiu com enorme humildade:

— Há muitos anos anseio expressar meus sentimentos pela senhorita, mas eu estava inteiramente consciente, nos primeiros anos, de que a senhorita estava longe de sentir o mesmo. Não apenas isso, a senhorita era, e ainda é, muito superior a mim: sou um pobre pastor, e a senhorita é a filha do reverendo; por isso eu nunca disse nada. No dia em que fizemos aquele passeio até o riacho, quatro anos atrás, pensei que talvez a maré tivesse mudado a meu favor; mas então todo tipo de tristeza aconteceu em sua querida família. Vi que a senhorita precisava de tempo para cicatrizar as feridas e se recuperar. E assim esperei. Quando reuni coragem para lhe falar, descobri, para minha enorme surpresa, que a senhorita não era apenas a senhorita Brontë que eu conhecia e amava tanto: era, de fato, uma escritora famosa. Encontrou-se com grandes celebridades em Londres. Teve o mundo aos seus pés. Quem era eu, perguntei-me, para ousar aproximar-me da senhorita e abordar tal assunto? Como sequer poderia ter a esperança de que a senhorita tivesse algum interesse por alguém como eu?

— Sr. Nicholls... — comecei a falar, mas ele ergueu a mão para que eu me detivesse.

— Por favor, preciso terminar antes que perca novamente a coragem. — Ele olhou brevemente para o fogo, e então de volta para mim. — Por muito tempo, tentei esquecer este assunto. Tentei convencer-me de que deveria me contentar em ser amigo da Srta. Brontë, apenas amigo. Minha tentativa foi em vão. Ser apenas seu amigo nunca seria o suficiente. E então tenho esperado e observado todos os dias, pelos últimos três longos anos, em silenciosa expectativa e anseio, para encontrar um sinal... uma mínima insinuação da senhorita de que seus sentimentos são recíprocos. Percebi uma amizade crescente entre nós e pensei: talvez isso seja suficiente. Disse a mim: preciso lhe falar. Mas notei como a senhorita estava absorvida em sua literatura. Com medo de perturbar sua paz de espírito, resolvi esperar até que terminasse seu novo livro.

Ele agora estava trêmulo, seus olhos desesperados, cheios de esperança, medo e afeto, como nunca vira.

— Nestes últimos meses, enfrentei sofrimentos e agitação tão torturantes para a mente e o espírito que nem consigo descrever... medo de admitir meus sentimentos, ainda assim incapaz de suportar a agonia de não saber. Preciso lhe dizer agora: eu a amo, Srta. Brontë. E a amo com todo o meu coração e toda a minha alma. Não consigo imaginar maior honra neste mundo do que a senhorita concordando em ser minha esposa. A senhorita pensará a respeito? Aceita ter-me como esposo? Casar-se comigo e compartilhar sua vida comigo?

Estava perplexa — emocionada —, sem palavras de tão confusa, pois, pela primeira vez, sentia o que custava para um homem declarar seus sentimentos quando não tinha a certeza da resposta. Eu tinha começado a suspeitar de que o Sr. Nicholls nutria sentimentos por mim, mas não imaginara o grau ou a força de tais sentimentos. Ele agora estava ali, ansioso à espera de uma resposta. O que eu responderia? O que sentia? Não sabia ao certo.

— O senhor falou com papai? — perguntei por fim.

— Não tive coragem. Achei melhor falar com a senhorita primeiro.

Fiquei de pé.

— Sr. Nicholls, sinto-me honrada por sua proposta e, de coração, lhe agradeço respeitosamente. No entanto, não posso lhe dar uma resposta antes de falar com papai.

Ele me olhou desesperadamente.

— Eu entendo; mas certamente a senhorita pode dizer como se sente. Retribui meus sentimentos? Pelo menos me diga isto! Desejo ardentemente um fio de esperança.

— Creio que é melhor não dizer nada agora, senhor, pois ainda não sei o que penso ou sinto. Prometo lhe responder amanhã.

Mesmo assim, ele se manteve imóvel. Peguei-o pelo braço e o guiei, levando-o para fora da sala, até o corredor.

— Boa noite, senhor. Mais uma vez, eu lhe agradeço.

Ao ouvir a porta da saída fechar firmemente, apoiei-me contra a parede do corredor, com a mente envolta em um turbilhão de ideias e o coração batendo descontroladamente. O que acabara de acontecer? Eu havia imaginado... ou o Sr. Nicholls realmente me pedira em casamento? Eu estava com 36 anos de idade. Tinha desistido de qualquer possibilidade de casamento, certa de que ninguém que *eu* fosse capaz de amar me amaria. Havia muito tinha prometido ficar solteira até o fim dos meus dias a me casar com um homem que não me adorasse e que eu não adorasse também com todo o meu coração; e, no entanto, ali estava um enigma. Ali estava o Sr. Nicholls, declarando seu afeto com tanta paixão e sentimento quanto um herói romântico que jamais imaginei em história ou romance.

O que eu sentia pelo Sr. Nicholls? Eu o amava? Não. Mas se um dia o havia detestado, ao longo dos anos passei a ter verdadeiro respeito por ele. Aprendera a ter apreço por ele, e a considerá-lo um amigo confiável e valioso — quase um membro da família. Em sua declaração surpreendente, todo o seu ser parecia proclamar seu amor por mim... um amor que ele mantivera escondido. E se, com o tempo, um amor correspondente brotasse de meu coração?

Oh! Se pelo menos minhas irmãs estivessem vivas, pensei. Como gostaria de poder compartilhar essa notícia com elas e de ouvir seus conselhos. Sequer tinha uma amiga íntima com quem conversar. As únicas mulheres com quem poderia me confidenciar — Ellen, Sra. Gaskell e Srta. Wooler — moravam a quilômetros de distância. E não se tratava de assunto passível de ser respondido pelo correio, pois não havia tempo. Não havia mais ninguém, a não ser papai e, de qualquer forma, precisaria do consentimento dele. Certamente, imaginava que papai exporia suas sábias e imparciais opiniões sobre o assunto e me ajudaria a decidir o que fazer.

Respirei profundamente várias vezes para me acalmar, bati à porta do escritório e entrei.

Papai estava defronte da lareira, ereto em sua cadeira, lendo o jornal com a ajuda de uma lupa e da luz da lareira e de uma vela. Nervosa demais para me sentar e atônita demais para pensar quais seriam as palavras mais apropriadas para usar, fui apressadamente até papai e disse, com voz trêmula:

— Papai, acabo de receber uma proposta.

— Como? — perguntou papai, sem tirar os olhos do jornal.

— O Sr. Nicholls me pediu em casamento.

Papai ergueu a cabeça bruscamente. Ficou boquiaberto. Encarou-me, perplexo. Quase deixou cair a lupa; conseguiu pegá-la com as duas mãos e apanhou o jornal que ameaçava escorregar do colo.

— O que quer dizer? Está tentando me provocar? Ou é uma piada?

— Não, papai. O Sr. Nicholls foi ter comigo depois de sair do escritório. Acabou de fazer a proposta. Declarou que me ama e me pediu para ser sua esposa.

A voz de papai tornou-se subitamente irritada.

— Isto é absurdo! O *Sr. Nicholls*? Quem ele pensa que é para fazer uma declaração tão ultrajante? E diretamente a você?

Como ele ousa? Tal pedido deve ser feito ao pai! Espero que você tenha respondido com um retumbante não!

— Não respondi, papai. Disse que precisava conversar com o senhor primeiro.

— Pois então diga a ele para ir diretamente para o inferno.

— Papai!

— O *Sr. Nicholls*? Pedindo a você para se *casar com ele*? Está louco? O homem é um pastor! Um mero pastor! Você sabia que ele faria tal declaração?

— Não, mas... vi sinais. A razão me diz que isso vem fermentando há muito tempo.

— Há quanto tempo? Há quanto tempo vinha fermentando?

— Ele disse que me ama há muitos anos, mas que não tivera coragem de se declarar.

Papai ficou de pé e foi até sua escrivaninha, onde atirou o jornal e a lupa com tanta fúria que foi uma surpresa o aparato não ter se estilhaçado. Flossy, que despertara ao primeiro excesso de raiva de papai, agora fugia do escritório, assustado.

— Durante muitos *anos*? O ingrato! O bastardo! Todo este tempo viveu entre nós, trabalhando ao meu lado, eu o considerava diligente, honrado, tão devotado à comunidade, todo esse tempo ele vinha armando e tramando pelas minhas costas, para me roubar a única filha viva!

Fiquei assombrada e contrariada por ouvir papai falando mal do Sr. Nicholls naqueles termos.

— Papai, isso não é verdade. Não se trata de uma trama. O fato de o Sr. Nicholls nutrir sentimentos por mim não inviabiliza o trabalho que ele já fez pelo senhor e por esta paróquia.

— Não discuta comigo, moça! — Papai se virou para me encarar, com olhos chamejantes por detrás dos óculos, e uma raiva e agitação crescentes que, a meu ver, eram desproporcionais para a ocasião. — O homem é um mentiroso malicioso e diabólico. E pensar que depois de tantas horas, semanas, de todos estes *anos* que passei na companhia desse homem, ele nunca mencionou sequer uma palavra sobre este assunto, nem mesmo uma insinuação. Durante anos ele escondeu propositadamente seus objetivos de nós dois!

— Se assim o fez, papai, não creio que tenha sido por malícia ou desonestidade, mas porque temia essa mesma reação do senhor, e que eu o rejeitasse.

— E você deve rejeitá-lo, sem mal-entendidos! Eu não aceitaria esta união nem em mil anos, estou lhe avisando! Este homem não tem nada! Nada! Míseras £90 ao ano e sem perspectivas de mais um centavo sequer, e sem casa própria. Como ele espera manter uma esposa? Naquele único cômodo onde mora na casa do sacristão?

— Não sei. Não pensei nisso. Suponho ser verdade que o Sr. Nicholls não possui muito dinheiro, papai... mas não acha que o mais importante a considerar em minha decisão é o meu sentimento por ele em vez do tamanho de sua renda?

— O tamanho da renda de um homem diz muito sobre ele, Charlotte. Casar-se com ele seria uma degradação! Certamente ele está apenas atrás do seu dinheiro.

— Meu dinheiro? — exclamei, horrorizada. — Meu *dinheiro*? É algo tão inconcebível para o senhor, papai, que um homem me ame pelo que sou?

— Claro que não.

— O senhor não quer que nenhum homem pense em mim como esposa!

— Não teste minha paciência! Você é uma mulher brilhante e bem-sucedida, Charlotte, uma escritora notória. Caso deseje se casar, então case-se! Se tivesse dito sim para James Taylor, eu teria ficado orgulhoso!

— Por quê? Porque o Sr. Taylor estava de saída do país e pediu para que o esperasse? Era uma escolha segura, não era, papai? Teria me mantido aqui como sua dona de casa por mais cinco anos!

— Não tem nada a ver com isso!

— Não? Do que o senhor tem medo, papai? Acha que, se me casar, vou embora e o abandonarei, para que o senhor viva e morra sozinho? Eu lhe prometi que não faria isso... e não quebrarei essa promessa. O Sr. Nicholls vive aqui; se eu me casasse com ele, não iria para lugar algum!

— É impensável que você ao menos *cogite* essa hipótese de se rebaixar tanto, de se tornar presa fácil como se fosse uma filha qualquer de um clérigo, casar-se com o *pastor* do pai, e justamente com um miserável baixo, ingrato e mentiroso como esse! Você estaria jogando seu nome no lixo.

Meu sangue fervia com aquela injustiça, mas papai estava tão exaltado que era arriscado provocá-lo: as veias em suas têmporas sobressaíam-se como chicotes, e seus olhos estavam injetados de sangue, os mesmos sintomas que haviam precedido o perigoso ataque epilético que ele sofrera no início do ano. O médico havia me aconselhado, então, que ansiedade extrema poderia produzir uma reincidência de tal condição, que poderia ser extremamente debilitante, ou mesmo fatal.

— Papai, por favor, acalme-se — pedi apressadamente, minha raiva mitigada por uma súbita preocupação.

— Só me acalmarei depois que você me der sua palavra de que não aceitará a proposta!

Hesitei, e, então, com um aceno positivo, embora relutante, disse:

— Escreverei para ele amanhã.

DIÁRIO, JÁ HAVIA PASSADO MUITAS noites mal-dormidas antes, mas as horas de escuridão que se seguiram após a proposta do Sr. Nicholls provaram ser as mais longas e tortuosas de todas. Estava aturdida e profundamente tocada com a profusão de sentimentos que ele expusera, e com os sofrimentos pelos quais admitiu ter passado; afligia-me saber que eu seria o motivo de mais sofrimento para ele. Se estivesse apaixonada pelo Sr. Nicholls, mesmo a forte oposição de papai à união e meus medos por sua saúde não teriam evitado que eu aceitasse o pedido de imediato. Mas eu não amava o Sr. Nicholls — pelo menos, eu não o amava *nessa ocasião* — nem nunca, até aquele momento, havia imaginado uma ligação com ele. Eu gostava muito dele; conhecia seu valor, mas também sabia que existia uma disparidade entre nós, não apenas em relação àquela explosão de sentimentos, mas em comportamentos e princípios religiosos fundamentais para mim.

Enquanto me revirava na cama, percebi subitamente que, apesar de nos anos recentes ter conhecido melhor o Sr. Nicholls, ainda sabia pouco *sobre* ele. Embora todo outono ele fosse à Irlanda visitar a família, ele nunca falara sobre seus familiares, exceto da morte da irmã. Jamais contara de sua vida anterior à vinda a Haworth, e eu tampouco perguntara. Que estranho, pensei, viver ao lado de alguém por aproximadamente oito anos, ver a pessoa praticamente todos os dias e conhecê-la tão pouco!

O que eu, sim, sabia convencia-me de que o Sr. Nicholls era um homem de ação: dedicava-se às realidades do presente, enquanto eu geralmente estava a quilômetros de distância em minhas divagações. O Sr. Nicholls conseguiria me aguentar verdadeiramente por toda a vida? Eu temia que não. Eu não poderia assumir um compromisso de vínculo conjugal como o casamento sem haver afeto mútuo e de igual dedicação. E duvidava ser capaz de retribuir o afeto do Sr. Nicholls com o fervor que ele expressara.

Parte de mim desejava ter tido uma chance de aprofundar o assunto: que me fosse permitido mais tempo para que ele realmente me cortejasse e assim pudesse descobrir se éramos ou não pessoas compatíveis, apesar de nossas muitas diferenças. A antipatia veemente de papai por essa união, porém, inviabilizava tal possibilidade. Fiquei imensamente enervada com a forma como papai o havia insultado, e com os injustos epítetos contra o Sr. Nicholls. Detestava pensar que, ao recusar a proposta, ficaria a impressão de que estava seguindo cegamente a imposição de papai. E, no entanto, precisava rejeitá-lo.

Escrevi e rasguei pelos menos seis rascunhos da carta para o Sr. Nicholls antes de escolher o breve recado que pedi para Martha entregá-lo na manhã seguinte:

14 de dezembro de 1852
Caro senhor,

Por favor, saiba que tenho pelo senhor a mais alta estima e que o senhor deixou-me muita honrada com a declaração que me fez ontem à noite. No entanto, após refletir muito sobre o assunto, é com sinceras desculpas que devo recusar sua proposta. Eu o considero um amigo valioso, Sr. Nicholls, e espero que nossa amizade possa continuar.

Atenciosamente,
  C. Brontë.

Uma hora depois, recebi o seguinte bilhete como resposta:

14 de dezembro de 1852
Querida Srta. Brontë,

Estou profundamente, profundamente entristecido. Não consigo imaginar nenhuma perspectiva de felicidade futura sem a senhorita ao meu lado. Aceito sua oferta de amizade, mas, por favor, saiba que meu sentimento profundo pela senhorita permanece e permanecerá incólume.

  A. B. Nicholls.

Tal angústia confessada pelo Sr. Nicholls encheu-me de dor. Fiquei igualmente mortificada com a contínua hostilidade feroz por parte de papai contra ele — que, apesar de papai alegar o contrário, eu acreditava basear-se muito mais na ideia de não conseguir enxergar qualquer homem imaginando-me como esposa do que na objeção ao cavalheiro em questão.

Para minha surpresa, meu pai não foi o único a considerar que o Sr. Nicholls não era digno de minha mão.

— Onde o Sr. Nicholls tava com a cabeça? — retrucou Martha na manhã seguinte enquanto espanava a sala de jantar furiosamente. — Num culpo você por ter rejeitado a proposta. Ele é muito ousado em pensar que poderia ter *seu* afeto. Logo a senhorita, uma escritora famosa, e ele, que não passa dum pobre pastor, pois ele passou dos limites, isto é fato.

— Por favor, não fale mal do Sr. Nicholls — disse com firmeza, desviando os olhos da carta que escrevia para Ellen, elucidando tudo que havia acontecido. — Ele é um homem bom.

— Eu também achava, mas num acho mais — respondeu Martha. — Mamãe diz que ele está muito abatido. Rejeitou a refeição ontem à noite e hoje de manhã outra vez. Eu contei tudo que aconteceu, e ela ficou horrorizada. Ela disse que ele é um homem muito convencido.

Oh não, pensei, com as faces queimando. A mãe de Martha — criada do Sr. Nicholls — era muito tagarela. Agora que estava a par da notícia, não haveria forma de evitar que se espalhasse pelo vilarejo.

Para intensificar ainda mais meu sofrimento, naquela mesma manhã papai escreveu um bilhete muito hostil para o Sr. Nicholls, repreendendo-o cruelmente por haver escondido suas intenções para comigo, citando todas as objeções que tinha a ele como pretendente e repreendendo-o por ter se atrevido a me pedir em casamento. Implorei a papai que revisasse a carta ou que não a enviasse.

— Eu *vou* enviá-la — insistiu papai. — Pretendo colocar aquele bastardo ingrato, desonesto e mentiroso em seu devido lugar.

Não consegui persuadir Martha a não entregar o impiedoso despacho. No entanto, senti-me na obrigação de defendê-lo daquele golpe e por isso lhe escrevi um recado reconfortante para acompanhar a carta de papai.

15 de dezembro de 1852

Caro senhor,

Peço sinceras desculpas pelas palavras expressas por papai na carta anexa. Considero seu conteúdo tão cruel e injusto que não poderia deixar de lhe enviar uma ou duas linhas de próprio punho. Por favor, acredite quando digo que, apesar de o senhor nunca poder esperar que eu retribua o forte sentimento que demonstrou por mim na segunda-feira à noite, não desejo contribuir de maneira alguma para nenhum ato que lhe traga dor. Eu lhe desejo bem e espero que o senhor preserve sua coragem e ânimo.

Atenciosamente,
    C. Brontë.

Não saberia dizer se meu bilhete causou algum alívio ao sofrimento do Sr. Nicholls, pois nas semanas seguintes ele se manteve isolado em sua habitação e evitou qualquer contato comigo ou com meu pai. Ocasionalmente, levava Flossy para passear, mas não o víamos, pois havia alguns anos Flossy já se dirigia para a casa do sacristão todas as manhãs por conta própria. O Sr. Nicholls cuidou de suas funções eclesiásticas mais importantes, mas durante algum tempo o Sr. Grant presidiu o culto em seu lugar. No Natal, eu papai jantamos em silêncio. O Sr. Nicholls, que se reunira amigavelmente conosco nos últimos anos, naturalmente manteve-se distante.

Alguns dias depois do Natal, o Sr. Nicholls tentou entrar em contato com meu pai, que se recusou a recebê-lo. Para minha consternação, o Sr. Nicholls então enviou um recado a papai, oferecendo sua carta de demissão e insinuando que pretendia integrar a Sociedade para a Propagação do Gospel, como missionário em uma das colônias da Austrália.

Austrália! O Sr. Nicholls iria mesmo nos deixar e migrar para a Austrália?

— Deixe-o migrar para a Austrália se conseguir! — declarou papai com desdém, e atirou o bilhete do Sr. Nicholls no fogo. — Será melhor para todos.

— O senhor está sendo muito severo com o Sr. Nicholls — comentei.

— Aqui se faz, aqui se paga. Nunca mais confiarei no Sr. Nicholls para assuntos importantes. Sua conduta poderia ter sido perdoada pelo mundo caso ele fosse um farrista ou um oficial do exército sem princípios, mas sendo um clérigo, é passível de ser acusado de objetivo e inconsistência vis!

— Durante sete anos e meio, papai, o senhor teceu elogios a ele que o exaltavam até os céus. Em todo esse tempo, ele exerceu conscienciosamente suas funções na paróquia e foi seu cura mais valioso. E, no entanto, de um dia para o outro, ele se tornou objeto de maior escárnio para o senhor. Eu não compreendo o senhor... e me sinto mal por ele.

— Sinta-se mal o quanto quiser. Ele está deixando o país e já vai tarde.

DESSE DIA EM DIANTE, MEU PAI passou a tratar o Sr. Nicholls com rigidez implacável e desprezo inquebrantável. Nunca se encontravam pessoalmente. Toda a comunicação entre os dois ocorria exclusivamente por meio de cartas. A notícia sobre a proposta do Sr. Nicholls e minha recusa agora circulava por toda a cidade. Todos pareciam presumir que eu o havia rejeitado desdenhosamente, e que imediatamente coloquei papai contra ele, insistindo que o Sr. Nicholls havia ultrapassado os limites da decência e do decoro por pedir minha mão em casamento e ter causado problemas. O Sr. Nicholls estava recusando suas refeições e deixando a proprietária da casa desnorteada, e causando a ira do senhorio, marido dela, que expressou o desejo de matá-lo! Papai concordou entusiasticamente.

Fiquei mortificada e angustiada com toda essa história e não conseguia entender como a situação havia saído tanto do controle. De onde vinha essa turbulência de emoções? Ninguém parecia sentir pena do Sr. Nicholls além de mim. Eu achava que os outros não compreendiam a natureza dos sentimentos do Sr. Nicholls, mas eu agora conseguia enxergá-lo: ele era daqueles que se afeiçoavam a poucos, mas seus sentimentos eram profundos e íntimos — como um rio subterrâneo que flui abundantemente por um canal estreito.

Em uma manhã no fim de dezembro, pouco antes do Ano-Novo, olhei pela janela de casa e avistei o Sr. Nicholls cumprimentando Flossy na porta de sua casa antes da caminhada matinal. Ele parecia muito doente e tomado por intenso desalento. Meu coração desabou por ele; agarrei meu xale, corri para fora da casa e o encontrei na vereda coberta de neve, quando ele se dirigia para o portão.

— Sr. Nicholls.

Ele se deteve e virou. Os olhos encontraram os meus. O rosto dele enrijeceu.

— Srta. Brontë.

Eu estava congelando de frio, tremia muito; mal sabia o que dizer. Deixei escapar:

— Sinto muito por tudo que tem acontecido e por saber de sua renúncia e de sua intenção de deixar o país.

Ele ficou em silêncio por um instante. A voz falhou quando disse:

— Sente?

— Sinto. A vida é repleta de tristeza e incerteza, Sr. Nicholls, mas também de muitas bênçãos. A Austrália é um mundo à parte. A viagem até lá é longa e perigosa. Acredito, senhor, que uma vida boa o aguarda aqui mesmo na Inglaterra, se o senhor tiver perseverança.

Um silêncio constrangedor se seguiu. Ele disse em voz baixa:

— Obrigado, Srta. Brontë. A senhorita está com frio. Deve voltar para dentro, do contrário, adoecerá. Tenha um bom-dia.

— Ele acenou com o chapéu e rapidamente cruzou o portão, com Flossy a trotar silencioso ao seu lado, enquanto os dois desciam o caminho que cortava os campos incrustados de neve. Corri de volta para casa, desejosa de que tivesse algo mais a dizer ou fazer para aplacar o sofrimento dele.

Essa breve conversa aparentemente avivou no Sr. Nicholls uma fagulha de esperança, pois no dia seguinte ele escreveu para papai, pedindo permissão para retirar sua resignação. Papai respondeu que só devolveria o cargo ao Sr. Nicholls se este fizesse uma promessa por escrito de "jamais voltar a abordar o assunto repugnante" com ele ou comigo. Aparentemente, o Sr. Nicholls não estava preparado para cumprir tal promessa. Enquanto eu estava ausente, em Londres, ocupada com as correções das provas de *Villette*, os dois homens continuavam, para meu desgosto, a trocar cartas virulentas. Quando retornei, soube que, embora o Sr. Nicholls tivesse desistido de migrar para a Austrália, ele permanecia determinado a nos deixar, e havia informado que sua função atual de pastor de Haworth estaria concluída no fim de maio.

Dei-me conta, com uma pontada de dor, que lamentaria muito vê-lo partir.

Enquanto esse drama se desenrolava, as primeiras resenhas sobre *Villette* foram publicadas. Eram em sua maioria muito favoráveis, com exceção de algumas severas críticas de pessoas que eu considerara meus *amigos*. Pareciam querer analisar minha vida a partir do modo como a viam representada no romance, em vez de analisar o romance em si. Papai estava cheio de orgulho por minha nova conquista, mas eu não estava feliz. O entusiasmo de papai me parecia nada mais que uma tática para desviar minha atenção de qualquer consideração de casamento para um assunto que ele valorizava com alta estima: a carreira.

Os meses que se seguiram foram um período abrasador de mútuo ressentimento entre papai e o Sr. Nicholls. Este ficou tão taciturno e reservado que as pessoas no vilarejo começaram a evitá-lo. Houve momentos em que achei que, mesmo que estivesse moribundo, ainda assim as pessoas não diriam uma palavra amigável a ele ou a respeito dele. Diziam-me que continuava a exercer suas funções fielmente, mas que depois se recolhia aos seus aposentos, evitando a todos, sem buscar alguém com quem se confidenciar, e raramente conversava com os amigos que apareciam para visitá-lo. Eu o respeitava muito por isso. Teria ficado extremamente desgostosa caso ele tivesse me difamado da forma amarga e injusta com que papai continuava a difamá-lo!

Estariam a verdade e o afeto verdadeiro escondidos sob a decepção dele, pensei, ou havia apenas rancor e decepção? Eu não sabia ao certo. Parecia irônico, mas em todos esses anos de convivência com o Sr. Nicholls, eu nunca realmente o *compreendera*, penetrara sua mente. Sempre que me convencia de que deveria confrontar papai e dar uma chance ao Sr. Nicholls, este apresentava um comportamento tão desagradável — lançando-me olhares sombrios, entrando em disputas pertinazes e inúteis com o inspetor da escola e perdendo a paciência quando o bispo vinha para a visita — que todas as minhas opiniões velhas e desfavoráveis a respeito dele eram vigorosamente ressuscitadas. Uma noite, durante a visita do bispo, quando o Sr. Nicholls parou na entrada, eu me afastei e segui para o segundo andar. Martha disse que, quando o Sr. Nicholls notou meu movimento, uma expressão sombria e funesta passou pelo semblante dele e invadiu a alma dela de pavor. Tão logo cheguei ao segundo andar, fui tomada por culpa e remorso por minha covardia.

Creio que o Sr. Nicholls era um bom homem que estava sofrendo muito por minha causa. Será que eu não poderia realizar uma única aproximação para aplacar sua dor? O que me forçava a me manter tão distante? Perguntava-me se, ao rejeitá-lo, estaria perdendo a joia mais pura — e para mim, a coisa mais preciosa que a vida pode dar: sentimento genuíno — ou fugindo de uma união com um mal-humorado temperamental?

NA PRIMAVERA, UM ACONTECIMENTO TORNOU impossível continuar a nutrir qualquer dúvida sobre a natureza e a honestidade dos sentimentos do Sr. Nicholls por mim.

Era domingo de Pentecostes, 15 de maio. Durante o culto, aventurei-me a fazer o sacramento. Papai estava doente em casa. Quando me sentei no banco de nossa família, dei-me conta de que provavelmente aquela seria a última vez que o Sr. Nicholls pregaria um culto em nossa igreja, a última vez que seria um membro daquela paróquia. O Sr. Nicholls também parecia estar inteiramente ciente de tal realidade, pois diante da congregação, quando seu olhar encontrou o meu, uma expressão de mágoa estampou seu semblante. Ele lutou contra ela — falhou — e então perdeu o controle. Durante um longo instante ficou ali, pálido, trêmulo e sem voz, diante dos meus olhos e dos olhos dos comungantes presentes. Joseph Redman, administrador da paróquia, disse-lhe algumas palavras em voz baixa. O Sr. Nicholls fez um enorme esforço e, com lágrimas nos olhos e grande dificuldade, ele sussurrou e gaguejou o restante do ofício religioso.

Oh! Que rubor carregado de infelicidade invadiu-me naquele instante! Eu nunca assistira a uma batalha tão severa contra os próprios sentimentos e emoções como aquela que o Sr. Nicholls travara. De repente, notei vários olhares em minha direção; todos os presentes pareciam adivinhar o motivo dos sofrimentos do pastor. As mulheres ao meu redor começaram a chorar; senti a maré da congregação mudar a favor do Sr. Nicholls e nem reparei nas lágrimas que escorriam em meu rosto.

Todos os sentimentos negativos que aparentemente haviam se formado contra o Sr. Nicholls nos meses anteriores pareceram desvanecer na última semana de sua estada. A congregação o presenteou com uma corrente de relógio gravada, em um encontro público feito em homenagem a ele — um evento no qual papai esteve visivelmente ausente. Era como se uma enorme onda estivesse carregando os eventos da vida por um caminho inexorável e doloroso, sobre a qual eu não tinha nenhum controle. O Sr. Nicholls estava indo embora, era minha culpa e eu não tinha poderes para evitar isso.

Na última noite do Sr. Nicholls em Haworth, ele foi à residência paroquial para se despedir e para entregar a papai a escritura da Escola Nacional. Martha e duas outras criadas estavam ocupadas com a limpeza da sala de jantar, onde eu normalmente estaria sentada, por isso ele não me encontraria ali, mesmo que o desejasse. Esperei na cozinha, sem vontade de ir ao escritório falar com ele na presença de papai; na verdade, até o último minuto, achei que talvez fosse melhor que ele não me visse. Quando ouvi a porta da frente se fechar, porém, fui até a janela da frente. Vi o Sr. Nicholls apoiado sobre o portão do jardim em um paroxismo de angústia — chorando profusamente como eu nunca vira uma pessoa chorar. Meu coração virou-se do avesso, um nó fechou-me a garganta e as lágrimas brotaram repentinamente de meus olhos.

Tomei coragem e corri para fora, desesperada e trêmula. Fui diretamente até ele. Durante alguns instantes, ambos ficamos em silêncio, tomados pela dor. Eu não conseguia pensar em nada para lhe dizer. Não queria que o Sr. Nicholls partisse, mas do modo como a situação se apresentava — seria insensato lhe dar falsas esperanças —, tampouco eu poderia pedir que ficasse.

— Sinto tanto — finalmente suspirei. — Sentirei sua falta.

Ele me fitou. Mesmo agora, seus olhos desolados pela dor brilhavam com indisfarçável afeto.

— Eu desejo... — começou ele, mas não foi capaz de prosseguir.

As lágrimas escorriam pelo meu rosto. Vi na expressão dele um apelo por um incentivo que eu não era capaz de lhe dar naquele momento.

— Fique bem — foi tudo que consegui pronunciar.

— A senhorita também — respondeu. Ele atravessou o portão rapidamente e se afastou

LOGO CEDO, NO DIA SEGUINTE, após uma noite infeliz, dei-me conta de que nunca perguntei ao Sr. Nicholls para onde ele estava indo.

Capítulo Dezenove

Em pânico, vesti-me ao amanhecer e corri para a porta vizinha, a hospedagem do Sr. Nicholls. O sacristão abriu a porta de pijamas e gorro, esfregando o sono dos olhos.

— O Sr. Nicholls saiu antes de o sol nascer. Não o veremos mais. É uma pena.

Achei o comentário do Sr. Brown muito curioso, considerando que cinco meses antes ele quisera matar o cavalheiro.

— O senhor sabe para onde ele foi? — perguntei.

— Para o sul do país por algumas semanas — respondeu ele. — E então vai procurar uma nova coadjutoria em algum lugar por aí, suponho eu.

— O senhor supõe? O senhor está me dizendo que ele partiu sem garantia de trabalho em outro lugar?

— Sim. Mas eu não me preocuparia com o Sr. Nicholls, madame. Ele firmará seus pés em algum solo. Recebeu boas recomendações e será aceito em qualquer comunidade. E pode ficar sossegada: apesar de toda a dor, ele nunca deu sequer uma pista do motivo de estar indo embora, e nunca disse uma única palavra contra a senhorita ou seu pai.

— Não? — perguntei, com uma pontada dolorosa no coração.

— Não. A verdade é que quando insisti sobre o assunto, ele afirmou que nunca houve contenda entre ele e o Sr. Brontë, que se separaram como amigos e que ele partia por vontade própria... e ele fazia apenas altos elogios à senhorita, Srta. Brontë.

Fiquei doente e angustiada durante três semanas após a partida do Sr. Nicholls. As perturbações dos meses anteriores acabaram abatendo papai, e tudo o que eu mais temia ocorreu: ele sofreu um derrame que o deixou completamente cego durante alguns dias. Cuidei dele. Ele melhorou, mas não recobrou completamente a visão, e sua dependência de mim e do novo pastor (Sr. de Renzy, um homem malqualificado para o cargo) aumentou.

Então chegou uma carta do Sr. Nicholls.

— O Sr. Grant acabou de passar aqui — informou Martha, entregando-me um envelope. — Ele disse que esta carta veio com outra pra ele pedindo pra ele prometer que ia entregar discretamente pra senhorita quando seu pai não estivesse em casa.

Peguei a carta e agradeci. Assim que Martha fechou a porta, eu a abri.

21 de junho de 1853 – Salisbury

Minha cara Srta. Brontë,

Por favor, perdoe-me por recorrer ao subterfúgio para a entrega desta carta, mas sabendo da antipatia de seu pai por mim, temi que qualquer comunicação expressa talvez não chegasse até a senhorita.

Espero que não considere esta carta inconveniente. Durante três semanas, travei uma batalha com minha consciência sobre se deveria ou poderia escrever à senhorita. Finalmente, encontrei coragem em um pequeno detalhe: o seu olhar quando estávamos no portão da residência paroquial, na noite anterior à minha partida. Vi em seus olhos tanta empatia — ou pelo menos assim me pareceu —, como se desejasse que eu soubesse que a senhorita entendia tudo o que eu sentira e sofrera durante estes últimos anos e nos últimos seis meses em particular. Eu estava imaginando?

Se assim for, desconsidere esta carta e não pense mais no assunto. Do contrário, se a senhorita puder me oferecer alguma esperança, um sinal, por menor que seja, de que seus sentimentos sofreram alguma alteração, isto significaria o mundo para mim.

Minha decisão de deixar Haworth foi tomada apenas pela pressão dos piores constrangimentos e das maiores opressões da mente e do espírito. Considerando as circunstâncias, parecia não me restar outra conduta. Porém, agora que, enfim, me encontro completamente fora de qualquer contato com a senhorita — sem nem mesmo a chance de vislumbrá-la vez ou outra, enquanto caminha de sua casa à igreja, ou no jardim, ou pelos urzais —, sinto-me atormentado e carente, meu coração está partido em dois pela mais profunda dor e o mais agudo arrependimento.

Durante estas últimas semanas, estive passeando pelo sul — lindo país, mas não consigo desfrutar dessa beleza. Visitei as catedrais de Winchester e Salisbury; esta última é especialmente magnífica. Mas somente conseguia pensar em como desejava que a Srta. Brontë estivesse aqui para ver tudo isso comigo! A senhorita diria se tratar de uma proeza arquitetônica tão impressionante quanto a Catedral de York.

Por favor, não me peça para esquecê-la. Isto não posso fazer. Meu amor pela senhorita arde em fogo eterno. Nunca se alterará. Não penso em outra coisa. Sonho somente com a senhorita. Tê-la conhecido foi para mim a alegria mais pura e grandiosa em minha vida. Não posso aceitar sua perda total. Compreendo que não retribua o mesmo grau de afeto que sinto pela senhorita. Não tocaremos mais no assunto sobre casamento se assim preferir, mas se a senhorita pudesse, pelo menos, buscar em seu coração os frutos de nossa antiga amizade para me oferecer, eu os aceitaria com alegria e com uma gratidão que nem pode imaginar.

A senhorita ponderaria permitir-me escrever-lhe novamente?
Por favor, esteja certa de que uma carta sua, Srta. Brontë,
não apenas animaria e encorajaria este receptor infinita-
mente grato, como também seria o único prazer existente em
uma vida que agora parece desprovida de sentido e propósito.
Estarei neste endereço por mais uma semana. Depois re-
tornarei a Yorkshire, na esperança de conseguir um novo
trabalho. Por favor, mande meus cumprimentos a Martha
e a Tabby, se for possível fazê-lo sem conhecimento de seu
pai. E me permita expressar meus mais sinceros desejos de
que a saúde deste cavalheiro continue boa assim como a
sua. Com toda a estima e afeição,

A. B. Nicholls.

Li a carta uma vez; duas; uma terceira vez. Em cada momento, com notável assombro. Oh! Suas palavras angustiadas
soavam tão familiares! Anos atrás, eu escrevera inúmeras cartas
como essa para Monsieur Héger, tomada de uma força de sentimento e similar esperança de agonia e desespero. Ali, pensei,
estava um espetáculo de emoções que espelhavam as minhas! O
Sr. Nicholls agora me parecia muito diferente, no papel.

Parecia-me inacreditável que o reservado pastor com quem
eu convivera durante oito anos — o homem que cumpriu suas
obrigações resoluta e discretamente, mascarando seus sentimentos por trás de uma fachada de masculinidade ferrenha e educação socialmente correta e apropriada — era o mesmo que escrevera a carta apaixonada, que pedira minha mão em casamento
com tanta efusão, e que perdera o controle na frente de toda a
congregação e mais uma vez na residência paroquial. Claramente,
pensei, águas calmas realmente corriam nas profundezas.

Respondi a carta no mesmo dia, informando o Sr. Nicholls
que aceitava intercambiar correspondências, mas que seria melhor que ele continuasse a enviar as cartas pelo Sr. Grant.

Duas semanas depois, Ellen veio me visitar. Pela primeira vez em nossa longa amizade, nós nos desentendemos. Ellen parecia determinada, em cada palavra, a solapar o Sr. Nicholls.

— Você tem sorte por ter se livrado dele — declarou ela um dia durante o café da manhã.

— Sorte? Por que diz isso? Você costumava elogiá-lo. O que causou essa mudança de atitude?

— Ele estava tão melancólico alguns meses atrás. Não tolero pessoas melancólicas.

— Ele tinha motivos para estar melancólico.

— Ele deveria ter disfarçado a própria infelicidade e não incomodar os outros com ela. Mas há outros motivos para eu ter mudado de opinião a respeito dele. O Sr. Nicholls não é apropriado para você, Charlotte. Ele é um pastor, você sempre insistiu que nunca se casaria com um membro da Igreja, e ele é *irlandês*. Até seu pai diz que os irlandeses são muito preguiçosos, mal-educados e negligentes!

— O Sr. Nicholls não é nada preguiçoso ou mal-educado, Nell, pelo contrário.

— Mas a *família dele* será. Pense nisso: se você se casasse com ele, teria de visitar seus parentes pobres e iletrados lá na Irlanda.

— Tenho certeza de que conseguiria sobreviver a uma visita aos parentes irlandeses do Sr. Nicholls sem nenhuma cicatriz permanente.

— Você brinca, mas eu falo seriamente. Você disse que nunca se casaria, Charlotte. "Seremos duas solteironas velhas e viveremos felizes por conta própria", foi o que disse.

Eu a encarei.

— Sua principal objeção, então, não é ao homem em si, mas à ideia de me ver casada?

— Seria incoerente com sua natureza casar-se agora.

— Incoerente? Por que seria incoerente, Ellen? Quando você considerou a hipótese de aceitar o pedido de casamento do

Sr. Vincent, tantos anos atrás, eu lhe aconselhei com veemência que aceitasse. Queria que você fosse feliz, se conseguisse encontrar a felicidade com ele. E, no entanto, agora você se ressente com essa mesma oportunidade que me foi dada!

— Foi *você* que rejeitou a proposta do Sr. Nicholls, não eu! Está dizendo que desejaria ter aceitado se casar com ele?

— Não! Não sei *o que* quero. Mas...

— Estou apenas ponderando que você tomou a decisão certa. Não suportaria que se casasse agora, Charlotte, pois raramente poderia vê-la. Se vamos ser velhas solteironas, devemos assumir nossa condição e suportá-la até o fim.

— Suportá-la? Oh, isto é demais, Ellen! Achei que você fosse minha amiga! Porém, vejo que pretende condenar-me ao eterno celibato para que possa estar mais *disponível* para você? Isto é inaceitável. Você é igual ao meu pai!

O desentendimento entre nós alcançou tamanha gravidade que Ellen partiu na manhã seguinte, uma semana antes do que pretendia, e todo tipo de correspondência entre nós foi abruptamente interrompido durante um tempo.

Deprimida e farta da companhia de papai, deixei-o aos cuidados de Martha e Tabby e aproveitei todas as oportunidades que tive para sair de casa. Fui à Escócia com Joe Taylor e sua esposa em agosto, mas a viagem foi abreviada pela doença do filhinho do casal, e acabamos em uma estância termal próxima na cidade de Ilkley. Retornei a Ilkley mais uma vez para visitar a Srta. Wooler durante vários dias. Apesar de nossa diferença de idade, mantivemos uma amizade que eu prezava muito.

Continuei a me corresponder com o Sr. Nicholls. Agora ele havia assumido a coadjutoria com o reverendo Thomas Cator em Kirk Smeaton, a cerca de 80 quilômetros de Pontefract, ainda dentro da subdivisão administrativa de West Riding de Yorkshire. No início de setembro, ele pediu permissão para me fazer uma visita. Respondi que sim, mas que — embora detestasse artimanhas — ele mantivesse segredo de sua visita para papai.

Para evitar que olhos e ouvidos da vizinhança estivessem a par de nosso *rendez-vous*, decidimos nos encontrar na casa paroquial de Oxenhope, onde o Sr. Nicholls estaria hospedado com os Grant (apesar de haver declarado no passado seu desinteresse pelo sexo frágil, o Sr. Grant casara-se havia seis anos com uma mulher adorável, Sarah Ann Turner, com quem parecia estar muito feliz).

Choveu torrencialmente no dia de nosso encontro. Quando cheguei à casa paroquial de Oxenhope (repleta de culpa por ter mentido para papai e encharcada após uma longa caminhada), a simpática criada tirou meu gorro, capa, luvas e guarda-chuva e me levou à sala de estar, onde o Sr. Nicholls e o Sr. e a Sra. Grant levantaram-se na mesma hora para me receber. Os olhos do Sr. Nicholls transmitiam tanto nervosismo e apreensão que fui contagiada com similar ansiedade. Trocamos alguns cumprimentos. O Sr. Nicholls lamentou profusamente por eu ter tido de caminhar tanto naquele tempo inóspito. Fui levada para uma cadeira ao lado da lareira, onde me aqueci com o calor do fogo reluzente. Uma criada trouxe chá e um lanche.

O Sr. Nicholls perguntou sobre minha saúde e a de meu pai. Respondi sucintamente que papai tivera um derrame e uma recuperação difícil, e a notícia pareceu ter deixado o Sr. Nicholls alarmado.

— Ele está bem melhor agora — acrescentei para despreocupá-lo —, mas sinto que sua visão nunca mais voltará ao que era.

— Sinto muito. Espero sinceramente que ele melhore.

— Obrigada. — Um silêncio desconfortável se seguiu. — Sr. Nicholls, espero que esteja gostando da nova posição.

— Estou, obrigado.

— Não é maravilhoso — comentou o Sr. Grant, enquanto bebericava seu chá — que o Sr. Nicholls tenha conseguido um posto tão perto de nós?

— É verdade — respondi, embora na verdade considerasse 80 quilômetros uma enorme distância.

Mais silêncio recaiu sobre nós. O Sr. Nicholls então disse de impulso:

— Li *Villette*.

— Leu? — *Villette* fora publicado oito meses antes. O fato de o Sr. Nicholls não ter tido a oportunidade de mencionar isso, considerando que ele lera *Jane Eyre* e *Shirley* em dois dias, imediatamente após recebê-los, foi um lembrete amargo do abismo que se formara entre nós.

— Adorei o romance. A escola foi muito bem-descrita — comentou o Sr. Nicholls, indicando um vestígio do entusiasmo que tivera no passado. — O país... sei que utilizou outro nome, mas... referia-se à Bélgica?

Inexplicavelmente, corei.

— Sim.

— Fiquei um pouco confuso com o final. O que pretendia quando... — ele interrompeu a pergunta e se virou para o Sr. e a Sra. Grant. — Leram o novo romance da Srta. Brontë?

— Infelizmente, não — admitiu a Sra. Grant.

— Não sou adepto dos romances — interpôs o Sr. Grant com o cenho franzido. — Mas, diga-me, Nicholls: como é a pescaria em Kirk Smeaton? Teve alguma sorte apanhando trutas com as mãos?

Uma longa conversa sobre pescaria se seguiu, e o Sr. Grant a completou com a seguinte frase:

— Os dissidentes são irritantemente ruidosos em Kirk Smeaton como os desta comunidade?

— São — respondeu o Sr. Nicholls. — Na semana passada fui obrigado a perder meia hora argumentando com um senhor sobre os méritos da Igreja verdadeira e defendendo as taxas compulsórias da Igreja.

— Aonde isso vai parar? — exclamou o Sr. Grant, balançando a cabeça. — Damas, sabiam que eles *cogitaram* abrir a universidade para os não anglicanos?

— Ultrajante! — disse o Sr. Nicholls

— Que serventia teria uma universidade para um dissidente? — queixou-se o Sr. Grant. — Sem nenhum conhecimento de grego e de latim, não sobreviveria dois dias!

Todos riram, com exceção de mim. Perdi o apetite na mesma hora. A conversa continuou por uma hora ou mais. O Sr. e a Sra. Grant não indicavam que se retirariam da sala, e como ainda chovia forte, não havia oportunidade para o Sr. Nicholls e eu caminharmos a sós ao ar livre ou termos um único momento para conversarmos em particular. Finalmente despedi-me, não menos confusa sobre meus sentimentos pelo Sr. Nicholls do que quando cheguei ali. Preocupada que nosso encontro pudesse ser descoberto, permiti que o Sr. Nicholls me acompanhasse apenas até o portão que dava na estrada de terra batida rumo a Haworth.

— Temo que não terei outra oportunidade de retornar por alguns meses, visto que acabo de assumir a nova posição — explicou o Sr. Nicholls, com pesar, com a voz abafada pelo som intenso da chuva que caía sobre nossos guarda-chuvas.

— Sinto muito, senhor.

— Posso ter a honra de continuar a escrever para a senhorita, Srta. Brontë?

— Pode, senhor. — Meus sapatos agora estavam ensopados. — Foi bom revê-lo, senhor.

— Foi bom revê-la também, Srta. Brontë. Adeus.

No dia 19 de setembro, a Srta. Gaskell veio me visitar: sua primeira vinda a Haworth. Durante quatro dias, abri meu coração à dama boa e sábia, confidenciando tudo o que ocorrera e toda a confusão de meus pensamentos e sentimentos.

— Que coração de pedra seu pai tem! — exclamou a Sra. Gaskell pela tarde, em seu segundo dia de visita, enquanto passeávamos pela charneca cuja cor ganhara os tons verde e marrom originais do início de outono. — Como ele pode se opor à ocupação do Sr. Nicholls, quando ele próprio é um clérigo? E como você disse, o Sr. Nicholls demonstrou seu valor. Ele foi o braço direito de seu pai durante oito anos.

— Papai é inteiramente insensato sobre este assunto. Ele quer que eu me case com um homem grandioso, um homem de posses e prestígio, ou então que não me case.

A Sra. Gaskell balançou a cabeça negativamente. De estatura mediana, ela era um pouco maior que eu, com pele alva e traços harmoniosos. Seus cabelos castanho-claros e sedosos estavam presos sob um gorro que combinava com seu vestido fino de seda de tom violeta-escuro.

— Se o dinheiro é o que importa, o Sr. Nicholls não teria como encontrar uma casa apropriada e um emprego mais lucrativo como pastor de sua própria paróquia?

— Ele deveria ter feito isso, Sra. Gaskell, há muito tempo. Mas se o fizesse, seria requisitado a se mudar para longe, e então certamente não teríamos como continuar juntos.

— Por que não?

Suspirei.

— Talvez a senhora ache tolice ou equívoco de minha parte, mas apesar de todos os seus defeitos, papai é um homem velho, e somos os últimos parentes um do outro neste mundo. Ele nunca desistirá de sua paróquia. Dei minha palavra a papai de que, enquanto ele viver, eu não o abandonarei a uma existência de solidão; e eu não o farei.

— Bem, devo dizer que, depois de tudo que seu pai fez e disse, a senhorita continuar ao seu lado tão lealmente... eu a respeito por isso, Srta. Brontë, mas não sei se conseguiria fazer o mesmo.

— Ele cuidou de *mim* lealmente durante toda a minha vida, Sra. Gaskell. Eu lhe devo isso. Admito: às vezes sinto tanta raiva de papai que não consigo ficar no mesmo lugar que ele. Meu pai tratou o Sr. Nicholls com tanta crueldade e injustiça; e, no entanto, a verdade é que eu não me comportei de maneira muito diferente. Testemunhei o sofrimento do Sr. Nicholls por meses e não fiz nada a respeito. Bastava uma palavra minha e ele nunca teria deixado Haworth. Ainda assim, apesar de tudo, o Sr. Nicholls se mantém firme em seu objetivo e aferrado aos seus sentimentos.

— Parece ser um bom homem. Diga-me, Srta. Brontë: gosta do Sr. Nicholls? A senhorita o respeita?

— Muito. Porém, ele é um homem de contradições. — Contei sobre minhas preocupações a respeito dos preconceitos puseístas do Sr. Nicholls e sobre meus temores de que tais preconceitos pudessem prejudicar minha amizade com ela (pois a Sra. Gaskell era adepta do unitarismo, e seu marido era pastor unitário) e com outros amigos meus. — Marido e mulher não deveriam estar de acordo *neste* tópico, o mais importante: os princípios religiosos básicos?

— Não necessariamente. Se existir um alicerce de amor e respeito, creio que um casal consegue viver em harmonia apesar das diferenças religiosas.

— Talvez sim — respondi, ainda pouco convencida. — Mas essa não é minha única preocupação. Somos diferentes em outros aspectos. O Sr. Nicholls cuida ativamente das necessidades da comunidade, com uma virtude clerical excelente, sendo merecedor da maior consideração, enquanto eu sou mais reclusa, adepta ao mundo da literatura. E quando o assunto é o meu trabalho, embora o Sr. Nicholls o admire com sincero entusiasmo... — interrompi, ruborizada.

— Quer dizer que o Sr. Nicholls se mostra um leigo ao comentar sobre sua literatura? Que você teme que ele não consiga acompanhá-la intelectualmente?

— Às vezes, sim.

— Não precisa ficar constrangida em assumir isso para *mim*, Charlotte — pediu a Sra. Gaskell, e me pegou no braço. — A senhorita é uma mulher muito inteligente, e não são muitos os homens que *conseguem* acompanhar seu ritmo. Arrisco-me a cometer um ato de imodéstia e faço uma confissão: às vezes tenho esse tipo de preocupação com meu querido marido, durante todos estes anos com ele.

— Tem?

— William é um clérigo muito devotado, assim como o Sr. Nicholls. No entanto, apesar de todo o seu sucesso e sua inteligência e de todo o seu apoio à minha carreira, foi por sugestão *dele* que comecei a escrever, para aplacar minha dor depois de perdermos nossos dois filhos infantes, minha ficção não é algo que meu marido consegue discutir comigo por muito tempo, ou com profundidade e compreensão. Mas para isso servem os amigos e colegas escritores. Um homem não pode ser tudo para uma mulher, nem se deve esperar isso. Essa disparidade em suas aptidões pode ser algo bom, Charlotte. O Sr. Nicholls pode ajudar a trazê-la mais ao mundo real, e a senhorita pode apresentá-lo à bondade em seitas onde ele imaginava não existir.

Refleti sobre isso.

— O Sr. Nicholls possui, *sim*, um amor sincero e cheio de bondade quando o descobre. — Voltávamos pelo campo agora, e quando alcançamos uma cerca, detive-me e disse: — Como consegue fazer tudo isso, Sra. Gaskell? Como encontra tempo para escrever, quando tem um marido, uma casa e crianças para cuidar?

— Não é fácil, mas uma mulher sábia consegue achar tempo para fazer o que é importante para ela. — Ela me fitou com enorme seriedade. — Se não fosse pela posição de seu pai, gostaria de se casar com o Sr. Nicholls? Acha que é capaz de amá-lo?

— Adoraria saber.

— Se o Sr. Nicholls realmente ama *você*, como ele afirma amar, creio que a senhorita deve a si, e a ele, o direto de descobrir.

ALGO ME DETINHA. EMBORA CONTINUASSE a trocar correspondências secretas com o Sr. Nicholls, nas quais ele expressava seu afeto por mim em uma linguagem das mais apaixonadas, ainda assim, inexplicavelmente, não conseguia criar coragem e dar o crucial passo seguinte: desafiar papai e defender meu direito de iniciar abertamente uma relação com meu pretendente.

Então, em uma noite em meados de dezembro — quando a chuva despencava sobre o telhado e respingava nos batentes, e o vento do leste agitava as calhas como uma fada Banshee —, tive um sonho.

Em meu sonho, não havia tempestade. Era um dia de verão iluminado e sem nuvens. Eu estava passeando pela charneca e começava a descer para uma depressão arborizada que eu já conhecia, quando avistei duas pessoas ao longe, caminhando ao longo da margem do rio, na minha direção. Eram Emily e Anne! Meu coração disparou freneticamente de espanto e alegria, enquanto corria e derrapava pela inclinação ao longo do caminho pedregoso para encontrá-las.

— Emily! Anne! São vocês mesmas?

Desejei tomá-las nos braços; mas as irmãs de meu sonho mantiveram-se frias, os rostos sombrios e taciturnos de desaprovação.

— Viemos apenas para lhe enviar uma mensagem.

— Uma mensagem?

— Temos observado-a e estamos muito desapontadas — disse Anne.

— Charlotte, você está viva — falou Emily. — Tem todas as dádivas da vida ao seu dispor. E, no entanto, você as ignora e age como se estivesse morta e enterrada como nós.

— O que quer dizer? Por que ajo como se estivesse morta e enterrada?

— Está enterrada no passado, assim como Branwell estava — respondeu Anne.

— Isto não é verdade — neguei defensivamente.

— Acha que não sabemos seu segredo? — perguntou Emily. —— Acha que não vemos?

— Que segredo? O que vocês veem?

— Charlotte: sabemos o que aconteceu naquela noite no jardim, em Bruxelas — disse Anne.

— Sabem? — sussurrei, mortificada.

— Sabemos — repetiu Emily —, e sabemos das cartas. Sabemos que ainda as lê.

Minhas faces queimaram.

— Há anos não vejo aquelas cartas.

— Mas ainda pensa nele — acusou Emily. — Todos os heróis em seus livros, com exceção de um, são professores ou belgas, ou os dois! Mesmo o seu Sr. Rochester é inspirado nele. Por que acha que isso ocorre?

Não consegui responder.

— A lembrança de Monsieur Héger tornou-se uma ideia fixa para você, e a deixa cega e ignorante em relação ao que está bem na sua frente — declarou Emily.

— Permitiu que isso a tolhesse por tempo demais — acrescentou Anne.

— Já é hora — declarou Emily. — Siga em frente.

— Siga em frente — repetiu Anne —, e deixe a Bélgica para trás.

Acordei com um arquejo no meio da escuridão negra da noite de tormenta, meu coração disparando.

Bélgica, novamente.

Quando os primeiros raios de sol de um frio amanhecer de dezembro atravessaram as cortinas, refleti sobre meu sonho. Dez anos haviam se passado desde meu retorno da Bélgica. Havia muito achava que já superara minha relação fadada ao fracasso com o Monsieur Héger; mas minhas irmãs estariam certas? Estivera mesmo enterrada no passado todo esse tempo, venerando e pondo em um pedestal, contra a vontade e a razão, um homem que nunca me amara? Essa obsessão continuava a me prejudicar, mesmo agora, impedindo que abrisse meu coração para o amor de outro homem?

Oh! Oh! Por que, oh, por que, perguntei-me de repente, perdi tanto tempo, desejando com pesar algo que me era impossível? Um paroxismo de tristeza invadiu-me, e caí em pranto. Não sei dizer quanto tempo continuei ali, deitada na cama, soluçando e chorando com as profundezas da alma. Mas derramei toda a dor e mágoa que renegara durante a última década. Chorei por minhas irmãs e meu irmão, que haviam sido arrancados desta vida cedo demais. Chorei por meu espírito ferido com a perda de meus irmãos. E chorei por minha insensatez, por permitir que uma paixão secreta me consumisse e me cegasse durante tantos anos.

Finalmente as lágrimas secaram. Minha cabeça doía, a garganta estava machucada, os olhos ardiam. Ao mesmo tempo, algo me preocupava em um recanto da mente: algo importante, percebi, que ainda precisava ser feito.

Levantei-me e me vesti rapidamente. Desenterrei minha caixa de pau-rosa da gaveta do toucador e abri o fino pacote de cartas com laçarotes ali guardado. Olhei para a lareira; estava fria como gelo. Era cedo demais também para haver fogo na cozinha. Mas, em todo caso, decidi, o fogo não seria um destino apropriado para aqueles documentos.

O sol estava quase nascendo. Ignorei a dor que ainda latejava em meu crânio e desci silenciosamente as escadas rumo à despensa. Encontrei uma jarra de vidro grossa com um restinho de geleia que havia feito no verão passado. Passei a sobra da geleia para um prato e lavei a jarra e a tampa. Então peguei as cartas de Monsieur Héger, enrolei-as bem, coloquei-as na jarra e fechei o recipiente. Embrulhei-me em um abrigo para me proteger do frio e rumei com a jarra para o urzal encoberto pela bruma até o mesmo local onde encontrara minhas irmãs em meu sonho.

A neve não caíra até aquele momento, mas o chão estava áspero e tomado de geada. Sabia que seria impossível cavar a terra, mas tive outra ideia. O destino final de minha jornada era uma árvore velha e retorcida, localizada ao lado do leito do rio, sob cujas sombras de sua ramada eu e minhas irmãs havíamos passado muitas deleitosas horas de verão com um livro. Apesar de muito velha, a árvore mantinha sua madeira firme. Eu me lembrava de um buraco próximo à sua raiz, parcialmente escondido por um espesso carpete de mato e trepadeiras.

Fui diretamente para a árvore; ela agora era um esqueleto invernal. O rio logo abaixo era uma torrente ruidosa e furiosa, e suas águas escuras pareciam rasgar a madeira em partes enquanto emitiam uma bruma branca. Ajoelhei-me sobre o piso áspero e úmido. Retirei o musgo e a videira e encontrei o buraco, cuja profundidade tinha a extensão de meu braço.

— Tem noção — perguntou-me uma voz interior — do que está fazendo? Este é um caso de arte que inspira a vida, e não o contrário. — Detive-me, surpreendida. De certa forma, percebi, era verdade. Em *Villette*, Lucy Snowe enterrou suas preciosas cartas enviadas pelo Dr. John Graham quando supôs que a relação dos dois estivesse terminada. Mas essa cena, agora eu entendia, veio de meu desejo subconsciente e ignorado de interpretar esse ato.

Joguei a jarra lá dentro.

— *Au revoir, Monsieur Héger* — falei decididamente e sem arrependimentos.

Repus a cobertura de musgo e videiras. Feito isso, levantei-me e me abracei, tremendo naquela manhã fria. Pensei, satisfeita, que não havia simplesmente escondido um tesouro; eu havia enterrado um profundo pesar. Um pesar que deveria ter sido sepultado dez longos anos atrás.

De repente, senti quase que um alívio mágico, como se uma fada tivesse me tocado com sua varinha encantada e, ao fazer isso, retirasse um enorme peso de minha alma. Com um sorriso, notei que minha dor de cabeça passara.

Quando retornei para casa, encontrei papai lendo o jornal matinal em seu escritório. Sentei-me ao seu lado defronte da lareira.

— Papai, tenho algo para lhe confessar.

Ele baixou o jornal e a lupa.

— Sim, minha querida, o que é?

— Nestes últimos seis meses, tenho me correspondido com o Sr. Nicholls.

— O quê? Escrito para ele? Como assim, cartas?

— Sim, papai: cartas. E ele também tem me escrito cartas. Também o vi em setembro na residência dos Grant. Sei que o senhor proibiu tal contato e me sinto culpada por havê-lo enganado dessa forma.

Após um breve silêncio contrariado, ele disse:

— Fico feliz que tenha me contado. Espero que tenha superado essa prática e visto os erros de sua conduta. Artimanha e desonestidade são obras do demônio. Prometa que nunca mais vai escrever ou ver esse homem, e eu a perdoarei.

— Não busco seu perdão, papai, nem farei tal promessa. Na verdade, vim aqui afirmar o contrário: pretendo escrever ao Sr. Nicholls novamente e voltar a vê-lo, por um período de tempo considerável, espero... isso se ele ainda tiver interesse em me ver.

— Você o verá só passando por cima do meu cadáver!

— Espero que isso não seja necessário, papai; mas certamente eu o verei. Não estou dizendo que pretendo me casar com o Sr. Nicholls. Mas estou disposta a conhecê-lo melhor e dar a nós dois uma oportunidade de descobrir se combinamos verdadeiramente ou não. Para mim, será muito mais fácil fazer isso *com* sua aprovação do que sem.

— Nunca lhe darei essa aprovação! Estou lhe dizendo, ele não é apropriado para você, Charlotte!

— Papai, escute-me. Não sou mais uma menina ou mesmo uma jovem. Quando o senhor morrer, terei £300 além do dinheiro que ganhei por conta própria, e nenhum lugar para morar. Talvez, se ainda conseguir escrever, possa ganhar mais algum dinheiro. Mas não há garantias de que meu próximo livro terá boas vendas. Posso viver modestamente com a renda que ganho, mas estarei só — *totalmente só* —, uma solteirona solitária, amarga e, sem dúvida, motivo de pena para todos. É esse o destino que o senhor deseja para mim? Não preferiria que eu me casasse, se encontrasse um homem com quem possa ser feliz?

— Ora, mulher! Não consegue entender? Você é minha única filha viva. Você é tudo o que eu tenho! — As lágrimas brotaram dos olhos dele, e a voz falhou. — Toda a sua vida, você esteve sujeita a uma saúde precária. Temo que não seja forte o suficiente para se casar.

Senti as faces ruborizarem. O significado das palavras dele era óbvio.

— Mulheres se casam e têm filhos todos os dias, papai. Talvez eu o surpreenda. Sou mais forte do que imagina.

Ele balançou a cabeça e enxugou os olhos.

— Disse antes e direi novamente: se vai se casar, escolha alguém mais distinto, um homem mais bem-sucedido e realizado, um homem de boa família, um homem que esteja à altura de sua posição, como uma das escritoras mais celebradas do seu tempo. Um homem como George Smith!

— O Sr. Smith está noivo e prestes a se casar, papai.

— Como? Ele está?

— Fiquei sabendo há poucos dias. O Sr. Smith se apaixonou por uma bela jovem da alta sociedade, como sempre previ.

— Oh, querida. Que decepcionante. Tinha grandes esperanças para você e ele.

— Nunca tive... e não posso mais iludi-lo a esse respeito, papai. Homens da estirpe do Sr. Smith nunca se interessariam por mulheres como eu. Nunca fui bonita e agora estou velha. Quantas chances mais terei de me casar? O Sr. Nicholls pode ser pobre, mas me ama! Além disso, ele me ama pelo que sou, não pela "autora célebre" que me tornei. O senhor acredita que haja muitos homens que esperariam oito longos anos por mim?

— O Sr. Nicholls não passa de um pastor! Pior ainda: *ele nasceu na pobreza*, uma família de camponeses irlandeses, analfabeta, sem um tostão! Consegue realmente imaginar-se esposa de um homem como esse? Ele cruza o mar da Irlanda todo outono para ver *seu povo*, como ele mesmo fala, e pode apostar que vai esperar que você o acompanhe. Conheço o *povo* dele, minha menina! Eu vim de uma família igual e não retornei à Irlanda sequer uma única vez desde que parti, por um bom motivo! Os pobres da Irlanda não são em nada parecidos com os ingleses! Carecem de bons modos e boa criação. São preguiçosos, descuidados e negligentes para com os assuntos domésticos e de higiene. Seus hábitos e costumes diários a deixariam desconcertada e aterrorizada. E quanto a interesses e buscas intelectuais, são todos indiferentes a isso. É esse o tipo de família que deseja para você?

Minhas faces voltaram a corar. Diário, fico mortificada em admitir, mas essas considerações *de fato* incomodaram-me um pouco. Não tinha experiência de mundo suficiente para saber se as afirmações de papai eram verdadeiras ou meramente um reflexo de sua própria experiência, mas já de outras pessoas ouvira afirmações similares sobre os irlandeses. Quando ainda era jovem e me permitia sonhar com casamento, imaginava-me sendo recebida por uma nova família extensa, não apenas amável, como também culta, letrada e refinada: pessoas inteligentes, cujas mentes seriam similares à minha, e que vivessem em condições pelo menos iguais à minha, mesmo que modestas. Sabia, porém, que isso era um capricho e vaidade insensatos e sem real importância; e assim afugentei tal pensamento.

— Não se pode ou se deve julgar um homem por sua família — respondi veementemente. — O Sr. Nicholls não possui nenhum dos defeitos que o senhor acabou de descrever, se é que são defeitos, e é isso que importa para mim.

— Não compreendo. Como consegue sequer imaginar casar-se com um pobre pastor?

— Creio que devo me casar com um pastor, papai, *se* eu me casar. Não se trata de um mero pastor, mas o *seu* pastor, se eu *realmente* o escolher, ele deverá viver nesta casa conosco, pois não abandonarei o senhor.

Papai se levantou, os olhos relampejando fúria.

— Nunca! Nunca permitirei que outro homem habite esta casa. Você me entendeu? *Nunca!* — dito isto, ele deixou o cômodo a passos largos.

Papai não me dirigiu a palavra durante uma semana inteira. A atmosfera na casa estava tão tensa que havia momentos em que eu sentia não conseguir respirar. Em uma amanhã, enquanto ele fazia o desjejum sozinho, ouvi Tabby mancar até o escritório de papai e repreendê-lo ruidosamente.

— Esta idiotice já durou tempo demais — exclamou a velha senhora. — O senhor passa por nossa senhorita sem dar um olhar dócil ou dizer uma palavra. Anda pela casa como um tirano louco! Quem lhe dá o direito, senhor, de dizer a uma mulher de quase 40 anos o que ela pode ou não fazer? Quer matar sua única filha, senhor? Essa talvez seja sua única chance de ser feliz de verdade. Deixe ela tentar, seu velho cabeça-dura!

Naquela tarde, papai deu-me sua permissão ressentida de "ver o cavalheiro", sem nenhuma promessa além. Era tudo de que eu precisava. Escrevi para o Sr. Nicholls no mesmo dia, informando-o de minha intenção: que gostaria de renovar nossa relação presencialmente, com a intenção de reconsiderar sua proposta e assim poder descobrir se chegaríamos a um melhor entendimento.

O Sr. Nicholls respondeu com a velocidade de um raio e marcou nosso encontro para a primeira oportunidade que tivesse de se ausentar. Veio na terceira semana de janeiro para uma visita de dez dias, mais uma vez hospedando-se na residência dos Grant em Oxenhope. Desta vez, ele pôde se apresentar aberta e oficialmente à residência paroquial. No entanto, no dia da chegada do Sr. Nicholls, para meu grande constrangimento, papai o recebeu com comportamento tão desagradável e hostil que fomos obrigados a sair de casa na mesma hora, em busca de privacidade e paz de espírito.

Vesti meu sobretudo mais quentinho, chapéu, luvas, regalo e botas, e ambos saímos para uma caminhada. O dia estava muito frio, com o céu cinzento como ferro, mas felizmente havia pouco vento. Flocos pesados de neve que haviam caído na virada do ano transformaram os morros e os vales ao redor em um oceano branco e ondulante, preenchendo as depressões nos urzais até encontrarem o cume das colinas e mascarando os familiares pontos de referência. Era sabido que muitos visitantes inexperientes que ousaram cruzar as encostas das colinas acabaram se perdendo ou afundando na neve até o pescoço. Em vez disso, tomamos um caminho mais seguro: o caminho já bem pisado ao longo da paisagem coberta de neve entre Haworth e Oxenhope.

Enquanto caminhávamos, as faces rosadas e a respiração formando fumaça no ar, nossos pés faziam sons suaves contra a neve densamente acumulada. A trilha tinha largura suficiente para exatamente duas pessoas caminharem, exigindo que seguíssemos muito próximos, lado a lado. Durante o exercício, esbarrávamos um no outro, forçando-o a dizer "perdoe-me" tantas vezes nos primeiros dez minutos que lhe pedi que se abstivesse de novos pedidos de desculpa: poderia esbarrar em mim o quanto quisesse.

Apesar desse início meio desajeitado, notei que o Sr. Nicholls não parecia tão nervoso nesse encontro quanto no de setembro passado. Na verdade, quando o fitei, flagrei-o observando-me com olhos carinhosos e um sorriso no rosto.

Sorri também e disse:

— Sr. Nicholls, agora que finalmente tivemos esta oportunidade de conversar a sós, desejo começar por lhe agradecer por sua lealdade inabalável ao longo do último ano, em face de todos os obstáculos. Além disso, quero pedir desculpas pelo comportamento sem consciência de meu pai durante esse período, e por minha confusão e indecisão prolongadas.

— Agradeço, Srta. Brontë, mas sempre julguei perfeitamente justificadas as objeções de seu pai contra uma possível união entre mim e a senhorita e compreendo a própria relutância da senhorita.

Voltei a fitá-lo, esperando identificar algum traço de sarcasmo em seu semblante, mas não havia nenhum: sua expressão e tom de voz transmitiam as mais puras sinceridade e humildade. Balancei a cabeça, impressionada, e com respeito revigorado.

— Se eu tivesse sido tratada por meu pároco como o senhor foi durante os últimos seis meses em Haworth, Sr. Nicholls, não creio que seria capaz de ser tão clemente e nobre.

— De que outra forma deveria agir? A senhorita é tudo para o seu pai, e ele para a senhorita. Ele tinha objetivos mais ambiciosos para a senhorita do que casá-la com um pastor. Não posso culpá-la por sentir-se da mesma forma e por não desejar desapontá-lo.

— O orgulho e a ambição de papai, no que diz respeito a mim, devem ser exorcizados, senhor. Não há razão ou cabimento para isso. O senhor provou seu valor após anos de dedicação desinteressada à comunidade. Inclusive, nos meses posteriores a sua partida, a negligência e a incompetência de seu sucessor lembraram a todos em Haworth do que perderam ao lhe dizer adeus.

Ele franziu a testa, surpreso.

— O que o Sr. de Renzy fez, ou deixou de fazer, de tão vergonhoso?

— Oh, a lista de deficiências é longa demais para repeti-la, senhor. Posso assegurar, porém, que não houve nenhum estrago permanente. E quando papai superar seus preconceitos e vir a razão, tais discrepâncias trarão algum benefício. — Nossos olhos se encontraram, compartilhamos uma risada. Enquanto prosseguíamos a caminhada naquele início de tarde silencioso, inspirei profundamente o ar invernal e acrescentei: — Sr. Nicholls, acredito ter mencionado em minha carta que espero, em sua visita, que nós nos conheçamos melhor.

— A senhorita disso isso, sim, Srta. Brontë, embora a verdade seja que não compreendi bem o que quis dizer. Já nos conhecemos há quase nove anos.

— É verdade, mas me ocorre que, como o senhor teve muitas conversas com meu pai, e eu cresci e sempre morei aqui, o senhor sabe muito mais de mim do que eu do senhor.

— Será?

— Sim. Não sei praticamente nada sobre sua vida na Irlanda antes de o senhor vir para Haworth, Sr. Nicholls. O senhor poderia me falar um pouco sobre isto? O senhor me contaria algo sobre si?

— Se assim o desejar. Quanto gostaria que voltasse no tempo?

— Acho que o dia de seu nascimento seria um bom começo.

Ele riu.

— Pois muito bem: meu nascimento. Nasci há 36 anos, no dia 6 de janeiro, em um dia frio, dizem que meu pai batia os dentes enquanto tomava sopa, os cães vestiam casacos de pele de gato, e quando a parteira anunciou "é um menino", suas palavras congelaram sólidas em pleno ar.

Agora foi minha vez de cair na risada.

— Assim como todos os meus irmãos antes de mim, nasci na fazenda Tully, em Killead, no condado de Antrim, no nordeste da Irlanda. Meu pai, William, nasceu na Escócia. Era um fazendeiro pobre que vivia da própria terra. Minha mãe, Margareth, nasceu nas proximidades de Glenavy. Também era descendente de escoceses, mas sua família era membro da Igreja Anglicana.

— Ah! Há muito tempo achei ter notado um leve sotaque escocês em sua fala.

— Notou? E eu achando que havia conseguido me livrar dele. Bem, minha mãe era uma boa mulher, mas trabalhava tão duro para manter a fazenda funcionando, enquanto paria os dez filhos, um atrás do outro, que mal lhe sobrava tempo ou energia para demonstrar afeto. Eu era o sexto filho da fila. Killead não era um lugar ruim. Lembro-me de que todas as casas eram pequenas, porém limpas e arrumadas, com jardins. Apesar de haver deixado a casa ainda muito jovem, a imagem estará sempre fixada na memória: um enorme ambiente de paredes pintadas com cal e teto de palha, com um andar e meio de altura.

— Um andar e meio? O que quer dizer?

— No térreo ficava uma cozinha ampla com piso de pedra. Nosso dormitório ficava no andar de cima, sob as vigas do teto, mas não tínhamos escada. Usávamos as saliências na parede para chegar até em cima.

— Saliências na parede? E apenas um quarto para 12 pessoas?

— É. Tínhamos um estábulo em uma extremidade e uma cavalariça na outra, com um redondel nos fundos para bater a nata. Era uma vida difícil, embora eu não soubesse disso na época. Geralmente não tínhamos nada para comer além de leite e batatas durante semanas a fio, com direito apenas às partes piores dos porcos e das galinhas, mas nunca passamos fome. Sempre achei perfeitamente normal que dormíssemos três ou quatro em uma cama. Os lençóis eram tão poucos, Srta. Brontë, que minha mãe cortava-os em pequenas tiras e dava um pedaço para cada filho usar como proteção entre os rostos, além do cobertor de lã áspera.

— Oh, Sr. Nicholls! Não posso imaginar tal situação. Mesmo na Clergy Daughters' School não éramos tão necessitadas.

— Eu não sabia que era necessitado. Quando se é novo, não questionamos o que não temos. Era simplesmente a vida que tinha. Eu teria sido um fazendeiro, assim como meu pai e meus dois irmãos, sem educação formal além de alguns anos na escola local, se não fosse pela graça de Deus e de minha tia e meu tio Bell.

— Tia e tio Bell?

— Meu tio Bell era irmão de minha irmã. Era clérigo e professor, e possuía um pouco mais de recursos do que meu pai. Um dia, quando foi nos visitar, ele viu nossa casa com gente saindo pelo ladrão e meus pais esgotados tendo que alimentar tantas bocas. Ouvi a conversa dos adultos. Meu pai estava preocupado. Disse que meus dois irmãos mais velhos herdariam a fazenda e que minhas irmãs, imaginava ele, casar-se-iam ou fariam algum tipo de serviço; mas o que seria de seus dois filhos mais novos? Tio Bell, mesmo tendo dois filhos pequenos na época, ofereceu-se para levar meu irmão Alan e eu para casa com ele, em Banagher, e cuidar de nós como seus filhos, e meus pais concordaram.

Olhei para ele em estado de assombro.

— Assim, com tanta facilidade... seus pais abriram mão de vocês?

— Sim. — Vi uma centelha de dor nos olhos dos Sr. Nicholls.

— Quantos anos o senhor tinha?

— Sete. Alan tinha acabado de completar 10 anos.

— Oh! É uma idade muito prematura para se distanciar do pai e da mãe!

— E foi... e foi uma decisão de cortar o coração para os meus pais, tenho certeza... porém, também foi um ato altruísta e generoso por parte de meu tio. Nunca esquecerei a imagem de meus pais chorando de soluçar à soleira da porta de casa enquanto nos afastávamos. Nunca mais voltei a vê-los ou a meus irmãos.

— Nunca mais? Por quê?

— Meus pais insistiram que seria muito difícil para todos nós. Que se eu e Alan quiséssemos começar vida nova, com uma nova família, não deveríamos olhar para trás.

— Oh! — Tal revelação angustiou-me tanto que mal consegui falar. Senti profunda compaixão pelo Sr. Nicholls. De repente, passei a compreendê-lo como nunca. Não era de admirar que reprimisse seus sentimentos com tanto afinco. Não era de admirar que, quando se permitia sentir e se comprometer com alguém, criava um vínculo extremamente profundo e permanente.

— No entanto, acabou sendo realmente o início de uma nova vida, Srta. Brontë. Meus tios acolheram-nos em sua casa e em seus corações, e nos trataram como parte da família. Seus filhos... mais tarde acabaram tendo nove...

— Nove!

Ele confirmou com um sorriso repentino.

— Meus primos tornaram-se nossos irmãos mais novos. O tio e a tia Bell eram amáveis e generosos, e compartilhavam tudo que tinham. Como meu tio era dono de uma escola, recebemos uma educação excelente, e, quando crescemos, ele conseguiu que eu e Alan frequentássemos a Trinity College. Ele faleceu há cerca de 15 anos. Eu sinto muita saudade dele... assim como toda a família.

— Sinto muito.

— Obrigado. Devo tudo o que sou hoje aos meus tios Bell. Minha tia é uma mulher maravilhosa. Adoraria que a senhorita a conhecesse um dia.

— Seria uma honra. Que interessante pensar que ambos fomos criados por uma tia maternal.

— De fato, temos isso em comum.

— Como era a casa dos seus tios?

— A casa? — Ele hesitou. — Cheia de carinho e amor, e me sinto muito bem-vindo lá. No fim das contas, é só isso que importa, não acha?

— Eu não poderia concordar mais.

— Minha tia e a maioria dos meus primos ainda vivem em Banagher. É para lá que vou todo outono, quando tiro férias.

— Oh! Durante todo esse tempo eu achei que o senhor fosse ver seus pais.

— Não. Minha mãe morreu quando eu tinha 12 anos. Meu pai faleceu há cinco anos, aos 80 anos... Ou pelo menos assim me contaram. Durante anos me senti muito mal, porque não estava lá quando eles morreram.

Balancei a cabeça melancolicamente.

— Sei o que significa perder a mãe tão jovem. Eu tinha apenas 5 anos quando minha mãe faleceu.

— Deixa um enorme vazio dentro de nós, que nunca mais poderá ser preenchido, não acha? — Concordei solenemente, e ele acrescentou: — Imagino que por isso os personagens principais de seus livros sejam órfãos, não é, Srta. Brontë?

Admiti que sim. Continuamos o trajeto com uma conversa amigável até chegarmos ao vilarejo de Oxenhope, quando demos a volta e retornamos pelo mesmo caminho. Ao voltarmos à residência paroquial, bebemos chá na sala de jantar (papai fingiu estar passando mal e não se juntou a nós). A visita do Sr. Nicholls estendeu-se por mais nove dias, e todos os dias, em nossas caminhadas de ida e volta pelo trajeto coberto de neve, conversamos francamente sobre nossas vidas, tanto do passado como do presente, evitando cuidadosamente (até então) falar do futuro.

O Sr. Nicholls compartilhou histórias engraçadas sobre seus dias na Trinity College e falou com carinho e bom humor sobre seu irmão Alan, bem como sobre as enrascadas e travessuras na infância — histórias de peças que os dois pregaram nos primos mais novos e das vezes que cabularam aula para realizar longas caminhadas pelo campo juntamente aos cães da família, ou para passear de barco pelo rio Shannon ou pescar em algum riacho nas proximidades.

— Foi lá que aprendi a pegar truta com a mão. Nunca usei vara ou molinete. Como nos divertíamos tentando agarrar aqueles diabinhos irrequietos e, às vezes, tirando um peixe da água e sacudindo-o no rosto um do outro só por diversão.

Suas histórias me fizeram rir e criaram uma imagem diferente da que formara originalmente sobre o jovem Arthur Bell Nicholls.

— Sempre o imaginei como um menino sério e severo, que seguia todas as regras e fazia tudo corretamente.

— Na verdade, creio que fui mesmo. Sempre fui a voz dissonante nessas pequenas escapadas, eu amava muito meus tios e não queria desapontá-los, mas isso não me impedia de incentivar e de encorajar meu irmão de vez em quando.

Também contei a ele sobre minhas aventuras de infância com meus irmãos.

— Além de infinitas leituras e escrevinhaduras, um dos nossos passatempos favoritos era interpretar nossas historinhas. Perambulávamos pela charneca e fingíamos ser o País de Genii. O urzal tornou-se nossa Arábia. — Acenei na direção da paisagem congelada ao nosso lado. — Tudo isto que o senhor vê à nossa frente... para nós era um vasto deserto, com planos ondulados infinitos de areia, sob um sol escaldante e um céu sem nuvens. A neblina, imaginávamos ser a bruma refrescante do deserto; e sempre descobríamos um imenso palácio, incrustado de diamantes, rubis e esmeraldas, cercado por palmeiras e iluminado com lampiões tão brilhantes que ofuscavam os olhos.

— Inspirados diretamente por *Arabian Nights* e por *Tales of the Genii*?

— O senhor leu esses livros?

— Claro. Qual criança do mundo cristão não os leu? Por que parece tão surpresa?

— Não sei — respondi, subitamente satisfeita em descobrir que eles haviam crescido com a leitura de tais obras. — Achei que fossem frívolos demais para um futuro clérigo da Igreja da Inglaterra e, particularmente, de um leal devoto do *Tracts for the Times* do Dr. Pusey.

Ao notar meu tom irônico, o Sr. Nicholls ficou em silêncio por um instante, então me fitou e disse seriamente:

— Talvez seja bom que este tema tenha sido abordado agora.

— Talvez sim. *Desejava* mesmo conversar com o senhor sobre isto.

— Estou bem ciente de que a senhorita não compartilha de minhas preferências religiosas, Srta. Brontë... de que a senhorita possui uma visão mais liberal.

— Não desejo criticá-lo sobre assuntos tão delicados e profundamente enraizados de consciência e princípios, Sr. Nicholls, mas, se considerássemos um futuro juntos, o senhor conseguiria aceitar minhas visões como relevantes para mim?

— Posso e respeito, Srta. Brontë.

— O senhor seria igualmente capaz de acolher, com o coração aberto, certos amigos meus que compartilham de minhas crenças?

— As crenças de seus amigos são assuntos pessoais. Eu os honrarei e os respeitarei, assim como espero que eles, e a senhorita, honrem e respeitem as minhas.

— Terei autorização de expor minhas opiniões livremente, mesmo que sejam diferentes das suas, sem medo de ser censurada?

— Claro.

— O senhor concordaria em pelo menos *ouvir* e levar em consideração meus pontos de vista de vez em quando?

Ele riu.

— Concordarei. Prometo.

Em nosso último dia juntos, ao retornarmos do mesmo percurso nevado e nos despedirmos defronte do portão da residência paroquial, o Sr. Nicholls fez outra promessa, que contribuiu ainda mais para que chegássemos a um entendimento.

— Sei, Srta. Brontë, o quanto ama seu pai e o quão profundamente preocupa-se com o bem-estar dele. Também sei que nunca o abandonaria, portanto gostaria de tranquilizá-la neste ponto. Até hoje aceitei apenas coadjutorias temporárias. Não procurei emprego em outros lugares e recusei os que me ofereceram, pois temia que a senhorita não me acompanhasse. Estou certo nesta hipótese?

— Está, sim, senhor — respondi delicadamente, surpresa e profundamente tocada.

— Quero assegurá-la de que *se* nos casarmos, Srta. Brontë, eu retornarei a Haworth permanentemente, e prometo fazer tudo o que estiver ao meu alcance para cuidar lealmente de seu pai até o fim dos meus dias.

Senti uma onda de carinho por ele nesse momento.

— Obrigada, Sr. Nicholls. Percebo que tal declaração não deve ser fácil, considerando o comportamento injusto que papai tem apresentado para com o senhor. É uma prova de sua paciência e integridade. Também estou ciente de que uma promessa sua não se faz de meras palavras: o senhor a cumprirá, e isso tem um enorme peso para mim.

Ele franziu a testa.

— Por todo esse trabalho, porém, para voltar para Haworth, seu pai terá de estar disposto a me aceitar não apenas como seu possível futuro genro, mas também como seu pastor novamente.

Concordei com a cabeça.

— Como o senhor bem sabe, ele é um velho muito teimoso. Uma vez que toma uma decisão, é difícil fazê-lo mudar de ideia. — Olhei-o então com um sorriso de interrogação. — Sr. Nicholls, realmente recusou empregos mais lucrativos por minha causa?

— Vários, Srta. Brontë. E continuarei a fazê-lo, se a senhorita me der alguma esperança de que talvez reconsidere minha proposta.

— *Estou* reconsiderando-a, senhor, e lhe garanto, com uma perspectiva muito distinta da que eu possuía.

Um traço de otimismo surgiu na expressão cautelosa de seu semblante.

— Torço verdadeiramente pelo melhor.

Tirei a mão enluvada de dentro do regalo e a estendi. Ele a tomou e a segurou entre suas mãos.

— Obrigada por ter vindo, senhor. Devo escrever-lhe muito em breve.

— E eu retornarei assim que puder. — Ficamos ali por alguns instantes, com olhos fixados um no outro. Ele soltou minha mão com aparente relutância, e dissemos adeus.

Capítulo Vinte

iário, quando comecei a escrever estas páginas há um ano, minha vida havia sido jogada em um turbilhão de confusões, ocasionado pela inesperada proposta de casamento do Sr. Nicholls. Ao longo dos últimos 12 meses, buscara consolo nas lembranças e na pena para tentar entender o passado, na esperança de que os escritos me orientassem para o futuro.

Agora, creio que já não posso mais adiar minha decisão. Minha voz interior não se aquieta. Ela grita: "*Consigo* ser uma esposa?", e o mais importante: "*Consigo ser a esposa dele... até que a morte nos separe?*"

Minhas faces esquentaram enquanto escrevia tais palavras. Tenho vergonha de admiti-lo, diário, mas fico um pouco desapontada por não sentir a paixão pelo Sr. Nicholls que sempre imaginei que uma heroína deveria sentir por seu herói. Onde está a expectativa carregada de tensão do tão estimado próximo encontro, a respiração ofegante, o abraço efusivo do reencontro, o coração descontroladamente acelerado e o contato frenético dos lábios? Quando o Sr. Nicholls olha para mim, quando toca minha mão, não sinto a excitação que imagino que o olhar e o toque de um amante deveriam provocar.

Entretanto, ao mesmo tempo, desenvolvi *de fato* estima e afeição genuínas pelo Sr. Nicholls. Ele é um homem estimado. Muitas de minhas dúvidas a respeito de nossa incompatibilidade foram mitigadas após tudo que aprendi sobre ele durante estes dez dias de visita. Significa muito para mim que ele tenha conhecido meu irmão e estimado minhas irmãs, e que tenha prometido ajudar-me a cuidar de meu velho pai. Não é melhor assegurar a fidelidade de um homem assim, e aliviar um coração fiel e sofredor, do que abandonar indiferentemente alguém tão verdadeiramente dedicado para sair em busca de uma ilusão vã e vazia?

Sou grata ao amor terno do Sr. Nicholls por mim. Acredito ser possível aprender a amá-lo com o tempo.

A providência na bondade e sabedoria de Deus me ofereceu esse destino. Logo, deve ser o melhor para mim.

Capítulo Vinte e Um

iário: já se passaram muitos meses desde a última vez que escrevi aqui. Perdoe-me pelo atraso, mas tanto aconteceu nesse intervalo que mal tive tempo de respirar.

No fim das contas, a *decisão* de aceitar a proposta de casamento do Sr. Nicholls representou apenas metade da batalha — ou, melhor dizendo, da jornada — diante de mim. Pois, apesar de haver tomado minha resolução, nenhuma felicidade duradoura seria alcançada até que meu coração e alma fossem conquistados. E isso... bem, *isso* sim seria o fim da história. Meu conto não estaria completo a não ser que prosseguisse e revelasse tudo o que sucedeu... apesar de algumas partes da história serem de natureza tão altamente pessoal e íntima que recordá-las me faz corar.

DURANTE OS DOIS MESES APÓS a caminhada com o Sr. Nicholls pela neve e minha decisão de aceitar sua oferta, todos os meus esforços se voltaram para convencer papai dos muitos méritos de meu pretendente. Recordei-o do leal serviço que o Sr. Nicholls lhe prestara durante oito anos no cargo e comparei sua diligência com a de seu sucessor, o desprezível Sr. de Renzy. Informei a papai que o tio do Sr. Nicholls fora professor escolar; certamente isso significava que *alguns* membros de sua família eram educados e não mereciam seu desdém. Também disse que, se ele aceitasse o Sr. Nicholls novamente como seu pastor, aprovasse nosso casamento e permitisse que vivêssemos na residência paroquial, ganharia um genro cuja renda extra seria vantajosa para todos.

Talvez tenha sido o estratagema pecuniário que produziu o efeito desejado; talvez tenha sido o fato de o Sr. de Renzy enervar tanto papai que ele agora receberia de bom grado praticamente qualquer substituto; talvez tenha sido por absoluta exaustão após ouvir meus argumentos dia e noite. Bem, qualquer que tenha sido o motivo, um milagre ocorreu: papai deu seu consentimento para o casamento.

QUANDO O SR. NICHOLLS RETORNOU a Haworth em 4 de abril, a antipatia de papai por ele desaparecera tão certa e completamente como a neve recém-derretida. No segundo dia de sua visita, o Sr. Nicholls reagiu à situação de civilidade com um entusiasmo tenso e insistiu para que caminhássemos pelo urzal até a mesma margem do rio onde havíamos nos sentado e conversado tão amigavelmente pela primeira vez, aproximadamente seis anos antes.

Embora já fosse o início da primavera, ainda fazia frio, e montes de neve podiam ser vistos em buracos e vales ao longo da beira musgosa do rio. Não havia flores, mas o rio fluía com a força e a fúria de sempre, e as árvores estavam salpicadas de folhas novas e promissoras. Ao alcançarmos o local já familiar outrora ocupado por nós, com a privacidade protegida pelos morros ao redor, paramos lado a lado para admirar o espetáculo.

— Amo este lugar — declarou o Sr. Nicholls. — Eu o descobri pouco depois de vir para Haworth. É um dos meus locais favoritos para contemplação.

— É também para mim. Costumava vir aqui com frequência com meu irmão e minhas irmãs quando éramos crianças.

Ficamos em silêncio. Eu sabia por que ele havia me levado ali. Imaginei o que estava por vir; meu coração palpitava sem muito entusiasmo, mas eu estava pronta. Ele se virou para me encarar, fechou as mãos cobertas com luvas diante de si, enquanto me fitava, os olhos cheios de carinho, e falou com voz ansiosa:

— Srta. Brontë, perdoe-me por ser muito direto, porém mais de um ano se passou desde que lhe falei pela primeira vez sobre esse assunto e não desejo perder nem mais um minuto. A senhorita conhece meus sentimentos: eles se mantêm inalterados. Eu a amo. Sempre amei e sempre amarei. Posso renovar minha proposta feita há tanto tempo na esperança de uma resposta diferente? A senhorita me aceita como seu esposo, Srta. Brontë? Aceita casar-se comigo?

— Aceito.

A alegria iluminou seu semblante.

— Aceita?

— Aceito. — Meu pulso latejava pela importância da promessa que acabara de fazer. Ele parecia igualmente emocionado. Ambos ficamos imóveis pelo momento perturbador; então ele deu um passo em minha direção, acabando com o espaço que nos separava, e pôs uma das mãos na parte inferior de minhas costas. Curvou a cabeça e me beijou: um primeiro beijo breve e hesitante, que precisou navegar ao redor de nossos narizes e evitar meus óculos. Mas também foi um beijo doce, suave e verdadeiro.

— Eu amo você, Charlotte — disse ele ternamente. Foi a primeira vez que me chamou pelo nome de batismo.

Eu o fitei silenciosa e carinhosamente, desejando que meus olhos pudessem expressar minha sincera afeição. Senti a decepção por não ter repetido sua frase, mas não poderia expressar um sentimento que meu coração não sentia ainda.

Ele removeu as luvas então, e tirou do bolso uma caixinha, que abriu e pôs à minha frente: continha um anel de ouro delicado, adornado com cinco pérolas.

— Comprei este anel para você. Tive de adivinhar o tamanho. Gostaria de experimentá-lo?

— Seria uma honra. — Tirei a luva da mão esquerda e deslizei o anel pelo meu pequenino dedo anelar. Outro milagre ocorreu, ou talvez meu futuro marido fosse simplesmente mais astuto para avaliar essas coisas do que eu imaginara, mas o anel tinha o tamanho perfeito. — É lindo, Sr. Nicholls. Obrigada.

Ele levou minha mão sem luva aos lábios, beijou-a e disse, com elevada confiança:

— Basta de *Sr. Nicholls*. Quero que passe a me chamar de *Arthur*.

Não pude evitar um sorriso. Meus dois heróis de infância — o duque de Wellington e meu imaginário duque de Zamorna — chamavam-se Arthur.

A Srta. Wooler interveio como pacificadora em minha contenda com Ellen, e no mês seguinte eu e minha amiga encerramos nosso distanciamento com renovadas correspondências. Quando escrevi a Ellen, informando-lhe sobre meu noivado, ela respondeu com congratulações, que pude apenas desejar serem de coração.

Considerando que papai lutara contra a ideia de meu casamento durante tanto tempo e tão energicamente, impressionou-me a velocidade com que ele mudou sua posição após dar seu consentimento, e o noivado tornou-se um *fait accompli*.* Com exceção de ocasionais suspiros decepcionados por conta das "origens humildes" do Sr. Nicholls, as ilusões ambiciosas de papai a meu respeito pareciam ter finalmente esvanecido em uma aceitação contrariada.

Agora, tanto papai como o Sr. Nicholls — ou Arthur, como eu tentava me lembrar de chamá-lo — pareciam ansiosos para resolver logo o assunto e fizeram pressão para adiantar a data do casamento. Papai entregou o aviso prévio ao Sr. de Renzy. Arthur escreveu avisando que poderia deixar a coadjutoria em

---

* Fato consumado.

Kirk Smeaton no dia 11 de junho. A cerimônia foi marcada para o dia 29 de junho.

A data parecia próxima demais. Ainda havia tanto que terminar antes da cerimônia e pouco mais de dois meses para fazer tudo. Segui com os preparativos calmamente, com moderada expectativa de felicidade. No início de maio, fui a Brookroyd, onde qualquer traço de desconforto que pudesse restar entre mim e Ellen foi varrido, e em dois dias de compras em Leeds e Halifax ela me ajudou a escolher meu enxoval.

Decidi não comprar nada caro ou exagerado, e meus novos gorros e vestidos teriam de ser passíveis de serem reutilizados depois da cerimônia de casamento. Enfim, escolhemos o tecido para os vestidos: um de seda malva, esplêndido, e o outro um *barège** simples com pequenos pontilhados verdes. Quanto ao meu vestido de casamento, nada satisfaria Ellen além do branco, cor que eu estava determinada a não usar.

— Branco é a cor de camisolas, de roupas de dormir e de vestidos usados por meninas ingênuas — queixei-me. — Estou velha demais para me casar de branco.

— Não pode se casar com um vestido de outra cor *senão* o branco — insistiu Ellen, enquanto pesquisávamos os tecidos expostos no balcão à nossa frente —, e você tem de mandar fazê-lo em um daqueles estilos franceses encantadores que vi na revista de moda, com enfeite de contas no corpete e camadas e mais camadas de tule branco — disse, com um sorriso de satisfação, segurando um rolo de seda branco de encontro ao meu peito. — Oh, Charlotte! Nenhuma outra cor combinou tanto com você!

Secretamente, tinha de admitir que sempre sonhara — se algum dia casasse — com um tradicional vestido de noiva de gala.

— Suponho que *poderia* vestir branco... mas sem nenhum desses novos estilos franceses elaborados de que fala. — Após

---

* Tecido leve, semitransparente, feito de seda e lã.

ver o preço do tecido, acrescentei rapidamente: — Não cogitaria seda. É cara demais para um vestido que, provavelmente, nunca mais será usado. Ficarei com a musselina, musselina branca e simples, com uma ou duas pregas na frente.

Ellen franziu o cenho e pôs o rolo de seda de volta no balcão.

— Você é muito teimosa, Charlotte... mas o casamento é seu, e não vou discutir. Oh! Olhe esta renda! Fará um véu primoroso.

— Meu véu será um simples metro de tule e não deve custar mais do que cinco xelins. Se vou bancar a ridícula, que seja de maneira econômica.

No entanto, permiti-me uma extravagância: para a camisola, as roupas de dormir e íntimas que faria para mim, comprei — pela primeira vez na vida — vários metros de cetim branco e renda para servir de adorno.

— Afinal — insistiu Ellen, com a expressão mais séria —, esses vestuários serão *vistos* por seu marido.

Deixei o tecido com um alfaiate em Halifax. Uma semana depois de retornar para Haworth, Arthur voltou a me visitar. Nos primeiros dias, ele estava uma pilha de nervos — preocupado e achando que eu pudesse desistir. Quando lhe assegurei que não faria tal coisa e que ficaria honrada em ser sua esposa, ele ficou mais calmo e se ofereceu para ajudar com os preparativos do casamento, aquiescendo ternamente aos meus desejos de uma cerimônia discreta.

— Temo ter me transformado em uma espécie de curiosidade na vizinhança: a solteirona Brontë finalmente se casando. Apavora-me a ideia de chegar na igreja e encontrar um bando de curiosos pasmados a me olhar.

— Farei tudo que estiver ao meu alcance para que isso não aconteça — prometeu Arthur. — Ninguém em Haworth além de nós, do pároco e do pároco auxiliar saberão da data, se eu puder evitar.

Concordamos que Ellen seria a madrinha e que nossos únicos convidados seriam o Sr. e a Sra. Grant (a Sra. Gaskell, sabendo da antipatia do Sr. Nicholls por dissidentes, preferiu não comparecer). Como papai preferiu não conduzir a cerimônia, Arthur providenciou que seu amigo, o jovem reverendo Sutcliffe Sowden — que também fora grande amigo de Branwell —, a presidisse. No lugar de confeccionar convites de casamento, enviamos um comunicado. Minha lista era pequena, com apenas 18 nomes; no entanto, para minha curiosidade, a lista de amigos párocos para quem o Sr. Nicholls desejava enviar os cartões parecia não ter fim. Tive de duplicar minha encomenda com os gráficos e solicitar sessenta envelopes.

Durante o mês que precedeu a cerimônia, costurei insanamente contra o tempo e converti a pequena adega atrás da sala de jantar em um escritório para o Sr. Nicholls. Os pedreiros fecharam uma porta que dava para o lado de fora, fizeram um novo piso, acrescentaram uma lareira e retocaram as paredes. Fiz um conjunto novo de cortinas verdes e brancas que combinava perfeitamente com o papel de parede.

Antes que me desse conta, junho passou voando, o escritório ficou concluído e o enxoval completo. A tensão ocasionada pelas alterações na casa e pela minha apreensão e insônia nas semanas que antecediam o evento conspirou para o enfraquecimento de minha saúde. Pouco antes da cerimônia, apresentei os primeiros sintomas de um resfriado. Porém, minha excitação baniu de minha mente qualquer hipótese de ameaça de doença. Foi com enorme alegria que recebi Ellen e a Srta. Wooler, que (graças às amáveis e atenciosas providências tomadas pelo Sr. Nicholls) chegaram à residência paroquial um dia antes do casamento no mesmo trem e cabriolé.

O último dia passou em uma rajada de preparativos finais. Com a ajuda de minhas amigas, enchi meu baú e prendi o cartão com o endereço da primeira parada de nossa lua de mel: uma hospedaria no nordeste de Gales. Após uma breve visita por lá, planejamos tomar um navio para a Irlanda de Arthur para um passeio de um mês, quando eu conheceria sua família.

O Sr. Nicholls se juntou a nós para jantar, com o semblante pálido e um estado de nervos e apreensão idêntico ao meu. Com o objetivo de evitar chamar atenção para as núpcias, e porque partiríamos em nossa primeira etapa da viagem de lua de mel nesse mesmo dia, ele marcou a cerimônia na primeira hora possível da manhã: às 8 horas.

Tudo parecia transcorrer de acordo com o planejado. Após concluirmos as orações noturnas, porém, papai foi tomado por um mal-estar e disse:

— Não me sinto bem. Temo ter contraído seu resfriado, Charlotte. Acho que é melhor que eu não vá à cerimônia amanhã.

O Sr. Nicholls empalideceu ainda mais e disse, consternado:

— Certamente, Sr. Brontë, não está dizendo que faltará ao casamento de sua filha?

Papai corou um pouco e desviou os olhos.

— Sinto muito, mas não há nada que possa fazer.

— Se o senhor não for, papai — disse eu, extremamente desapontada —, quem me conduzirá até o altar?

— Estou certo de que encontrará uma forma de ir sem mim.

Apesar da crise de tosse, não acreditei que papai estivesse verdadeiramente doente. Tal queixa não o impedira no passado de realizar atividades corriqueiras na paróquia. Pela expressão de seu rosto (uma espécie de pânico, que ele buscou disfarçar, em vão), pude descobrir o que seu orgulho não ousava admitir: que a apreensão por causa daquela separação formal de sua última filha sobrevivente ainda era forte demais para ele suportar — ou sancionar — em primeira mão.

Suspirei pesadamente, mas sabia que não adiantava argumentar com papai naquele estado de humor. Martha, Tabby, Ellen e a Srta. Wooler pareciam tão desconcertadas quanto eu.

— Vamos consultar o livro de orações — sugeriu Arthur. — Talvez haja uma provisão para tal situação, e seja permitido um substituto.

Consultamos o livro. O Sr. Nicholls achou a página de requisitos. Com um aceno triunfante, ele disse:

— Aha! Estamos com sorte. Aqui diz que para o caso de o pai ou guardião estar ausente, é perfeitamente aceitável que a noiva seja conduzida por um amigo ou amiga.

Todos ficaram em silêncio por um instante. Ellen então se pronunciou:

— Ficaria feliz em conduzi-la ao altar... mas não parece certo, Charlotte. Sou mais nova que você. Uma noiva deveria ser conduzida por alguém de idade parecida à de um pai, não acha?

Concordei, um pouco tensa. A Srta. Wooler então tomou as rédeas da situação:

— Seria uma honra entregá-la ao noivo — ofereceu-se a boa dama —, se estiverem de acordo.

— Oh! — exclamei, encantada, enquanto a abraçava. — A honra é *minha*. Muito obrigada, minha querida, querida amiga.

O Sr. Nicholls deu-me um beijo de despedida à porta da frente e expressou preocupação com meu resfriado. Eu lhe assegurei que, em geral, passava bem. Todos na casa retiraram-se para dormir. A Srta. Wooler dormiu no quarto que um dia fora de Branwell, Ellen, como sempre, dividiu a cama comigo.

— Você se dá conta — disse Ellen, quando pusemos nossas cabeças nos travesseiros — de que esta será a última vez que dividiremos a cama?

— Sim — respondi, um pouco desapontada.

— Nunca mais me esquecerei da primeira vez que a vi há tantos anos, debulhando-se em lágrimas sobre a janela da sala de aula em Roe Head.

— Você me ofereceu conforto e amizade quando eu não tinha nenhum. Nunca poderei agradecer-lhe o suficiente, Nell.

Ellen virou e me fitou com admiração.

— Creio que fizemos bem uma à outra.

— Ainda fazemos.

Lágrimas brotaram de seus olhos inesperadamente.

— Não acredito que está tudo acabado... que estará realmente se casando amanhã.

— Não fique tão triste, Nell. Não vou a lugar algum. Serei uma mulher casada, mas continuarei morando aqui, nesta mesma casa, como sempre.

— Esse casamento, Charlotte, vai alterar sua vida de formas que sequer pode começar a imaginar.

— Isso pode ser verdade. Mas não importa o que aconteça, prometo que sempre encontrarei tempo para você em minha vida. Você é minha amiga mais querida e mais íntima, Nell, e não consigo pensar o que seria de mim sem você.

— Sinto o mesmo, minha querida Charlotte. — Ellen enxugou as lágrimas e fechou os olhos. Após um breve silêncio, quando pensei que havia adormecido, ela disse em voz baixa: — Está com muito medo?

— Medo? De quê?

— De... — Na penumbra da noite avançada, pude discernir suas faces ruborizadas. — De sua noite de núpcias.

Foi minha vez de corar. Esse era um assunto que não havíamos abordado em muitos anos, e, ao mencioná-lo, meu coração acelerou.

— Não estou com medo — respondi com sinceridade —, mas creio que estou muito... bem, curiosa... e talvez um pouco apreensiva. Quero muito satisfazer meu marido, ou pelo menos não desapontá-lo.

— Alguém já a aconselhou sobre... os procedimentos?

— Não! A quem pediria tal conselho? Não tenho amigas casadas com quem poderia tocar em um assunto como esse, a não ser que considere Tabby, que é tão velha e viúva há tanto tempo que ouso dizer que já se esqueceu, e a Sra. Gaskell... mas nunca me pareceu apropriado perguntar-lhe.

— Entendo que não seria apropriado.

— Admito, sei muito pouco sobre o que esperar ou o que ele espera de mim. É meio mortificante pensar que, aos 38 anos, sei menos sobre esse assunto do que algumas moças de 18 anos.

— Mamãe diz ser um rito de passagem pelo qual toda mulher casada deve passar. Minhas irmãs casadas *nunca* me contaram nada.

— Parece-me realmente injusto que não haja informação facilmente disponível sobre esse assunto... mas não sou completamente ignorante. Estou familiarizada com a fisiologia da anatomia masculina e *já* li muitos romances.

— Os romances são tão enigmáticos sobre esse assunto. Uma vez li sobre uma mulher que foi *arrebatada*. O que isso significa exatamente?

— Ser violada; ser possuída à força.

— Oh! — exclamou Ellen, assombrada.

— E, no entanto, pode significar algo bem diferente: ser dominada pela emoção, ficar extasiada.

— Bem, *isso* seria muito bom.

— Seria mesmo.

— Acha — perguntou Ellen com uma risadinha — que o Sr. Nicholls vai arrebatá-la?

— Não sei. Espero que sim. — Após dizer isso, ambas fomos contagiadas por risadas de adolescentes durante um minuto inteiro.

Quando nos recompomos, Ellen disse:

— Oh! Acabo de me lembrar de algo que mamãe me disse uma vez. Uma esposa deve confiar em seu marido e seguir seu comando. E, acima de tudo, não pode se mostrar tímida com ele.

— Tímida? — Nossos olhares se encontraram, e outra onda de risos confusos se seguiu. — Bem, como é o único conselho que já recebi sobre esse tema, eu o seguirei fielmente.

Capítulo Vinte e Dois

Diário, casei-me com ele.

O dia 29 de junho de 1854 começou com a tranquilidade de uma manhã qualquer de Yorkshire. Os pássaros não cantavam mais altivos que o usual, o sol não nasceu em uma explosão gloriosa, o céu da aurora estava nebuloso e gris, encobrindo a paisagem campestre com uma névoa branda. Em resumo, não havia nada que distinguisse aquela manhã das demais manhãs enevoadas de início de verão. E, no entanto, estava *muito* diferente: era o dia do meu casamento.

Passei uma noite intranquila, nervosa e apreensiva demais para conseguir dormir. No momento em que o sol surgiu no horizonte, levantei-me, e Ellen logo em seguida. Tentei arrumar o cabelo de Ellen, mas minhas mãos tremiam tanto que ela me tirou a escova e terminou a tarefa sozinha. Então fez eu me sentar e insistiu em trançar meus cabelos de um jeito que ela considerava "apropriado para a ocasião". Demorou tanto tempo que comecei a ficar impaciente. Finalmente ela ficou satisfeita. Ellen pôs o novo traje que encomendara para a ocasião: um belo vestido marrom com estampa de listras e franjas ao redor dos ombros e do corpete.

Meu vestido de casamento combinava comigo: corte simples de musselina branca com delicado bordado verde. Meu gorro branco de casamento — desenhado por um estilista — tinha uma confecção mais elaborada do que eu previra, mas era um encanto: todo debruado com renda e raminhos de flores e adornado com uma cascata de fitas, pequeninas flores brancas e folhas verdes de hera.

Quando já estava vestida, com o gorro e as luvas, Ellen deixou escapar um arquejo.

— Charlotte! Você está tão encantadora. Veja-se no espelho. Ainda não deu uma única espiada!

Fui até o espelho. De início, minha atenção voltou-se inteiramente para o meu nariz e para a forte tonalidade rosa que o coloria, resultado de minha leve gripe. No entanto, quando ampliei o foco, fiquei impressionada. A imagem ali refletida — adornada de branco-neve dos pés à cabeça, cabelos castanhos elegantemente penteados para dentro do gorro com aba, ornamentado com fitas e laços — era tão diferente de mim que eu parecia olhar para uma estranha.

Havia algo de extraordinário, pensei, enquanto me observava maravilhada, naquele traje tradicional de noiva: era capaz de transformar mesmo a mulher mais simples em uma formosura.

— Estou pronta — anunciei suavemente — para o véu.

Faltando cinco minutos para as 8 horas, eu e Ellen saímos do quarto, com meu véu transparente de tule rendado nas bordas sobre a cabeça e o rosto. Papai estava bem ao lado, na entrada de seu quarto. Arregalou os olhos, como se estupefato e satisfeito com o que via.

— Deus esteja com você, filha.

— Obrigada, papai.

Tabby e a Srta. Wooler esperavam lá embaixo, sorridentes.

— Ah! Deus, minha menina! — exclamou Tabby, enxugando as lágrimas das faces enrugadas. — A senhorita é um colírio pros olhos.

A Srta. Wooler, volumosamente vestida em seda cinza com os cachos grisalhos esplendidamente arrumados sob um chapéu de muito bom gosto, declarou:

— Muito linda, realmente.

Martha se juntou a nós no corredor com um sorriso acanhado e me entregou um buquê de flores brancas preso com laçarotes brancos, sussurrando:

— Pra senhorita. Sei que não queria nada muito elaborado, mas não me contive. As flores são do jardim de mamãe. Oh, a senhorita tá parecendo uma campânula branca.

Estava tão desacostumada a esse tipo de elogio que não contive o rubor.

— Obrigada, Martha.

— Vim pra lhe dizer que o Sr. Nicholls passou há cinco minutos. O pároco e o assistente chegaram, e já aguardam a senhorita na igreja, pra quando estiver pronta.

Martha e Tabby insistiram em ficar na casa para terminar os preparativos da refeição da cerimônia. Eu e minhas ajudantes cruzamos a porta da saída, minha mente em um redemoinho de apreensão frenética, e mal percebi se a manhã estava fria ou quente ou se o céu já havia passado do cinza para o azul. Cruzei o gramado em estado de certo aturdimento. Havia passado por ali milhares de vezes, mas de repente tudo parecia estranho e nada familiar. Aquela era mesmo eu, agarrando de maneira tensa aquele buquê de flores brancas, a caminho da igreja para me casar?

A Srta. Wooler abriu o portão. Ao entrar no cemitério da igreja e passar pela primeira fileira de lápides, um calafrio súbito e inexplicável me invadiu. Cambaleei por um segundo e dei um breve suspiro, enquanto o sangue aparentemente era drenado de meu rosto.

— Charlotte? Você está bem? — perguntou a Srta. Wooler, preocupada.

Olhei para a velha casa acinzentada de Deus, alta e serena defronte de mim, e avistei uma gralha sobrevoando ao redor do campanário. A visão da criatura selvagem com tamanha despreocupação indicava bom presságio, e então fui tomada por uma nova sensação de tranquilidade e sorri.

— Estou bem.

Nesse momento, o Sr. Nicholls saiu da igreja, elegantemente vestido com seu melhor terno preto. Ao me ver do outro lado do pátio, ficou imóvel; a expressão que invadiu seu rosto foi de tão puro deleite e admiração que fez meu coração cantar. Apressei-me em sua direção.

Ele pegou minha mão enluvada. Notei que a sua tremia.

— Parece... você *está* linda, Charlotte.

Meu coração disparou. Quis dizer a ele como estava belo, mas não conseguia falar, de tão emocionada. Consegui apenas retribuir o sorriso, enquanto entrávamos apressadamente de mãos dadas no templo.

Conforme eu desejara, a igreja estava praticamente vazia, e os únicos ocupantes do banco da frente eram o Sr. e a Sra. Grant. O reverendo Swoden esperava no altar usando sobrepeliz branca. Três outros homens achavam-se de pé, próximos: o sacristão, John Brown, um jovem aluno chamado John Robinson (que Arthur sussurrou ter sido convencido na última hora a ir buscar o velho assistente paroquial) e o próprio assistente, Joseph Redman. A única pessoa importante para mim que estava ausente era meu pai, notei, desapontada. Mas não tive muito tempo para pensar sobre isso, pois Arthur apertou minha mão e perguntou:

— Está pronta?

Fiz que sim com a cabeça.

— Vamos lá.

Ele me deixou e estendeu o braço para Ellen. Ela lhe deu o seu e ele prontamente a acompanhou pela nave. Esperei, e meu coração retumbava tão alto em meus ouvidos que com certeza a Srta. Wooler foi capaz de ouvi-lo quando se posicionou ao meu lado. Cruzamos a igreja juntas. Quando nos aproximamos do altar, Arthur fitou-me com o semblante compenetrado e iluminado.

O Sr. Swoden perguntou:

— Quem está entregando a noiva?

A Srta. Wooler respondeu:

— Eu estou.

Peguei o braço de Arthur e nos posicionamos no genuflexó-
rio de comunhão.

A cerimônia, como de praxe, foi breve. O reverendo Swoden iniciou-a com a explicação costumeira do objetivo do casamento. Tentei prestar atenção, mas, por causa da excitação, minha mente não conseguia se concentrar. Todo o procedimento
parecia-me irreal, como se estivesse em um sonho. A impressão
que tive é que, após três suspiros, o Sr. Swoden começou a proferir o discurso já tão familiar:

— Intimo e determino a ambos, sob pena de responderem
no terrível Dia do Julgamento Final, quando os segredos de
todos os corações forem revelados, que se qualquer um de vós
souber de algum impedimento pelo qual não possam ser unidos
legalmente pelos laços do matrimônio, confesse agora...

Ao ouvir essas palavras, não pude deixar de pensar em minha Jane Eyre e nas funestas consequências que sucederam
após tal declaração na cerimônia de casamento com o Sr. Rochester. Olhei de soslaio para o Sr. Nicholls — cujos olhos brilhantes flagraram os meus —, que insinuou ter sido tomado
pelo mesmo pensamento, e então compartilhamos um sorriso
silencioso.

Felizmente, nenhum Sr. Mason se intrometeu para impedir o
casamento. Imediatamente, fui solicitada a tirar a luva e pôr
o anel de ouro, o qual o Sr. Nicholls deslizou em meu dedo
para fazer companhia ao meu anel de pérolas. Em seguida, o Sr.
Swoden proclamou:

— Eu os declaro marido e mulher. Pode beijar a noiva.

O Sr. Nicholls ergueu meu véu, inclinou a cabeça na direção
da minha e beijou meus lábios gentilmente. Ouvi meus amigos
aplaudirem. Meu marido agarrou minha mão e puxou-me para
dentro da sacristia, onde assinamos no registro civil da igreja
(que estranho assinar meu nome como Charlotte Nicholls!),

tendo como testemunhas Ellen e a Srta. Wooler. O Sr. Grant então abriu a porta e comentou com uma risadinha:

— Prepare-se: pelo visto seu segredo foi descoberto.

De fato, quando nosso pequeno grupo saiu pela rua da Igreja, encontramos boa quantidade de velhos e humildes amigos e vizinhos reunidos ao longo da via, que sorriam, reverenciavamnos e acenavam enquanto passávamos. Ellen saiu na frente, apressada, insistindo misteriosamente que tinha algo a fazer. Arthur cumprimentou vários admiradores com apertos de mão calorosos. Eu acenei e sorri, ainda envolta em uma nuvem de incredulidade. Depois de tanto me preocupar, pensar e planejar — com a adição de um vestido branco e algumas palavras proferidas por um pároco na igreja —, eu estava casada!

Papai nos esperava na entrada da residência paroquial, vestido com seu melhor traje de domingo. Ele estava tão bemrecuperado de saúde e de humor que sorriu quando pegou na mão de todos e afetuosamente puxou-nos para dentro da sala de jantar para nos sentarmos à linda mesa de café da manhã: uma deliciosa seleção de pães e bolos, queijos, ovos, presunto, manteiga, frutas do verão e uma variedade de geleias. Para minha surpresa, o consolo da lareira estava decorado com um belo buquê, e havia flores vivamente coloridas espalhadas pela mesa.

— Obrigada, Martha — agradeci. — Está tudo maravilhoso, e as flores são lindas.

— Foi a Srta. Nussey que decorou a mesa minutos atrás — comentou Martha confidencialmente —, mas eu que colhi as flores. Levantei antes do amanhecer e andei por todos os jardim do vilarejo.

Martha serviu o chá e o café, enquanto nos sentávamos à mesa. Papai se tornou a alma e a alegria da festa, contando uma profusão tão grande de piadas relacionadas ao matrimônio que o grupo riu sem parar durante quase uma hora.

Ao terminarmos a refeição, o Sr. Grant se levantou e disse:

— Gostaria de propor um brinde ao meu bom amigo Arthur e sua noiva. — Todos ergueram os copos. — Todos sabemos o quanto ansiou e sonhou por este dia, Arthur. Você merece apenas o melhor, e o melhor foi o que encontrou em Charlotte Brontë, ou, devo dizer: Charlotte Nicholls. Essa mulher não foi fácil de ser conquistada, mas agora você a conquistou, e espero que seja sensato o bastante para nunca deixá-la escapar.

Risos ecoaram pela sala. Então o Sr. Grant prosseguiu:

— Arthur tem muito orgulho de sua terra natal do outro lado do mar, e, em sua homenagem, aprendi uma bênção irlandesa para a ocasião que agora gostaria de compartilhar. Arthur e Charlotte: que vocês desfrutem de uma vida longa juntos, com boa saúde e prosperidade, e em todas as suas idas e vindas, que sempre recebam amáveis acolhidas de quem encontrarem ao longo do caminho.

— Muito bem! — exclamaram todos reunidos.

Ellen se levantou e, após desejar-nos felicidade, acrescentou:

— Desejo oferecer um brinde irlandês de minha autoria: que ambos aprendam a amar e admirar um ao outro por seus pontos fortes e a perdoar suas fraquezas. E que vivam pelo tempo que desejarem e nunca careçam de nada enquanto viverem.

Aplausos se seguiram. A Srta. Wooler se levantou e ergueu a taça.

— Para manter o tema, meu brinde irlandês: que as alegrias de hoje sejam as mesmas de amanhã, e que seus desentendimentos se ponham juntamente com o sol e não nasçam com ele novamente.

O Sr. Swoden foi o próximo:

— Que seus problemas sejam poucos e as bênçãos muitas, e que nada além da felicidade entre pela porta de sua casa.

Achei que os brindes haviam certamente chegado ao fim, quando papai se levantou e, com um brilho nos olhos, disse:

— Quando o assunto é bênção irlandesa, posso superá-los em qualquer dia da semana. Vou, no entanto, restringir-me *à* minha passagem favorita: para minha mais querida filha e seu noivo, amigo e estimado colega, Arthur Bell Nicholls, gostaria de dizer:

Que suas manhãs tragam alegria, e suas tardes tragam paz.
Que seus problemas tornem-se poucos e suas bênçãos aumentem.
Suas vidas são muito especiais; Deus os tocou de muitas formas.
Que Suas bênçãos acomodem-se sobre vocês e preencham todos os seus dias que estão por vir.

Todos vibraram calorosamente e bateram palmas. Arthur então se levantou.

— Obrigado a todos pelos preciosos sentimentos que causam orgulho aos meus conterrâneos. — Seus olhos brilharam cheios de afeto quando me fitaram, e ele disse: — Para minha querida Charlotte: você me fez o homem mais feliz do mundo. Prometo dedicar minha vida a lhe fazer feliz do mesmo modo como você está me fazendo hoje.

Levantei-me e admiti o quão feliz estava por ser esposa dele e expressei como éramos abençoados por termos amigos tão bons e devotados. Após os brindes e aplausos que se seguiram, Arthur disse que precisávamos partir, pois tínhamos um trem para tomar. Eu e Ellen corremos para o segundo andar, onde ela me ajudou a pôr o novo vestido de viagem de lua de mel: um malva de seda esvoaçante de mangas compridas com listras finas, feito sob medida com simplicidade, corpete plissado e saia volumosa, de acordo com um esboço feito por mim.

Nossos baús foram embarcados no veículo que nos aguardava. Em meio a muitos abraços, beijos e melhores votos, nós nos despedimos de nossos convidados e subimos na carruagem, e o veículo partiu rapidamente em direção à estação Keighley.

ENQUANTO ME AJEITAVA NO ASSENTO da carruagem rumo a Keighley, a mão de meu marido buscou e encontrou a minha. Quando o fitei, vi lágrimas em seus olhos.

— Arthur, o que é isto? O que há de errado?

Ele arfou. Secou os olhos e disse com esforço:

— Nada. Apenas estou feliz. Feliz porque está sentada aqui ao meu lado; feliz porque Deus pareceu ouvir minhas preces; feliz porque estamos, finalmente, unidos como marido e mulher. — Ele apertou minha mão carinhosamente; seus olhos brilhavam de emoção. — Eu amo você.

Eu queria responder do mesmo jeito — dizer as mesmas três palavras que ele tanto desejava ouvir —, mas, de alguma forma, as palavras ainda não vinham.

— Arthur... — comecei, mas ele pôs o dedo em meus lábios.

— Aquiete-se. Sei exatamente qual é a situação entre nós, Charlotte. Mas também sei que este é apenas o primeiro dia do restante de nossas vidas. Para mim, é suficiente que esteja aqui.

Viajamos de trem o dia inteiro até Gales, um lugar completamente novo para mim. Com um entusiasmo de criança, Arthur apontava da janela do trem os pontos de referência interessantes ao longo da rota, que ele cruzara tantas vezes antes em suas viagens para a Irlanda. O dia estava especialmente claro, com alguns raios de sol. Porém, quando chegamos a Conway, o tempo ficou úmido e instável. Logo nos abrigamos em um confortável hotel, onde — temerosa de que Ellen se sentisse um pouco desamparada nessa ocasião — imediatamente escrevi uma breve nota para informá-la de nossa jornada tranquila.

Ao receber a carta, o recepcionista do hotel disse:

— Muito bem, Sra. Nicholls. Providenciarei para que seja postado, senhora.

Era a primeira vez que eu era chamada de "Sra. Nicholls" por um estranho, e a denominação causou-me um pequeno choque aos sentidos. Na hora do jantar, Arthur, preocupado para que minha gripe não piorasse, garantiu que nos sentássemos à mesa mais próxima da lareira. Enquanto escutávamos o som do vento e o barulho da chuva no telhado e nas vidraças, comentamos divertidamente que os sons eram prazerosas reminiscências de casa.

— Amanhã, se o tempo permitir, vamos até a costa de Bangor — comentou Arthur. — Nunca fiquei tempo suficiente na região para conhecer a paisagem. E ouvi dizer que é magnífica.

— Aguardo ansiosamente para a conhecermos juntos.

Ele sorriu, profundamente satisfeito. Nossa refeição de ave assada foi servida prontamente. A comida era de alta qualidade, o fogo da lareira era animador, os funcionários atenciosos e nossa conversa agradável. Entretanto, não pude deixar de notar uma pequena mudança em meu marido, iniciada com a nossa chegada ao estabelecimento. Apesar de suas tentativas em disfarçá-los, vi um retorno de seus modos estranhos que foram marcas de seu comportamento nos meses anteriores *à* proposta e nos primeiros dias em que me cortejou.

Sobre a *causa* da mudança de comportamento, eu não sabia ao certo... mas senti que pudesse ser ocasionada pelo mesmo motivo que fazia um frio na barriga e a apreensão começarem a abalar minha sensação de bem-estar. Deviam ser os pensamentos sobre a noite que nos aguardava: *nossa noite de núpcias.*

Eu e Arthur havíamos nos beijado castamente pelos últimos três meses; ficado de mãos dadas; mas isso fora tudo. E *isso*, eu sabia, estava prestes a mudar. Imaginei que Arthur soubesse mais sobre esses assuntos que eu. Afinal, ele era *homem* e *irlandês.* Eu não estava com medo. Mas como admitira a Ellen, estava ansiosa e expectante, um pouco encabulada (o que a mãe de Ellen alertou veemente que evitasse) e mais do que um pouco excitada.

Após o jantar, subimos as escadas em silêncio. Ao alcançarmos a porta de nosso quarto, meu coração começou a palpitar com a ansiedade. O que aconteceria em seguida? Arthur me pegaria nos braços e cruzaria o umbral comigo no colo? Ele me apressaria para dentro do quarto, bateria a porta e dominar-me-ia imediatamente em um abraço violento?

Não.

Discretamente, Arthur destrancou a porta. Fez uma pausa. Com uma voz gentil e olhos baixos, murmurou:

— Devo entrar com você? Ou... talvez prefira se preparar para dormir sozinha?

Hesitei, sem palavras, surpresa e desapontada. Não antecipara essa eventualidade. Qual seria a resposta apropriada?

Meu marido — aparentemente percebendo meu desalento — rapidamente acrescentou:

— Não se exaspere. Descerei por alguns minutos. E baterei à porta quando voltar.

Não!, quis gritar. *Não vá!* Mas, em minha timidez, não conseguir proferir tais sílabas.

— Certifique-se de que trancou a porta — completou, antes de me entregar a chave. E se foi.

Com uma pontada de arrependimento confuso, entrei em nosso quarto e tranquei a porta conforme solicitado. Lágrimas de desgosto brotaram de meus olhos. Já estivera nervosa, verdade. Perdera o apetite durante o jantar; mas tudo isso ocorrera por causa da expectativa cheia de entusiasmo. Ter sido deixada para me despir sozinha, certamente, não fora a maneira que imaginara começar minha noite de núpcias.

Se fosse ser honesta comigo mesma, teria esperado (um pouco) que meu novo marido, apesar do cavalheirismo que apresentara até então, fosse se transformar em uma espécie de libertino após as núpcias desempenhadas e a intimidade alcançada. Na minha imaginação, eu o vira subjugado pela paixão, enquanto impacientemente despia — arrancava — minhas roupas. Ou que, pelo menos, *estivesse presente* para me ajudar a despir as vestes, uma peça de cada vez. Seguramente, *é* assim que o passional Sr. Rochester — um homem tão experiente em desprender corpetes e soltar os laços de espartilhos — teria deflorado sua Jane!

Entretanto, evidentemente — dei-me conta com um suspiro —, não seria esse meu destino. Arthur Bell Nicholls era educado e correto demais para sucumbir a — nas palavras de Ellen — arrebatamentos.

Olhei em volta do quarto, notando-o verdadeiramente pela primeira vez. Era simples, mas limpo e de bom gosto: uma cama de quatro colunas que aparentava ser confortável encostada em uma parede, um armário de mogno encostado em outra. Havia uma única cadeira e duas mesinhas: uma, com uma bacia e uma jarra com água, e a outra com uma vela e um pequeno espelho. As cortinas estavam fechadas. O fogo queimava intensamente na lareira, iluminando o quarto com suas chamas bruxuleantes.

De algum lugar no andar de baixo ouvi um relógio badalar nove horas. Acendi a vela, então comecei a me vestir apressadamente para não ser pega em estado de seminudez quando meu marido voltasse. Pendurei o vestido no armário, enfiei as roupas íntimas no baú, lavei-me rapidamente e vesti a camisola de algodão branco de mangas compridas que adornei modestamente com um laçarote na gola e finas fitas de seda enfeitando o colarinho e os punhos.

Tão logo terminei de fazer o laço em torno do meu pescoço, ouvi passos no corredor e uma batida suave à porta. Tremendo, e com o coração disparado, fui até a porta e a abri.

Arthur me fitou ao entrar; o rubor invadiu suas faces e ele acenou com a cabeça, desviando os olhos. Silenciosa e rapidamente, tirou o sobretudo, esvaziou os bolsos e pôs seu conteúdo sobre a mesa, e então se sentou na cama para tirar os sapatos. Oh!, pensei, com a irritação correndo por minhas entranhas enquanto o observava. Seria aquilo o máximo que poderia esperar? Não havia uma pitada sequer de romance neste homem? Eu era sua esposa! Estava à sua frente, totalmente nua sob a camisola! E, no entanto, ele se achava do outro lado do quarto soltando o cadarço do sapato. Não percebia que o esperava, cheia de dúvida, desejos... que ansiava por um toque... um beijo... um abraço... ou pelo menos alguma demonstração *verbal* de carinho?

O silêncio era insuportável. Senti-me forçada a rompê-lo:

— É um... bom quarto — balbuciei. Mal as palavras saíram de meus lábios, o sangue correu para minhas faces e estremeci por dentro. Isso era o melhor que poderia fazer? Nesse momento, dentre todos, realmente desejava discutir os méritos de nossa acomodação?

— É — respondeu ele, enquanto tirava as meias. — Pedi particularmente um dos maiores quartos. Queria que fosse bom para você.

— *É* bom, obrigada — declarei, notando com constrangimento renovado que dissemos pela terceira vez no intervalo de um minuto a palavra "bom".

Peguei a escova de cabelo (irritada) e me sentei à mesinha defronte do espelho, e lá comecei a retirar os grampos dos cabelos metodicamente. Desde o início soubera que meu marido não era um homem poético. Pelo visto, refleti, desanimada, fora ingênua ao esperar qualquer tipo de romance.

Após tirar o último grampo e meus cabelos caírem pesadamente como uma cascata sobre os ombros, ouvi passos de Arthur se aproximando. Vi o reflexo dele através do espelhinho diante de mim: ele agora estava bem atrás de mim, com o torso à mostra, revelando seu peito bem-definido e masculino, o que me causou uma inesperada palpitação.

Ao falar, sua voz soou mais suave e rouca, como havia algum tempo eu não ouvia.

— Me daria a honra de pentear seus cabelos?

A pergunta tomou-me completamente de surpresa. Talvez Arthur não soubesse, mas sempre foi um de meus maiores prazeres que penteassem meus cabelos, um estimado ritual noturno do qual eu sentia tanta falta desde que minha irmã Anne falecera, cinco anos atrás.

— Sabe... comò fazer? — perguntei, confusa... uma pergunta ridícula.

— Sei.

Entreguei-lhe a escova.

— Gostaria de vir para a cama? — perguntou. — Será mais fácil se ambos pudermos sentar.

Levantei-me, tirei os óculos e aceitei sua mão estendida. Permiti que me levasse até a cama e me sentei de costas para ele. Arthur começou com passadas calculadas e firmes para escovar as longas mechas. Anne, anos antes, fora ternamente cuidadosa ao executar tal tarefa. Ellen também. Mas suas contribuições — como pude descobrir prontamente — haviam sido superficiais comparadas à delicadeza e destreza do homem que agora me penteava.

Minha cabeça formigava enquanto as cerdas da escova tocavam meu couro cabeludo; repetidas vezes, senti as pontas dos dedos de meu marido tocarem gentilmente minha nuca enquanto retirava alguns fios de lá e passava a escova por meus cabelos de forma demorada e magnificente. Cada toque seu em minha pele enviava uma pulsação vibrante por todo o corpo.

— Suponho — comentei, de modo esbaforido — que já tenha escovado cabelos antes.

— Quando era menino, minha mãe e, depois, minha tia permitiam que fizesse tal tarefa. Confesso que na época minhas intenções eram as mais inocentes e respeitosas. — Com voz rouca e arrastada, ele acrescentou em meu ouvido: — Ensaiei este momento com você em minha mente, Charlotte, desde que nos conhecemos.

De repente, minha pulsação começou a palpitar ruidosamente em meus ouvidos e eu já não conseguia mais falar. Sentia como se, nos movimentos ritmados de dedos e escova, ele me tocasse intimamente em cada milímetro do meu corpo. Meus olhos se fecharam, a cabeça inclinou levemente para trás. Toda a minha tensão se esvaiu como um fulgor líquido delicioso a escorrer por uma peneira. Lembro-me de ter pensado (quando conseguia pensar): *essa deve ser a sensação que alguém sob o efeito do ópio sentiria.*

Ele escovou meu cabelo na altura da nuca uma vez mais. Fez uma pausa. E então veio a pressão bem-vinda de seus ansiados lábios, quentes e carinhosos, na lateral do meu pescoço. Um choque de prazer me fez estremecer. Seus lábios deram outro beijo, e outro, movimentando-se até minha garganta.

Arfei. Ele alcançou meu laçarote no colarinho e abriu minha camisola na altura do pescoço. Acariciou-me levemente, minha pele exposta ao longo de minha clavícula: primeiro um lado, depois o outro. Em seguida, aventurou-se centímetros mais para baixo, por sobre o tecido, para acariciar a parte acima dos seios e o vão entre eles. Arfei novamente.

Pegando-me pelos ombros, virou-me para que o encarasse. Inclinou a cabeça, gentilmente tocando seus lábios em cada um dos lugares que recém-tocara com os dedos. A cada beijo em minha pele, ouvia-me dar um breve gemido. Meu pulso latejava, meu corpo estava em chamas. Nunca experimentara uma sensação como aquela. Nunca, nem mesmo em meus sonhos mais primitivos, *previra* um toque como aquele ou sentimento semelhante. Subitamente ansiei, mais do que já havia ansiado por qualquer coisa na vida, pela boca de Arthur pressionando a minha; e de repente lá estava ela: seus lábios tocavam os meus, explorando, compartilhando, entendendo-se intimamente com os meus em um longo e apaixonado beijo.

Quando terminou, abri os olhos e o vi a um centímetro de distância, fitando-me com uma intensidade abrasadora e um desejo que coincidia com o meu.

— Oh! — exclamei. Envolvi os braços em torno de meu marido e busquei seus lábios para os meus mais uma vez.

Despertei com os primeiros raios de sol da manhã e me vi nos braços de meu amado adormecido. Tinha a face aninhada confortavelmente em seu peito. A lembrança agitou-se. Ao recordar dos eventos da noite anterior, uma onda de prazer invadiu-me e não contive um sorriso.

— Bom dia. — Uma voz grossa soou por entre meus cabelos, enquanto braços fortes envolviam-me.

— Bom dia — sussurrei.

— Dormiu bem?

— Dormi. Quando consegui dormir.

Ouvi e senti sua risada estrondosa. Ele mudou de posição e ficamos frente a frente, sorrindo, olhos nos olhos, com as cabeças no mesmo travesseiro. Um dos dedos dele percorreu meu rosto.

— Em que está pensando? — inquiriu suavemente.

— Estava pensando que o mundo me parece muito diferente esta manhã em relação a ontem.

Ele me beijou e sorriu.

— Arthur — eu disse timidamente.

— Sim, meu amor?

— Ontem à noite, eu... eu...? — Não consegui criar coragem para terminar a pergunta.

Ele corou.

— Você foi encantadora. Você *é* encantadora. De qualquer forma, acredito que não existe certo e errado nesse tipo de coisa.

— Acredita...?

Ele me analisou.

— Sinto que há algo que deseja me perguntar. Vá em frente, esposa. Solte-se.

Senti minhas bochechas ficando coradas.

— Bem, suponho que estava imaginando se... se você já havia... se já houve...

— Houve uma única mulher em minha vida, na forma que quer dizer... ou de todas, para ser sincero. Faz muito tempo e, claro, a relação nunca progrediu bem o suficiente para chegar até aqui. Era isso que desejava saber?

Confirmei que sim com a cabeça. Uma leve excitação correu por dentro de meu ser. Fiquei grata por saber que eu fora a primeira vez de Arthur, assim como ele fora para mim.

— Posso perguntar quem ela era?

Ele me beijou, com um brilho divertido nos olhos.

— Tem certeza de que quer saber *isto*... agora?

— Estou apenas curiosa.

As mãos dele subiram e desceram por meu braço, o que me deixou arrepiada.

— Era a filha de uma professora. Eu tinha 17 anos. Durante 6 meses fiquei cego e inteiramente apaixonado... até ela terminar tudo sumariamente e fugir com um mascate.

— Um mascate?

— Ele vendia utensílios domésticos, se me lembro bem, na traseira de uma carroça. Nunca soube se foram as panelas ou os potes que a seduziram, ou a promessa de viagens e aventura. Mas um dia a procurei e ela havia ido embora.

Seus olhos expressavam um bom humor tão grande ao falar que não pude deixar de sorrir.

— Você a amou?

— Na época, achei que sim. Mas o que um garoto de 17 anos sabe da vida? Certamente tornei-me mais cauteloso daquele dia em diante a respeito de para quem entregaria meu coração. — Ele pegou minha mão e a beijou. — Quando me lembro do episódio agora, fico constrangido só de pensar em como éramos inadequados um para o outro. Agradeço minhas estrelas da sorte por ela ter terminado tudo. Do contrário, eu nunca teria ido embora de Banagher, ou ido para a universidade ou para a Inglaterra.

— Também sou grata — comentei, acrescentando com fascínio: — Ela foi realmente a única, Arthur, em todos estes anos?

— Foi.

— E desde que veio para Haworth...

Ele me puxou para perto e, quando nossos corpos grudaram um no outro em seu abraço aconchegante, percebi que ele me desejava novamente.

— Desde o dia em que nos conhecemos — declarou, a voz rouca e grave, enquanto me encarava. — Nunca mais tive olhos para outra mulher além de você, meu amor. — E então sua boca calou-me e a conversa cessou.

MAIS TARDE NAQUELA MANHÃ, VIAJAMOS pela costa do noroeste de Gales até Bangor, onde passamos quatro noites. Embora o tempo não parecesse inteiramente favorável, estávamos determinados a desfrutar ao máximo aquela oportunidade. Alugamos um cabriolé e um cocheiro e conseguimos visitar lugares magníficos. Uma viagem de Llamberis a Beddgelert, que seguia por um vale íngreme com um rio e passava por lagos e cachoeiras impressionantes, superou em beleza qualquer outro lago inglês do qual eu pudesse me lembrar. Lamentei pelo fato de, graças ao frio intenso e à garoa constante (ou sua ameaça), Arthur não ter aceitado que viajássemos em uma carruagem aberta.

— Ainda está se recuperando de uma gripe — argumentou —, e não vou arriscar que ela piore expondo-a a este clima inclemente.

Após as primeiras duas horas presos na carruagem, porém, ficamos ambos tão ansiosos pela necessidade de passear a pé ao longo dos gloriosos vales e encostas das montanhas que frequentemente implorávamos ao cocheiro que parasse e nos deixasse sair. Então, enfim, com o passar dos dias, dávamos breves e vibrantes caminhadas no campo, alternadas por períodos de observação pela janela do veículo, tomados de fascínio. Na verdade, mesmo esses momentos tranquilos guardavam seu charme, pois era realmente prazeroso sentar-me ao lado de meu marido, cuja mão sempre buscava a minha ansiosamente.

Todo fim de tarde voltávamos para o hotel com frio, porém revigorados, e então nos aquecíamos defronte da lareira, com um jantar íntimo, e recapitulávamos com entusiasmo tudo que havíamos visto e vivido. De noite, ao irmos para o quarto, quando sucumbia prontamente e com vontade aos braços de meu marido, encontrava-me em um ninho de felicidade e prazer como jamais conhecera. A cada noite, nós nos aproximávamos mais. Acabamos rindo da primeira noite, quando Arthur desaparecera pelas escadas e me deixara sozinha para me despir. Agora, ele insistia em desempenhar sozinho as mais íntimas dessas tarefas.

O pudor me impede de escrever mais a respeito. Posso dizer apenas que meu marido provou ser mais ágil e desembaraçado em desamarrar um espartilho do que qualquer um esperaria de um homem de Deus. E nenhum outro homem conseguiria ser mais terno, mais sensível e mais devotado com sua esposa do que o meu.

Ai de mim! No auge da felicidade, um evento causou estragos ao laço ainda frágil construído nessa primeira semana, e ameaçou criar um rasgo permanente na malha de nosso casamento.

Capítulo Vinte e Três

Fomos à Irlanda.

Nossa estada em Gales não foi mais do que um tira-gosto que precedeu o objetivo final de nossa viagem de lua de mel. Arthur estava ansioso para me levar ao seu país de origem e me mostrar seus refúgios favoritos, apresentar-me sua família e a casa onde crescera. No entanto, ele se aventurara a falar muito pouco sobre esse assunto. Ao perguntar novamente sobre sua família e residência, ele dera de ombros e, respondendo em voz baixa:

— São bons irlandeses do campo, bem-intencionados e de bom coração. Tia Bell e minhas primas solteiras ainda vivem na mesma casa onde cresci. Eu as amo muito. Mas prefiro que as conheça e julgue por si mesma.

Nesse momento, eu decidi que não importaria quão precárias pudessem ser suas condições — ou quão brutos fossem —, eu deveria amá-los e admirá-los pelo bem de meu marido.

Na terça-feira de 4 de julho cruzamos Anglesey de trem até Holyhead, onde (felizmente) o clima estava ameno e o caminho agradável. No entanto, eu nunca possuíra um estômago resistente a viagens em alto-mar. Arthur tentou me distrair durante a primeira parte da viagem com uma longa caminhada pelo deque. Enquanto respirávamos o ar puro marítimo, sussurrávamos observações sobre os vários passageiros a bordo.

— Parecem muito felizes — comentei sobre um jovem casal que caminhava de mãos dadas, e com rostos próximos em uma conversa íntima.

— Talvez também sejam recém-casados — disse Arthur, sorrindo ao pegar na minha mão.

— Quem é aquele cavalheiro? — murmurei, fazendo um gesto com a cabeça na direção de um homem sentado em um tamborete dobrável, protegido da brisa.

— Advogado, sem dúvida. Espero, para o bem dele, que o banco seja resistente para pessoas robustas.

Compartilhamos uma risada discreta. Avistei outro casal vindo em nossa direção: um cavalheiro de barba com seus 40 anos, cujo sobretudo bem-cortado e o chapéu revelavam seu status e riqueza, e uma mulher de olhos tristes com a metade de sua idade (sua filha, presumi) com uma peliça aveludada sobre um vestido deslumbrante de seda rosada. Ela segurava uma sombrinha combinando e vestia um chapéu genuinamente fabuloso sobre uma profusão de cachos castanho-claros.

— Não fossem suas vestes elegantes, não acha que, pelo rosto e pelo físico, ela lembra minha irmã Anne?

— Sim, um pouco.

Ao me fitar, ela sorriu e então desviou os olhos.

— Pergunto-me por que parece tão triste — ponderei. Antes que meu marido pudesse responder, o sino tocou, anunciando a hora do almoço. Sabia que Arthur devia estar com fome e que não sofria de náusea como eu.

— Arthur, não estou com vontade de comer, mas, por favor, vá sem mim.

— Tem certeza? Detesto deixá-la sozinha. O que pretende fazer?

— Darei outra volta ao redor do deque. Caso me sinta mal, irei para a cabine repousar. Se não, encontramo-nos na grade, logo ali.

— Bem, se tem certeza de que não se importa — respondeu Arthur. E, depois de se certificar de que eu estava devidamente abrigada sem risco de pegar um vento frio, deixou-me para ir em busca de seu almoço.

"Passei o intervalo como prometera, continuando meu passeio pelo deque. Mais tarde, encaminhei-me para o ponto de encontro escolhido na grade para esperar o retorno de Arthur. Fiquei praticamente imóvel durante alguns minutos, desfrutando da brisa fria que vinha do mar em meu rosto e me deleitando com as ondas reluzentes de um azul profundo, os pássaros marinhos em suas cristas, e com o nublado céu pálido pairando sobre todos nós. Enquanto admirava o horizonte, imaginei ter visto uma ponta de terra firme emergir em meio à densa névoa.

— Ali é a Irlanda? — uma voz feminina perguntou atrás de mim.

Interrompi meu devaneio quando a jovem suntuosamente vestida em seda rosa, a mesma que eu observara mais cedo, posicionou-se ao meu lado na grade. Sorri à sua pergunta. Por causa do curso e itinerário do navio, qual outro pedaço de terra poderia aparecer ao longe defronte de nós?

— Sim, é a Irlanda. É a primeira vez que faz este trajeto também?

Ela fez que sim com a cabeça.

— Desejaria tanto que o navio desse meia-volta e que eu pudesse voltar para casa! — A expressão de tristeza em seu rosto era tão penetrante que morri de pena.

— Por que está indo para a Irlanda?

— Visitar uma família que não conheço. Oh! Meu coração desfalece enquanto falo. — Lágrimas escorreram de seus olhos. — Estou apaixonada, sabe. Meu jovem rapaz é filho de um baronete e muito rico, mas não é rico o *suficiente* para meu pai. Ele diz que devo me casar com um duque ou conde, não aceita nada menos que isso, e, para nos separar, está me levando para a Irlanda por seis meses, onde ele espera que eu "recobre a sensatez". Seis meses! É metade do ano! Não consigo acreditar que papai imagine que tal separação esmorecerá meu amor por Edward!

— Talvez dê tudo certo, se for paciente.

— Que bem trará ser paciente? Prefiro morrer a não me casar com Edward... mas papai me proibiu de vê-lo novamente.

— Se daqui a seis meses a senhorita e seu amado provarem ser inquebrantável este amor que sentem hoje, e se seu jovem rapaz tiver a oportunidade de provar seu valor, talvez seu pai mude de ideia.

— Nunca mudará de ideia.

— Não pode ter certeza disso. Sei por experiência própria. Já me achei em situação similar à sua.

— Já?

— Já. Meu pai desaprovou violentamente meu pretendente e proibiu a união por mais de um ano. No entanto, com o tempo, ele viu que estava errado, e agora estamos casados.

— Está falando sério? — A jovem enxugou os olhos com um pano. — O jovem alto que vi com a senhora antes é seu marido?

— É.

— Ele me pareceu muito bom.

— E é realmente.

— Suponho que estejam casados há muito tempo?

— Menos de uma semana, para ser sincera. Estamos em lua de mel.

— *Lua de mel?* O quê? Na sua idade? Bem, quem diria! A senhora está louca e profundamente apaixonada?

A pergunta pegou-me de surpresa. Corei. Que importância tinha isso para ela, pensei, ao fazer uma pergunta tão pessoal? Ao mesmo tempo, não pude deixar de questionar-me: o que eu sentia *de fato* por meu marido? Respondi mentalmente: sentia afeto, admiração e gratidão indiscutíveis, que haviam desabrochado com a intimidade recém-fundada e aumentado a cada dia rumo a um sentimento muito doce e profundo. Isso era amor? Oh! Percebi com uma súbita onda de alegria... sim, sim, era sim! Esse sentimento terno era bem mais sólido, mais sincero e verdadeiro que a paixão arrebatadora e desgastante que cheguei um dia a igualar ao amor. O que sentia era de fato *amor*! Amava, *sim*, meu marido! Eu o amava!

Antes que pudesse responder, a jovem disse:

— Quanto tempo para responder! Não tive a intenção de deixá-la tão constrangida. Seu marido, por causa do traje, suponho que seja um vigário, não?

— Ele é pastor.

— Apenas pastor? Parece velho demais para ser pastor.

Arrepiei-me.

— Ele não é tão velho assim.

— Não consigo nem me *imaginar* casando-me com um pastor. Ele deve ser muito pobre. — Ela tocou meu braço com expressão de pena. — Agora entendo. Não é de surpreender que tenha demorado tanto em declarar seu amor por ele. Deve ter ficado um tanto desesperada na sua idade para se casar com *qualquer* homem... mas não teve outra opção senão casar-se com um *pobre pastor... sinto muito*. Este seria um enorme declínio para qualquer um.

Encarei-a, indignada com a observação, esforçando-me para lembrar-me de que as jovens belas e ricas raramente eram diplomáticas.

— Certamente meu futuro com ele não será brilhante — respondi sem me alterar —, mas acredito que...

De repente os olhos da jovem arregalaram-se, consternados; sua atenção agora se voltava para algo atrás do meu ombro direito.

Virei-me, e me deparei com Arthur alguns passos atrás de mim. Graças à expressão facial, que evidenciava profundo desgosto, percebi que chegara a ouvir pelo menos a última parte de nossa conversa.

— Arthur! — comecei; mas, sem dizer uma palavra, ele se virou e se afastou rapidamente.

Senti o sangue drenar de meu rosto, quando primeiro um calafrio e então um calor ocasionado pelo constrangimento invadiram-me.

— Com licença — disse para a jovem dama, e corri para meu marido. Os passos dele eram bem mais largos que os meus, entretanto, e somente minutos depois consegui alcançá-lo, do outro lado do navio, quando o encontrei na grade observando o mar, taciturno.

— Arthur, sinto muito. Seja lá o que tenha ouvido...

— Charlotte, não sou tolo. Conheço-a há tempo demais para criar qualquer ilusão. Sei que você não me ama.

— Arthur!

— Eu li *Villette*. Lembro-me do que seus irmãos disseram. Sei a quem seu coração pertence... e sempre pertencerá.

Prendi a respiração, alarmada e aflita em pensar que meu marido nutria essa concepção equivocada.

— Não... espere...

— Sei o tipo de homem com quem sempre sonhou se casar, Charlotte, e como deve ser doloroso comparar esse sonho à realidade. Aquela moça tem razão: você se casou com alguém abaixo de você. Acho que de fato estava desesperada. Deus sabe o quanto demorou para mudar de ideia. Resta-me pouco a dizer ou fazer a respeito, a não ser torcer para que um dia talvez você mude de ideia. Mas o que dói, o que magoa muito, é que você pareceu à vontade discutindo tais queixas com uma completa estranha.

Meu rosto queimou.

— Eu não estava reclamando. Arthur, não tenho reclamações. Aquela jovem dama estava desapontada com a própria situação e eu apenas disse...

— Você *disse* que "o futuro comigo não será brilhante"... e tem razão quanto a isso.

— Foi errado de minha parte! Não deveria ter dito ou pensado isso. Perdoe-me. Nunca tive a intenção de magoá-lo. Mas Arthur...

Ele ergueu a mão para que eu silenciasse.

— Basta. Não vamos estragar a viagem. Não precisamos mais falar sobre isto. — O tom jovial que havia marcado seu discurso até então desapareceu. O brilho caloroso e afetuoso em seus olhos sumiu e foi substituído por uma expressão vazia e resignada, que partiu meu coração como faca. — Caminharei sozinho, se não se importar. — Ele se virou e se afastou.

Oh! O que eu fiz? Por que não defendi meu marido imediatamente e com firmeza quando a moça fez aquelas afirmações horríveis? Com poucas e mal-escolhidas palavras, destruí toda a boa vontade e afeto que eu e meu marido havíamos construído juntos nas últimas semanas e meses. Como conseguiria reparar esse estrago que acabara de causar?

Passei o restante da viagem em nosso camarote no andar de baixo, com um mal-estar que só fazia aumentar... se era a náusea ou a ansiedade a principal causa, eu não soube dizer. Arthur não se juntou a mim. O navio aportou em Kingstown pouco antes da meia-noite. Enquanto nos reuníamos no deque, o ar frio e úmido e a escuridão da noite serviram para intensificar meu sofrimento. As luzes do porto estrangeiro não me lembravam joias cintilantes, mas olhos ameaçadores. Uma formalidade rígida havia se erguido agora entre mim e Arthur... e a culpa era inteiramente minha.

AO DESEMBARCARMOS, ENCONTRAMOS ALAN, o irmão de Arthur, à nossa espera. Os dois homens soltaram exclamações de entusiasmo ao se verem e se abraçaram calorosamente. Alan Nicholls era quase três anos mais velho que Arthur e se assemelhava muito a ele, com os mesmos cabelos escuros e belos olhos cintilantes, e o mesmo físico forte.

— Alan, permita-me apresentar minha esposa, Charlotte — disse Arthur, empurrando-me delicadamente para a frente com a mão em minhas costas. Seus traços eram uma máscara perfeita, disfarçando qualquer sinal de angústia interna da qual eu sabia estar sofrendo. De fato, ninguém que estivesse acompanhando o diálogo suspeitaria de que um desacordo de enormes proporções ocorrera entre nós somente algumas horas antes.

— Ora, ora! Então esta é sua querida Charlotte! Finalmente nos conhecemos — exclamou Alan, quando se virou para me observar com um sorriso caloroso e curioso. A voz grossa e o forte sotaque irlandês assemelhavam-se intimamente ao de meu marido, de forma que, se eu fechasse os olhos, não seria capaz de discernir um do outro. — Arthur fala tão bem da senhora e tão entusiasticamente há tantos anos que comecei a desconfiar se a senhora existia realmente. E fico aliviado em ver que sim. — E então pegou minha mão, beijou-a, para em seguida se inclinar ousadamente e me beijar firmemente no rosto. — Bem-vinda à família, irmã.

— Obrigada — respondi, e retribui o sorriso caloroso.

Após localizarem e embarcarem nossa bagagem no veículo, saímos quicando ruidosamente pelas ruas de pedra rumo a Dublin.

— Tirei duas semanas de férias — declarou Alan. Eu sabia que ele havia abandonado a Trinity College antes de se formar, e que agora era agente marítimo e administrava o Grand Canal de Dublin a Banagher. Para minha alegria, vi que era um homem sagaz, bem-informado e cortês. — Existe uma liga de membros da família esperando para conhecê-la em Banagher, Charlotte, ansiosos para ver a mulher que roubou o coração de nosso Arthur.

— Desejo muito conhecê-los.

— Em alguns dias — interpôs Arthur. — Antes, gostaria de mostrar um pouco de Dublin a Charlotte.

— Claro — respondeu Alan. — Nossa casa é sua casa, e será um prazer levá-los a qualquer lugar que desejem.

A pequena casa de dois andares de Alan superou minhas expectativas. Embora modesta, era confortável e ficava em uma rua muito agradável. Como já era tarde da noite, sua família dormia, e nos recolhemos assim que chegamos. Quando me juntei a Arthur na cama, desculpei-me mais uma vez pelo ocorrido no navio e tentei novamente explicar-me — e expor meus sentimentos —, mas ele se virou de costas e adormeceu. Estava tão angustiada que dormi muito mal. Não sei se pela tensão e agitação dos dias anteriores, ou se pelo ar frio do mar durante a viagem, ou por meu desânimo — talvez tivesse sido uma combinação desses fatores —, mas despertei na manhã seguinte bem pior da gripe e com uma tosse acentuada. Para piorar, a cama ao meu lado estava fria e vazia.

Desci para o térreo e encontrei Arthur embalado em uma conversa animada com o irmão na sala de estar, antes do desjejum. Estampei um sorriso no rosto, disposta a não deixar que nossos problemas pessoais prejudicassem nossa viagem. Fui imediatamente apresentada à família de Alan. Sua esposa, graciosa e atraente, cumprimentou-me e lamentou por não poder acompanhar-nos na excursão pela cidade. Achou melhor ficar em casa com seus dois filhos encantadores. Todos demonstraram preocupação com meu estado de saúde, mas disse a eles que faria o que haviam planejado para o dia.

— Acabo de saber que dois primos juntar-se-ão a nós no passeio — comentou Arthur.

Dito isso, um dos primos mencionados — Joseph Bell, bonito, cabelos escuros, 23 anos — entrou pela porta da frente e se apresentou com um sorriso encantador e um sotaque irlandês carregado.

— Uma ótima manhã para você e para todos. Arthur! Como vai, ancião?

Os primos abraçaram-se; foi um prazer único testemunhar tamanha demonstração de afeto entre homens.

— Charlotte — disse Arthur, quando ambos viraram-se para mim —, quero que conheça meu primo Joseph.

— Bem-vinda, prima Charlotte — disse Joseph, prestando uma reverência de grande pompa. — É uma honra e um prazer conhecê-la.

— Para mim também, senhor — respondi, impressionada com seus refinados modos ingleses.

— Sua reputação a precede — continuou Joseph, entusiasmado. — Amei *Jane Eyre*. Um livro realmente extraordinário.

— Obrigada — agradeci, com leve rubor —, mas é apenas um simples conto.

— Um simples conto? — repetiu ele para Arthur, com uma risada. — Vejo que sua esposa é tão modesta quanto brilhante. Você tirou a sorte grande, primo. — De volta para mim, *sotto voce**. — E a *senhora*, Sra. Nicholls, também escolheu muito bem. Jamais encontrará melhor homem que meu primo Arthur... mesmo este sendo um pouco cabeça-dura e mal-humorado de vez em quando.

— Joseph é o aluno mais brilhante da Trinity College — explicou Arthur, orgulhoso. — Alan me contou que ele acabou de receber três bonificações como prêmio.**

— Isso já diz muito sobre a qualidade da competição — acrescentou Alan com mais uma risada.

Após ter sido influenciada por papai e Ellen a acreditar que a família de Arthur era iletrada, mal-educada e uns bárbaros irlandeses que viviam na imundície, e pelo próprio Arthur ao apenas comentar que seus entes eram "gente do campo", nunca imaginara encontrar um aluno da Trinity College entre seus parentes — muito menos um tão charmoso e altamente condecorado. Mal havia assimilado esse novo e surpreendente personagem, quando a outra prima de Arthur, igualmente cativante, surgiu ao pé da escada e entrou na sala. Tinha 24 anos e era tão bela e bem-educada quanto o irmão mais novo; com aparência genuinamente celta, os cabelos pretos cacheados estavam arrumados de forma simples, porém elegante.

---

* Com voz suave. (N. da T.)

** Prêmios de graduação de prestígio oferecidos anualmente a estudantes seletos de mérito superior.

— Você deve ser a Charlotte — exclamou ela com voz doce e alegre, quando parou à minha frente e fez uma reverência. — Sou Mary Anna. — Ela mancava sutilmente, e fiquei sabendo depois que se devia a um acidente quando andava a cavalo ainda na infância. Mas ela e os demais pareciam ignorar esse detalhe, que não prejudicava em nada sua energia e habilidade de locomoção, e logo eu também me esqueci disso.

Mary Anna lançou um olhar repleto de adoração para Arthur e então se sentou ao meu lado no sofá e tomou uma de minhas mãos na sua.

— Arthur é o meu primo favorito desde que eu era menina. Quando ele escreveu dizendo que se casaria e que estava trazendo a esposa, eu disse: "Não posso esperar dois dias inteiros até que eles cheguem a Banagher! Preciso ir a Dublin!" Queria uma chance de conhecê-la melhor antes do restante do clã, pois são tantos Bell. Temo que acabe terrivelmente enjoada de nós em pouco tempo e deseje fugir.

— Tenho certeza de que isso não ocorrerá — comentei com um sorriso —, mas fico muito feliz que tenha vindo, Mary Anna, e grata por um pouco de companhia feminina. Pelo que vejo, há homens demais nessa viagem de lua de mel.

Todos riram do comentário. Esse sentimento de boa disposição prevaleceu durante o restante do dia — em verdade, pelos dois dias seguintes —, tempo que nós cinco passamos passeando por grande parte da cidade, visitando os locais mais importantes. O irmão e os primos de Arthur, após conhecê-los melhor, provaram ser tão amáveis, corteses, cultos e inteligentes que me senti imediatamente bem-vinda e à vontade.

Arthur continuou atento e solícito às minhas necessidades como sempre, insistindo para que não nos estendêssemos muito nos passeios para que eu não me cansasse demais e piorasse minha gripe; no entanto, havia uma distância velada entre nós — uma indiferença da parte dele que, acredito, apenas eu percebia — e uma completa interrupção de intimidade física de qualquer tipo, que me causou muita angústia. Externamente, ele se mostrava entusiasmado e parecia disposto a compartilhar comigo seus antigos refúgios na universidade que frequentou.

Fiquei particularmente impressionada pelo ornamentado Museu Gótico Veneziano e pela biblioteca da Trinity College — um edifício majestoso de estilo clássico. Quando saímos de lá, comentei melancolicamente:

— Se pelo menos estas paredes sagradas pudessem ser abertas para as mulheres em geral. Há tanto o que aprender. Que emocionante seria poder frequentar uma universidade como esta!

— Se lhe fosse permitido frequentar a universidade, Charlotte — comentou Arthur, enquanto entrelaçava seu braço no meu —, acredito que teria tido êxito em qualquer profissão que desejasse. Você é mais culta, talentosa e inteligente dormindo do que muitos homens no auge de seu despertar, e já conquistou mais do que muitos homens conseguiram em toda uma vida.

Havia em sua fala uma insinuação da admiração e do entusiasmo de antes, e por um instante meu coração saltou de felicidade e esperança. Talvez, pensei, seu orgulho ferido estivesse se reabilitando e pudéssemos recuperar a intimidade e o carinho que compartilháramos antes do terrível incidente a bordo do navio. Mas quando lhe agradeci baixinho, ele desviou os olhos e seu sorriso desvaneceu, e a dura máscara voltou a ocupar seu rosto.

Na sexta-feira, 7 de julho, nós nos despedimos da Sra. Alan Nicholls e das crianças, e Alan acompanhou o restante do grupo de trem até a residência da família Bell em Banagher. A fadiga, a excitação e a gripe acabaram causando estragos. Comecei a me sentir mal, e minha tosse tornou-se severa.

Na estação de Birr (achei Birr uma cidadezinha de mercado antiga muito charmosa, que fora um posto militar, contaram-me, datando de 1620), um chofer que imaginei ter sido contratado para a ocasião nos aguardava. Essa suposição veio abaixo quando Arthur me apresentou orgulhosamente ao cocheiro, um senhor de idade que trabalhava para a família Bell havia mais de 30 anos, e por isso conhecia Arthur desde menino. O velhinho (por quem Arthur demonstrava indisfarçável admiração e afeto mútuos) fez uma reverência graciosamente e tirou o chapéu, e seu rosto enrugado esboçou um sorriso animador.

— Bem-vinda, senhora. É uma enorme honra conhecer a esposa de nosso querido Arthur.

Fiquei realmente surpresa em descobrir que os Bell tinham uma carruagem e um cocheiro havia mais de 30 anos — um luxo que minha família não possuía condições de manter —, mas talvez, pensei, esses serviços fossem menos dispendiosos na Irlanda do que na Inglaterra. Viajamos 11 quilômetros por uma paisagem campestre idílica e verdejante e chegamos no fim da tarde a Banagher, a cidade mais a oeste de King's County, esplendidamente situada às margens do rio Shannon.

— Minha nossa! — exclamei, quando a carruagem subiu a única e íngreme rua que ligava a ponte Shannon à igreja e passou por casinhas de pedra do século XVIII espremidas entre si. — Este vilarejo se parece tanto com Haworth.

— É verdade — concordou Arthur. — Faço essa comparação com frequência. Talvez seja por isso que tenha me sentido instantaneamente tão à vontade em Haworth quando me mudei para lá.

Havíamos seguido meio quilômetro pela via, passada a igreja, por uma área de bosque encantadora, quando Mary Anna disse:

— Mais alguns minutos e será possível avistar a Cuba House.

— Cuba House? — perguntei. — O que é?

— Ora... a residência de nossa família — respondeu Mary Anna.

— Que nome pouco usual. Por que se chama Cuba House?

— Um residente local, George Fraser, foi governador de Cuba há mais de cem anos — explicou Alan —, e fez fortuna naquela ilha plantando cana-de-açúcar. Ele voltou e construiu a casa. Agora a avenida e a Royal School também se chamam Cuba, em sua homenagem.

— A Royal School? — repeti. — O que é?

— A escola foi fundada por Royal Charter em 1638, durante o reinado de Charles I — respondeu Joseph. — Nosso pai foi diretor da escola durante muitos anos, e quando faleceu, meu irmão James assumiu o cargo. Claro que hoje o local está calmo e agradável, pois todos os alunos saíram de férias. — Ao ver minha expressão estupefata, ele acrescentou: — Mas obviamente Arthur lhe contou tudo isto, não?

Fitei Arthur, que tinha o olhar fixado na janela e um leve rubor nas faces.

— Não, Arthur me contou que seu pai era clérigo e professor. Imaginei que lecionasse em uma pequena escola local, não em uma instituição de prestígio, fundada por decreto da realeza... e não fazia ideia de que fora diretor da escola.

Joseph deu uma risada e deu um soco brincalhão no ombro de Arthur.

— Guardando segredos da própria esposa, é, primo? Ou estava apenas sendo modesto?

— Tio Bell *era* clérigo e professor, bem como diretor de escola — insistiu Arthur, calmamente.

— Ele também recebeu o diploma de Doutor em Leis pela Universidade de Glasgow — acrescentou Alan. — Era um homem realmente brilhante.

— Chegamos — anunciou Mary Anna.

A carruagem parou defronte a um portão de ferro imponente. Os portões foram abertos e entramos. Com assombro, tive o primeiro vislumbre da residência dos Bell. Imaginara uma casa de campo modesta ou uma "choupana", como Arthur se referira casualmente certa vez. Em vez disso, a construção diante de mim — separada da via alta por um amplo gramado e rodeada por limoeiros — era o epítome de uma típica fazenda de um cavalheiro. A casa era imensa e feita de tijolos e pedra, com telhado de mansarda, portais com frontões e um terraço com balaústres. Uma fileira de prédios escolares de pedra e tijolos entendia-se atrás da casa e do lado direito.

— Oh! — exclamei, sem conseguir conter meu espanto e deleite. — É tão grande e tão bela! Arthur: esta é mesmo sua casa?

— Não é *minha* — respondeu Arthur, mas notei que ele vibrava de orgulho. — É onde cresci.

— Na verdade, não é de nenhum de nós — admitiu Joseph. — A casa é a residência do diretor. Tivemos a sorte grande de viver aqui já há muitas décadas, primeiramente por causa do cargo de papai, e agora por causa de nosso irmão James.

— Minha família ocupa a residência paroquial em Haworth por circunstâncias similares — comentei —, por isso entendo perfeitamente. Mas, oh! Não se compara a esta casa. Que lar magnífico!

— Os Bell também possuem outras casas menores — interpôs Allan. — Nosso tio comprou boa quantidade de terras nas vizinhanças, que estão arrendadas e sendo cultivadas.

— Papai era 12 anos mais velho que mamãe — acrescentou Mary Anna. — Alguns a provocavam dizendo que se casara com um homem mais velho pelo dinheiro, mas era amor, amor verdadeiro. Ela o venerou até o dia de sua morte.

Ao estacionarmos defronte da entrada e saltarmos do veículo, um grande número de pessoas — familiares e criados, bem como quatro cachorros animados de diferentes raças e tamanhos — surgiu da porta da frente da mansão em direção à rua. Eu e Arthur fomos recepcionados, e apresentações se mesclaram a exclamações, abraços e beijos.

Alan Bell, o filho mais velho, de 30 anos, era clérigo; James Bell, 28 anos, era o diretor da escola; e Arthur Bell, 26 anos, esperava se tornar cirurgião. Todos obviamente possuíam educação universitária e pareciam cavalheiros genuínos por natureza e refinamento. Até mesmo o mais jovem dos filhos, William, que tinha somente 15 anos, era um rapaz charmoso e certamente seguiria os passos dos irmãos. As duas filhas casadas, vim a saber depois, não puderam se juntar a nós. Mas Harriette Lucinda Bell, 20 anos, estava presente — uma moça muito bonita com modos amáveis e agradáveis assim como os da irmã Mary Anna. Tantas pessoas foram apresentadas a mim ao mesmo tempo que acabei esgotada, mas percebi de imediato que os primos de Arthur eram todos inteligentes, bons e muito cultos, e que eu nutriria grande afeto por eles.

Reinando sobre aquela prole tão alegre e vivaz estava a Sra. Harriette Bell, viúva do Dr. Bell e tia e mãe adotiva de Arthur e Alan Nicholls.

— Não faz ideia de quão ansiosa estava por este momento — declarou a Sra. Bell, enquanto estendia graciosamente sua mão para mim. Mulher estonteantemente bela, com cabelos escuros elegantemente presos e vestido azul-marinho de seda da última moda, ela se portava com a harmonia e a graça de uma matrona inglesa: com toda a bondade e refinamento bem-intencionado. Seu sotaque soava, surpreendentemente, mais inglês que irlandês. — Tenho perturbado os criados há dias, na esperança de arrumar tudo para sua chegada. Acomodaremos vocês no quarto verde, Arthur, no andar térreo... Ele possui uma lareira excelente e creio que a melhor vista. Espero que esteja ao seu gosto.

— Estará perfeito para nós. Obrigado, tia — disse Arthur, beijando-a antes de entrarmos. O amplo corredor de parapeito alto tinha paredes de mármore. Pude ver a sala de jantar adjacente, espaçosa e majestosa. Pouco depois, foi servido um elegante chá ao estilo inglês na ampla sala de estar com paredes de carvalho, bela e confortavelmente mobiliada. Todos sentaram-se nas variadas cadeiras e sofás, e começamos a comer e beber, conversando animadamente.

Enquanto bebericava meu chá e contemplava a esplêndida casa e os novos rostos à minha volta, tudo — e todos — excedia minhas expectativas de tal maneira que parecia informação demais para assimilar. Ouvira tanto sobre a negligência irlandesa, e no entanto não vira nada disso desde minha chegada ao país. E tudo o que via eram os mais elevados exemplos de refinamento e compostura.

Enquanto escutava o que era dito, captei fragmentos e pedaços de informação sobre os Bell: que a Sra. Bell e suas filhas tocavam piano e eram costureiras de mão cheia e jardineiras dedicadas. Que todos na família liam assiduamente, e eram apaixonados por animais.

— Certamente tivemos pelo menos trinta cães na casa nos últimos anos — explicou a Sra. Bell ao pôr a xícara de chá de lado. — Mas de longe, meu melhor e mais querido cão era meu pequeno Fairy. — Vi todos revirarem os olhos, enquanto a Sra. Bell prosseguia nostalgicamente: — Não passava de uma bolinha de pelos, era inteiramente devotado a mim... e ficou tão feliz em me ver quando voltei de minha lua de mel, que...

— ...a pobre criatura morreu de absoluta alegria — completou *en masse* o grupo reunido, e em seguida houve uma risada coletiva.

— Se tivessem conhecido meu pequeno Fairy — insistiu a Sra. Bell, com dignidade —, não ririam.

Em uma rodada de diálogos cheios de carinho e entusiasmo, todos descreveram os atributos de seus animais de estimação preferidos. Quando chegou a minha vez, falei de nosso querido Flossy. Arthur declarou que tivera muito apreço por um grande cachorro de raça incerta de cor marrom que encontrara quando tinha 10 anos e que lhe permitiram levar para casa para que se tornasse seu dono. Tudo aquilo era fascinante para mim e iluminou esse lado amoroso que meu marido tinha por animais, e que eu sempre admirara.

— Como podia amar aquele *hound* feioso, Arthur — ponderou James com uma risada. — Mas a verdade é que você gostava igualmente dos animais selvagens que vagavam por nossa propriedade. — Voltando-se para mim, James acrescentou: — Uma vez, quando Arthur tinha uns 12 ou 13 anos, papai deu ordens de que um arvoredo ao lado de casa fosse cortado. Arthur fez tanto estardalhaço, insistindo que as árvores serviam de abrigo para os esquilos, que papai desistiu da ideia.

Uma avalanche de provocações afáveis seguiu-se, com os primos de Arthur caçoando de sua devoção à proteção dos roedores grandes e peludos. Sorri, impressionada e maravilhada, olhando para Arthur do outro lado do salão, que parecia relaxado e feliz como nunca. Uma onda de afeição invadiu-me. Quão pouco, percebi, eu conhecia de meu marido quando me casei com ele! E o quão melhor o conhecia agora... agora que tinha a oportunidade de vê-lo interagir com aqueles que amava, e que o amavam, na casa onde ele crescera. Eu o enxergava com outros olhos ali em seu país. Ele era claramente muito querido por sua família e estava perfeitamente à vontade naquele lugar grandioso.

Com uma pontada de vergonha, também me dei conta de como papai — e eu por extensão — estivera equivocado sobre Arthur. Papai recusara rotundamente a mera ideia de uma união entre mim e Arthur, insistindo que isso seria uma degradação, que Arthur não passava de um pobre pastor provindo de uma "família humilde". Como papai teria mudado rapidamente seu tom caso visse as esplêndidas casa e família de onde aquele pastor valioso vinha! Os Brontë — e os Brunty antes deles — eram tão mais humildes que os Bell que chegava a ser ridículo fazer comparações.

Dei-me conta de que Arthur estava ciente daquilo todo o tempo. E, no entanto, nada dissera. Mesmo a bordo do navio, ao ouvir as palavras cruéis da jovem de que eu me casara com alguém inferior a mim, e minha resposta inadequada e fraca, ele não tentara inteirar-me da verdade. Joseph o chamara de modesto, mas eu via agora que era bem mais que isso. Arthur desejava ser julgado pelo que era verdadeiramente, não por sua origem ou pelos bens de sua família.

Oh! Como eu desejava desesperadamente ficar sozinha com meu marido e lhe dizer como me sentia: como era grata a Deus por me abençoar com a devoção afetuosa de um homem tão honrado e despretensioso; como o amava verdadeiramente; e que apenas desejava me empenhar para merecê-lo.

Mas ao me levantar para ir até ele, senti-me tonta subitamente. Voltei a sentar na cadeira. Foi tudo o que consegui fazer para não perder o equilíbrio e cair no chão, e então fui tomada por uma tosse longa e desesperadora.

— Minha querida, você não está nada bem, Charlotte! — exclamou a Sra. Bell. — Tenho estado preocupada com essa tosse desde o momento em que chegou. Arthur! Não me diga que vem arrastando esta pobre mulher por Gales e Dublin nestas condições?

— Meu resfriado só piorou nos últimos dois dias — respondi prontamente. — Arthur tem cuidado de mim muito diligentemente e insistiu que eu descansasse várias vezes quando preferi seguir adiante.

— Bem! — declarou a Sra. Bell, vindo até mim e oferecendo seu braço. — Temos de mandá-la diretamente para a cama sem demora, e alimentá-la com uma boa sopa quente. Maureen!

Uma criada de faces rosadas apareceu.

— Sim, senhora?

— Diga à cozinheira para esquentar um pouco daquele caldo que fez e levar para nossa hóspede no quarto verde. E diga a Agnes que preciso dela.

— Sim, senhora — respondeu a criada, e se foi rapidamente.

Antes que me desse conta, eu havia sido despida pela previamente mencionada Agnes, uma criada que parecia ser muito eficiente, de uns 50 anos, e em seguida fui acomodada em uma cama ampla e macia em um quarto três vezes maior que minha sala de estar da residência paroquial. O fogo e a turfa queimavam abundantemente na velha lareira, acrescentando uma sensação reconfortante ao ambiente antigo, porém confortável. A criada de faces rosadas trouxe-me sopa na bandeja e se retirou.

Havia tomado três colheradas cheias quando Arthur entrou e veio hesitantemente até a cama, perguntando em tom preocupado se havia algo que ele pudesse fazer por mim.

Fitei-o com o coração palpitante, repleto de tudo aquilo que desejava lhe contar. Mas quando abri a boca para falar, a Sra. Bell entrou e disse deliberadamente:

— Arthur, pode deixar sua esposa comigo. — Ela se sentou em uma cadeira coberta por tapeçaria ao lado da cama e começou a despejar um líquido de um recipiente de remédio em uma colher. — Já cuidei de centenas de gripes nesta casa e nunca perdi um paciente. Uma cama enferma não é lugar para um marido recém-casado. Vá visitar seus primos.

Relutante, Arthur disse:

— Se insiste, tia. — Ele se inclinou sobre mim e me deu um beijo gentil na testa. — Sinto tanto que esteja doente, Charlotte, mas garanto que está em boas mãos. Não há enfermeira melhor em todo o condado, e isso é fato.

— Arthur — falei, buscando suas mãos, mas fui detida por outro acesso de tosse.

— Fique tranquila. Descanse um pouco, minha querida, e sentir-se-á melhor — disse ele, e se dirigiu para a porta.

Não sei qual remédio a Sra. Bell me deu, mas assim que terminei o caldo, senti-me instantaneamente sonolenta e dormi ininterruptamente até a hora do jantar, e continuei inconsciente até a manhã seguinte.

Capítulo Vinte e Quatro

Quando acordei, os raios de sol espiavam pela fresta das cortinas. O travesseiro afundado, o lençol amassado e a colcha ao meu lado eram evidências de que meu marido compartilhara de fato a cama comigo, e se retirara novamente sem me incomodar. Pouco depois, ouvi uma batida suave à porta.

— Entre — pedi, desejando que fosse Arthur. Mas era Agnes, a criada de cabelos grisalhos que me ajudara a fazer a cama na noite anterior.

— Ah, que bom, está acordada — disse Agnes, entrando com uma bandeja. Era baixa e robusta, os cabelos brancos presos sob a touca, rosto agradável e de traços finos, e pronunciado sotaque local. — A patroa mandou-me trazer o desjejum. — Deixou a bandeja de lado e escancarou as cortinas. A luz do sol invadiu o quarto através das amplas janelas que, por sua vez, ofereciam uma bela vista do campo de verde exuberante. — Espero que tenha dormido bem, Sra. Nicholls.

— Dormi, sim. Obrigada, Agnes.

— Como se sente nesta manhã?

— Um pouco melhor — respondi, mas então uma forte tosse acometeu-me.

— Bem, vejo que a senhora está um pouco mais corada nas bochechas nesta manhã do que quando chegou. Isso é bom sinal. Minha patroa costuma dizer que não há nada que uma boa e longa noite de sono não cure, e não posso concordar mais. Trouxe mingau, chá e torrada. Deseja comer um pouco?

— Comerei um pouco, obrigada. Agnes: por acaso viu meu marido?

— Nosso Arthur? Oh, sim, vi! — respondeu Agnes em tom de veneração, enquanto rearrumava os travesseiros ao meu redor e me ajudava a sentar — Levantou cedo e está perambulando por aí, preocupado demais com a senhora. Seu marido é um homem bom, se me permite dizer, o Sr. Nicholls. Eu o conheço desde o dia em que chegou aqui, que menino doce era, sempre procurando um jeito de ajudar os outros, sempre tentando ser bom e fazer o bem. Desde aquele dia em diante, nunca ouvi ele fazer uma queixa, uma palavra contra alguém ou uma palavra que não fosse a verdade honesta de Deus, e não é sempre que se tem essas qualidades num menino... ou num homem. Posso lhe dizer com toda a certeza, madame, a senhora é a pessoa mais sortuda do mundo, pois tem o melhor cavalheiro do país.

Agnes proclamava os elogios com afeto e respeito tão profundos que meu coração emocionou-se e as lágrimas escorreram. Mas antes que tivesse tempo de fazer um comentário, a boa criada pôs a bandeja em meu colo e prosseguiu:

— Ah! Mas a senhora perguntou onde o Arthur está, não? E eu tagarelando sem parar. Bem, madame, ele estava perambulando pela casa, como eu disse, e deixando a patroa nervosa, e então ela disse a ele, assim: "Arthur, não há a menor chance nesse mundo de Deus de sua querida esposa sair da cama hoje. Ela precisa de um dia inteiro de descanso e cuidado apropriado. Vá em frente", disse ela. Depois de muito reclamar e resmungar, ela finalmente convenceu ele a ir pra um piquenique na beira do rio com os primos e seus amigos.

— Oh! Ele saiu? Tardará muito em voltar, acha?

— Bem, madame, esses jovens gostam tanto de ir até o Shannon, todos têm um barco ou podem alugar ou pedir emprestado um hoje, e com o tempo tão agradável nesta época do ano... acho que só voltam um pouco antes do jantar.

Agradeci a ela, extremamente desapontada. Agnes acrescentou mais gravetos na lareira e se retirou.

Comi meu desjejum em silêncio, com pouco apetite. Não muito tempo depois de remover a bandeja do colo, a Sra. Bell veio me ver. Durante todo o dia, a boa dama cuidou de mim com gentileza e capricho, intercalando períodos de descanso para recuperar minhas forças. Mais tarde, ao acordar de um cochilo, ela puxou uma cadeira para perto de mim, empunhando seu bordado, e se ajeitou para uma conversa.

— Prometi a Arthur que ficaria de olho em você e que providenciaria para que melhorasse. Já é muito querida por mim, sabe, pois é a esposa do meu Arthur. E, claro, há sempre lugar em meu coração para qualquer um da Inglaterra. Posso ter nascido em Dublin, mas frequentei a escola em Londres.

— Isso explica: a senhora parece, e soa, muito inglesa.

— Não passei muito tempo em seu país, verdade seja dita, e era muito jovem na época. Mas causou-me uma impressão duradoura. Sabe, meu pai decidiu que seria vantajoso que eu fosse educada em uma escola na Inglaterra, como uma verdadeira dama. E me levou com o intuito de me deixar lá. Após apenas três semanas, ele voltou para me levar de volta para casa, pois achava a vida praticamente insuportável sem mim. Entretanto, nestas três semanas apenas, aprendi um inglês sofisticado, vi Londres toda iluminada em homenagem à vitória de Wellington na Batalha de Waterloo...

— A vitória de Wellington? Que emocionante!

— E conheci a rainha.

— A rainha?

— Ela esteve na escola para ver uma criança por quem tinha interesse e lhe disseram "temos uma pequena irlandesa aqui". Evidentemente, eu era motivo de curiosidade, e fui levada ao andar térreo para ser apresentada. Ela era uma velhinha, engraçado, não?, seu nome também era Charlotte.

Ri de deleite e imaginei nostalgicamente: teria sido assim se eu tivesse uma mãe? Não me lembrava da última vez que cuidaram de mim na cama. Era uma sensação estranha e maravilhosa, como se tivesse voltado a ser criança.

Eu e a Sra. Bell conversamos amigavelmente durante toda a tarde. Ela me perguntou sobre a minha infância, e então me contou sobre a de Arthur.

— Ele e o irmão adaptaram-se perfeitamente à nossa família, e Arthur se afeiçoou à escola como um pato à água: um excelente aluno, sempre se esforçando para conseguir as distinções mais altas na escola e na universidade. Foi professor por um tempo, você sabe, e o professor mais zeloso e dedicado que o mundo já conheceu. Não pude sentir mais orgulho do que quando ele anunciou que seguiria a carreira de clérigo. Alan Nicholls também é um bom homem. Amo todos os meus filhos, Charlotte, e você sabe que Arthur e Alan não são meus realmente, mas uma mãe não poderia desejar filhos melhores, e agradeço a Deus todos os dias por haver dado sabedoria a meu marido para trazê-los para nossas vidas.

Que maravilhoso ouvir elogios tão respeitosos da mulher que o criara! Ao mesmo tempo, enchia-me de vergonha, pois me lembrava de quão gravemente injusta fui ao subestimar e julgá-lo mal durante tantos anos.

Naquela mesma noite, ouvi o grupo de barqueiros retornar muito bem-humorado, anunciando apetite de sobra. Levantei-me da cama e me vesti rapidamente, decidida a juntar-me a eles para o jantar. Fui recebida com enorme fanfarra na sala de jantar, onde todos declararam que eu parecia muito melhor.

— Precisa vir conosco da próxima vez, Charlotte — insistiu Mary Anna. — Não há nada mais relaxante que um passeio de barco tranquilo pelo Shannon nesta época do ano.

— Fico feliz em vê-la de pé e mais bem-disposta — disse Arthur, e se sentou ao meu lado à mesa de jantar. — Senti-me mal por tê-la deixado aqui.

Recebi um breve olhar afetuoso ao qual me acostumara; mas então, como se lembrando-se de conter seus sentimentos, o sorriso desapareceu, e ele desviou o olhar. Oh! Que enlouquecedor era estar em um ambiente repleto de gente, sem oportunidade de me expressar! Estava prestes a me inclinar e sussurrar no ouvido de Arthur para pedir que saíssemos em particular para uma breve conversa, quando a Sra. Bell exclamou de repente:

— Minha nossa! Charlotte já está aqui há dois dias, e acho que todos nós esquecemos... estamos na presença de uma célebre autora!

Para minha decepção, todos se lançaram sobre esse tópico como se fosse assunto de enorme fascínio, forçando-me a abandonar qualquer intenção de deixar a mesa. Quando o primeiro prato foi prontamente servido, Mary Anna disse entusiasticamente:

— Lembramos, mamãe, mas todos tentamos *com muito empenho* não comentar o assunto... pois não queremos que Charlotte pense que a amamos apenas por sua genialidade literária.

— Adorei *Jane Eyre* — proclamou sua irmã Harriette, radiante. — É verdadeiramente o melhor romance que já li.

— Os três volumes surgiram aqui na Irlanda separadamente — explicou a Sra. Bell. — Ficamos tão energizados pelo romance que mal conseguimos suportar o suspense entre uma parte e outra! Fomos até Birr especialmente para buscar cada novo volume tão logo era possível! Obviamente, não tínhamos ideia na época de quem era a autora.

— Não pense que seus admiradores na família são apenas mulheres — acrescentou Alan Bell. — Todos nós lemos *Jane Eyre* e *Villette* e amamos ambos os livros. Gostei de *Shirley* também, particularmente de seu bando de pastores. Não me lembro de ter rido tanto como dessa vez. É verdade, como nosso Arthur alegou com tanto orgulho, que ele serviu de inspiração para aquele pequeno trecho no fim sobre o Sr. Macarthey?

Sorri, olhando Arthur com carinho (desejosa de que ele visse em meus olhos o que eu ainda não havia tido a oportunidade de dizer com palavras), mas ele não estava me olhando.

— É verdade. Claro, isso foi há muitos anos, antes de conhecer Arthur bem como o conheço hoje.

— Acho que ele foi até muito decentemente retratado — comentou Joseph. — Se bem me lembro, ele foi descrito como um trabalhador árduo, decoroso e caridoso... apenas irritava-se com dissidentes e quacres com demasiada facilidade.

Todos riram. A Sra. Bell pediu:

— Conte-nos, Charlotte, pois estamos ansiosos para saber: quem foram os modelos para o Sr. Rochester e Monsieur Paul Emanuel?

Senti Arthur enrijecer ao meu lado e tensionar o rosto. Um coro ecoou dos demais.

— Sim, sim! Quem são eles? São baseados em pessoas reais?

Rapidamente respondi:

— Os personagens são uma mescla de várias qualidades que eu detestava ou admirava nos homens que conheci, e de homens que imaginei, desde o primeiro instante em que empunhei um pena.

— Bem, para mim o Sr. Rochester é o homem mais romântico já retratado na ficção — declarou Mary Anna com um suspiro.

Uma discussão animada então começou, abordando se o Sr. Rochester era um personagem deplorável ou um bom homem prejudicado por circunstâncias infelizes; e uma discussão a respeito da própria Jane, que todos pareciam crer ser a mais excelente das heroínas. Mais tarde, a Sra. Bell perguntou sobre meu pseudônimo.

— Como pode imaginar, estamos *mais* do que curiosos em saber a origem do nome "Currer Bell". Que belo sobrenome! — Risos. — Bell foi uma coincidência?

— Não exatamente — respondi. Contei a eles sobre as particularidades que envolveram a derivação daquele nome, que causaram outro acesso de risos do grupo.

O relógio badalava nove horas quando Allan Nicholls sugeriu que fôssemos para a sala de estar e jogássemos um jogo de charadas, uma ideia que foi recebida com entusiasmo por todo o grupo. Pedi perdão porque iria me retirar por causa de minha gripe. Desejei boa-noite a todos, e enquanto todos se moviam na direção oposta, recolhi-me em estado de euforia tortuosa e exausta, entristecida pelo fato de meu marido não ter se oferecido para me acompanhar até o quarto.

As cortinas de nosso quarto estavam abertas. Era uma noite de verão amena, e o sol ainda tardaria um pouco a se pôr. Algo me atraiu para a janela. Para minha surpresa, vi Arthur sair da casa e cruzar o enorme gramado, acompanhado por dois cachorros. Ele parecia dirigir-se para o bosque na lateral da propriedade.

Agarrei o xale e corri para fora, com o coração acelerado.

— Arthur! — gritei, mas ele estava longe demais para me ouvir. Apertei o passo pelo vasto gramado e adentrei pelas árvores, chamando-o em vão. Segui o som dos cachorros pelo bosque até encontrar uma pequena clareira, onde vi Arthur a atirar um par de gravetos para seus animados companheiros de passeio. — Arthur! — chamei novamente, enquanto me aproximava.

Ele se virou e veio caminhando até mim, e a surpresa mesclou-se à sua discrição.

— Achei que tivesse ido dormir — disse, parando a alguns passos de distância. — Não devia estar aqui fora no sereno.

— É uma noite amena, mas teria enfrentado uma tempestade de neve! Oh, Arthur, Arthur! Tenho querido lhe falar tão desesperadamente. Há muito tempo não temos tido um minuto sequer a sós.

— Charlotte... — começou ele, franzindo o cenho.

— Por favor, Arthur, apenas escute. Preciso lhe falar! Em primeiro lugar: em relação a *Villette*... é verdade que naquele livro escrevi sobre um homem que um dia conheci, mas é apenas uma história.

Seus olhos encontraram os meus.

— Você o amava?

— Amava... muito tempo atrás. Porém não o amo mais, e não sinto nada além daquilo que você sente pela menina por quem se encantou aos 17 anos.

Ele ficou em silêncio, assimilando minhas palavras. Os cachorros vieram correndo até nós. Arthur arrancou os gravetos de suas bocas e atirou-os ao longe. Quando os cães saíram em disparada, prossegui:

— No dia de nossa viagem de navio, eu apenas tentava reconfortar a jovem dama cujo pai não aprovava o pretendente escolhido por ela. Dei o *nosso* exemplo para mostrar que tudo poderia acabar *bem*, se ela soubesse esperar, e se o seu amado pudesse provar seu valor. Mas ela era uma menina mimada, rica e preconceituosa; deturpou tudo e começou a criticar você sem sequer conhecê-lo e eu, para minha vergonha eterna, não parti em sua defesa como deveria. Vejo agora que estava sendo tão cega e preconceituosa quanto ela. Eu não fazia ideia de que você tinha uma família tão culta e vivesse em um lugar tão magnífico como este! Mas mesmo que tivesse vindo da mais pobre das famílias, Arthur, isso não deveria ter importância. Somente o que importa é *você*: o homem que é hoje... e você é muito mais que um igual a mim em todos os aspectos. Tenho orgulho de estar casada com você, Arthur. Eu o amo! Não percebi o quanto o amava até aquele momento no navio, quando a moça me perguntou o que sentia. Por isso demorei tanto para responder. Amo você, Arthur, e sinto muito por ter dito e feito qualquer coisa que tenha lhe causado dor. Algum dia será capaz de me perdoar?

Com lágrimas jorrando dos olhos, ele deu um passo à frente e pegou minhas mãos.

— Não imagina há quanto tempo esperei e sonhei por ouvi-la pronunciar estas palavras. É realmente o que sente, Charlotte? Realmente me ama?

— Amo com todo o meu coração.

Quando os cachorros retornaram correndo, andando em círculos aos nossos pés, meu marido puxou-me para seus braços e me beijou, repetidas vezes.

PASSAMOS UMA SEMANA EM CUBA House — uma das mais preciosas de minha vida. Fizemos passeios de barco no rio Shannon e longas caminhadas pelo campo. Desfrutamos de piqueniques deliciosos e noites repletas de júbilo, música e dança. Durante esse tempo, recuperei minha saúde completamente. Senti-me à vontade e totalmente aceita em todos os momentos. E foi com grande tristeza e um coração cheio de esperanças de voltar no ano seguinte que deixamos os Bell.

Passamos as duas semanas restantes de nossa lua de mel em um passeio pelo oeste da Irlanda, com direito a uma parada em Kilkee, o mais pitoresco dos balneários localizado acima de uma baía acentuadamente curvada. Foi a primeira vez desde nossa chegada à Irlanda que eu e meu marido ficamos a sós. Aproveitamos com deleite esse tempo juntos, e a oportunidade de renovar nossa intimidade e aumentar o conhecimento que tínhamos um do outro. Em nossa primeira manhã em Kilkee, quando fomos até o topo das falésias e contemplamos o Atlântico abaixo de nós, todo branco causado pela espuma ao longo da costa espetacular, fiquei tão arrebatada pela vista gloriosa que desejei sentar-me ali e apenas olhar tudo em silêncio, em vez de caminhar e conversar. Arthur não apenas assentiu ao meu desejo, como também admitiu que tivera a mesma ideia.

Enquanto visitávamos os locais mais famosos e belos da Irlanda, saboreando as paisagens magníficas ao longo do caminho, desfrutei do cuidado doce e incessante de meu marido, que me mostrou um jeito de viajar diferente e bem mais agradável que o de antigamente. Mais prazeroso que tudo, porém, era o profundo contentamento que me invadia em função do puro prazer da companhia de Arthur. Foram muitos os momentos no quais ele me puxou para os seus braços e me fez um carinho inesperado, e pronunciou com profunda sinceridade:

— Obrigado por ter se casado comigo. Você me faz muito feliz. — Com certeza e alegria, retribuí o sentimento.

Em nossa lua de mel, fiquei em dívida com meu marido não apenas pela alegria redescoberta, mas por ele ter salvado minha vida.

Quando fazíamos um passeio guiado no lombo de um cavalo por um desfiladeiro estreito e sinuoso no topo da montanha Gap of Dunloe, próxima a Killarney, minha égua escorregou e ficou indomável. Arthur desceu rapidamente de seu cavalo e agarrou a rédea de minha égua para guiá-la. Subitamente, o animal empinou. Fui jogada e caí sobre as pedras abaixo do animal. A égua escoiceava e se agitava à minha volta. Imaginei que meu fim havia chegado e que seria esmagada por suas patas. Consternado, Arthur soltou a criatura e esta saltou por cima de mim.

— Charlotte! — gritou Arthur, aterrorizado, enquanto me erguia do chão em seus braços. — Está ferida?

Fiquei perplexa com meu infortúnio, mas lhe assegurei que nenhuma pata do animal me tocara. Enquanto o guia recuperava os cavalos, Arthur me fez sentar e me abraçou com força de encontro ao peito.

— Por um instante achei que a tivesse perdido — murmurou ele, com seu hálito roçando meus cabelos.

Ergui o rosto para meu marido e, na ponta dos pés, dei-lhe um beijo nos lábios.

— Nunca me perderá. E o amo demais para me separar de você.

AO RETORNARMOS EM 11 DE agosto, após mais de um mês de ausência, eu e meu marido fomos invadidos por visitantes de todos os cantos da paróquia, alguns de bem longe. Desejosos por mostrar nossa gratidão pelas calorosas boas-vindas e demonstrações de boa vontade por parte dos fiéis, eu e Arthur decidimos oferecer uma pequena cerimônia para o vilarejo. Convidamos todos os alunos e professores das aulas diárias e dominicais, bem como os tocadores de sino e os coristas para um chá e jantar na sala de aula da escola.

A preparação da recepção demandou certo trabalho. Na hora marcada, em um fim de tarde quente de agosto, as mesas já estavam postas no salão da escola e pelo pátio, cercadas por bancos, cobertas por panos brancos e decoradas com flores, e a comida (preparada por muitas mãos), finalmente pronta — para nossa surpresa, praticamente quinhentas pessoas apareceram! Radiante de alegria, Arthur recepcionou nossos convidados com um breve embora simpático discurso, e os fiéis alternaram-se nos brindes pelo retorno de Arthur à paróquia e pela felicidade dos recém-casados.

— A Arthur e Charlotte — proclamou um amável camponês conhecido nosso, com o copo levantado e um sorriso sincero. — Um brinde às duas pessoas de mais alta qualidade nesta paróquia, que finalmente tiveram o bom senso de se casar. Que suas vidas sejam longas e prósperas e sua casa abençoada com muitos filhos. — Os aplausos entusiasmados que se seguiram ocasionaram um rubor acentuado em minhas faces.

O Sr. Ainley, na minha opinião, fez o brinde mais afetuoso de todos — e o mais efetivo à luz de sua brevidade. Com a voz nítida e estrondosa, ele simplesmente disse:

— A Arthur Bell Nicholls: um cristão consistente e um cavalheiro de bom coração. À sua saúde, senhor.

A congregação ovacionou em gesto de aprovação, segurei a mão de Arthur e a apertei, fitando-o com olhos marejados. Pensei: ganhar um mérito como esse — um cristão consistente e cavalheiro de bom coração — era de longe muito melhor que adquirir fama, dinheiro ou poder. Quanta sorte eu tinha por receber o amor de um homem assim!

Descobri em pouco tempo que minha vida sofrera uma enorme mudança. Tempo — um artigo que um dia eu tivera de sobra nas mãos — agora parecia muito escasso. Como esposa, raramente tinha momentos de ócio. Os jornais franceses que costumava ler agora se amontoavam em uma pilha negligenciada. Era constantemente solicitada por meu marido, sempre demandada, ocupada. Primeiramente, foi uma situação estranha e, no entanto, passei a achá-la maravilhosamente boa.

O mero fato de ser solicitada era uma bênção para mim após a solidão total dos anos recentes. Arthur parecia encontrar tanto prazer na minha companhia enquanto realizava suas muitas tarefas que dificilmente eu me recusava a estar com ele. E eu também descobri enorme prazer em minhas novas atividades. Entreter os clérigos visitantes e visitar os pobres, organizar os chás da paróquia e ensinar na escola dominical — as mesmas tarefas que sempre fui compelida a fazer como filha do pároco — ganharam nova perspectiva, interesse e importância, agora que eu me tornara a esposa do pastor. Descobri que o casamento estava me consumindo da melhor forma possível.

Ao mesmo tempo, embora estivesse muito feliz, admito que ocasionalmente sentia falta de minha vida de criatividade. Havia poucas oportunidades de escrever qualquer coisa. Fui forçada a rascunhar nas páginas deste diário aos trancos e barrancos, sempre que um tempinho livre se apresentava ou mais comumente tarde da noite, quando Arthur já dormia.

Ele iniciou a prática de ensaiar seus sermões para mim e pedir minha opinião antes de apresentá-los à congregação. Com seu humor renovado e benevolente, seus sermões eram frequentemente doces e empolgantes, e tocavam no melhor da natureza humana. Quando ele ameaçava, porém, produzir algo de menor padrão, eu não hesitava em expressar meu descontentamento de forma agradável — e melhoras eram comumente feitas de forma igualmente agradável.

Enquanto me acostumava à rotina da nova vida, o verão tornou-se outono, e o outono passou correndo sem piedade para dar lugar ao inverno. Eu e Arthur fomos a Bradford e tivemos nosso retrato gravado em um novo processo chamado fotografia. Era tão estranho e fascinante ver as imagens completas. Não gostei muito de minha imagem, mas Arthur gostou, e achei que parecia particularmente belo na dele, olhando para o lado com olhos brilhantes e um sorriso de soslaio no semblante.

Meu pai, que Deus o abençoe, continuou com boa saúde. Eu tinha a esperança de que ele ficaria conosco ainda durante muitos anos. A reconciliação entre papai e Arthur — antes tão inimaginável — permaneceu imperturbável. Ver os dois homens conviverem em harmonia era, para mim, uma felicidade constante; nunca mais houve um mal-entendido ou palavra ofensiva proferida entre os dois. Sempre que via Arthur vestir sua sobrepeliz ou batina e conduzir um culto ou realizar um ritual sagrado, sentia enorme conforto, por saber que meu casamento, conforme eu desejava, garantiria a papai uma boa ajuda em sua idade avançada.

A cada dia que passava, eu e Arthur nos aproximávamos mais. Sempre descobríamos uma nova peculiaridade ou excentricidade de ambas as partes das quais rir, as quais ajustar. Meu marido não era impecável. Nem qualquer outro ser humano é, e certamente eu não sou exceção, mas nenhum de nós esperava perfeição. Aprendemos a tolerar os aspectos de nossos hábitos e personalidades que não atendiam precisamente às nossas expectativas, a apreciar aqueles que atendiam e a achar graça de tudo que se encontrava entre um extremo e outro. Não existia nenhum tipo de restrição causadora de tormento entre nós. Juntos, ficávamos perfeitamente à vontade, pois combinávamos um com o outro.

Um dia eu estava folheando *Jane Eyre*, quando encontrei essa passagem. Chorei quando li, pois na época em que a compus, tais palavras não passavam de um estado de felicidade conjugal idealizado, que — até o momento atual — existira somente em minha imaginação:

*Sei o que é viver inteiramente para e com quem mais amo
nesta terra. Considero-me supremamente abençoada —
abençoada além do que as palavras podem dizer; porque
sou a vida de meu marido, assim como ele é a minha. Nenhuma mulher jamais foi tão próxima ao seu marido do
que eu sou; cada vez mais absolutamente sangue de seu
sangue e carne de sua carne. Não conheço cansaço sob a
companhia de meu Edward; ele não conhece nenhum sob
a minha, não mais do que cada um de nós sente da pulsação que bate em nossos peitos; consequentemente, estamos
sempre juntos. Estar juntos é, para nós, sermos ao mesmo
tempo tão livres como na solidão, e tão alegres como em
companhia. Conversamos, creio, o dia todo; falar um ao
outro é apenas uma forma de pensar mais animada e au-
dível. Toda a minha confiança depende dele, e toda a sua
confiança é dedicada a mim; combinamos perfeitamente
em caráter — e a perfeita concórdia é o resultado.*

Estas palavras, escritas há tantos anos, das entranhas de um
coração solitário e carente, eram agora um retrato perfeito da
vida maravilhosa que eu estava vivendo com Arthur. Meu marido era bom, terno, carinhoso e verdadeiro. Meu coração estava
unido ao dele.*

UMA NOITE, EM FINS DE novembro, quando eu e Arthur estávamos sentados confortavelmente defronte da lareira da sala de
jantar, ouvindo o som do vento ao redor da casa, meus pensamentos se voltaram para uma noite similar de novembro, um
ano antes. Ao fazer uma pausa em meu tricô, dei-me conta de
que faltava apenas uma coisa em minha vida para torná-la in-

---

* Colossenses 2,2: Para que os seus corações sejam consolados, e estejam
unidos em amor.

teiramente completa: algo que já fora tão vital e central para minha existência como o ato de respirar.

Fitei meu marido, cuja bela cabeça de cabelos escuros estava inclinada fixamente por sobre o jornal.

— Arthur, o que fazíamos nesta mesma hora há um ano?

— Há um ano? Eu estava solitário em um quarto alugado em Kirk Smeaton, sonhando com uma vida com você. — Ele pôs o jornal de lado, esticou o braço e segurou minha mão. — O que você estava fazendo?

— Eu estava sentada neste mesmo ambiente sozinha. Para espantar a solidão, comecei a escrever um livro.

— Um novo livro? O que aconteceu com ele?

— Creio ter escrito umas vinte páginas, e então o deixei de lado para escrever uma carta. Um certo correspondente, lembro-me, estava sendo bastante persistente na época, a respeito de uma proposta de casamento.

— A persistência do cavalheiro valeu a pena?

— Valeu. Ele travou uma longa e incansável batalha, convencendo tão completamente sua presa da validade de sua empreitada que, no fim, *ela* se sentiu a verdadeira vitoriosa por ter sido vencida.

Arthur riu e apertou minha mão. E então ficou sério e disse:

— Caso estivesse só neste momento, Charlotte, se eu não estivesse aqui, você estaria escrevendo?

— Creio que sim.

— Deseja escrever agora?

Fiquei em silêncio por um instante.

— Você se importaria se o fizesse? Sentir-se-ia ignorado?

— Claro que não. Você já não tem escrito, de qualquer forma, nesses meses desde o nosso casamento? Um diário, imagino?

Minha pulsação acelerou.

— Sim, tenho. Não imaginei que soubesse. Você se opõe?

— Por que me oporia? Charlotte, você é uma escritora. Eu sabia disso muito antes de me casar com você. É o que ama e é parte do que você é. Eu a amarei se quiser escrever ou não. Se já teve sua cota, então pare. Gosta de ter um diário, então continue a tê-lo. Tem uma história que anseia por contar, então arranje um papel, uma pena e um tinteiro e vá contá-la.

Com o coração palpitante, deixei a costura e corri para cima, recuperei as folhas escritas a lápis que abandonara um ano antes e as levei para baixo. Ao me sentar defronte da lareira, disse:

— Eu e minhas irmãs costumávamos ler nossos textos em voz alta e comentá-los. Gostaria de ler o que escrevi até o momento?

— Vá em frente.

Li o trecho de vinte páginas em voz alta. Era a história de uma jovem órfã de mãe que frequentava um internato, e que descobrira que o pai mentira para ela a respeito de seu status e título, recusando-se a pagar as despesas da filha. Ela então encontrou um benfeitor inesperado. Arthur ouviu tudo com curiosidade e atenção. Adentramos então uma discussão interessante na qual Arthur expressou suas opiniões e aflições. Ele demonstrou preocupação que me criticassem por abordar novamente o ambiente escolar, mas lhe expliquei que nesse caso era apenas no início do livro, e que pretendia levar a história para uma direção inteiramente nova. Ele declarou ter gostado muito do trecho, e que o achava promissor.

— Acha mesmo? — Uma leve excitação me invadiu. — Há muitos anos não tinha alguém com quem discutir meu trabalho... mas... como encontrarei tempo para escrever um livro? Nossos dias já são tão ocupados.

— Podemos separar algumas horas por dia para essa atividade se desejar... e prometo — acrescentou com olhos provocadores — oferecer meus *inestimáveis* conselhos sempre que solicitados ou do contrário ficar fora do caminho.

— Obrigada, queridíssimo. — Beijei-o, ciente de que era duplamente abençoada: não apenas estava casada com um dos melhores homens deste mundo, um parceiro carinhoso com quem eu podia compartilhar todas as alegrias e preocupações da vida cotidiana, como também sabia que nunca mais ficaria sozinha quando fosse escrever.

Diário, já é véspera de Natal de 1854. Quase dois anos se passaram desde que comecei a escrever nestas páginas. Sinto agora que posso terminar minha história, após chegar a uma conclusão tão satisfatória como a de meus livros... ainda melhor neste caso, pois a história aqui é real.

Em preparação para o feriado, Martha e eu dedicamos dois dias assando bolos e tortas, além de outros quitutes sortidos, requeridos para nosso jantar de amanhã — após o qual, em homenagem aos meus irmãos, pretendemos ler algumas passagens em voz alta de *O Morro dos Ventos Uivantes*, *Agnes Grey* e dois dos poemas publicados favoritos de Branwell. Limpamos a casa toda e a lustramos com cera de abelha, óleo e inúmeros panos, até que cada canto estivesse brilhando. Arrumei todas as mesas, cadeiras, cômodas e tapetes com precisão milimétrica, e temos carvão e turfa suficientes para garantir boas chamas aquecendo e iluminando todos os cômodos durante um bom tempo.

Ao me sentar na sala de jantar, para verificar os resultados reluzentes de nossos esforços, ouço papai e Arthur conversarem cordialmente no escritório, do outro lado do corredor. O som de suas vozes grossas e o sotaque carregado, embalados em um colóquio amigável, nunca cessam de me fazer sorrir.

Minha mente vagueia. Não posso evitar senão sorrir ao me lembrar de algo: outra conversa que começou entre mim e Arthur na noite anterior, quando nos preparávamos para dormir.

Eu tinha acabado de retirar os grampos do cabelo, quando Arthur parou atrás de mim. Com um brilho misterioso nos olhos e um tom intenso na voz, ele perguntou:

— Posso escovar os seus cabelos?

Nos seis meses que se passaram desde que nos casamos, tive a sorte de ter os cabelos escovados por meu marido em ocasiões numerosas demais para contar — sessões que sempre terminavam tão deleitosamente que com frequência eu deixava minha escova maliciosamente sobre a cama, aguardando com enorme expectativa pelo momento que ela seria descoberta e colocada em uso. Após o pedido, meu coração acelerou. Sem dizer uma palavra, sentei-me sobre a cama ao lado dele e deixei a escova aos seus cuidados.

Ele passou a escova por meus longos fios com segurança e habilidade, seus dedos puxando meus cabelos na nuca para trás gentilmente, um toque que sempre me deixava arrepiada. Enquanto eu relaxava sob seus cuidados majestosos, ele disse:

— Sra. Nicholls, agora que é uma velha mulher casada, permite que lhe pergunte algo que desejo saber há muito tempo?

— Pode perguntar-me o que quiser, meu querido rapaz.

— Anos atrás, quando estive aqui pela primeira vez para um chá... o que você *achou* que eu tivesse dito que a deixou tão ofendida?

— Quer mesmo saber?

— Quero!

— Vai achar que fui vaidosa e absurda.

— Mesmo assim.

Suspirei e ruborizei só de me lembrar.

— Achei que tivesse me chamado de solteirona enfeada.

— O quê? — A escovação foi interrompida. — *Feia?* Não! Nunca disse isso! Disse enfezada. E isso você é, como uma gata dos infernos, cuspindo fogo e enxofre... mas feia? Nunca pensaria nisso.

— Não? Não *pensou* nem mesmo naquela época, meu amor?

— Nunca. — Arthur deixou a escova de lado e me virou para que o encarasse. — Não me conhece bem o suficiente para saber, minha querida, sobre meus sentimentos por você? Eu a achei linda naquele abril cinzento, encharcado e desprezível, há aproximadamente dez anos, quando a vi pela primeira vez... quando abriu a porta com seu vestido e rosto cobertos de farinha. Sua beleza só fez aumentar com o passar dos dias, quando fui aprendendo e compreendendo sobre a mulher que você é por dentro. Você é a mulher mais linda do mundo para mim, Charlotte Nicholls, e sempre será. Eu a amo.

Meu coração transbordou de felicidade. Pelo reflexo dos olhos adoradores de meu marido, senti-me verdadeiramente bela pela primeira vez na vida.

— E eu amo você — sussurrei em resposta, enquanto derretia-me em seus braços

Posfácio da Autora

No fim de 1854, ao terminar de escrever estes diários, Charlotte Brontë parecia mais feliz e saudável do que nunca. Em suas cartas falava com carinho do marido, admitindo que "a cada dia que passa meus sentimentos por ele ficam mais fortes". Amigos que a visitavam comentavam a boa aparência de Charlotte e o completo contentamento dos recém-casados. Ellen confessou que, "após seu casamento — um halo de felicidade parecia envolvê-la —, uma santa tranquilidade a permeava, mesmo em momentos de agitação".

Aqueles meses bem-aventurados de saúde e felicidade doméstica, no entanto, foram tragicamente curtos.

No fim de janeiro de 1855, Charlotte adoeceu. Em busca de uma avaliação médica mais apurada que aquela oferecida na cidade de Haworth, Arthur solicitou a vinda de um doutor de Bradford, que tinha reputação de ser o melhor médico da região. Ele confirmou que Charlotte estava grávida e que sofria de enjoos matinais, e — despreocupado com a condição de Charlotte — recomendou repouso.

A saúde de Charlotte continuou a se deteriorar. Para o desalento de seu marido e de seu pai, durante as seis semanas que se seguiram, Charlotte ficou tão severamente enfraquecida pelos enjoos, pela febre e pelo vômito que não conseguia mais comer; e mais tarde, mal conseguia falar. Sua criada, Martha Brown, comentou que um passarinho não seria capaz de sobreviver com o pouco que Charlotte comia. Nos poucos e breves bilhetes que escreveu na cama para amigos durante esse período, Charlotte elogiou o marido carinhosamente em todos. No dia 17 de fevereiro, ela fez seu testamento, anulando um acordo cautelar que fizera antes do casamento e deixando todos os seus bens para o amado Arthur, em vez do pai.

Em março, a saúde de Charlotte apresentou leve melhora; o enjoou desapareceu subitamente, ela recuperou o apetite e voltou a comer com vontade. Porém era tarde demais. Ela passou a sofrer delírios, enquanto sua vida esvaía-se. Perto do fim do mês, quando despertou brevemente de seu estado de estupor e viu o rosto aflito e desgostoso do marido e ouviu suas preces para que ela fosse poupada, Charlotte sussurrou: "Oh! Vou morrer, não vou? Ele não pode nos separar, temos sido tão felizes."

No início da manhã de sábado do dia 31 de março de 1855 — faltando apenas três semanas para seu aniversário de 39 anos —, Charlotte Brontë morreu. Arthur a segurou nos braços, desesperado de tristeza. O atestado de óbito de Charlotte não mencionava a gravidez e determinava que ela morrera de "tísica", a mesma doença debilitante à qual sucumbiram seu irmão e suas irmãs. Opiniões médicas mais modernas, no entanto, citam *hyperemesis gravidarum* (enjoos e vômitos muito violentos em grávidas) como a causa ou, pelo menos, como fator contribuinte para a morte. É provável que a má qualidade da água de Haworth (contaminada com tifo, que matou a criada da família, Tabby, apenas um mês antes) tenha sido outra contribuição para sua morte, mas não há como saber.

Devastado pela morte da filha, e particularmente desapontado com as muitas acusações e perguntas levantadas pelo público acerca do célebre Currer Bell, Patrick Brontë pediu à Sra. Gaskell para escrever a história da vida de Charlotte, a qual a dita senhora pesquisou esmeradamente e executou divinamente. Relutante, Arthur — que se opusera veementemente à ideia de uma biografia e, especialmente, à publicação das cartas de Charlotte, que tornariam público o que para ele era por demais sagrado e pessoal — rendeu-se à vontade de Patrick Brontë e auxiliou a Sra. Gaskell como pôde.

Quando *The life of Charlotte Brontë* foi publicado pela Smith, Elder & Co., dois anos depois da morte de Charlotte, tornou-se uma sensação comparável à primeira publicação de *Jane Eyre*. Nesse mesmo ano, o primeiro romance de Charlotte, *O professor*, foi publicado, embora ofuscado pela história fascinante de sua vida.

Arthur Bell Nicholls cumpriu sua promessa à esposa e se manteve um cuidador dedicado de Patrick Brontë durante os seis anos de vida que restaram para o velho homem. Quando Patrick faleceu, deixou tudo para seu "estimado e adorado genro, Arthur Bell Nicholls". Se Arthur tinha a esperança de herdar a moradia Haworth após a morte de Patrick, como reconhecimento por realizar as tarefas de pastor durante 16 longos anos silenciosa e conscienciosamente, ficou amargamente desapontado. A situação dependia da nomeação dos Membros do Conselho Diretor da Igreja, agora pertencentes a uma geração mais nova e jovem, que não devia nenhuma lealdade a Patrick Brontë, sendo que alguns haviam sido ofendidos por Arthur com suas atitudes formais e inflexíveis. Por quatro votos a cinco, Arthur foi cruelmente rejeitado.

Ele empacotou seus pertences, incluindo os objetos de recordação e bens literários de Charlotte, e retornou para Banagher, Irlanda, levando consigo Plato, o último dos cães de Patrick. A Royal School permanecia sob a direção de seu primo James Bell. A tia de Arthur, Harriette, vivia agora em uma pequena e simpática casa no topo de uma montanha, em um terreno de oito hectares. Arthur foi morar com ela e a prima, Mary Anna, e viveu uma vida tranquila, tornando-se camponês após abandonar a Igreja por completo. Martha Brown, a criada dos Brontë que o havia detestado no passado tornou-se sua boa amiga e lhe fez longas e regulares visitas.

Mary Anna sempre fora apaixonada pelo primo; nove anos e meio após a morte de Charlotte, ela e Arthur se casaram discretamente. De acordo com todos os relatos, seu segundo casamento, embora sem filhos, foi feliz, baseado no companheirismo e na compreensão mútua, sem paixão. Arthur era sincero com Mary Anna sobre seus sentimentos e admitia que "seu coração havia sido enterrado com a primeira esposa". Para seu mérito, Mary Anna o compreendeu. O retrato de Charlotte pintado por George Richmond ficou pendurado no escritório do casal durante mais de quarenta anos, até o dia da morte de Arthur, em 1906, aos 88 anos. Quando inquirido, Arthur escrevia e falava com grande orgulho sobre a célebre primeira mulher, mas esquivou-se de publicidade pelo restante da vida.

Durante seus últimos anos, Arthur compartilhou alguns romances da juventude de Charlotte e outros pertences com uma de suas biógrafas. Caso ele tivesse realmente sido o guardião dos diários de Charlotte, teria sido consistente com sua natureza — e seu desejo intenso por privacidade — que houvesse guardado os preciosos volumes em local escondido do público: enterrados, mas de maneira cuidadosa, e preservados com amor em algum porão daquela casa no topo da montanha em Banagher, Irlanda.

Este livro foi composto na tipologia Adobe Garamond,
em corpo 12/14,9, e impresso em papel off-white no
Sistema Cameron da Divisão Gráfica da Distribuidora Record.